mtb

Nora Roberts

Vermächtnis der Herzen

MIRA® TASCHENBUCH
Band 26016

1. Auflage: April 2017

Titel der amerikanischen Originalausgaben:

The Pride of Jared MacKade

erschienen bei: Silhoutte Books, Toronto

A Will and a Way

erschienen bei: Silhoutte Books, Toronto

Published by arrangement with
Harlequin Enterprises II B.V./S.à.r.l

Umschlaggestaltung: büropecher, Köln
Umschlagabbildung: Harlequin Books S.A.
Redaktion: Mareike Müller
Satz: GGP Media GmbH, Pößneck
Printed in Germany
Dieses Buch wurde auf FSC®-zertifiziertem Papier gedruckt.
ISBN 978-3-95649-691-2

www.mira-taschenbuch.de

Nora Roberts

Dem Feuer zu nah

Roman

Aus dem Amerikanischen von
Patrick Hansen

mtb

Prolog

Die Wälder hallten wider vom Kriegsgeschrei. Zwischen den feindlichen Truppen war eine blutige Schlacht entbrannt, und in den Feldern hinter den Bäumen schlugen hin und wieder Geschosse ein, die den Lärm der Waffen und das Geschrei der Verwundeten übertönten. Der Kampf hatte bereits viele Opfer gefordert, und die Überlebenden dürsteten nach Rache.

Das Laub, noch dicht und grün am Ende des Sommers, bildete ein Dach, durch das der Sonnenschein in dünnen, staubigen Strahlen drang. Die Luft war schwül und schwer und roch nach frischer Erde und wilden Tieren.

Es gab keinen Ort, an dem Jared MacKade glücklicher war als in den unheimlichen Wäldern.

Er war Offizier der Union, ein Captain. Er war Captain geworden, weil er mit zwölf Jahren der Älteste war und dieser Rang ihm daher zustand. Seine Truppen bestanden aus Devin, der sich als Zehnjähriger mit dem Rang eines Korporals zufriedengeben musste. Ihr Auftrag war klar. Vernichtet die Rebellen.

Da der Krieg eine ernste Sache war, hatte Jared eine Strategie entwickelt. Er hatte Devin als seinen Soldaten gewählt, weil Devin Befehle befolgte. Außerdem war Devin ein kluger Kopf. Und Devin war ein erfahrener Nahkämpfer und machte nie Gefangene.

Rafe und Shane, die anderen MacKade-Brüder, waren ebenfalls hervorragende Kämpfer, aber, wie Jared wusste, oft viel zu ungestüm. Auch jetzt rannten sie wieder laut schreiend durch den Wald, während Jared geduldig im Hinterhalt auf sie wartete.

„Sie werden sich trennen, du wirst sehen“, flüsterte Jared, als er und Devin sich im Unterholz versteckten. „Rafe will uns herauslocken und erledigen.“ Jared spuckte verächtlich aus, denn er war zwölf, und Spucken war cool. „Er hat keinen militärischen Verstand.“

„Shane hat überhaupt keinen Verstand“, erwiderte Devin, der wie alle Brüder nicht sehr viel von seinem Bruder hielt.

Die beiden grinsten, zwei Jungs mit zerzaustem schwarzem Haar und unbeschwerten Gesichtern, auf denen der Schweiß sich mit dem Schmutz vermischte. Jared sah sich um. Er kannte jeden Stein, jeden Baum, jeden ausgetretenen Pfad. Oft kam er allein her, um zu wandern oder einfach nur dazusitzen. Und um zu lauschen. Dem Wind in den Bäumen, dem Geraschel der Eichhörnchen und Hasen. Dem Murmeln der Gespenster.

Er wusste, dass andere hier gekämpft hatten und gestorben waren, und es faszinierte ihn. Er war auf dem Bürgerkriegsschlachtfeld von Antietam, Maryland, aufgewachsen, und wie jeder Junge seines Alters wusste er, was für Triumphe und Tragödien sich an diesem Schicksalstag im September 1862 abgespielt hatten.

Eine Schlacht, die als der blutigste Tag in die Geschichte des Bürgerkriegs eingegangen war, musste die Fantasie eines Jungen anregen. Mit seinen Brüdern hatte er jeden Fußbreit des Schlachtfelds durchkämmt und war durch die Kornfelder gerannt, auf denen damals der Pulverqualm die Ähren schwarz gefärbt hatte.

So manche Nacht hatte er daran gedacht, dass einst Bruder gegen Bruder gekämpft hatte … in Wirklichkeit, nicht nur als Spiel. Und er hatte sich immer wieder gefragt, wie es ihm ergangen wäre, wenn er in jener dramatischen Zeit geboren worden wäre.

Doch am meisten faszinierte ihn, dass Männer ihr Leben für eine Idee hingegeben hatten. Oft, wenn er allein im Wald saß, träumte er davon, für eine Idee zu kämpfen und stolz zu sterben.

Seine Mutter erklärte ihm häufig, dass ein Mann Ziele und Überzeugungen brauche und stolz darauf sein könne, wenn er für sie eintrat. Dann lachte sie, strich ihm übers Haar und sagte ihm, dass es ihm an Stolz gewiss niemals mangeln werde. Er besaß bereits jetzt zu viel davon.

Er wollte der Beste, der Schnellste, der Stärkste, der Klügste sein. Das war keine leichte Aufgabe, denn seine drei Brüder wollten genau dasselbe. Also quälte er sich. Er lernte mehr, kämpfte entschlossener und arbeitete härter. Verlieren kam für Jared MacKade einfach nicht infrage.

„Sie kommen", flüsterte Jared.

Devin nickte. Er hatte auf das Knacken von Zweigen und das Rascheln von Blättern geachtet und gewartet. „Rafe ist dort vorn. Shane will uns von hinten überraschen."

Jared vertraute Devin. Sein Bruder besaß den Instinkt einer Raubkatze. „Ich übernehme Rafe. Du bleibst hier, bis wir kämpfen. Sobald Shane angerannt kommt, schnappst du ihn dir."

Jareds Augen leuchteten. Die Brüder gaben sich kurz die Hand. „Sieg oder Tod."

Etwas Hellblaues huschte von Baum zu Baum. Das verblichene Jeans-Shirt des Feindes. Jared wartete. Dann sprang er mit einem markerschütternden Schrei aus der Deckung. Er stürzte sich auf Rafe, warf ihn um, und zusammen landeten sie inmitten der wilden Brombeeren.

Es war ein gelungener Überraschungsangriff gewesen, aber Jared wusste, dass er noch lange nicht gewonnen hatte. Rafe war ein zäher Gegner, das konnte jeder seiner Mitschüler an der Grundschule von Antietam bezeugen. Er kämpfte mit einer Begeisterung, die Jared gut nachempfinden konnte.

Es gab nichts Herrlicheres, als sich an einem heißen Sommertag, wenn das Ende der Schulferien näher rückte und die morgendlichen Pflichten hinter einem lagen, mit jemandem zu rangeln.

Dornen bohrten sich in die Kleidung und zerkratzten die Haut. Die beiden Jungs kehrten kämpfend auf den Pfad zurück. Fäuste flogen, und Schuhe gruben sich Halt suchend in den

Erdboden. Ganz in der Nähe fand eine zweite Schlacht statt. Auch sie war geprägt von Flüchen, Stöhnen und dem dumpfen Aufprall der Fäuste auf den schwitzenden Körpern.

Die MacKade-Brüder fühlten sich wie im Paradies.

„Du bist tot, elender Rebell!“, rief Jared, als es ihm gelang, Rafe am Haar zu packen.

„Aber dich nehme ich mit, Blaurock!“, schrie Rafe zurück.

Doch keiner war dem anderen überlegen, und so endete der Kampf schließlich unentschieden. Verdreckt, atemlos und lachend lösten sie sich voneinander.

Jared wischte sich das Blut von der aufgeplatzten Lippe und beobachtete, wie die beiden anderen Brüder miteinander kämpften. Devin würde ein blaues Auge davontragen, und Shane hatte in seiner Jeans einen Riss, der ihnen allen eine Menge Ärger einbringen würde.

Er stieß einen langen, zufriedenen Seufzer aus und blinzelte in den Sonnenschein.

„Sollen wir aufhören?“, fragte Rafe.

„Nein. Die beiden sind gleich fertig.“

„Ich gehe in die Stadt.“ Rafe sprang auf und klopfte sich den Staub von der Hose. „Ich will bei Ed's etwas trinken.“

Devin ließ Shane los. „Hast du Geld?“

Lächelnd klimperte Rafe mit den Münzen in seiner Tasche. „Vielleicht.“ Dann strich er sich das Haar aus den Augen und rannte los.

Die Hoffnung, von ihrem Bruder etwas spendiert zu bekommen, war genug, um Devin und Shane sofort Frieden schließen zu lassen. Sie brachen den Kampf ab und jagten hinter ihm her.

„Komm schon, Jared“, rief Shane über die Schulter. „Auf zu Ed's.“

„Lauft vor. Ich komme nach.“

Aber Jared blieb auf dem Rücken liegen und sah zum Himmel hinauf, der zwischen den Baumkronen zu erkennen war. Als die hämmernden Füße seiner Brüder verklungen waren, glaubte er, den alten Schlachtenlärm hören zu können.

Das Getöse der Kanonen, die Schreie der Verwundeten. Dann das angstvolle Keuchen der zwischen den feindlichen Linien herumirrenden Soldaten.

Er schloss die Augen. Die Gespenster der Vergangenheit waren ihm viel zu vertraut, um sich vor ihnen zu fürchten. Er wünschte, er hätte die Männer gekannt, hätte sie fragen können, wie es war, sein Leben, seine Seele aufs Spiel zu setzen. Ein Ideal, eine Lebensweise so sehr zu lieben, dass man alles, was man war und besaß, dafür opfern würde.

Er war überzeugt, dass er es für seine Familie, seine Eltern, seine Brüder tun würde. Doch das war irgendwie anders.

Eines Tages, so nahm er sich vor, würde er ein Zeichen setzen. Die Leute würden ihn sehen und wissen, dass er Jared MacKade war, ein Mann, der für etwas einstand. Ein Mann, der tat, was getan werden musste, und keinen Kampf scheute.

1. Kapitel

Jared wollte ein kühles Bier. Er konnte ihn schon schmecken, den ersten kräftigen Schluck, der den üblen Nachgeschmack fortspülen würde. Den Nachgeschmack eines harten Tages im Gericht, eines idiotischen Richters und einer Mandantin, die ihn langsam, aber sicher um den Verstand brachte.

Dass sie in die Einbruchsserie im Westen von Hagerstown verwickelt und alles andere als ein Unschuldslamm war, störte ihn nicht. Schuldige zu verteidigen war schließlich sein Beruf. Aber er war es leid, sich von seiner Mandantin wie Freiwild behandeln zu lassen.

Die Frau hatte eine ziemlich verquere Ansicht von der Beziehung zwischen Anwalt und Mandant. Wenn sie ihm noch einmal an den Hintern fasste, konnte sie sich einen neuen Verteidiger suchen. Unter anderen Umständen hätte er die ganze Sache vielleicht sogar amüsant gefunden. Aber im Moment hatte er für solche Spielchen zu viel im Kopf und im Terminkalender.

Mit einer gereizten Handbewegung schob er eine Klassik-CD in die Stereoanlage seines Wagens und ließ sich auf der Fahrt nach Hause von Mozart besänftigen.

Nur noch dieser Abstecher, sagte er sich. Ein kurzer Abstecher, dann nach Hause und ein kühles Bier.

Und dieser Abstecher wäre ihm auch erspart geblieben, hätte diese Savannah Morningstar sich die Mühe gemacht, seine Anrufe zu erwidern.

Er ließ die Schultern kreisen, um die Anspannung zu lindern, und trat in einer Kurve aufs Gaspedal, um sich den Reiz einer kleinen Geschwindigkeitsüberschreitung zu gönnen. In hohem Tempo fuhr er die vertraute Landstraße entlang, ohne auf die ersten Anzeichen des nahenden Frühlings zu achten.

Er bremste, um einem Kaninchen auszuweichen, und überholte einen Pick-up, der nach Antietam unterwegs war. Hoffentlich hat Shane das Abendessen fertig, dachte er, bis ihm plötzlich einfiel, dass er heute mit dem Kochen an der Reihe war.

Das Stirnrunzeln passte zu seinem Gesicht, das mit den harten Konturen, der zweimal gebrochenen Nase und dem energischen Kinn äußerst markant wirkte. Hinter der Sonnenbrille, unter den geschwungenen schwarzen Brauen blickten die grünen Augen kühl. Der Mund war vor Verärgerung schmal, aber noch immer attraktiv.

Frauen starrten oft auf seine Lippen und fragten sich, wie … Wenn Jared lächelte und das Grübchen am Mundwinkel erschien, seufzten sie zumeist und begriffen nicht, warum seine Ehefrau ihn jemals hatte gehen lassen.

Im Gerichtssaal wirkte er höchst beeindruckend. Die breiten Schultern, die schmale Taille, die athletische, langgliedrige Gestalt erschienen durch den Maßanzug ein wenig gezähmt, aber die elegante Fassade verbarg nicht, welche Kraft in seinem Körper steckte.

Das schwarze Haar war wellig genug, um sich über dem Kragen der stets strahlend weißen Hemden auf attraktive Weise zu kräuseln.

Im Gerichtssaal war er nicht Jared MacKade, einer der MacKade-Brüder, die seit dem Tag ihrer Geburt den Süden des Landes unsicher gemacht hatten. Dort war Jared MacKade Anwalt des Rechts.

Er sah zu dem Haus hinauf, das auf dem Hügel am Stadtrand lag. Es hatte früher einmal den Barlows gehört, lange bevor sein Bruder Rafe heimgekehrt war, um es zu kaufen. Jared bemerkte Rafes Wagen am Ende der steilen Zufahrt und zögerte.

Er war versucht, den letzten Termin dieses Arbeitstages zu vergessen und sich mit Rafe das ersehnte Bier zu gönnen. Aber wenn sein Bruder nicht gerade hämmerte, sägte oder einen Teil des Hauses strich, das im Herbst als Hotel eröffnet werden sollte, wartete er darauf, dass seine ihm frisch angetraute Ehefrau nach Hause kam.

Dass ausgerechnet der Schlimmste der schlimmen MacKades ein verheirateter Mann war, erstaunte Jared noch immer. Also fuhr er vorbei und nahm an der Gabelung die Straße nach links, die sich um die Farm der MacKades und das kleine Stück Land, das an sie grenzte, schlängelte.

Soweit er wusste, hatte Savannah Morningstar das Haus am Waldrand erst vor zwei Monaten gekauft. Dort wohnte sie mit ihrem Sohn und lebte, da die Gerüchteküche über sie nur wenig vermeldete, offenbar sehr zurückgezogen.

Jared vermutete, dass die Frau entweder dumm oder unhöflich war. Er hatte die Erfahrung gemacht, dass die meisten Leute den Anruf eines Anwalts meistens sofort erwiderten. Obwohl die Stimme auf ihrem Anrufbeantworter sanft, dunkel und unglaublich erotisch geklungen hatte, freute er sich nicht auf die Begegnung. Im Gegenteil. Er war nur hier, um einem Kollegen einen Gefallen zu tun.

Zwischen den Bäumen tauchte das kleine Haus auf. Eigentlich war es eher eine Blockhütte, obwohl vor mehreren Jahren ein Obergeschoss angebaut worden war. Am Morningstar-Briefkasten bog Jared in den schmalen Weg ein und bremste scharf, um die zahlreichen Schlaglöcher und Querrinnen bewältigen zu können. Beim Näherkommen betrachtete er das Haus.

Aus dicken Baumstämmen errichtet, hatte es ursprünglich einem Arzt aus der Stadt als Wochenendhaus gedient. Aber nicht sehr lange. Städter fanden das Leben auf dem Land oft nur so lange romantisch, wie sie es nicht führen mussten.

Der steile Hang davor war steinig und im Sommer meist von hohem Unkraut überwuchert. Offenbar hatte jemand daran gearbeitet, denn der Boden war umgegraben und die wenigen verbliebenen Steine dienten als gestalterische Elemente inmitten der neu angepflanzten Blumen.

Erst jetzt sah Jared, dass jemand in dem kleinen Naturgarten arbeitete. Er hielt am Ende der Zufahrt, neben dem alten Kleinwagen. Dann nahm er den Aktenkoffer vom Sitz, stieg aus und ging über den frisch gemähten Rasen. Als Savannah Morningstar sich aufrichtete, war er froh, dass er eine dunkle Brille trug.

Sie hatte inmitten der Pflanzen und Gartengeräte gekniet, und als sie aufstand, sah Jared nicht nur, wie groß sie war, sondern auch, auf welch atemberaubende Weise sie das verblichene gelbe T-Shirt und die zerschlissenen Jeans ausfüllte. Ihre Beine waren endlos.

Sie war barfuß, die Hände waren schmutzig. Die Sonne ließ das schwarze Haar schimmern. Sie trug es zu einem langen, lockeren Zopf geflochten. Auch ihre Augen waren hinter einer Sonnenbrille verborgen. Aber was er von ihrem Gesicht erkennen konnte, war faszinierend. Wenn ein Mann es erst einmal schafft, diesen wahrhaft tollen Körper zu ignorieren, kann er sich ausgiebig dem Gesicht widmen, dachte Jared.

Die leicht gebräunte Gesichtshaut straffte sich über den hohen Wangenknochen. Der Mund war voll, die Nase gerade und anmutig, das Kinn ein wenig spitz.

„Savannah Morningstar?“

„Ja, die bin ich.“

Er erkannte die Stimme wieder. Noch nie hatte er es erlebt, dass eine Stimme so perfekt zu einem Körper passte. „Ich bin Jared MacKade.“

Sie legte den Kopf schief, und ihre Brillengläser glänzten in der Sonne. „Nun ja, Sie sehen aus wie ein Anwalt. Ich habe nichts verbrochen und brauche keinen Anwalt.“

„Ich werbe keine Mandanten an der Haustür. Ich habe Ihnen bereits mehrere Nachrichten auf Band gesprochen.“

„Ich weiß.“ Sie kniete sich wieder hin, um den Rest des dunkelroten Phlox einzupflanzen. „Das Praktische an solchen Geräten ist, dass man nicht mit Leuten reden muss, mit denen man nicht reden will.“ Vorsichtig drückte sie Erde um die zarten Wurzeln fest. „Und mit Ihnen wollte ich nicht reden, Mr. MacKade.“

„Sie sind also nicht dumm, sondern einfach nur unhöflich."

Belustigt hob sie den Kopf. „Stimmt, das bin ich. Aber nun, da Sie schon einmal hier sind, können Sie mir sagen, was Sie von mir wollen."

„Ein Kollege aus Oklahoma hat mich angerufen, nachdem er Ihre Adresse herausgefunden hatte."

Das mulmige Gefühl in Savannahs Bauch kam und verschwand sofort wieder. Ohne Hast nahm sie ein weiteres Büschel Phlox und grub mit der Hand ein Loch. „Ich bin seit fast zehn Jahren nicht mehr in Oklahoma gewesen. Und ich kann mich nicht erinnern, dort gegen irgendein Gesetz verstoßen zu haben."

„Ihr Vater hat meinen Kollegen beauftragt, Sie aufzuspüren."

„Pa interessiert mich nicht." Sie hatte plötzlich keine Lust mehr, Blumen zu pflanzen. Weil sie die unschuldigen Gewächse nicht mit dem Gift infizieren wollte, das sie in sich spürte, erhob sie sich und wischte die Hände an der Jeans ab. „Sagen Sie Ihrem Kollegen, er soll meinem Vater ausrichten, dass ich nicht interessiert sei."

„Ihr Vater ist tot."

Jared hatte nicht geplant, es ihr auf diese Weise mitzuteilen. Bisher hatte er weder ihren Vater noch dessen Tod erwähnt, weil er es herzlos fand, solche Nachrichten einem Anrufbeantworter anzuvertrauen. Jared konnte sich gut an den Schmerz erinnern, den der Tod seines Vaters in ihm ausgelöst hatte. Und der seiner Mutter.

Sie schwankte nicht, schrie nicht auf und begann auch nicht zu schluchzen. Savannah stand aufrecht da, während sie den Schock verarbeitete und sich gegen die Trauer wehrte. Einst hatte sie Liebe empfunden. Das Bedürfnis nach Nähe. Jetzt, dachte sie, fühle ich gar nichts mehr. „Wann?"

„Vor sieben Monaten. Sie zu finden dauerte eine Weile. Es tut mir leid …"

„Wie ist er gestorben?", unterbrach sie ihn.

„Ein Sturz. Soweit ich weiß, arbeitete er beim Rodeo, stürzte vom Pferd und prallte mit dem Kopf auf. Er blieb nicht lange bewusstlos und weigerte sich, sich röntgen zu lassen. Aber er rief meinen Kollegen an und erteilte ihm einen Auftrag. Eine Woche später brach Ihr Vater zusammen. Eine Embolie."

Stumm hörte sie zu und sah den Mann, den sie einst geliebt hatte, vor ihrem geistigen Auge ... auf dem Rücken eines wild ausschlagenden Mustangs, mit einer Hand nach den Sternen greifend.

Sie sah ihn vor sich, lachend, betrunken. Sie hörte, wie er einer alten Stute Koseworte ins Ohr flüsterte und wie er vor Zorn und Scham rot anlief, als er seine Tochter, sein einziges Kind, verstieß.

Nur tot konnte sie ihn sich nicht vorstellen.

„Nun, jetzt haben Sie es mir erzählt", sagte sie und ging zum Haus.

„Miss Morningstar." Hätte er Trauer in ihrer Stimme gehört, hätte er sie in Ruhe gelassen. Aber ihre Stimme war vollkommen ausdruckslos gewesen.

„Ich habe Durst." Sie eilte den Pfad entlang, stieg die Stufen zur Veranda hinauf und ließ die Fliegengittertür hinter sich zufallen.

Jared war wütend. Durstig war er auch. Und er würde das hier hinter sich bringen und sich endlich ein kühles Bier gönnen. Ohne anzuklopfen, betrat er das Haus.

Das kleine Wohnzimmer enthielt bequeme Möbel, alte Sessel, stabile Tische, auf die man die Füße legen konnte. Das Braun der Wände passte zum Pinienholz des Dielenbodens. Farbkleckse setzten auffallende Akzente – Bilder, Kissen, auf den hellen Teppichen verstreute Spielsachen, die ihn daran erinnerten, dass sie ein Kind hatte.

Er folgte ihr in eine Küche mit strahlend weißen Schränken und demselben glänzenden Pinienboden wie im Wohnzimmer. Sie stand an der Spüle und wusch sich die Erde von den Händen. Sie sagte nichts, sondern trocknete sie ab, bevor sie einen Krug mit Limonade aus dem Kühlschrank nahm.

„Ich möchte das hier ebenso schnell hinter mich bringen wie Sie“, sagte Jared.

Savannah atmete tief durch, nahm die Sonnenbrille ab und warf sie auf die Arbeitsplatte. Es ist nicht seine Schuld, sagte sie sich. Jedenfalls nicht ganz. Im Grunde war niemand schuld.

„Sie sehen erhitzt aus.“ Sie goss Limonade in ein hohes Glas und reichte es ihm. Dabei warf sie ihm einen kurzen Blick aus schokoladenbraunen Mandelaugen zu und wandte sich ab, um ein zweites Glas herauszunehmen.

„Danke.“

„Wollen Sie mir etwa sagen, dass er Schulden hatte, die ich jetzt begleichen muss? Falls ja, so kann ich Ihnen darauf sofort antworten, dass ich gar nicht daran denke.“ Sie lehnte sich gegen die Arbeitsplatte. „Was ich besitze, habe ich mir selbst erarbeitet, und ich werde es behalten.“

„Ihr Vater hat Ihnen siebentausendachthundertfünfundzwanzig Dollar und ein paar Cents hinterlassen.“

Jared sah, wie sie das Glas vom Mund nahm, zögerte, es dann wieder an die Lippen hob und langsam, nachdenklich trank. „Woher hatte er siebentausend Dollar?“

„Ich habe keine Ahnung. Aber das Geld liegt auf einem Sparbuch in Tulsa.“ Jared stellte den Aktenkoffer auf den Tisch und öffnete ihn. „Sie brauchen sich nur auszuweisen und diese Papiere zu unterschreiben, dann wird das Erbe umgehend an Sie überwiesen.“

„Ich will es nicht.“ Der Knall, mit dem sie das Glas abstellte, war die erste Gefühlsregung, die sie sich anmerken ließ. „Ich will sein Geld nicht.“

Jared legte die Papiere auf den Tisch. „Es ist Ihr Geld.“

„Ich sagte, ich will es nicht.“

Er nahm die Brille ab und steckte sie in die Brusttasche. „Wenn ich recht verstehe, standen Sie und Ihr Vater sich nicht sehr nah.“

„Sie verstehen überhaupt nichts“, entgegnete sie. „Alles, was Sie wissen müssen, ist, dass ich das verdammte Geld nicht will.

Also stecken Sie bitte Ihre Unterlagen wieder in Ihren schicken Aktenkoffer und verschwinden Sie."

Jared war Widerspruch gewöhnt und blieb ruhig. „Das Testament Ihres Vaters sieht vor, dass das Geld an Ihr Kind geht, wenn Sie selbst es nicht wollen."

Ihre Augen blitzten. „Lassen Sie meinen Sohn aus dem Spiel."

„Die Vorschriften ..."

„Ihre Vorschriften sind mir egal. Er ist mein Sohn. Und es ist meine Entscheidung. Wir wollen das Geld nicht, wir brauchen es nicht."

„Miss Morningstar, Sie können die Annahme des Erbes verweigern, aber das würde bedeuten, dass die Gerichte damit befasst werden und aus einer eigentlich ganz einfachen Sache ein sehr komplizierter Vorgang wird. Tun Sie sich einen Gefallen, ja? Nehmen Sie das Geld, verbraten Sie es an einem Wochenende in Reno, spenden Sie es für einen wohltätigen Zweck oder vergraben Sie es in einer Blechdose im Garten."

„Die Sache ist ganz einfach", erwiderte sie gelassen. „Ich nehme sein Geld nicht an." Sie starrte über Jareds Schulter, als die Haustür laut ins Schloss fiel. „Mein Sohn", sagte sie und warf ihrem Besucher einen warnenden Blick zu. „Kein Wort zu ihm, ist das klar?"

„He, Mom! Connor und ich ..." Wie angewurzelt blieb er stehen. Er war ein großer, sehr schlanker Junge, der die Augen seiner Mutter besaß und auf dem zerzausten schwarzen Haar eine Baseball-Kappe mit dem Schirm nach hinten trug. Mit einer Mischung aus Misstrauen und Neugier musterte er Jared. „Wer ist das?"

Ganz die Mutter, dachte Jared. Genau die gleichen schlechten Manieren. „Ich bin Jared MacKade, ein Nachbar."

„Sie sind Shanes Bruder." Der Junge trat an den Tisch, nahm das Glas seiner Mutter und leerte es geräuschvoll. „Er ist cool. Wir waren bei ihm, ich und Connor", berichtete er. „Drüben auf der MacKade-Farm. Die große orangefarbene Katze hat Junge bekommen."

„Schon wieder?“, murmelte Jared. „Diesmal bringe ich sie persönlich zum Tierarzt und lasse sie sterilisieren. Du warst mit Connor dort, ja? Connor Dolin?“

„Ja.“ Der Junge betrachtete ihn über das Glas hinweg.

„Seine Mutter ist eine Freundin von mir“, erklärte Jared.

Savannahs Hand lag locker auf der Schulter ihres Sohns. „Bryan, geh nach oben und wasch dir die Hände. Ich mache gleich Essen.“

„Okay.“

„Freut mich, dich kennenzulernen, Bryan.“

Der Junge warf dem Besucher einen erstaunten Blick zu, dann lächelte er. „Ja, cool. Bis dann.“

„Er sieht Ihnen ähnlich“, bemerkte Jared.

„Ja, das tut er.“ Ihr Gesichtsausdruck wurde ein wenig sanfter, als sie ihren Sohn die Treppe hinaufrennen hörte. „Ich überlege, ob ich einen Schallschutz installieren lasse.“

„Ich versuche mir gerade vorzustellen, wie er und Connor miteinander auskommen.“

Ihr eben noch belustigter Blick wurde abweisend. „Und das fällt Ihnen schwer?“

„Ich versuche es mir vorzustellen“, wiederholte Jared. „Ein solcher Wildfang und der ruhige, schüchterne Connor Dolin. So selbstbewusste Kinder wie Ihr Sohn suchen sich meistens andere Freunde.“

„Die beiden haben sich auf Anhieb verstanden. Bryan hat bisher kaum die Chance gehabt, Freundschaften zu schließen. Wir sind oft umgezogen. Das soll sich ändern.“

„Was hat Sie hergebracht?“

„Ich war …“ Sie verstummte und verzog den Mund. „Jetzt spielen Sie den freundlichen Nachbarn, damit ich nachgebe und Ihnen Ihr Problem abnehme, was? Vergessen Sie es.“ Sie nahm ein Paket mit Hähnchenbrust aus dem Kühlschrank.

„Siebentausend Dollar sind eine Menge Geld. Wenn Sie es gut anlegen, könnte es Ihrem Sohn den Start auf dem College erleichtern“, schlug er vor.

„Wenn und falls Bryan aufs College geht, werde ich es selbst finanzieren."

„Ich habe großes Verständnis für Ihren Stolz, Miss Morningstar. Deshalb sehe ich auch, wenn er fehl am Platz ist."

Sie kehrte ihm den Rücken zu und warf den Zopf über die Schulter. „Ihre Geduld und Höflichkeit sind vorbildlich, Mr. MacKade."

„Sie kommen nicht oft in die Stadt, nicht wahr?", murmelte Jared. „Da würde man Ihnen etwas anderes über mich erzählen. Erkundigen Sie sich gelegentlich bei Connors Mutter über die MacKades, Miss Morningstar. Ich lasse die Papiere hier." Er setzte die Sonnenbrille wieder auf. „Überlegen Sie es sich und rufen Sie mich an. Ich stehe im Telefonbuch."

Sie blieb, wo sie war, mit finsterem Gesichtsausdruck und dem gefrorenen Hähnchenfleisch in der Hand. Sie stand noch da, als sie hörte, wie er den Wagen startete und ihr Sohn die Treppe herunterkam.

Hastig nahm sie die Unterlagen vom Tisch und steckte sie in eine Schublade.

„Was wollte er?", fragte Bryan. „Wieso hatte er denn einen Anzug an?"

„Viele Männer tragen Anzüge." Sie wich seiner Frage aus, aber sie würde Bryan nicht anlügen. „Und bleib vom Kühlschrank weg. Es gibt gleich Essen."

Bryan hatte die Hand bereits am Türgriff und verdrehte die Augen. „Ich bin am Verhungern."

Savannah nahm einen Apfel aus der Obstschale, warf ihn über die Schulter und lächelte zufrieden, als Bryan ihn auffing.

„Shane meint, es ist okay, wenn ich morgen nach der Schule noch mal vorbeikomme und mir die Kätzchen ansehe. Die Farm ist richtig cool, Mom. Du solltest sie sehen."

„Ich habe schon einmal eine Farm gesehen."

„Ja, aber die hier ist stark. Er hat sogar zwei Hunde. Fred und Ethel."

„Fred und …" Sie musste lachen. „Die sollte ich mir ansehen."

„Und vom Heuboden aus kann man bis in die Stadt sehen. Connor hat mir erzählt, dass ein Teil der Schlacht auf den Feldern ausgetragen wurde. Bestimmt liegen überall tote Soldaten herum."

„Also das klingt wirklich verlockend."

„Und ich dachte mir", Bryan biss in den Apfel, „ich dachte mir, du würdest dir vielleicht auch die Kätzchen ansehen wollen."

„Würde ich das?"

„Ja, klar. Connor meint, vielleicht will Shane welche weggeben, wenn sie stubenrein sind. Vielleicht möchtest du ja eins."

Savannah deckte den Topf mit dem Hähnchenfleisch zu. „So?"

„Warum nicht? Ich meine, dann hättest du Gesellschaft, wenn ich in der Schule bin." Er strahlte sie an. „Damit du nicht mehr so einsam bist."

Savannah lächelte. „Sehr geschickt, Bry. Wirklich raffiniert."

„Also kriege ich eins?", fragte er hoffnungsvoll.

Sie hätte ihm alles gegeben, nicht nur ein kleines Haustier. „Natürlich." Sie lachte glücklich, als er sich ihr in die Arme warf und sie drückte.

Nachdem sie gegessen, abgewaschen, auch die gefürchteten Hausaufgaben erledigt hatten und das Kind, das Savannahs Ein und Alles war, im Bett lag, setzte sie sich in die Hollywoodschaukel auf der vorderen Veranda und sah zum Wald hinüber.

Sie fand es schön, wie die Dunkelheit dort stets zuerst hereinbrach, als hätte der Wald das Recht, früher als der Rest der Natur schlafen zu gehen. Später hörte sie dann den Ruf einer Eule oder das leise Muhen von Shane MacKades Kühen. Manchmal, wenn der Abend sehr still war oder es geregnet hatte, drang das Plätschern des Bachs herüber.

Der Frühling war noch zu jung für das Aufflackern der Leuchtkäfer. Savannah freute sich auf sie und hoffte, dass Bryan nicht zu alt war, um ihnen nachzujagen. Sie wollte sehen, wie ihr Sohn durch seinen eigenen Garten rannte. In einer warmen Sommernacht, unter dem Sternenhimmel, wenn die Blumen blühten, die Luft nach ihnen duftete und der Wald sie wie ein dichter Vorhang von allem und jedem trennte.

Sie wollte, dass Bryan ein Kätzchen zum Spielen, gute Freunde und eine Kindheit voller schöner Erinnerungen hatte. Eine Kindheit, die all das war, was ihre nie gewesen war.

Sie stieß sich mit den Füßen ab, schaukelte sacht und lehnte sich zurück, um die vollkommene Stille des Abends zu genießen.

Sie hatte zehn lange, harte Jahre gebraucht, um hierher zu gelangen, auf diese Schaukel, auf diese Veranda, in dieses Haus. Sie bereute keinen Moment dieser zehn Jahre, nicht die Opfer und Schmerzen, nicht die Sorgen und Wagnisse. Denn würde sie etwas davon bereuen, so würde sie alles bereuen. Etwas davon zu bereuen hieße zu bereuen, dass sie Bryan bekommen hatte. Und das war undenkbar.

Sie hatte genau das erreicht, wonach sie gestrebt hatte, und sie hatte es sich verdient, gegen alle Widerstände. Sie befand sich genau dort, wo sie hatte sein wollen. Sie war die Frau, die sie sein wollte, und kein Gespenst aus der Vergangenheit würde ihr Glück trüben.

Wie konnte er es wagen, ihr sein Geld anzubieten, wenn sie doch nie etwas anderes als seine Liebe gewollt hatte?

Jim Morningstar war also tot. Ihr Vater hatte sein letztes Wildpferd geritten und seinen letzten Stier mit dem Lasso gefangen. Jetzt müsste sie eigentlich um ihn trauern und dankbar dafür sein, dass er am Ende seines Lebens an sie gedacht hatte. Und an das Enkelkind, das er nie gewollt und nicht einmal gesehen hatte.

Er hatte sich für seinen Stolz entschieden, gegen seine Tochter und das neue Leben, das in ihr heranwuchs. Und dann, nach all der Zeit, hatte er geglaubt, es mit siebentausend Dollar wieder gutmachen zu können.

Zur Hölle mit ihm, dachte Savannah müde und schloss die Augen. Selbst sieben Millionen hätten sie nicht vergessen lassen, und ihre Vergebung konnte er damit erst recht nicht erkaufen. Und kein noch so redegewandter Anwalt in einem eleganten Anzug würde sie jemals dazu bringen, ihre Meinung zu ändern. Jared MacKade konnte gemeinsam mit Jim Morningstar zur Hölle fahren.

Er hatte kein Recht, ihr Land zu betreten, als wäre er darauf zu Hause, in ihrer Küche Limonade zu trinken, von Bryans College-Studium zu reden und ihren Jungen anzulächeln, als wäre er sein Freund. Vor allem hatte er kein Recht, sie so anzusehen, wie er es getan hatte, und damit all die Empfindungen zu wecken, die sie bewusst verdrängt hatte.

Also ist mein Verlangen doch noch nicht abgestorben, dachte sie wehmütig. Manche Männer schienen förmlich dazu geschaffen zu sein, es in einer Frau hervorzurufen.

Sie wollte nicht an diesem schönen Frühlingsabend auf ihrer Veranda sitzen und daran denken, wie lange es her war, dass sie in den Armen eines Mannes gelegen hatte. Eigentlich wollte sie gar nicht mehr denken, aber er war einfach über den Rasen geschlendert und hatte ihre so mühsam errichtete Welt in den Grundfesten erschüttert.

Ihr Vater war tot, und sie selbst war sehr lebendig. An diesen beiden Tatsachen hatte der Rechtsanwalt MacKade bei seinem kurzen Besuch keinen Zweifel gelassen.

So gern sie auch die Augen davor verschlossen hätte, beides war nicht zu ändern, und sie musste sich damit abfinden. Irgendwann würde sie mit Jared reden müssen. Wenn sie nicht zu ihm ging, würde er wiederkommen, davon war sie überzeugt. Er war zäh und hartnäckig, das hatte sie gespürt, trotz des Maßanzuges und der Krawatte.

Sie musste sich entscheiden, was sie jetzt tun wollte. Und sie musste es Bryan erzählen. Er hatte ein Recht zu erfahren, dass sein Großvater tot war. Er hatte ein Recht, von dem Erbe zu erfahren. Aber heute Abend, nur heute Abend, wollte sie nicht mehr nachdenken, sich keine Sorgen mehr machen und keine Fragen mehr stellen.

Erst nach einer ganzen Weile wurde ihr bewusst, dass ihre Wangen feucht waren, dass ihre Schultern zitterten und ein Schluchzen in ihr aufstieg. Sie kauerte sich zusammen und legte den Kopf auf die Knie. „Oh, Daddy …“

2. Kapitel

Jared hatte nichts gegen Farmarbeit. Er hatte keine Lust, sich damit seinen Lebensunterhalt zu verdienen, aber er scheute sich nicht, hin und wieder ein paar Stunden mitzuarbeiten. Seit er sein Haus in der Stadt zum Verkauf angeboten hatte und wieder auf die Farm gezogen war, sprang er ein, wann immer seine Zeit es erlaubte. Es waren Tätigkeiten, die man nie verlernte und mühelos wieder aufnahm, wenn auch mit Muskelkater. Das Melken, das Füttern, das Pflügen, das Aussäen.

Mit einem verschwitzten T-Shirt und alten Jeans bekleidet, versorgte Jared das Milchvieh mit Heu. Die schwarzbunten Kühe drängten sich um den Futterplatz. Ihre runden Flanken rieben sich aneinander, während sie mit wedelnden Schwänzen die Fliegen verjagten. Ihr Geruch erinnerte Jared an seine Jugend, vor allem an seinen Vater.

Buck MacKade hatte sich stets gut um sein Vieh gekümmert und seinen Söhnen beigebracht, in den Tieren nicht nur eine Einnahmequelle zu sehen, sondern sich auch für sie verantwortlich zu fühlen. Für ihn war die Farm sein Leben gewesen, und Jared wusste, dass auch Shane mit Leib und Seele Farmer war. Er fragte sich, was sein Vater wohl davon gehalten hätte, dass sein ältester Sohn sich für den Beruf des Rechtsanwalts entschieden hatte.

Wahrscheinlich hätte es ihn erstaunt, dass sein Junge jetzt Anzüge und Krawatten trug, Schriftsätze verfertigte, einen Terminkalender führte und vor Gericht auftrat. Aber Jared hoffte, dass Buck MacKade stolz gewesen wäre. Nach einer langen Woche am Schreibtisch und im Gerichtssaal ist dies keine schlechte Art, den Samstag zu verbringen, dachte er.

Shane pfiff eine Melodie vor sich hin und trieb die Nachzügler von der Weide zum Futterplatz. Jared ging plötzlich auf, dass sein Bruder so aussah, wie ihr Vater ausgesehen hatte. Staubige Jeans, staubiges Hemd, locker an einem Körper, der Jahre harter Arbeit erkennen ließ, und Haare, denen ein Besuch beim Friseur nicht schaden würde.

„Was hältst du von unserer neuen Nachbarin?", rief Jared.

„Wie?"

„Die neue Nachbarin – wie findest du sie?", wiederholte Jared und zeigte mit dem Daumen auf das Morningstar-Land.

„Ach, du meinst die schönste Frau der Welt." Mit verträumtem Blick ging Shane zum Zaun. „Ich brauche einen Moment der Stille", murmelte er und faltete die Hände auf dem Herzen.

Belustigt fuhr Jared sich mit den Fingern durchs Haar. „Sie ist eindrucksvoll."

„Sie ist … Mir fehlen die Worte." Shane verpasste einer Kuh einen liebevollen Klaps auf die Flanke. „Ich habe sie erst einmal gesehen. Bin ihr und ihrem Jungen auf dem Weg zum Markt begegnet. Ich habe mich etwa zwei Minuten mit ihr unterhalten, und seitdem träume ich von ihr."

„Wie findest du sie?"

„Absolut hinreißend."

„Könntest du mal für eine Minute zur Vernunft kommen, Bruder?"

„Ich kann es versuchen." Shane half ihm, die Heuballen zu zerteilen. „Sie ist eine Frau, die allein zurechtkommt und nicht nach einem Mann sucht. Sie kann gut mit ihrem Sohn umgehen, das habe ich sofort bemerkt."

„Ja, ich auch."

„Wann?", fragte Shane neugierig.

„Vor ein paar Tagen. Ich musste in einer rechtlichen Angelegenheit zu ihr."

„So?" Shane grinste. „Und jetzt bist du zur Verschwiegenheit verpflichtet, habe ich recht?"

„Ja." Jared holte den nächsten Ballen und zerschnitt das Band. „Was redet man so über sie?"

„Nicht viel. Wie ich gehört habe, war sie in der Gegend von Frederick und sah in der dortigen Zeitung die Anzeige für das Blockhaus. Kurz darauf kam sie hier an, kaufte das Land, meldete ihren Sohn in der Schule an und zog sich auf ihren Hügel zurück. Mrs. Metz platzt vor Neugier."

„Das kann ich mir vorstellen. Wenn Mrs. Metz, die Superklatschtante, schon nichts über sie weiß, weiß niemand etwas."

„Wenn du für sie etwas Rechtliches erledigst, müsstest du doch eigentlich etwas über sie erfahren können", sagte Shane.

„Sie ist keine Mandantin", erwiderte Jared und beließ es dabei. „Kommt der Junge oft her?"

„Hin und wieder. Zusammen mit Connor."

„Erstaunlich, nicht wahr?"

„Ich freue mich, dass die beiden sich so gut verstehen. Bry redet unaufhörlich, fragt mir Löcher in den Bauch und gibt zu allem seinen Senf dazu." Shane zog eine Augenbraue hoch. „Er erinnert mich an jemanden."

„Wirklich?"

„Dad meinte immer, wenn es zu einem Thema zwei Ansichten gäbe, würdest du beide vertreten. Der Junge ist genauso. Und er bringt Connor zum Lachen. Es tut gut, ihn lachen zu hören."

„Mit einem Vater wie Joe Dolin hat er nicht viel zu lachen gehabt", sagte Jared.

Shane knurrte zustimmend, während er die zerschnittenen Schnüre einsammelte. „Nun ja, Dolin ist hinter Gittern und kann keinen Schaden mehr anrichten." Er warf einen prüfenden Blick auf seine Herde und das Land dahinter. „Nie wieder wird dieser Kerl die arme Cassie verprügeln und die Kinder terrorisieren. Ist die Scheidung bald durch?"

„In spätestens sechzig Tagen müssten wir ein rechtskräftiges Urteil haben."

„Je früher, desto besser. Ich muss nach den Schweinen sehen. Holst du mehr Heu aus der Scheune?"

„Natürlich."

Shane ging zum Pferch, um das Futter für die Borstentiere

zu mischen. Als die fetten Schweine ihn sahen, fingen sie an zu grunzen. „Ja, Daddy ist hier, Kinder."

„Er redet dauernd mit ihnen", verkündete Bryan, der sich ihnen unbemerkt von hinten genähert hatte.

„Sie antworten mir." Mit einem Lächeln drehte Shane sich um.

Der Junge war nicht allein. Savannah stand neben ihrem Sohn, eine Hand auf seiner Schulter, ein unbeschwertes Lächeln auf dem Gesicht. Sie trug das Haar offen, und es fiel wie ein schwarzer Wasserfall auf die zerschlissene Denimjacke. Shane beschloss, die Schweine warten zu lassen, und lehnte sich an den Zaun.

„Guten Morgen."

„Guten Morgen." Savannah warf einen Blick in den Pferch. „Sie sehen hungrig aus."

„Sie sind immer hungrig. Deshalb heißen sie ja auch Schweine."

Lachend stellte sie einen Fuß auf die unterste Zaunlatte. Sie war es gewöhnt, Tiere um sich zu haben. „Die Sau dort drüben sieht äußerst wohlgenährt aus."

Er machte ein paar Schritte auf Savannah zu, um den Duft ihres Haars einatmen zu können. „Sie ist voller Ferkel. Ich werde sie bald von den anderen trennen müssen."

„Frühling auf der Farm", murmelte sie. „Und wer ist der Daddy?"

„Der extrem selbstzufrieden dreinschauende Eber dort hinten."

„Aha." Noch immer lächelnd, warf Savannah das Haar über die Schultern. „Wir haben eine Bitte, Mr. MacKade."

„Shane."

„Shane. Wie ich hörte, haben Sie Kätzchen."

Shane lächelte Bryan zu. „Du hast deine Mom überredet, was?"

Bryan setzte eine Unschuldsmiene auf, doch die leuchtenden Augen verrieten ihn. „Mom braucht Gesellschaft, während ich in der Schule bin."

„Gute Idee." Shane wandte sich vom Pferch ab. „Sie sind drüben in der Scheune. Ich zeige sie Ihnen, kommen Sie mit."

„Nein." Savannah legte eine Hand auf seinen Arm. Ihr Blick ließ erkennen, dass sie genau wusste, warum er so zuvorkommend war. „Wir wollen Sie nicht bei der Arbeit stören. Ihre Schweine warten, und Bryan weiß bestimmt, wo wir die Kätzchen finden."

„Klar weiß ich das. Komm schon, Mom." Bryan nahm ihre Hand und zog sie hinter sich her. „Sie sind echt cool. Shane hat ganz viele tolle Tiere."

„So?" Als sie ihrem Sohn folgte, sah sie das beeindruckendste Lebewesen auf der ganzen Farm aus der Scheune kommen. Es trug einen Heuballen über der Schulter.

Jared blieb stehen, warf den Ballen hin und ihre Blicke trafen sich. Savannah wurde bewusst, dass sie sich durch den teuren Anzug hatte täuschen lassen. In dem edlen Tuch hatte er elegant ausgesehen. Jetzt hatte er nichts Elegantes an sich. Das T-Shirt und die Jeans betonten seine athletische, ungemein männliche Gestalt.

Viele andere Frauen hätten wahrscheinlich unwillkürlich den Atem angehalten, sie jedoch nickte ihm nur kühl zu. „Mr. MacKade."

„Miss Morningstar." Er klang ebenso distanziert, aber es kostete ihn Mühe, sich nicht anmerken zu lassen, was ihr Anblick in ihm auslöste. „Hi, Bryan."

„Ich wusste gar nicht, dass Sie hier arbeiten", sagte der Junge. „Ich habe Sie hier noch nie gesehen."

„Hin und wieder bin ich hier."

„Wieso haben Sie denn bei uns einen Anzug getragen?", fragte Bryan. „Shane trägt nie einen."

„Den müsste man in einen Anzug prügeln." Der Junge lächelte, und Jared bemerkte eine Zahnlücke, die am Tag zuvor noch nicht da gewesen war. „Hast du da etwas verloren?"

Stolz schob Bryan die Zungenspitze in die Lücke. „Der ist

heute Morgen herausgefallen. Ich kann jetzt viel weiter spucken."

„Ich habe mal den Rekord in dieser Gegend gehalten. Zwei Meter achtzig. Ohne Rückenwind."

Bryan war sichtlich beeindruckt. Er sammelte Spucke, konzentrierte sich und zeigte, was er konnte. Jared spitzte die Lippen und nickte anerkennend. „Nicht schlecht."

„Ich komme noch weiter."

„Du gehörst zu den Besten in deiner Altersklasse, Bryan", sagte seine Mutter trocken. Sie wandte sich zur Scheune. „Aber Mr. MacKade hat zu tun, und wir sollten uns die Kätzchen ansehen."

„Ja. Sie sind gleich dort vorn." Bryan rannte in die Scheune, und Savannah folgte ihm in gemächlicherem Tempo.

„Zwei Meter achtzig?", murmelte sie und warf einen Blick über die Schulter.

„Zwei Meter dreiundachtzig, um genau zu sein."

„Sie erstaunen mich, Mr. MacKade."

Sie hat eine Art, mit diesen langen Beinen zu schlendern, bei der es einem Mann schwerfällt, nicht hinzustarren, dachte Jared. Er wehrte sich nur kurz gegen die Versuchung, gab auf und folgte Savannah Morningstar in die Scheune.

„Sind sie nicht süß?" Bryan legte sich neben dem Wurf schlafender Kätzchen und ihrer gelangweilt wirkenden Mutter ins Heu. „Sie müssen noch ganz viele Wochen hierbleiben." Ganz behutsam streichelte er den Kopf eines grauen Kätzchens. „Aber dann dürfen wir uns eins mitnehmen."

Savannah wurde beim Anblick der niedlichen Geschöpfe ganz warm ums Herz. „Oh, sie sind noch so winzig." Sie hockte sich neben ihren Sohn und nahm vorsichtig eins der Jungen in die Hand. „Sieh mal, Bryan, es passt genau hinein. Oh, sind sie nicht süß?" Sie rieb mit der Nasenspitze über das weiche Fell. „Du bist aber niedlich", flüsterte sie.

„Mir gefällt das hier am besten." Bryan streichelte noch immer das kleine graue Wollknäuel. „Ich werde es Cal nennen."

„Oh." Das orangefarbene Kätzchen in ihrer Hand bewegte sich und miaute leise. Savannah zögerte. „Na gut. Wir nehmen das Graue", entschied sie schweren Herzens.

„Sie könnten zwei nehmen", schlug Jared vor. Ihr Gesicht ist wie ein offenes Buch, dachte er. „Kätzchen freuen sich über Gesellschaft."

„Zwei?", wiederholte Bryan begeistert. „Genau, Mom, wir nehmen zwei! Eins allein wäre viel zu einsam. Und es würde auch nicht mehr Mühe machen. Wir haben doch jetzt genug Platz. Cal braucht jemanden, mit dem er spielen kann."

„Danke, MacKade", sagte Savannah ein wenig spöttisch.

„Gern geschehen", erwiderte Jared ungerührt.

„Außerdem", fuhr Bryan fort, der längst bemerkt hatte, wie liebevoll seine Mutter Cals orangefarbenes Brüderchen hielt. „Wenn wir zwei nehmen, kann jeder sich eins aussuchen. Das ist doch fair, oder?" Lächelnd strich Bryan mit der Fingerspitze über das zarte Fell des Kätzchens in Savannahs Hand. „Er mag dich. Siehst du, er versucht dir die Hand zu lecken."

„Er hat Hunger", antwortete sie, wusste jedoch bereits, dass sie dem kleinen Kater, der sich in ihrer Hand sehr wohlzufühlen schien, nicht widerstehen konnte. „Vermutlich hast du recht, Bryan. Die beiden könnten einander Gesellschaft leisten."

„Super, Mom!" Bryan sprang auf und küsste sie ohne die typische Verlegenheit, die viele neunjährige Jungen daran hinderte, ihre Gefühle zu zeigen. „Ich sage Shane, welche wir uns ausgesucht haben." Aufgeregt rannte er aus der Scheune.

„Sie wissen, dass Sie dieses Kätzchen haben wollten", sagte Jared.

„Ich bin alt genug, um zu wissen, dass ich nicht alles bekommen kann, was ich haben will." Aber sie seufzte und setzte das Kätzchen ab, damit es mit seinen Geschwistern weiterfrühstücken konnte. „Aber zwei Katzen machen bestimmt nicht viel mehr Arbeit als eine."

Sie wollte aufstehen und sah Jared erstaunt an, als er die Hand unter ihren Ellbogen legte und ihr aufhalf. „Danke." Sie ging um ihn herum, bis sie wieder im Hellen stand. „Sind Sie ein Farmerjunge, der nebenbei als Anwalt arbeitet, oder ein Anwalt, der auf der Farm aushilft?"

„Im Moment komme ich mir vor wie beides. Die letzten paar Jahre habe ich in Hagerstown gelebt." Er passte seine Schritte ihren an. „Vor einigen Monaten bin ich wieder hergezogen. Ich habe allerdings häufig in der Stadt zu tun und kann deshalb Shane und Devin nicht so zur Hand gehen, wie ich es möchte."

„Devin?" Sie blieb vor der Scheune stehen, wo die Sonne hell und warm schien. „Ach ja, der Sheriff. Bryan hat ihn bereits erwähnt. Er lebt auch hier auf der Farm, nicht wahr?"

„Er übernachtet hin und wieder hier", antwortete Jared. „Er lebt in seinem Büro."

„Der Kampf gegen das Verbrechen? In einer Stadt mit zwei Ampeln?"

„Devin nimmt seinen Beruf ernst." Jared sah dorthin, wo Bryan um Shane herumtanzte, während dieser die Kühe zurück auf die Weide trieb. „Haben Sie noch einmal über den Nachlass Ihres Vaters nachgedacht?"

„Nachlass. Was für ein ernstes Wort. Ja, ich habe darüber nachgedacht. Ich muss zuerst einmal mit Bryan darüber sprechen." Jared zog eine Augenbraue hoch, und sie fuhr mit leiser Stimme fort: „Wir sind ein Team, Mr. MacKade. Er hat ein Mitspracherecht. Heute Nachmittag haben wir ein Baseball-Match, und ich will ihn vorher nicht damit belasten. Sie werden meine Antwort am Montag erhalten."

„Fein." Jared schaute über ihre Schulter, und das verärgerte Glitzern in seinen Augen lockte bei Savannah ein Lächeln hervor.

„Lassen Sie mich raten. Ihr Bruder starrt wieder auf meinen Po."

Verblüfft sah Jared sie an. „Das merken Sie?"

Ihr Lachen klang sehr ungekünstelt und ansteckend. „Frauen merken so etwas immer. Manchmal lassen wir es euch Männern durchgehen, das ist alles.“ Sie rief ihren Sohn herbei. „Komm, Bryan. Du hast vor dem Spiel noch eine Menge zu tun.“

Auf dem Weg durch den Wald schwärmte Bryan ihr unaufhörlich von den Kätzchen, dem bevorstehenden Match und den Tieren auf der MacKade-Farm vor.

Er ist glücklich, dachte Savannah. Und er war in Sicherheit. Sie hatte es geschafft. Ganz allein. Fast hätte sie laut geseufzt und ihrem Sohn verraten, dass sie sich Sorgen machte. Manchmal war es so schwer, die richtige Entscheidung zu treffen.

„Warum läufst du nicht vor, Bry? Erledige deine Aufgaben und zieh dich für das Spiel um. Ich glaube, ich setze mich hier noch für eine Weile hin.“

Er blieb stehen, kickte einen Kieselstein fort. „Warum sitzt du so oft hier draußen?“

„Weil ich gern hier bin.“

Er sah ihr aufmerksam ins Gesicht. „Wir ziehen also nicht wieder um?“

Sie bückte sich und drückte ihm einen Kuss auf die Stirn. „Nein, wir bleiben hier.“

Er strahlte. „Cool.“

Dann rannte er davon. Savannah setzte sich auf einen umgestürzten Baumstamm, schloss die Augen und versuchte an gar nichts zu denken. Aber so viele Dinge beschäftigten sie – Erinnerungen, Fehler, Zweifel. Sie verdrängte sie und konzentrierte sich auf die Stille und den Ort in ihrem Inneren, an dem es keine Sorgen gab.

Das war ein Trick, den sie als Kind gelernt hatte. Damals, als das Leben zu verwirrend gewesen war, um sich ihm zu stellen. Die langen Fahrten im klappernden Pick-up, die endlosen Stunden in übel riechenden Ställen, die lauten Stimmen, der Hunger, das Babygeschrei, die Kälte in den schlecht geheizten Zimmern, all das war nur zu ertragen gewesen, wenn sie sich für einige Minuten in ihr Inneres zurückzog. Entscheidungen fielen plötzlich leichter, neue Zuversicht stellte sich ein.

Fasziniert, so als wäre er einem rätselhaften Geschöpf des Waldes begegnet, beobachtete Jared Savannah. Sie saß vollkommen reglos, das exotische Gesicht absolut entspannt. Es hätte ihn nicht gewundert, wenn ein Schmetterling oder ein Vogel auf ihrer Schulter gelandet wäre.

Diese Wälder hatten immer ihm gehört, waren sein geheimer Zufluchtsort gewesen. Dass sie hier saß, kam ihm nicht wie ein unerlaubtes Eindringen vor. Es störte ihn nicht. Es überraschte ihn auch nicht, denn irgendwie schien er geahnt zu haben, dass er sie hier finden würde, wenn er zum richtigen Zeitpunkt nach ihr suchte.

Plötzlich wurde ihm bewusst, dass er den Atem anhielt und nicht einmal zu blinzeln wagte, aus Furcht, sie könnte sich in Luft auflösen und niemals wieder hierher zurückkehren.

Langsam schlug sie die Augen auf und blickte geradewegs in seine. Einen Moment brachte keiner von ihnen ein Wort heraus. Savannah war es gewöhnt, dass Männer sie anstarrten. Das hatten sie schon getan, als sie noch halbwegs ein Kind gewesen war. Manchmal hatte es sie geärgert, manchmal hatte sie es lustig oder interessant gefunden. Aber noch nie hatte es ihr die Stimme geraubt, wie es dieser offene Blick aus Augen tat, die sie an Sommergras erinnerten.

Jared bewegte sich zuerst, ging auf sie zu. „Bestimmt verrate ich Ihnen nichts Neues …", begann er. Weil er das Bedürfnis danach verspürte und weil seine Knie ein wenig weich geworden waren, setzte er sich neben sie auf den Baumstamm. „… wenn ich Ihnen sage, dass Sie eine hinreißend schöne Frau sind."

Sie senkte den Kopf. „Sollten Sie jetzt nicht ein Feld pflügen oder so etwas?"

„Shane fand, dass ich für heute genug getan habe. Steht bei Ihnen nicht ein Baseball-Match auf dem Programm?"

„Das findet erst in zwei Stunden statt." Savannah atmete tief durch. „Wer von uns beiden ist unbefugt, hier zu sitzen?"

„Eigentlich sind wir das beide." Jared holte ein Zigarillo heraus und suchte nach einem Streichholz. „Dieses Land gehört meinem Bruder."

„Ich dachte, die Farm gehört Ihnen allen."

„Das tut sie." Er steckte das Zigarillo an und sah dem Rauch nach, der in den Sonnenschein driftete. „Das Stück hier gehört Rafe."

„Rafe?" Fragend sah sie ihn an. „Sagen Sie bloß, es gibt noch mehr Brüder?"

„Insgesamt vier."

„Vier MacKades", sagte sie halb erstaunt, halb amüsiert. „Ein Wunder, dass die Stadt das überlebt hat. Und keine Frau hat es geschafft, einen von Ihnen vor den Altar zu bringen?"

„Rafe ist verheiratet. Ich war es mal."

„Oh." Sie war überrascht. „Und jetzt sind Sie wieder auf der Farm."

„Richtig. Nun, wenn ich schneller gewesen wäre, würde ich jetzt in Ihrer Blockhütte leben."

„Tatsächlich?"

„Ja. Mein Haus in der Stadt steht zum Verkauf, und ich brauche etwas Neues hier in der Gegend. Aber als ich ernsthaft zu suchen anfing, hatten Sie den Vertrag für das Blockhaus bereits unterschrieben." Er nahm einen Zweig und zeichnete einen Lageplan in den Sand. „Die Farm ... Rafes Haus ... die Blockhütte."

Mit gespitzten Lippen betrachtete Savannah das Dreieck. „Hmm ... Dann hätte den MacKades ein beträchtlicher Teil des Bergs gehört. Zu spät gekommen, Rechtsanwalt MacKade."

„Scheint so, Miss Morningstar."

„Ich schätze, Sie können mich Savannah nennen. Schließlich sind wir Nachbarn." Sie nahm ihm den Zweig ab und tippte auf die Spitze des Dreiecks. „Das hier ... Ist das das Steinhaus, das man von der Straße auf dem Hügel sehen kann?"

„Richtig. Das alte Barlow-Haus."

„Es ist verhext."

„Sie haben die Geschichten gehört?“

„Nein.“ Interessiert sah sie ihn an. „Gibt es Geschichten über das Haus?“

Jared brauchte nur einen Moment, um zu erkennen, dass sie sich nicht über ihn lustig machte. „Warum haben Sie gesagt, dass es verhext sei?“

„Das spürt man“, antwortete Savannah. „Genau wie diese Wälder … sie sind rastlos.“ Als er ihr einen erstaunten Blick zuwarf, lächelte sie. „Indianisches Blut. Ich bin halb Apache. Mein Vater hat immer behauptet, er sei ein Vollblut, aber …“ Sie verstummte.

„Aber?“

„Italienisch, mexikanisch, sogar ein wenig französisch – eine spezielle Mischung.“

„Und Ihre Mutter?“

„Angelsächsisch und mexikanisch. Sie arbeitete beim Rodeo, war sogar Champion. Sie hatte einen Autounfall, als ich fünf war. Ich kann mich kaum noch an sie erinnern.“

„Meine Eltern sind beide tot.“ Er hielt ihr die Zigarilloschachtel hin. Sie nahm eines davon, und er reichte ihr Feuer. „Es ist hart.“

Sie rauchte eine Weile schweigend, dann sagte sie: „Ich habe meinen Vater vor zehn Jahren verloren, als er mich hinauswarf. Ich war sechzehn und mit Bryan schwanger.“

„Das tut mir leid, Savannah.“

„Nun, ich habe es überlebt.“ Sie wusste nicht, warum sie es ihm erzählt hatte. Vielleicht weil es hier so friedlich und er ein guter Zuhörer war. „Wissen Sie was, Jared? Ich habe gestern so viel an meinen Vater gedacht wie seit Jahren nicht mehr. Sie glauben nicht, was vor zehn Jahren siebentausend Dollar für mich gewesen wären. Fünftausend. Was sage ich, es gab Zeiten, da hätten acht Dollar … Na ja, das alles spielt keine Rolle mehr.“

Ohne zu überlegen, umschloss er mit seiner Hand die ihre. „Doch, das tut es.“

Stirnrunzelnd starrte sie auf ihre beiden Hände, bevor sie

langsam ihre unter seiner hervorzog und aufstand. „Ich muss an Bryan denken. Also werde ich es mit ihm besprechen."

„Was ich Ihnen sage, dürfte für Sie ebenfalls nicht neu sein. Ich finde, Ihren Sohn allein aufzuziehen war eine großartige Leistung."

Sie lächelte. „Wir haben uns gegenseitig aufgezogen. Trotzdem danke. Ich melde mich bei Ihnen."

„Savannah." Sie drehte sich noch einmal zu ihm um. „Dies ist eine gute Stadt, mit Menschen, die meistens freundlich sind. Hier muss niemand allein bleiben, wenn er es nicht will."

„Auch darüber werde ich nachdenken müssen. Wir sehen uns, Anwalt MacKade."

Jared hatte seit Jahren kein Baseball-Match der Little League besucht. Als er vor dem Stadion am Stadtrand hielt und die Düfte und Geräusche wahrnahm, fragte er sich, warum er so lange gewartet hatte. Die hölzerne Tribüne war voll besetzt. Die Kids, die nicht auf dem Spielfeld waren, tobten hinter dem niedrigen Zaun oder rangelten im Schatten der Tribüne. Einige drängten sich vor dem Stand, von dem der Duft von Hot Dogs und anderen Snacks herüberwehte.

Jared parkte seinen Wagen neben all den anderen Autos am Rand der schmalen Straße und ging über die holprige Rasenfläche zum Spielfeld hinüber. Er hielt ringsum nach Savannah Ausschau, doch als Erster fiel ihm Connor Dolin auf.

Der blonde Junge stand still in der Schlange vor dem Imbissstand und starrte auf seine Füße, während zwei größere Kinder ihn ärgerten.

„He, da ist ja der Schwachkopf Dolin. Wie gefällt es denn deinem Vater in seiner Zelle?"

Connor hob auch dann nicht den Kopf, als sie ihm einen Schubs gaben. Die Frau vor ihnen drehte sich um und schnalzte tadelnd mit der Zunge, was die beiden jedoch nicht beeindruckte.

„Warum backst du ihm nicht einen Kuchen mit einer Feile

drin, du Trottel? Ich wette, ein Weichling wie du kann toll Kuchen backen."

„Hallo, Connor." Jared trat vor und warf den beiden Quälgeistern einen Blick zu, der sie davonrennen ließ. „Wie geht es dir?"

„Ganz gut." Die Scham hatte Connors Wangen gerötet. Und vor Angst, nicht nur erniedrigt, sondern auch verprügelt zu werden, waren die Hände, die das Geld hielten, schweißnass. „Ich soll Hot Dogs holen."

„Hm." Jared war so klug, dass er das, was er soeben gesehen hatte, nicht erwähnte. „Wieso spielst du denn nicht mit?"

„Ich bin nicht gut genug." Es klang ganz nüchtern, denn er war es gewöhnt, gesagt zu bekommen, dass er nicht gut genug sei. „Aber Bryan spielt mit. Bryan Morningstar. Er ist der Beste im Team."

„Ist er das?" Gerührt von dem plötzlichen Aufleuchten der schüchtern dreinblickenden grauen Augen des Jungen klappte Jared spielerisch den Schirm von Connors Baseball-Kappe hoch. Der Junge zuckte instinktiv zurück und erinnerte Jared daran, dass das Leben dieses Neunjährigen nicht immer aus Baseball und Hot Dogs bestanden hatte. „Ich freue mich darauf, ihm zuzusehen", fuhr Jared fort, als hätte er auch das nicht bemerkt. „Auf welcher Position spielt er denn?"

Beschämt wegen seiner feigen Reaktion blickte Connor wieder zu Boden. „Shortstop."

„Ach ja? Das habe ich auch einmal gespielt."

„Wirklich?" Erstaunt hob Connor den Kopf.

„Ja. Devin war an der dritten Base, und ..."

„Sheriff MacKade hat Baseball gespielt?" Jetzt mischte sich in die Verblüffung so etwas wie Heldenverehrung. „Ich wette, er war echt gut."

„Er war okay." Jared erinnerte sich nur ungern daran, dass es ihm nicht ein einziges Mal gelungen war, Devin zu besiegen. „Wie viele Hot Dogs willst du, Connor?"

„Ich habe Geld. Mom hat mir Geld gegeben. Und Miss Morningstar auch." Er zupfte die zerknüllten Scheine auseinander. „Ich soll ihr auch einen mitbringen. Mit Senf."

„Ich lade euch ein." Jared nickte dem Verkäufer zu und hielt drei Finger hoch, während der Junge an seiner Lippe nagte und besorgt sein Geld betrachtete. „Auf die Weise kann ich mich zu dir und Miss Morningstar setzen."

Jared reichte dem Jungen den ersten Hot Dog, den er ganz vorsichtig mit einem Streifen Senf versah. „Sind deine Mutter und deine Schwester auch hier?"

„Nein, Sir. Mom arbeitet, und Emma ist bei ihr im Lokal. Aber sie hat mir erlaubt, allein herzukommen."

Jared bestellte auch noch Getränke und verstaute alles in einen Pappkarton. „Kannst du das tragen?"

„Ja, Sir, natürlich." Froh, damit beauftragt worden zu sein, ging Connor auf die Tribüne zu und hielt den Karton, als wären die Hot Dogs Sprengstoff und die Getränke ein brennendes Streichholz. „Wir sitzen ziemlich weit oben, weil Miss Morningstar findet, dass man von dort alles viel besser sehen kann."

Und ich kann sie sehen, dachte Jared, während sie sich der Tribüne näherten. Savannah hatte die Arme auf die Knie gestützt und das Kinn auf die gefalteten Hände. Ihr Blick war auf das Spielfeld gerichtet. Jedenfalls nahm Jared das an, denn ihre Augen waren hinter einer Sonnenbrille verborgen.

Doch er irrte sich. Sie beobachtete ihn, wie er neben dem Jungen herging und lächelnd zurückwinkte, wenn der eine oder andere auf der Tribüne ihn begrüßte. Und ihr blieb auch nicht verborgen, wie mehrere Frauen unterschiedlichen Alters sich in Positur setzten, sobald er an ihnen vorbeikam.

Nun, ein Mann, der so aussah wie Jared, musste genau diese Wirkung haben, nahm Savannah an. Er weckte in einer Frau instinktiv das Bewusstsein, dass sie eine Frau war mit den nur ihr eigenen Gefühlen und Bedürfnissen. Erotischen Bedürfnissen.

Mit seinen langen Beinen stieg er hinter dem kleinen Jungen die Tribüne hinauf. Hin und wieder klopfte er auf die Schulter eines Bekannten oder schüttelte jemandem die Hand. Savannah nahm die Jacke, die sie auf Connors Platz gelegt hatte, und rutschte ans Geländer.

„Heute ist wirklich ein schöner Tag für ein Baseball-Match", sagte Jared, als er sich neben sie setzte. Er ließ sich von Connor den Karton geben und rückte an seine Banknachbarin noch enger heran, um Platz für den Jungen zu machen. „Es ist ganz schön voll, nicht wahr?"

„Jetzt ja. Danke, Con."

„Mr. MacKade hat bezahlt", sagte Connor und gab ihr das Geld zurück.

Sie wollte ihm sagen, dass er es behalten könne, fürchtete jedoch, ihn damit zu kränken. „Danke, Mr. MacKade."

„Wie steht es denn?"

„Wir liegen einen Punkt zurück. Das dritte Inning hat gerade begonnen." Sie biss in ihren Hot Dog. „Aber unsere besten Schlagmänner kommen erst noch."

„Bryan schlägt als Dritter." Connor schluckte seinen Bissen herunter, um nicht mit vollem Mund zu sprechen. „Er führt."

Jared sah, wie der erste Junge in dem orangefarbenen Teamshirt, das Ed's Café gestiftet hatte, das Spielfeld betrat. „Sind Sie Edwina Crump bereits begegnet?", fragte Jared Savannah leise.

„Bis jetzt noch nicht. Sie ist die Eigentümerin des Schnellrestaurants, wo Connors Mutter Cassandra arbeitet, nicht wahr?"

Savannah wollte noch etwas hinzufügen, doch in diesem Moment traf der Schlagmann den Ball mit voller Wucht. Er ließ die Keule fallen und rannte zur ersten Base. „Toll gemacht!", rief sie und stimmte in den Jubel der anderen mit ein. „Jetzt müssten wir sie einholen, nicht wahr, Con?"

„Ja, Ma'am. Das da ist J. D. Bristol. Er ist ein guter Läufer."

Savannah vergaß den Hot Dog in ihrer Hand, als der zweite Schlagmann den Ball verfehlte. Jemand beschimpfte lauthals den Schiedsrichter, und auf der Tribüne wurde heftig diskutiert.

„Offenbar werden diese Spiele noch immer sehr ernst genommen", bemerkte Jared lächelnd.

„Baseball ist eben eine ernste Sache", murmelte Savannah geistesabwesend und hielt den Atem an, als Bryan das Spielfeld betrat.

Um sie herum wurde getuschelt. „Das ist der Morningstar-Junge", verkündete jemand. „Er ist ein guter Schlagmann."

„Bei dem Werfer muss er verdammt gut sein. Dessen Bälle erwischt heute kaum jemand."

Savannah hob das Kinn und stieß den Mann vor ihr mit dem Knie an. „Warten Sie nur ab", sagte sie, als er sich umdrehte. „Er erwischt ihn."

Jared lehnte sich lächelnd zurück. „Ja, eine ernste Sache."

Sie verzog das Gesicht, als Bryan den ersten Ball verfehlte. „Einen Dollar darauf, dass er den Ausgleich schafft."

„Ich wette ja nur ungern gegen Ihren Jungen oder die Heimmannschaft", erwiderte Jared. „Aber wir MacKades haben immer gern gewettet. Abgemacht, um einen Dollar."

Savannah beobachtete gebannt, wie ihr Sohn sein übliches Ritual vollzog. Er verließ die Box, trat erst mit dem linken, dann mit dem rechten Fuß in den Staub, schnallte den Helm fester und schwang die Keule.

„Sieh auf den Ball, Bryan", flüsterte sie eindringlich, als er das Schlagmal wieder betrat. „Behalt immer den Ball im Auge."

Genau das tat er – als der Ball an ihm vorbeisauste, direkt in den Handschuh des Fängers.

„Strike zwei."

„Was soll das denn?", rief sie. „Der Ball war niedrig und außerhalb. Jeder konnte sehen, dass der zu niedrig und außerhalb war!"

Ihr Vordermann drehte sich um und nickte. „Sie haben völlig recht. Bo Perkins hat Augen wie meine Großmutter, und die brauchte eine Brille, um das Essen auf ihrem Teller zu sehen."

„Also, ich finde, jemand sollte Bo Perkins einen Tritt in den …" Sie verstummte, als sie bemerkte, dass Connor sie mit großen Augen ansah. „Jetzt wird es knapp", fügte sie leise hinzu.

„Na los, Bryan", sagte Jared, während Savannahs Sohn erneut das Schlagmal betrat.

Der Werfer holte aus und warf, Bryan traf den Ball mit der breitesten Stelle seiner Keule, sodass er hoch über die gereckten Arme der gegnerischen Spieler hinweg und aus dem Spielfeld flog.

„Er ist draußen!", rief Savannah begeistert und sprang zusammen mit den anderen Zuschauern auf. „Super, Bry, weiter so!" Bei ihrem Siegestanz bewegte sie die Hüften auf eine Weise, die Jared dazu brachte, den Blick vom Spielfeld zu nehmen. Sie jubelte aus vollem Hals, die Hände wie zum Schallrohr an den Mund gelegt, während Bryan seine Runde drehte und die Home-Base erreichte.

Savannah umarmte ihren neuen Freund auf der Bank unter ihr und kusste ihn auf die Wange. „Den Ball hat er voll erwischt, was?"

Der Mann, der etwa dreißig Jahre älter als sie war, errötete wie ein Schuljunge. „Ja, Ma'am, das kann man wohl sagen."

„Sie sind nicht gerade schüchtern und zurückhaltend, was?", bemerkte Jared, als sie sich wieder neben ihn setzte.

„Zahlen Sie Ihre Schulden." Sie hielt ihm die Handfläche hin.

Jared holte den Eindollarschein heraus und gab ihn ihr. „Das war es mir wert."

„Das war noch gar nichts, Anwalt MacKade."

Jared dachte an ihre wohlgeformten Hüften und hoffte inständig, dass sie recht behalten würde.

3. Kapitel

Wahrscheinlich ist es ein Fehler, sich mit Jared MacKade in Ed's Café zu setzen und ein Eis zu essen, dachte Savannah. Aber er hatte sie überredet. Außerdem hatten Bryan und Connor sich riesig gefreut, als er ihnen anbot, den Sieg der Antietam Cannons mit einem Fruchtbecher zu feiern.

Und sie wollte mit eigenen Augen sehen, wie er mit Cassandra Dolin umging.

Connors Mutter ist ein zerbrechliches Geschöpf, dachte Savannah. Blond und hübsch wie eine Porzellanpuppe, mit Augen, die so traurig blicken, dass es einem fast das Herz bricht.

Jared war sehr sanft und freundlich zu Cassandra und entlockte ihr ab und zu sogar ein Lächeln. Offenbar mochte er scheue, verletzliche Frauen.

„Kommen Sie, Cassie, essen Sie ein Eis mit uns."

„Geht leider nicht." Cassie blieb lange genug am Tisch stehen, um ihrer Tochter über den Kopf zu streicheln, während die kleine Emma sich das Eis schmecken ließ. „Der Laden ist voll. Aber ich bin Ihnen sehr dankbar, dass Sie die Kinder eingeladen haben, Jared."

Sie ist so mager, dass ein Frühlingshauch sie umwehen könnte, dachte Jared und hielt ihr den Löffel hin. „Nur ein Bissen, ja?"

Cassandra errötete, öffnete aber gehorsam den Mund. „Schmeckt herrlich."

„He, Cass, die Burger sind fertig."

„Komme schon." Cassie eilte zum Tresen, hinter dem Edwina Crump das Regiment führte.

Die Eigentümerin des Schnellrestaurants zwinkerte Jared

zu. Die Tatsache, dass sie zwanzig Jahre älter als er war, hinderte sie nicht daran, den Anblick eines attraktiven Mannes zu genießen. „He, großer Bursche, warum lässt du dich so selten hier blicken?“ Sie zupfte ihr rotes, dauergewelltes Haar über den Ohren zurecht. „Wann gehst du mit mir tanzen?“

„Wann immer du willst, Ed.“

Sie lachte fröhlich. „Drüben im Legion spielt heute Abend eine richtig heiße Band. Ich werde auf dich warten“, rief sie, bevor sie in der Küche verschwand.

Belustigt stützte Savannah die Arme auf den Tisch. „Das Legion, was? Ich wette, dort geht es ziemlich hoch her.“

„Sie würden sich wundern.“ Er zog eine Augenbraue hoch. „Möchten Sie hingehen?“

„Nein, danke. Bry, meinst du, du könntest das Eis so essen, dass das meiste davon in deinem Mund und nicht auf dem Tisch landet?“

Er leckte ungerührt seinen Löffel ab. „Schmeckt toll“, sagte er dabei. „Wie ist denn deins, Con?“ Er wartete die Antwort nicht ab, sondern tauchte den Löffel gleich in Connors Becher. „Erdbeer ist okay. Aber Toffee ist am besten“, sagte er, den Blick schon auf Emmas Schokoladenbecher gerichtet.

„Nein, Bry“, sagte Savannah lächelnd und nickte Emma zu, als die Fünfjährige die Hand schützend um ihr Eis legte. Die Kleine ist still, dachte sie, aber sie weiß, was ihr gehört. „Lass es dir ruhig schmecken, Honey. Ich wette, du kannst die Jungs unter den Tisch essen.“

„Ich mag Eiscreme“, erwiderte Emma mit einem scheuen Lächeln.

„Ich auch.“ Mit einem Grinsen schob Savannah sich den nächsten Bissen in den Mund. „Und Schokolade ist am besten, nicht?“

„Ja, und die Schlagsahne. Miss Ed gibt einem immer ganz viel davon.“ Vorsichtig legte Emma den Löffel ab. „Ich darf jetzt zu Regan gehen, meine Mama hat es erlaubt.“

„Wer ist Regan?“, fragte Bryan.

„Sie ist mit meiner Mom befreundet", erklärte Connor. „Sie hat ein Geschäft ganz in der Nähe. Da gibt es viele tolle Sachen."

„Wollen wir uns die ansehen?", schlug Bryan vor.

Bevor er aufspringen konnte, legte Savannah ihm eine Hand auf den Arm. „Bryan."

Er brauchte eine Minute. „Ach ja. Danke, Mr. MacKade. Das Eis war toll. Komm schon, Con."

„Danke, Mr. MacKade." Da Emma schon seine Hand hielt und daran zog, glitt Connor von der Sitzbank. Mit gerunzelter Stirn sah er seine Schwester an.

„Danke", sagte sie, ohne ihren Bruder loszulassen.

„Gern geschehen. Grüß Regan von mir."

„Machen wir, Mama", rief Connor, „wir gehen jetzt zu Regan."

„Aber fasst nichts an", warnte Cassie, während sie einen Teller servierte und zwei weitere auf dem Arm balancierte. „Und kommt sofort wieder, falls sie beschäftigt ist."

„Ja."

Bryan war schon draußen. Connor folgte ihm, so schnell seine kleine Schwester es zuließ.

„Ich würde sagen, Ihre Einladung war ein Volltreffer", sagte Savannah und legte einen Arm auf die Rückenlehne.

„Sie haben auch einen gelandet. Emma ist richtig aufgetaut."

„Es muss hart sein, wenn man so scheu ist. Sie sieht aus wie ein Engel. Ganz wie ihre Mutter."

Wie Engel, die schon durch die Hölle gegangen sind, dachte Jared. „Cassie ist großartig. Sie muss die beiden allein erziehen. Sie wissen doch, wie schwer das ist."

„Ja, das weiß ich." Savannah sah zu Cassie hinüber, die gerade einen Tisch abwischte. „Sie und Cassie ... stehen Sie einander nah?"

„Ich kenne sie fast mein ganzes Leben, aber nein, nicht so, wie Sie meinen. Sie ist eine gute Freundin." Er war erfreut darüber, dass es sie interessierte. „Und eine Mandantin. Alles, was über eine gute Freundschaft hinausginge, wäre nicht ethisch, wenn ich sie anwaltlich vertrete."

„Und Sie nehmen Ihren Beruf sehr ernst, nicht wahr, Anwalt MacKade?"

„Das stimmt. Wissen Sie, Sie haben noch nicht erwähnt, was Sie tun."

„In welcher Hinsicht?", fragte sie.

„Womit verdienen Sie Ihren Lebensunterhalt?"

„Ich habe alles Mögliche getan." Savannah zuckte mit den Schultern. „Im Augenblick illustriere ich vor allem Kinderbücher." Sie lachte, ehe sie fortfuhr. „Passt nicht so ganz zu meinem Image, was?"

„Ich weiß nicht. Um das zu beantworten, müsste ich erst einmal ein paar Ihrer Illustrationen sehen." Er hatte jemanden entdeckt, denn er lächelte über ihre Schulter hinweg. „Hallo, Dev."

Savannah drehte sich zur Tür um, durch die gerade ein Mann hereingekommen war. Sein Gesicht war so markant wie das von Jared. Er war genauso groß und athletisch gebaut wie Jared, und seine Ausstrahlung war ebenso selbstsicher. Nur die grünen Augen hatten einen anderen Ausdruck.

Sie kannte die Art, wie der Mann sich im Raum umsah und jedes Detail in sich aufnahm, wie er wachsam, aufmerksam seine Umgebung beobachtete. Instinktiv spannten sich ihre Muskeln an. Sie brauchte den Stern an seiner Brust nicht zu sehen, um zu wissen, dass er der Sheriff war. Polizisten erkannte sie aus einer halben Meile Entfernung. Und sie roch sie, wenn sie noch zwanzig Schritte entfernt waren.

„Ich habe deinen Wagen gesehen." Devin nickte Cassie kurz zu und setzte sich neben seinen Bruder.

„Savannah Morningstar, Devin MacKade."

„Freue mich, Sie kennenzulernen." Eine hübsche Frau, dachte Devin zunächst, doch dann spürte er die Kälte und fragte sich, warum sie so abweisend war. „Sie haben das Blockhaus gekauft? Das vom Doktor?"

„Ja. Es gehört jetzt mir."

Das war nicht nur Kälte. Es wurde immer eisiger. „Das Kind, dem ich draußen auf der Farm begegnet bin, muss Ihres sein. Bryan, nicht wahr?“

„Ja, Bryan ist mein Sohn. Er ist wohlgenährt, er geht zur Schule und hat alle vorgeschriebenen Impfungen bekommen. Entschuldigen Sie mich, ich möchte nach den Kids sehen.“

So eisig, dass man Frostbeulen bekommt, ergänzte Devin insgeheim, als sie aufstand. Sekunden später fiel die Tür hinter ihr zu. Devin verzog das Gesicht. „Aua. Was war das denn?“

„Ich weiß es nicht“, murmelte Jared. „Aber ich werde es herausfinden.“ Er holte Geld aus seiner Jackentasche.

„Soll ich raten?“ Devin rückte zur Seite, damit Jared aus der Nische schlüpfen konnte. „Die Lady ist mit dem Gesetz in Konflikt geraten.“

Verdammt, verdammt, verdammt. Auf dem Bürgersteig rang Savannah um Fassung. Das war dumm von dir, tadelte sie sich. Sie hatte einen Fehler begangen. Wenn man nicht aufpasste und zu sorglos wurde, konnte man unschöne Überraschungen erleben.

Jetzt, da sie vor dem Restaurant stand, die Hände in die engen Jeanstaschen gesteckt, ging ihr auf, dass sie nicht wusste, was für ein Geschäft diese Regan hatte. Und schon gar nicht, wo es sich befand. Alles, was sie wollte, war, ihren Sohn zu holen und nach Hause zu fahren.

„Würden Sie mir erklären, was gerade los war?“ Jared trat hinter sie und legte eine Hand auf ihre Schulter.

Savannah zwang sich, tief durchzuatmen, bevor sie sich zu ihm umdrehte. „Ich hatte mein Eis aufgegessen.“

„Dann sollten Sie jetzt vielleicht einen kleinen Spaziergang machen, um die Kalorien abzuarbeiten.“ Er legte seine Hand um ihren Arm, doch Savannah riss sich los.

„Fassen Sie mich nicht an. Es sei denn, ich bitte Sie darum“, sagte sie scharf.

Er musste sich beherrschen, um ruhig zu bleiben. „Na schön. Warum erzählen Sie mir nicht, warum Sie eben so unfreundlich waren?“

„Ich bin oft unfreundlich", erwiderte sie. „Vor allem zu Polizisten. Ich mag Polizisten nicht. Sie rangieren gleich hinter Rechtsanwälten, und ich möchte weder mit den einen noch mit den anderen zu tun haben. Wo finde ich die Kinder?"

„Mir scheint, wir haben vorhin eine ganze Menge miteinander zu tun gehabt."

„Jetzt nicht mehr. Gehen Sie wieder hinein und plaudern Sie mit Ihrem Bruder über Recht und Gesetz." Sie hatte den alten Zorn, die alte Angst noch nicht ganz abgeschüttelt. „Sagen Sie ihm, er soll mich überprüfen lassen. Ich bin sauber. Ich habe einen ehrlichen Job und Geld auf der Bank."

„Gut für Sie. Warum sollte Devin Sie überprüfen lassen?", fragte er.

„Weil Polizisten und Anwälte ihre Nase nur zu gern in anderer Leute Angelegenheiten stecken. Das tun Sie doch, seit Sie bei mir aufgetaucht sind. Wie ich lebe und wie ich meinen Sohn großziehe, geht niemanden etwas an. Also, lassen Sie mich in Ruhe."

Es war faszinierend. Obwohl Jared sich nur mühsam beherrschen konnte, war es faszinierend, sie so wütend zu erleben. „Ich bin Ihnen noch nicht zu nahe getreten, Savannah. Wenn ich das tue, werden Sie es merken, glauben Sie mir. Im Moment bitte ich Sie lediglich um eine Erklärung für Ihr eigenartiges Verhalten."

Sie wusste nicht, wie er es schaffte. Wie konnte er sie mit Blicken durchbohren und zugleich so ruhig und gelassen mit ihr reden? Sie konnte Menschen nicht ausstehen, die das schafften. „Sie haben gerade die einzige Erklärung bekommen, die ich Ihnen geben werde. Und jetzt sagen Sie mir endlich, wo mein Sohn ist."

Jared sah ihr fest in die Augen. „Das Geschäft heißt ‚Past Times', und es liegt zwei Schritte hinter Ihnen." Doch als sie sich zum Gehen umdrehen wollte, hielt er sie am Arm fest.

„Ich habe Ihnen doch gesagt …"

„Hören Sie mir einmal zu. Sie werden nicht wie eine Feuer speiende Amazone in den Laden stürmen."

Wenn Blicke töten könnten, wäre er jetzt eine Leiche gewesen. „Nehmen Sie jetzt sofort Ihre Hand von meinem Arm, bevor ich Ihnen das Gesicht zerkratze", fauchte sie.

Er festigte seinen Griff. Unter anderen Umständen hätte er es vielleicht genossen, mit ihr zu streiten. „In dem Laden sind zwei Kinder, denen Sie einen solchen Auftritt ersparen sollten. Die beiden haben schon genug durchgemacht", sagte er und sah, wie ihr Gesichtsausdruck sich veränderte. Aus Wut wurde Verblüffung, aus Verblüffung Mitgefühl.

„Connor und Emma. Ich hätte es mir denken sollen." Sie warf einen Blick durch das große Schaufenster in Ed's Schnellrestaurant. „Cassandra."

„Die Kinder mussten mit ansehen, wie ihr Vater ihre Mutter verprügelt hat, und das ist mehr als genug Gewalt für ihr kurzes Leben. Wenn Sie in den Laden stürmen, werden Sie …"

„Es ist nicht meine Art, Kinder zu erschrecken", fauchte Savannah. „Was immer Spießer wie Sie von mir halten mögen, ich bin eine gute Mutter. Bryan hat es nie an Liebe gefehlt. Er hat alles bekommen, was ich ihm geben konnte, und …" Sie schloss die Augen und wehrte sich gegen die ohnmächtige Wut, die in ihr aufstieg. Jared hatte das Gefühl, einem Vulkan zuzusehen, der seinen Krater verschloss.

„Lassen Sie meinen Arm los", sagte sie ruhig. „Ich möchte meinen Sohn nach Hause bringen."

Jared betrachtete ihr Gesicht, sah das Temperament, das sich hinter dem scheinbar ruhigen Blick der braunen Augen verbarg. Er ließ sie los und schaute ihr nach, als sie zu Regans Laden ging. Dort blieb sie kurz stehen, atmete dann noch einmal tief ein und verschwand schließlich durch die Tür.

Devin kam aus dem Restaurant, blieb neben Jared stehen und kratzte sich den Kopf. „Das war ein recht interessanter Auftritt."

„Ich habe das Gefühl, das war erst der Auftakt." Jared schob die Hände in die Taschen. „Die Frau hält noch einige Überraschungen bereit."

„Eine solche Frau kann einen Mann dazu bringen, seinen eigenen Namen zu vergessen." Devin lächelte seinen Bruder an. „Kennst du deinen noch?"

„Ja, ich kann mich schwach erinnern. Ich glaube, du hattest recht mit deinem Verdacht, dass sie mit dem Gesetz in Konflikt geraten ist."

Devin kniff die Augen zusammen. Er war für diese Stadt und ihre Bewohner verantwortlich. Und dafür, dass sie sich an die Gesetze hielten. „Ich könnte sie überprüfen lassen."

„Nein, tu das nicht. Genau damit rechnet sie." Nachdenklich ging Jared zu seinem Wagen. „Ich würde die Frau lieber überraschen. Dann werden wir ja sehen, was passiert."

„Wie du meinst", knurrte Devin, als sein Bruder einstieg. Ich werde mich nicht einmischen, dachte er. Solange die Lady mir keinen Ärger macht.

Bryan starrte aus dem Wagenfenster und zeigte seiner Mutter die kalte Schulter. Er sah nicht ein, warum Connor nicht bei ihm übernachten durfte. Heute war Samstag, und bis am Montagmorgen die dämliche Schulglocke läutete, war es noch lang.

Was sollte ein Junge ohne seinen besten Freund mit all der freien Zeit anfangen? Hausarbeit, dachte er, und verdrehte die Augen. Schulaufgaben. Ebenso gut könnte er im Gefängnis sitzen.

„Ich könnte ebenso gut im Gefängnis sitzen", sagte er laut und sah seine Mutter herausfordernd an.

„Ja, hinter Gittern spielen sie oft Baseball und essen jede Menge Eiscreme."

„Aber zu Hause ist es so langweilig", beschwerte sich der Neunjährige.

„Ich werde dich schon beschäftigen", entgegnete sie und ärgerte sich über ihre mürrische Antwort. „Tut mir leid, Bry.

Mir geht im Moment viel im Kopf herum. Connor kann doch ein anderes Mal bei uns übernachten."

„Ich hätte bei Con bleiben können. Seine Mutter hätte bestimmt nichts dagegen."

Volltreffer, dachte sie grimmig, als sie in ihre Einfahrt einbog. „Aber deine hat etwas dagegen, mein Freund, und eine andere hast du nun einmal nicht. Als Erstes kannst du den Müll hinausbringen, den du heute Morgen vergessen hast. Danach kannst du das Chaos in deinem Zimmer beseitigen, und außerdem solltest du dich mit deinem Mathematikbuch befassen, wenn du die Ferien nicht in der Sommerschule verbringen willst."

„Toll." Kaum hielt der Wagen, stieg er aus und knallte die Tür hinter sich zu. Das Seitenfenster war offen, und so konnte Savannah ihn etwas davon murmeln hören, dass es zu Hause sogar noch schlimmer sei als im Gefängnis.

„Bryan Morningstar!"

Als er sich umdrehte, starrten sie einander an, sie wütend, er trotzig, beide mit geröteten Gesichtern. „Warum zum Teufel bist du mir so ähnlich?", fragte sie schließlich und warf einen Hilfe suchenden Blick zum Himmel hinauf. „Ich hätte ein nettes, ruhiges, wohlerzogenes kleines Mädchen haben können, wenn ich mir richtig Mühe gegeben hätte. Aber nein, ich musste ja unbedingt einen frechen, übel gelaunten Jungen mit großen Füßen bekommen!"

Seine Mundwinkel zuckten. „Sei froh, sonst müsstest du den Müll nämlich selbst hinausbringen. Ein Mädchen würde wahrscheinlich jammern, dass es sich dabei schmutzig macht."

„Ich kann den Mülleimer selbst hinaustragen", sagte sie. „Ich glaube, das werde ich sogar tun, aber erst, nachdem ich dich hineingesteckt habe." Sie wollte ihn packen, doch er wich ihr lachend aus.

„Du bist zu alt, um mich zu fangen."

„Ach ja?" Sie rannte los und verfolgte ihn den Hügel hinauf. Er blieb stehen und lachte triumphierend. Das war ein Fehler.

Sie machte einen Satz, warf ihn um und fiel mit ihm ins Gras.

„So, wer ist hier alt, du Angeber?“

„Du.“ Er kreischte laut, als sie ihn kitzelte. „Du bist fast dreißig.“

„Bin ich nicht. Nimm das sofort zurück.“ Sie nahm ihn in den Schwitzkasten. „Nimm das zurück und rechne, Einstein. Wie viel ist dreißig weniger sechsundzwanzig?“

„Nichts“, rief er. „Null.“ Und dann, weil er Angst hatte, sich vor Lachen in die Hose zu machen, wenn sie ihn weiterkitzelte, gab er endlich auf. „Vier, okay! Vier.“

„Denk daran, ja? Und vergiss nicht, wer von uns stärker ist.“ Sie zog ihn an sich und umarmte ihn so heftig, dass er nach Luft schnappte. „Ich liebe dich, Bryan. Ich liebe dich so sehr.“

„Mensch, Mom.“ Er entwand sich ihren Armen. „Das weiß ich.“

„Tut mir leid, dass ich dich angeschnauzt habe.“

Er verdrehte die Augen, aber ihr entging nicht, dass sie feucht wurden. „Ich schätze, mir tut es auch leid.“

„Du und Connor könnt am nächsten Wochenende zusammen übernachten, bei ihm oder bei uns. Versprochen.“

„Okay, das ist cool.“ Als sie ihn nicht losließ, runzelte er die Stirn. Aber eigentlich machte es nichts, dass seine Mom ihn festhielt, schließlich sah es keiner. Sie duftete gut, und ihre Arme waren so weich. Eine vage Erinnerung daran, wie sie ihn früher gewiegt und getröstet hatte, stieg in ihm auf.

Er war einfach noch zu jung, um dies alles nicht für selbstverständlich zu halten. Seine Mutter war immer da gewesen. Sie würde immer da sein.

„Könnten wir vielleicht nachher etwas grillen?“, fragte er.

„Natürlich. Möchtest du Superburger?“

„Oh, ja. Und Pommes.“

„Was wäre ein Superburger ohne Pommes?“, flüsterte sie und seufzte. „Bryan, hat Con dir etwas über seinen Vater erzählt?“ Sie spürte, wie ihr Sohn erstarrte, und küsste ihn liebevoll aufs Haar. „Ist es ein Geheimnis?“

„So ungefähr."

„Ich will nicht, dass du dein Wort brichst. Aber ich habe heute erfahren, dass Connors Vater früher seine Mutter geschlagen hat. Ich dachte, wenn Connor mit dir darüber gesprochen hat, möchtest du vielleicht mit mir darüber reden."

Das wollte er, seit Connor es ihm erzählt hatte. Aber Connor hatte geweint. Bryan hatte natürlich so getan, als würde er es nicht merken. Und so etwas erzählte ein Junge seiner Mutter natürlich nicht.

„Con meinte, dass er im Gefängnis sitzt, weil er sie geschlagen hat. Con meinte, dass er ihr richtig wehgetan hat … und dass er viel getrunken und ihr blaue Flecken verpasst hat und all das. Sie lassen sich scheiden."

„Ich verstehe." Savannah war in ihrem Leben vielen Männern wie Joe Dolin begegnet, und sie konnte sie nur verachten. „Hat er Con auch geschlagen? Und Emma?"

„Emma nicht." Auch das war etwas, worüber Bryan eigentlich nicht sprechen wollte. Aber bevor er es zurückhalten konnte, sprudelte es wie von selbst aus ihm heraus. „Aber er hat Con verprügelt. Nicht, wenn seine Mom da war. Er beschimpfte ihn und schubste ihn herum. Er meinte, dass Con ein Waschlappen sei, weil er gern Bücher liest und Geschichten schreibt. Con ist kein Waschlappen."

„Natürlich ist er das nicht."

„Er ist einfach nur echt klug. Er muss kaum lernen, um in der Schule die richtigen Antworten zu geben. Und er braucht sich gar nicht zu melden, weil die Lehrerin ihn auch so aufruft." Bryan starrte vor sich hin, und sein Gesicht verfinsterte sich. „Einige der Kids ärgern ihn immer. Mit seinem Vater und weil er der Liebling der Lehrerin ist und weil er den Baseball nicht sehr weit werfen kann. Aber wenn ich bei ihm bin, lassen sie ihn in Ruhe."

Savannah schloss die Augen und legte die Wange an seinen Kopf. „Du bist ein guter Junge."

„Bin ich nicht." Hastig verbesserte er sich. „Wer andere einschüchtert, ist meistens selbst ein Feigling, habe ich recht?"

„Das hast du.“ Wieder seufzte sie. „Bryan, ich muss mit dir reden. Weißt du noch, als du nach Hause kamst und Mr. MacKade da war?“

„Klar.“

„Er ist Rechtsanwalt und war beruflich da.“

„Haben wir Ärger?“

„Nein.“ Sie drehte ihn zu sich, um ihm ins Gesicht schauen zu können. „Wir haben keinen Ärger. Uns geht es gut. Er kam wegen … Mein Vater ist gestorben, Bryan.“

„Oh.“ Er empfand nichts als ein mildes Erstaunen. Er hatte seinen Großvater nie kennengelernt und wusste nur, dass Jim Morningstar ein Rodeo-Reiter und daher viel unterwegs gewesen war. Das hatte seine Mutter ihm irgendwann einmal erzählt. „Er war wohl ziemlich alt, was?“

„Ja.“ Fünfzig? Sechzig? Savannah hatte keine Ahnung. „Ich habe dir das mit ihm nie richtig erklärt. Dein Großvater und ich haben uns vor langer Zeit einmal sehr gestritten, und da bin ich von zu Hause weggegangen.“ Wie konnte sie diesem Kind, ihrem über alles geliebten Kind, erzählen, dass es die Ursache gewesen war? Nein, das würde sie nicht. Sie würde es niemals tun. „Jedenfalls bin ich weggegangen und wir haben irgendwie den Kontakt zueinander verloren.“

„Woher wusste Mr. MacKade denn, dass er tot ist? Hat er ihn gekannt?“, fragte Bryan.

„Nein, das wusste er nur, weil er Rechtsanwalt ist. Dein Großvater hat sich verletzt, und das hat ihn vermutlich nachdenklich gestimmt. Er beauftragte einen Anwalt in Oklahoma damit, uns zu suchen, und der Anwalt rief Mr. MacKade an. Das alles dauerte eine Weile, aber dann kam Mr. MacKade sofort her und erzählte es mir. Und dass dein Großvater etwas Geld hinterlassen hat.“

„Wow, wirklich?“

„Es sind mehr als siebentausend …“

„Dollar?“, unterbrach Bryan sie mit großen Augen. Siebentausend Dollar waren ein Vermögen. Genug für ein neues

Fahrrad, einen neuen Baseball-Handschuh und die Sammelkarte von Cal Ripkin, die er sich schon so lange wünschte. „Und wir dürfen das Geld behalten? Einfach so?"

„Ich muss erst einige Papiere unterschreiben."

Das dicke Bündel Banknoten verschwand lange genug aus seiner Vorstellung, um den Gesichtsausdruck seiner Mutter richtig deuten zu können. „Warum willst du das Geld nicht?"

„Ich ... Oh, Bryan." Verzweifelt zog sie die Knie an. „Ich weiß nicht, wie ich es dir erklären soll. Ich war all die Jahre lang so böse auf ihn. Und jetzt bin ich wütend, weil er gewartet hat, bis er tot ist."

Bryan überlegte. „Ist das so, als würde er damit sagen, dass ihm alles leidtut? Und wenn du das Geld annimmst, sagst du, dass es dir auch leidtut?"

Er ließ es so einfach klingen, dass sie lachen musste. „Warum bin ich nicht selbst darauf gekommen?" Müde sah sie ihren Sohn an. „Du findest, wir sollten es annehmen, nicht wahr?"

„Wir brauchen es wahrscheinlich nicht unbedingt. Ich meine, du hast deinen Job, und wir haben ja jetzt ein eigenes Haus."

„Nein", flüsterte Savannah. „Wir brauchen es nicht unbedingt." Sie spürte, wie ihr eine Last von den Schultern genommen wurde. Sie brauchten es nicht zu nehmen, und genau deshalb konnten sie es nehmen. „Gleich am Montag werde ich zu Mr. MacKade gehen und ihm sagen, dass er uns das Geld überweisen soll."

„Cool." Bryan sprang auf. „Ich muss Con anrufen und ihm erzählen, dass wir jetzt reich sind."

„Nein."

Er blieb so abrupt stehen, dass er fast gestolpert wäre. „Aber, Mom ..."

„Nein. Mit seinem Geld zu prahlen ist sehr uncool. Und eins sollte ich dir jetzt gleich sagen, mein Freund. Das Geld macht uns nicht reich, und ich werde es für deine College-Ausbildung festlegen."

Mit offenem Mund starrte er sie an. „College? Das kommt doch erst in hundert Jahren. Vielleicht gehe ich auch gar nicht hin."

„Das liegt ganz bei dir, aber wenn du dich dazu entschließt, werden wir es bezahlen können."

„Oh, Mann." Bryan war erst neun und erlebte gerade, wie es war, ein Vermögen zu gewinnen und sofort wieder zu verlieren. „Das ganze Geld?"

„Das ganze." Sein zutiefst betrübtes Gesicht stimmte sie um. „Bis auf einen Teil. Du darfst dir etwas wünschen. Als würdest du ein Geschenk von deinem Großvater bekommen."

Voller Hoffnung strahlte er sie an. „Darf ich mir wünschen, was ich will?"

„Nun ja, innerhalb gewisser Grenzen. Ein vergoldeter Sportwagen zum Beispiel ist nicht drin", sagte sie lächelnd.

Er stieß einen Jubelschrei aus und umarmte sie. „Ich muss sofort etwas in meinem Baseballkarten-Katalog nachsehen."

Sie schaute ihm nach, als er ins Haus rannte. So schnell hatte sie ihren Sohn noch nie laufen sehen.

Während Savannah auf der Veranda die Hamburger grillte und Bryan sich in seinen Katalog vertiefte, saß Jared auf der anderen Seite des verwunschenen Waldes und dachte an sie.

Er war versucht, sehr versucht sogar, durch den Wald zu eilen und den Streit beizulegen, den sie am Nachmittag auf dem Bürgersteig vor Ed's begonnen hatte.

Zickige Frauen konnte ich noch nie ausstehen, dachte Jared und setzte den Schaukelstuhl in Bewegung. Zickige Frauen mit unberechenbaren Launen und undurchschaubarer Vergangenheit noch viel weniger.

Nicht, dass Savannah Morningstar ihn nicht interessierte oder es ihn nicht reizte, alles über sie zu erfahren. Aber im Moment verlief sein Leben in sehr ruhigen Bahnen. Er hätte sie gern näher kennengelernt, natürlich nur bis zu einem gewissen Punkt. Ein paar Verabredungen, die möglichst bald zu einem intimeren Kontakt führten. Schließlich war er kein Kostverächter. Und welcher normale Mann würde nicht davon träumen, sich mit einer so hinreißenden Frau zu amüsieren?

Und Jared MacKade war in dieser Hinsicht äußerst normal. Aber er war nicht dumm. Die Frau, die ihn am Nachmittag angefaucht hatte, bedeutete nichts als Ärger. Das Letzte, was ein so hitziges Temperament brauchte, war, sich mit einem ebenso hitzigen Temperament anzulegen. Deshalb zog er kühle, beherrschte und vernünftige Frauen vor.

Wie meine Exfrau zum Beispiel, dachte er und verzog das Gesicht. Die war so kühl gewesen, dass er ihr manchmal am liebsten einen Spiegel vor den Mund gehalten hätte, um festzustellen, ob sie noch atmete. Doch das war eine andere Geschichte.

Gleich Montag früh würde er einen offiziellen Brief aufsetzen, in dem er Savannah Morningstar über ihr Erbe in Kenntnis setzte und ihr mitteilte, welche Schritte sie unternehmen müsse, um es anzunehmen oder abzulehnen.

Es machte ihm nichts aus, sich für einen Mandanten die Hände schmutzig zu machen, Schweiß zu vergießen oder sogar eine schlaflose Nacht zu verbringen. Aber sie war nicht seine verdammte Mandantin, und der Gefallen, den er dem Kollegen aus dem Westen zu tun bereit war, hatte seine Grenzen. Jared hatte genug von Savannah Morningstar.

Verdammt, die Frau hatte ein Kind. Ein äußerst liebenswertes Kind, aber darauf kam es nicht an. Eine private Beziehung zwischen ihm und ihr musste immer auch ihren Sohn mit einschließen. Daran führte kein Weg vorbei. Und Jared fand das auch richtig so.

Außerdem war da noch die Tatsache, dass sie nicht nur wunderschön, sondern auch zäh wie eine Schuhsohle war. Zweifellos war sie weit herumgekommen und hatte dabei viel erlebt. Eine Frau, die einen Mann so ansehen konnte, hatte ihr Leben bestimmt nicht damit verbracht, Kekse zu backen. Eine solche Frau konnte einen Mann um den Verstand bringen.

Nun, vielleicht die meisten Männer, aber ganz gewiss nicht Jared MacKade. Er würde mit ihr fertigwerden. Wenn er wollte.

Dieses exotische, unglaublich faszinierende Gesicht ging ihm unter die Haut und ließ ihn nicht mehr los. Es war lange her, dass er eine Frau so begehrt hatte.

Wütend auf sich selbst sprang Jared auf und eilte in den Wald. Er brauchte frische Luft. Ein Spaziergang würde ihm guttun. Die Geister der Vergangenheit waren ihm willkommener als seine eigenen Gedanken.

4. Kapitel

Sissy Bleaker, Jareds Sekretärin, riss den Hörer von der Gabel, noch bevor das erste Läuten verklungen war. „Anwaltskanzlei MacKade, guten Tag." Es war Viertel vor fünf. In genau einer Stunde war sie mit einem tollen Mann verabredet, und ihr Chef war den ganzen Tag hindurch unausstehlich gewesen. „Oh ja, hallo, Mr. Brill ... Nein, Mr. MacKade ist in einer Besprechung."

Sissy unterdrückte einen wenig damenhaften Ausdruck, als die Kanzleitür aufging. Wie zum Teufel sollte sie in einer Stunde unwiderstehlich sexy aussehen, wenn sie nicht aus dem Büro wegkam?

„Ich richte ihm gern etwas aus." Als sie nach dem Notizblock griff, hob sie den Kopf. Und kam zu dem Ergebnis, dass, selbst wenn sie eine ganze Woche Zeit hätte, sie nicht annähernd so erotisch aussehen würde wie die Frau, die gerade die Kanzlei betreten hatte.

Savannah fühlte sich äußerst unwohl. Sie hatte sich nur widerwillig umgezogen und trug statt der üblichen Jeans mit T-Shirt eine Bundfaltenhose und über einer Bluse eine Jacke. Bei Behördengängen und ähnlich unangenehmen Anlässen hatte sie stets das Gefühl, sich verkleiden zu müssen.

Und das hier war ein höchst unangenehmer Anlass. Das Büro, in dem sie jetzt stand, war alles andere als einladend. Die hübschen Pflanzen und pastellfarbenen Bilder an den mattweißen Wänden täuschten nicht darüber hinweg, dass an diesem Ort Paragraphen regierten. Der Teppichboden war grau, und die darauf abgestimmten Stühle im Wartebereich wirkten äußerst unbequem.

Ob im Sozialamt, im Direktorat einer Schule oder vor dem Schalter im Arbeitsamt, noch nie hatte sie eine Behörde erlebt, in der die Besucher sich willkommen fühlen konnten. Trotzdem hatte sie nicht erwartet, dass Jared MacKade seine Anwaltskanzlei so kalt und unpersönlich einrichten würde.

Die Sekretärin hinter dem eleganten Empfangstresen war jung, dynamisch und, da war Savannah sicher, schrecklich fleißig. Das kurze Lächeln, mit dem sie begrüßt worden war, verriet keinerlei Neugier und war nicht zu kühl und nicht zu warm.

Savannah konnte nicht wissen, dass Sissy vor Neid fast erblasste.

„Ja, Mr. Brill, ich werde dafür sorgen, dass er Ihre Nachricht erhält. Gern geschehen. Auf Wiederhören." Während Sissy auflegte und sich ihr professionellstes Lächeln abrang, fragte sie sich, woher die rätselhafte Besucherin diese todschicke Jacke mit dem lockeren Schnitt und den verwegenen Farben haben mochte. „Guten Tag. Kann ich Ihnen helfen?"

„Ich möchte Mr. MacKade sprechen."

„Haben Sie einen Termin?" Sissy wusste natürlich, dass die Frau keinen hatte. Jareds Terminkalender war in ihrem Gedächtnis gleich neben ihrem eigenen abgespeichert.

„Nein, ich …" Oh, wie Savannah das hier hasste. „Ich war in der Stadt und da dachte ich mir, ich versuche es einfach mal."

„Ich fürchte, Mr. MacKade ist in einer Besprechung, Miss …"

„Morningstar." Natürlich ist er in einer Besprechung, dachte Savannah. Ein Anwalt war entweder auf dem Golfplatz oder in einer Besprechung. „Dann möchte ich eine Nachricht hinterlassen."

Der Name Morningstar ließ in Sissys Kopf alle möglichen Sirenen ertönen. Sie hatte ihn am Vormittag oft genug schreiben müssen, während Jared mit finsterem Gesicht einen betont förmlichen Brief diktierte.

„Aber gern. Falls es persönlich ist, können Sie es aufschreiben, und ich werde … Oh." Sissy strahlte ihr Telefon an. „Mr. MacKade hat gerade seine Konferenzschaltung beendet, wie ich sehe. Ich frage nach, ob er Sie außer der Reihe empfangen kann."

„Gut." Savannah drehte sich um und ging vor dem Tresen rastlos auf und ab.

Sissy fand sich damit ab, dass sie mindestens zehn Zentimeter wachsen und an den richtigen Stellen rundlicher werden müsste, wenn sie sich einen so beeindruckenden Gang zulegen wollte.

„Mr. MacKade, hier ist eine Miss Morningstar, die Sie sprechen möchte, falls Sie einen Moment erübrigen könnten ... Ja, Sir, sie ist hier bei mir ... Ja, Sir." Ohne die Lippen auch nur zur Andeutung eines Lächelns zu verziehen, legte Sissy auf. „Er wird Sie jetzt empfangen, Miss Morningstar. Dort die Treppe hinauf und dann nach links. Die erste Tür."

„Danke." Savannah ging zur Treppe, legte eine Hand auf das makellos weiße Geländer und stieg die schmalen Stufen hinauf.

Bestimmt ist das hier einmal ein Stadthaus gewesen, dachte sie. Oder eine Wohnung über zwei Etagen. Es war zwar nicht gemütlich, aber Savannah musste zugeben, dass es eine gewisse Klasse besaß – vorausgesetzt, man mochte diesen snobistischen, nichtssagenden Stil.

Am Ende der Treppe begann ein kurzer Korridor, in dem ein Bild hing. Es war ein Druck und zeigte weiße Orchideen in einer weißen Vase. Savannah fand es langweilig und ausdruckslos, geradezu eine Beleidigung für ihren Künstlerblick. Zwei Türen lagen einander gegenüber. Sie entschied sich für die linke, klopfte kurz an und trat ein.

Natürlich, sie hätte sich denken können, dass grauer Flanell ihm stand. Jedenfalls besser als das in verschiedenen Weißtönen gehaltene Büro, in dem er residierte. Irgendjemand sollte ihm sagen, dass die Arbeit in einer farbenfrohen und lebendigen Umgebung viel mehr Spaß machte.

Irgendjemand. Sie nicht.

Er stand auf, sehr elegant im dreiteiligen Anzug mit sorgfältig geknoteter Krawatte. Eine Krawatte, die er bestimmt gerade eben noch zugezogen und glatt gestrichen hatte. Er sieht mehr denn je aus wie ein Anwalt, dachte sie.

„Miss Morningstar.“ Er neigte den Kopf. Ihr Auftritt in seinem Büro kam ihm vor wie der Einschlag eines Blitzes in einen stillen Teich. „Nehmen Sie doch bitte Platz.“

„Es wird nicht lange dauern.“ Sie blieb stehen. „Danke, dass Sie sich Zeit für mich nehmen.“

„Sehr gern sogar.“ Um seine Worte zu unterstreichen, schob er eine Akte zur Seite und setzte sich. „Was kann ich für Sie tun?“

Sie holte Papiere aus der Handtasche und warf sie auf den Schreibtisch. „Ich habe sie unterschrieben, in dreifacher Ausfertigung, und die Unterschriften von einem Notar beglaubigen lassen.“ Ihr Führerschein landete nun ebenfalls auf den Papieren. „Das ist mein Ausweis.“ Vorsichtshalber ließ sie noch ihre Sozialversicherungskarte folgen. „Eine Geburtsurkunde habe ich nicht.“

„Hm …“ Jared ließ sich Zeit. Er holte eine braune Hornbrille aus der Jackentasche und setzte sie auf, bevor er die Unterlagen vor sich auf dem Tisch eingehend studierte.

Savannah starrte ihn an und musste plötzlich schlucken. Sich zu sagen, dass es kindisch war, änderte nichts. Sie hatte tatsächlich Herzklopfen bekommen. Er sah mit dieser verdammten Brille einfach großartig aus, sexy und klug zugleich. Und sie kam sich vor wie ein alberner Teenager.

„Es ist alles in Ordnung“, versicherte sie.

„Leider nicht.“ Nachdenklich nahm er ihren Führerschein und klappte ihn auf. „Der ist ungültig.“

„Unsinn. Ich habe ihn erst vor zwei Monaten verlängern lassen“, protestierte sie.

„Das kann sein“, erwiderte er und sah sie endlich an. „Doch da das Foto Ihnen wahrhaftig ähnlich ist und Sie darauf auch noch sehr gut aussehen, kann es sich nur um eine Fälschung handeln. Damit ist dieser Führerschein ungültig.“

Sie starrte ihn eine Weile an und steckte dann die Hände in die Taschen. „Soll das ein Scherz sein? Ist so etwas in diesen heiligen Hallen überhaupt gestattet?“

„Setzen Sie sich, Savannah, bitte."

Mit einem verärgerten Schulterzucken tat sie es. „Haben Sie schon einmal etwas von Farbe gehört?", fragte sie. „Dieser Laden ist ja so langweilig wie ein Schulbuch, und die Kunst an den Wänden ist himmelschreiend ordinär."

„Das finden Sie auch, nicht wahr?", sagte er lächelnd. „Meine Exfrau hat die Kanzlei eingerichtet. Sie ist Steuerberaterin und hatte das Büro auf der anderen Seite des Flurs." Er lehnte sich zurück und ließ den Blick durch den Raum wandern. „Ich habe mich schon so daran gewöhnt, dass ich es überhaupt nicht mehr wahrnehme. Aber Sie haben vollkommen recht, hier fehlt etwas."

„Was hier fehlt, ist ein Nachruf." Ungeduldig fuhr sie sich durchs Haar. „Ich halte es hier kaum aus."

„Das sehe ich." Er griff wieder nach den Papieren und überflog sie. „Ihnen ist klar, womit Sie sich einverstanden erklären? Sie erhalten einen Scheck in Höhe des gesamten Barvermögens Ihres verstorbenen Vaters."

„Ja."

„Und seine Habe."

„Ich dachte … ich dachte, es handle sich nur um Geld. Was hat er denn sonst noch hinterlassen?"

„Offenbar gibt es ein paar persönliche Dinge. Wenn Sie möchten, besorge ich Ihnen eine genaue Aufstellung, damit Sie entscheiden können, ob Sie sie ablehnen oder zugeschickt bekommen wollen. Die Frachtkosten werden natürlich aus der Erbmasse beglichen."

Ablehnen, dachte sie. Wie er sie damals abgelehnt hatte. „Nein, lassen Sie sie mir schicken."

„Nun gut." Jared notierte sich alles auf einem gelben Block. „Ich werde meine Sekretärin gleich morgen ein Schreiben aufsetzen lassen. Darin wird Ihr Anrecht auf das Erbe bestätigt und Ihnen mitgeteilt, dass das Geld innerhalb der nächsten fünfundvierzig Tage an Sie ausgezahlt wird."

„Wozu wollen Sie mir einen Brief schreiben lassen, wenn Sie

es mir gerade gesagt haben?", fragte sie erstaunt.

Er hob den Blick und musterte sie belustigt. „Wir Juristen sichern uns immer gern mit möglichst viel Papierkram ab." Stellvertretend für seinen Kollegen unterzeichnete er die Papiere und gab Savannah den Führerschein und die Sozialversicherungskarte zurück.

„Das war alles?"

„Das war alles", bestätigte er.

„Gut." Verlegen und erleichtert zugleich stand Savannah auf. „Es war nicht so unangenehm, wie ich erwartet hatte. Ich nehme an, falls ich jemals einen Rechtsanwalt benötigen sollte, werde ich Sie anrufen."

„Ich würde Sie aber nicht als Mandantin nehmen, Savannah", antwortete er.

Ihre Augen blitzten ihn an, als er die Brille abnahm und um den Schreibtisch herumkam. „Ist das gut nachbarlich, Mr. MacKade?"

„Ich würde Sie nicht als Mandantin nehmen, weil das hier dann mit meiner Berufsehre unvereinbar wäre", erklärte er und stellte sich hinter sie.

Er überraschte sie. Sie hatte nicht geahnt, dass es jemals wieder einem Mann gelingen würde, sie zu überraschen. Aber bevor sie die Chance hatte, ihm auszuweichen, hielt Jared sie schon in den Armen und küsste sie.

Hatte sie ihm überhaupt ausweichen wollen?

Natürlich spürte sie die Wärme. Damit rechnete sie, und diese Wärme genoss sie auch. Aber was sie daran verblüffte, war die Wucht, mit der die Wärme sich in ihrem ganzen Körper ausbreitete, als seine Lippen die ihren berührten.

Jared zog sie an sich, selbstsicher und ohne Verlegenheit, behutsam, aber entschlossen. Er gab Savannah den Raum, sich gegen ihn zu wehren, aber als sie fühlte, wie seine Hand über ihren Rücken glitt, kam sie gar nicht auf die Idee, sich von ihm, von seinem Mund, von seiner Zärtlichkeit zu lösen. Also schmiegte sie sich an ihn und ließ die Hände über seinen Rücken wandern, bis sie seine Schultern umklammerten.

Er war gespannt gewesen, was er in ihr spüren würde. Seit jenem ersten Mal, als sie sich umgedreht und ihn angesehen hatte, Blumen zu ihren Füßen, hatte er sich gefragt, was er finden würde. Jetzt wusste er, welches Feuer in dem perfekten weiblichen Körper loderte. Sie öffnete sich ihm, als hätte er sie schon tausendmal berührt, und was er schmeckte, erschien ihm auf eine erregende Weise vertraut. Der Druck ihrer weichen Brüste gegen seine muskulöse Brust, jede üppige Kurve war wie eine erotische Heimkehr.

Er schob die Finger in ihr Haar und drückte vorsichtig ihren Kopf nach hinten, um sie noch leidenschaftlicher zu küssen. Und als ihre Wärme mit seiner verschmolz, wusste er, wie es war, nicht nur zu nehmen, sondern auch zu geben.

Ohne störende Hast beendete er den Kuss, um Savannah dann ins Gesicht zu sehen. Ihr Blick war klar und ruhig, aber die Augen hatten sich ein wenig verdunkelt. An ihrem schnellen Herzschlag hatte er gemerkt, dass das, was ihn durchströmte, auch sie durchströmte. Aber erbebt war sie nicht.

Was bedurfte es, um eine Frau wie sie erbeben zu lassen?

Ihm war klar, dass er dieses Geheimnis lüften musste. Dieses Geheimnis und all die anderen, die sich hinter ihren dunklen, nicht zu entschlüsselnden Augen noch verbergen mochten.

„Aber falls du mal einen Anwalt brauchen solltest, kann ich dir natürlich einen guten Kollegen empfehlen", murmelte er.

Savannah zog eine Braue hoch. Dass er das unterbrochene Gespräch einfach fortführte, als wäre in ihnen nichts aufgelodert, beeindruckte sie. Sie lächelte anerkennend. „Danke."

„Entschuldige mich eine Minute", bat er sie, als das Telefon läutete. „Ja, Sissy." Er nahm den Blick nicht länger von Savannah, als nötig war, um auf die Uhr zu sehen. „Stimmt", murmelte er. Es war kurz nach fünf. „Gehen Sie ruhig, ich schließe hinter mir ab. Der erste Brief. Ja. Schicken Sie ihn nicht ab. Ich muss ein paar Änderungen vornehmen."

Nachdenklich betrachtete Savannah ihn. Er hatte gerade seine Sekretärin nach Hause geschickt, und gleich würden sie beide allein sein. Sie wusste nur zu gut, was es bedeutete, wenn ein Mann eine Frau so ansah, wie Jared sie ansah. Sie wusste, was zwischen einem Mann und einer Frau geschah, wenn sie sich so leidenschaftlich wie eben geküsst hatten.

In all den Jahren hatte sie gelernt, sehr vorsichtig, sehr … wählerisch zu sein. Die Verantwortung für ein Kind, noch dazu, wenn man es allein aufzog, war nicht gering. Männer konnten kommen und gehen, aber ihr Sohn gehörte für immer zu ihr. Sie war keine Frau, die sich blind auf eine Affäre einließ, die jedes Verlangen befriedigte und sich jedem hingab, der sie begehrte. Aber sie war auch realistisch. Der Mann, der seine Sekretärin fortschickte, der in seinem Terminplan blätterte, würde ihr Liebhaber werden.

„Meine Sekretärin hat eine Verabredung“, verkündete Jared, als er den Hörer auflegte. „Wie es aussieht, werde ich die Kanzlei endlich einmal pünktlich schließen können.“ Er musterte Savannah. „Ich soll dich fragen, woher du deine Jacke hast.“

„Meine Jacke?“ Belustigt sah Savannah nun an sich hinab. „Die habe ich selbst genäht.“

„Das soll wohl ein Scherz sein.“

Sie schob die Unterlippe vor und hob das Kinn, was, wie er inzwischen wusste, Verärgerung signalisierte. „Wie bitte? Ich sehe nicht aus wie eine Frau, die nähen kann? Ich passe wohl nicht in dein Bild der treu sorgenden Ehefrau?“

Er lehnte sich mit der Hüfte an den Schreibtisch und streckte den Arm aus, um den in prächtigem Farbenspiel schimmernden Kragen ihrer Jacke zwischen den Fingern zu reiben. Sein unergründlicher Blick sorgte dafür, dass ihr Herz schneller schlug. „Schöne Arbeit. Was kannst du sonst noch?“

„Was immer erforderlich ist.“ Sie protestierte nicht, als er sie ruckartig an sich zog. Stattdessen legte sie die Hände auf seine Schultern und senkte dann den Kopf zum Kuss.

„Es ist noch früh", murmelte er.

„Das ist Ansichtssache."

„Wo ist Bryan?"

„Bei Cassie." Ein wenig erstaunt darüber, dass er danach fragte, vertiefte sie den Kuss. „Ich hole ihn um sechs ab. Also in einer halben Stunde."

„Es wird länger dauern." Er umfasste ihre Hüften und zog sie zwischen seine Beine. „Ruf sie doch an und frag, ob er bis sieben bleiben kann." Zärtlich knabberte er an ihrer Lippe. „Halb acht."

Ich werde es genießen, ihm die Krawatte abzunehmen, dachte Savannah. „Ja, das könnte ich wohl."

„Gut. Du klärst das, dann gehen wir über die Straße."

„Über die Straße?"

„Um zu Abend zu essen."

Sie legte den Kopf in den Nacken und sah ihn erstaunt an. „Um zu Abend zu essen?"

„Ja." Fast sicher, dass seine Beine ihn inzwischen wieder trugen, stieß Jared sich vom Schreibtisch ab … bevor er der Versuchung nachgab, Savannah auszuziehen, auf den Boden zu legen und hier und jetzt zu nehmen. „Ich möchte dich gern zum Essen einladen."

„Warum?"

„Weil ich gern noch eine Stunde oder auch zwei mit dir verbringen möchte." Auf dir, dachte er. In dir. Hör auf, Jared. Äußerlich ruhig umrundete er den Schreibtisch und blätterte im Adressenverzeichnis. „Hier ist Cassies Nummer."

„Ich kenne Cassies Nummer." Sie fand es schlimm, dass sie tief durchatmen musste, um ruhiger zu werden, während er vollkommen gelassen vor ihr stand. „Was geht hier vor, Jared? Wir wissen beide, dass wir uns das Abendessen sparen können."

Die Erregung traf ihn wie ein Schlag. Er konnte sie besitzen. Hier, in seinem Büro, jetzt sofort. Es wäre ganz einfach. Zu einfach, und das gefiel ihm nicht.

„Ich würde gern mit dir essen gehen, Savannah. Und mich mit dir unterhalten." Jared nahm den Hörer ab, wählte Cassies Nummer und hielt ihn ihr hin. „Einverstanden?"

Savannah misstraute ihm und zögerte, bevor sie mit einem Schulterzucken den Hörer nahm. „Na gut. Einverstanden."

Das Restaurant war gemütlich, das Essen typisch amerikanisch. Savannah nippte an ihrem Drink und war gespannt darauf, was Jared als Nächstes tun würde.

„Du nähst also deine Kleider?"

„Manchmal."

Lächelnd lehnte er sich auf der Holzbank zurück. „Manchmal?", wiederholte er und sah sie erwartungsvoll an.

Er schien sich tatsächlich mit ihr unterhalten zu wollen. Kein Problem. „Ich habe es gelernt, weil es preiswerter ist, Sachen selber zu nähen, als sie im Laden zu kaufen, und weil ich nicht nackt herumlaufen will. Jetzt nähe ich hin und wieder etwas, weil es mir Spaß macht."

„Aber du verdienst doch deinen Lebensunterhalt als Illustratorin, nicht als Schneiderin."

„Ich arbeite gern mit Farben und mache meine eigenen Entwürfe. Ich hatte Glück."

„Glück?", fragte er.

Sie hatte keine Lust mehr, sich aushorchen zu lassen. „Du willst doch nicht etwa meine Lebensgeschichte hören, Jared?"

„Doch, das will ich." Er lächelte der Kellnerin zu, die ihnen das Essen servierte. „Fang einfach irgendwo an", forderte er Savannah auf.

Kopfschüttelnd schnitt sie einen Bissen von dem kräftig gewürzten Hühnchen ab, das er ihr empfohlen hatte. „Du hast dein ganzes Leben hier verbracht, nicht wahr?"

„Das ist richtig."

„Große Familie, alte Freunde und Nachbarn. Fest gefügte Wurzeln."

„Ja."

„Ich werde meinem Sohn Wurzeln geben. Nicht nur ein Dach über dem Kopf, sondern eine Heimat."

Er schwieg einen Moment. In ihrer Stimme lag eine eiserne Entschlossenheit, die er bewunderte, die ihn jedoch auch neugierig machte. „Warum ausgerechnet hier?"

„Weil dies nicht der Westen ist. Das war mir am wichtigsten. Ich wollte weg vom Staub, dem flachen Land und all den in der Sonne schmorenden Kleinstädten. Ich bin in den letzten zehn Jahren immer ostwärts gezogen. Das hier ist weit genug."

Als er nichts sagte, entspannte sie sich ein wenig. Es war schwer, ihn zu verstehen. Seine Art, ihr ruhig zuzuhören, weckte Vertrauen. „Ich habe diese Stadt nicht Bryans wegen ausgesucht. Aber ich möchte, dass er sich irgendwie ... zugehörig fühlt. Als Teil einer ..."

„Gemeinschaft?"

„Ja. Kleinstadt, Kinder, Leute, die seinen Namen kennen. Ich selbst brauche auch etwas Abstand. Und ..."

„Und?"

„Dieser Ort hat mich irgendwie angezogen", gestand sie nach einer Weile. „Vielleicht hat es mit meiner Herkunft zu tun, aber ich fühlte ... nein, ich wusste, dass das hier mein Zuhause sein wird. Das Land, die Berge. Und die Wälder. Es war, als hätten deine Wälder mich gerufen." Sie lächelte ein wenig über sich selbst. „Hältst du mich jetzt für verrückt?"

„Diese Wälder haben mich mein ganzes Leben lang gerufen", sagte Jared einfach nur, und sie wurde wieder ernst. „Woanders könnte ich niemals glücklich werden. Ich bin in die Stadt gezogen, weil ich es praktisch fand. Und Kleinstädte und lange Spaziergänge im Wald waren nichts für meine Exfrau."

Wenn er sie aushorchte, konnte sie es doch auch bei ihm versuchen. „Warum hast du sie geheiratet?"

„Auch das war irgendwie praktisch." Er verzog das Gesicht. „Was für keinen von uns spricht, ich weiß. Wir fanden einander attraktiv, respektierten einander und begannen eine sehr zivilisierte, intelligente und absolut leidenschaftslose Ehe. Zwei

Jahre später gab es eine sehr zivilisierte, intelligente und absolut leidenschaftslose Scheidung."

Es war schwer, wenn auch keineswegs unmöglich, sich den Mann, der sie gerade geküsst hatte, leidenschaftslos vorzustellen. „Ohne Blutvergießen?", fragte sie nur halb im Scherz.

„Nicht das Geringste. Wir waren beide viel zu vernünftig, um uns zu bekriegen. Kinder hatten wir nicht." Sie wollte keine, dachte er, verbittert und erleichtert zugleich. „Sie hatte ihren eigenen Namen beibehalten."

„Eine moderne Ehe."

„Genau. Wir haben alles geteilt, und jeder ging seines Wegs. Keine Wunden, keine Narben."

„Störte es dich, dass sie deinen Namen nicht annahm?", fragte Savannah interessiert.

Jared wollte widersprechen, zuckte dann jedoch nur mit den Schultern. „Ja, es störte mich", gestand er. „Nicht sehr modern von mir, ich weiß. Das mit dem Namen gehörte zu den Dingen, die aus einer Vernunftehe eine echte Beziehung gemacht hätten. Und natürlich spielte auch mein Stolz eine Rolle."

„Das verstehe ich", sagte sie. „Aber ich glaube, du wolltest ihr mit deinem Namen etwas von dem geben, das dir am meisten bedeutet, das du selbst geerbt hast und an deine Kinder vererben wolltest."

„Nicht schlecht", bemerkte er beeindruckt.

„Nicht nur Anwälte verfügen über Menschenkenntnis. Und ich weiß, wie wichtig Namen sind. Als Bryan geboren war, starrte ich auf das Formular, das man bekommt. Das für die Namen. Und ich fragte mich, was ich in die Spalte ‚Vater' eintragen sollte. Wenn ich den Namen eintrage, dann gebe ich meinem Sohn den Namen des Vaters. Meinem Sohn", wiederholte sie mit Nachdruck.

„Was hast du eingetragen?"

Sie kehrte in die Gegenwart zurück. Aus einer Vergangenheit, in der sie gerade erst siebzehn Jahre alt und allein gewesen war. Vollkommen allein. „Unbekannt", antwortete sie. „Er war mir nicht mehr wichtig. Mein Name war genug."

„Er hat Bryan nie gesehen?"

„Nein. An dem Tag, als ich ihm erzählte, dass ich schwanger sei, packte er seinen Koffer und verschwand wie der Blitz aus meinem Leben. Sag jetzt bitte nicht, dass es dir leidtut", kam sie ihm zuvor. „Er hat mir damit einen Gefallen getan. Für ein sechzehnjähriges Mädchen ist es einfach, sich in einen gut aussehenden Cowboy zu verlieben, aber mit ihm zusammenzuleben ist etwas anderes."

„Was hast du Bryan erzählt?"

„Die Wahrheit. Ich sage ihm immer die Wahrheit. Manchmal lasse ich etwas weg, um ihm nicht wehzutun, aber ich bemühe mich, ehrlich zu sein. Ich schäme mich nicht dafür, dass ich einmal ein naives Mädchen war und glaubte, mich verliebt zu haben. Und ich bin dem Schicksal dankbar dafür, dass es diese Naivität manchmal mit etwas so Großartigem wie Bryan belohnt."

„Du bist eine bemerkenswerte Frau", sagte Jared und meinte es.

Dass er das dachte, rührte Savannah und machte sie zugleich verlegen. „Nein, ich bin eine Frau, die Glück gehabt hat."

„Es war bestimmt nicht leicht für dich."

„Es muss nicht immer leicht sein."

Er dachte über ihre Antwort nach. Wahrscheinlich gehörte sie zu den Menschen, die die Dinge, um die sie kämpfen mussten, mehr schätzten als das, was ihnen in den Schoß fiel. Er konnte das gut verstehen. „Was hast du getan, nachdem du von zu Hause weggegangen warst?"

„Nachdem ich fortgejagt worden war", verbesserte sie ihn. „Du brauchst es nicht zu beschönigen. Mein Vater ohrfeigte mich, nannte mich … alles Mögliche. Ich will es nicht wiederholen, wenn ich mit einem Mann in einem so schönen Anzug am Tisch sitze. Jedenfalls warf er mich aus dem Haus. Nun ja, ein richtiges Haus war es nicht." Erstaunt stellte sie fest, dass

Jared seine Finger zwischen ihre geschoben hatte. „Wir lebten in einem Wohnwagen."

Jared war entsetzt. Warum eigentlich? Er hatte von seinen Mandanten ähnliche, manchmal sogar schlimmere Geschichten gehört. Aber dass Savannah mit sechzehn und einem Kind unter dem Herzen mutterseelenallein auf der Straße gestanden hatte, schockierte ihn zutiefst. „Hattest du denn niemanden, zu dem du gehen konntest?"

„Nein, es gab niemanden. Die Familie meiner Mutter kannte ich nicht. Mein Vater hätte mich nach einem oder zwei Tagen vermutlich wieder aufgenommen. So war er. Aber das, was er mir an den Kopf geworfen hatte, schmerzte mehr als die Ohrfeige. Also packte ich meinen Rucksack, fuhr per Anhalter nach Oklahoma City und arbeitete als Kellnerin." Sie nahm ihr Glas. „Deshalb haben Cassie und ich uns wahrscheinlich auch gleich so gut verstanden. Wir wissen beide, wie es ist, den ganzen Tag auf den Beinen zu sein und Leute zu bedienen. Nur hat sie mehr daraus gemacht."

Sie lässt eine ganze Menge aus, dachte Jared. Ihr Weg hierher war mit Sicherheit viel länger und beschwerlicher gewesen, als sie es klingen ließ. „Und wie bist du vom Kellnern in Oklahoma City dazu gekommen, Kinderbücher zu illustrieren?"

„Über ein paar Umwege." Sie lehnte sich zurück und lächelte. „Du würdest dich wundern, was ich so alles gemacht habe." Ihr Lächeln wurde noch strahlender, als er eine skeptische Miene aufsetzte. „Oh doch, das würdest du."

„Zum Beispiel?"

„Ich habe irgendwelchen Säufern in einer Kneipe in Wichita ihre Drinks serviert."

„Wenn du mich schockieren willst, musst du mehr als das bieten", sagte er.

„Dann habe ich in einer Striptease-Bar in Abilene gejobbt." Schmunzelnd nahm sie ihm das Zigarillo ab, das er sich gerade anstecken wollte. „Das macht dich nachdenklich, was?"

Jared riss das Streichholz an und gab ihr Feuer. „Du warst Striptease-Tänzerin?"

„Erotik-Tänzerin." Sie blies den Rauch aus. „Du bist schockiert."

„Ich bin … fasziniert."

„Hm … Nun ja, zügle deine Fantasie. Ich habe mich nie ganz ausgezogen. Manche Frauen tragen am Strand weniger, als ich damals auf der Bühne getragen habe, aber ich bin dafür bezahlt worden. Nicht sehr gut allerdings." Sie gab ihm das Zigarillo zurück. „Ich verdiente mehr Geld damit, für die anderen Mädchen Kostüme zu entwerfen und zu nähen, als damit, meine eigenen auszuziehen. Also gab ich meine Bühnenkarriere auf."

„Ich glaube, du lässt eine Menge aus, Savannah."

„Stimmt." Er brauchte nicht alles zu wissen. „Sagen wir, mir gefiel die Arbeitszeit nicht. Danach habe ich kurz bei einer Show mit Hunden und Ponys gearbeitet."

„Mit Hunden und Ponys?"

„Bei einem kleinen Wanderzirkus. In New Orleans habe ich Bilder von den Bayous und Straßenszenen verkauft und Touristen porträtiert. Das war schön. Tolles Essen, tolle Musik."

„Aber du bist nicht in New Orleans geblieben."

„Ich bin nirgends lange geblieben. Aus Gewohnheit. Als ich gerade mal wieder rastlos wurde und weiterziehen wollte, hatte ich Glück. Eine Touristin, die sich von mir zeichnen ließ, war Schriftstellerin. Sie schrieb Kinderbücher und hatte gerade ihre Illustratorin gefeuert. Künstlerische Meinungsverschiedenheiten, sagte sie. Meine Arbeit gefiel ihr, und sie machte mir ein Angebot. Ich sollte ihr Manuskript lesen und ein paar Bilder dazu entwerfen. Wenn ihr Verleger meine Bilder mochte, würde ich den Job bekommen. Ich hatte also nichts zu verlieren."

„Du hast den Job bekommen."

„Ich habe ein vollkommen neues Leben bekommen", erwiderte Savannah mit leuchtenden Augen. „Ich brauchte Bryan nicht mehr einem Babysitter zu überlassen, brauchte mich nicht mehr zu fragen, ob ich meine Miete bezahlen konnte oder ob eine Sozialarbeiterin auftaucht und überprüft, ob ich meine Mutterpflichten auch erfülle. Ich brauchte nicht mehr zu befürchten, dass ein Polizist mich fragt, ob ich nur meine Bilder oder auch meinen Körper verkaufe. Nach einer Weile hatte ich genug Geld gespart, um meinem Sohn einen Garten, eine gute Schule und Baseball-Spiele zu verschaffen. Eine Heimat für mich und Bryan." Sie trank einen Schluck. „Und jetzt sind wir hier."

„Und jetzt seid ihr hier", wiederholte Jared. „Und was kommt jetzt?"

„Das sollte ich dich fragen. Warum essen wir zusammen und unterhalten uns, anstatt ins Bett zu gehen?"

Er schluckte nicht, sondern blies nur den Rauch aus. „Du bist ganz schön direkt, was?"

„Anwälte brauchen zwanzig Worte, obwohl eins ausreicht", entgegnete sie. „Ich nicht."

„Sagen wir einfach, du hast damit gerechnet, dass ich mit dir schlafen werde. Aber ich bin nicht gern berechenbar." Sein Blick drang durch den Rauch und fand ihre Augen mit einer Eindringlichkeit, die ihr unter die Haut ging. „Ich kann noch nicht sagen, wann es geschehen wird. Aber wenn wir so weit sind, Savannah, wirst du wissen, mit wem du es zu tun hast, und du wirst es nicht vergessen."

Er hatte recht, sie würde es bestimmt niemals vergessen, und vielleicht war es das, was sie beunruhigte. „Sie bestimmen, Anwalt MacKade? Ort und Zeit?"

„Ganz genau." Sein Blick veränderte sich, und er lachte. „Ich bin ein altmodischer Mann."

5. Kapitel

Ein altmodischer Mann, dachte Savannah. Einen Tag nach dem Abendessen mit Jared stand sie in der Küche, stemmte die Hände in die Seiten und starrte auf den Karton, den der Florist geliefert hatte.

Jared hatte ihr Rosen geschickt. Ein Dutzend langstieliger, roter Schönheiten.

Altmodisch, gewiss, das war er. Und auf seine Art wohl doch berechenbar. Es sei denn, sie zog in Betracht, dass ihr in ihrem ganzen Leben noch niemand einen langen, glänzend weißen Geschenkkarton voller roter Rosen geschickt hatte.

Sie war sicher, dass Jared das wusste.

Und dann war da noch die beigefügte Karte. „Bis es in deinem Garten blüht."

Woher wusste er, dass sie Blumen über alles liebte? Dass sie sich in all den Jahren, die sie in winzigen Zimmern in lauten Städten verbracht hatte, immer nach farbenprächtigen, herrlich duftenden Blüten gesehnt hatte? Dass sie sich damals geschworen hatte, eines Tages einen Garten zu besitzen, den sie mit eigenen Händen anlegte und pflegte?

Er weiß es, weil er zu viel sieht, dachte sie und umkreiste die Blumen wie ein Hund einen Fremden. Sie war so versunken in ihren Anblick, dass sie erschrak, als das Telefon läutete. Wütend auf sich selbst, riss sie den Hörer von der Gabel.

„Ja? Hallo?"

„Ungünstiger Zeitpunkt?", fragte Jared.

Stirnrunzelnd sah sie zu den Blumen hinüber, die wunderhübsch auf dem grünen Seidenpapier lagen. „Ich bin beschäftigt, falls du das meinst."

„Dann will ich dich nicht lange aufhalten. Ich dachte nur, du würdest vielleicht gerne mit Bryan zum Abendessen auf die Farm kommen."

Sie nahm eine Rose aus dem Karton. „Warum?"

„Warum nicht?"

„Nun ja, erst einmal habe ich schon die Sauce für die Spaghetti aufgesetzt." Sie schwieg. Er auch. „Ich nehme an, du erwartest jetzt, dass ich dich zum Abendessen hierher einlade."

„Genau."

Sie drehte die Rose zwischen den Fingern und versuchte sich eine geeignete Ausrede einfallen zu lassen. „Na schön. Aber Bryan hat nach der Schule Baseball-Training. Ich muss ihn um sechs abholen, also ..."

„Ich werde ihn abholen. Es liegt auf meinem Weg. Also bis heute Abend."

Sie hatte das Gefühl, als würde ihr etwas aus den Händen genommen. „Ich habe dir schon gesagt, dass dies alles wirklich nicht nötig ist", sagte sie fast zu leise. „Die Blumen."

„Gefallen sie dir?"

„Natürlich. Sie sind wunderschön."

„Das freut mich", erwiderte er zufrieden. „Wir sehen uns kurz nach sechs."

Verwirrt legte sie auf. Nach einem weiteren langen, nachdenklichen Blick auf die Rosen beschloss sie, nach einer Vase zu suchen.

Um Viertel nach sechs hörte Savannah einen Wagen die Einfahrt heraufkommen. Sorgfältig beendete sie ein Detail ihrer bösen Königin für die Neuausgabe alter Märchen und stand vom Zeichentisch auf. Bryan stürmte bereits die Treppe herauf, als sie aus dem kleinen Atelier in die Küche ging.

„... und dann fiel er wie ein Stein vom Himmel, und dieser dämliche Tommy bekam den Handschuh nicht rechtzeitig hoch. Seine Mom ist fast durchgedreht, als der Ball ihn mitten im Gesicht traf. Seine Nase fing an zu bluten. Es war so cool. Hi, Mom."

„Bryan." Mit hochgezogener Augenbraue betrachtete sie

seine Kleidung, die voller rotem Staub war. „Ihr habt heute Gleiten geübt, was?"

„Ja." Er ging an den Kühlschrank, um den Saftkrug herauszuholen.

„Tommy Mardson hat eine blutige Nase", warf Jared ein. Savannah hatte große Mühe, sich ein Lächeln zu verkneifen.

„Ja, das habe ich gehört."

„Seine Mom schrie ganz laut." Aufgeregt, wie er war, hätte Bryan fast auf ein Glas verzichtet, bis er das strenge Gesicht seiner Mutter sah. „Sie war nicht zerbrochen, einfach nur Matsch."

„Gebrochen", verbesserte Savannah ihren Sohn. „Ich glaube, wir werden heute Abend ein wenig an deiner Ausdrucksweise arbeiten müssen, mein Freund."

Bryan verdrehte die Augen. „Niemand redet so, wie es in den Schulbüchern steht. Außerdem habe ich im Rechtschreibtest eine Zwei geschrieben."

„Toll, und wie sieht es mit Mathe aus?"

Hastig leerte Bryan sein Glas und entschied sich für einen strategischen Rückzug. „He, ich muss noch mein Zimmer aufräumen", verkündete er und rannte eilig zur Treppe.

Savannah lächelte. „Wir hassen das schriftliche Teilen."

„Wer nicht?" Jared reichte ihr eine Flasche Wein. „Aber eine Zwei im Diktat ist doch nicht zu verachten."

Und das elegante französische Etikett auf der Flasche auch nicht, dachte sie. „Der hier ist viel zu edel für meine bescheidenen Spaghetti."

Jared schnupperte. Die Küche duftete herrlich nach Gewürzen und der auf dem Herd köchelnden roten Sauce. „Das finde ich nicht."

„Nimm wenigstens die Krawatte ab." Sie zog eine Schublade auf und wühlte nach dem Korkenzieher. „Du siehst so seriös damit aus. Du kannst …"

Er legte die Hände auf ihre Schultern, drehte sie zu sich um und küsste sie.

„… küssen“, sagte sie ein wenig atemlos, als er den Kopf hob. „Du kannst verdammt gut küssen.“ Sie nahm den Flaschenöffner, der klappernd auf der Arbeitsplatte gelandet war, und öffnete die Flasche so gekonnt wie ein erfahrener Barkeeper. „Schöner Wein und schöne Blumen, alles an einem Tag. Du wirst mir noch den Kopf verdrehen.“

„Genau das habe ich vor.“

Sie reckte sich nach den Weingläsern im obersten Regal. „Eigentlich dachte ich, du hättest verstanden, dass ich keine Frau für Wein und Blumen bin … nach der Kurzfassung meiner Lebensgeschichte.“

Er strich mit der Fingerspitze über die Rosenblüten, die in einer Vase mitten auf dem Tisch standen. „Irgendwie passen sie zu dir.“

Während Jared die Krawatte faltete, sie einsteckte und den Hemdkragen lockerte, goss Savannah den Wein ein. „Es war unhöflich von mir, mich nicht dafür zu bedanken. Also …“ Sie reichte ihm ein Glas. „Danke.“

„Es ist mir ein Vergnügen.“

„Bryan wird in Deckung bleiben, bis er glaubt, ich hätte das mit Mathe vergessen. Da kann er lange warten. Wenn du hungrig bist, kann ich ihn rufen.“

„Keine Eile.“ Am Wein nippend schlenderte Jared ins Wohnzimmer. Er wollte sich die Bilder genauer anschauen.

Die Farben waren kräftig, aber nicht grell. Die Pinselstriche wirkten ähnlich. Kühn, temperamentvoll. Die Motive waren vielfältig. Von Stillleben mit prächtig blühenden Blumen über Porträts von ausdrucksstarken Gesichtern bis hin zu Landschaften mit knorrigen Bäumen, zerklüfteten Felsen und stürmischem Himmel.

Nichts für ein biederes Wohnzimmer, dachte er. Und nichts, von dem man sich rasch wieder abwenden konnte. Wie die Künstlerin selbst, so war auch ihre Arbeit äußerst eindrucksvoll.

„Kein Wunder, dass du über die Bilder in meinem Büro die Nase gerümpft hast“, murmelte er.

„Ich fand noch nie, dass Kunst kühl sein muss", erwiderte sie. „Aber das ist nur meine persönliche Meinung."

„Was sollte Kunst denn sein? Deiner Meinung nach?"

„Lebendig."

„Nun, das ist dir gelungen." Jared drehte sich zu ihr um. „Verkaufst du deine Bilder?"

„Wenn der Preis stimmt."

„Ich habe ohnehin daran gedacht, meine Kanzlei von Regan umgestalten zu lassen. Regan ist meine Schwägerin", erinnerte er sie. „Das Landgasthaus, das sie und mein Bruder gerade zusammen renovieren, hat sie toll eingerichtet. Hättest du vielleicht Lust, die künstlerische Gestaltung zu übernehmen?"

Savannah ließ sich mit der Antwort Zeit, musterte ihn und nippte gleichzeitig am Wein. Sein Vorschlag weckte alte, tief vergrabene Wünsche. Aber die Malerei war nur ein Hobby. Was sollte sie auch sonst sein, für eine Frau ohne künstlerische Ausbildung? „Ich habe dir doch schon gesagt, dass ich mit dir schlafen werde."

Jared rang sich ein Lachen ab, und es blieb ihm fast im Hals stecken. „Ja, das hast du. Aber im Moment reden wir über deine Malerei. Bist du daran interessiert, einige Bilder zu verkaufen?"

„Du willst meine Bilder in dein Büro hängen?"

„Ja, das sagte ich doch bereits."

Einen Schritt nach dem anderen, ermahnte Savannah sich. Jared durfte nicht merken, wie viel ihr das bedeuten würde. „Würdest du dich mit einigen hübschen Aquarellen nicht wohler fühlen?"

„Du willst mich provozieren, was? Mir gefallen deine Bilder."

Sie lachte. „Warten wir doch erst einmal ab, was deine Schwägerin sich einfallen lässt. Danach reden wir weiter." Sie kehrte in die Küche zurück, um Wasser für die Nudeln aufzusetzen.

„Einverstanden. Komm doch einfach mal im Gasthaus vorbei und sieh dir an, was sie und Rafe daraus gemacht haben", schlug er vor.

„Ich würde es mir wirklich gern ansehen", gab sie freimütig zu.

„Ich könnte nach dem Essen mit dir hinfahren."

„Die Hausaufgaben." Bedauernd schüttelte sie den Kopf. „Ich fürchte, ich werde den Rest des Abends mit Rechenaufgaben verbringen müssen."

„Wenn das so ist", er nahm die Flasche und füllte ihre Gläser auf, „solltest du dir vielleicht etwas Mut antrinken."

Savannah hatte nicht erwartet, dass Jared nach dem Abendessen blieb. Erst recht nicht, dass er jetzt neben ihrem Sohn am Küchentisch saß und ihm bei den Aufgaben aus dem aufgeschlagenen, vor ihnen liegenden Mathematikbuch half.

Sie servierte Jared Kaffee, während er die Probleme auf die Baseball-Statistik anwandte, um sie interessanter zu machen. Bryan war begeistert bei der Sache. Warum hatte sie nicht selbst daran gedacht?

Weil, so gestand sie sich ein, Zahlen ihr Angst einflößten. Jede Form von Schule ängstigte sie. Der Gedanke, dass ihr Sohn eines Tages viel mehr lernen würde, als man ihr beigebracht hatte, erfüllte sie mit Scham und Stolz zugleich. Nicht einmal Bryan selbst wusste, dass sie nachts, wenn er schlief, oft über seinen Schulbüchern saß, um sicher zu sein, ihm helfen zu können, wann immer er Hilfe brauchte.

„Also, du teilst das Gesamtergebnis durch die Anzahl der Schläge", schlug Jared vor und rückte seine Hornbrille auf eine Weise zurecht, die Savannah Herzklopfen verursachte.

„Ja, genau!" Bryan kam die Erleuchtung. „Das ist wirklich cool."

Mit der Zunge zwischen den Zähnen schrieb er die Zahlen auf und betrachtete sie fast andächtig. Schließlich handelte es sich jetzt um Baseball-Spieler. „Sieh dir das an, Mom."

Sie beugte sich über das Heft und vollzog mühsam nach, was er gerechnet hatte. „Gut gemacht." Sie küsste ihren Sohn auf das zerzauste Haar. „Das habt ihr beide gut gemacht."

„Wieso bekomme ich keinen Kuss?", fragte Jared.

Sie gab ihm einen, ganz züchtig, aber Bryan verzog trotzdem das Gesicht. „Mom, musst du das unbedingt hier machen?"

„Schließ einfach die Augen", schlug Jared ihm vor und küsste Savannah noch einmal.

„Ich verschwinde." Bryan klappte sein Buch zu.

„Ab in die Badewanne", befahl seine Mutter.

„Muss das sein?" Der Junge warf Jared einen flehentlichen Blick zu.

„Ehrlich gesagt", begann Jared, „ich finde, mein Mandant hat eine Erholungspause verdient."

„Ach, wirklich?" Savannahs trockener Kommentar ging in Bryans Freudenschrei unter.

„Ja, eine Pause. Zum Beispiel eine Stunde Fernsehen", rief er.

„Mit Erlaubnis des Gerichts." Jared warf Bryan einen warnenden Blick zu und legte ihm eine Hand auf die Schulter. „Was mein Mandant meint, ist, dass er dreißig Minuten Fernsehunterhaltung für angemessen hält. Er hat seine Strafe verbüßt und gelobt Besserung. Nach dem Fernsehen wird er freiwillig und ohne Protest die Entscheidung des Gerichts akzeptieren."

Savannah seufzte. „Um halb zehn machst du das Licht aus, klar?"

„Klar!" Bryan ballte triumphierend die Faust. „Sie hätten eine Stunde beantragen sollen", sagte er zu Jared und grinste dabei spitzbübisch.

„Mehr lag nicht drin. Glaub mir, ich bin dein Anwalt."

Bryan grinste. „Cool. Danke, Mr. MacKade. Gute Nacht, Mom."

„Ganz schön raffiniert", sagte Savannah leise, als ihr Sohn nach oben rannte, um sich vor den kleinen Fernseher in ihrem Schlafzimmer zu setzen.

„Ich konnte nicht anders." Verlegen schob Jared die Hände in die Taschen. „Er hat mich einfach zu sehr daran erinnert, wie ich mit neun Jahren war. Ich wollte auch nie ins Bett. Bestrafst du mich jetzt wegen Missachtung des Gerichts?"

Sie stellte die leeren Kaffeetassen ins Spülbecken. „Nein. Es war nett von dir, dich für ihn einzusetzen. Außerdem hätte er mir die halbe Stunde ohnehin abgeluchst."

„Er hat sie sich verdient." Jared lächelte, als sie über die Schulter schaute. „Und ich auch. Schließlich haben wir die ganzen Mathehausaufgaben erledigt."

„Du möchtest eine halbe Stunde – wie war das noch? Fernsehunterhaltung?"

„Nein." Er nahm die Brille ab und schob sie in die Hemdtasche. „Ich möchte mit dir einen Spaziergang durch den Wald unternehmen." Als Savannah besorgt zur Treppe sah, nahm er ihre Hand. „Wir werden nicht weit gehen. He, Bryan!", rief er dann nach oben. „Deine Mom und ich machen einen kurzen Spaziergang."

„Cool", kam die nicht sonderlich interessierte Antwort aus der ersten Etage.

Jared nahm ihre Denimjacke vom Haken neben der Küchentür. „Es ist kühl draußen."

„Aber nur in den Wald am Haus", beharrte Savannah, während sie die Jacke anzog. Dort würde sie Bryan hören können, falls er nach ihr rufen sollte.

„Nur in den Wald am Haus", erwiderte Jared. „Fühlst du dich tagsüber nicht einsam, so ganz allein hier draußen?"

„Nein, ich bin sehr gern allein." Sie ging mit ihm hinaus ins Freie, wo die Luft frisch und der Himmel so klar war, dass die Sterne heller als sonst glitzerten. „Ich mag die Stille hier."

Sie stiegen langsam die Stufen hinab, die in den Hang gegraben waren, überquerten die schmale Zufahrt und erreichten den dunklen Waldrand.

„Hier habe ich zum allerersten Mal ein Mädchen geküsst."

Die gerade erst ergrünten Bäume schienen sie willkommen zu heißen. „So?"

„Ja. Meine Cousine Joanie."

„Deine Cousine?"

„Cousine dritten Grades", ergänzte Jared. „Mütterlicherseits. Sie hatte lange goldblonde Locken, Augen so blau wie der Himmel im Juni … und mein Herz erobert. Ich war elf."

Savannah fühlte sich wohl im Halbdunkel unter den Sternen. Sie lachte. „Ein Spätentwickler, was?"

„Sie war zwölf."

„Also magst du ältere Frauen."

„Jetzt, da du es erwähnst … vielleicht hat auch das mich gereizt, ja. An einem lauen Sommerabend lockte ich sie in den Wald, als die Sonne wie ein roter Ball hinter den Bergen verschwand und die Grillen zu zirpen begannen."

„Sehr romantisch."

„Es war traumhaft. Ich nahm all meinen jugendlichen Mut zusammen und küsste sie an der ersten Biegung des Flussbetts. Die Luft und das Licht waren berauschend."

„Wie süß."

„Das wäre es wohl gewesen", sagte er, „wenn meine Brüder, diese Halunken, uns nicht nachgeschlichen wären, um uns zu beobachten. Sie heulten gespenstisch, was natürlich zur Folge hatte, dass Cousine Joanie in panischer Angst zur Farm zurückrannte. Natürlich haben meine Brüder sich noch Wochen später über mich lustig gemacht, also musste ich sie mir einen nach dem anderen vorknöpfen, um meine Ehre zu retten. Devin brach mir einen Finger, und ich verlor das Interesse an Cousine Joanie."

„Das finde ich auch süß. So wird man also ein Mann, was?"

„Ich habe seitdem ein paar Dinge dazugelernt, wenn es darum geht, hübsche Mädchen im Wald zu küssen."

Als er Savannah in die Arme zog und sie seinen Mund auf ihrem fühlte, musste sie zugeben, dass er recht hatte. Er hatte eine ganze Menge dazugelernt.

„Wo ist Cousine Joanie jetzt?"

„In einem schönen Einfamilienhaus am Stadtrand von Virginia, mit drei Kindern und einem Teilzeitjob als Immobilienmaklerin." Seufzend küsste er Savannahs Augenbraue. „Sie hat noch immer goldblonde Locken und sommerhimmelblaue Augen."

„Noch ein Geist in den MacKade-Wäldern." Sie warf einen raschen Blick über die Schulter. Zwischen den Bäumen war das Licht zu sehen, das sie im Blockhaus angelassen hatte. Ihrem Sohn konnte nichts passieren. „Erzähl mir doch von den anderen Geistern", bat sie.

„Die beiden Korporale sind die berühmtesten. Einer trug Blau, der andere Grau. Während der Schlacht von Antietam wurden sie von ihren Kompanien getrennt." Jared legte einen Arm um ihre Schultern und sie schlenderten weiter. „Sie begegneten einander hier, in diesem Wald, zwei Jungs, kaum alt genug, um sich zu rasieren. Aus Angst oder Pflichtgefühl oder beidem kämpften sie miteinander. Beide wurden verwundet. Jeder von ihnen schleppte sich anschließend in eine andere Richtung. Einer bis auf die Farm."

„Eure Farm?"

„Ja. Ein Soldat der Union, mit einer tiefen Wunde, die das feindliche Bajonett ihm gerissen hatte. Mein Urgroßvater, der kein Freund der Nordstaaten war, fand ihn am Räucherschuppen. Es wird berichtet, dass er in dem sterbenden Jungen plötzlich seinen eigenen Sohn sah, den er am Bull Run verloren hatte. Also trug er ihn ins Haus und tat für ihn, was er konnte, aber es war zu spät. Der Junge starb am Tag darauf, und aus Angst vor Rache begruben sie ihn auf einem der Felder, ohne das Grab zu markieren."

„Also findet er keine Ruhe", flüsterte Savannah. „Und streift seitdem durch die Wälder, weil er den Weg nach Hause sucht."

„So ungefähr."

„Und der andere Korporal?"

„Der schaffte es bis zum Haus der Barlows. Ein Dienstmädchen ließ ihn ein. Mrs. Barlow wollte sich gerade um ihn kümmern, da erschoss ihr Ehemann den fremden Soldaten."

Savannah blieb ganz ruhig, denn sie war Grausamkeiten gewöhnt, kleine und große. „Weil er nicht den Jungen sah, sondern die Uniform in der falschen Farbe."

„Richtig. Seine Frau, Abigail Barlow, wandte sich von ihm ab und zog sich vollkommen vom Leben zurück. Zwei Jahre später starb sie."

„Eine traurige Geschichte. Sinnlose Tode hinterlassen rastlose Geister. Trotzdem …" Sie schloss die Augen. „Irgendwie wirkt der Wald einladend auf mich. Als ob diejenigen, die hier starben, nicht vergessen werden wollen. Willst du wissen, wo die beiden gekämpft haben?", fragte sie leise.

Erstaunt sah er sie an. „Weißt du das etwa?"

Sie öffnete die Augen, die jetzt noch dunkler, noch rätselhafter wirkten als zuvor. „Fünfzig Yards von hier, in westlicher Richtung steht neben einem Haufen Felsbrocken ein uralter, knorriger Baum. Dort war es."

Jared spürte, wie kalte Finger seinen Nacken streiften. Aber ihre Hände waren in seinen. „Ja, das stimmt. Ich habe oft auf den Felsen gesessen und das Klirren der Bajonette gehört."

„Ich auch. Und ich fragte mich, wessen Bajonette es waren. Und warum sie gekämpft haben."

„Passiert dir so etwas häufiger?", fragte Jared mit heiserer Stimme. Vielleicht lag es an dem Thema, über das sie sich hier im nächtlichen Wald unterhielten. Oder an ihren Augen, die so dunkel und unergründlich waren, dass jeder Mann nur zu gern in ihnen ertrinken würde.

„Dein Urgroßvater war ein Farmer, der einen sterbenden Jungen sah und ihn zu retten versuchte. Mein Urgroßvater war ein Schamane, der im Feuer Visionen sah und sie zu verstehen versuchte. Du versuchst noch immer, Menschen zu retten, nicht wahr, Jared? Und ich versuche noch immer, die Visionen zu verstehen."

„Bist du …?"

„Übersinnlich begabt?" Sie lachte herzhaft. „Nein. Ich fühle Dinge. Das tun wir alle. Wegen meiner Herkunft akzeptiere ich diese Gefühle. Ich respektiere und ehre sie. Ich folgte meinen Gefühlen, als ich Oklahoma verließ. Ich wusste, dass ich einen Ort finden würde, an den ich gehöre. Ich brauchte nur einen Blick auf das Blockhaus, die Felsen, den Wald zu werfen, und ich wusste, ich bin zu Hause. Ich sah dich an jenem ersten Tag über den Rasen auf mich zukommen und wusste, dass du mich früher oder später begehren würdest." Sie beugte sich vor und küsste ihn. „Und jetzt weiß ich, dass ich zurückmuss, um meinen Sohn ins Bett zu stecken, bevor er den Kühlschrank plündert."

„Savannah." Jared hielt sie fest, als sie sich umdrehen wollte, und sah sie eindringlich an. „Was fühlst du über uns beide?"

Sie spürte die Hitze, dann die Kälte, danach wieder die Hitze, aber ihre Stimme verriet nichts davon. „Ich glaube, wenn man zu weit in die Zukunft schaut, bewältigt man die Gegenwart nicht. Lass uns einfach nur an das Jetzt denken, Jared."

Als er ihre Hand an die Lippen presste, wurde Savannah schlagartig klar, dass das Jetzt schon schwierig genug war.

Savannah wartete bis zum Ende der Woche, bevor sie Jareds Vorschlag aufgriff und zum Haus der Barlows fuhr. Nein, verbesserte sie sich, zum Haus der MacKades.

Die Leute in der Stadt nannten das alte Gemäuer auf dem Hügel auch heute noch nach den Barlows, obwohl die Erbauer es schon vor über fünfzig Jahren verlassen hatten. Die letzten Bewohner, ein Ehepaar aus dem Norden, hatten nur kurz darin gelebt und waren vor zwanzig Jahren fortgezogen. In den Jahrzehnten seitdem hatte es immer mal wieder zum Verkauf gestanden, doch niemand hatte es haben wollen.

Erst Rafe MacKade hatte es gekauft.

Darüber dachte Savannah nach, als sie von der Straße abbog und die steile Zufahrt entlangfuhr. Jemand hatte begonnen, das überall wuchernde Gestrüpp zu entfernen, aber er hatte noch eine Menge Arbeit vor sich. Wer hier leben wollte, würde viele Visionen brauchen.

Das Haus selbst bestand aus drei Stockwerken. Hohe Fenster mit gotischen Bögen und Pfeilern zierten die dicken, für die Ewigkeit errichteten Mauern aus Granit. Die meisten waren erst vor wenigen Monaten mit Brettern vernagelt worden. Das hatte Savannah auf dem Markt von Mrs. Metz erfahren.

Es gab zwei Veranden. Die im zweiten Stock wurde gerade abgerissen. Das muss wohl sein, dachte Savannah betrübt. Das Holz war verrottet, hing durch, und das Betreten wäre zweifellos lebensgefährlich. Aber die untere Veranda war offensichtlich neu, noch ungestrichen und tadellos in Ordnung.

Am Ostflügel war ein Gerüst errichtet worden, und im verwilderten Garten bedeckten Planen Berge von Baumaterial. Savannah hielt neben einem mit Schutt beladenen Pick-up und stellte den Motor ab.

Als sie an die Haustür klopfte, rief jemand etwas. Wer immer es war, er hörte sich leicht gereizt an. Sie trat ein und blieb wie angewurzelt stehen, erschüttert von den Gefühlen, die sie schlagartig erfüllten. Lachen und Tränen und Entsetzen und Freude. Die Empfindungen brachen über sie herein und ebbten wieder ab, wie eine Woge, die in sich zusammenfiel.

Dann sah sie den Mann am Ende der Treppe. Lächelnd ging sie hinüber. „Jared, ich habe nicht erwartet, dich hier zu finden. Oh."

Sie bemerkte ihren Fehler sofort. Es war nicht Jared. Das Grün der Augen war dunkler, das Haar ein wenig länger und nicht so gepflegt. Jareds Gesicht war etwas schmaler, die Brauen geschwungener. Nur das Lächeln war gleich, eindringlich und irgendwie … gefährlich.

„Ich sehe besser aus", sagte Rafe augenzwinkernd und kam die Treppe herab.

„Die Ähnlichkeit ist erstaunlich." Savannah streckte die Hand aus. „Sie müssen Rafe MacKade sein."

„Schuldig."

„Ich bin …"

„Savannah Morningstar." Er schüttelte ihre Hand nicht,

sondern hielt sie fest, während er Savannah gründlich musterte. „Regan hatte vollkommen recht."

„Wie bitte?"

„Sie waren letzte Woche im Laden meiner Frau. Regan hat Sie mir beschrieben und meinte, ich solle Sie mir wie Isis, die ägyptische Göttin, vorstellen. Damit konnte ich nicht viel anfangen, ehrlich gesagt. Also meinte sie, ich solle mir eine Frau vorstellen, die einem Mann den Atem raubt."

„Das ist ein ziemlich gewagtes Kompliment."

„Und eins, das zutrifft", sagte er. „Jared hat mir erzählt, dass Sie vorbeikommen würden." Er hakte die Daumen hinter den Werkzeuggürtel.

„Ich möchte Sie nicht bei der Arbeit stören."

„Bitte, stören Sie mich bei der Arbeit." Er lächelte. „Ich schlage ohnehin nur die Zeit tot, bis Regan aus dem Geschäft nach Hause kommt. Wir wohnen zeitweilig hier. Möchten Sie ein Bier?"

Er war ein Mann, wie sie ihn verstand und mochte. „Gute Idee." Sie folgte ihm zur Treppe, doch schon auf der zweiten Stufe blieb sie stehen und starrte gebannt nach oben.

Verblüfft drehte Rafe sich zu ihr um. „Stimmt etwas nicht?"

„Dort. Es war genau dort, auf der Treppe."

„Offenbar hat Jared Ihnen schon von den Geistern erzählt."

Sie fühlte sich plötzlich schwach und zittrig. „Er hat mir erzählt, dass es diesen jungen Südstaaten-Soldaten gab. Ein Dienstbote holte ihn ins Haus, doch Barlow erschoss ihn. Aber Jared hat mir nicht gesagt … wo."

Ihre Beine waren schwer, doch sie ging weiter, als könnte sie nicht anders. Die Kälte war schneidend, drang bis auf die Knochen. Ihre Fingerknöchel zeichneten sich weiß ab, so fest packte sie das Geländer.

„Hier", flüsterte sie. „Hier auf der Treppe. Er konnte Rosen riechen, schöpfte Hoffnung, und dann … Er wollte doch nur nach Hause." Sie schüttelte den Kopf, ging eine Stufe hinunter. „Ich könnte jetzt das Bier gebrauchen."

„Ja.“ Rafe stieß den angehaltenen Atem aus. „Ich auch.“

„Sagen Sie … passiert Ihnen das öfter?“, fragte Rafe, während er in der Küche zwei Flaschen Bier öffnete.

„Nein“, antwortete Savannah mit Nachdruck. „Aber es gibt in dieser Gegend Orte … dieses Haus, die Wälder dort draußen …“ Sie verstummte und schaute aus dem Fenster. „Mein Garten, dort, wo ich Akelei gepflanzt habe, und Stellen auf dem Schlachtfeld, die einem fast das Herz brechen …“ Nur mit Mühe schüttelte sie die Trauer ab und nahm das Bier, das Rafe ihr reichte. „Alte Gefühle. Die stärksten davon können Jahrhunderte überdauern.“

„Ich hatte einen Traum“, begann Rafe. Bisher hatte er nur Regan davon erzählt. „Ich renne durch die Wälder. Meine graue Uniform ist blutverschmiert. Ich will nur nach Hause. Ich schäme mich dafür, aber ich habe eine Todesangst. Und dann sehe ich ihn, den anderen Soldaten, den Feind. Ein Dutzend Herzschläge lang starren wir einander an, bevor wir angreifen. Der Kampf ist grauenhaft. Brutal und sinnlos. Danach schleppe ich mich hierher. Ich bilde mir ein, dass ich zu Hause bin. Als ich sie sehe, als sie zu mir spricht und mir sagt, dass alles gut werden wird, glaube ich ihr. Sie geht neben mir her, während jemand mich nach oben trägt. Dann schreit sie auf, sieht jemanden, der hinter uns die Treppe heraufkommt. Ich hebe den Kopf, sehe erst ihn, dann die Waffe in seiner Hand. Und dann ist der Traum vorbei.“ Rafe nahm einen kräftigen Schluck Bier. „Was mir am längsten in Erinnerung blieb, noch lange nach dem Traum, war der Wunsch, nach Hause zurückzukehren. Aber seit einigen Monaten habe ich es nicht mehr geträumt.“

„Vielleicht deshalb, weil Sie jetzt zu Hause sind.“

„Sieht so aus.“ Plötzlich lächelte er und stieß mit seiner Flasche gegen ihre. „Eine seltsame Art, sich kennenzulernen, was? Möchten Sie sich das Haus ansehen?“

„Sehr gern. Sie haben ja einiges an Arbeit hineingesteckt.“

„Ja.“ Die Küche ist lange nicht fertig, dachte Rafe, aber die Schränke standen schon da, und im warmen Blau der Arbeitsplatte spiegelten sich die nagelneuen Armaturen und die Türen aus gelber Pinie. „Regan bestand darauf, dass wir hier anfangen", erklärte er. „Sie meinte, eine halbwegs eingerichtete Küche und ein benutzbares Bad müssten sein, wenn sie schon für eine Weile auf einer Baustelle leben müsse."

„Sie scheint eine praktisch denkende Frau zu sein."

„Das ist sie. Kommen Sie, wir machen eine Besichtigungstour." Er ging ihr voran in die Eingangshalle zurück.

„Ich würde gern oben anfangen", sagte Savannah nun, bevor er die Tür auf der rechten Seite öffnen konnte.

„Sicher." Die meisten Leute begannen lieber mit dem Wohnzimmer oder der Bibliothek, aber ihm war es egal. Auf der Treppe spürte er, wie sie zögerte und nur widerwillig weiterging. Auch das Beben, das sie durchlief, entging ihm nicht. „Wir fühlen es nicht mehr", erklärte er leise. „Schon seit Wochen nicht mehr."

„Da haben Sie Glück", sagte Savannah und war froh, als sie oben ankamen. Hinter den Planen, Eimern und Werkzeugen sah sie Mauern, die jeden Bewohner des Hauses überdauerten.

„Wir sind …" Er verstummte, als Savannah sich abrupt von der Tür abwandte, die in sein und Regans Schlafzimmer führte. Es hatte einst der Hausherrin gehört, und die beiden hatten es liebevoll renoviert und eingerichtet. Aber er sagte nichts, sondern folgte ihr in den anderen Flügel.

Die Tür zum Zimmer an diesem Ende war entfernt worden. Hohe Fenster blickten auf die Stadt hinunter. Die Wände waren grün, die aufwendige Stuckverzierung grauweiß, passend zum Marmor des Kamins.

Die Böden waren erst kürzlich abgeschliffen worden. Sie konnte das frische Holz noch riechen. Der kleine Raum dahinter war in ein Badezimmer verwandelt worden. Ob darin früher ein Diener geschlafen hatte?

„Das Arbeitszimmer des Hausherrn", flüsterte Savannah.

„Ja, das haben wir auch vermutet." Fasziniert beobachtete

Rafe, wie Savannah ans Fenster ging und dann vom Fenster zum Kamin.

Oh ja, das hier war Mr. Barlows Zimmer gewesen, da war sie ganz sicher. Von hier aus hatte er auf die Stadt hinabgeschaut und sich seine Gedanken gemacht. Hier hatte er eine der jungen Zofen in sein Bett geholt, ob sie nun wollte oder nicht, und war anschließend in den traumlosen Schlaf der Gewissenlosen gefallen.

„Er war ein grausamer Mensch", sagte Savannah. „Nun ja, er hat nicht viel hinterlassen." Lächelnd drehte sie sich zu Rafe um. „Sie leisten hier aber wirklich Großartiges."

Rafe rieb sich das Kinn. „Danke. Sie sind eine unheimliche Frau, Savannah."

„Gelegentlich. Ich habe mal auf einem Jahrmarkt als Handleserin gearbeitet. Es war ziemlich langweilig. Das hier ist wesentlich interessanter." Sie ging an ihm vorbei auf den Korridor zurück und öffnete die Tür zum Zimmer der Hausherrin. „Es ist wunderschön", flüsterte sie.

„Ja, wir sind auch begeistert." Rafe blieb in der Tür stehen. Er nahm den Duft von Rosen wahr. Und Regans Duft. „Wir wollen es als Hochzeitssuite vermieten."

„Es ist traumhaft."

Savannah meinte es ernst. Auf all ihren Reisen hatte sie noch kein so schönes Zimmer gesehen. Rosenblüten zierten die mit rötlichen Holzleisten abgesetzten Tapeten. Spitze umrahmte die bogenförmigen Fenster, durch die der Sonnenschein strömte und Muster auf das glänzende Parkett zauberte.

Ein großes Himmelbett beherrschte den Raum. Auf dem Kaminsims standen in Leuchtern aus funkelndem Kristall elfenbein- und rostfarbene Kerzen. Eine alte Lampe mit wunderschönem Glasschirm beschien einen eleganten Damensekretär. Die zierlichen Stühle hatten bestickte Bezüge, die Tische geschwungene Kanten. In einer pinkfarbenen Vase drängten sich leuchtend gelbe Narzissen.

Nein, noch nie hatte sie etwas so Hübsches gesehen. Wie denn auch, fragte sie sich. In ihrem Leben hatte es nichts als klapprige Wohnwagen, schäbige Zimmer und heruntergekommene Motels gegeben. Sie wehrte sich gegen den Neid, der in ihr aufstieg.

„Jared hat mir erzählt, dass Ihre Frau hier alles eingerichtet hat."

„Den überwiegenden Teil."

Wie mag es sein, wenn man einen so exquisiten Geschmack besitzt, dachte Savannah. Genau zu wissen, was wohin gehört? „Es ist wunderschön", sagte sie noch einmal. „Wenn Sie erst eröffnet haben, werden Sie sich vor Gästen nicht mehr retten können."

„Wir hoffen, dass wir bis zum September so weit sind. Es ist etwas optimistisch, aber vielleicht schaffen wir es ja." Er sah sich um, als unten im Haus eine Tür geöffnet wurde. „Das ist Regan."

So sieht ein MacKade also aus, wenn er verliebt ist, dachte Savannah beim Blick auf Rafe mit einem neuerlichen Anflug von Neid.

„Hier oben, Liebling", rief Rafe. „Ich bin mit einer tollen Frau im Schlafzimmer."

„Glaubst du, das überrascht mich?" Regan schlenderte herein. „Hallo, Savannah." Mehr brachte sie nicht heraus, bevor Rafe sie an sich zog und zur Begrüßung zärtlich küsste. „Hallo, Rafe."

„Hi."

Perfekt. Ein besseres Wort fiel Savannah absolut nicht ein. Regan MacKade, mit ihrem glänzend braunen Haar, dem feinen Gesicht mit dem bezaubernden winzigen Muttermal neben dem Mund und den strahlend blauen Augen, legte mit anmutiger Bewegung den Arm um ihren Ehemann.

Die tadellos sitzende Kleidung unterstrich ihre reizvolle Figur. Der khakifarbene Blazer, die darauf abgestimmte Hose, die weiße Bluse mit der Kupferbrosche am Kragen. Ihr Duft war auf dezente Weise erotisch, nicht zurückhaltend, nicht aufdringlich, einfach perfekt.

Savannah kam sich plötzlich vor wie Aschenputtel.

„Ich habe Savannah das Haus gezeigt“, erklärte Rafe.

„Das freut mich.“ Regan strich sich das Haar aus dem Gesicht, und an ihren Fingern funkelten Ringe. „Wie finden Sie es?“

„Es ist wunderschön.“ Savannah fiel das Bier in ihrer Hand ein, und sie hob die Flasche an den Mund.

„Kommen Sie, ich zeige Ihnen den Rest.“ Mit einem einladenden Lächeln wandte Regan sich zur Tür. „Jared rief heute Vormittag im Geschäft an. Er will seine Kanzlei neu einrichten.“

„Das wurde auch Zeit“, knurrte Rafe. „Der Laden ist ein Mausoleum. Weiß und grau. Ich friere, wenn ich ihn betrete.“

„Das werden wir ändern“, versprach Regan. Voller Stolz und Begeisterung führte sie Savannah durch das faszinierende Haus. Jedes Zimmer, ob es nun fertiggestellt, in Arbeit oder leer und voller Staub war, kratzte an Savannahs Selbstbewusstsein. Sie hatte keine Ahnung von Antiquitäten, edlen Teppichen oder Dekostoffen. Aber eigentlich wollte sie davon auch gar keine Ahnung haben.

„Jared ist von Ihrer künstlerischen Arbeit sehr beeindruckt“, sagte Regan, als sie wieder nach unten gingen. „Offenbar haben Sie ihn dazu angeregt, sein Büro endlich einmal umzugestalten. Ich würde mir sehr gern einige Ihrer Arbeiten ansehen.“

„Erwarten Sie nicht zu viel. Ich habe keine künstlerische Ausbildung.“

Savannah ließ den Blick durch das große Wohnzimmer mit den eleganten Möbeln schweifen und steckte die Hände in die Taschen. Der Marmorkamin glänzte wie Glas. Das auf Hochglanz polierte Kaminbesteck spiegelte sich darin. Alles hier, bis hin zum letzten Kerzenleuchter, war perfekt.

„Von meinen Arbeiten würde nichts hierher passen, das steht fest. Und in die Kanzlei eines Rechtsanwalts auch nicht. Danke für die Besichtigung. Und das Bier“, fügte sie hinzu, während sie Rafe die leere Flasche gab. „Ich muss meinen Sohn abholen.“

„Oh." Erstaunt über den abrupten Abschied folgte Regan ihr zur Haustür. „Falls Sie am Wochenende Zeit haben, könnten wir uns zusammensetzen und uns ein paar Gedanken über Jareds Büro machen."

„Ich bin sehr beschäftigt." Savannah öffnete die Tür. Sie wollte weg von hier. „Ich glaube, Sie machen das lieber allein. Bis dann."

„Na gut, aber …" Regan verstummte, als die Tür sich vor ihr schloss. Sie hatte gerade eine eindeutige und alles andere als höfliche Abfuhr erhalten. „Was um alles in der Welt war das denn?", fragte sie ihren Mann.

„Frag mich nicht." Nachdenklich strich Rafe ihr über das glänzende Haar. „Sie ist eine ungewöhnliche Lady, Liebling. Setzen wir uns, ich erzähle dir alles."

6. Kapitel

Als Jared vor dem Blockhaus hielt, war er verwirrt, ein wenig verärgert und ziemlich erstaunt. Die Kunde von Savannahs Auftritt hatte ihn schnell erreicht. Er verstand noch immer nicht, warum sie das Haus seines Bruders im Eiltempo besichtigt und Regans Angebot, zusammen die Kanzlei umzugestalten, abgelehnt hatte. Sie würde es ihm erklären müssen.

Er sah Bryan und Connor im Garten spielen und winkte ihnen zu. Die beiden riefen einen Gruß und wandten sich wieder ihrem Baseball zu.

Sein Klopfen blieb unbeantwortet, also trat er einfach ein. Savannah hatte ihn vermutlich nicht gehört. Dazu war die Rockmusik, die durchs Haus dröhnte, viel zu laut. Er folgte einem ohrenbetäubenden Gitarrensolo in die Küche und das benachbarte Zimmer.

Sie beugte sich gerade über einen Arbeitstisch. Das viel zu große weiße T-Shirt, das sie trug, war voller Farbe. Das Haar war zu einem Zopf geflochten, die Jeans voller Löcher, sie selbst barfuß.

Ihr Anblick erregte ihn.

„Hallo."

Sie sah nicht auf. Ihr Gesicht verriet absolute Konzentration, während sie den feinen, in leuchtend rote Farbe getauchten Pinsel führte.

Jared blickte sich um. Der Raum war spartanisch eingerichtet. Eine Tür führte nach draußen. Offenbar war es Savannah gleichgültig, in welcher Umgebung sie arbeitete. Durch die nackten Fenster schien die Sonne ungehindert, sodass jede Staubflocke zu sehen war. Auf dem Boden lag ein uralter Linoleumbelag mit unzähligen Farbspritzern. Ungerahmte Leinwände lehnten an der nicht verkleideten Wand, und auf Metallregalen standen unzählige Flaschen, Gläser, Tuben und Dosen. Es roch nach Terpentin.

Und dann entdeckte er zu seiner Erleichterung den tragbaren Radiorecorder, der ihn die Trommelfelle zu kosten drohte. Er ging hinüber und schaltete ihn ohne Ankündigung aus.

„Lass meine Musik an", fauchte Savannah.

„Offenbar hast du mich deshalb nicht hereinkommen gehört."

„Ich arbeite." Sie warf den Pinsel in ein Glas und nahm einen anderen. „Stör mich nicht."

Seine Augen blitzten, aber seine Stimme blieb ruhig. „Ja, ich hätte sehr gern ein Bier, vielen Dank. Soll ich dir eins mitbringen?"

„Ich arbeite", wiederholte sie.

„Das sehe ich." Er ignorierte das Schimpfwort, das sie ihm an den Kopf warf, und beugte sich über den Arbeitstisch.

Die böse Königin war fast fertig, und ihr Gesicht war schön, aber grausam. Ihr Körper war schlank und anmutig, in Purpur und Hermelin gehüllt. Die goldene Krone hatte messerscharfe Kanten und war mit spitzen Juwelen besetzt. In der schmalen Hand hielt sie einen leuchtend roten Apfel.

„Großartig", murmelte Jared. „Böse bis auf die Knochen. Ist es aus Schneewittchen?"

„Du stehst mir im Licht."

„Entschuldigung." Er ging ein wenig zur Seite, obwohl er ganz genau wusste, dass es nicht weit genug weg war.

„Ich kann nicht arbeiten, wenn mir jemand zusieht", sagte sie.

„Ich dachte, du warst mal Straßenmalerin."

„Das hier ist etwas anderes."

„Savannah." Er rieb ihr einen roten Farbfleck von der Wange. „Haben Rafe oder Regan etwas gesagt, das dich gekränkt hat?"

„Warum sollten sie das?"

„Genau das möchte ich von dir erfahren."

„Sie waren sehr höflich." Als er eine Augenbraue hochzog, seufzte sie ungeduldig. „Ich mag deinen Bruder, und das Haus ist sehr schön. Geradezu faszinierend. Und deine Schwägerin ist wirklich eine bezaubernde Frau."

Aha, dachte er, das ist es also. Vorsichtshalber wich er einen Schritt zurück. „Du hast ein Problem mit Regan?"

„Wer könnte ein Problem mit Regan haben? Wir würden einfach nicht gut zusammenarbeiten, das ist alles. Außerdem möchte ich nicht, dass meine Bilder in deinem Büro hängen."

„So? Warum nicht?"

„Ich möchte es einfach nicht. Ich habe darüber nachgedacht und bin zu dem Ergebnis gekommen, dass ich nicht interessiert bin." Sie warf ihm einen kühlen Blick zu. „Ganz und gar nicht interessiert, Jared. Also lass mich in Ruhe."

Er reagierte blitzschnell. Trotz des eleganten Anwaltsanzugs hätte sie damit rechnen müssen. Er zog sie vom Hocker, die Hand fest um ihren Arm, bevor sie ihm ausweichen konnte.

Aber das hieß nicht, dass Savannah sprachlos war. „Ich habe dir schon einmal gesagt, fass mich nicht an, bevor ich es dir erlaube."

„Ja, das hast du mir gesagt. Du hast mir viele Dinge gesagt." Er packte ihren anderen Arm und sah, wie ihre Augen aufblitzten. „Warum sagst du mir nicht, was eigentlich los ist?"

„Ich bin dir keine Rechenschaft schuldig. Du denkst, weil du mich ein paarmal küssen durftest, gehöre ich dir, was? Ich lasse mich von vielen Männern küssen, Anwalt. Und ich gehöre keinem davon."

Sie hatte hervorragend gezielt. Er fühlte, wie die Spitze ihn traf, genau in einen wunden Punkt. „Du solltest wenigstens so anständig sein, es mir zu erklären."

„Anstand interessiert mich nicht."

„Schön." Wenn sie es so wollte. Er zog sie an sich und küsste sie, wütend, verzweifelt.

Sie wehrte sich nicht. Der Instinkt sagte ihr, dass sie es nur noch schlimmer machen würde, wenn sie sich wehrte. Stattdessen stand sie steif da. Kalte Abweisung war manchmal wirksamer als hitziger Protest, das wusste sie. Aber ihr Körper verriet sie. Sie erbebte.

Es erregte ihn zutiefst – das kurze, unwillkürliche Zittern, das leise, hilflose Aufstöhnen. Doch das milderte seinen Zorn nicht. Abrupt ließ er sie los.

Ihr Gesicht war gerötet, sie atmete heftig. An ihren Augen erkannte er, dass sie ihn ebenso sehr begehrte wie er sie. Und es machte ihn nur noch wütender.

„Das war ich dir schuldig", stieß Jared hervor. „Jetzt kannst du mir noch einmal sagen, wie wenig du interessiert bist."

Savannah war interessiert. Daran, dass ein Mann sie nur ein einziges Mal so ansah, wie Rafe seine Frau Regan angesehen hatte. Und dieses Bedürfnis machte sie so verletzlich.

„An einem kurzen Abenteuer, Jared?" Sie streichelte ihm die Wange, so flüchtig, so beiläufig, dass es beleidigend war. „Gern, Baby, wann immer du Zeit hast."

„Verdammt, Savannah, was soll das?"

„Siehst du." Seufzend schüttelte sie den Kopf. „Ich wusste, dass du es persönlich nehmen würdest. Du bist der Typ dafür. Und, wie gesagt, das ist nicht mein Typ. Du siehst toll aus und hast eine Menge Feuer. Aber …" Sie zupfte an seiner Krawatte. „Du bist zu altmodisch, zu korrekt. So, Rechtsanwalt MacKade, Sie kennen sich doch aus mit Hausfriedensbruch und solchen Dingen, oder? Da Sie so großen Wert auf Höflichkeit legen, bitte ich Sie jetzt in aller Form, mein Haus zu verlassen. Sie möchten doch nicht, dass ich Ihren Bruder, den großen bösen Sheriff, rufe, nicht wahr?"

„Was zum Teufel ist in dich gefahren?"

„Der Sinn für Realität. Jetzt verschwinde, Jared, bevor ich unsanft werde."

Er würde nicht betteln. Er würde sie nicht merken lassen, dass sie ihn genau dort verletzt hatte, wo er es nicht erwartet hatte. Der Stolz ließ seinen Blick eisig werden. Wortlos drehte er sich um und ging.

Als sie seinen Wagen anspringen und den Weg entlangfahren hörte, sank sie auf den Hocker und schloss die Augen. Hatte sie das gewollt? Oder hatte ihr die Vergangenheit einen bösen Streich gespielt.

Savannah erlaubte ihrem Sohn, Connor bei sich übernachten zu lassen, und freute sich über den Lärm, der aus seinem Zimmer kam und bis in den späten Abend hinein anhielt. Am Samstag saß sie auf der Tribüne und feuerte Bryan und seine Baseball-Mannschaft an. Und niemand merkte, dass sie sich hin und wieder umsah und unauffällig nach einem Mann mit dunklem Haar und grünen Augen Ausschau hielt.

Am späten Nachmittag setzte sie die beiden Jungs bei Cassie ab. Allein im Blockhaus, ging sie rastlos hin und her und setzte sich schließlich wieder an die Arbeit am Zeichentisch.

Die Königin war fertig, jetzt musste sie noch den Prinzen zeichnen. Keinen zarten, sanftäugigen Träumer für mein Schneewittchen, dachte Savannah, während sie den Zeichenstift über das weiße Papier huschen ließ. Ihr Schneewittchen verdiente Feuer, Leidenschaft, die Hoffnung auf ein Happy End.

Dass der erste Entwurf einem MacKade ähnelte, erstaunte sie nicht. Drachentöter, dachte sie mit grimmigem Lächeln, Störenfriede. Wer sagte, dass ein Prinz höflich sein musste? Hatten die meisten davon ihren Thron nicht im Kampf erobert?

Ja, sie konnte sich Jared gut als Märchenprinz vorstellen. In ihrer Art von Märchen. In einer dramatischen Geschichte, die zur Legende geworden und über die Jahrhunderte weitererzählt worden war, bis irgendjemand sie zensiert und entschärft hatte, um sie den Kindern vor dem Einschlafen vorlesen zu können.

Krieger, Rächer, Abenteurer. Ja, das war der Prinz, den sie erschaffen wollte.

Die Arbeit begann ihr Spaß zu machen. Dass sie mit dem Herzen, dem Kopf und den Händen etwas zum Leben erwecken konnte, faszinierte sie immer wieder. Aber es tröstete sie nicht immer. Denn wären die Umstände anders, hätte sie ihren Lebensunterhalt nicht mit Aufträgen verdient, sondern allein mit dem, wozu Herz und Kopf sie inspirierten. Sie hätte gemalt, was sie sah, was sie fühlte, was sie wollte – einfach nur aus Freude am Malen.

Aber sie hatte Glück, es überhaupt so weit gebracht zu haben, das hielt sie sich oft vor Augen. Für sie hatte es keine Kunstakademie gegeben, nicht einmal Abendkurse, sondern nur kurze Momente mit Zeichenblock und Buntstiften in der Mittagspause oder frühmorgens vor der Arbeit. Träume, die niemand verstanden hatte.

Ja, sie hatte Glück, denn das Geld, das sie verdiente, erlaubte es ihr, eigene Bilder zu malen und es als harmloses, nicht sehr teures Hobby auszugeben.

Rasch, ganz spontan schmückte sie den Entwurf aus. Das Grübchen neben dem sinnlichen Mund, der arrogante Schwung der Braue, die Andeutung eines muskulösen Körpers unter dem Umhang, das gefährliche Glitzern in den Augen, die sie später bestimmt grasgrün ausfüllen würde.

Die Begegnung mit Jared MacKade war anders verlaufen, als sie es sich gewünscht hatte, aber wenigstens war er das ideale Modell für diesen Auftrag. Es würde eine gelungene Illustration werden. Mehr konnte sie nicht verlangen.

Niemals hätte sie mit dem Gedanken spielen dürfen, für Jared zu malen oder Bilder zu verkaufen, die sie nur für sich selbst gemacht hatte.

Als sie einen Wagen hörte, erstarrte sie und kämpfte gegen die Hoffnung an, die gegen ihren Willen in ihr aufkeimte.

Doch als sie die Tür öffnete, stand nicht Jared, sondern Regan MacKade vor ihr. Die beiden Frauen musterten einander kühl. Savannah zögerte, bevor sie die Besucherin doch noch mit einer knappen Handbewegung hereinbat.

„Ich weiß nicht, was zwischen Ihnen und Jared los war", begann Regan ohne Umschweife. „Und falls Sie glauben, das gehe mich nichts an, irren Sie sich. Er ist der Bruder meines

Mannes. Aber ich möchte wissen, warum Sie mich nicht ausstehen können. Offenbar so wenig, dass Sie lieber auf einen lohnenden Auftrag verzichten, anstatt gelegentlich mit mir zusammenzuarbeiten."

„Ich lege keinen Wert auf den Auftrag."

„Das ist eine Lüge."

Savannahs Gesicht verfinsterte sich. „Jetzt hören Sie mir einmal zu ..."

„Nein, Sie hören mir zu." Regan stach mit dem Finger in die Luft. „Wir müssen nicht befreundet sein. Ich habe genug Freunde. Mich wundert allerdings, wie wir beide gleichzeitig mit einem so großartigen Menschen wie Cassie Dolin befreundet sein können. Cassie bewundert Sie, und es steht mir nicht zu, ihr zu sagen, wie unhöflich Sie sind. Als Jared mit Ihnen über den Auftrag sprach, waren Sie durchaus daran interessiert. Jedenfalls genug, um sich unser Haus anzusehen. Rafe hat mir erzählt, dass alles in Ordnung war, bis ich hereinkam. Was ist Ihr Problem?"

Savannah wusste nicht, ob sie wütend sein oder sich amüsieren sollte. Die Frau imponierte ihr. Sie wollte sie nicht anlügen. „Mir gefällt Ihr Aussehen nicht."

„Ihnen gefällt ... Wie bitte?", fragte Regan verblüfft.

„Und die Art, wie Sie reden, auch nicht." Savannah lächelte zufrieden. „Lassen Sie mich raten – teures Internat, Tanz im Country Club, Debütantin auf dem feinsten Ball der Saison."

„Ich war nie Debütantin." Wäre Regan nicht so verdutzt gewesen, hätte sie sich gekränkt gefühlt. „Und selbst wenn, was hätte das mit uns zu tun?"

„Sie sehen aus, als stammten Sie direkt aus einem dieser Hochglanzmagazine für verwöhnte Frauen."

Regan hob die Hände. „Das ist alles?"

„Ja, das ist alles."

„Nun, Sie sehen aus wie eine dieser Statuen, denen die Männer früher Jungfrauen geopfert haben. Werfe ich Ihnen das etwa vor?"

Sie sahen einander fast eine Minute lang in die Augen. Dann zuckte Savannah seufzend mit den Schultern. „Ich habe Eistee gemacht."

„Ich würde sehr gern ein Glas trinken."

Als Regan wenig später an ihrem zweiten Glas Eistee nippte, ging sie bereits durchs Wohnzimmer und blieb dort vor einem von Savannahs Bildern stehen. Es zeigte eine dramatische Landschaft, zerklüftete Felsen und farbenprächtiges Herbstlaub.

„Das hier", entschied Regan. „Das muss dorthin, wo jetzt dieses grässliche Stillleben mit den weißen Orchideen hängt."

„Und ich dachte, gerade das gefällt Ihnen." Als Regan sich mit empörtem Blick umdrehte, lächelte Savannah. „Okay, ich habe mich in Ihnen getäuscht, ich gebe es zu."

„Grün und Malventöne", verkündete Regan. „Ein sattes Grün. Und die Stühle in der Besucherecke im Sekretariat müssen weg. Mir schweben da zwei schwere Sessel vor, bequem, mit hohen Lehnen, aus Leder. Und statt des grauen Teppichbodens Parkett mit rustikalen Läufern."

Natürlich. Savannah sah die neue Einrichtung schon vor sich. Regan MacKade war offenbar eine Frau, die wusste, was sie wollte. „Hören Sie, Regan, mir gefallen meine Bilder, aber glauben Sie, dass sie Ihrem Geschmack entsprechen? Oder Jareds?"

„Ja, das glaube ich. Und ich bin sogar überzeugt, dass wir beide ausgezeichnet zusammenarbeiten werden." Regan streckte die Hand aus. „Also, wollen wir Jared aus seinem Mausoleum erlösen?"

„Ja." Savannah ergriff die zarte Hand, an der mehrere Ringe funkelten. „Warum zum Teufel nicht?"

Später, auf dem Weg in den Wald, dachte Savannah über ihr Verhalten nach. Sie hatte etwas getan, das sie anderen stets vorgeworfen hatte. Sie hatte einen Menschen nach Äußerlichkeiten beurteilt. Alles, was sie an Regan MacKade gesehen hatte, was sie vielleicht hatte sehen wollen, war Eleganz, Privilegien und Klasse gewesen. Aber wie hatte sie ahnen können, was für eine tapfere Frau sich hinter der luxuriösen Fassade verbarg?

Sie hätte es ahnen müssen.

Und dann sah sie Jared auf einem Felsbrocken sitzen und gelassen ein Zigarillo rauchen. Eigentlich hätte es sie nicht überraschen dürfen.

Er sagte nichts, als sie sich zu ihm setzte und ihm das Zigarillo aus der Hand nahm. Die Stille war herrlich. Zu hören waren nur die Vögel und der sanfte Wind in den Baumkronen.

„Ich muss mich bei dir entschuldigen." Sie gab ihm das Zigarillo zurück. „Ich war … Du hast einen schlechten Zeitpunkt erwischt."

„Habe ich das?"

„Mach es mir nur nicht leicht, MacKade."

„Keine Sorge."

„Ich war dir gegenüber nicht ganz ehrlich. Es gibt vieles, wovor ich nicht zurückschrecke, aber Lügen liegt mir nicht. Ich wollte den Auftrag. Ich kann ihn gut gebrauchen. Aber ich war … eingeschüchtert."

„Eingeschüchtert?" Das war das Letzte, womit er gerechnet hätte. „Wovon?"

„Von deiner Schwägerin, zum Beispiel."

„Von Regan?", fragte er ungläubig. „Das ist nicht dein Ernst."

Sein verblüfftes Lachen reizte Savannah zur Weißglut. Sie sprang vom Felsbrocken und baute sich vor Jared auf. „Ich kann mich einschüchtern lassen, von wem oder was ich will. Ich habe ein Recht, mich so zu fühlen, wie ich mich fühle. Hör auf, mich auszulachen."

„Entschuldigung." Jared räusperte sich, bevor er sie ansah. „Warum sollte Regan dich einschüchtern?"

„Weil sie … so elegant und hübsch und klug und erfolgreich ist. Sie ist alles, was ich nicht bin. Ich bin durchaus mit dem zufrieden, wer ich bin und was ich bin, aber wenn ich Regan sehe, erinnert es mich an all das, was ich nie sein und nie haben werde. Ich fühle mich ungern ungebildet oder unterlegen." Savannah steckte die Hände in die Taschen. „Außerdem habe ich nicht erwartet, dass ich sie mögen würde. Sie kam vorhin bei mir vorbei."

„Das dachte ich mir. Regan ist noch keinem Problem ausgewichen." Nachdenklich betrachtete er die Zigarillospitze. „Frag sie einmal nach dem Abend, an dem sie in einem hautengen roten Minirock in Duff's Tavern auftauchte und Rafe sein Billardqueue zu Zahnstochern zerbrach."

Savannah unterdrückte ein Lächeln. „Jared, ich würde sehr gern die künstlerische Gestaltung deiner Kanzlei übernehmen, falls du noch interessiert bist."

„Ich bin interessiert." Er bot ihr das Zigarillo an. Als sie den Kopf schüttelte, nahm er noch einen Zug und drückte es sorgfältig aus.

„Ich war auch in anderer Hinsicht nicht ganz ehrlich." Die Situation war neu für Savannah, und sie wusste nicht genau, wie sie es ausdrücken sollte, also wählte sie einfache Worte. „Ich empfinde etwas für dich, Jared. Und das macht mir Angst."

Er sah sie an, und sein Blick war kühl und konzentriert. Sie fragte sich, wie viele Zeugen diesem Blick standgehalten hatten.

„Ich komme mit Männern besser zurecht, wenn keine Gefühle im Spiel sind", fuhr sie fort. „Vielleicht irre ich mich, aber ich hatte das Gefühl, dass du eine … richtige Beziehung wolltest. Und mit Beziehungen hatte ich bisher viel Pech. Daran musste ich plötzlich denken, und deshalb hielt ich es für besser, die Sache … im Keim zu ersticken."

Als er weiterschwieg, stieß sie die Fußspitze in den Sand. „Willst du einfach nur still dasitzen und nichts sagen?"

„Ich höre dir zu", antwortete er sanft.

„Okay. Ich muss mich um ein Kind kümmern. Ich kann es mir nicht erlauben, mich mit jemandem einzulassen, der in meinem Sohn falsche Hoffnungen weckt. Ich weiß, wie ich ihn davor schützen kann."

Jared stand auf, ohne sie aus den Augen zu lassen. „Vor mir, Savannah?"

Wenn er sie jetzt berührte, würde sie ihm nicht widerstehen können. „Nein. Das ist ja das Problem. Ich empfinde etwas für dich."

„Das ist interessant." Er hatte nicht gewusst, dass sie so verletzlich aussehen konnte. „Weil ich nämlich auch etwas für dich empfinde."

„Wirklich?" Sie ließ die Hände in den Taschen. „Nun ja."

„Nun ja", wiederholte er und trat vor. Er nahm ihr Gesicht zwischen die Hände und küsste sie.

Savannah war es nicht gewöhnt, so zärtlich und leidenschaftlich zugleich geküsst zu werden. Es machte sie schwach, fast benommen. Ihre verkrampften Finger entspannten sich, ihr Herz öffnete sich Jared.

„Sind wir jetzt quitt?", fragte er leise.

Sie nickte und stellte überrascht fest, wie herrlich es sein konnte, den Kopf an die Schulter eines Mannes legen zu können. „Ich möchte mich nicht lächerlich machen."

Lächelnd küsste er ihr Haar. „Ich auch nicht."

„Dann lass uns ein Abkommen treffen. Was immer geschieht, keiner von uns wird den anderen jemals lächerlich machen."

„Einverstanden." Er hob ihr Kinn und küsste sie. „Darf ich dich nach Hause bringen?"

„Natürlich."

Savannah kam sich kindisch vor, genoss es aber trotzdem, Hand in Hand mit Jared durch den Wald zu spazieren und jeden Sonnenstrahl, jeden Geruch, jedes Geräusch wahrzunehmen. Die Liebe schärft die Sinne, dachte sie.

„Ich muss Bryan bald abholen." Sie warf Jared einen verlegenen Blick zu. „Ich könnte Cassie anrufen und es verschieben."

Er wusste, was ihr Angebot bedeutete, und spürte die Erregung in sich. Als er ihre Hand an die Lippen hob und küsste, sah er die Freude in ihren Augen. Noch nicht, sagte er sich. Noch nicht, aber bald. „Wir holen ihn zusammen ab. Was hältst du von der Frühvorstellung im Kino und danach Pizza?"

Sie brachte es nicht fertig, ihn anzusehen. Die Rührung schnürte ihr den Hals zu, denn sie wusste, was sein Angebot bedeutete. „Eine großartige Idee", antwortete sie leise. „Danke."

„Jared ist cool." Bryan ließ sich aufs Bett fallen, den Kopf noch voller Actionszenen aus dem spannenden Film, den sie zusammen gesehen hatten, den Bauch voller Pepperoni-Pizza. „Ich meine, er weiß alles über Baseball und die Farm und das Schlachtfeld. Er weiß noch mehr als Connor."

„Du weißt auch eine ganze Menge." Savannah strich ihrem Sohn übers Haar.

„Jared hat gesagt, jeder hat eine ganz besondere Begabung", berichtete Bryan weiter.

Neugierig beugte sie sich vor. „Das hat er gesagt?"

„Ja, als wir das Popcorn geholt haben. Er meinte, dass jeder etwas in sich hat, das ihn besonders macht. Das weiß er, weil er drei Brüder hat und sie sich alle ähnlich, aber auch verschieden sind. Er hat gesagt, dass ich ein Naturtalent bin."

Sie lächelte. „Ein Naturtalent worin?"

„Mom." Bryan verdrehte die Augen und setzte sich im Bett auf. „Beim Baseball natürlich. Und weißt du, was er noch gesagt hat?"

„Nein. Was hat er noch gesagt?"

„Er meinte, selbst wenn ich irgendwann doch nicht mehr Profi werden will, kann ich das, was ich über Baseball weiß, auch anderswo gebrauchen. Natürlich werde ich Baseball-Profi, aber vielleicht werde ich später auch Anwalt."

„Anwalt?", fragte sie entsetzt. Jared zog ihren Sohn ebenso schnell in seinen Bann wie sie.

„Ja, weil man dann vor Gericht kommt, mit den Leuten diskutiert und Verbrecher ins Gefängnis steckt. Aber man muss ewig zur Schule gehen. So lange, bis man alt ist. Jared ist erst aufs College und dann zur Universität und so gegangen."

„Das kannst du auch, wenn du möchtest."

„Na ja, ich überlege es mir noch." Er ließ sich wieder zurückfallen und kuschelte sich unter der Decke zusammen wie ein Kind. Er war noch immer ihr kleiner Junge. „Nacht."

„Gute Nacht, Bry." Sie gab ihm einen Kuss auf die Schläfe und ließ sich dabei ein wenig mehr Zeit als sonst. Die Augen fielen ihm zu, er machte es sich bequem und schlief fast sofort ein.

Mein Sohn, der Rechtsanwalt, dachte sie und streichelte sein Gesicht. Mit einer Mutter, die die Highschool nicht beendet hat. Doch dann, als die Panik dem Stolz auf das, was ihr Sohn eines Tages erreichen würde, wich, lächelte sie zufrieden.

Leise ging sie in ihr Zimmer und stellte sich ans Fenster, um auf den Wald hinauszuschauen. Zwischen den Bäumen sah sie die Lichter der MacKade-Farm. Und dort, dachte sie, ist gerade der Mann, in den ich mich verliebt habe.

Sie lächelte noch einmal und legte die Hand an die kalte Fensterscheibe. Alles in allem, entschied sie, war es ganz schön klug gewesen, mit dem Verlieben zu warten, bis sie Jared MacKade gefunden hatte.

7. Kapitel

Jared schickte Savannah gelbe Tulpen. Sie stellte sie in eine hohe Vase, und noch eine ganze Stunde danach betrachtete sie die Blumenpracht mit verträumten Augen. Jared ging mit ihr und Bryan zu einem Baseball-Match im benachbarten County, wo die Tribüne aus Metall und die Zuschauer laut waren, und eroberte das Herz ihres Sohnes endgültig, als er die Schiedsrichter mit einem lauten, entschiedenen Zuruf auf ein Foul aufmerksam machte.

Sie aßen Pizza in einem Lokal mit alten Holzbänken, einer scheppernden Jukebox und einem Flipperautomaten. Zu dritt mampften sie die Familienpizza, übertönten die Musik und kämpften verbissen mit der schnellen Silberkugel.

Er führte Savannah zum Abendessen aus. In ein Restaurant mit Kerzenschein und Champagner, der in hohen Kristallgläsern perlte, und hielt ihre Hand auf dem blütenweißen Tischtuch.

Er brachte ihr eine Wagenladung Mulch für ihren Garten, und Savannah war verloren.

„Er macht dir den Hof“, sagte Cassie, als sie an Savannahs Küchentisch Limonade tranken und Farbmuster begutachteten.

„Wie?“

„Er umwirbt dich.“ Cassie seufzte sehnsüchtig. Selbst die elenden Jahre mit Joe Dolin hatten ihr die romantische Natur nicht rauben können. Jedenfalls nicht, wenn es um andere ging. „Stimmt doch, nicht wahr, Regan?“

„Allerdings. Gelbe Tulpen“, sagte Regan und ließ den Blick von den Farbmustern zu den mitten auf dem Tisch thronenden Blumen wandern. „Ziemlich eindeutig, würde ich meinen.“

„Zwischen uns entwickelt sich eine Beziehung“, sagte Savannah wie beiläufig und rieb sich die plötzlich feuchten Handflächen an den Jeans ab. „Das ist alles.“

„Er hat dir Mulch gebracht und geholfen, ihn zu verteilen, oder?“, fragte Regan, die für Savannah inzwischen zu einer ebenso guten Freundin wie Cassie geworden war.

„Ja.“ Savannah musste lächeln, als sie daran dachte. Und daran, wie Jared sie geküsst hatte, obwohl sie beide verschwitzt und schmutzig von den Rindenstücken gewesen waren.

„Es hat dich erwischt“, sagte Regan.

„Kann schon sein.“ Savannah wurde wieder ernst und griff nach dem Limonadenglas. „Und?“

„Und nichts. Was hältst du von diesem Farbton?“

„Zu gelb.“

„Du hast recht“, erwiderte Regan.

Bewundernd sah Cassie zu, wie ihre beiden Freundinnen die unzähligen Farbtöne durchgingen. Sie hoffte, dass Regan ihr beim Renovieren ihres Wohnzimmers helfen würde, wenn sie genug Geld dafür beiseitegelegt hatte. Sie hatte die Wände immer wieder abgewaschen, bis ihre Schultern schmerzten, bekam sie jedoch nicht wieder hell.

Und wenn Savannah ihr half, den richtigen Stoff auszusuchen, würde sie neue Vorhänge für Emmas Zimmer nähen. Etwas Fröhliches, etwas ganz Besonderes, das zu einem kleinen Mädchen passte.

Es war schwer, diesen alltäglichen Herausforderungen zu begegnen. Schwerer, als sie jemals zugegeben hätte. Dinge, die für andere Frauen selbstverständlich waren, kosteten sie viel Kraft. Zum ersten Mal in ihrem Leben musste sie alle Entscheidungen allein treffen. Es gab niemanden, den sie fragen konnte, aber auch niemanden mehr, der sie kritisierte und erniedrigte.

Sie musste sich immer wieder sagen, dass sie jetzt auf eigenen Beinen stand, und wenn sie es ganz langsam, Schritt für Schritt, anging, würde sie es schaffen, das gemietete Häuschen in ein richtiges Zuhause zu verwandeln. In ein Zuhause, in dem ihre Kinder das Geschrei und die Prügel und den Gestank des schalen Biers vergessen würden.

Sehnsüchtig schaute Cassie sich in Savannahs Blockhaus um. Es war nicht größer als das, in dem Cassie mit den Kindern wohnte, aber es war viel schöner. Leuchtende Farben, achtlos hingeworfene Kissen. Und Staub.

Noch immer wischte Cassie wie besessen Staub, aus Angst, dass Joe jeden Moment hereinkommen und sie als Schlampe beschimpfen könnte. Egal, wie oft sie daran dachte, dass er jetzt hinter Schloss und Riegel saß, nachts lag sie häufig wach und zuckte bei jedem Geräusch zusammen. Und am Morgen erwachte sie dann erleichtert. Und schämte sich.

„Die Kinder kommen", sagte Cassie und schob die alten Ängste beiseite. „Soll ich noch mehr Limonade machen?"

Savannah nickte, ohne den Blick von den Farben zu nehmen, die Regan für Jareds Bibliothek in der Kanzlei ausgesucht hatte.

Die Kinder stürmten herein.

„Nur noch drei Wochen", rief Bryan und ballte triumphierend beide Hände zu Fäusten. „In drei Wochen bekommen wir die Kätzchen."

„Das freut mich", murmelte Savannah und lächelte, als Emma einen Arm um Cassies Bein legte. „Hi, Engelsgesicht."

„Hallo. Ich durfte Bryans Kätzchen streicheln. Sie sind so süß."

„Sie möchte auch eins", verkündete Bryan. Er nahm eine Handvoll Kekse aus dem Glas. „Darf sie eins, Mrs. Dolin?"

„Ein was?"

Er schob einen Keks in den Mund und sah auf die Limonade, die Cassie gerade anrührte. „Kann Emma eins der Kätzchen haben? Shane hat eins über."

„Ein Kätzchen." Automatisch legte Cassie eine schützende Hand auf Emmas Kopf. „Wir können keine Haustiere halten, weil …" Sie verstummte, und ihr Sohn senkte den Kopf und starrte auf seine Füße.

Weil Joe es nicht will. Fast hätte sie es ausgesprochen, aus lauter Gewohnheit. Deshalb hatte sie auch nicht wahrgenommen, wie sehnsüchtig Connor von Bryans Kätzchen sprach. Und wie gern Emma mit dem kleinen braunen Hund der Nachbarn spielte.

„Natürlich kann Emma ein Kätzchen haben", sagte Cassie entschlossen.

Dankbar sah ihr Sohn sie an. „Wirklich?" Die ungläubige Hoffnung in seiner Stimme rührte sie fast zu Tränen. „Können wir wirklich eins nehmen?"

„Ja, das können wir." Sie nahm Emma auf den Arm und rieb mit der Nase über ihre Wange. „Möchtest du eins von Shanes Kätzchen, Emma?"

„Sie sind so weich", flüsterte Emma.

„Wie du." Es war höchste Zeit, dachte Cassie. Ich muss Entscheidungen treffen, ohne Angst vor Joe zu haben. „Sag Shane, dass du eins möchtest, Connor."

„Cool." Bryan war nicht bewusst, was für ein kleines Drama sich gerade abgespielt hatte. Er stopfte sich noch einen Keks in den Mund. „Dann könnt ihr es manchmal zu uns bringen, damit es mit seinen Brüdern spielt", schlug er kauend vor. „Komm, lass uns an deiner Wurftechnik arbeiten, Con."

„Okay." Con wollte seinem Freund nachrennen, drehte sich jedoch noch einmal um. „Danke, Mama."

„Wow." An der Tür wäre Rafe fast mit Connor zusammengestoßen. Er tat, als hätte er nicht bemerkt, wie blass der Junge geworden war und wie ängstlich er zu ihm aufsah, und klopfte den beiden auf die Schultern. „Ihr seid schnell, Leute. Ihr habt Jared und mich im Wald glatt abgehängt."

„Entschuldigung."

„Im nächsten Jahr solltet ihr diese Geschwindigkeit beim Baseball einsetzen." Er trat ein und lächelte den Frauen zu. „Wie ich sehe, hat sich der Marsch durch den Wald gelohnt."

„Wir sind fast fertig", sagte Regan und legte erwartungsvoll den Kopf in den Nacken.

„Keine Eile." Er küsste sie. „Hallo, ihr zwei", begrüßte er danach die beiden anderen Frauen.

„Hallo, Rafe." Savannah reichte ihm einen der Kekse, die ihr Sohn in der Aufregung liegen gelassen hatte.

„Danke. Cassie, ich muss dich sprechen."

„Oh? Ist etwas nicht in Ordnung?", fragte Cassie besorgt.

„Ich habe ein Problem." Um Emma ein Lächeln zu entlocken, hielt er ihr den Keks hin. „Tauschst du einen Kuss gegen den Keks?", fragte er.

Ohne den Keks aus den Augen zu lassen, berührte Emma seine Nase mit gespitzten Lippen.

„Ein Problem?", wiederholte ihre Mutter. Nervös stellte sie Emma hin. „Was für eins?"

„Das sage ich dir." Er lehnte sich gegen die Arbeitsplatte. „Regan und ich haben doch dieses alte Haus am Stadtrand, an der Quarry Road, gekauft. Das, was wir gerade renovieren." Er lächelte seiner Frau zu. „Wir wollen in etwa zwei Monaten einziehen. Wahrscheinlich im Juni."

„Das freut mich für euch."

„Nun ja, Cassie, wir brauchen jemanden für das Gasthaus. Eine … wie hast du es noch genannt, Liebling?"

„Hausdame."

„Das, was man heutzutage Manager nennt, wenn ihr mich fragt. Jemand, der sich um den ganzen Laden kümmert", erklärte Rafe. „Und um die Gäste, wenn wir erst welche haben. Jemand, der das Frühstück macht und so weiter. Jemand, der dort wohnt und auf alles aufpasst."

„Oh." Cassies Nervosität legte sich. „Ich soll mich umhören, was? Ich könnte meine Gäste im Schnellrestaurant fragen, ob sie jemanden kennen."

„Nein, uns schwebt bereits jemand vor." Rafe entdeckte das Glas mit Keksen und bediente sich. „Wir wollen jemanden, den wir kennen und dem wir vertrauen können." Er leerte das Glas Limonade, das Cassie ihm reichte. „Wie wäre es?"

„Wie wäre was?", fragte Cassie.

„So bietet man niemandem eine Stellung an, Rafe", seufzte Regan. „Cassie, wir möchten, dass du im Gasthaus einziehst und dich für uns um alles kümmerst. Wir schaffen es nicht allein. Rafe hat seinen Beruf, ich mein Geschäft."

„Ihr wollt mich?" Hätte Cassie das Glas noch in der Hand gehabt, so wäre es längst zu Boden gefallen. „Ich habe keine Ahnung, wie man ein Gasthaus führt. Dazu braucht man Erfahrung und ..."

„Du führst ein Haus und zwei Kinder", unterbrach Rafe sie. „Du kochst fast so gut wie ich. Du betreust die Gäste bei Ed's, und wenn nötig stehst du sogar in der Küche. Außerdem hast du ein ausgleichendes Wesen. Für mich ist das Qualifikation genug."

„Aber ..."

„Denk in Ruhe darüber nach", schlug Regan rasch vor. „Ich weiß, es ist viel verlangt, Cassie. Du arbeitest schon so lange bei Ed's, dass ein Jobwechsel ein großer Schritt für dich wäre. Aber Rafe richtet gerade eine nette Wohnung im zweiten Stock ein. Sie besitzt eine eigene Küche, und du könntest dort umsonst wohnen. Vielleicht solltest du mal mit den Kindern vorbeikommen und dir alles ansehen. Wir wären dir wirklich dankbar."

Eine Wohnung. Keine Miete. In dem wunderschönen Haus auf dem Hügel. Cassie schwirrte der Kopf. „Ich würde euch gern helfen, aber ..."

„Großartig." Rafe tätschelte ihre Schulter. „Sieh es dir einfach mal an, dann reden wir weiter."

„Einverstanden." Cassie konnte ihr Glück noch immer nicht fassen. Sie setzte Emma auf ihre Hüfte. „Ich komme. Aber jetzt muss ich los. Ich habe Connor und Bryan versprochen, mit ihnen Hot Dogs zu grillen."

„Ruf du sie zusammen", schlug Savannah vor. „Ich hole Bryans Rucksack."

Sie wartete, bis Cassie draußen war. „Ihr zwei seid ein richtig gutes Team", sagte sie leise zu Regan und Rafe. „Und sehr, sehr gute Freunde."

Sie war fast an der Treppe, als sie Devin auf der Veranda sah, der mit Cassie sprach. Statt nach oben zu gehen, stürmte sie hinaus. „Kann ich etwas für Sie tun, Sheriff?“, fragte sie scharf. Devin war der Einzige der vier MacKade-Brüder, mit dem sie noch nicht warm geworden war. Vielleicht lag es an seinem Beruf.

Er hob den Kopf. „Nein. Ich bin nur mit Jared und Rafe hergekommen. Ihr Garten ist wirklich sehr schön geworden.“

„Danke.“

Als Emma dem Sheriff ihren Keks hinhielt, runzelte Savannah unwillkürlich die Stirn. Devin beugte sich zu dem Kind herunter und biss eine kleine Ecke ab.

„Du schmeckst besser“, verkündete er und brachte Emma zum Kichern, als er mit der Nasenspitze über ihr Haar fuhr.

„Du darfst mich halten“, sagte sie und streckte ihm die Hände entgegen.

„Vielen Dank, Ma'am.“ Er hob sie hoch, rieb die Wange an ihrer Wange und setzte sie sich auf die Hüfte. Als Cassie davoneilte, um die Jungs zu rufen, sah er Savannah an. „Es gibt auch Frauen, die mich mögen.“

Savannahs Blick blieb kühl. Sie senkte die Augen. „Es scheint ganz so.“

„Ich bin nicht im Dienst, Miss Morningstar.“ Er setzte das strahlende MacKade-Lächeln auf, das sie so gut kannte. „Ich genieße nur den Frühlingsabend mit meiner besten Freundin.“

„Sie tragen Ihr Abzeichen“, wandte Savannah ein.

„Aus reiner Gewohnheit. Ich bin nicht hier wegen eines Problems, Miss.“

„Und genau so soll es auch bleiben.“

„Das soll mir nur recht sein“, erwiderte Devin leise.

„Gut.“ Sie nickte ihm zu, kehrte ins Haus zurück und eilte nach oben, um Bryans Rucksack zu holen.

Devin trat von der Veranda. Er schaffte es, Cassie nicht nur ein paar Worte, sondern auch ein schüchternes Lächeln zu entlocken, bevor er ihr Emma übergab. Dann sah er ihr nach, als sie mit ihren Kindern zum Wagen ging.

Sie war nicht mehr so dünn wie früher. Bis er Joe Dolin endlich auf frischer Tat ertappen konnte, hatte der Mann seiner Frau das Leben zur Hölle gemacht. Selbst jetzt wirkte die arme Cassie noch immer so, als könnte ein Windstoß sie umwehen. Sie brauchte einen behutsamen Mann. Die Schatten unter den Augen waren verblasst, aber der Blick war auch jetzt noch verängstigt.

Devin machte sich Sorgen um sie und wunderte sich etwas darüber. Als der Wagen auf die Straße einbog, schlenderte er zu Jared hinüber, der mit Bryan Werfen geübt hatte. „Deine Lady mag mich nicht."

Jared stützte sich auf die Baseball-Keule. „Sie mag deinen Sheriffstern nicht."

„Wie ich sagte, sie mag mich nicht."

Jared sah zur Veranda hinüber, von wo aus Savannah sie beobachtete, und spürte, wie sein Herz zu klopfen begann. „Sie hat einen verdammt harten Weg hinter sich gebracht."

„Daran zweifle ich nicht." Einige der Meilen waren ihr noch anzusehen. „Ist sie die Frau, die du willst, Jared?"

„Sieht fast so aus."

„Na gut." Nachdenklich rieb Devin sich das Kinn. „Ich muss sagen, seit deiner Scheidung hat sich dein Frauengeschmack erheblich verbessert."

Überrascht sah Jared seinen Bruder an. „Ich dachte, du mochtest Barbara."

Devin lachte. „So?"

„Du hast nie gesagt, dass du sie nicht mochtest."

„Du hast mich nie gefragt." Devin hob den Ball vom Rasen auf, warf ihn hoch in die Luft und fing ihn mit einer Hand wieder auf. Bryan hätte ihn dafür bejubelt. „Aber die hier gefällt mir."

Verwirrt schüttelte Jared den Kopf. „Du hast gerade zugegeben, dass du sie nicht magst."

„Ich sagte nur, dass sie mich nicht mag." Devin lächelte. „Das finde ich an einer Frau sehr attraktiv."

Jared nahm Devin in den Schwitzkasten. Devin ließ sich einfach fallen und riss seinen Bruder mit zu Boden.

Savannah sah ihnen zu, wie sie über den Rasen rollten, genauso wie Bryan und Connor es auch immer taten. Hinter ihr betraten nun auch Rafe und Regan die Veranda.

„Verdammt, sie haben ohne mich angefangen", knurrte der dritte der MacKade-Brüder.

„Wir müssen aufbrechen." Regan packte Rafe am Arm. „Du hast versprochen, mit mir essen zu gehen."

„Liebling ..."

„Du kannst morgen mit ihnen kämpfen. Bis dann, Savannah."

„Bis dann, ihr zwei."

Als Rafe den Brüdern etwas zurief, rollte Devin sich von Jared herunter und stand auf. Er klopfte sich den Staub von der Jeans und rannte hinter Rafe und Regan her. Er winkte Savannah noch einmal zu, bevor er zwischen den Bäumen verschwand.

„Was sollte das denn?"

Keuchend stieg Jared die Stufen zur Veranda hoch. Er verzog das Gesicht und rieb sich die Rippen. „Er hat ein paar ganz gute Treffer gelandet."

„Habt ihr nur Spaß gemacht oder wirklich richtig gekämpft?"

„Wo ist da der Unterschied?"

Savannah musste lachen. „Was war der Grund?"

„Du. Hast du etwas Kaltes für mich?"

„Ich war der Grund?" Sie folgte ihm ins Haus. „Was soll das heißen?"

„Er sagte ..." Jared schwieg und seufzte genießerisch, bevor er das Bier an den Mund hob, das er aus dem Kühlschrank geholt hatte. „Er sagte, er findet dich attraktiv, also musste ich ihm natürlich eine Lektion erteilen."

„Dein Bruder, Sheriff MacKade, findet mich attraktiv?", fragte sie verblüfft.

„Ja." Jared beugte sich über das Spülbecken und kühlte sich das Gesicht mit Wasser. „Er mag dich."

„Er mag mich", wiederholte Savannah verblüfft. „Aber warum?"

„Zum Teil deshalb, weil du ihn nicht magst. Dev hat manchmal eine eigenartige Logik, was Frauen angeht. Zum Teil aber auch, weil ich dich mag und weil er mein Bruder ist." Er trocknete sich das Gesicht mit einem Geschirrtuch ab. „Und zum Teil, weil er ein hervorragender Menschenkenner ist."

„Willst du mich verlegen machen?"

„Nein, ich erzähle dir nur von meinem Bruder. Rafe ist frech und lustig, Shane gutherzig und zurückhaltend, Devin fair." Nachdenklich legte er das Tuch auf die Arbeitsplatte. „Ich schätze, es bedrückt mich ein wenig, dass du ihn falsch einschätzt."

„Das Leben hat mich vorsichtig gemacht." Aber sie hatte gespürt, dass sie Devin vertrauen konnte, sie zeigte es nur nicht. „Er war süß zu Emma."

Jared lächelte zufrieden. „Wir Brüder kommen bei allen Frauen gut an."

„Das ist mir aufgefallen." Sie nahm ihm die leere Bierflasche ab. „Möchtest du nicht zum Abendessen bleiben?"

„Ich dachte mir, du würdest heute vielleicht gern ausgehen."

„Nein." Sie warf einen Blick auf die gelben Tulpen auf dem Küchentisch. „Ich möchte lieber zu Hause bleiben."

Big Mac, die auf dem Jahrmarkt, auf dem Savannah einen Sommer lang gearbeitet hatte, das Riesenrad betrieb, hatte einmal gesagt, dass sie den ersten Mann heiraten würde, der kochen konnte und beim Frühstück wenigstens hin und wieder lächelte.

Nachdem sie Jared MacKades Cajun-Hühnchen mit Reis gekostet hatte, fand Savannah, dass Big Mac recht hatte. Sie nippte an dem Wein, den Jared mitgebracht und wie immer in ihren Kühlschrank gestellt hatte, und betrachtete Jared über die Kerzen auf dem Esszimmertisch hinweg.

„Wo hast du Kochen gelernt?“

„Auf dem Schoß meiner seligen Mutter.“ Er lächelte verlegen. „Sie hat uns allen das Kochen beigebracht. Und da sie den treffsichersten Kochlöffel im ganzen County schwang, haben wir es schnell gelernt.“

„Eine harmonische Familie.“

„Ja. Wir Kinder hatten Glück. Meine Eltern haben es uns leicht gemacht. Wenn man auf einer Farm aufwächst, lernt man früh, dass man zusammenhalten und sich aufeinander verlassen muss.“ Sein Blick wurde ernst, fast ein wenig traurig. „Ich vermisse sie noch immer.“

Ein Anflug von Neid erinnerte Savannah daran, dass sie weder ihre Mutter noch ihren Vater gut genug gekannt hatte, um sie zu vermissen. „Sie haben gute Arbeit geleistet. Bei euch allen.“

„Früher wären einige Leute in der Stadt da ganz anderer Meinung gewesen. Einige sind es heute noch.“ Das Lächeln kehrte in seine Augen zurück. „Wir haben unseren Ruf auf die altmodische Art erworben. Wir haben ihn uns verdient.“

„Ja, ich habe Geschichten über die bösen MacKade-Brüder gehört.“ Savannah stützte das Kinn auf die Faust. „Ihr habt die Stadt auf den Kopf gestellt, so hat Mrs. Metz es beschrieben.“

„Das kann ich mir denken. Sie ist ganz verrückt nach uns.“

„Das habe ich gemerkt. Ich war gerade auf der Tankstelle, als sie neben mir hielt, ausstieg und mit Sharilyn Erinnerungen austauschte.“ Und die Tankstellenbesitzerin regelrecht ausquetschte, fügte Savannah im Stillen hinzu.

„So?“ Jared räusperte sich. „Mit Sharilyn also?“

„Ja. Sharilyn erinnert sich sehr gut an dich ... und einen 1964er Dodge.“

Er zuckte mit keiner Wimper. „Ein verdammt guter Wagen. Wie geht es ihr?“

„Es geht ihr ausgezeichnet. Sie begrüßt mich jedes Mal mit einem überschwänglichen ‚Hallo‘.“ Savannah wechselte das

Thema. „Und wer von euch MacKade-Brüdern hat damals die Kartoffel in den Auspuff des Streifenwagens gesteckt?"

Jared schmunzelte. „Rafe bekam die Schuld." Er hob das Glas. „Aber ich war es. Wir fanden, wenn einer von uns etwas anstellte, waren wir es gemeinsam, also wer immer den Kopf dafür hinhalten musste, hatte es verdient."

„Sehr demokratisch." Sie stand auf, um den Tisch abzuräumen. „Beim Rodeo hätte ich Geschwister gut gebrauchen können. Es gab nie jemanden, auf den ich die Schuld abwälzen konnte."

„Dein Vater war streng zu dir, was?"

„Nein, eigentlich nicht. Er war …" Wie sollte sie Jim Morningstar beschreiben? „Er war ein harter Mann. Er liebte die Pferde und den Whisky. Mit den Vierbeinern konnte er gut umgehen, mit der Flasche nicht. Mit mir konnte er nicht viel anfangen. Er gab sein Bestes, aber das war nicht genug. Für keinen von uns." Sie lehnte sich zurück, als Jared die Hände auf ihre Schultern legte.

„Hast du Reiten gelernt?"

„So früh, dass ich mich nicht daran erinnern kann. Ich konnte Kälber mit dem Lasso fangen und zu Boden werfen und habe sogar ein paar Preise gewonnen." Lachend drehte sie sich zu ihm um. „Honey, ich habe alle möglichen Dinge gelernt, während du dich auf dem Rücksitz eines 64er Dodge amüsiert und Kartoffeln in Auspuffrohre gesteckt hast."

„Ach ja?" Er hob ihr Kinn sachte an und sah ihr in die Augen.

„Ach ja. Ich habe Pferde gehabt, die ich striegelte und bürstete, bis ihr Fell glänzte. Ich mochte es, wenn sie Temperament hatten." Sie streichelte seine Hüften. „Die Hengste mit feurigen Augen und wilden Herzen. Ich lockte sie zu mir, schwang mich auf ihren Rücken und ritt sie, bis sie erschöpft waren." Sie knabberte an seiner Unterlippe. „Und wenn ich mit ihnen fertig war, waren sie für jeden anderen Reiter verdorben."

Die Erregung machte ihn atemlos. „Versuchst du gerade, mich zu verführen?“

„Irgendjemand muss es doch tun.“ Sie küsste ihn, bis ihre Hitze wie ein Steppenbrand auf ihn übersprang.

Wie Schraubstöcke umklammerten seine Hände den Rand des Spülbeckens hinter ihr, während er sich an sie drängte. Und dann schmiegte Savannah sich an ihn. Sie presste sich an ihn, rieb sich an ihm und küsste ihn immer gieriger, immer verzweifelter.

„Jared, berühre mich“, flüsterte sie und nahm seine Hand, um sie an ihre Brust zu legen, wo ihr Herz vor Erregung hämmerte. „Berühre mich. Berühre mich“, wiederholte sie, während er die Hand unter ihr Shirt gleiten ließ.

Er genoss ihre Nähe wie einen heimlichen, verbotenen Traum und fühlte, wie ihre Haut sich unter seiner Hand erhitzte. Er schien gar nicht genug von ihr bekommen zu können, und es kostete ihn alle Kraft, die er besaß, um sich zu beherrschen.

Er wusste, wenn er sie an diesem Abend nicht bekäme, würde er morgen Früh den Verstand verloren haben.

Als Jared zurückwich, schwindlig vor Verlangen, stöhnte Savannah enttäuscht auf. „Um Himmels willen, willst du mich verrückt machen?“

Atemlos starrte er sie an. „Das war der erste Teil meines Plans“, murmelte er und holte tief Luft. „Mit dem ersten bin ich nun fertig.“

„Herzlichen Glückwunsch.“

Fast hätte er laut gelacht. „Bryan übernachtet bei Connor?“

„Ja.“ Ungeduldig ergriff sie seine Hände. „Lass uns nach oben gehen.“

„Nein.“

Sie lächelte verführerisch. „Na gut.“ Doch als sie sich an ihn drängte und bereit war, sich hier und jetzt von ihm nehmen zu lassen, drückte er sie von sich weg.

„Nein“, wiederholte er.

„Jared, was soll das?“

Jetzt musste er lachen. „Hol eine Wolldecke, Savannah.“

„Eine Wolldecke?“

„Ich will, dass wir es im Wald tun.“ Er hob ihre Hand und küsste sie. „Das will ich, seit ich dich kenne.“

„Ich hole eine Wolldecke“, erwiderte sie und wäre fast über ihre Füße gestolpert, als sie davonrannte.

Als sie kurz darauf unter dem grünen Dach des Frühlingslaubes, dem glitzernden Sternenhimmel und im Schein des fast vollen Mondes durch den Wald schlenderten, hatte Savannah sich wieder im Griff. Sie hatte Jared verführen, ihn langsam und mit erotischer Raffinesse in ihren Bann ziehen wollen. Sie hatte ihn überraschen wollen. Aber jetzt war sie kurz davor, ihn buchstäblich zu überfallen.

Er blieb dort stehen, wo der Boden weich war, und breitete die mitgebrachte Wolldecke aus. Erneut bekam sie Angst, sich nicht länger beherrschen zu können.

„Sag mir, Anwalt MacKade …“

Er sah zu ihr herüber. Mit vor Leidenschaft funkelnden Augen stand sie vor ihm. Er hätte mit bloßen Händen eine Mauer durchbrochen, um zu ihr zu gelangen. „Sag mir was?“

„Hast du eine gute Krankenversicherung?“

Er lachte. „Du machst mir keine Angst.“

„Honey, wenn ich mit dir fertig bin, wirst du Mühe haben, deinen eigenen Namen richtig auszusprechen.“

Bevor er sich versah, war sie mit einem Satz bei ihm, legte die Hände um seinen Nacken, schlang die Beine um seine Taille und schob die Finger in sein Haar. Er ließ sich lachend mit ihr auf die Decke fallen.

Der Sturz raubte ihm zunächst den Atem, und Savannah nutzte ihre Chance. Ihre Hände waren überall zugleich. Sie zog ihm das Hemd über den Kopf, tastete mit den Fingern nach dem Knopf seiner Jeans und küsste ihn drängend.

„Warte.“ Hastig rollte Jared sich auf sie. „Wenn du so weitermachst, halte ich keine halbe Minute durch“, warnte er und hielt Savannah fest, während er seinem Verlangen klarmachte, dass er keine sechzehn mehr war. „Ich habe auf dich gewartet,

Savannah.“ Er senkte den Kopf, und sein Kuss war so leidenschaftlich, dass Savannah erschauerte.

Der Laut, den sie von sich gab, glich einem katzenhaften Schnurren. Jared hörte es nicht nur, er fühlte es bis in die Zehenspitzen. Während seine Lippen mit ihren zu verschmelzen schienen, schickte er seine Hände auf eine faszinierende Entdeckungsreise über ihren weichen, hingebungsvollen Körper. Fest und spielerisch zugleich bewegten sich seine Finger, verweilten hier und da, um die Erkundung zu vertiefen. Savannah duftete wie der Wald – dunkel, rätselhaft und nach verborgenen Freuden.

Ihre Hände glitten fieberhaft über seinen Rücken, ertasteten und massierten jeden Muskel, und die Fingernägel bohrten sich in die Haut und drängten Jared, sie fester zu halten. Sie zu nehmen, sie endlich zu nehmen, sie hier und jetzt zu nehmen … Sie stöhnte leise, immer wieder, so erregend, dass Jared schon jetzt wusste, dass er sie hören würde, wenn er von ihr träumte.

Als er den Kopf hob, kreuzte sie die Arme vor dem Körper. Sie blickte ihm tief in die Augen, dann zog sie ihr Shirt aus und warf es achtlos beiseite. Savannah sah das wilde, ungestüme Verlangen in seinen Augen und kostete es aus. In ihrer Jugend war ihr Körper ein Feind gewesen, manche hatten gesagt, ihr Untergang. Doch jetzt, da der Mann, den sie liebte, sie zum allerersten Mal so betrachtete, empfand sie so etwas wie Stolz auf ihr Aussehen.

„Es sollte verboten sein.“ Seine Stimme war heiser und belegt. „So auszusehen wie du.“

Er berührte sie nicht, noch nicht. Fast andächtig knöpfte er ihre Jeans auf und schob sie an den langen Beinen hinunter. Er murmelte etwas, das sie nicht verstand, etwas Bewunderndes. Dann glitten seine Hände an ihr hinauf, über Schenkel und Hüften, über den Bauch, der unter seinen Fingern zu zittern schien.

„Du bist die schönste Frau, die ich jemals gesehen habe“, flüsterte er. „So schön, dass es mich gerade fast erschreckt.“

Ihr Lächeln war nur etwas mehr als angedeutet, aber selbstsicher. Sie setzte sich auf, legte einen Arm um seinen Hals und zog seinen Mund auf ihren. Sie seufzte zufrieden, als seine Zunge nach ihrer tastete. Sie fand, dass er wundervolle Hände besaß, fest und gerade rau genug, um ihr zusätzlich Lust zu bereiten. Sie schloss die Augen, als sie seinen Daumen an einer Knospe fühlte. Es war herrlich, seine Haut zu spüren, seinen Atem, seinen Duft, während der kühlende Wind durch den Wald strich und die Wolldecke sie von unten wärmte. In den Bäumen schrie eine Eule, und die Dunkelheit brachte all die Geheimnisse aus der Vergangenheit hervor.

Noch nie hatte Savannah den Zauber einer überströmenden Liebe erlebt. Sie wusste nur, dass sie bereit war, Jared alles zu geben, was sie zu geben hatte. Was immer er von ihr verlangte. Was immer er wollte. Als er mit den Fingern in ihr Haar fuhr, um ihren Kopf nach hinten zu ziehen, war sie auf alles vorbereitet. Doch er presste nur die Lippen auf ihre Schulter und rieb zärtlich über ihre Haut. Und Savannah erbebte wie ein verwirrtes Reh.

„Überrascht?“ Langsam hob Jared den Kopf und sah ihr in die im Mondschein leuchtenden, erstaunten Augen. „Du hast wunderschöne Schultern“, flüsterte er und strich mit der Zunge darüber. Erst über die eine, dann über die andere. Er hörte, wie sie den Atem anhielt. „Anmutige Schultern.“

Er knabberte an ihrem Hals, und als er spürte, dass Savannah bereit war, dass sie nichts, gar nichts mehr vor ihm zurückhielt, streichelte er sie mit zärtlichen, erfahrenen Fingern und brachte sie rasch zum Gipfel der Lust.

Unendliche Liebe und lustvolles Erleben durchströmten sie mit ungeahnter Wucht. Sie drehte sich zu ihm um, eroberte ihn mit Händen und Lippen. Später würde er glauben, dass sie beide vor Leidenschaft den Verstand verloren hatten, aber in diesem Moment machte all das Sinn, was sie füreinander und miteinander taten.

Sie brachte Jared dazu, ihren Namen zu flüstern, und der Klang erfüllte sie wie zärtliche Musik. Als sie sein Herz unter ihrem Mund hämmern fühlte, wusste sie, dass es ihretwegen war, nur ihretwegen. Der salzige Geschmack seiner Haut verzauberte sie.

Jared hob sie an, als wäre sie leicht wie eine Feder. Sie öffnete sich ihm, bog sich ihm entgegen und nahm ihn so tief in sich auf, dass sie nach seinen Händen griff, um sich festzuhalten, während die Lust sie schwerelos zu machen schien. Sie, die sonst nur weinte, wenn niemand es sehen konnte, ließ jetzt ihren Freudentränen freien Lauf.

Sie bewegte sich auf ihm, passte sich seinem Rhythmus an, der hemmungslos in ihr pulsierenden Leidenschaft. Das Licht der Sterne und des Mondes schien auf sie herab, während sie einander ihre Liebe schenkten.

Die Schönheit ihres Gesichts blendete Jared nahezu, und ihr Körper elektrisierte seinen, bis er ihn wahrnahm, wie er noch nie den Körper einer Frau wahrgenommen hatte. Ihm war, als würde in ihm ein Damm brechen und aus seinem Herzen alles herausströmen, was sich an Gefühlen darin angestaut hatte. Savannah verschaffte ihm die Erfüllung, von der er geträumt hatte, seit er ihr zum ersten Mal begegnet war.

8. Kapitel

Savannah erwachte mit einem leisen Stöhnen auf den Lippen und legte hastig den Arm über die Augen, um sie vor dem grellen Sonnenschein zu schützen. Ihr Körper fühlte sich an, als wäre sie auf einem Wildpferd über felsigen Boden geritten.

Und dann fiel ihr ein, was in dieser Nacht geschehen war.

Sie musste lächeln, als sie daran dachte. Sie hatte geglaubt zu wissen, wie es war, etwas zu wollen. Ein Zuhause, ein Leben, einen Mann. Sie war überzeugt gewesen, jede Art von Hunger zu kennen. Hunger nach Nahrung, nach Schutz, nach Liebe. Aber nichts von dem, was sie je zuvor empfunden hatte, reichte an das heran, was Jared MacKade in ihr weckte.

In ihrem liebeshungrigen Leben hatte es schon andere Männer gegeben. Aber keiner von ihnen hatte ihr das Gefühl gegeben, dass sie ihn brauchte. Und dass sie Jared MacKade zu brauchen begann, war das Erstaunliche und Gefährliche an dem, was sie mit ihm teilte.

Es würde keinen anderen Mann mehr für sie geben. Er war der erste, der ihr Herz erobert hatte. Und er würde auch der letzte sein, das wusste Savannah bereits jetzt.

Sie hörte die Vögel singen, und in der Ferne bellte Shanes Hund. Savannah spürte die Wärme der Sonne, die durch die Blätter drang, und die frische Morgenbrise. Ohne den Arm vom Gesicht zu nehmen, streckte sie sich wie eine Katze, die gestreichelt werden wollte.

„Du hast eine Tätowierung."

Sie seufzte zufrieden, legte den Arm hinter den Kopf und öffnete schließlich die Augen. Jared saß neben ihr. Sein Haar war vom Schlaf und ihren Händen zerzaust, die Augen schwer, der Blick auf ihren rechten Oberschenkel gerichtet. Sie fragte sich, ob irgendeine andere Frau auf dieser Welt das unbeschreibliche Glück hatte, beim Aufwachen einen solchen Mann neben sich zu sehen.

„Du siehst gut aus morgens“, murmelte sie und hob die Hand, um ihn zu streicheln. „Nackt und verschlafen.“

Er war nicht sicher, wie lange er sie angesehen hatte, während sie noch schlief. Aber er wusste, wann er die Decke von ihrem Körper gezogen hatte, um sie im Licht der Morgensonne zu betrachten, und den kleinen bunten Vogel auf ihrer Haut entdeckt hatte. Es war ihm schwergefallen, den Blick davon loszureißen.

„Du hast eine Tätowierung“, wiederholte er.

„Ja, ich weiß.“ Mit einem leisen Lachen stützte Savannah sich auf die Ellbogen. Ihre dunkelbraunen Augen blickten ein wenig belustigt drein. „Das ist ein Phoenix“, erklärte sie und lächelte, als Jared die Augen zusammenzog, um die Tätowierung genauer zu betrachten. „Du weißt schon, der, der aus der Asche emporgestiegen ist. Ich habe ihn mir in New Orleans machen lassen, als mir klar wurde, dass ich doch nicht für den Rest meines Lebens arm bleiben würde.“

„Eine Tätowierung.“

„Manche Männer finden so etwas sexy.“ Natürlich hatte sie sie sich nicht für einen Mann machen lassen, sondern nur für sich selbst. Als dauerhafte Erinnerung daran, dass sie es schaffen konnte, ganz von vorn anzufangen und mehr aus sich zu machen, als sie selbst sich zugetraut hatte. „Und du? Wie findest du so etwas?“

„Darüber muss ich erst nachdenken.“ Jared konnte nicht sagen, warum der Sagenvogel auf ihrer Haut ihn so faszinierte. Was besaß Savannah noch für Geheimnisse? Welche anderen Zeugnisse ihrer Vergangenheit? Er nahm den Blick von der Tätowierung, sah ihr ins Gesicht, und wieder stockte ihm der Atem. Das schläfrige Lächeln, der Schwung der Lippen. „Wie fühlst du dich?“

„Wie nach einer leidenschaftlichen Liebesnacht mitten im

Wald.“ Lachend schlang sie die Arme um seinen Hals. „Ich fühle mich herrlich.“ Sie küsste ihn, warm und sanft. Dann blickte sie ihn an, so als wolle sie sich jede Einzelheit genau einprägen. „Und du?“

„Ganz genauso.“

Sie hoffte, dass er sich so fühlen würde wie sie. Ihr Glück wäre vollkommen, könnte er auch nur einen Bruchteil dessen für sie empfinden, was sie in diesem Moment für ihn empfand.

Jared zog sie an sich und hielt sie, wie noch niemand sie jemals gehalten hatte. So, als würde ihm das hier unendlich viel bedeuten.

„Ich nehme nicht an, dass wir für immer hierbleiben können“, flüsterte sie.

„Nein, aber wir können zurückkommen.“ Er musste nachdenken, und das war unmöglich, solange er sie in den Armen hielt. Es gab Pflichten auf der Farm, die er vernachlässigte, und das durfte er nicht. Das wollte er nicht. „Ich muss gehen.“ Aber er legte sein Gesicht an ihr Haar und ließ die Arme, wo sie waren. „Auf einer Farm gibt es keine freien Sonntage.“

„Ich muss Bryan abholen.“ Ihr Kopf ruhte an seiner Schulter, und sie ließ ihn nicht los.

„Warum bringst du ihn nicht auf die Farm und …? Bring ihn einfach hin, ja?“

„Einverstanden.“

„Savannah?“

„Hm?“ Sie reckte sich ihm entgegen.

Er griff in ihr Haar, zog den Kopf nach hinten und küsste sie fast verzweifelt. „Nur noch ein einziges Mal“, flüsterte er und drückte sie auf die Wolldecke.

Als Jared zur Farm zurückging, war er noch wie benommen von der Nacht, die hinter ihm lag. Noch nie hatte er eine Frau erlebt, die ihn so berauschen, so schwach machen konnte. Er kam am Schweinestall vorbei, und die Tiere witterten den Menschen und begannen hoffnungsvoll zu grunzen. Im

Hühnerstall gackerten die Hennen und flatterten über ihrem Futter. Jared war in Gedanken noch im Wald und wäre fast über eine der Scheunenkatzen gestolpert, die ins Freie gekommen war, um sich in der Morgensonne zu rekeln.

Er ging zur Hintertür. Der Duft des Frühstücks kam ihm entgegen, und er merkte erst jetzt, wie hungrig er war. Er hätte nicht nur die Würstchen essen können, die Devin briet, sondern auch noch die Pfanne.

„Kaffee." Mehr brachte er nicht heraus, als er wie ein Schlafwandler an den Küchentresen trat.

Devin sah erst ihn an, dann Shane, der gerade seine zweite Tasse leerte. Die beiden Brüder wechselten einen freudigen Blick.

„Du hast dein Hemd verkehrt herum an", sagte Devin sanft.

Jared verbrannte sich die Zunge am heißen Kaffee, stieß einen Fluch aus und ließ sich erschöpft auf einen Stuhl fallen.

Lächelnd lehnte Shane am Tresen. Gleich neben ihm war Devin dabei, die Würstchen und den Speck zuzubereiten. „Bruder Jared sieht heute Morgen ein wenig zerzaust aus. Man könnte meinen, er hätte die Nacht draußen im Wald verbracht."

„Wahrscheinlich hätte ich gestern Nacht doch einen Suchtrupp losschicken sollen." Schmunzelnd schlug Devin die Eier in die Pfanne. „Es ist ja so hart für einen Mann, die Nacht ganz allein im Wald zu verbringen. Mutterseelenallein …"

„Ja, mir tut er auch leid. Komm, ich bringe dir noch einen Kaffee, Jared." Shane nahm die Kanne aus der Kaffeemaschine und füllte nach. „Dann kannst du uns alles erzählen. Lass nichts aus. Wir sind für dich da."

Jared nahm den Becher, trank und verbrannte sich wieder die Zunge. „Ich habe mich in eine Frau verliebt, die in einer Nachtbar getanzt und eine Tätowierung hat."

Gekonnt wendete Devin die Eier. „Sie war wirklich mal Stripperin?"

„Wo ist die Tätowierung?“, wollte Shane wissen, und die Frage brachte ihm einen spielerischen Rippenstoß von Devin ein. „Okay, nur so ungefähr, das reicht mir schon.“

„Ich habe mich in sie verliebt“, wiederholte Jared, jedes Wort sorgsam abwägend.

„Na und? Du warst schon oft verliebt.“ Shane schlenderte an den Ofen und holte die Brötchen heraus. „Wenigstens hast du dir diesmal eine wirklich interessante Frau ausgesucht.“

„Halt den Mund“, knurrte Devin. Er häufte das Essen auf einen großen Teller und stellte ihn auf den Tisch. Dann setzte er sich und sah Jared ins Gesicht. Nach einem Moment lehnte er sich zurück und holte tief Luft. „So richtig verliebt?“, fragte er leise.

Jared rieb sich mit dem Handballen die Brust, als befürchte er, das Herz könnte ihm zerspringen. „So fühlt es sich jedenfalls an.“

Kopfschüttelnd legte Shane die Brötchen in den Korb. „Mann, wir fallen wie die Fliegen. Erst Rafe, jetzt du.“ Er setzte sich, stützte die Ellbogen auf den Tisch und nahm den Kopf zwischen die Hände. „Langsam wird mir das unheimlich.“

„Hast du es ihr gesagt?“, fragte Devin.

„Ich muss erst in Ruhe darüber nachdenken.“

„Ich wette, es dauert nicht mehr lange, dann müssen wir uns in Schale werfen und heiraten“, brummte Shane und füllte sich den Teller.

„Ich habe nichts von Heirat gesagt, oder?“, entgegnete Jared scharf. Panik stieg in ihm auf und schnürte ihm fast die Kehle zu. „Ich war bereits einmal verheiratet. Vom Heiraten war nicht die Rede.“

„Du warst nicht verheiratet, du warst … vertraglich gebunden.“ Lächelnd schob Shane sich eine Ladung Ei in den Mund. „Du hättest dich ebenso gut mit einer Gerichtsakte ins Bett legen können.“

„Was zum Teufel weißt du denn davon?“

Shane spülte mit einem kräftigen Schluck Kaffee nach. „So wie du jetzt aussiehst, hast du damals nie ausgesehen, Bruder.“

Devin kaute nachdenklich und nickte. „Ist es der Junge, der dir Sorgen macht?"

„Nein, Bryan ist ein großartiger Junge." Stirnrunzelnd nahm Jared sich den Rest vom Servierteller. Er mochte den Jungen und war gern mit ihm zusammen. Einer der Gründe, warum seine Ehe von Anfang an zum Scheitern verurteilt gewesen war, war der, dass er Kinder gewollt hatte, seine Frau nicht.

Nein, der Junge bereitete ihm keine Sorgen. Es war der Mann, der mitbeteiligt gewesen war, Bryan das Leben zu schenken. Und, so wurde ihm jetzt bewusst, all die anderen Männer danach. Mit dem Verstand allein war das nicht aus der Welt zu schaffen. Und dass es ihn so sehr beschäftigte, machte ihn unzufrieden mit sich selbst.

Er bemerkte Devins Blick, jenen ruhigen, wissenden Blick, und zuckte mit den Schultern. „Ich werde mich daran gewöhnen müssen."

Devin streute Salz über seine Eier. „Das Problem mit euch Anwälten ist, dass ihr immer sämtliche Fakten sammelt, jede winzige Einzelheit. Und dann könnt ihr jede Seite vertreten. Das konntest du schon immer gut, Jared. Dad meinte, du würdest etwas ganz Einfaches so lange drehen und wenden, bis es so aussieht, wie du es haben willst. Erst richtig, dann falsch, schließlich wieder richtig und falsch. Vielleicht solltest du diesmal alles so nehmen, wie es ist."

Genau das wollte Jared. Und er hoffte inständig, dass er es auch konnte.

Jared zog nicht bei Savannah ein, jedenfalls nicht offiziell. Aber er verbrachte die meisten Nächte dort, und einige seiner Sachen landeten in ihrem Kleiderschrank, einige Bücher in ihren Regalen.

Er gewöhnte sich daran, nach der Arbeit bei ihr vorbeizufahren und Bryan abzuholen, wenn der Junge Baseball-Training hatte. Wenn ein Fall ihn länger als sonst im Büro festhielt, rief er Savannah an. Manchmal rief er sie auch nur so an, um ihre Stimme zu hören. Er brachte ihr hin und wieder Blumen mit und Bryan Baseball-Karten oder etwas anderes, das der Junge sich sehnlich wünschte. Sie unternahmen zu dritt Ausflüge in die Umgebung und lieferten der Gerüchteküche jede Menge Nahrung.

Bryan akzeptierte Jared rückhaltlos – eine Tatsache, die Jared zugleich freute und Zweifel in ihm weckte. Er wollte gern glauben, dass er dem Jungen etwas bedeutete und zur Familie gehörte. Aber oft fragte er sich, ob Bryan es einfach nur so hinnahm, dass wieder einmal ein Mann aufgetaucht war, der sein Leben mit ihnen teilte.

Wann immer diese quälenden Gedanken ihm in den Kopf kamen, gab Jared sich die allergrößte Mühe, sie zu verjagen. Schließlich zählte allein das Jetzt, nicht das, was einmal gewesen sein mochte. Wichtig war die Art, wie Savannah ihn ansah. Wie sie lachte, wenn sie ihn dabei beobachtete, wie er mit Bryan über den Rasen tollte. Wie anmutig sie sich straffte, nachdem sie sich über das Blumenbeet gebeugt hatte, oder wie sie sich konzentrierte, wenn sie in ihrem Atelier arbeitete.

Wichtig war, wie sie duftete, wenn sie aus dem Bad kam. Wie sie sich Nacht für Nacht im Bett an ihn schmiegte, als könne sie gar nicht genug von seinen Zärtlichkeiten bekommen. Und wie sie nach seiner Hand griff, wenn sie abends zusammen auf der Veranda saßen.

Jared war im Gericht aufgehalten worden, und die Anspannung des Tages ließ sich einfach nicht abschütteln. Er hatte sich Arbeit mit nach Hause genommen und wusste, dass der Kopfschmerz, der hinter den Schläfen hämmerte, schon bald noch viel schlimmer werden würde.

Er hielt in der Stadt, um Schmerztabletten zu kaufen, und suchte die Regale im Drugstore nach etwas ab, das die Kesselpauke hinter seiner Stirn zum Verstummen bringen würde.

„Hallo, Jared.“ Beladen mit Brot und einer Schachtel Frühstücksflocken, baute Mrs. Metz sich vor ihm auf. Sie gehörte zu den Spitzenköchinnen der städtischen Gerüchteküche.

„Hallo, Mrs. Metz." Er war hier aufgewachsen, und es wäre unhöflich, sie einfach stehen zu lassen. Außerdem mochte er sie und erinnerte sich gern daran, wie sie ihn mit selbst gebackenen Keksen gefüttert hatte. Und ihn mit dem Besen davongejagt hatte, wenn er etwas angestellt hatte. „Wie geht es Ihnen?"

„Ganz gut, denke ich. Etwas Regen wäre mir allerdings recht. Der Frühling ist zu trocken."

„Ja, Shane macht sich schon Sorgen deswegen."

„Heute Abend wird es bestimmt regnen", prophezeite sie. „Irgendwo braut sich ein Gewitter zusammen. Wie ich hörte, hat der Morningstar-Junge am Samstag ein gutes Spiel hingelegt."

„Drei Home Runs, und zweimal hat er abgeräumt."

Sie lachte so heftig, dass ihr Dreifachkinn zitterte. „Sie klingen ja beinahe wie ein stolzer Vater." Bevor er noch etwas erwidern konnte, sprach sie weiter. „Ich sehe Sie und den Jungen und seine Mutter hin und wieder. Sie ist das, was mein Sohn Pete vermutlich eine Superfrau nennen würde."

„Ja, das ist sie." Jared gab die Suche auf und nahm die erstbesten Schmerztabletten.

„Ganz schön schwer, finde ich", fuhr Mrs. Metz fort. „Einen Jungen ganz allein großzuziehen, meine ich. Aber das müssen ja heutzutage immer mehr Frauen. Sie stammt aus dem Westen, nicht wahr? Ich nehme an, der Vater des Jungen lebt noch immer dort."

„Keine Ahnung." Weil er tatsächlich nicht sicher sein konnte, ob der Kerl nicht eines Tages auftauchen würde, wurde das Hämmern in seinem Kopf stärker.

„Man sollte meinen, dass der Mann seinen Jungen wenigstens ab und zu sehen will, finden Sie nicht auch? Die beiden wohnen jetzt schon fast vier Monate hier. Man sollte denken, er würde mal vorbeischauen und einen so gut geratenen Jungen besuchen."

„Sollte man“, erwiderte Jared vorsichtig.

„Natürlich, manchen Männern sind ihre Kinder vollkommen gleichgültig. Wie Joe Dolin, zum Beispiel.“ Ihr fröhliches Gesicht wurde bekümmert. „Ich bin ja so froh, dass Sie Cassie bei der Scheidung helfen und es ihr so leicht wie möglich machen. Meistens läuft es ja nicht so glatt. Ich weiß noch, als der zweite Sohn meiner Schwester sich scheiden ließ, flogen die Fetzen. Ich könnte mir vorstellen, dass Savannah Morningstars Scheidung auch nicht gerade ein Zuckerschlecken war.“

Ja, das könntest du wohl, dachte Jared wütend. Er dachte gar nicht daran, ihr noch mehr Stoff zum Klatschen zu liefern, indem er ihr verriet, dass es gar keine Scheidung gegeben hatte. Wie auch? Es hatte ja keine Heirat gegeben. „Sie spricht nicht darüber.“

„Früher waren Sie aber neugieriger, Jared.“ Bevor er unfreundlich antworten konnte, lächelte sie. „Was sind Sie doch für ein seriöser Mann geworden. Ein richtiger Anwalt mit Aktenkoffer. Ich bin schon ein paarmal im Gericht gewesen, nur allein, um Sie bei der Arbeit zu sehen.“

Sein Zorn verflog. „Ja, ich weiß.“ Er hatte sie bemerkt. In dem groß geblümten Kleid und den Gesundheitsschuhen war sie nicht zu übersehen gewesen. Wie sein persönlicher Fanclub.

„Es ist besser, als sich Perry Mason im Fernsehen anzuschauen, habe ich meinem Mann gesagt. Und dass Jared MacKade bei Gericht geschickter vorgeht als Perry Mason. Ihre Eltern wären stolz auf Sie. Und dabei dachten wir alle, die MacKade-Brüder landen bestimmt noch mal vor Gericht … aber nicht als Anwalt“, fügte sie hinzu, und fand das so komisch, dass sie sich vor Lachen krümmte. „Junge, Junge, wart ihr eine Rasselbande. Glauben Sie bloß nicht, ich wüsste nicht, wer meinem Pete nach dem Frühlingsball in der Highschool das blaue Auge verpasst hat.“

Jared erinnerte sich gern daran. „Er hat versucht, mir mein Mädchen auszuspannen.“

„Ja, Sharilyn war damals ganz schön lebenslustig, nicht? Es war doch Sharilyn, nicht wahr?“

„Möglich.“

„Nun ja, jedenfalls war sie kein Kind von Traurigkeit. Und Sie selbst auch nicht, wenn ich mich recht entsinne. Die Mutter des jungen Bryan freut sich bestimmt mächtig darüber, dass sie sich einen MacKade geangelt hat. Ich muss sagen, ihr drei seht richtig gut aus. Ich habe das Gefühl, Ihre Mama hätte das Mädchen gemocht.“

„Ja, das hätte sie wohl.“ Jared bekam ein mulmiges Gefühl in der Magengegend. Was hätte seine Ma über ein Mädchen wie Savannah gesagt?

Auf der Fahrt nach Hause dachte er darüber nach, und das ließ seinen Kopfschmerz noch schlimmer werden. Wäre seine Mutter noch am Leben, was könnte er ihr über Savannah erzählen? Ledige Mutter, Striptease-Tänzerin, Job auf dem Jahrmarkt, Rodeo-Reiterin, Straßenmalerin. Nichts davon hätte Mom gefallen, dachte er und massierte sich die Schläfe.

Das Problem war, er konnte sich alles genau vorstellen, jede Station auf Savannahs Lebensweg. Und es fiel ihm leicht zu begreifen, dass jede davon Savannah zu der Frau gemacht hatte, die jetzt auf ihn wartete.

Er war versucht, bei Rafe vorbeizuschauen oder direkt zur Farm zu fahren. Einfach nur, um sich zu beweisen, dass er es konnte. Dass Bryans Mama ihn nicht an der Angel hatte. Doch dann bog er in ihre Einfahrt, denn alles andere wäre ihm feige erschienen.

Kein MacKade war ein Feigling.

Savannah hatte die Musik wieder einmal voll aufgedreht. Normalerweise belustigte es Jared, wie sie aus der alten Stereoanlage alles herausholte und harten Rock durch den Wald hallen ließ. Aber heute blieb er im Wagen sitzen und rieb sich die Schläfen.

Erst nach einer Weile stieg er aus und ging zur Veranda. Der Aktenkoffer kam ihm schwerer vor als sonst. Durch die

Fliegentür zur Küche sah er Savannah beim Geschirrabwasch. Sie sang laut, mit einer leicht heiseren, erotischen Stimme, die jedem Mann unter die Haut ging, und sie bewegte die Hüften im Rhythmus der Musik.

Sie weiß, wie man sich bewegt, dachte er, und Wut und Eifersucht stiegen in genau dem Moment in ihm auf, als der erste Blitz über den sich verdunkelnden Himmel im Westen zuckte.

Bevor er sich beherrschen konnte, hatte er bereits die Tür hinter sich zugeknallt. Wie ein Pistolenschuss übertönte es die Musik. Savannah drehte sich um, und ihr offenes Haar strömte ihr über die Schulter.

„Kannst du das verdammte Ding nicht leiser stellen?“, schrie er.

„Sicher.“ Sie schlenderte hinüber und stellte die Musik ab. „Tut mir leid, ich habe dich gar nicht kommen gehört.“

„Du hättest es nicht einmal gehört, wenn ein Güterzug gekommen wäre.“

Sie zog eine Augenbraue hoch und wischte sich die feuchten Hände an den eng sitzenden Jeans ab. „Harter Tag?“

Er ging durch die Küche und legte den Aktenkoffer auf den Tisch, wo die Gänseblümchen, die er Savannah vor ein paar Tagen mitgebracht hatte, in der Abendsonne leuchteten. „Hast du so für Geld getanzt?“

Der Stich kam so überraschend, so heftig, dass Savannah nicht einmal zusammenzuckte. Stattdessen fröstelte sie und atmete einmal tief durch, bevor es ihr gelang, den Schmerz zu unterdrücken. „Nein. Ich hätte nicht sehr viel verdient, wenn das alles gewesen wäre.“ Sie ging zum Kühlschrank und nahm ein Bier heraus, das sie gar nicht wollte. Sie musste etwas in den Händen halten, um sie am Zittern zu hindern. „Möchtest du auch eins?“

„Nein. Hat es dir eigentlich nichts ausgemacht, angestarrt zu werden?“

„Nicht besonders.“ Sie trank einen Schluck und ließ sich viel Zeit dabei.

„Also hast du es genossen." Jared stichelte, wie er es bei Zeugen tat, die unter Eid standen. „Das Tanzen, das Angestarrtwerden, die Blicke der Männer."

„Ich musste meine Miete bezahlen. Die Männer mochten es, meinen Körper zu betrachten, und ich dachte mir, wenn sie das wollen, sollen sie dafür auch bezahlen."

„Und wenn sie dafür bezahlten, konnten sie auch …" Er verstummte, erschüttert über das, was er beinahe ausgesprochen hätte. Er hatte nicht gewusst, dass er dazu fähig sein könnte.

Savannah blieb ganz ruhig. Diesmal war sie darauf vorbereitet gewesen. „Jetzt, da du es ansprichst …" Sie zuckte mit den Schultern und lächelte traurig. „Ich habe daran gedacht. Es gab einmal eine Zeit, da hatte ich nichts anderes zu bieten, das stimmt. Also dachte ich daran, mich selbst zu verkaufen."

Jared hatte sich entschuldigen wollen, aber jetzt brachte er die Worte nicht heraus. „Und hast du das?"

Sie starrte ihn an. Ihr Blick war ausdruckslos. „Ich werde jetzt meinem Sohn Gute Nacht sagen." Jared ergriff ihren Arm, und ihr Blick wurde abweisend. „Lass mich los, MacKade. Bleib oder geh, das liegt bei dir, aber reiz mich nicht." Sie riss sich los und ging hastig die Treppe hinauf.

Am liebsten hätte er etwas zerbrochen. Am besten etwas, das zersplitterte, damit er es sich danach zwischen die Rippen jagen konnte. Aber stattdessen riss er die Tablettenschachtel auf, fetzte den Deckel von der Dose und schluckte gleich drei davon. Mit dem Rest ihres Biers spülte er nach.

Oben brachte Savannah Bryan zu Bett. Danach schloss sie leise die Tür des Kinderzimmers und sperrte sich im Bad ein, um ihr glühendes Gesicht immer wieder mit eisigem Wasser zu kühlen.

Wie konnte ich nur so dumm sein, fragte sie sich. Wie konnte ich nur so blind sein und nicht erkennen, was er in Wirklichkeit von mir denkt? Warum habe ich mich nicht gegen das geschützt, was sich hinter seiner überaus zärtlichen, liebevollen Fassade an Verachtung verbirgt?

Aber jetzt würde sie eine Mauer um ihr Herz errichten. Die Fragen, die er ihr stellte, würden sie nicht mehr verletzen können. Auch nicht die Fragen, die sie in seinen Augen las. Er würde sie nicht dazu bringen, sich der Antworten zu schämen, die sie ihm gab. Niemals, das schwor sie sich. Sie hatte zu lange und zu hart gekämpft, um sich von irgendjemandem erniedrigen zu lassen.

Aber so sehr sie auch danach suchte, sie fand ihn nicht, den stillen, geschützten Winkel ihrer Seele, in den sie sich hätte flüchten können. Es war, als könnte Jared ihr auch dorthin folgen.

Sorgsam trocknete sie sich das Gesicht ab und wischte das Waschbecken aus. Die ganze Zeit lauschte sie, ob Jared davonfuhr. Aber von draußen drang nur das Krachen der Blitze, das Grollen des Donners und das Geflüster alter Geister herein.

Jared saß am Küchentisch vor seinen ausgebreiteten Papieren, als sie hereinkam. Als sie stehen blieb, hob er den Kopf und nahm die Brille ab, doch sie kehrte ihm den Rücken zu und ging hinaus, um in der Natur zu sein. Der Wind nahm zu und die Bäume rauschten. Der Regen, der Sturm, das Donnern zogen über die Berge, heulten durch den Wald und tobten sich am Blockhaus aus.

Die Luft roch so, wie sie es liebte. Wie verzaubert. Savannah legte den Kopf in den Nacken und atmete den Duft ein. Als der Sturm den Regen unter das Dach der Veranda trieb und die Tropfen ihr ins Gesicht peitschten, blieb sie, wo sie war. Als ein Blitz so nah am Haus über den Himmel zuckte, dass er die Bäume zu versengen schien, war sie dankbar dafür.

Nach einer Weile schob Jared die Papiere zur Seite und trat zu Savannah hinaus. Sie war vollkommen durchnässt, Haar und Shirt klebten an ihr. Es war kalt, aber sie fröstelte nicht. Schließlich drehte sie sich zu ihm um und lehnte sich an den Pfosten.

„Noch mehr Fragen?"

Er hatte inzwischen die Krawatte abgenommen und die Ärmel aufgekrempelt, doch noch immer kam er sich wie ein Anwalt vor dem Zeugenstand vor. „Ich hätte meine Frage vorhin nicht so stellen sollen", begann er und fand es entsetzlich, wie förmlich er sich anhörte. „Ich entschuldige mich dafür. Aber nicht dafür, dass ich eine Antwort haben möchte. Ich frage dich noch einmal, ob du dich prostituiert hast."

„Das nennt man, die Frage anders formulieren ... nicht wahr, Herr Anwalt?"

„Ich habe ein Recht, es zu erfahren."

„Wieso?"

„Verdammt, ich schlafe mit dir. Ich lebe schon fast mit dir zusammen."

Übelkeit stieg in ihr auf, doch sie ließ es sich nicht anmerken. „Habe ich mich von dir bezahlen lassen?" Ihr Blick wurde warnend, als er näher kam. „Fass mich nicht an. Was fällt dir ein, MacKade, mein Haus zu betreten, als wäre es deins, und mir meine Vergangenheit vorzuwerfen, als wärst du ein Teil davon? Hör zu, mein Haus gehört ebenso mir allein wie meine Vergangenheit."

Er trat näher, bis er direkt vor ihr stand. Das Gewitter draußen schien auch in ihm zu toben. „Ja oder nein?", fragte er.

Als sie ihn zur Seite schieben wollte, hielt er sie fest. Sie biss die Zähne zusammen und funkelte ihn an.

„Du denkst, ich will es wissen? Nein, ich muss es wissen und bin auf jede Antwort vorbereitet. Weil ich dich liebe." Er legte zwei Finger unter ihr Kinn und hob ihr Gesicht an. „Ich liebe dich, Savannah."

Ihre Augen füllten sich mit Tränen. Sie wich zurück und schob Jared mit aller Kraft von sich. „Geh zur Hölle, Jared", schrie sie ihn an. „Du wirst meine Gefühle für dich nicht in den Dreck ziehen. Soll ich dich etwa für deinen Großmut bewundern? Soll ich dir dankbar sein, dass du eine Frau wie mich liebst? Dass du mich trotz meiner Vergangenheit liebst?"

„Nicht." Jared musste sich beherrschen, um nicht nach ihr zu greifen, als sie sich umdrehte. Er durfte sie jetzt nicht berühren, er hatte es nicht verdient. „Bitte, geh jetzt nicht. Du hast recht, Savannah. Du hast vollkommen recht."

Sie starrte durch das Fliegengitter auf das Zuhause, für das sie ihr ganzes Leben lang gekämpft hatte. Sie schloss die Augen und dachte an den Mann, der hinter ihr stand. Nie hätte sie geglaubt, einen Mann wie ihn bekommen zu können. Plötzlich fühlte sie sich zutiefst kraftlos, erschöpft von ihren eigenen Hoffnungen und Ängsten.

„Ich habe mich nie verkauft", sagte sie leise und mit ausdrucksloser Stimme. „Nicht einmal, als ich nichts zu essen hatte. Ich hätte es tun können, es gab genug Gelegenheiten und viele Leute, die annahmen, dass ich genau das tue. Aber ich habe es nicht getan. Es wäre für mich erniedrigend gewesen, und Bryan hätte keine Mutter verdient, die sich verkauft, um das Essen oder eine Übernachtung bezahlen zu können." Sie atmete durch, bevor sie sich wieder zu ihm drehte. „Bist du jetzt zufrieden, Jared?"

Er hätte jedes seiner Worte zurückgenommen, hätte er es gekonnt. Aber er wusste, wenn er es nicht ausgesprochen hätte, hätte es ihn gequält und alles vergiftet, was sie miteinander hatten. Er wusste auch, dass noch mehr ausgesprochen werden musste. Dass es noch mehr Fragen gab. Aber nicht an diesem Abend. „Kannst du verstehen, wie entsetzlich ich es finde, dass du dich überhaupt entscheiden musstest? Dass du allein warst? Ohne Hilfe?"

„Ich kann die letzten zehn Jahre nicht ändern", entgegnete sie. Trotz und Hilflosigkeit klangen aus ihren Worten. „Und ich will es auch nicht."

Langsam, fast zaghaft trat er auf sie zu. „Kannst du verstehen, dass ich dich liebe? Dass mir gerade eben bewusst geworden ist, dass ich noch nie eine Frau geliebt habe? Und dass ich dich so sehr brauche, dass es mich um den Verstand bringt?" Er hob eine Hand, berührte ihr nasses Haar. „Lass mich dich halten, Savannah. Einfach nur halten." Behutsam, ganz behutsam legte er die Arme um sie und zog sie an sich. Die Erleichterung ließ seine Knie weich werden, als er ihre Hände an seinem Rücken fühlte. „Ich habe dir wehgetan. Es tut mir leid. Ich wusste nicht, dass ich es konnte." Beschämt küsste er ihr Haar. „Ich habe nur mich gesehen. Diese Zweifel ... dieses Gefühl ... wurde immer stärker. Ich konnte an nichts anderes mehr denken. Ich glaube, ich war unzurechnungsfähig."

„Schon gut", flüsterte sie und schmiegte sich an ihn, als müsse sie ihn trösten. „Es ist jetzt nicht wichtig."

„Lass mich es dir noch einmal sagen." Er sah ihr in die feucht schimmernden Augen. „Ich liebe dich, Savannah. Ich liebe dich so sehr." Er küsste sie und spürte, wie sie erbebte. „Ich kann nichts dagegen tun. Es raubt mir jedes Mal wieder von Neuem den Atem, wenn ich dich sehe."

Savannah sagte nichts, konnte nichts sagen. So hatte sie es sich erträumt. Dass Jared sie so ansah, so voller Liebe. Dies waren die Worte, nach denen zu sehnen sie sich gefürchtet hatte. Sie schlang die Arme um seinen Nacken und klammerte sich an seinen muskulösen Körper wie eine Ertrinkende.

„Du zitterst", murmelte er. „Dich friert."

„Nein. Nein. Oh, ich liebe dich auch. Ich weiß nicht, wie ich es anders ausdrücken soll."

„So und nicht anders, Savannah. Das Gewitter zieht weiter." Er hörte, wie das Donnern leiser wurde. „Es wird Regen geben. Ein Regen, wie ein Farmer ihn erhofft. Ein Regen, der etwas bewirkt." Er legte einen Arm unter ihre Knie und hob Savannah auf. „Ich möchte jetzt mit dir schlafen und dem Regen zuhören."

Jared war so zärtlich, dass ihr Herz überströmte vor Glück. Er küsste ihr Gesicht, ihren Hals, während er sie in das Zimmer trug, das sie miteinander teilten. Er schloss die Tür, trat ans Bett und legte sie darauf.

Sie hörte das leise Zischen eines Streichholzes, dann flackerte eine Kerze auf. Er zog ihr die klitschnassen Sachen aus und streichelte ihre Haut. Und plötzlich fühlte sie sich verletzlich.

Sie kniete sich aufs Bett, um sein Hemd aufzuknöpfen, und war so nervös, dass es ihr Mühe bereitete. Er nahm ihre Hände und presste sie an die Lippen.

Es duftete nach Regen und feuchter Erde. Savannah hörte, wie das Gewitter sich entfernte. Und dann gab es nur noch Jared. Sein Flüstern drang durch das Prasseln auf dem Dach und an der Fensterscheibe. Er war so zärtlich, so einfühlsam und sie so hingebungsvoll. Jedes Mal, wenn ihre Lippen sich berührten, wurde der Kuss intensiver und zugleich natürlicher. Jedes Mal, wenn ihre Körper sich aneinanderschmiegten, wurde es wärmer und sinnlicher.

Wie benommen von der Liebe zueinander, sahen sie sich in die Augen und lauschten dem schneller werdenden Klopfen ihrer Herzen.

Und dann glitt er in sie, sein Seufzen verschmolz mit ihrem, zwei Körper schienen zu einem einzigen zu werden. Jared spürte, wie die Leidenschaft Savannah davonriss und auch ihn mit sich trug. Auch in der Erfüllung konnte sie nichts voneinander trennen.

9. Kapitel

Bryan liebte es, seine Freizeit auf der Farm zu verbringen, mit den Menschen, den Tieren, der frischen Luft. Er konnte sich noch genau an die bedrückende Enge der Großstadt erinnern. An die Orte, wohin sie gezogen und von denen sie wieder fortgegangen waren, an die winzigen Zimmer, deren Fenster vom Straßenlärm zu vibrieren schienen, und die Wände, die so dünn waren, dass jedes Lachen und jedes Fluchen der Nachbarn zu hören war.

Andererseits waren die Städte auch interessant gewesen. Es hatte immer etwas gegeben, das er tun, das er entdecken konnte. Und seine Mutter war mit ihm in die Parks und auf die Spielplätze gegangen – wenn sie nicht arbeiten musste.

Er erinnerte sich nur verschwommen daran, dass sie manchmal bis spät in die Nacht oder gar bis zum frühen Morgen arbeiten musste. Damals war sie oft müde gewesen. Und traurig. Aber er hatte nie recht verstanden, warum sie es war.

Er dachte an New Orleans mit der pulsierenden Musik und den gemächlich sprechenden Menschen. Er wusste noch, dass seine Mutter einen Topf mit roten Blumen auf die Fensterbank gestellt hatte.

Manchmal hatte er zu Füßen seiner Mutter gesessen und mit Autos gespielt oder ein Kinderbuch gelesen, während sie malte. Sie malte die Leute, die vorbeikamen, um in einem kleinen Klappstuhl zu sitzen, während sie ihre Gesichter mit schwarzer oder farbiger Kreide auf große weiße Blätter skizzierte.

Es war damals, als die Dinge anfingen, besser zu werden. Viel besser. Seine Mutter hörte auf, nachts zu arbeiten, und sah nicht mehr so traurig aus.

Aber jetzt war alles am besten. Sie wohnten in einem Haus.

So wie sie es ihm immer versprochen hatte. Er hatte einen Garten, in dem er spielen konnte, und Freunde, die Freunde blieben, weil er nicht wieder wegziehen musste. Freunde wie Connor. Connor war richtig cool, auch wenn einige Mitschüler ihn immer wieder ärgerten und schlechte Sachen über seinen Vater sagten.

Vielleicht, dachte Bryan manchmal, tun die Kids das nur, weil sie nicht wissen, wie es ist, wenn man überhaupt keinen Vater hat. Er wusste es.

Aber Mom reichte ihm. Sie kümmerte sich um alles, und er und sie waren ein echtes Team. Sie war die coolste von allen Müttern.

Auch deshalb, weil sie ihn gefragt hatte, ob er in dem Blockhaus am Waldrand wohnen wollte. Sie hatte es nicht einfach nur beschlossen, ohne ihn zu fragen, wie viele andere Eltern es taten. Und dann, als sie das Blockhaus hatten, das für ihn das schönste Haus auf der ganzen Welt war, durfte er sich all die Sachen für sein Zimmer aussuchen, ganz allein. Das tolle Kojenbett, die Poster an den Wänden, die große Holztruhe für sein Spielzeug. Und jetzt durfte er so oft auf die Farm, wie er wollte. Meistens jedenfalls.

Shane war toll. Es störte Shane nie, wenn Bryan bei ihm war und ihn alle möglichen Dinge fragte. Devin war auch okay, obwohl er der Sheriff war. Bryan mochte auch vor allem den verrückten Rafe. Rafe warf sich zum Beispiel manchmal auf die Erde und tat, als würde er mit den Hunden kämpfen.

Aber am wichtigsten für ihn war Jared. Dauernd malte er sich aus, wie es wohl wäre, ihn immer um sich zu haben. Wie einen Vater. Jemand, mit dem man Baseball spielen konnte. Jemand, der jeden Tag von der Arbeit nach Hause kam und mit einem über alles sprach, was einen beschäftigte. Einen Mann, der seine Mom in der Küche küsste, ganz selbstverständlich.

Jared wünschte er sich am sehnlichsten, und deshalb träumte er davon, ihn als Vater zu haben. Denn die Wünsche, von denen man träumte, erfüllten sich irgendwie. Fast immer jedenfalls.

Auf der Farm schien die Sonne und erwärmte die vom nächtlichen Regen noch feuchte Erde. Der Frühnebel hatte sich aufgelöst und die Luft war klar. Bryan genoss es, mit den Hunden und Connor auf dem Boden zu sitzen und die Erwachsenen in der Nähe reden zu hören. Es war Sonntag, und heute würden sie alle zusammen essen. Die Männer kochten, was Bryan etwas seltsam, aber auch interessant fand.

„Meinst du, Ethel und Fred werden irgendwann Babys bekommen?"

Connor streichelte das goldbraune Fell des Hundes neben ihm, während er über Bryans Frage nachdachte. „Wahrscheinlich", sagte er schließlich. „Das passiert immer, wenn Leute verheiratet sind. Bei Hunden ist es genauso, schätze ich."

Bryan schnaubte und gab seinem Freund einen Stoß gegen die Schulter. „Leute müssen nicht verheiratet sein, um ein Kind zu bekommen. Sie müssen sich nur gernhaben."

Hätte jemand anderes das zu ihm gesagt, wäre Connor rot geworden. Aber da es Bryan war, nickte er nur wissend. „Dann können Fred und Ethel Junge bekommen, sie mögen sich nämlich."

Bryan schaute zum Farmhaus hinüber. Durch das Küchenfenster drang fröhliches Lachen. „Ich glaube, Jared hat meine Mom gern."

Connor riss die Augen weit auf. „Bekommen sie etwa ein Baby?"

„Nein." Bryan legte den Arm um Ethel. Daran hatte er auch schon gedacht. „Es wäre cool, wenn sie eins bekämen. Ich meine, du findest es doch gut, dass ihr Emma habt, oder?"

„Sicher."

„Ein Bruder wäre besser, aber eine Schwester wäre auch okay. Ich glaube, wenn wir eins hätten, ein Baby, meine ich, würde Jared bei uns bleiben. So richtig mit uns zusammenleben, weißt du."

„Manchmal ist das gar nicht so gut", sagte Connor leise.

„Manchmal ist es schlecht, wenn ein Mann bei einem lebt. Sie streiten und schreien herum, sie betrinken sich und … so."

Bryan zog die Stirn in Falten. „Aber das ist nicht bei allen Männern so."

„Wohl nicht." Connor war sich da alles andere als sicher. „Ich will nicht, dass bei uns wieder ein Mann wohnt", sagte er mit großem Nachdruck. „Nie, niemals wieder."

Verständnisvoll legte Bryan den Arm um Connors Schultern. „Wenn dein Vater nach dem Gefängnis wieder zu euch kommen will, wirst du bereit sein. Wir beide werden bereit sein", fügte er lächelnd hinzu. „Du und ich, Con."

„Ja." Connor wünschte fast, er könnte es beweisen. „Du und ich."

„Sieht aus, als führten die beiden ein ernstes Gespräch zwischen Männern", sagte Savannah, während sie aus dem Küchenfenster schaute.

„Connor hat eigentlich noch keinen richtigen Freund gehabt." Wie denn auch, dachte Cassie betrübt. Joe hatte jeden vergrault, der sie oder ihren Sohn besuchen wollte.

„Bry auch nicht. Die beiden sind gut füreinander." Savannah lächelte, als die Jungen sich gemeinsam mit den Hunden auf der Erde wälzten. Bis das Essen fertig war, würden die vier vermutlich schwarz vor Dreck sein.

„Das kommt mir irgendwie bekannt vor." Devin stellte sich hinter die beiden Frauen und schob die Hände in die Gesäßtaschen seiner Jeans. Savannah musste sich zusammennehmen, um nicht von dem Sheriff abzurücken. „Wir haben so manchen Sonntagnachmittag im Staub verbracht."

„Wir haben fast jeden Nachmittag im Staub verbracht", verbesserte Rafe seinen Bruder.

„Erinnerst du dich an den Sonntag, als Mom uns mit dem Gartenschlauch abgespritzt hat?" Seufzend schob Shane sich ein Radieschen in den Mund. „Das waren noch Zeiten. Sie war wütend, weil Gran und Pop zum Essen kamen und wir uns in unseren besten Sachen rauften."

„Du hast angefangen", erinnerte sich Jared. „Du hast dir einfach meinen Baseball genommen und ihn auf dem Feld verloren."

„Ich habe mir deinen Baseball geliehen", erklärte Shane. „Und Devin hat ihn auf dem Feld verloren."

„Rafe hat ihn verloren", widersprach Devin mit sanfter Stimme. „Er sollte ihn fangen."

„Du hast viel zu hart geschlagen", sagte Rafe. „Das hast du immer getan."

„Stimmt ja gar nicht."

Bevor Devin den Streit fortsetzen konnte, hob Regan die Hände. „Auszeit. Jetzt, da wir alle erleben, wie nah diese Familie sich steht, habe ich etwas zu verkünden." Sie lächelte Rafe zu. „Es ist der ideale Zeitpunkt, findest du nicht auch?"

„Ja, das finde ich auch." Rafe nahm ihre Hand, küsste sie und zog seine Frau an seine Seite. Er strahlte über das ganze Gesicht. „Wir bekommen ein Baby."

Einen Moment lang herrschte Stille, dann jubelten alle. „Hurra", rief Shane, bevor er Regan von den Füßen hob und sich mit ihr drehte. Die werdende Mutter musste geküsst und umarmt werden, Rafe wurde brüderlich auf die Schulter geklopft.

„Gib mir meine Frau zurück", sagte Rafe schließlich zu seinem Bruder.

„Gleich." Shane küsste sie noch einmal und wollte sie Rafe geben. Doch Jared kam seinem Bruder zuvor und wirbelte sie auch noch einmal herum. Regan lachte noch immer, als sie in Devins Armen landete.

„Gebt mir endlich meine Frau wieder", verlangte ihr Ehemann.

Während alle sich nun um Regan drängten, lehnte Savannah sich gegen den Küchentresen. „Die nächste Generation der MacKades", flüsterte sie Cassie zu. „Was für eine Vorstellung."

„Sie wird es schaffen." Cassie blinzelte vor Rührung. „Regan wird mit allem fertig."

Savannah trat vor und küsste Jared auf die Wange. „Herzlichen Glückwunsch, Onkel Jared."

Er lachte. „Rafe wird Daddy, ich kann es kaum fassen."

Mit hochgezogener Augenbraue sah sie zu Regan hinüber, die noch immer von Bruder zu Bruder gereicht wurde. „Und das, nehme ich an, ist die Art, wie ihr MacKade-Männer die Ankunft eines Babys feiert – indem ihr euch Frauen zuwerft."

„Keine Ahnung. Es ist unser erstes Baby."

Jared legte den Arm um sie, und Savannah begriff, dass er es wirklich so meinte. Es würde ein MacKade-Baby werden, und damit gehörte es ihnen allen.

Darüber dachte sie noch nach, während die Männer das Essen damit verbrachten, sich über die Pflichten eines Vaters und mögliche Namen für das Kind auszulassen. Eigentlich war es seltsam. Aber erst jetzt, da sie ein eigenes Zuhause besaß und Bryan alles bekam, was sie ihm geben konnte, ging ihr auf, dass weder sie noch ihr Sohn je erlebt hatten, was eine richtige Familie bedeutete.

Sie hatten einander, und das war wichtig. Lebenswichtig. Bryan war ein wohlgeratener, glücklicher Junge. Sie sah es ihm an. Er saß neben ihr, aß mit großem Appetit und lachte fröhlich, als Shane vorschlug, das Kind Lulubelle MacKade zu taufen, falls es ein Mädchen wurde. Ihr Sohn war so, wie sie ihn sich wünschte, daran zweifelte sie keine Sekunde.

Und doch fehlte ihm etwas. Er kannte weder die Freuden noch die Sorgen, die es mit sich brachte, wenn man Onkel, Tanten und Großeltern besaß. Oder Geschwister. Das war das, was sie ihm nicht geben konnte. Sie hoffte inständig, dass nur sie und nicht er das plötzlich vermisste.

„Geht es dir gut, Regan?", drang Cassies leise Stimme durch die lustige Männerrunde.

„Wunderbar. Ich glaube, ich habe mich noch nie besser gefühlt. Keine Übelkeit, keine Erschöpfung, nichts von alledem, wovor die Bücher uns warnen."

„Ich hatte alles." Lächelnd strich Cassie über Emmas Kopf. „Aber es war nicht schlimm. Nur genug, um zu wissen, was einen beim zweiten Mal erwartete. Wie war es bei dir, Savannah?"

„Ich habe mich drei Monate lang hundeelend gefühlt." Bevor Bryan über ihren Teller hinweggreifen konnte, reichte sie ihm die Schüssel mit den Röstkartoffeln. „Aber es hat sich gelohnt." Sie zwinkerte ihrem Sohn zu.

„Drei Monate?" Regan schüttelte sich. „Jeden Tag?"

„Ob Sonnenschein oder Regen", antwortete Savannah fröhlich. „Bry, wenn du deinen Mund noch ein Stück weiter öffnen würdest, könntest du vermutlich drei Kartoffeln auf einmal hineinstopfen."

Er grinste verlegen. „Es schmeckt so gut."

„Genau wie Mom sie immer gemacht hat", warf Devin ein und löffelte dabei noch mehr Kartoffeln auf Bryans Teller. „Wir haben immer gewettet, wer von uns am meisten essen konnte. Meistens hat Jared gewonnen, stimmt's, Jared?"

„Ja." Aber er hatte aufgehört zu essen und sah Savannah an.

„Der Junge wird deinen Rekord brechen." Shane warf Jared ein Brötchen zu. Sein Bruder fing es geschickt auf.

Bryan fand die Idee großartig. Er nahm eins aus dem Korb und warf es Connor zu, der es gerade noch erwischte, bevor es zu Boden fiel.

„Guter Fang", lobte Rafe. „Einen wie dich brauchen wir. Wirst du in der nächsten Saison Baseball spielen, Con?"

„Ich weiß nicht." Connor brach sich ein Stück Brötchen ab und sah unter gesenkten Wimpern zu seiner Mutter hinüber.

„Con ist ein besserer Werfer als jeder unserer Anfänger." Bryan nahm sich ein Brötchen und bestrich es dick mit Butter. „Er pfeffert dir den Ball direkt in die Tasche, wenn du nicht aufpasst."

„Connor, du hast mir nie erzählt, dass du gern Baseball spielen würdest." Kaum hatte Cassie es ausgesprochen, da bereute sie es auch schon. Natürlich hatte er nichts davon erwähnt. Er hatte nie jemanden gehabt, mit dem er hätte spielen können. Und dass er in der Schule gut gewesen war, hatte ihn in den Augen seines Vaters zum Versager gestempelt. Für den zählten die Leistungen auf dem Baseball-Feld viel mehr als die in Mathematik oder Englisch.

„Ich treffe kaum etwas", flüsterte Connor mit rotem Kopf. „Ich kann nur ein bisschen werfen, seit Bryan es mir beigebracht hat."

„Wir werden an deiner Schlagtechnik arbeiten", versprach Devin. „Gleich nach dem Essen werden wir an deiner Haltung feilen."

Connor lächelte, und das war Antwort genug.

Wenig später drangen Anfeuerungsrufe und Jubel vom Hof in die Küche. Die Hände voller Geschirr, sah Cassie hinaus. Devin hockte hinter Connor, und beide hielten den Schläger umklammert, während Jared ihnen die Bälle zuwarf.

„Es ist wirklich nett von den Männern, mit den Kindern zu spielen", sagte sie.

„Und uns den Abwasch zu überlassen", erwiderte Savannah trocken.

„Wer kocht, spült nicht." Regan ließ heißes Wasser ins Becken laufen. „Eine uralte MacKade-Regel."

„Klingt fair", gab Savannah nach. Doch als sie sich inmitten der Stapel von Tellern und Töpfen umsah, war sie nicht mehr ganz so sicher.

„Ich hoffe, es stört euch nicht, aber was ich euch fragen wollte …" Regan lachte nervös. „Ach, eigentlich es ist albern."

Savannah nahm ein Geschirrtuch und musterte Regan neugierig. „Was ist albern?"

„Nun ja." Regan machte sich an den ersten Stapel. „Ihr habt es ja beide schon durchgemacht, und ich wollte fragen, wie es so ist. Die Geburt, meine ich."

Savannah zwinkerte Cassie zu. „Wehen und Entbindung – ein Marsch durch das Tal der Tränen."

„Nein, so schlimm ist es nicht", versicherte Cassie. „Mach ihr doch nicht Angst, Savannah." Sie stellte die Teller ab und strich Regan über die Schulter. „Wirklich, so schlimm ist es gar nicht."

„Willst du ihr etwa einreden, dass es ein Kinderspiel sei?" Savannah musste über ihre Wortwahl lachen, wurde aber sofort wieder ernst.

„Es ist etwas ganz Natürliches", beharrte Cassie. „Das allerdings höllisch wehtut."

„Tut mir leid, dass ich gefragt habe." Regan seufzte. „Und wie lange hat es gedauert?"

„Bei Connor etwas über zwölf Stunden, bei Emma knapp zehn."

„Mit anderen Worten", warf Savannah ein, „eine halbe Ewigkeit."

„Ich würde dich ja bitten, den Mund zu halten, aber ich will wissen, wie lange du gebraucht hast." Regan rümpfte die Nase. „Zehn Minuten, habe ich recht?"

Savannah nahm einen weiteren Teller. „Zweiunddreißig Stunden."

„Zweiunddreißig Stunden!" Regan hätte fast einen Teller fallen lassen. „Das ist unmenschlich."

„Reines Pech", erwiderte Savannah. „Und die Entbindungsstation, auf der ich lag, war nicht gerade erstklassig. Aber das hätte auch nichts geändert." Sie tat es mit einem Schulterzucken ab. „Babys kommen nun einmal, wann sie wollen. Du wirst es schaffen, Regan, glaub mir. Rafe wird dir beistehen. Und falls dein Arzt nicht gerade die Meistermannschaft eines Profi-Footballteams vor dem Kreißsaal aufbaut, wird der Rest der MacKades auch dabei sein."

„Du warst ganz allein", sagte Regan leise.

„Ja, das war ich." Savannah drehte sich um, als Jared zur Tür hereinkam. „Ist das Match zu Ende?"

„Nein." Er ließ sie nicht aus den Augen. „Ich habe den kürzesten Strohhalm gezogen und muss jetzt das Bier holen."

„Warte, ich gebe es dir." Cassie eilte bereits an den Kühlschrank. „Wollen die Kinder auch etwas?"

„Was immer sie kriegen können." Er nahm den Sechserpack und den Karton mit Saft, den Cassie ihm reichte, und ging wieder hinaus.

„Nichts vertreibt einen Mann so schnell wie Frauen, die über das Kinderkriegen reden", bemerkte Savannah lachend, aber sie ahnte, dass Jared nicht nur deswegen hinausgeeilt war. In seinem Blick hatte etwas gelegen, von dem er nicht wollte, dass sie es sah.

„Ich habe Rafe gegenüber die Lamaze-Kurse erwähnt, und er wurde bleich wie ein Laken." Belustigt stellte Regan einen Teller in das Abtropfgestell. „Aber dann hat er die Zähne zusammengebissen und genickt."

„Er wird es schon schaffen." Mit einem letzten Blick zur Tür hinüber nahm Savannah den nächsten Teller. „Er liebt dich doch, und das allein zählt, oder nicht?"

„Ja." Mit einem verträumten Seufzen tauchte Regan die Hände in das Spülwasser. „Das allein zählt."

Auf dem Weg nach Hause entdeckte Savannah den ersten Leuchtkäfer. Der Sommer naht, dachte sie und sah, wie Bryan vor ihr den Weg entlangrannte und unsichtbare Feinde angriff. Sie wollte, dass der Sommer kam. Sie wollte die Hitze, die langen, sonnigen Tage, die sternklaren, schwülen Nächte.

Was sie wollte, war, dass die Zeit verging und sie jede Minute davon genoss. Ein ganzes Jahr, Sommer, Herbst, Winter und Frühling, hier, an diesem Ort. In ihrem Haus. Mit diesem Mann.

„Beschäftigt dich etwas?", fragte sie leise.

„Mich beschäftigen viele Dinge." Jared wünschte, er könnte mit ihr eine Weile im Wald bleiben. Dort, wo sie die Sorgen und Nöte der Menschen spüren konnten, die gestorben waren, bevor sie beide geboren worden waren. „Es gibt da ein paar Fälle, die mir auf die Nerven gehen. Die Maler bringen im Büro alles durcheinander. Ich muss Cassies Scheidung durchbringen. Und ich muss mir darüber klar werden, dass ich Onkel werde."

„Du spielst wieder einmal den Anwalt, MacKade, und versteckst dich hinter vielen Worten."

„Ich bin Anwalt."

„Okay, fangen wir damit an … Warte einen Moment. Bry, ab in die Badewanne", rief sie ihrem Sohn zu.

„Ach, Mom …"

„Und zwar sofort, mein Freund. Ich komme auch gleich nach."

Der Junge rannte los, und vom Waldrand aus sah Savannah, wie im Haus ein Licht nach dem anderen anging, als Bryan nach oben eilte. Durch das offene Badezimmerfenster konnte sie ihn singen hören, wie immer schrecklich unmelodisch.

„Warum bist du Rechtsanwalt geworden?", fragte sie Jared.

Die Frage traf ihn völlig unvorbereitet. Er war mit den Gedanken ganz woanders gewesen. „Warum ich Rechtsanwalt geworden bin?", wiederholte er, um Zeit zu gewinnen.

„Versuch doch einmal, mit zwanzigtausend Worten oder weniger zu antworten."

„Weil ich gern Anwalt bin." Die erste Antwort, die ihm einfiel, war die beste. „Ich suche gern nach den richtigen Argumenten. Ich betrachte ein Problem von beiden Seiten und denke alles durch, bis ich die besten Argumente finde. Ich gewinne gern." Er zuckte mit den Schultern. „Und natürlich auch, weil ich will, dass Gerechtigkeit herrscht. Sicher, die Justiz ist nicht perfekt, aber wir brauchen sie. Ohne sie wären wir zweifellos verloren."

„Du glaubst also an Recht und Gesetz, du argumentierst gern, und du gewinnst gern." Sie legte den Kopf auf die Seite. „Alle Gründe in einem einzigen Satz. Siehst du, wie einfach es geht?"

„Worauf willst du hinaus?"

„Darauf, dass du die Dinge auch gern verkomplizierst." Sie streichelte seine Wange. „Was verkomplizierst du jetzt gerade, Jared?"

„Nichts." Er nahm ihre Hand und küsste sie auf das Gelenk, dort, wo er ihren Puls an den Lippen fühlen konnte. „Ich verkompliziere gar nichts. Es war schön, mit dir und Bryan auf der Farm zu sein. Und gemütlich, um den Küchentisch zu sitzen, während alle durcheinanderredeten."

„Und mit Brötchen zu werfen."

„Und mit Brötchen zu werfen. Es war schön, draußen auf dem Hof Baseball zu spielen und dabei zu hören, wie du und Regan und Cassie in der Küche mit dem Geschirr klappern."

„Typisch." Sie lächelte nachsichtig. „Als Antwort würdest du wahrscheinlich von geschlechtsspezifischer Rollenverteilung reden."

„Verklag mich doch." Er zog sie an sich. Und dann, als alles um sie herum still war, hörte er plötzlich den Kampf. Ein Fremder gegen einen anderen Fremden, unerbittlich, bis in alle Ewigkeit. Vielleicht hatte jeder von ihnen recht, auf seine Weise. „Spürst du es?", flüsterte er.

„Ja." Ich spüre die Angst, dachte sie und schloss die Augen. Die Verzweiflung. Und die langsam schwindende Hoffnung. Vielleicht spürte sie die Geister des Waldes deshalb so deutlich, weil sie diese Gefühle so gut kannte. „Hast du dich jemals gefragt, warum sie noch immer hier sind? Was sie vielleicht noch zu sagen oder zu tun haben?"

„Der Kampf ist noch nicht vorüber. Er wird es niemals sein." Savannah schüttelte den Kopf. „Die Sehnsucht ist noch nicht vorüber. Die Sehnsucht nach dem Zuhause, der Heimat. Die Sehnsucht nach dem Frieden, nehme ich an. Die wird nie aufhören. Aber hier kann ich sie stillen, hier finde ich endlich Frieden."

Als sie sich von Jared lösen wollte, hielt er sie fester. „Ich habe an der Küchentür gelauscht, als ihr drei Frauen euch unterhalten habt. Dass du ganz allein warst, als du Bryan bekamst, macht mich traurig. Ich habe es mir vorgestellt. Und wie du während der Schwangerschaft gelitten hast. Es muss schlimm gewesen sein."

„Morgendliche Übelkeit ist nicht ungewöhnlich, wenn man ein Kind bekommt."

„Sechzehn Jahre alt, mutterseelenallein und schwanger zu sein, ist verdammt ungewöhnlich, und das sollte es auch sein", sagte er mit Nachdruck.

„Mich jetzt zu bedauern ist reine Zeitverschwendung, Jared. Das ist alles lange her." Sie legte den Kopf in den Nacken und sah ihm ins Gesicht. „Aber das ist es nicht, was du fühlst, nicht wahr? Es ist nicht nur Mitleid."

„Ich weiß nicht, was ich fühle." Nichts frustrierte ihn so sehr wie das Unvermögen, in sich selbst die erhofften Antworten zu finden. „Ich habe Fragen, von denen ich noch nicht einmal weiß, wie ich sie stellen soll. Du zwingst mich dazu, dich zu fragen, indem du nichts erzählst. Und ja, ich empfinde Mitgefühl mit dir, mit dem jungen Mädchen, das allein zurechtkommen und Entscheidungen treffen musste, vor die kein Kind gestellt werden darf."

„Ich war kein Kind." Sie klang ruhig. „Ich war alt genug, um schwanger zu werden, also war ich auch alt genug, mit den Folgen fertig zu werden. Und die Entscheidung, die ich traf, habe ich allein getroffen. Niemand hätte sie mir abnehmen können. Bryan zu bekommen war eine der wenigen richtigen Entscheidungen in meinem Leben."

„So habe ich es nicht gemeint. Ich habe nicht Bryan gemeint." Ihre Augen funkelten, und er schüttelte Savannah behutsam. „Glaub mir, Savannah. Ich meinte die Entscheidung, wohin du gehen, was du tun, wie du leben solltest. Was du essen solltest. Und verdammt noch mal, Savannah, du warst ein Kind. Du hattest etwas weit Besseres verdient als das, was du bekommen hast."

„Ich habe Bryan bekommen", sagte sie schlicht. „Ich habe etwas Besseres bekommen, als ich verdient hatte."

Er konnte ihr nicht klarmachen, was er meinte. Ihm fehlten die richtigen Worte, ihm, dem wortgewandten Anwalt. Vielleicht war das, was er ihr sagen wollte, zu einfach. „Ich frage mich, wie es ist, einen Menschen wie Bryan zu erschaffen und ihn rückhaltlos zu lieben. Ohne Eigennutz."

Jetzt konnte sie endlich lächeln. „Es ist wunderbar. Einfach wunderbar. Kommst du mit mir nach Hause?"

„Ja." Er nahm ihre Hand. „Ich komme mit dir nach Hause."

Jared dachte über Savannahs Art von Liebe und ihre Art zu leben nach, während sie neben ihm schlief. Eine Frau wie sie hätte er sich niemals gesucht, und diese Einsicht machte ihm sehr zu schaffen. Sie war weder elegant noch kultiviert, noch besaß sie die Klasse, die ihn an einer Frau reizte.

Denn eben eine solche Frau hatte er immer gesucht, das wurde ihm jetzt bewusst. Und das war ein schwerer Fehler gewesen. Aber brauchte ein Mann denn nicht eine Frau, die er verstand, die er kannte? In Savannahs Leben gab es gewaltige Abschnitte, von denen er keine Ahnung hatte. Große Teile ihrer Vergangenheit waren ihm verschlossen, verborgen in ihrer Erinnerung.

Ein junges Mädchen, schwanger und allein, verlassen von all den Menschen, die ihr hätten helfen müssen. Er empfand Mitleid mit dem Mädchen, aber auch so etwas wie Misstrauen. Ein Misstrauen, das ihn quälte, so sehr er sich auch dagegen wehrte.

Wohin war Savannah gegangen, was hatte sie getan, wo hatte sie gelebt? Er wollte nicht mehr daran denken, doch sein Stolz ließ es nicht zu. Sie hatte das Kind eines anderen Mannes zur Welt gebracht, hatte andere Männer erregt. Diese Vorstellung steckte wie ein Messer in seinem Stolz, in seinem Selbstbewusstsein, und es ließ sich einfach nicht herausziehen.

Das war sein Problem. Jared wusste es und versuchte es mit dem Verstand und der Vernunft zu lösen. Er zerbrach sich den Kopf darüber. Als Savannah sich im Schlaf bewegte und sich nicht zu ihm, sondern von ihm wegdrehte, beunruhigte es ihn zutiefst.

Wie viele andere Männer hatte sie geliebt? Wie viele hatten neben ihr gelegen und gewünscht, der Einzige zu sein?

Doch noch während er sich mit dieser Frage quälte, zog er Savannah an sich. Sie schmiegte sich an ihn, er spürte ihre Wärme und atmete den Duft ihrer Haut ein, jenen natürlichen, sinnlichen Duft, für den sie kein Parfüm brauchte.

Er hatte sich daran gewöhnt, mit ihr aufzuwachen. Sie würde die Augen aufschlagen, ganz langsam, so als wäre der Schlaf etwas, aus dem man sich gemächlich löste. Sie würde ihn berühren, seine Schultern streicheln, den Rücken, die Arme. Und dann, wenn die Erregung ihn zu durchströmen begann, würde sie die Decke zurückschlagen und das Bett verlassen. Sie würde sich mit katzenhafter Anmut strecken, das lange schwarze Haar anheben und wieder fallen lassen. Als gäbe es keinen Unterschied zwischen einer schläfrigen Schönheit und einer schläfrigen Mutter, würde sie in den verblichenen blauen Bademantel schlüpfen und Bryan wecken, damit er den Schulbus nicht verpasste. Und oft, sehr oft, blieb Jared noch einige Zeit im Bett liegen, nachdem sie hinausgegangen war. Und wünschte, sie würde zurückkommen. Mehr und mehr begann Jared zu realisieren, dass Savannah mittlerweile ein Teil seines Lebens geworden war.

Fast war ihm, als hätte sie ihn irgendwie verzaubert, mit ihren rätselhaften Augen, dem verführerischen Lächeln und dem unerschütterlichen Glauben an sich selbst. Sie kannte ihn wesentlich besser als er sie. Sie kannte seine Geister, spürte sie und fürchtete sich nicht vor ihnen. Sie war die erste Frau, die mit ihm durch seinen Wald spaziert war und das Flüstern der Verwunschenen gehört hatte.

Diese Fähigkeit verband sie und ihn auf eine Weise, die die körperliche, ja selbst die emotionale Anziehung übertraf. Sie verlieh ihrer Verbindung etwas Seelisches. Etwas, gegen das Jared sich nicht wehren konnte, selbst wenn er gewollt hätte.

Was immer es war, das sie miteinander verband, es ließ ihm keine andere Wahl, als bei ihr zu bleiben und ihr immer näherzukommen. Also schlief er wieder ein, den Arm um ihre Taille gelegt, und fiel mühelos in einen Traum.

Seine Hüfte schmerzte höllisch, seit der Einschlag einer Kanonenkugel ihn durch die Luft gewirbelt hatte und er hart auf dem Boden aufgeschlagen war. Sein Kopf dröhnte, die Augen brannten. Es war schwer, einen Fuß vor den anderen zu setzen und nicht einfach umzufallen.

Er erinnerte sich nicht daran, wie er in den Wald gekommen war. War er zu den Bäumen gekrochen oder gerannt? Er wusste nur, dass er schrecklich allein war und furchtbare Angst hatte. Sein Leutnant war tot. So viele waren tot. Der Junge aus Connecticut, mit dem er sich am Abend zuvor die magere Ration geteilt, mit dem er sich flüsternd unterhalten hatte, wenn die Lagerfeuer aus waren, lag in einem flachen Graben, in Stücke gerissen. Dort war der Kampf so grausam und gnadenlos gewesen, dass selbst die Hölle dagegen ein Paradies sein musste.

Jetzt war er allein. Er wusste, dass er eine Zuflucht finden musste. Einen Ort, wo er sich ausruhen konnte. Nur für eine Weile. Seine Heimat war nicht weit entfernt. Sie lag in nördlicher Richtung, hinter der Grenze von Pennsylvania. Die Wälder von Maryland waren gar nicht so anders als die in der Nähe seiner Farm.

Vielleicht könnte er sich hier verstecken, bis er sich auf den Heimweg machen konnte. Bis dieser Krieg, der ein Abenteuer hatte werden sollen und zu einem tausendfachen Albtraum geworden war, endlich ein Ende fand.

Im Monat zuvor war er siebzehn geworden, und noch nie hatte er die Lippen einer Frau geschmeckt.

Vollkommen erschöpft blieb er stehen und lehnte sich keuchend gegen einen Baum. Wie konnten diese Wälder so schön sein, so voller Farbe und herbstlicher Gerüche? Warum hörte dieser entsetzliche Lärm nicht auf? Warum verstummten die Kanonen nicht endlich? Und die Schreie der Verwundeten.

Wann würden sie ihn nach Hause gehen lassen?

Seufzend stieß der Junge sich vom Stamm ab. Er umrundete einen großen Felsbrocken und entdeckte einen Pfad. Doch als er erleichtert weiterging, sah er die graue Uniform der Südstaatler.

Er zögerte nur einen Moment, aber in ihm ballte sich alles zusammen. Dies war der Feind. Dies war der Tod. Dies war das Hindernis auf dem Weg in die Heimat. Er riss das Gewehr hoch und legte an.

Der andere Junge tat genau dasselbe.

Sie waren beide keine guten Schützen, doch er hörte die Kugel an seinem Ohr vorbeipfeifen, und ihm blieb fast das Herz stehen. Und dann rannte er los, genau wie sein Feind. Ihr verängstigtes Kriegsgeschrei verschmolz. Bajonette klirrten.

Die Augen des anderen waren blau wie der Himmel. Nur das sah er, als er die Klinge in seinen Körper eindringen fühlte. Die Augen des anderen waren jung und voller Angst.

Sie kämpften mit dem Mut der Verzweiflung, aber er würde sich kaum daran erinnern können. Nur an den Anblick seiner tiefen Wunden, an das Blut, das aus ihnen strömte. Und daran, wie er aufgewacht war, allein in diesem wunderschönen Herbstwald.

Und wie er weitergetaumelt war. Weinend.

In den wenigen Stunden, die ihm noch blieben, erinnerte er sich an das Farmhaus hinter der Lichtung. An die Farbe der Mauersteine und Dachziegel, an den Geruch der Tiere und Pflanzen.

Und er sehnte sich nach seinem Zuhause.

Plötzlich war er nicht mehr allein. Das Gesicht war älter, vom Wetter gegerbt, mit gerunzelter Stirn unter einem Hut mit weicher Krempe. Der Junge dachte an seinen Vater, wollte etwas sagen, doch dann hob der Mann ihn auf, und der Schmerz war schlimmer als der Gedanke an den Tod.

Er hörte Frauenstimmen, aufgeregte Rufe, Flüstern. Er spürte sanfte Hände und die Wärme eines Feuers. Dann kühle Laken und wie der Schmerz einem Gefühl der Betäubung wich.

Jedes Wort, das er sprach, schien ihm die Kehle zu versengen. Aber er hatte so viel zu sagen. Und jemand hörte ihm zu. Jemand, der nach Flieder duftete und seine Hand hielt.

Er musste ihr sagen, dass er stolz war, Soldat zu sein, seinem Land zu dienen und zu kämpfen. Er versuchte sogar stolz darauf zu sein, dass er sterben würde, obwohl jetzt die Angst größer war als der Schmerz seiner Wunden.

Als er schließlich starb, erwachte Jared mit klopfendem Herzen. Savannah bewegte sich neben ihm. Und diesmal, dieses eine Mal, drehte sie sich zu ihm. Im Schlaf legte sie die Arme um ihn.

Es war mehr, als er erwartet hatte. Viel mehr. Er war zufrieden. Für diese Nacht.

10. Kapitel

Mit drei Bildern unter den Armen schob Savannah die Tür zu Jareds Kanzlei auf. Der Regen tropfte vom Schirm der Baseball-Kappe, die sie von Bryan ausgeliehen hatte, bevor sie sich auf die Fahrt nach Hagerstown gemacht hatte. Als Sissy sie bemerkte, sprang sie auf.

„Kommen Sie, ich helfe Ihnen."

„Danke." Savannah übergab der jungen Sekretärin die drei eingewickelten Gemälde. „Im Wagen sind noch mehr."

„Ich lege die hier rasch ab, dann helfe ich Ihnen, die anderen hereinzuholen."

„Nicht nötig. Wozu sollen wir beide nass werden?" Savannah warf einen kurzen Blick auf die gerade erst in zartem Grün gestrichenen Wände, das bequeme rotbraune Sofa und die Bibliothekssessel. „Es sieht schon ganz anders aus."

„Ja, das tut es." Sissy legte die Bilder auf den Couchtisch. „Ich fühle mich, als hätte ich bisher in einem Karton gearbeitet. Jetzt hat jemand den Deckel geöffnet und frische Luft hereingelassen. Warten Sie, ich gebe Ihnen einen Regenschirm."

„Den könnte ich gar nicht halten. Außerdem bin ich schon nass. Bis gleich."

Savannah eilte hinaus und rannte zu ihrem Wagen. Der Regen war heftig, aber wenigstens warm. Niemand hatte mehr Angst vor einem dürren Frühling, wie Mrs. Metz ihr freudestrahlend berichtet hatte, als sie einander vorhin im Postamt begegnet waren. Das Wetter, so unangenehm es im Moment auch sein mochte, ließ Savannahs Garten wachsen und gedeihen.

Als sie das letzte Bild hereingetragen hatte, war sie bis auf die Haut durchnässt, und in ihren Schuhen stand das Wasser.

„Ist der Chef da?“ Sie legte das Bild hin, nahm die Kappe ab und fuhr sich mit den Fingern durch das feuchte Haar. „Vielleicht möchte er sich die Bilder noch einmal ansehen, bevor ich sie aufhänge.“

„Er hat einen Mandanten.“ Sissy lächelte. „Aber ich kann es kaum erwarten, die Bilder zu sehen.“ Sie nahm eine Schere vom Schreibtisch. „Darf ich?“

„Natürlich. Sie müssen ja auch mit ihnen leben.“

„Ich kann es noch immer nicht fassen, wie schnell sich hier alles verändert hat.“ Rasch schnitt Sissy die Schnur des obersten Pakets durch. „Wenn der Chef sich erst einmal entschieden hat, gibt es kein Halten mehr. Kein Zögern, kein Getue, kein … Oh, ist das schön!“, rief sie begeistert aus, als sie das Packpapier zur Seite schlug.

Es war eine Straßenszene, und die bunt gekleideten Menschen strahlten eine ungeheure Lebendigkeit aus. Die Häuser im Hintergrund hatten Balkone mit kunstvoll geschnitzten Geländern, an denen wilder Wein und leuchtende Blumen hingen. Beim näheren Hinsehen entdeckte Sissy einen Fiedler, der mit dem Fuß den Rhythmus aufs Pflaster klopfte, eine schwarze Frau in einem wallend roten Kaftan und drei kleine Jungs, die hinter einem gelben Hund herrannten. Fast konnte sie die Musik und die Rufe der Kinder hören.

„Es ist wunderschön. Bitte, sagen Sie mir, dass es hier im Sekretariat hängen soll.“

„Ja, genau hier habe ich es mir vorgestellt.“ Überrascht und erfreut strich Savannah sich noch einmal über das Haar. „Es ist New Orleans. Das French Quarter. Ich dachte mir, es sorgt im Wartebereich für etwas Farbe und Lebendigkeit.“

„Ich kann Ihnen gar nicht sagen, wie leid ich es war, diese pinkfarbenen Blumen in der grauen Vase anzustarren. Jeden Morgen beim Hereinkommen habe ich gehofft, die Blumen wären über Nacht vertrocknet.“ Sissy schmunzelte. „Aber das hier könnte ich ewig betrachten. Haben Sie auf dem College Kunst studiert?“

Die unschuldige Frage ließ Savannahs Lächeln gefrieren. „Nein. Ich war nicht auf dem College."

„Ich hatte ein Semester Kunst", fuhr Sissy fort und hielt das Bild hoch. „Und man erklärte, ich hätte absolut keinen Sinn für Perspektiven. Ich habe es gerade noch geschafft, den Kurs mit einer Vier abzuschließen." Als das Telefon läutete, seufzte sie irritiert, lehnte das Bild vorsichtig gegen den Tisch und kehrte an den Schreibtisch zurück.

Es ist dumm, sich unterlegen zu fühlen, sagte Savannah sich streng. Nein, sie war nicht auf dem College gewesen, aber sie konnte malen. Hatte Sissys Reaktion das nicht gerade bewiesen?

Seltsam, dachte sie, warum bin ich noch immer verunsichert und nervös, obwohl meine Arbeit gerade in den höchsten Tönen gelobt wurde? Fast ihr ganzes Leben lang hatte sie versucht, sich damit abzufinden, dass die Malerei nicht mehr als ein Hobby war, nicht mehr als das sein konnte. Sie erinnerte sich an die Zeiten, in denen sie überlegt hatte, ob sie Farben oder doch lieber einen Snack für die Mittagspause kaufen sollte. Meistens hatte sie sich für die Farben entschieden.

Dem Himmel sei Dank, jene Tage waren endgültig vorbei. Schon lange. Sie hatte mit ihren Illustrationen ein unglaubliches Glück gehabt, und da es ihr Spaß machte, sie zu zeichnen, würde sie weitermachen. Aber in den Bildern, die sie ohne Auftrag malte, verwirklichte sie sich selbst.

Bayou-Szenen und Porträtzeichnungen an Touristen zu verkaufen war etwas ganz anderes, als etwas zu sehen, das sie faszinierte, und es so zu malen, wie sie es sah.

Lächelnd und mit vor Aufregung feuchten Händen wühlte sie in der großen Umhängetasche nach dem Hammer und dem Maßband. Sie hatte die Wand bereits vermessen, fand mühelos die Mitte und markierte die Stelle mit einem Bleistift. Und wartete darauf, dass Sissy den Hörer auflegte.

„Soll ich noch warten oder kann ich hämmern, während Sie telefonieren?" Sie hielt den Haken hoch.

„Fangen Sie an, Savannah", bat die Sekretärin und beendete das Gespräch.

Geschickt brachte Savannah den Haken an. Der Rahmen war aus schlichtem Kirschholz, von Regan ausgesucht. Genau richtig, dachte sie, während sie das Bild aufhängte und gerade rückte.

„Die linke Ecke muss noch etwas nach oben … ja, gut." Sissy stemmte die Hände in die Seiten und nickte zufrieden. „So ist es perfekt. Es wurde langsam Zeit, dass dieser Laden nach dem Chef aussieht und nicht mehr nach …"

„Seiner Exfrau?", beendete Savannah den Satz mit einem Blick über die Schulter.

Sissy rümpfte die Nase. „Sagen wir, sie war sehr … dezent. Die Art von Frau, bei der kein Haar falsch liegt, die nie laut wird, sich nie einen Fingernagel abbricht."

„Sie muss etwas besessen haben, das Jared angezogen hat."

Sissy sah zur Treppe hinüber. „Sie war hübsch, aber sie wirkte zu vollendet, geradezu unberührbar. Die klassische, kühle Eleganz einer Grace Kelly, aber ohne die Wärme und den Humor. Und sie war brillant. Wirklich. Nicht nur in ihrem Beruf. Sie sprach fließend Französisch und spielte Klavier. Sie las Kafka."

„Oh." Savannah hatte Mühe, kein verwirrtes Gesicht zu machen. Sie war nicht sicher, ob sie wusste, wer oder was Kafka war, aber sie war sicher, dass sie Kafka nie gelesen hatte.

„Auf ihre Art war sie bewundernswert. Aber in etwa so unterhaltsam wie ein toter Frosch." Sissy strahlte Savannah an. „Das kann man von Ihnen nun wirklich nicht behaupten", sagte sie und nahm lachend den Hörer ab, als es läutete.

Nein, dachte Savannah. Das konnte ihr tatsächlich niemand vorwerfen. Weder dass sie elegant oder brillant war noch dass sie Kafka las. Aber ein wenig Französisch beherrschte sie – wenn man das zählte, was die Cajuns sprachen.

Fest entschlossen, sich von dem Bild der Frau, die Jared geheiratet hatte, nicht einschüchtern zu lassen, wickelte sie das nächste Bild aus.

Während Sissy sich wieder an die Arbeit machte, hängte sie drei kleine Stillleben in den Eingangsbereich. Draußen prasselte der Regen, Sissys Computertastatur klapperte, und Savannah machte es Spaß, einen Raum umzugestalten und zum Leben zu erwecken. Als sie das Obergeschoss erreichte, summte sie fröhlich vor sich hin.

Da sie nicht hämmern wollte, während Jared mit einem Mandanten sprach, lehnte sie die Bilder gegen die Wände, an die sie sie hängen wollte. Auf diese Weise wanderte sie den Korridor entlang, bis hinein in das Büro, das Jareds gegenüberlag.

Das einstige Büro der einstigen Mrs. MacKade, dachte sie. Nein, nicht Mrs. MacKade, Jared hatte ihr erzählt, dass sie seinen Namen nicht angenommen hatte.

Die Wände waren dunkelrosa gestrichen und mit einem Jadeton abgesetzt. Regan hatte den Raum in ein bequemes Wohnzimmer verwandelt. Es gab natürlich einen Schreibtisch, aber auch weiche Sessel mit flachen Tischen daneben, auf denen Bücher lagen. Und in dem Schrank, in den Savannah schaute, standen eine Kaffeemaschine und Tassen.

Hier, so vermutete sie, empfing Jared seine Besucher in einer weniger förmlichen Atmosphäre. Aber vielleicht nutzte er das Zimmer auch, um sich zu entspannen und eine Weile abzuschalten. Oder er hatte vor, einen Partner in die Kanzlei aufzunehmen.

Plötzlich wurde ihr bewusst, wie wenig sie über seine Arbeit, seine Pläne, seinen Tagesablauf wusste. Sie hatte ihn nie danach gefragt, und warum sollte er auch mit ihr über seine Fälle sprechen? Sie wusste nichts über das Recht, abgesehen von den Problemen, die sie damit gehabt hatte, während sie gegen die Bürokratie kämpfte, um ihr Kind behalten zu können.

Bestimmt hat er mit seiner Frau über alles gesprochen, dachte sie und ärgerte sich sofort über das Selbstmitleid, in das sie immer wieder verfiel.

Sie konzentrierte sich wieder auf ihre Aufgabe und betrat den Korridor in genau dem Moment, als die Tür zu Jareds Büro sich öffnete.

„Ich schicke Ihnen den Vertragsentwurf in den nächsten Tagen zu“, sagte Jared gerade. Dann blieb er stehen, bemerkte sie und lächelte. „Hallo, Savannah.“

„Hallo. Entschuldigung, ich wollte nicht stören. Ich hänge nur gerade die Bilder auf.“

„Wollen Sie mich dieser hübschen jungen Frau nicht vorstellen, Jared?“

„Savannah Morningstar, Howard Beels.“

„Savannah Morningstar. Der Name passt zu Ihnen.“ Der große, breitschultrige Mann von etwa fünfzig Jahren streckte eine riesige Hand aus und ergriff Savannahs. In seinen von unzähligen Fältchen umgebenen blauen Augen spiegelte sich männliche Bewunderung. „Sagen Sie bloß, Sie arbeiten für diesen Winkeladvokaten?“

„In gewisser Weise.“ Savannah kannte den Blick, den Händedruck. Beides war ihr schon Hunderte von Malen begegnet, und nach kurzer Prüfung kam sie zu dem Ergebnis, dass Howard Beels harmlos war. Sie verlieh ihrem Lächeln ein wenig Wärme, denn sie wusste, dass er sich zu Hause daran erinnern und sehnsüchtig seufzen würde. „Sagen Sie bloß, Sie haben diesen Winkeladvokaten engagiert, Howard?“

Howard lachte herzhaft. „In dieser bösen Welt braucht ein Mann einen gerissenen Anwalt“, verkündete er. „Jared arbeitet für mich seit … wie lange schon? Fünf Jahre?“

„So ungefähr“, murmelte Jared, fasziniert von der lockeren Art, in der Savannah mit einem seiner einflussreichsten und wichtigsten Mandanten umging.

„Womit verdienen Sie Ihr Geld, Howard?“

„Mal mit diesem, mal mit jenem.“ Noch immer hielt er ihre Hand und zwinkerte Savannah zu. „Ich bin ein echter Amateur, aber bisher hatte ich Glück.“

„Ich bin auch Amateur“, erwiderte sie, und wieder lachte er schallend.

„Savannah ist Malerin“, warf Jared ein. „Wenn Sie das nächste

Mal kommen, Howard, werden Sie ihre Bilder an den Wänden sehen."

„Tatsächlich?" Howard starrte auf das Bild, das hinter ihr an der Wand lehnte. „Ist das da von Ihnen?"

„Ja."

Er ließ ihre Hand los und ging hinüber. Trotz seiner Statur beugte er sich mühelos vor, um es genau zu betrachten. „Gefällt mir", sagte er. Die Farben flossen ineinander, und die Blumen wirkten eher lebendig und natürlich als vollkommen. „Für wie viel verkaufen Sie so etwas?"

Savannah lächelte. „Für so viel, wie ich bekommen kann", antwortete sie trocken.

Howard schlug sich auf den Schenkel, bevor er sich aufrichtete. „Ich mag das Mädchen, Jared. Ich werde Ihnen meine Visitenkarte geben, Honey." Er holte eine aus der Jackentasche. „Rufen Sie mich an, ja? Ich denke, wir könnten ins Geschäft kommen."

„Das werde ich, Howard", versprach sie und warf einen Blick auf die Karte, auf der nur sein Name und die Anschrift gedruckt standen. „Das werde ich ganz bestimmt tun."

„Und warten Sie nicht zu lange damit." Er zwinkerte ihr noch einmal zu und wandte sich an Jared. „Vergessen Sie meine Unterlagen nicht."

Savannah sah ihm lächelnd nach, als er davonging. „Ein interessanter Mann", flüsterte sie.

„Du bist gut mit ihm zurechtgekommen", stellte Jared fest. Stolz mischte sich mit dem Gedanken, dass Savannah ihn immer wieder überraschte.

„Ich bin es gewöhnt, mit interessanten Menschen zurechtzukommen." Sie steckte die Visitenkarte ein. „Unten bin ich fertig. Wenn es dich nicht stört, könnte ich hier oben weitermachen."

„Natürlich kannst du weitermachen." Er lehnte sich gegen den Türrahmen und sah ihr zu, während sie das Bild, das hinter ihr stand, an die Wand hielt. „Etwas mehr nach rechts", schlug er vor. „Howard flirtet gern."

„Das habe ich gemerkt." Zufrieden stellte Savannah das Bild wieder hin und griff nach dem Hammer, um es aufzuhängen. „Und ich könnte wetten, dass er seiner Frau seit … na ja, fünfundzwanzig Jahren treu ist."

„Sechsundzwanzig im Mai. Drei Kinder, vier Enkel. Er flirtet gern", wiederholte Jared. „Aber er ist einer der fähigsten Geschäftsleute, die ich kenne. Überwiegend Immobilien. Er kauft und verkauft. Erschließt Bauland. Ihm gehören einige kleine Hotels und der Hauptanteil an einem Fünf-Sterne-Restaurant."

„Tatsächlich?"

„Er sitzt im Kulturrat und arbeitet oft mit dem Western Maryland Museum zusammen."

Die Karte in ihrer Tasche fühlte sich mit einem Mal gewichtiger an, und Savannah hätte beim Einschlagen des Hakens fast den Daumen getroffen. „Das ist bemerkenswert." Vorsichtig legte sie den Hammer hin. „Sieht tatsächlich so aus, als wäre ich mal zur rechten Zeit am rechten Ort gewesen."

„Er hätte dich nicht gebeten, ihn anzurufen, wenn er es nicht ernst meinte. Aber ich bin nicht sicher, wie eine Malerin es findet, wenn ihre Bilder in Hotels und Restaurants und Anwaltskanzleien hängen."

Sie schloss einen Moment die Augen. „Ich würde mich darüber freuen." Sie hängte das Bild auf und trat zurück, um es zu betrachten. „Sehr sogar."

„Kein Künstlerstolz?", fragte er.

„Künstlerstolz konnte ich mir noch nie leisten."

„Und wenn du ihn dir leisten könntest?"

„Dann würde ich mich trotzdem darüber freuen." Sie drehte sich zu ihm um. „Warum sollte ich das nicht tun?"

„Vermutlich frage ich mich auch, warum du nicht mehr willst oder verlangst."

Sie wusste nicht, ob er nur von ihrer Malerei sprach. Doch die Antwort traf auf alles zu. „Weil ich mit dem, was ich habe, zufrieden und glücklich bin."

Mit einem Lächeln strich er ihr über die Wange. „Du bist eine komplizierte Frau, Savannah, und zugleich erstaunlich einfach. Das ist eine faszinierende Mischung. Darf ich dich zum Essen einladen?“

„Das ist nett von dir, aber ich möchte dies hier fertig machen. Während du beim Essen bist, könnte ich die Bilder in deinem Büro aufhängen.“

„Was hältst du davon, wenn ich bleibe, und wir bestellen uns etwas? Ich werde dir dabei zusehen, wie du die Bilder in meinem Zimmer aufhängst.“

„Warum nicht?“ Rastlos schob sie die Hände in die Taschen und nahm sie gleich wieder heraus. „Es gibt da ein Bild, das ich dir zeigen möchte. Du hast es nicht ausgesucht, aber ich dachte mir, du würdest es vielleicht gern in deinem Büro haben.“

Neugierig musterte er sie. Ihm entging nicht, wie nervös sie plötzlich war. „Sehen wir es uns an.“

„Okay.“ Sie ging den Korridor entlang. Das Bild, das sie meinte, lehnte noch eingewickelt an der Wand. „Wenn es dir nicht gefällt, ist es nicht schlimm.“ Mit einem Schulterzucken nahm sie es auf und trug es in sein Zimmer. „Wie auch immer, ich schenke es dir.“ Sie legte es auf den Schreibtisch und steckte die Hände wieder in die Taschen. „Du bekommst es umsonst.“

„Ein Geschenk?“ Er nahm eine Schere vom Schreibtisch, um die Schnur durchzuschneiden.

Dass sie ihm etwas schenken wollte, freute Jared. Doch als er das Papier zur Seite faltete und das Bild sah, wurde sein Gesicht ernst. Und Savannah erschrak.

Der Wald war dicht und dunkel, voller Rätsel und Mondschein. Dicke, schwarze, knorrige Stämme teilten sich in weit ausgreifende Äste, an denen die Blätter das erste Grün des Frühlings zeigten. Dazwischen gab es Farbtupfer. Wilde Azaleen und Hartriegel schimmerten im unheimlichen Licht. Der felsige Boden war vom abgefallenen Laub des vergangenen Herbstes bedeckt und erinnerte daran, dass auch in der Natur nichts von Dauer war.

Jared sah die drei Felsbrocken, wo er immer saß, und den umgestürzten Stamm, auf dem er einmal mit Savannah gesessen hatte. Und in der Ferne, nicht mehr als ein Flackern in der Dunkelheit, war das Licht der Farm zu erkennen.

Erstaunt stellte er fest, dass er sprachlos war. „Wann hast du das gemalt?“, fragte er nach einer Weile.

„Ich habe es erst vor wenigen Tagen fertiggestellt.“ Ein Fehler, dachte sie und ärgerte sich. Ein sentimentaler, alberner Fehler. „Es ist nur etwas, an dem ich in meiner freien Zeit gearbeitet habe. Wie gesagt, es ist nicht schlimm, wenn es dir nicht gefällt. Ich …“

Bevor sie den Satz beenden konnte, hob er den Kopf und sah sie an. Sein Blick war voller Rührung, voller Gefühle, die ihr ins Herz zu dringen schienen. „Ich glaube nicht, dass ich jemals etwas bekommen habe, das mir so viel bedeutet. So sah es an dem Abend aus, als wir das erste Mal miteinander geschlafen haben. So sah es aus, wenn ich allein dort gesessen habe.“

Ihre Kehle war wie zugeschnürt. „Eigentlich wollte ich es so malen, wie es im Herbst aussah … während der Schlacht. Aber dann musste ich es einfach so malen, wie du es vor dir siehst. Ich war nicht sicher, ob du … Ich freue mich, dass es dir gefällt.“

Er nahm ihr Gesicht zwischen die Hände. „Ich liebe dich, Savannah.“

Sie lächelte, als er sie küsste, und öffnete langsam die Lippen, während er die Finger in ihr noch regenfeuchtes Haar schob. Es war so herrlich zu wissen, dass sie nicht nur begehrt, sondern auch geliebt wurde.

„Ich sollte es für dich aufhängen“, flüsterte sie.

„Hmm …“ Plötzlich, noch während sie sich an ihn schmiegte und den Kuss vertiefte, kam ihm eine viel bessere Idee. Ohne sie loszulassen, griff er nach dem Telefonhörer. „Sissy? Warum machen Sie nicht einfach jetzt schon Mittagspause? Ja, und lassen Sie sich ruhig Zeit.“

Savannahs Blick folgte seiner Hand, als er auflegte. Dann schaute sie ihm ins Gesicht. „Wenn du glaubst, du könntest mich hier in deinem Büro verführen und dich mit mir auf deinen schönen, neuen Teppich legen, während deine Sekretärin essen geht …"

Jared ging gelassen hinüber zur Tür, schloss sie und drehte den Schlüssel im Schloss herum. Er zog eine Augenbraue hoch. „Ja?"

Savannah warf das Haar über die Schultern und lehnte sich gegen den Schreibtisch. „Dann hast du absolut recht."

Er zog die Jacke aus und hängte sie an den Messinghaken neben der Tür. Die Krawatte wanderte hinterher. Ohne den Blick von Savannahs Gesicht zu nehmen, kehrte er zu ihr zurück. Ganz langsam, einen nach dem anderen, öffnete er die Knöpfe ihrer Bluse.

„Deine Sachen sind feucht."

„Es regnet."

Ohne Hast schob er die Bluse auseinander und tastete mit dem Finger unter den Verschluss ihres BHs. Ihre Blicke verschmolzen, während ihre Haut sich unter seiner Berührung erhitzte. Savannah hielt den Atem an.

„Ich brauche dich nur zu sehen, und schon begehre ich dich. Selbst wenn ich dich nicht sehe, tue ich es." Er hakte den Verschluss auf. „Ich begehre dich sogar, nachdem ich dich besessen habe." Er strich mit den Fingerspitzen über die anmutig gerundeten Brüste. „Ich bin verrückt nach dir, Savannah. Nach nichts und niemandem habe ich mich jemals so verzehrt."

Sie hob die Arme, aber er schüttelte den Kopf und drückte ihre Hände wieder nach unten. „Nein, lass mich. Lass mich einfach."

Seine Daumen streiften die Knospen, aber er sah Savannah noch immer in die Augen. „Ich verliere den Verstand, wenn ich dich berühre. Diesmal möchte ich sehen, wie du deinen verlierst."

Finger, Daumen, Handflächen zogen ihre erregende Bahn über ihren Körper. Erst ungestüm, dann wieder zärtlich, mal fordernd, als wolle er sich nicht einem einzigen Impuls hingeben. Voller Ungeduld drängte Savannah sich an ihn und versuchte ihn fest an sich zu ziehen. Doch jedes Mal, wenn sie es tat, drückte er ihre Arme wieder nach unten, sodass ihr keine andere Wahl blieb, als die Kante des Schreibtischs zu umklammern und Jared gewähren zu lassen.

Noch niemals hatte jemand sie so hingebungsvoll, so uneigennützig verwöhnt. So, als wäre nur sie wichtig. Sie und das, wonach sie sich sehnte. Als wäre die Lust, die er ihr bereitete, ihm Lust genug. Ein erregendes Prickeln überlief sie, erst sanft, wie ein Vorgeschmack, dann so heftig, dass es tief in sie einzudringen und ihr bis ins Herz zu gehen schien.

Aufstöhnend bog sie sich ihm entgegen, als sie den zärtlichen Druck seiner Zähne fühlte und zwischen dem leisen, erregenden Schmerz und der alles andere übertönenden Lust schwankte.

„Nimm mich, Jared, nimm mich einfach", flehte sie schließlich und presste sich an ihn.

Doch auch diesmal ergriff er ihre Hände und hielt sie fest, während er sie mit seinem Kuss in einen Rausch der Sinne versetzte. Ihr Mund war seine Beute, voller Geschmack und Hitze und einem Hunger, der seinem glich. Trotzdem wollte er sich nicht damit begnügen, diesen Hunger zu stillen. Er ließ sich Zeit, verlängerte das zugleich qualvolle und herrliche Warten, bis er Savannah vor Verlangen aufstöhnen hörte.

„Lass mich dich berühren", bat sie.

„Nein. Noch nicht." Jared hielt ihre Hände fest, während er seine Lippen über ihren Hals und die Schultern wandern ließ. „Ich werde dich nehmen, Savannah", versprach er mit rauer Stimme und hob den Kopf, um ihr in die Augen zu schauen. Sie sollte sein Gesicht sehen. Sein Gesicht und die unerschütterliche Entschlossenheit darin. „Ich werde dich Schritt für Schritt, Zentimeter um Zentimeter nehmen. Ich werde dich so nehmen, wie es noch kein anderer getan hat."

Zu Savannahs Vergnügen, sagte er sich. Aber er war ehrlich genug, sich einzugestehen, dass auch sein Stolz es verlangte. Er wollte ihr beweisen, dass kein Mann vor ihm und keiner nach ihm das in ihr auslösen konnte, was sie bei seinen Liebkosungen empfand.

Also zeigte er es ihr.

Savannah gab sich Jared hin, wie sie sich noch keinem Mann hingegeben hatte. Sie vertraute sich ihm an und überließ ihm ihren Körper und ihre Seele.

Er zog ihr die Schuhe aus. Sie ließ den Kopf nach hinten fallen und stöhnte tief auf, als er ihr die Jeans über die Hüften streifte und die freigelegte Haut mit den Lippen liebkoste. Savannah erbebte, schluchzte fast auf, als dem Mund seine Finger und dann wieder der Mund folgten. Es war, als würde ein Feuer von Jared auf sie überspringen und auflodern, bis ihr ganzer Körper in Flammen stand.

Der Höhepunkt kam schnell, mit einer solch atemberaubenden Intensität, dass sie glaubte, es kaum noch aushalten zu können. Doch Jared ließ nicht nach, sondern trieb sie immer weiter, bis sie wünschte, er würde niemals aufhören. Nackt, ohne Kleidung und jegliche Kraft zur Gegenwehr, konnte sie nichts anderes tun als fühlen, erleben und genießen.

Ein solches Verlangen, eine solche Leidenschaft hatte Jared noch nie zuvor gespürt. Indem er Savannah Vergnügen bereitete, bereitete er es zugleich auch sich selbst. Er hörte ihr atemloses Seufzen, fühlte, wie sie wieder und wieder erbebte, und es erfüllte ihn durch und durch mit einer grenzenlosen Freude.

Ihre Beine zitterten. Er strich mit der Zunge über die glatte Haut und ließ sie auf der Tätowierung verweilen, mit der sie sich gezeichnet hatte, bevor er den Mund langsam, genussvoll, aber zielstrebig an ihrem schlanken Körper hinaufwandern ließ. Ihre Augen waren geschlossen, während er mit Zunge und Lippen dafür sorgte, dass Savannah nicht nur bereit für ihn war, sondern ungeduldig wartete, dass er ganz zu ihr kam. Er riss sich die Schuhe von den Füßen, warf die Hose zur Seite und sank mit Savannah zu Boden.

Die Begierde, die in Jared gelauert hatte, war nicht mehr zu zügeln und brach mit aller Macht hervor. Wie von Sinnen drang er in sie ein und erschauerte, als er hörte, wie sie seinen Namen rief, und fühlte, wie ihre Fingernägel sich in seinen Rücken gruben.

Und dann gab es nur noch Hitze und Hast und zwei Körper, die miteinander verschmolzen, als wollten sie sich nie wieder voneinander lösen. Die Erregung, die sie beide gepackt hielt, war grenzenlos, als Savannah sich ihm entgegenbog und eine Erfüllung fand, die alle Erfahrungen übertraf. Eine Erfüllung, die Jared mit ihr teilte und in der mehr von ihnen verschmolz als nur ihre Körper.

Wenn ich es versuche, dachte Savannah, schaffe ich es vielleicht, dorthin zu kriechen, wo meine Sachen liegen. Und versuchen würde sie es, ganz bestimmt. Aber nicht sofort, vielleicht in ein oder zwei Minuten. Im Moment war es zu herrlich, auf dem alten Orientteppich in Jareds elegantem Büro zu liegen und seinen Körper auf ihrem zu spüren.

Endlich wusste sie, was es hieß, wirklich erobert zu werden. Nicht nur im übertragenen Sinne, sondern ganz und wahrhaftig jemandem ausgeliefert zu sein. So sehr, dass er mit einem machen konnte, was er wollte. Natürlich war es auch davor erregend gewesen, mit ihm zu schlafen, aber dieses Mal hatte sie alle Hemmungen verloren und sich ihm auf eine Weise hingegeben, die nichts vor ihm verschloss. Jared hatte sie nicht enttäuscht. Sie konnte ihm vertrauen, in jeder Hinsicht, das wusste sie jetzt. Es war anders gewesen als jemals zuvor, und sie hoffte, dass es so bleiben würde.

„Ich muss aufstehen“, flüsterte sie.

„Warum?“

„Ich muss feststellen, ob ich mich überhaupt noch bewegen kann.“

„Habe ich dir wehgetan?“

Sie lächelte mit geschlossenen Augen. „Es war unglaublich. Ich bin mir noch immer nicht sicher, ob ich es nicht nur geträumt habe.“ Sie nahm alle Kraft zusammen, und es gelang ihr, mit der Hand durch sein Haar zu streichen. „Danke.“

„Es war mir ein Vergnügen." Mit einem tiefen, zufriedenen Seufzer küsste er ihren Hals. „Allerdings ist mir schleierhaft, wie ich in diesem Büro jemals wieder arbeiten soll", sagte er und legte sich neben sie. „In dem Sessel dort wird ein Mandant sitzen, und ich muss mit ihm über seinen Fall sprechen, während ich dich vor mir sehe, wie du splitternackt an meinem Schreibtisch lehnst."

Sie lachte, bis sie feststellte, dass sie tatsächlich nur kriechen konnte. Es würde eine Weile dauern, bis ihre Beine sie wieder trugen. „Er wird sich wundern, wenn du plötzlich diesen verklärten Gesichtsausdruck bekommst."

„Und unterdrückt aufstöhne." Erschöpft griff Jared nach seinem Hemd und drehte dabei den Kopf, um einen Blick auf ihre Tätowierung zu erhaschen. „Wenn wir so meine neue Einrichtung einweihen, werde ich mein Büro jede Woche neu gestalten lassen."

„Hast du die alte nicht eingeweiht?"

Er konzentrierte sich darauf, das Hemd zuzuknöpfen, aber nicht nur deshalb dauerte es eine Weile, bis er begriff, was sie meinte. Dann lachte er. „Du meinst, Barbara und ich? Nein, ganz bestimmt nicht. Ich bezweifle, dass sie hier im Büro auch nur ihren zweireihigen Blazer aufgeknöpft hat. So etwas wäre nicht ihr Stil gewesen."

Nur mit Slip und BH bekleidet, drehte Savannah sich zu ihm um. „Ihr wart doch verheiratet, oder?"

„Das stand jedenfalls auf der Urkunde."

„Warum?"

„Das muss daraufstehen. Das Gesetz schreibt es so vor."

„Warum hast du sie geheiratet?"

„Wir hatten viel gemeinsam. Dachte ich." Er zuckte mit den Schultern. „Wir wollten uns beide beruflich etablieren, kannten dieselben Leute, gingen zu denselben Partys und Empfängen." Wie hohl das alles klang, betrübte ihn noch immer. „Sie war eine kluge, vernünftige und kultivierte Frau. Genau das wollte ich. Oder ich dachte, dass ich es wollte. Als Kontrast zu dem eher rauen, verwegenen Image, das ich mir in der Jugend zugelegt hatte."

„Du wolltest Würde." Savannah saß auf dem Fußboden und knöpfte sich die Bluse zu.

„Würde? Ja, ich glaube, das trifft es. Damals war mir das wichtig."

„Das ist es doch immer noch." Obwohl ihr klar war, dass es eigenartig klingen würde, während sie die Jeans anzog, sprach sie weiter. „Ich wollte auch immer Würde. Nicht die Art, die man durch einen zweireihigen Blazer bekommt. Das wäre nicht mein Stil. Nein, ich meine die Art, wie die Menschen einen betrachten. Das, was sie sehen, wenn sie dich mustern." Sie zog einen Schuh an. „Deshalb lebe ich gern hier. Ich kann hier ein neues Leben beginnen."

„Wir alle sehen zurück." Er nahm die Krawatte vom Kleiderhaken. „Das liegt wohl in der menschlichen Natur."

„In meiner nicht", sagte sie mit Nachdruck, während sie sich den zweiten Schuh über den Fuß streifte. „Nicht mehr."

Er konzentrierte sich darauf, die Krawatte zu binden. „Gab es denn niemanden in deinem Leben, an den du dich gern erinnerst? Unter all den Leuten, die du gekannt hast, die dir … nahe waren?" Savannah wollte ihm eine unbeschwerte Antwort geben, doch dann wurde ihr bewusst, worauf er abzielte. Er meinte nicht Leute. Er meinte Männer. Und ihr fiel ein, was er vorhin zu ihr gesagt hatte.

Ich werde dich so nehmen, wie noch kein anderer es getan hat.

Darum geht es ihm also, dachte sie enttäuscht, und ihre Stimme bekam einen harten Unterton. „Du meinst Liebhaber."

„Das hast du gesagt. Ich sagte Leute."

„Ich weiß, was du gesagt hast, Jared. Nein, es gibt niemanden, der wichtig genug wäre, um mich an ihn zu erinnern."

Und was ist mit Bryans Vater? Fast hätte er es ausgesprochen, aber die Worte blieben ihm im Hals stecken. Sein Stolz hielt ihn zurück. „Du bist verärgert", sagte er, als er das Funkeln in ihren Augen bemerkte.

„Mir ist gerade aufgegangen, dass das eben eine Art von Demonstration war. Der tolle Mann, der mir demonstriert, dass er besser ist als jeder andere vor ihm."

Jetzt funkelten seine Augen. „Sei nicht dumm."

„Sag mir nicht, dass ich dumm bin", fauchte sie, bevor sie sich wieder unter Kontrolle hatte. Hör auf, sagte sie sich. Sei nicht so empfindlich. „Na gut, Jared. Du hast erreicht, was du wolltest. Du bist ein großartiger Liebhaber. Absolute Spitze." Sie ging zu ihm und streichelte seine Wange. „Ich habe jede Sekunde genossen. Leider habe ich jetzt keine Zeit mehr, die Bilder aufzuhängen. Ich muss noch einkaufen, bevor ich nach Hause fahre."

Jared legte eine Hand auf ihren Arm. Er kannte Savannah gut genug, um zu wissen, dass sie wütend war. Anstatt diese Wut herauszulassen, gab sie sich arrogant. „Ich finde, wir sollten miteinander reden."

„Dazu ist jetzt keine Zeit mehr." Sie griff an ihm vorbei und schloss die Tür auf. „Deine Mittagspause ist vorbei, und bestimmt kommt Sissy gleich zurück." Sie gab ihm einen flüchtigen Kuss und schüttelte seine Hand ab.

„Wir sollten miteinander reden", wiederholte er.

„Gut. Du überlegst dir alles noch einmal, und wir sprechen heute Abend darüber." Sie lächelte. „Danke für die Demonstration, MacKade. Sie wird mir unvergesslich bleiben."

Sie wäre keine zwei Schritte weit gekommen, hätte nicht Sissy in genau diesem Moment die Kanzlei betreten. „Hallo, Savannah", rief sie fröhlich nach oben. „Draußen schüttet es wie aus Kübeln. Du solltest deinen Wagen gegen eine Arche eintauschen."

„Dann fahre ich jetzt besser", sagte Savannah und ging zügig die Treppe hinunter, ohne sich noch einmal umzudrehen.

11. Kapitel

Jared kaufte Blumen. Er war nicht sicher, ob er es tat, um sich zu entschuldigen, oder einfach nur, weil er es sich angewöhnt hatte. Ein- oder zweimal in der Woche brachte er Savannah welche mit, weil sie ihn immer so überrascht und erfreut ansah, wenn er mit dem Strauß hereinkam.

Er wollte nicht, dass sie die bunten Frühlingsboten als Geste der Entschuldigung deutete, denn er fand nicht, dass er alles falsch gemacht hatte. Technisch gesehen hatte er keine Frage gestellt, sondern nur eine leise Anspielung gemacht. Und warum, verdammt noch mal, sollte er sie nicht fragen dürfen, ob es da jemanden gebe, an den sie hin und wieder noch dachte?

Er wollte mehr über sie wissen, über das Wer und Was und Wie ihrer Vergangenheit. Er wollte nicht nur die Bruchstücke hören, die sie ab und zu von sich gab, sondern das ganze Bild haben.

Natürlich hatte er dafür einen äußerst schlechten Zeitpunkt gewählt. Das gestand er sich ein. Er gestand sich auch ein, wie sehr es ihn ärgerte, dass sie ihn so mühelos durchschaut hatte. Aber letzten Endes hatte er ein Recht, sie zu fragen. Genau darüber würden sie an diesem Abend ein ruhiges und vernünftiges Gespräch führen. Das sollte unter zwei erwachsenen Menschen, die sich so nahegekommen waren, doch möglich sein.

Vielleicht lag es an dieser Erwartung, dass Zorn in ihm aufstieg, als er in die Einfahrt einbog und ihren Wagen nicht am Blockhaus stehen sah.

Wo zum Teufel steckte Savannah? Es war schon nach sechs. Er stand neben seinem Wagen und schaute sich mit gerunzelter Stirn um. Der Regen hatte den halb vertrockneten Blumen am Hang neues Leben und frische Farbe eingehaucht. Die Azaleen, die Savannah gepflanzt hatte, hatten im Sturm zwar die meisten Blüten verloren, aber dafür glänzten nun die Blätter in sattem Grün.

Er erinnerte sich an den Tag, an dem er Savannah zum ersten Mal gesehen hatte, mit Händen voller Erde, umgeben von Blumentöpfen, vor sich den felsigen, jahrelang vernachlässigten Hang.

Sie verändert etwas, dachte er jetzt. Die Wurzeln, die sie hier schlagen wollte, wuchsen zwar noch nicht in die Tiefe, aber sie waren in der Erde. Jared wollte glauben, dass sie hier ihre Heimat gefunden hatte und sich wohlfühlte inmitten des Rasens, den sie selbst mähte, der bunten Blumen, die sie gewissenhaft pflegte, und der Wälder, die ihnen beiden so viel bedeuteten.

Er sah nun Bryans Rad am Weg und eine Schubkarre voller Mulch an der Veranda stehen. Auf dem nassen Rasen war eine leuchtend rote Frisbee-Scheibe gelandet.

Kleinigkeiten, dachte Jared. Kleinigkeiten, die ein Zuhause ausmachen. Und plötzlich wurde ihm schlagartig bewusst, dass er sich wünschte, dieses Blockhaus, dieser Garten wären auch sein Zuhause. Er sehnte sich danach, nicht nur nach einem Ort, wo er einige Sachen aufbewahrte, weil er dort übernachtete. Nein, nach einem Zuhause. Und Savannah sollte nicht nur die Frau sein, die er liebte und mit der er schlief.

Er hatte als Ehemann versagt und war sicher, so sicher gewesen, dass er ein solches Wagnis nie wieder eingehen würde. Nie wieder hatte er ein so persönliches und zugleich so öffentliches Scheitern erleben wollen. Hatte er sich nicht fest vorgenommen, nicht mehr an die Zukunft zu denken und mit dem zufrieden zu sein, was sich ihm bot?

Vermutlich hatte er sich etwas vorgemacht, denn er war mit dem, was er hatte, nicht zufrieden gewesen. Er hatte nach mehr verlangt. Das war auch der Grund gewesen, warum er Savannah bedrängt hatte. Er hatte wissen wollen, wer sie war, was sie durchgemacht hatte. Und jedes Mal, wenn sie ihm die Antwort verweigerte, litten sein Herz und sein Stolz.

Jared wollte, dass Savannah ihm Vertrauen schenkte, dass sie alles mit ihm teilte, was sie erlebt hatte und noch erleben würde. Er wollte, dass sie zu ihm kam, wenn sie Hilfe brauchte oder traurig war. Und wenn sie glücklich war.

Was er eigentlich wollte, wurde ihm jetzt klar, und er musste tief Luft holen. Er wollte, dass Savannah Morningstar ihn heiratete, von ihm Kinder bekam und mit ihm zusammen alt wurde.

Er blieb bei Bryans Rad stehen und legte eine Hand auf den Sattel. Er wollte auch den Jungen. Auch das war eine vollkommen neue und äußerst aufschlussreiche Erkenntnis. Er wollte, dass Bryan nicht nur Savannahs, sondern ihr gemeinsamer Sohn war. Er wollte ihm bei den Hausaufgaben helfen, mit ihm Baseball trainieren und ihm beim Match von der Tribüne zujubeln. Jared wurde klar, wie sehr er sich an all diese Dinge gewöhnt hatte und sich auf sie freute. Auf das strahlende Lächeln, den fröhlichen Zuruf, mit dem Bryan ihn nach der Arbeit empfing. Aber das reichte nicht. Das machte sie noch nicht zu einer Familie.

Die Liebe würde es tun. Ohne es zu ahnen, hatte Jared den Jungen in kürzester Zeit lieb gewonnen. Und eine Heirat würde es tun. Nicht der juristische Vertrag, den man damit abschloss, sondern das Versprechen, das man einander gab, ein Leben lang zueinanderzustehen. Er und Barbara hatten dieses Versprechen gebrochen und den juristischen Vertrag ohne die leisesten Skrupel wieder gelöst. Alles sehr ordentlich, sehr glatt, sehr zivilisiert. Seine Gefühle für Savannah waren ganz und gar nicht zivilisiert. Er wollte sie beschützen, sie besitzen, sie mit keinem anderen teilen. Es waren komplizierte Gefühle. Intensive Gefühle. Und auch wunderbare Gefühle.

Jetzt, da er das Problem und dessen Lösung besser kannte, wurde er innerlich ruhiger und ging ins Haus.

Die Schuhe standen dort, wo sie nicht hingehörten. Die Fußmatte war von Gartenerde verkrustet. Bücher und Spielsachen lagen auf der Couch und auf dem Boden verstreut. Ein Paar

Ohrringe waren achtlos auf den Tisch geworfen worden. Es war ein Zuhause, in dem gelebt wurde.

Aber wo zum Teufel steckten die beiden?

Sie waren doch immer daheim, wenn er von der Arbeit kam. Bryan im Garten oder in seinem Zimmer, in die geliebten Baseball-Karten vertieft. Das Radio war ebenso stumm wie der Fernseher. Und Savannah war weder in der Küche noch im Wohnzimmer.

Jared betrat die Küche und legte die Blumen auf den Tisch. Keine Nachricht, kein rasch gekritzelter Zettel an der Kühlschranktür. Besorgt stellte er den Aktenkoffer neben den Strauß. Savannah hätte ihm wenigstens eine Nachricht hinterlassen können.

Schließlich wollten sie heute Abend miteinander reden. Es gab unglaublich viel, worüber Jared mit ihr sprechen wollte, und sie war nicht einmal da. Er sah in ihr Atelier. Auf dem Arbeitstisch stand ein Glas verdünnter Limonade neben der witzigen Zeichnung eines fliegenden Frosches. Unter anderen Umständen hätte er darüber gelächelt.

Seine Miene verfinsterte sich immer mehr, als er nach oben eilte. Auf dem Weg ins Schlafzimmer zerrte er sich die Krawatte vom Hals. Ihr Schlafzimmer, dachte er wütend. Auch das würde sich ändern. Er warf erst die Krawatte, dann die Anzugjacke aufs Bett. Sein Mund war ein schmaler Strich. Zu den ersten Dingen, die sie neu anschaffen würden, gehörte ein zweiter Schrank. Ein Mann besaß verdammt noch mal ein Recht auf einen eigenen Schrank. Und auf ein Arbeitszimmer. Sie war nicht die Einzige, die einen Platz zum Arbeiten brauchte.

Und dann würde er Bryan ein Baumhaus bauen. Der Junge brauchte ein Baumhaus. Außerdem brauchten sie einen Schuppen für die Gartengeräte, und die Einfahrt müsste mit Platten ausgelegt werden. Nun ja, er würde sich um all das kümmern. Er würde es tun, weil … Ich bin auf dem besten Wege, verrückt zu werden, dachte Jared und setzte sich auf die Bettkante.

Er hatte Savannah noch nicht einmal gesagt, dass sie heiraten würden, und überlegte bereits, was sich hier alles ändern müsste. Er hielt einen Moment inne, um Klarheit zu gewinnen.

Warum war er so nervös? Warum so wütend auf sie, auf sich selbst? Panik? fragte er sich. Angst? Die Befürchtung, dass sie ihn auslachen könnte? Dass sie ihm sagen würde, sie sei an einer Heirat nicht interessiert?

Jared fuhr sich mit beiden Händen durchs Haar und stand wieder auf. Dann wird Savannah sich eben dafür interessieren müssen, entschied er. Und zwar schnell.

Vielleicht wäre er ruhiger geworden, vielleicht wäre er leise nach unten gegangen, um das Abendessen für alle zuzubereiten. Vielleicht hätte er das alles getan, wenn er den Karton auf ihrer Kommode nicht bemerkt hätte.

Gürtelschnallen glänzten darin. Große, auffällige Gürtelschnallen. Rodeo. Er nahm eine heraus und betrachtete das Pferd und den Reiter darauf. Die Sachen ihres Vaters. Man hatte Savannah die Hinterlassenschaft ihres Vaters geschickt. Und sie hatte ihm nichts davon erzählt.

Es war nicht viel. Die Preise, die Jim Morningstar vor Jahren errungen hatte. Die Kleinigkeiten eines Mannes, der mit wenig Gepäck und wenig Erinnerungen herumreiste. Neben der Kommode stand ein größerer Karton. Er enthielt alte, abgetragene Stiefel, einen schäbigen Hut, ein paar Kleidungsstücke, die noch gefaltet waren.

Jared sah den Brief seines Kollegen aus Oklahoma, den Standardtext für die Aushändigung eines Nachlasses, die detaillierte Aufstellung der Gegenstände, das Angebot, etwaige Fragen zu beantworten. Jared schob den Brief zur Seite. Und fand die Fotos.

Die meisten waren zerknittert, als hätte man sie achtlos in eine Schublade geschoben oder hastig in eine Tasche gestopft. Zum ersten Mal sah er Jim Morningstar. Die gelungene Aufnahme eines Mannes mit hartem Gesicht und schmalen Augen, auf einem Pferd in einer engen Box.

Die dunkle Haut, die hohen Wangenknochen, die Savannah geerbt hatte. Aber sonst gab es wenig in diesem zähen, ledrigen Gesicht, das der Vater an seine Tochter weitergegeben hatte. Abgesehen von dem Kinn, dachte Jared. Dem Kinn, das bei jedem Faustschlag, den das Leben ihm verpasst hatte, nur noch höher gereckt wurde.

Er fand ein weiteres Foto. Es steckte in einem billigen Rahmen und zeigte Jim Morningstar neben seiner jungen Tochter. Lächelnd betrachtete Jared das Bild. Savannah war dreizehn, vielleicht vierzehn. Groß, schlank, in Jeans und einem Flanellhemd, mit den ersten weiblichen Rundungen, das Haar unter einem Cowboyhut.

Sie schaute in die Kamera, auf dem Gesicht die ersten Anzeichen jenes wissenden Lächelns, das zu der Frau gehörte, die noch aus ihr werden sollte. Sie stand selbstsicher da, fast ein wenig arrogant. Eine Hand lag locker auf der Schulter ihres Vaters, Jim Morningstar hatte die Arme vor der Brust verschränkt. Er berührte seine Tochter nicht.

Ein drittes Foto zeigte eine noch jüngere Savannah auf einem Pferd. Es war eine klassische Pose, bei der der braune Wallach mit den Vorderhufen hochstieg, die Reiterin sich den Hut vom Kopf riss und seitwärts hochstreckte. Sie sieht aus, dachte Jared, als hätte sie vor nichts und niemandem Angst.

Er sah Morningstar mit anderen Männern, grinsenden, zähen Burschen mit Hüten, Stiefeln und Jeans. Im Hintergrund Koppeln, Stallungen, Pferde. Immer wieder Pferde. Jared kam dabei die Idee, auf der Farm ein Stück Wald zu roden, eine Koppel anzulegen und ein oder zwei Pferde in die Scheune zu stellen. Savannah schien Pferde zu lieben, und Bryan …

Doch dann starrte er auf das letzte Foto und vergaß, was er gerade gedacht hatte.

Savannah war etwa sechzehn Jahre alt, mit einem Körper, der einer Frau gehörte, bekleidet mit einem engen T-Shirt und perfekt sitzenden Jeans. Aber ihr Gesicht besaß eine Weichheit, eine Fülle, die verriet, dass das Mädchen noch nicht ganz zur

Frau geworden war. Sie lachte in die Kamera, und Jared glaubte fast, sie hören zu können.

Sie hatte die Arme um einen Mann gelegt. Und der Mann hatte seine Arme um sie gelegt. Sie hielten einander umschlungen und strahlten beide in die Kamera. Der Mann hatte seinen Hut in den Nacken geschoben, sodass seine blonden Locken in der Brise zu wehen schienen. Er war gebräunt, schlank, groß, die Augen blau oder grün. Der Mund war zu einem schiefen Lächeln verzogen, wie Jared es von Bryan kannte.

Dies war Bryans Vater.

Jared spürte, wie der Zorn ihm den Atem raubte. Dies war der Mann. Ein Mann, wiederholte er stumm, kein Junge. Das Gesicht war markant, sogar auffallend attraktiv, aber gewiss nicht das eines Teenagers. Dieser Mann hatte ein sechzehnjähriges Mädchen verführt und es anschließend schmählich im Stich gelassen. Und niemand hatte dem Mädchen beigestanden.

Morningstar hatte das Foto behalten. Also, dachte Jared mit einem verächtlichen Schnauben, hatte er alles gewusst. Aber niemand hatte Savannah geholfen.

Savannah beobachtete Jared währenddessen von der Tür aus. Ihre Gefühle waren schon den ganzen Tag mit ihr Achterbahn gefahren. Das hier sah nach einer weiteren steilen Abfahrt aus.

Sie wollte die Gereiztheit und Wut vergessen, mit der sie Jareds Kanzlei verlassen hatte. Sie hatte gehofft, nach Hause zu kommen, Jared dort vorzufinden und sich mit ihm darüber zu freuen, dass sie Howard Beels drei Bilder verkauft hatte.

Und vielleicht würde Beels sogar noch ein viertes kaufen. Sie und Bryan hatten auf der Heimfahrt darüber gelacht. Über Howard und wie er herumgedruckst hatte, als sie ihm einen ihrer Ansicht nach überhöhten Preis genannt hatte. Und wie er ihr eine Summe anbot, die ihre kühnsten Erwartungen weit übertraf.

Sie hatte sogar einen kleinen Umweg gemacht, um eine Flasche Champagner zu kaufen, damit Jared und sie den

Triumph gebührend feiern konnten. Den Triumph, dass ihr lang gehegter Wunsch, von der Malerei leben zu können, langsam in Erfüllung zu gehen schien.

Doch jetzt sah sie, dass es keine Feier geben würde. Der Blick, mit dem Jared die Bilder betrachtete, die ihr Vater ihr hinterlassen hatte, ließ keinen Zweifel daran. Sie wusste nicht, was Jared so zornig machte. Nun, zweifellos würde sie es sehr schnell erfahren.

Ach verdammt, dachte sie und betrat das Zimmer. Bringen wir es hinter uns.

„Kein sehr ansehnliches Erbe, was?", fragte sie mit gespielter Unbeschwertheit und wartete darauf, dass er den Kopf hob und sie ansah. Als er es tat, ließ die unverhohlene Wut in seinen Augen sie fast zusammenzucken. „Ich nehme an, bei den meisten deiner Mandanten ist es etwas mehr."

Er verstand es, die Dinge Schritt für Schritt anzugehen, am Ausgangspunkt zu beginnen und sich zum Kern vorzuarbeiten. „Wann hast du diese Sendung bekommen?"

„Vor ein oder zwei Wochen." Sie ging ans Fenster und sah nach unten. „Bryan ist im Garten. Wir haben die Kätzchen abgeholt. Er schwebt im siebten Himmel."

Jared MacKade verstand es auch, sich nicht ablenken zu lassen. „Vor ein oder zwei Wochen", wiederholte er. „Du hast mir nichts davon gesagt."

„Was hätte ich dir sagen sollen? Ich habe den Scheck genommen und ihn dem Anlageberater gegeben, den du mir empfohlen hast. Die anderen Sachen habe ich mir erst heute Morgen angesehen. Die Gürtelschnallen werde ich wohl für Bryan aufheben, denke ich. Vielleicht möchte er sie irgendwann haben. Die anderen Sachen werde ich in die Altkleidersammlung geben."

„Warum hast du es mir nicht erzählt?"

„Warum hätte ich das tun sollen?" Sie drehte sich zu ihm um, halb verärgert, halb neugierig. „Es ist keine große Angelegenheit. Keine verschollenen Lotterielose, kein Beutel Goldstaub. Nur ein paar alte Kleidungsstücke, noch ältere Stiefel und Papiere."

„Und Fotos."

„Ja, ein paar. Er hielt nicht viel von Erinnerungen. Es gibt da ein Foto, das ihn vor dem Einritt in die Arena zeigt. Es ist typisch für ihn. Der nächste Ritt war immer der wichtigste für ihn. Ich dachte mir, das würde Bryan gern behalten wollen."

„Und das hier?" Jared hielt den Schnappschuss von Savannah und dem fröhlich grinsenden, blondgelockten Cowboy hoch.

Sie zog eine Augenbraue hoch und schüttelte den Kopf. „Ich möchte wissen, wie ich in die Jeans gekommen bin. Hör mal, ich will uns ein paar Hamburger grillen."

Als Jared sich ihr in den Weg stellte, sah sie ihn erstaunt an. Sie legte den Kopf schief und wartete.

„Hast du es Bryan gezeigt?", fragte er.

„Nein."

„Wirst du es tun?"

„Nein. Ich glaube nicht, dass es ihn interessiert, wie seine Mutter mit sechzehn ausgesehen hat."

„Es würde ihn aber interessieren, wie sein Vater ausgesehen hat."

Savannah zwang sich, ruhig zu bleiben. „Er hat keinen Vater."

„Verdammt noch mal, Savannah, willst du etwa behaupten, dass das hier nicht Bryans Vater ist?"

„Ja, ich behaupte, dass das nicht Bryans Vater ist. Ein paar angenehme Minuten im Bett machen einen Mann nicht zum Vater."

„Du weißt genau, was ich meine."

„Ich weiß genau, was ich meine, Anwalt MacKade. Ich unterscheide zwischen einem Vater und einem … Erzeuger. Und da das hier ein Kreuzverhör zu sein scheint, mache ich es ganz deutlich. Ich hatte Sex mit dem Mann auf dem Foto in deiner Hand. Ich wurde schwanger. Ende der Geschichte."

„Von wegen." Aufgebracht knallte er das Foto auf die Kommode. „Dein Vater wusste es. Sonst hätte er das hier nicht behalten."

„Ja. Das wurde mir auch klar, als ich es fand." Es hatte wehgetan, aber der Schmerz ließ sich mühelos unterdrücken. „Und?"

„Warum hat er nichts unternommen? Der Kerl war kein Kind. Er muss damals über einundzwanzig gewesen sein."

„Ich glaube, er war vierundzwanzig. Vielleicht fünfundzwanzig. Ich weiß es nicht mehr."

„Und du warst minderjährig. Man hätte ihn anzeigen müssen … nachdem dein Vater ihn verprügelte."

Savannah atmete durch. „Mein Vater kannte mich. Er wusste, wenn ich mit jemandem schlief, tat ich es freiwillig. Sicher, juristisch gesehen war ich noch minderjährig, aber ich wusste, was ich tat. Ich war nicht unzurechnungsfähig oder so etwas. Ich wurde nicht dazu gezwungen. Und ich mag es nicht, wenn du einen Schuldigen suchst."

„Natürlich gibt es einen Schuldigen", entgegnete Jared scharf. „Der Hundesohn hatte nicht das Recht, ein Mädchen deines Alters anzufassen und danach zu verschwinden, ohne sich den Folgen zu stellen."

Ihre Augen blitzten. „Bryan ist keine Folge."

„Du weißt verdammt gut, dass ich es nicht so gemeint habe." Er fuhr sich erregt mit beiden Händen durchs Haar, während er ruhelos auf und ab ging. „Im Moment lässt sich wohl nichts machen. Aber ich möchte wissen, was du tun willst."

„Ich werde Hamburger machen. Du kannst gern bleiben, aber du kannst auch gehen, wenn du das lieber möchtest", sagte sie leise.

„Komm mir nicht so."

„Ich komme dir, wie ich will." Sie seufzte. „Jared, warum hackst du immer auf dieser Sache herum? Ich habe vor zehn Jahren mit einem Mann geschlafen. Ich habe ihn vergessen. Er hat mich vergessen." Um es ihm zu beweisen, nahm sie das Foto und ließ es in den Papierkorb neben der Kommode fallen. „Damit ist es erledigt."

„Einfach so?" Genau das war es, was ihm keine Ruhe ließ. Das wurde ihm in diesem Moment bewusst. „Er hat dir nichts bedeutet?"

„Stimmt."

„Du hast ein Kind von ihm bekommen, Savannah. Den Jungen, der unten im Garten mit seinen Kätzchen spielt. Wie kannst du das so einfach abtun?"

„Du würdest lieber eine andere Geschichte hören, nicht wahr, Jared?" Sie lächelte grimmig. „Eine Geschichte, mit der du leben könntest. Die von dem armen, unschuldigen, einsamen Mädchen, das nach Liebe sucht und von einem älteren Mann verführt, verraten und verlassen wird."

„War es nicht so?"

„Du hast keine Ahnung, wer oder was ich damals war und wonach ich suchte. Und eigentlich willst du es auch gar nicht wissen. Denn wenn du es weißt, wenn du es erfährst, wird es dich nicht loslassen. Du wirst dich fragen, mit wie vielen Männern ich geschlafen habe. ‚Kann ich ihr glauben, wenn sie behauptet, sie habe sich nicht verkauft? Selbst ihr eigener Vater hat nicht zu ihr gehalten … was sagt mir das? Und jetzt, da ich zurückblicke, erinnere ich mich daran, dass sie gleich zu Beginn mit mir ins Bett wollte. Mit was für einer Frau habe ich mich eingelassen?' Sei ehrlich, Jared, das fragst du dich doch, nicht wahr? Ist es nicht das, was dich umtreibt?"

„Ich frage mich, warum du mir so viele Dinge nicht erzählen willst. Warum du zehn Jahre deines Lebens einfach vergessen kannst. Ja, ich frage mich tatsächlich, was für eine Frau du bist."

Sie hob das Kinn. „Vielleicht fällt dir ja eine Antwort ein." Sie wollte hinausstürmen, doch er versperrte ihr den Weg. „Lass mich gehen."

„Es wird höchste Zeit, dass wir das hier klären. Du sagst, du liebst mich, aber du ziehst dich zurück, sobald es heikel wird.

Sobald ich wissen will, was dich zu der Frau gemacht hat, die du jetzt bist."

„Ich habe mich selbst dazu gemacht. Mehr brauchst du nicht zu wissen."

„Ich muss viel mehr wissen", beharrte Jared. „Du kannst keine Zukunft beginnen, wenn du die Vergangenheit ignorierst."

„Ich kann es. Ich habe es bereits. Jared, das hier ist allein dein Problem. Weißt du eigentlich, was du tust?" Savannah schleuderte ihm die Frage ins Gesicht. „Du quälst dich mit einem Gesicht auf einem alten Foto. Du leidest darunter, du fühlst dich davon bedroht."

„Unsinn."

„Wirklich? Es ist vollkommen in Ordnung, dass du schon einmal verheiratet warst und andere Frauen hattest. Habe ich dich gefragt, wie viele es und wer sie waren oder warum es sie gab? Nein, das habe ich nicht. Du darfst wild und zügellos gewesen sein und mit deinen Brüdern die Stadt unsicher gemacht haben. Das ist toll. Jungs sind eben so. Aber bei mir ist das natürlich ganz anders. Dein Problem besteht darin, dass du dich mit mir eingelassen hast, ohne vorher gründlich nachzudenken. Und jetzt willst du mich eben zu einer Frau machen, die besser zu dem Mann passt, der du geworden bist."

„Du drehst mir die Worte im Mund um. Und du irrst dich."

„Ich sage, ich habe recht. Und ich sage, geh zum Teufel, MacKade. Zum Teufel mit dir. Wenn du ein Opfer brauchst, ein Püppchen oder jemanden, der auf deinen Empfängen oder Galas gut ankommt, bist du bei mir falsch. Ich lese nicht Kafka."

„Wovon um alles in der Welt redest du?", fragte Jared entgeistert.

„Ich rede von der Realität. Die Realität ist, dass ich mich von dir beim besten Willen nicht verhören und beschuldigen lassen muss."

Er kniff die Augen zusammen. „Es geht nicht nur um dich, Savannah. Nicht mehr. Das ist die Realität. Ich muss mich nicht rechtfertigen, wenn ich wissen will, warum du das Foto wegwirfst oder mir nicht erzählst, dass die Sachen deines Vaters angekommen sind. Oder wenn ich dich frage, was du von dir selbst erwartest. Und von mir. Oder wenn ich dir sage, was ich will, was ich erwarte und verwirklichen will. So, das war alles. Entscheide dich, alles oder nichts?"

„Soll das eine Drohung sein?"

„Wenn du es so sehen möchtest. Denk darüber nach", schlug er vor und eilte hinaus.

Wie erstarrt stand Savannah da. Sekunden später hörte sie die Haustür zuschlagen. Es kostete sie ihre gesamte Willenskraft, nicht ans Fenster zu rennen und ihm nachzusehen. Ihn vielleicht sogar zurückzurufen. Kurz darauf drang das Motorengeräusch herein.

So ist das also, dachte sie. Alles oder nichts. Was fiel ihm ein, sie vor diese Wahl zu stellen? Sollte sie sich ihm ausliefern, sich wehrlos machen, auf alles verzichten, was ihr im Notfall Sicherheit gab? Das hatte sie einmal getan, und die Wunden, die es hinterlassen hatte, hatten noch Jahre geschmerzt. Nein, das wollte sie nie wieder erleben.

Savannah gab sich einen Ruck und ging nach unten. Sie ignorierte die Blumen auf dem Tisch und den auf Eis gelegten Champagner. Vielleicht trinke ich ihn nachher allein, überlegte sie, während sie die Hamburger aus dem Kühlschrank holte. Vielleicht würde sie die ganze verdammte Flasche trinken, bis sie einen Schwips bekam. Das war immer noch besser als die quälenden Gedanken, ja sogar besser als der in ihr brodelnde Zorn.

Doch als die Haustür ins Schloss fiel und sie sich dorthin umdrehte, war sie enttäuscht, dass es nur Bryan war. Was ist bloß los mit dir, fragte sie sich und schämte sich vor sich selbst.

„Ist Jared sauer auf dich?"

„Wie kommst du darauf?"

„Ich habe es gemerkt." Mit betrübtem Gesicht setzte Bryan sich und stützte die Ellbogen auf den Tisch. „Er ist zwar stehen geblieben und hat sich meine Kätzchen angesehen, aber er war mit den Gedanken ganz woanders. Und dann hat er gesagt, dass er heute nicht bleiben kann."

„Ja, dann ist er wohl sauer auf mich."

„Bist du auch sauer auf ihn?"

„Ja." Hackfleisch zu Klopsen zu verarbeiten war ideal, um Aggressionen loszuwerden. „Ziemlich sauer sogar."

„Heißt das, du hast ihn nicht mehr gern?"

Sie sah ihn an, und ihr Zorn legte sich genug, um die Trauer in seinen Augen erkennen zu können. „Worauf willst du hinaus, Bryan?"

Er zuckte mit den Schultern und schlug die Füße gegeneinander. „Na ja, du hast noch nie jemanden gern gehabt. Er ist fast immer hier, und er bringt dir Blumen und trainiert mit mir. Ihr küsst euch und so."

„Das stimmt."

„Na ja, Con und ich dachten, dass ihr beide vielleicht … na ja, heiratet."

Es traf sie mitten ins Herz. „Oh."

„Ich dachte mir, das wäre cool, weißt du, weil Jared auch cool ist."

Sie legte die Hamburger zur Seite. Um Zeit zu gewinnen, drehte sie den Wasserhahn auf, wusch sich die Hände und trocknete sie gründlich ab. Was habe ich meinem kleinen Jungen jetzt nur angetan, ging es ihr durch den Kopf. „Bry, du weißt doch, dass Leute sich auch küssen können, ohne dass sie gleich heiraten. Du bist alt genug und weißt auch schon, dass Erwachsene Beziehungen, enge Beziehungen haben, ohne zu heiraten."

„Sicher, aber wenn sie sich richtig gernhaben, heiraten sie doch, oder?"

„Manchmal." Sie ging um den Tisch herum und legte eine Hand auf seine Schulter. „Aber es ist nicht immer genug, jemanden gernzuhaben … zu lieben."

„Warum nicht?"

„Weil …“ Was sollte sie darauf antworten? „Weil die Menschen kompliziert sind. Außerdem ist Jared sauer auf mich, nicht auf dich. Ihr könnt auf jeden Fall Freunde bleiben.“

„Ja.“

„Du gehst jetzt besser nach draußen und passt auf deine Kätzchen auf. Ich werde den Grill anheizen.“

„Okay.“ Widerwillig ging er zur Tür. „Ich dachte, wenn ihr heiratet, könnte er so etwas wie …“

„So etwas wie was?“, fragte sie.

„So etwas wie mein Vater sein.“ Wieder zuckte Bryan mit den Schultern, so wie sie selbst es tat, wenn sie ihre Enttäuschung vor anderen verbergen wollte. „Ich dachte einfach nur, das wäre cool“, fügte er leise hinzu, und erneut traf es sie direkt ins Herz.

12. Kapitel

Bryans wehmütige Bemerkung ging Savannah nicht mehr aus dem Kopf. Um ihn ein wenig zu trösten, machte sie das Abendessen zu einer kleinen Feier.

Er durfte so viel trinken, wie er wollte, Berge von Pommes frites essen und mit ihr zusammen kühne Pläne schmieden, wie sie das Vermögen ausgeben sollten, das sie mit dem Verkauf ihrer Bilder erzielen würde.

Dauerkarten für Disney World würden nicht reichen, entschieden sie. Disney World würde ihnen gehören. Und Logenplätze beim Baseball-Match? Von wegen. Sie würden die Baltimore Orioles kaufen … und Bryan würde natürlich der neue Star des Profi-Teams werden.

Savannah spielte das Spiel mit, bis sie einigermaßen sicher sein konnte, dass Bryan vergessen hatte, wovon er in Wirklichkeit träumte. Von einer glücklichen Familie, zu der er, seine Mutter und eben Jared als Vater gehörten.

Danach verbrachte Savannah fast die ganze Nacht damit, an die Decke zu starren und sich auszudenken, womit sie Jared MacKade dafür bestrafen könnte, dass er ihrem Sohn das Herz gebrochen hatte.

Ihr eigenes Herz war nicht so wichtig. Sie wusste, wie sie es wieder flicken konnte. Zeit und Arbeit und das Heim, das sie sich geschaffen hatte, würden ihr dabei helfen. Sie brauchte keinen Mann, um sich ganz zu fühlen. Sie hatte nie einen gebraucht. Sie würde dafür sorgen, dass ihr Sohn den Vater nicht vermisste. Aber Jared würde dafür bezahlen, dass er Bryan falsche Hoffnungen gemacht hatte.

Der Bastard hatte sich zum Bestandteil ihres Lebens gemacht. Er hatte ihr Blumen mitgebracht, verdammt noch mal, mit Bryan Baseball gespielt und ihn auf die Farm mitgenommen. Und dann war er auch in ihrem Bett aufgewacht, und zwar so, wie noch niemand neben ihr aufgewacht war.

Aber er sah auch auf sie herab, von seinem hohen Anwaltsthron. Als säße sie auf einer Anklagebank. Er stellte ihre Moral und ihre Taten und ihre Beweggründe infrage. Erst gab er ihr das Gefühl, mehr zu sein, dann das Gefühl, weniger zu sein, als sie es jemals gewesen war. Er brachte sie dazu, an sich selbst zu zweifeln.

Nein, das durfte sie sich nicht bieten lassen. Er würde nicht ungestraft davonkommen. Ohne dass es ihr bewusst war, rückte sie in die Mitte des Bettes, damit es ihr nicht so leer vorkam. Jared konnte sich nicht in ihr Leben schleichen und dann Fragen stellen. Wer sie war, wo sie gewesen war, was sie wollte. Sie schuldete ihm keine Antworten, und genau das würde sie ihm beweisen.

Und eingeschlichen hat er sich, dachte sie, den Blick noch immer an die Decke gerichtet. Er hatte ihr das Gefühl vermittelt, dumm zu sein, minderwertig und, zum ersten Mal seit zehn Jahren, verletzlich. Und jetzt glaubte er, sich genauso wieder hinausschleichen zu können, weil sie nicht dem entsprach, was er sich unter einer … Savannah lachte bitter … unter einer Ehefrau vorstellte.

Aber ohne es zu merken, hatte sie selbst angefangen, davon zu träumen, es sich auszumalen, zu hoffen und sogar konkrete Pläne zu schmieden. Erst als Bryan es ausgesprochen hatte, war ihr bewusst geworden, wie sehr sie sich nach einem Happy End gesehnt hatte. Wie in den Geschichten, die sie illustrierte. In denen gab es immer tapfere, leidenschaftliche Märchenprinzen.

Es war beschämend. Es war erniedrigend. Eine Frau wie sie, eine Frau, die mit Mut und Zähigkeit alle Krisen des Lebens gemeistert hatte, ließ sich von diesem Mann kleinmachen.

Sie hatte es allein geschafft. Sie hatte gehungert, gearbeitet, bis ihr vor Erschöpfung schwindlig wurde, und Jobs angenommen, für die sie eigentlich zu stolz war. Sie war von ihrem eigenen Vater auf die Straße gesetzt worden, als sie ihn am meisten gebraucht hatte. Und nichts davon, keine der schwierigen oder schmerzhaften Erfahrungen, hatte sie so erniedrigt wie das hier.

Savannah holte tief Luft. Sie würde Jared MacKade zeigen, was für eine Art von Frau sie war. Die Art von Frau, die ihn nicht brauchte.

Jared kam zu dem Schluss, dass es gar nicht so übel war, den Samstagnachmittag mit einem Bier in der Hand auf der Veranda zu verbringen. Vielleicht konnte er es sogar genießen. Es war ein herrlicher Tag, und er fühlte sich auf eine angenehme Weise erschöpft von der Arbeit des Vormittags.

Seine Brüder waren bei ihm, und es war gut, mit ihnen zusammen zu sein. Faul herumsitzen, dachte er, und zusehen, wie das Gras wächst und die Hunde darauf herumtollen.

Vielleicht würde er zum Blockhaus spazieren. Nach einer Weile vielleicht. Bis dahin hatte Savannah bestimmt genug Zeit gehabt, um sich zu beruhigen, über alles nachzudenken und vernünftig mit ihm zu reden.

Sich selbst hatte er auch schon fast genug Zeit gelassen. Er war zwar noch nicht ganz so weit, aber schon kurz davor, sich einzugestehen, dass er ungeschickt gewesen war. Möglicherweise sogar etwas ungerecht.

Trotzdem, Savannah hatte sich wirklich lächerlich benommen. Ihm vorzuwerfen, dass er sich von einem albernen alten Foto bedroht fühle! Dass er eine andere Art von Frau wolle … Dass er mit ihr nicht zufrieden sei, nur weil sie nicht Kafka las. Nur der Himmel wusste, wie sie darauf gekommen war.

Dass sie ihr Leben mit seinem verglich, gefiel ihm auch nicht gerade. Das ließ ihn wie einen engstirnigen Sexisten aussehen. Und das war er ganz bestimmt nicht. Er war einfach anders, das war alles.

„Er redet mit sich selbst“, sagte Devin, der gerade an einem Stück Holz herumschnitzte.

„Das tut er schon seit gestern.“ Gähnend schob Shane seinen Stuhl zurück. „Wenn du mich fragst, Savannah hat ihn hinausgeworfen.“

Das und Rafes Lachen rissen Jared aus seinen Gedanken. „Das hat sie keineswegs. Ich bin gegangen, um ihr etwas klarzumachen."

„So?" Rafe zwinkerte Devin zu. „Was denn?"

Jared nahm einen Schluck Bier. „Dass sie anfangen muss, die Dinge so zu sehen, wie sie sind."

Seine Brüder brachen in spöttischen Jubel aus.

„So, wie er die Dinge sieht", sagte Rafe zu den anderen. „Wenn man das nämlich nicht tut, erreicht man bei ihm nichts."

„Blödsinn." Jared schlug die Beine übereinander. „Man muss die Dinge richtig sehen, mehr nicht."

Devin saß auf der obersten Stufe. Er drehte sich halb um und lehnte sich gegen den Pfosten. „Was hat sie denn falsch gesehen?"

„Sie ist verschlossen. Heute Morgen rief mich Howard Beels an und bedankte sich dafür, dass ich ihn mit ihr bekannt gemacht habe. Offenbar war sie gestern bei ihm, und er hat drei von ihren Bildern gekauft." Dieser Gedanke allein machte Jared schon wieder wütend. „Hat sie es mir erzählt? Nein. Was soll das für eine Beziehung sein? Ich bekomme nichts aus ihr heraus, wenn ich sie nicht direkt danach frage, und selbst dann antwortet sie nicht immer."

Belustigt streckte Shane die Arme in die Höhe. „Und ich wette, du steckst voller Fragen. Was hat sich genau abgespielt? Wie hast du reagiert? Welche Abfolge von Ereignissen führte dazu? Und wo hast du dich in der fraglichen Nacht aufgehalten?"

Jareds Schlag wäre härter ausgefallen, hätte Shane nicht eine Armeslänge entfernt gesessen. „Ich verhöre sie nicht, ich frage nur. Ich will wissen, mit wem ich es zu tun habe. Ein Mann hat das Recht, die Frau zu kennen, die er heiraten wird."

Rafe verschluckte sich an seinem Bier. „Seit wann das denn?"

Seufzend griff Shane in die Kühltasche und nahm sich ebenfalls ein Bier. „Ich habe es geahnt."

Mit ausdruckslosem Gesicht musterte Devin Jared. „Du hast Savannah tatsächlich gefragt, ob sie dich heiraten will?"

„Nein. Ich hatte leider noch keine Gelegenheit, ihr zu sagen …"

„Ihr zu sagen." Devin grinste. „Typisch."

„Du könntest wenigstens versuchen, es einmal aus meiner Sicht zu betrachten", knurrte Jared. „Mir ist eben klar geworden, dass ich sie heiraten will. Ich habe lange darüber nachgedacht, schließlich eine Entscheidung getroffen, und dann entdecke ich zufällig die Sachen ihres Vaters. Savannah hatte mir nicht erzählt, dass sie eingetroffen waren. Und darunter befand sich ein Foto, das sie mit Bryans Vater zeigt."

„Hm", brummte Rafe stellvertretend für alle.

„Als ich sie danach fragte, reagierte sie abweisend."

„Feindlich gesinnte Zeugin", murmelte Shane, was ihm einen wütenden Blick einbrachte.

„Sie hat das Foto in den Papierkorb geworfen", fuhr Jared fort. „Als wäre es vollkommen bedeutungslos."

„Vielleicht wollte sie genau das damit ausdrücken", gab Devin zu bedenken.

„Hör mal, der Kerl hat sie geschwängert und dann im Stich gelassen. Ihr Vater setzt sie vor die Tür. Sie ist erst sechzehn, um Himmels willen. Natürlich bedeutet es etwas. Aber sie rückt nicht mit der Sprache heraus. Stattdessen macht sie mir irgendwelche idiotischen Vorwürfe. Und dann sagt sie … hört gut zu … sie sagt, dass ich es in Ordnung finde, wenn ich selbst mich ausgetobt habe oder so etwas. Aber von ihr erwarte ich, dass sie unberührt oder ein Opfer oder so ähnlich sei. Ich finde das beleidigend."

Rafe betrachtete sinnierend seine Bierflasche. „Ich finde, sie hat recht."

„Unsinn!"

„Tut mir leid, Bruderherz. Du machst die Anwaltsprüfung, kaufst dir ein paar seriöse Anzüge …"

„Soll ich dir ein zweites Mal die Nase brechen?"

„Gleich. Nach einer Weile beschließt du, dass es langsam Zeit wird zu heiraten, also suchst du dir eine Eisprinzessin, eine ohne Gepäck, ohne Geheimnisse, ohne sichtbare Fehler. Und weißt du, warum?"

Jared funkelte ihn an. „Warum sagst du es mir nicht?"

„Weil das Image zu dir passte. Da du schlau bist, hast du leider schnell gemerkt, dass die Frau das nicht tat. Savannah dagegen ist eine Frau mit viel Gepäck, einigen Geheimnissen und vielleicht auch ein paar Fehlern. Das Image passt nicht ganz in eine deiner Schubladen, aber die Frau passt zu dir."

Jared wollte widersprechen, darüber diskutieren, die Argumente seines Bruders auseinandernehmen, wie er es vor Gericht mit denen des gegnerischen Anwalts getan hätte. Und musste feststellen, dass er es nicht konnte. Also fluchte er.

„Kafka", flüsterte er, als ihm ein Licht aufging. „Barbara hat Kafka gelesen."

„Überrascht mich nicht", sagte Rafe fröhlich.

Jared steckte sich ein Zigarillo an und unternahm einen neuen Anlauf. „Trotzdem, wenn zwei Menschen eine gemeinsame Zukunft aufbauen wollen, müssen sie einander genug vertrauen, um über ihre Vergangenheit zu sprechen. Ich will nicht nur sie, sondern auch den Jungen." Er blies den Rauch aus.

„Wirst du dich etwa durch ein Foto davon abhalten lassen?", fragte Devin ruhig.

„Nein. Ich werde mich ganz bestimmt durch nichts davon abhalten lassen."

„Wieder einer weniger", sagte Shane betrübt. „Weißt du, Frauen kommen auf falsche Gedanken, wenn deine Brüder alle heiraten."

„Damit wirst du wohl leben müssen", erwiderte Jared.

Die vier Brüder sahen hoch, als ein Wagen in die Einfahrt bog.

Sie ist also zur Vernunft gekommen, dachte Jared und war stolz darauf, dass er Savannah eine ganze Nacht Zeit zum Nachdenken gelassen hatte. Sie war hier. Es tat ihr also leid, dass sie ihn so angefaucht hatte. Sie wollte sich jetzt anscheinend mit ihm zusammensetzen und in Ruhe über alles reden.

Er stand auf und lehnte sich Devin gegenüber an den anderen Pfosten. Natürlich war er großmütig genug, um sich ebenfalls zu entschuldigen. Und ihr zu erklären, was er meinte. Sie würde ihn verstehen, und in ein paar Jahren würden sie beide herzlich über dieses alberne Missverständnis lachen. Er setzte ein versöhnliches Lächeln auf, mit dem er sie begrüßen wollte, als Savannah mit quietschenden Reifen vor dem Haus hielt.

Die Frau, die aus dem Wagen stieg, sah absolut nicht friedfertig aus. Sie sah wild, wütend und atemberaubend schön aus.

„Oho", sagte Shane nur und warf Rafe einen belustigten Blick zu.

Sie sprach kein Wort, sondern stemmte die Hände in die Hüften und musterte die vier Brüder. Ein Publikum, dachte sie. Umso besser. Sahen sie nicht alle selbstzufrieden aus, stolz darauf, richtige Männer zu sein?

Sie ging zum Kofferraum und öffnete ihn. Als Erstes holte sie den Karton heraus. Die Hunde kamen angerannt und sprangen aufgeregt um sie herum, während sie den Karton nach vorn trug. Lächelnd kippte sie ihn aus. Mehrere Kleidungsstücke fielen heraus. Anzüge, Krawatten, Hemden, Socken. Noch immer lächelnd verteilte sie sie mit ein paar Fußtritten auf der Erde.

Begeistert tobten die Hunde auf den Sachen herum, schnüffelten und bellten. Fred freute sich so über Jareds Duft, dass er das Bein hob.

Auf der Veranda beobachteten die vier Männer die Szene, stumm, mit den unterschiedlichsten Gefühlen.

Savannah stellte fest, dass Jareds Lieblingskrawatte sich um ihren Fuß gewickelt hatte. Sie sah ihm in die Augen und trat sie mit dem Absatz in den Boden.

Rafe grinste. Shane lachte. Devin staunte. Jared starrte nur.

Sie war noch nicht fertig. Noch lange nicht. Aus dem Kofferraum holte sie das lederne Adressbuch, das er auf dem Nachttisch hatte liegen lassen. Mit einem eisigen Lächeln hielt sie es hoch, bevor sie die Blätter herausriss und auf den Haufen inzwischen hoffnungslos verdreckter Kleidungsstücke segeln ließ.

Dann folgten seine Schuhe. Zuerst die guten italienischen. Sie hielt sie Ethel hin, die Hündin schnüffelte sie ab. Savannah warf sie nacheinander durch die Luft, und die Hunde jagten bellend hinterher. Auch seine Tennisschuhe hatte Jared bei ihr gelassen. Gleich zwei Paar, von denen er eins erst vor zwei Wochen gekauft hatte. Savannah hoffte, dass die Hunde sie in Stücke reißen würden.

Blieb noch das Rasierzeug. Sie ließ sich Zeit damit und verstreute es um sich, bis Shane sich vor Lachen nicht mehr halten konnte und aus dem Korbsessel rutschte.

Auf den Gnadenstoß freute sie sich besonders. Es war der Wein. Nur eine Flasche war offen gewesen, aber die hatte sie zu Hause geleert. Jetzt entkorkte sie die restlichen drei, alles hervorragende Jahrgänge aus Frankreich und sündhaft teuer. Mit herausforderndem Blick ging sie zu dem, was von seiner Kleidung übrig war. Sie legte den Kopf schief und registrierte erfreut, wie Jared die Augen zusammenkniff. Mit dem Schwung einer erfahrenen Kellnerin goss Savannah die drei Flaschen über seinem besten Anzug aus.

Als sie leer waren, ließ Savannah sie aufs Gras fallen. Ohne auch nur ein einziges Wort gesprochen zu haben, kehrte sie zum Wagen zurück und stieg ein. Ein letztes Lächeln, ein Winken zum Abschied, dann startete sie den Motor, wendete und fuhr davon.

Abgesehen von Shanes schallendem Lachen herrschte Stille.

Irgendwann räusperte Devin sich geräuschvoll. Er starrte auf das Chaos auf dem Rasen und strich Fred über den Kopf, als der Hund ihm einen von Jareds zerkauten Schuhen brachte.

„Nun ja", begann er. „Ich würde sagen, auch sie hat dir gerade etwas klargemacht."

„Die Frau ist unmöglich", stammelte Shane und wischte sich die tränenden Augen. „Ich glaube, ich habe mich in sie verliebt."

Rafe wusste nur zu gut, wie es war, seinem Herzen ausgeliefert zu sein. Deshalb stand er auf und legte Jared eine Hand auf die Schulter. „Weißt du, Jared, du hast jetzt zwei Möglichkeiten."

Jared zitterte fast vor Wut. „Und die wären?"

„Lauf, als wäre der Teufel hinter dir her, oder geh und hol sie dir. Ich weiß, wofür ich mich entscheiden würde."

Während der nächsten zwei Stunden unternahm Jared überhaupt nichts. Er kannte sich gut genug, um zu wissen, wie gefährlich sein Temperament sein konnte. Er ließ etwas Dampf ab und brachte sich bei der Arbeit in der Scheune ins Schwitzen, bevor er sich duschte.

Als er schließlich aufbrach, war der Zorn noch immer da, aber er hatte ihn unter Kontrolle. Savannah glaubt, sie kann mich wegwerfen, so wie meine Sachen, dachte er. Aber da irrte sie sich.

„He, Jared.“ Shane stand im Hof und kämpfte mit den Hunden um einen von Jareds Schuhen. „Sag Savannah, dass wir die Show wirklich genossen haben, ja?“

„Erinnere mich nachher daran, dass ich dir in den Hintern trete.“

Sie hatte ihn lächerlich gemacht. Vor seinen Brüdern. Er stopfte die Hände in die Taschen und versuchte ruhig zu bleiben, während er zum Wald stapfte. Außerdem hatte sie einen Großteil seiner Garderobe ruiniert.

Sie hielt sich für verdammt schlau, da war er sicher. Wahrscheinlich hatte sie die halbe Nacht aufgesessen und alles ganz genau geplant. Wäre er nicht das Opfer gewesen, hätte er sie dafür bewundert. Die Frau hatte wirklich Nerven.

Aber sie hatte sich auf seine Kosten ausgetobt.

Der Wald umschloss ihn, doch das gewohnte Gefühl des Friedens stellte sich nicht ein. Mit den Gedanken war Jared auf der anderen Seite der Bäume, bei Savannah. Und bei der Rache, die er an ihr nehmen wollte. Mal sehen, dachte er voller Vorfreude, wie es ihr gefällt, wenn ich an ihren Kleiderschrank gehe und …

Plötzlich hielt er inne und holte tief Luft. Was hatte diese Frau bloß aus ihm gemacht? Er führte sich auf wie ein unreifer Teenager und malte sich aus, wie er ihren Kleiderschrank verwüstete.

Nein, dazu würde es nicht kommen. Er würde sich rächen, indem er ihr bewies, dass er trotz ihres empörenden Auftritts ruhig und vernünftig blieb. Um sicherzustellen, dass er das auch wirklich blieb, machte Jared einen Umweg und setzte sich erst einmal auf seinen Felsbrocken.

Er konnte sie diesmal nicht spüren, die Geister, die diesen Ort mit ihren Sorgen, Hoffnungen und Ängsten heimsuchten. Vielleicht lag es daran, dass er zum ersten Mal seit langer Zeit mit genug eigenen Problemen belastet war.

Jared wusste, was es hieß, jemanden zu verlieren. Der Tod seiner Eltern hatte ihn hart getroffen und tief erschüttert, aber er hatte ihn überlebt, weil ihm keine andere Wahl geblieben war. Und weil es so viele gute, klare und wichtige Erinnerungen gab, mit denen er sich trösten konnte. Und natürlich hatte er immer seine Brüder gehabt.

Er kannte die Trauer. Er hatte sie erlebt, als er sich schließlich eingestehen musste, dass seine Ehe ein Fehler gewesen war. Keine Katastrophe. Irgendwie wäre das besser gewesen, einfacher zu verkraften als ein Fehler, den er selbst begangen hatte … den er hätte vermeiden können.

Und Hoffnung. Auch die kannte er. Sein Leben war voll davon gewesen. Seine Eltern und seine Herkunft hatten sie ihm geschenkt. Aber wo immer es Hoffnung gab, gab es auch Angst. Sie war der Preis, der für das Glück gezahlt werden musste.

Er kannte all diese Gefühle, hatte sie ertragen oder genossen. Aber vor Savannah hatte er nichts so Tiefes, so Schmerzhaftes erlebt. Nichts so Erschreckendes.

Der Wind wurde stärker, während Jared im Wald saß. Bäume schwankten, Blätter rauschten, die das Sonnenlicht dämpften. Und es wurde kälter.

Hierher waren sie gekommen. Reglos saß Jared da und dachte daran. Die beiden Jungs, die verschiedene Uniformen trugen, waren hergekommen. Jeder von ihnen war auf der Suche nach seinem Zuhause gewesen. Auf der Flucht vor dem Wahnsinn des Krieges, voller Sehnsucht nach dem Vertrauten. Nach dem verlorenen Sinn des Lebens. Nach ihrer Familie, nach den Menschen, die sie kannten und liebten.

Vielleicht war es das, worum sie gekämpft hatten. Um ihr Zuhause.

Jared wurde bewusst, wie dumm er gewesen war. Er schloss die Augen, als der Wind das Laub um ihn herum aufwirbelte. Die beiden jungen Soldaten hatten ihren Lebensweg nie frei wählen können. Doch das Schicksal, das die beiden zum Tode verurteilt hatte, hatte ihm Savannah und Bryan Morningstar geschickt. Und anstatt die beiden anzunehmen, hatte er alles infrage gestellt. Anstatt sich zu freuen, hatte er gezweifelt.

Denn am meisten erschreckte ihn seine Liebe. Eine Liebe, die von ihm verlangte, die Frau, der sie galt, zu beschützen und in Ehren zu halten. Aber das Mädchen, das sie einmal gewesen war, konnte er nicht mehr beschützen. Gegen die grausamen und sinnlosen Schicksalsschläge, damals, als niemand ihr geholfen hatte. Sie hatte sie allein ertragen müssen, ohne ihn. Und wenn nötig, das wusste er, würde sie es wieder tun. Das gab ihm ein Gefühl der Ohnmacht und verletzte seinen Stolz. Na schön, er war also dumm. Aber so einfach würde sie ihn nicht loswerden.

Jared hörte ein Rascheln, öffnete die Augen und hätte sich nicht gewundert, wenn er einen jungen Südstaaten-Soldaten vor sich gesehen hätte, das Bajonett bereit, mit Angst in den Augen. Doch er sah Bryan, der mit gesenktem Kopf durch das Laub stapfte. Von dem Jungen ging eine tiefe Traurigkeit aus.

„Hallo, Kumpel, wie geht es dir?"

Bryan sah hoch. Ein Lächeln erhellte sein Gesicht. „Hi, Jared. Ich gehe spazieren. Mom hat schlechte Laune."

„Ich weiß." Jared klopfte neben sich auf den großen Stein. „Sie ist ganz schön sauer auf mich."

„Sie hat gesagt, dass du auch sauer bist."

„Ja, das war ich." Der Junge setzte sich zu ihm, und Jared legte den Arm um seine Schultern. „Aber das habe ich hinter mir."

„Sie nicht." Bryan verdrehte die Augen. „Sie hat mich hinausgeworfen."

„Im Ernst? Mich auch."

Bryan musste schmunzeln. Bestimmt hatte seine Mutter Jared nicht befohlen, draußen weiterzuspielen. „Wir könnten auf der Farm bleiben, bis sie sich beruhigt."

„Das könnten wir", erwiderte Jared nachdenklich. „Oder ich könnte zu ihr gehen und versuchen, die Sache wieder in Ordnung zu bringen."

„Könntest du das?", fragte Bryan hoffnungsvoll.

Jared sah den Jungen an und bemerkte erst jetzt, wie besorgt er dreinblickte. „Auf dich ist sie eigentlich gar nicht sauer, Bryan. Sie ist auf mich sauer, du bekommst nur etwas davon ab."

„Ja, das habe ich mir auch schon gedacht. Könntest du sie denn dazu bringen, dass sie nicht mehr sauer auf dich ist?"

„Das hoffe ich sehr. Wenn du etwas anstellst und sie mit dir schimpft, bleibt sie dann lange so?"

„Nöö. Sie kann es nicht, weil ..." Bryan wusste nicht, wie er es Jared erklären sollte. „Sie kann es einfach nicht. Aber sie hat noch nie einen Mann so lange um sich gehabt wie dich, so kann sie vielleicht auf dich länger böse bleiben."

„Sie hat noch nie ..." Jared verstummte. Es war nicht richtig, den Jungen auszufragen. „Vielleicht solltest du mir ein paar Tipps geben."

„Okay." Bryan spitzte die Lippen, während er überlegte. „Sie freut sich immer riesig über die Blumen, die du ihr mitbringst. Das hat noch keiner getan, nur ich. Zu ihrem Geburtstag, einen kleinen Strauß. Sie hat fast geweint, als ich damit ankam."

„Keiner hat ihr Blumen mitgebracht", murmelte Jared. Er war nicht nur ein Trottel. Er war ein absoluter Riesentrottel.

„Nö", bestätigte Bryan und legte seine Scheu ab. „Außerdem ist noch keiner mit uns zu einem Baseball-Match gegangen oder Pizza essen, und das findet sie auch toll, weißt du."

Diesmal durfte Jared nachfragen, denn es betraf auch den Jungen. „Niemand hat euch zum Baseball oder zu einer Pizza eingeladen?"

„Nö. Ich meine, Mom und ich haben das gemacht, klar, aber nie mit einem Typen, der das alles organisiert hat und so." Bryan dachte darüber nach, wie sehr ihm das fehlen würde, als ihm eine Idee kam. „Oh, ja! Und wenn du mit ihr ausgehst, singt sie vorher immer unter der Dusche. Sie ist früher auch schon ausgegangen und so, aber sie hat nie gesungen, wenn sie sich zurechtgemacht hat. Vielleicht solltest du einfach wieder mit ihr ausgehen. Auf ein Date oder so. Mädchen finden das toll, weißt du."

Jared beschloss, dass es in Savannahs und Bryans Leben in Zukunft viele Baseball-Spiele, viele Pizzas, viele Dates und viele Blumen geben würde. „Ja, du hast recht, das tun sie."

„Kennst du irgendwelche Liebesworte?"

„Wie bitte?"

„So wie in den Filmen", erklärte Bryan. „Du weißt doch, wie die Frau immer so komisch guckt, wenn der Typ diese Liebesworte sagt. Aber der Typ muss auch komisch gucken, sonst wirkt es nicht. Das könnte ihr gefallen, glaube ich."

„Ja, das glaube ich auch."

Bryan seufzte, als er es sich vorstellte. „Wahrscheinlich wäre es ziemlich peinlich."

„Nicht, wenn man sie ernst meint. Weißt du was, Bryan?" Jared rückte ein wenig von Bryan ab, um ihm ins Gesicht sehen zu können. „Ich schätze, ich sollte es dir sagen, weil du so lange bei euch der Mann im Haus warst. Ich liebe deine Mutter."

Bryan bekam plötzlich Herzklopfen und ein seltsames Gefühl im Bauch. Verlegen senkte er den Blick. „Ich habe mir schon gedacht, dass du sie magst."

„Nein, ich liebe sie. So wie in den Filmen. Ich werde sie fragen, ob sie mich heiraten will."

Bryan strahlte, als er Jared in die Augen sah. „Richtig heiraten, meinst du?"

„Sehr richtig sogar. Wie findest du das?"

Der Junge war noch nicht bereit, sich festzulegen. Obwohl er es mochte, wenn Jared den Arm um ihn legte. „Würdest du mit uns zusammenleben oder so?“ Bryan sah ihn erwartungsvoll an und hing an seinen Lippen, die die Antwort formten.

„Nicht oder so. Ich würde mit euch leben und ihr mit mir. Aber die Sache hat einen Haken.“

Genau das hatte Bryan befürchtet. Er machte sich auf alles gefasst und sah Jared tapfer an. „Ja? Was?“

„Ich werde dich bitten, meinen Namen anzunehmen, Bryan. Und mich als deinen Vater anzunehmen. Ich will nämlich nicht nur deine Mutter, verstehst du? Ich will euch beide, also müsstet auch ihr beide mich wollen.“

Bryan hatte das Gefühl, nicht mehr richtig Luft zu bekommen. So, als hätte gerade jemand auf seiner Brust gesessen. „Du willst mein Vater sein?“

„Ja, das will ich, sehr sogar. Ich weiß, du bist bis jetzt auch ohne Vater ganz gut zurechtgekommen, und vielleicht brauche ich dich mehr als du mich, aber ich glaube, ich könnte dir ein guter Vater sein.“

Bryan wurde vor Glück fast schwindlig. „Du möchtest mein Vater sein?“

„Ja, das möchte ich“, flüsterte Jared und wusste plötzlich, dass er noch nie etwas so Wahres ausgesprochen hatte. „Das möchte ich wirklich.“

„Ich wäre dann Bryan MacKade?“

„Genau.“

Der Junge zögerte mit der Antwort, und Jared war, als würde die Erde aufhören, sich zu drehen. Wenn der Junge ihn jetzt zurückwies, würde es ihm das Herz brechen.

Aber Bryan wusste nur nicht, wie man solche Dinge zwischen Männern regelte. Er wusste, was er tun musste, wenn seine Mutter ihm etwas Wunderbares schenkte. Etwas, von dem er kaum zu träumen gewagt hatte. Etwas, das er sich trotzdem jeden Abend vor dem Einschlafen gewünscht hatte. Und dann überlegte er nicht mehr, sondern tat das, was er bei seiner Mutter auch immer tat.

Plötzlich hielt Jared einen kleinen glücklichen Jungen in den Armen.

In grenzenloser Erleichterung stieß er ruckartig den angehaltenen Atem aus. Du hast einen Sohn bekommen, dachte er fast trunken vor Glück.

„Das ist so cool", sagte Bryan, den Kopf an Jareds Brust. „Und ich dachte, du willst kein Kind von jemand anderem."

Zärtlich, denn plötzlich war ihm sehr zärtlich zumute, umfasste Jared das Kinn des Jungen und hob sein Gesicht an. „Du wirst nicht das Kind von jemand anderem sein, Bryan. Ich werde ganz offiziell dein Vater sein, aber das steht nur auf dem Papier. Was wirklich zählt, ist das, was zwischen dir und mir ist."

„Ich werde Bryan MacKade sein. Du bringst sie dazu, nicht wahr? Du überredest sie dazu?"

„Reden ist mein Beruf."

Darüber, dass sie ihren Zorn auf Jared an dem unschuldigen Bryan ausgelassen hatte, war Savannah so wütend, dass sie zwei Illustrationen ruinierte, bevor sie endgültig aufgab. Der Versuch, sich mit Arbeit abzulenken, war sinnlos. Dabei war sie so zufrieden mit sich gewesen, als sie die MacKade-Farm verlassen hatte. Und stolz darauf, dass sie es geschafft hatte, Jared vor seinen Brüdern eine Lektion zu erteilen, die er so schnell nicht vergessen würde.

Jetzt fühlte sie sich elend. Elendig wütend, elendig verzweifelt. Einfach elend. Am liebsten hätte sie nach etwas getreten, aber noch war sie nicht so weit, dass sie sich an den beiden Kätzchen abreagieren musste, die in der Küchenecke schliefen.

Sie wollte irgendetwas gegen die Wand werfen. Doch so sehr sie auch suchte, sie fand nichts, das wertvoll genug gewesen wäre, um ihr Befriedigung zu verschaffen.

Sie wollte schreien. Leider war niemand da, den sie hätte anschreien können.

Bis Jared hereinkam.

„Du hast nicht einmal mehr einen einzigen Manschettenknopf hier, MacKade. Das liegt alles vor deinem Haus!“

„Das ist mir nicht entgangen. Du hast eine ganz schöne Schau abgezogen, Savannah.“

„Ich habe jede Sekunde genossen.“ Sie verschränkte die Arme vor der Brust. „Verklag mich doch.“

„Vielleicht tue ich das sogar. Warum setzen wir uns nicht?“

„Warum gehst du nicht zur Hölle?“, entgegnete sie. „Und ich hoffe, du bekommst die Tür in den Rücken, wenn du gehst.“

„Setz dich“, wiederholte er, gerade streng genug, gerade sachlich genug, um sie endgültig zum Explodieren zu bringen.

„Sag mir nicht, was ich in meinem eigenen Haus tun soll!“, schrie sie. „Sag mir nie wieder, was ich tun soll, ist das klar? Ich bin es leid, mich von dir zu irgendeiner unfähigen Hinterwäldlerin erklären zu lassen. Okay, ich habe vielleicht kein College-Diplom … verdammt, ich habe noch nicht einmal einen Highschool-Abschluss, aber ich bin nicht dumm. Ich bin ganz gut zurechtgekommen, bevor du aufgetaucht bist. Und ich werde genauso gut zurechtkommen, wenn du verschwunden bist.“

„Ich weiß.“ Jared nickte. „Genau das hat mich ja so beschäftigt. Und ich halte dich keineswegs für dumm, Savannah. Im Gegenteil. Ich glaube nicht, dass ich jemals einer klügeren Frau begegnet bin.“

„Red mir nicht nach dem Mund, Jared. Ich weiß, was du über mich denkst, und das meiste davon ist sogar wahr.“

„Ja, das stimmt“, erwiderte er ruhig. „Ich bin überzeugt, dass du genau das bist, wofür ich dich halte. Wenn du dich hinsetzt, kann ich dir erzählen, was du für mich bist.“

„Und ich werde sagen, was ich sagen muss“, gab sie zurück. „Du willst alles über mich wissen, ja? Na gut, ich erzähle dir alles, was es zu wissen gibt. Als Abschiedsgeschenk gewissermaßen, als Dank für unsere guten Zeiten. Setz dich“, befahl sie und zeigte auf den Sessel.

„Einverstanden. Aber ich bin nicht deshalb gekommen. Ich brauche nicht zu wissen, was …“

„Doch, du hast mich darum gebeten", unterbrach sie ihn scharf. „Und du wirst es bekommen. Meine Mutter starb als junge Frau, aber erst nachdem sie meinen Vater und mich verlassen hatte. Sie ging nicht sehr weit weg, nur auf die andere Seite der Koppel, um es einmal so auszudrücken. Zu einem anderen Süßholz raspelnden Cowboy. Mein Vater hat es nie verwunden, er hat ihr nie verziehen, nie auch nur ein Haar breit nachgegeben. Schon gar nicht, was mich betraf. Er hat mich nie so geliebt, wie ich es mir von ihm wünschte. Er konnte es gar nicht. Selbst wenn er es versucht hätte, er konnte es nicht. Ich war ein wohlerzogenes kleines Mädchen. Ich hatte eine harte Kindheit, und es gefiel mir so. Verstehst du, was ich meine?"

„Savannah, bitte, setz dich endlich. Du brauchst mir das nicht zu erzählen."

Zornig baute sie sich vor ihm auf. „Ich habe noch gar nicht richtig angefangen, also halt den Mund, und hör mir zu. Wir hatten nicht viel Geld. Aber das geht vielen Menschen so, und sie schaffen es irgendwie. Wir schafften es auch. Mein Vater ging gern Risiken ein und brach sich viele Knochen. Auf der Rodeo-Tour gibt es mehr als Pferdeäpfel und Schweiß. Es gibt auch jede Menge Verzweiflung. Aber, wie gesagt, wir kamen zurecht. Mein Leben wurde ein wenig interessanter, als ich einen Busen bekam. Die Männer starrten mich an, einige konnten ihre Hände nicht bei sich behalten. Aber die meisten kannten mich, seit ich klein war, also blieb mir viel erspart. Ich wusste, wann ich lächeln und wann ich die Ellbogen einsetzen musste. Unschuldig und naiv bin ich nie gewesen. Das darf man auch nicht sein, wenn man so aufwächst wie ich."

Jared unterbrach Savannah nicht mehr, sondern saß still und sah sie an.

„Ich war sechzehn, als ich das erste Mal mit einem Mann schlief. Ich wusste, was passieren würde, aber ich ließ es geschehen, weil … weil er gut aussah, aufregend und charmant war, und natürlich versprach er mir, sich um alles zu kümmern. Niemand hatte …"

„Niemand hatte sich je zuvor um dich gekümmert", flüsterte Jared.

„Richtig. Und ich war jung und dumm genug, ihm zu glauben. Aber ich wusste, was ich tat, wusste, welches Risiko ich einging. Also wurde ich schwanger. Er wollte weder mich noch das Baby. Mein Vater auch nicht. Für ihn war ich wie meine Mutter, billig, leicht zu haben. Er warf mich hinaus. Er war jähzornig. Vielleicht hätte er am Tag darauf schon anders gedacht. Aber ich war nicht billig, und ich war nicht leicht zu haben, und ich wollte das Baby. Niemand sollte mir das Baby wegnehmen. Niemand sollte mir einreden, dass ich mich zu schämen hätte. Sie haben es versucht. Die Leute von der Fürsorge, die Sheriffs, die Staatspolizisten. Sie wollten mich in ihr System zwängen, damit sie mir sagen konnten, was ich tun sollte, wie ich mein Kind aufziehen sollte, oder, noch besser für alle, dass ich es weggeben sollte. Aber das wäre nicht besser für mich gewesen und auch nicht für Bryan."

„Nein. Das System hat Fehler, Savannah. Es ist überlastet. Aber es gibt sich Mühe."

„Ich brauchte das System nicht", entgegnete sie scharf. „Ich habe mir einen Job besorgt und hart gearbeitet. Ich habe die Tische bedient, die Drinks serviert, den Fußboden gewischt. Was für Arbeit es war, war mir egal, Hauptsache, sie wurde ganz gut bezahlt. Bryan musste niemals hungern. Mein Sohn hatte immer etwas zu essen und ein Dach über dem Kopf. Er hatte immer mich. Er wusste, dass ich ihn liebe und dass er an erster Stelle steht."

„So wie du es bei deinen Eltern niemals tatest", sagte Jared leise.

„Ja, so wie ich es bei meinen Eltern niemals tat. Egal was es mich kostete, ich wollte ihm ein anständiges Leben bieten. Und wenn das bedeutete, dass ich mich ausziehen und vor einem Haufen gröhlender Idioten tanzen musste, dann habe ich es eben getan. Ich war nicht lange genug zur Schule gegangen und hatte auch keinen Beruf gelernt. Hätte ich Kunst studieren können …" Savannah verstummte und schüttelte heftig den Kopf.

„Wolltest du das?", fragte Jared ganz sachlich und ruhig, wie bei einer nervösen Zeugin vor Gericht. „Kunst studieren?"

„Es spielt doch keine Rolle."

„Doch, es spielt eine Rolle, Savannah", widersprach er ernst.

„Ich wollte Bryan bekommen, und ich wollte ihn behalten. Alles andere war zweitrangig. Du wolltest etwas über Männer wissen. Okay. Es gab einige. Wesentlich weniger, als du anzunehmen scheinst. Ich war nicht tot, nur in Not. Ich habe niemals Geld von ihnen genommen. Ich habe ein paarmal Essen genommen, und vielleicht ist das kein großer Unterschied. Und, verdammt noch mal, ich schäme mich nicht dafür. Der einzige Grund, warum ich nie gestohlen habe, war, dass sie mir dann vielleicht Bryan weggenommen hätten. Aber ich hätte gestohlen, wenn ich gewusst hätte, dass ich damit durchkomme. Ich hatte keine Ahnung, dass sich meine Bilder verkaufen lassen, bis mich eines Tages eins der Mädchen im Klub ansprach. Sie fragte mich, ob ich eins für ihren Freund malen würde, und bot mir zwanzig Dollar. Da kam mir die Idee, mit Bryan nach New Orleans zu ziehen."

Savannah ging wie gehetzt auf und ab, während sie erzählte, so als wolle sie es möglichst schnell hinter sich bringen. Doch dann blieb sie plötzlich stehen und fuhr langsamer fort: „Das ist alles, mehr gibt es nicht. Jedenfalls fallen mir im Moment keine Einzelheiten ein." Sie drehte sich zu Jared um und sah ihn mit kühlem Blick an. „Kreuzverhör, Herr Anwalt?"

„Du hättest andere Wege einschlagen können."

„Natürlich."

„Sicherere", ergänzte er. „Einfachere ... ich meine, für dich einfachere."

„Vielleicht." Sie schwieg einen Augenblick. Als sie fortfuhr, klang ihre Stimme leise, aber fest. „Aber ich wollte keine sichereren. Ich wollte keine einfacheren."

„Was wolltest du, Savannah? Was willst du jetzt?"

„Wie gesagt, das spielt keine Rolle."

„Doch, das tut es.“ Jared stand auf, ging jedoch nicht zu ihr. „Für mich spielt es eine sehr große Rolle.“

„Ich will ein Zuhause. Ich will irgendwo leben, wo die Leute mich nicht anschauen, als sei ich ein Stück Dreck. Wo die Leute, die sich für anständig halten, nicht hinter vorgehaltener Hand über mich tuscheln.“

„Hier hast du das alles.“

„Und ich werde es behalten.“

Er musste seinen Stolz opfern, um die nächste Frage zu stellen, stellte aber erstaunt fest, dass es ihm gar nicht schwerfiel. „Willst du mich?“

Überrascht starrte Savannah ihn einen Moment an. „Das ist nicht der Punkt.“

„Dann sollte ich es vielleicht anders formulieren.“ Er griff in die Tasche und holte die kleine Schachtel heraus, die er auf der Farm eingesteckt hatte. „Ich bin gekommen, um dir das hier zu geben.“

Der Ring war schlicht und traditionell, ein einzelner Diamant in einer altmodischen, wunderhübschen Fassung. Wie verzaubert betrachtete Savannah ihn, bevor sie ganz langsam einen Schritt nach hinten machte.

„Er hat meiner Mutter gehört“, sagte Jared, und nichts in seiner Stimme verriet, wie bloß seine Gefühle lagen. „Als Ältester habe ich ihn bekommen. Ich bitte dich, mich zu heiraten, Savannah.“

Ihr stockte der Atem. „Hast du denn nichts von dem verstanden, was ich dir gerade erzählt habe?“

„Doch, ich habe alles verstanden, und ich bin dankbar, dass du es mir erzählt hast, auch wenn es unter diesen Umständen geschehen musste. Aber jetzt kann ich dir sagen, dass ich die Frau liebe, die du einmal warst, die du jetzt bist und die du in Zukunft sein wirst. Du bist die einzige Frau, die ich je geliebt habe, und es fasziniert mich, dass ich dich ebenso sehr bewundere, wie ich dich liebe.“

Sie machte noch einen Schritt nach hinten, als würde Jared ihr mit einer Waffe und nicht mit einem Versprechen gegenüberstehen. „Ich begreife dich nicht, Jared. Ich begreife dich überhaupt nicht. Soll das hier irgendeine hinterhältige Rache dafür sein, dass ich deine Sachen ruiniert habe?"

„Savannah." Er war ganz ruhig. „Sieh mich an."

Sie tat es, und der Druck auf ihrem Herzen verdoppelte sich und trieb ihr Tränen in die Augen. „Oh, Gott … du meinst es ernst."

„Du weinst ja." Er erbebte fast vor Erleichterung. „Dem Himmel sei Dank. Ich dachte schon, du würdest mir den Ring vor die Füße werfen."

„Ich dachte … dass du … dass ich nicht gut genug für dich bin."

Sein strahlendes Lächeln gefror ihm auf dem Gesicht. „Habe ich das verdient?", flüsterte er. „Lieber Himmel, ich hoffe nicht. Eigentlich verstehe ich es ganz gut, meine Sache zu vertreten, aber diesmal habe ich wohl alles falsch gemacht. Ich hatte Angst, ja. Es fällt mir nicht leicht, das zuzugeben. Ich bin ein MacKade, und ein MacKade hat vor nichts Angst. Ich bin der älteste MacKade, und als solcher wird von mir erwartet, dass ich mit allem fertig werde. Aber mit dem, was ich für dich empfinde, wurde ich nicht fertig. Ich hatte Angst vor dem, was hinter dir lag, was du mir verschweigen würdest. Ich dachte, es würde mich innerlich zerreißen und all das zerstören, was ich mit dir und Bryan aufbauen wollte. Und irgendwie hatte ich auch Angst, eine Höllenangst, dass du mich ebenso wegwerfen könntest wie das Foto."

„Bryan." Der Druck in ihrer Brust löste sich auf. „Du willst auch Bryan?"

„Muss ich dich erst auf den Knien anflehen, bevor du mir endlich glaubst?"

„Nein, das musst du nicht." Sie wischte sich die Tränen ab. „Das würde ich nicht ertragen. Ich befürchtete nur, dass … Es kam mir vor, als …"

„Als würde ich Bryan nicht wollen, weil ich nicht der leibliche Vater bin? Nein, das war es nicht. Vielleicht hat es eine Zeit lang eine Rolle gespielt. Manchmal behindert einen der eigene Stolz. Was mich am meisten bedrückt hat, war, dass ihr so sehr gelitten habt, dass ihr beide so hart ums Überleben kämpfen musstet. Ich kann es nicht mehr ändern, und das gibt mir ein Gefühl der Machtlosigkeit. Ich kann die Uhr nicht zurückdrehen, um euch zu helfen. Aber ich weiß, dass du es gar nicht wollen würdest. Schließlich hast du es ganz allein geschafft. Weißt du, ich hätte mich gern um euch beide gekümmert, aber du hättest meine Hilfe nicht gebraucht."

„Mit dir wird alles viel besser", flüsterte sie.

Ihre Worte rührten Jared zutiefst. Er trat vor und legte eine zitternde Hand an ihre Wange. „Das ist das Schönste, was du jemals zu mir gesagt hast. Es ist die zweite unglaubliche Sache, die mir heute passiert ist."

Sie rang sich ein kleines Lächeln ab. „Gab es denn noch eine?"

„Ja. Als ich vorhin im Wald mit Bryan sprach. Wir saßen auf dem Felsen, dort, wo die beiden jungen Soldaten aufeinandertrafen."

„Es ist ein bewegender Ort."

„Ja. Aber ab heute ist er nicht mehr so traurig für mich. Bryan gab mir Ratschläge, wie ich dich dazu bringen könnte, nicht mehr … sauer auf mich zu sein. Er meinte, ich solle dir Blumen mitbringen und mit dir ausgehen, damit du unter der Dusche singen kannst, wenn du dich zurechtmachst."

Savannah lächelte verlegen. „Der Junge redet manchmal zu viel."

„Und dann soll ich mir noch irgendwelche Liebesworte einfallen lassen, wie im Film. Mädchen stehen auf so etwas, hat er mir gesagt."

„Dann werde ich die Mädchen wohl besser im Auge behalten müssen. Ich bin froh, dass du mit ihm gesprochen hast, Jared."

„Ich auch. Aber das ist noch nicht alles. Das Beste kommt noch. Ich habe ihm erzählt, dass ich dich heiraten und sein Vater sein will. Er hat mich umarmt", flüsterte Jared, noch immer überwältigt von dem Vertrauen, das der Junge ihm geschenkt hatte. „Es war ganz einfach. Er war äußerst zuversichtlich, dass ich dich überreden werde. Ich hoffe, ich werde ihn nicht enttäuschen."

Savannah schmiegte sich an ihn und legte den Kopf an seine Schulter. „Bevor ich deine Frage beantworte, sollte ich dich warnen. Ich halte nichts von ruhigen, zivilisierten Scheidungen. Wenn du versuchst, dich davonzumachen, werde ich dich umbringen müssen."

„Klingt fair. Vorausgesetzt, das gilt für uns beide." Jared rieb sein Gesicht an ihrem Haar und wusste, dass er zu Hause war. „Nun ja, vielleicht hält der Gedanke an morgendliche Übelkeit und zweiunddreißigstündige Wehen dich ja von einem zweiten Versuch ab."

Savannah schloss die Augen und drückte Jared an sich. Er bot ihr mehr Kinder. Er bot ihr eine Zukunft. „Unsinn, MacKade. Ich bin zäher, als du anzunehmen scheinst. Außerdem hätte ich diesmal jemanden, den ich im Kreißsaal verwünschen kann."

„Ich will bei dir sein und alles miterleben. Du wirst lernen müssen, mich zu brauchen."

„Zu spät", flüsterte sie. „Das tue ich doch längst."

„Nimm meinen Namen, Savannah. Nimm mich."

„Savannah MacKade." Noch einmal schloss sie die Augen und schmiegte sich an ihn. „Ich finde, der Name steht mir."

– ENDE –

Nora Roberts

Tödlicher Champagner

Roman

Aus dem Amerikanischen von
Christiane Schmidt

mtb

1. Kapitel

Niemand hustete so einfach auf hundertfünfzig Millionen Dollar. Keiner der Anwesenden in der weitläufigen Bibliothek des Herrenhauses Jolley's Folley hätte das gewagt, ausgenommen Pandora. Mit viel Inbrunst und wenig Zurückhaltung hustete und nieste sie in ein zerdrücktes Papiertaschentuch, putzte sich die Nase, lehnte sich zurück und wünschte sich, das Schnupfenmittel würde endlich die versprochene schnelle Erleichterung bringen. Vor allem wünschte sie sich natürlich, sich gar nicht erst diese grässliche Erkältung eingefangen zu haben. Und noch mehr wünschte sie sich an irgendeinen anderen Ort auf dieser Welt.

Sie war umgeben von Dutzenden von Büchern, die sie gelesen, und Hunderten, die sie nicht einmal angesehen hatte, obwohl sie viele, viele Stunden in der Bibliothek verbracht hatte. Der Geruch der ledergebundenen Werke mischte sich mit dem Staub, und beides war Pandora lieber als der erstickende Duft der Lilien, die drei bauchige Vasen füllten.

In einer Ecke des Raumes war ein Schachspiel aus Marmor und Elfenbein aufgebaut, an dem Pandora zahlreiche hitzig umstrittene Partien verloren hatte. Onkel Jolley – Gott segne sein rundliches, unschuldiges Gesicht und seine kurzen, dicken Finger – war beim Spielen ein leidenschaftlicher und geschickter Betrüger gewesen. Pandora wiederum hatte keine Niederlage so einfach eingesteckt. Vielleicht hatte er sie deshalb so gern geschlagen, mit ehrlichen oder unehrlichen Mitteln.

Durch die drei Bogenfenster fiel das Licht matt und düster herein. Es passte zu Pandoras Stimmung und, wie sie fand, auch zu den Vorgängen. Onkel Jolley hätte die Szenerie gefallen.

Wenn Pandora liebte – und sie brachte dieses Gefühl nur einigen Auserwählten in ihrem Leben entgegen –, legte sie alles von sich in diese Liebe. Von Geburt an besaß sie grenzenlose Energien, und sie hatte mit der Zeit eiserne Beharrlichkeit entwickelt. Auf ihre uneingeschränkte, alles umfassende Weise hatte sie Onkel Jolley geliebt und alle seine Schrullen zuerst anerkannt und dann akzeptiert. Er war dreiundneunzig geworden, aber er war nie stumpf oder zerstreut gewesen.

Einen Monat vor seinem Tod waren sie beide angeln gegangen – verbotenerweise, um es genau zu nehmen –, und zwar in dem See des Nachbarn. Nachdem sie mehr gefangen hatten, als sie essen konnten, hatten sie dem Eigentümer ein halbes Dutzend Forellen, ausgenommen und tiefgekühlt, zurückgeschickt.

Pandora würde Onkel Jolley vermissen, mit seinem rundlichen Cherubsgesicht, seiner hohen, melodiösen Stimme und seinen kleinen Bosheiten. Von seinem drei Meter hohen Porträt in einem extravaganten Rahmen lächelte er auf sie mit demselben leichten Grinsen herunter, mit dem er Millionengeschäfte abgeschlossen oder einem ahnungslosen Vizepräsidenten einen Drink in einem angebohrten Glas in die Hand gedrückt hatte.

Sie vermisste ihn jetzt schon. Niemand in ihrer weitverzweigten, sehr unterschiedlichen Familie verstand und akzeptierte sie mit der gleichen Leichtigkeit. Das war ein Grund mehr gewesen, aus dem sie ihn verehrt hatte.

Von Gram niedergedrückt und von der Erkältung geplagt, lauschte Pandora den monotonen Ausführungen Edmund Fitzhughs über die einleitenden Bestimmungen zu Onkel Jolleys Testament. Maximilian Jolley McVie war nie einer der Schnellsten gewesen. Er hatte stets gesagt, man solle etwas so lange tun, bis der Dampf heraus war. Sein Letzter Wille trug seinen Stil.

Pandora machte sich nicht die Mühe, ihr Desinteresse an den Formalitäten zu verbergen und betrachtete eingehend die anderen Anwesenden in der Bibliothek.

Sie Trauernde zu nennen, wäre einer jener bösen Scherze gewesen, die Onkel Jolley geschätzt hätte.

Da waren Jolleys einziger noch lebender Sohn, Onkel Carlson, und seine Frau. Wie hieß sie doch? Lona … Mona? Spielte das eine Rolle? Steif aufrecht und hellwach hockten sie in Schwarz nebeneinander und erinnerten Pandora an Krähen auf einem Telefondraht, die darauf warteten, dass ihnen etwas vor die Füße fiel.

Cousine Ginger – süß, hübsch und harmlos, aber auch ziemlich unbedarft. In diesem Monat war ihr Haar Jean-Harlow-blond. Der gute Cousin Biff war da in seinem schwarzen, sündhaft teuren Anzug von Brooks Brothers. Er saß zurückgelehnt, ein Bein über das andere geschlagen, als würde er ein Polomatch betrachten. Pandora war sicher, dass er sich kein Wort entgehen ließ. Seine Frau – war das Laurie? – machte ein steifes, respektvolles Gesicht. Aus Erfahrung wusste Pandora, dass Laurie kein Wort von sich gab, es sei denn als Echo von Biff. Onkel Jolley hatte sie eine dumme, langweilige Närrin genannt. Obwohl sie Zynismus hasste, musste Pandora ihm zustimmen.

Onkel Monroe wirkte plump und erfolgreich und rauchte eine dicke Zigarre, obwohl seine Schwester Patience mit einem kleinen weißen Taschentuch vor ihrer Nase fächelte. Oder vielleicht gerade deswegen, verbesserte sich Pandora. Onkel Monroe liebte nichts mehr, als seine erfolglose Schwester zu stören.

Cousin Hank sah wie ein muskulöser Macho aus, übertraf darin jedoch kaum seine harte, athletische Frau Meg. Während ihrer Flitterwochen waren sie durch die Appalachen getrampt, und Onkel Jolley hatte sich stets gefragt, ob die beiden Turn- und Lockerungsübungen machten, bevor sie sich liebten.

Bei der Vorstellung musste Pandora lachen, was sie halbherzig mit dem Papiertaschentuch erstickte, ehe sie ihren Blick zu Cousin Michael wandern ließ. Oder war er Cousin zweiten Grades? Sie war mit diesen formellen Dingen nie klargekommen. Seine Mutter war Onkel Jolleys Nichte durch die zweite Heirat von Jolleys Sohn gewesen. Es war eine komplizierte Verwandtschaft, aber schließlich war Michael Donahue auch ein komplizierter Mann.

Sie beide waren nie gut miteinander ausgekommen, obwohl Pandora wusste, dass Onkel Jolley ihn bevorzugt hatte. In Pandoras Augen war jeder ein materialistischer Parasit, der seinen Lebensunterhalt dadurch verdiente, dass er eine dümmliche Fernsehserie schrieb, mit der er die Leute vor dem Flimmerkasten festhielt und sie daran hinderte, etwas Sinnvolles zu tun. Für einen Moment genoss sie die Erinnerung daran, wie sie ihm genau das ins Gesicht gesagt hatte.

Und dann gab es da natürlich noch die Frauen. Wenn ein Mann mit ‚Mädchen des Monats' und Showgirls ausging, bewies er, dass er keinen intellektuellen Anreiz besaß. Pandora lächelte, weil sie ihren Standpunkt bei Michaels letztem Besuch auf Jolley's Folley sehr klar formuliert hatte. Onkel Jolley war vor Lachen beinahe vom Stuhl gefallen.

Ihr Lächeln schwand. Onkel Jolley war nicht mehr. Und wenn sie, wie meistens, ehrlich war, musste sie zugeben, dass von allen Leuten im Raum Michael Donahue den alten Herrn am meisten geschätzt hatte.

Das würde man nicht merken, wenn man ihn so ansieht, dachte sie. Er wirkte desinteressiert und leicht arrogant. Sie bemerkte die festen, grimmigen Linien an seinen Lippen. Pandora hatte stets gefunden, dass an Donahue sein Mund am besten aussah, obwohl er ihr selten zulächelte, es sei denn wütend.

Onkel Jolley hatte Michaels Aussehen gefallen, und er hatte das Pandora auch ganz zu Beginn seiner Kuppelversuche gesagt. Eheanbahnung war eines seiner Hobbys gewesen, das sie ihm jedoch schnell abgewöhnt hatte. Nun, so ganz hatte er nie aufgegeben, aber sie hatte ihn in dieser Hinsicht ignoriert.

Vielleicht weil er selbst klein und rundlich gewesen war, hatte Jolley Michaels hohe, schlanke Gestalt und das schmale, ausdrucksvolle Gesicht gemocht. Pandora hätte er auch gefallen können, wären seine Augen nicht oft abwesend und teilnahmslos gewesen.

Im Moment wirkte Michael wie einer seiner Helden in seiner Actionserie, wie er da lässig an der Wand lehnte und in seinem förmlichen Anzug und mit der Krawatte ein wenig fehl am Platz aussah. Seine dunklen Haare waren nicht besonders ordentlich, als hätte er vergessen, sie nach einem wilden Ritt zu kämmen. Er wirkte gelangweilt und bereit für Action. Jede Art von Action.

Es ist schade, dachte Pandora, dass sie nicht besser miteinander auskamen. Sie hätte gern mit jemandem in Erinnerungen an Onkel Jolley geschwelgt, mit jemandem, der seine Grillen genauso geschätzt hatte wie sie.

Doch solche Gedanken waren sinnlos. Hätten sie sich nebeneinandergesetzt, würden sie einander jetzt schon beißen. Onkel Jolley, der von seinem Porträt auf sie heruntergrinste, wusste das nur zu genau.

Mit einem kleinen Seufzer putzte Pandora sich wieder die Nase und versuchte, Fitzhugh zuzuhören. Es ging gerade um ein Vermächtnis an Wale oder vielleicht auch Walfänger.

Noch eine Stunde in der Art, dachte Michael, und ich gehe die Wände hoch. Wenn er noch einmal das Wort ‚dessenthalben' hören musste … Michael beruhigte sich mit einem tiefen Atemzug. Er blieb hier, so lange es dauern würde, weil er den verrückten alten Mann geliebt hatte. Wenn der letzte Liebesdienst für Jolley war, dass er in einem Raum zusammen mit einer Gruppe menschlicher Geier langatmigen juristischen Ausführungen lauschte, dann tat er es eben. Sobald das hier vorbei war, wollte er sich einen anständigen Schuss Brandy einschenken und ganz für sich auf den alten Mann trinken. Jolley hatte Brandy gemocht.

Als Michael jung und voll Fantasie gewesen war und seine Eltern nichts verstanden hatten, da hatte Onkel Jolley ihm zugehört und ihn in seinen Träumen ermutigt. Bei jedem Besuch auf Jolley's Folley hatte sein Onkel von ihm eine Geschichte verlangt und sich begierig mit leuchtenden Augen zurückgelehnt, während Michael seiner Einfallskraft freien Lauf ließ. Michael hatte nichts davon vergessen.

Nachdem er seinen ersten Emmy Award – den begehrtesten Fernsehpreis der Welt, für ‚Logan's Run' – erhalten hatte, war Michael von Los Angeles in die Catskills geflogen und hatte seinem Onkel die Statue überreicht. Der Emmy war noch in dem Schlafzimmer des alten Mannes, obwohl der alte Mann nicht mehr da war.

Michael lauschte der trockenen, unpersönlichen Stimme des Anwalts und sehnte sich nach einer Zigarette. Erst vor zwei Tagen hatte er das Rauchen aufgegeben. Vor zwei Tagen, vier Stunden und fünfunddreißig Minuten. Ja, er wäre wirklich gern die Wände hochgegangen.

Er bekam keine Luft mit allen diesen Leuten im selben Raum. Jeder Einzelne von ihnen hatte den alten Jolley als verrückt und recht lästig angesehen. Etwas anderes war das mit dem Hundertfünfzig-Millionen-Dollar-Vermögen. Aktien und Beteiligungen waren alles andere als verrückt. Michael hatte mehrere begierige Blicke auf die Einrichtung der Bibliothek aufgefangen. Die schweren, reich verzierten georgianischen Möbel passten sicher nicht zu dem stromlinienförmigen Lebensstil mancher Anwesender, würden aber einen ordentlichen Batzen Bargeld auf die Hand einbringen. Michael wusste, dass der alte Mann jeden protzigen Stuhl und jeden überdimensionalen Tisch in diesem Haus geliebt hatte.

Er bezweifelte, dass einer der Versammelten in den letzten zehn Jahren in dem großen, widerhallenden Haus gewesen war. Pandora ausgenommen, wie er grollend einräumte. Sie mochte lästig sein, aber sie hatte Jolley verehrt.

Im Moment sah sie miserabel aus. Michael hatte sie noch nie zuvor unglücklich gesehen. Wütend, verächtlich, herausfordernd, aber nie unglücklich. Hätte er es nicht besser gewusst, hätte er sich neben sie gesetzt, ihr Trost angeboten und ihre Hand gehalten. Sie hätte ihm dafür möglicherweise seine Hand genau am Gelenk durchgebissen.

Immerhin, ihre unglaublich blauen Augen waren rot und verquollen, fast so rot wie ihr Haar, dachte er, während sein

Blick über die wilde lockige Mähne glitt, die ungeordnet und ungezügelt auf ihre Schultern fiel. Sie war so blass, dass die Sommersprossen über ihrer Nase sich deutlich abzeichneten. Normalerweise war ihre elfenbeinfarbene Haut leicht rosig getönt, ob vor Gesundheit oder von ihrem hitzigen Temperament wusste er nicht genau.

Zwischen ihren feierlichen schwarz gekleideten Angehörigen stach sie wie ein Papagei zwischen Krähen heraus. Sie trug ein leuchtend blaues Kleid. Michael fand das gut, obwohl er das nie zu Pandora sagen würde. Sie brauchte kein Schwarz und keine Kreppschleifen und Lilien, um zu trauern. Das begriff er, obwohl er Pandora nicht begriff.

In regelmäßigen Abständen ärgerte sie ihn mit ihren Ansichten über seinen Lebensstil und seine Karriere. Wenn sie zusammenkrachten, dauerte es nicht lange, bis er ihr ebenfalls Kritik an den Kopf warf. Immerhin war sie eine kluge, talentierte Frau, die lieber herumspielte und abscheulichen Schmuck für Boutiquen machte, anstatt sich ihres Hochschulabschlusses in Erziehung zu bedienen.

Sie nannte ihn jedes Mal materialistisch, er nannte sie idealistisch. Sie stufte ihn als Chauvinisten, er stufte sie als Pseudointellektuelle ein. Jolley hatte jeden Streit mit gefalteten Händen kichernd verfolgt. Jetzt, da er nicht mehr war, gab es keine Gelegenheiten für derartige Kämpfe. Seltsamerweise erschien ihm auch das ein Grund mehr, um seinen Onkel zu vermissen.

In Wahrheit hatte Michael nie zu irgendjemandem eine starke familiäre Bindung gefühlt, Jolley ausgenommen. Michael dachte nicht oft an seine Eltern. Sein Vater war mit seiner vierten Frau irgendwo in Europa, und seine Mutter hatte sich mit Ehemann Nummer drei friedvoll in die Gesellschaft von Palm Springs eingefügt. Sie hatten ihren Sohn nie verstanden, der sich dafür entschieden hatte, für etwas so Spießbürgerliches wie das Fernsehen zu arbeiten.

Aber Jolley hatte ihn verstanden und ihm zugestimmt. Und,

was noch viel, viel wichtiger für Michael war, er hatte Michaels Arbeit genossen.

Ein Lächeln breitete sich auf Michaels Gesicht aus, als er Fitzhugh das Vermächtnis für die Wale herunterleiern hörte. Das war so typisch Jolley. Etliche ungeduldige Verwandte zischten durch die zusammengebissenen Zähne. Hundertfünfzigtausend Dollar waren ihnen soeben durch die Lappen gegangen. Michael blickte zu dem überlebensgroßen Porträt seines Onkels auf. Du hast immer gesagt, du würdest das letzte Wort behalten, du alter Querkopf. Nur schade, dass du nicht mehr hier bist und darüber lachen kannst.

„Meinem Sohn Carlson …“ Murmeln und Flüstern erstarben, als Fitzhugh sich räusperte. Ohne Anteilnahme beobachtete Pandora, wie ihre Verwandten sich anspannten. Wohltätige Institutionen und Dienerschaft waren bedacht worden. Jetzt kamen die großen Brocken an die Reihe. Fitzhugh blickte kurz auf, ehe er fortfuhr. „Meinem Sohn Carlson, dessen … äh … Mittelmäßigkeit mir immer ein Rätsel war, hinterlasse ich meine gesamte Sammlung von Zaubertricks, in der Hoffnung, dass er einen Sinn für Lächerlichkeit entwickelt.“

Pandora unterdrückte mit ihrem Papiertaschentuch einen erstickten Laut und beobachtete, wie ihr Onkel puterrot wurde. Erster Punkt an Onkel Jolley, dachte sie und stellte sich auf ein weiteres Vergnügen ein. Vielleicht hatte er alles der Heilsarmee vermacht.

„Meinem Enkel Bradley und meiner angeheirateten Enkelin Lorraine hinterlasse ich meine allerbesten Wünsche. Mehr brauchen sie nicht.“

Pandora schluckte und blinzelte gegen die Tränen an, die ihr bei der Erwähnung ihrer Eltern in die Augen stiegen. Sie würde ihre Eltern abends in Sansibar anrufen, damit sie sich über die Wünsche genauso freuen konnten wie sie selbst.

„Meinem Neffen Monroe, der seinen ersten selbst verdienten Dollar aufgehoben hat, hinterlasse ich meinen letzten selbst verdienten Dollar samt Rahmen. Meiner Nichte Patience hinterlasse ich mein Cottage in Key West, allerdings ohne große Hoffnung, dass sie genug Mut und Schwung besitzt, um es zu benutzen."

Monroe kaute auf seiner Zigarre herum, während Patience entsetzt dreinblickte.

„Meinem Großneffen Biff hinterlasse ich meine Streichholzsammlung, in der Hoffnung, dass er endlich die Welt in Brand steckt. Meiner Großnichte Ginger, die hübsche Dinge liebt, hinterlasse ich den Silberspiegel, der angeblich Marie Antoinette gehört hat. Meinem Großneffen Hank hinterlasse ich die Summe von 3.528 Dollar, genug, wie ich meine, damit er sich sein Leben lang mit Weizenkeimen versorgen kann."

Das Murmeln, das bei dem ersten Vermächtnis eingesetzt hatte, hielt an und wuchs. Ärger ging allmählich in Wut über. Nichts hätte Jolley besser gefallen. Pandora machte den Fehler, zu Michael zu sehen. Jetzt wirkte er nicht abwesend, sondern voll Bewunderung. Als sich ihre Blicke trafen, konnte Pandora ihr Lachen nicht mehr zurückhalten und fing sich wütende Blicke ein.

Carlson erhob sich empört. „Mr. Fitzhugh, das Testament meines Vaters ist nichts als eine böse Verspottung. Offenbar war er bei der Abfassung nicht bei Sinnen, und ich bezweifle nicht, dass ein Gericht das Testament verwerfen wird."

„Mr. McVie." Wieder räusperte sich Fitzhugh. „Ich verstehe vollkommen Ihre Empfindungen bezüglich dieser Angelegenheit. Dennoch war mein Klient im Vollbesitz seiner geistigen und körperlichen Kräfte, als sein Testament abgefasst wurde. Er mag es zwar entgegen meinem Rat formuliert haben, aber es ist legal und bindend. Es steht Ihnen selbstverständlich frei, einen eigenen Anwalt zu konsultieren. Und nun habe ich noch mehr zu verlesen."

„Gewäsch." Monroe paffte an seiner Zigarre und starrte alle wütend an. „Gewäsch", wiederholte er, während Patience seinen Arm tätschelte und hingebungsvoll zwitscherte.

„Onkel Jolley liebte Gewäsch", sagte Pandora und ballte

ihr Taschentuch zusammen. Sie war bereit, es mit allen aufzunehmen, und sie hoffte fast, dass es nötig war. Es hätte sie von ihrer Trauer abgelenkt. „Hätte er sein Geld der Gesellschaft gegen Dummheit hinterlassen wollen, wäre das sein Recht gewesen."

„Immer langsam, meine Liebe." Biff polierte seine Fingernägel am Aufschlag seines Jacketts. Sein goldenes Uhrenarmband schimmerte. „Vielleicht hat dir der alte Narr eine Spule Garn hinterlassen, damit du noch mehr Glaskugeln auffädeln kannst."

„Du hast die Streichhölzer noch nicht, alter Junge." Alle Augen richteten sich auf Michael, als er sich träge aus seiner Ecke heraus zu Wort meldete. „Pass gut auf, was du anzündest."

„Warum lasst ihr ihn denn nicht weiterlesen?", flötete Ginger. Sie war mit ihrem Anteil zufrieden. Marie Antoinette, dachte sie. Man stelle sich vor.

„Die beiden letzten Vermächtnisse sind miteinander verbunden", begann Fitzhugh, bevor es eine neuerliche Störung gab. „Und sie sind etwas unorthodox."

„Das ganze Testament ist unorthodox", stieß Carlson verächtlich hervor, und mehrere Köpfe nickten zustimmend.

Pandora erinnerte sich daran, warum sie Familientreffen stets gemieden hatte. Sie langweilten sie zu Tode. Ganz offen hielt sie ihre Hand an den Mund und gähnte. „Könnten wir den Rest hören, Mr. Fitzhugh, bevor sich meine Angehörigen noch mehr bloßstellen?"

Sie glaubte, in den Augen des angestaubt wirkenden Anwalts ein zustimmendes Aufblitzen zu sehen, war jedoch nicht sicher.

„Mr. McVie schrieb diesen Abschnitt in seinen eigenen Worten." Er unterbrach sich kurz. „Pandora McVie und Michael Donahue", verlas Fitzhugh. „Den beiden Familienmitgliedern, die mir mit ihren Ansichten des Lebens die meiste Freude bereitet haben, mit ihrem Spaß an einem alten Mann und an alten Scherzen, vermache ich den Rest meines Besitzes, in seiner Gesamtheit, mit allen Guthaben, allen Geschäftsinteressen, allen Aktien, Pfandbriefen und Vermögensbeteiligungen, allem beweglichen und unbeweglichen Besitz, mit all meiner Zuneigung. Zu gleichen Teilen."

Pandora hörte nicht die Einwände von allen Seiten, als sie wie benommen aufsprang. „Ich kann dieses Geld nicht annehmen!" Sie eilte zu Fitzhugh. „Ich könnte gar nichts damit anfangen. Das würde nur mein Leben in Unordnung bringen." Sie wedelte mit der Hand über die Papiere auf dem Schreibtisch. „Er hätte mich zuerst fragen sollen."

„Miss McVie..."

Bevor der Anwalt noch mehr sagen konnte, wirbelte sie zu Michael herum. „Du kannst alles haben. Du könntest damit immerhin was anfangen."

In eisiger Ruhe schob Michael seine Hände in die Taschen. „Vielen Dank für dein Angebot, Cousine, aber bevor du die Bombe zündest, könntest du Mr. Fitzhugh zu Ende lesen lassen."

Sie starrte ihn einen Moment an, fast Nase an Nase mit ihm. Dann holte sie, wie sie das schon vor langer Zeit gelernt hatte, tief Luft und wartete, bis sie sich beruhigte. „Ich will das Geld nicht."

„Du hast deinen Standpunkt klargemacht." Er hob eine Augenbraue in jener zynischen, halb amüsierten Art, mit der er sie stets zur Weißglut brachte. „Du faszinierst die Verwandtschaft mit der kleinen Show, die du hier abziehst."

Durch nichts hätte sie ihre Selbstkontrolle schneller finden können. Sie hob ihm stolz ihr Kinn entgegen, zischte einmal und gab nach. „Also gut." Sie drehte sich um und hielt die Stellung. „Ich entschuldige mich für die Unterbrechung. Bitte lesen Sie zu Ende, Mr. Fitzhugh."

„Ich hinterlasse alles", fuhr er fort, „zusammen mit meinem Heim und den Dingen und Erinnerungen darin, die mir sehr wichtig sind, Pandora und Michael, weil sie Verständnis und Fürsorge gezeigt haben. Ich hinterlasse es ihnen, obwohl es sie vielleicht ärgert, weil es sonst niemanden in meiner Familie gibt, dem ich etwas für mich Wichtiges hinterlassen kann. Was mir gehörte, gehört jetzt Pandora und Michael, weil ich weiß, dass sie mich in ihrer Erinnerung lebendig erhalten werden. Ich erbitte von jedem der beiden nur eine Kleinigkeit als Gegenleistung."

Michael entspannte sich und lächelte andeutungsweise. „Jetzt kommt der Hammer", murmelte er.

„Nicht später als eine Woche nach Verlesung dieses Dokuments werden Pandora und Michael in mein Haus in den Catskills ziehen, nach Jolley's Folley. Sie werden dort für einen Zeitraum von sechs Monaten leben, wobei keiner von beiden mehr als zwei aufeinanderfolgende Nächte unter einem anderen Dach zubringen darf. Nach Ablauf dieses Zeitraums von sechs Monaten fällt ihnen der Besitz zu, in Gänze und ohne Auflagen, zu gleichen Teilen."

Der Anwalt räusperte sich, während es ansonsten im Raum totenstill war.

„Wenn einer der beiden mit dieser Verfügung nicht einverstanden ist oder die Bedingungen dieser Verfügung innerhalb des Zeitraums von sechs Monaten bricht, fällt der gesamte Besitz zu gleichen Teilen allen meinen übrigen Erben und dem Institut zum Studium fleischfressender Pflanzen zu. Ich segne euch, meine Kinder. Lasst einen alten, toten Mann nicht im Stich."

Eine volle Minute herrschte tiefe Stille.

Dann murmelte Michael: „Der alte Bastard." Pandora hätte daran Anstoß genommen, hätte sie ihm nicht völlig zugestimmt. Weil Michael voraussah, dass die Temperatur in dem Raum anstieg, zog er Pandora mit sich hinaus, den Korridor entlang und in einen jener seltsamen kleinen Salons, die man überall im Haus fand. Unmittelbar bevor er die Tür schloss, ging in der Bibliothek die erste Explosion hoch.

Pandora holte ein frisches Taschentuch hervor, schnäuzte sich und ließ sich auf die Armlehne eines Sessels plumpsen. Sie war zu entgeistert und erschöpft, um sich zu amüsieren. „Na, und jetzt?"

Michael tastete nach einer Zigarette, ehe er sich daran erinnerte, dass er aufgehört hatte. „Jetzt müssen wir einige Entscheidungen treffen."

Pandora schenkte ihm einen jener langen, starren Blicke, die nach ihrer Erfahrung die meisten Männer ins Stottern brachten. Michael saß ihr jedoch bloß gegenüber und starrte zurück. „Ich habe gemeint, was ich gesagt habe. Ich will dieses Geld nicht. Nach Aufteilung und Abzug der Steuern sind das ungefähr fünfzig Millionen pro Kopf. Fünfzig Millionen", wiederholte sie und rollte die Augen. „Lächerlich."

„Das war immer Jolleys Meinung", sagte Michael und bemerkte die Trauer in ihren Augen.

„Er hat das Geld nur zum Spielen benutzt. Das Problem war, dass er jedes Mal nur noch Geld dazugewonnen hat." Pandora konnte nicht still sitzen und ging ans Fenster. „Michael, mit so viel Geld würde ich ersticken."

„Bargeld ist nicht so schwer, wie du denkst."

Mit einem abfälligen Lächeln drehte sie sich um und setzte sich auf das Fensterbrett. „Du hättest nichts gegen fünfzig Millionen nach Abzug der Steuern einzuwenden."

Er hätte liebend gern diesen Ausdruck aus ihrem Gesicht weggewischt. „Ich besitze nicht deine feine Missachtung für Geld, Pandora, vielleicht weil ich ohne Geld aufgewachsen bin."

Sie zuckte die Schultern. „Dann nimm alles."

Michael griff nach einem kleinen blauen Glasei und warf es von einer Hand in die andere. Es war kühl und glatt und ein paar tausend Dollar wert. „Das wollte Jolley nicht."

Schniefend riss sie ihm das Ei aus der Hand. „Er wollte, dass wir heiraten und glücklich zusammenleben bis ans Ende unserer Tage. Ich würde ihm gern den Gefallen tun." Sie warf ihm das Ei wieder zu. „Aber ich bin keine derartige Märtyrerin. Und bist du nicht ohnedies mit irgendeiner kleinen blonden Tänzerin verlobt?"

Er legte sorgsam das Ei weg, bevor er dem Drang folgte, es

nach Pandora zu werfen. „Für jemanden, der die verwöhnte Nase über das Fernsehen rümpft, zeigst du wenig intellektuelle Geringschätzung für Klatsch und Tratsch."

„Ich liebe Klatsch und Tratsch", sagte Pandora so gigantisch übertrieben, dass Michael lachte.

„Also gut, Pandora, stecken wir für einen Moment die Schwerter weg. Ich bin mit niemandem verlobt, aber Heirat ist gar keine Bedingung des Testaments. Wir müssen nur sechs Monate unter demselben Dach leben."

Während sie ihn betrachtete, fühlte sie Enttäuschung in sich aufkommen. „Du willst also wirklich das Geld?"

Er machte zwei wütende Schritte auf sie zu, bevor er sich zurückhielt. Pandora zuckte nicht einmal mit der Wimper. „Denk, was du willst", sagte er leise, als wäre es unwichtig. Seltsamerweise ließ es sie schaudern. „Du willst das Geld nicht, gut. Abgesehen davon, willst du denn zusehen, wie dieses Haus an die Verwandtschaft da draußen geht oder an einen Haufen lächerlicher Wissenschaftler, die die Venusfalle untersuchen? Jolley hat dieses Haus und alles darin geliebt, und ich dachte immer, du auch."

„Tue ich auch." Die anderen würden es verkaufen, und das Haus wäre für sie verloren. Alle diese unsinnigen, prunkvollen Räume und die lächerlichen Bogengänge. Jolley mochte nicht mehr unter ihnen sein, aber er hatte das Haus wie eine baumelnde Karotte zurückgelassen, und er hielt nach wie vor den Stock, an dem der Köder hing.

„Er versucht noch immer, unser Leben zu bestimmen."

Michael hob eine Augenbraue. „Überrascht?"

Leise lachend sah Pandora zu ihm. „Nein."

Langsam schritt sie durch den Raum, während die Sonnenstrahlen durch die geschliffenen Glasscheiben fielen und in ihr rotes Haar Hochglanz zauberten. Michael beobachtete sie mit objektiver Bewunderung. Sie müsste großartig auf einer Leinwand aussehen. Das hatte er schon immer gefunden. Ihre Haltung, ihr Hochmut. Die paar Pfunde, die sie optisch durch die Kamera mehr bekommen würde, konnten ihrem zu eckigen, gertenschlanken Körper nicht schaden. Und das brandrote Haar wäre auf der Leinwand zu einem Signalfeuer geworden, wogegen es in der Realität einfach zu stark leuchtete. Er hatte sich oft gefragt, warum sie es nicht etwas unauffälliger färbte.

Im Moment interessierte er sich jedoch nur für ihre Gedanken. Das Geld war ihm verdammt gleichgültig, aber er wollte nicht zusehen, wie alles unter die Geier fiel. Und wenn er Pandora dafür rau anfassen musste, tat er es eben. Und vielleicht würde es ihm sogar Spaß machen.

Millionen! Pandora zuckte zusammen. Über oder unter einem bestimmten Einkommen gab es nichts als Sorgen. Aber auf einem netten, angenehmen Niveau ließ es sich leben, und sie hatte es fast schon gefunden. Wie sie die Sache sah, musste sie wie bei einem Schachspiel ihre Züge überlegen.

Sie hatte nie mit einem Mann zusammengelebt. Ganz bewusst nicht, Pandora wollte sich nur nach sich selbst richten müssen. Es war weniger, dass sie Dinge nicht teilen wollte. Sie wollte Lebensraum nicht teilen. Wenn sie jetzt zustimmte, war das schon die erste Konzession.

Dazu kam die Tatsache, dass Michael attraktiv war, attraktiv genug, um beunruhigend zu wirken, wäre er nicht gleichzeitig so ärgerlich gewesen. Ärgerlich und selbst leicht verärgert, erinnerte sie sich amüsiert. Sie wusste, welche Knöpfe sie drücken musste, um ihn zu irritieren. Hatte sie sich nicht stets damit gebrüstet, dass sie mit ihm umgehen könne? Es war nicht immer einfach gewesen. Dafür war er zu klug, aber das hatte ihre Wortwechsel interessant gemacht. Allerdings waren sie nie länger als eine Woche zusammen gewesen.

Es gab eine klare, unbestreitbare Tatsache: Sie hatte ihren Onkel geliebt. Wie konnte sie mit sich leben, wenn sie ihm einen letzten Wunsch verwehrte? Oder einen letzten Scherz?

Pandora blieb stehen und betrachtete Michael. „Sag mal, Cousin, wie können wir sechs Monate unter einem Dach leben, ohne uns zu schlagen?“

„Gar nicht."

Michael hatte so schnell geantwortet, dass sie lachte. „Ich glaube, ich würde mich langweilen, falls wir uns nicht schlagen sollten. Ich könnte innerhalb von drei, höchstens vier Tagen einziehen."

„Sehr gut." Als sich seine Schultern entspannten, erkannte er, wie sehr er gefürchtet hatte, sie werde ablehnen. Im Moment wollte er nicht untersuchen, warum ihm das so wichtig war. Er streckte ihr die Hand entgegen. „Abgemacht."

Pandora neigte den Kopf und schlug ein. „Abgemacht." Sie war überrascht, dass sich seine Hand hart und ein wenig schwielig anfühlte, nicht wie erwartet weich und schlaff. Immerhin tippte er bloß auf der Maschine. Vielleicht hielten die nächsten sechs Monate einige Überraschungen bereit.

„Sollen wir es den anderen mitteilen?", fragte er.

„Sie werden uns umbringen wollen."

Michael fand ihr Lächeln gleichzeitig reizend und boshaft. „Ich weiß", bestätigte er. „Versuche, nicht zu sehr zu strahlen."

Als sie den Salon verließen, hatten sich die Verwandten auf dem Korridor versammelt und taten, was sie gemeinsam am besten konnten: Sie stritten.

„Du würdest deinen Anteil für Möhrensaft verplempern", sagte Biff verächtlich zu Hank. „Ich wüsste wenigstens etwas mit dem Geld anzufangen."

„Es auf Pferde zu verwetten", sagte Monroe und stieß eine alles erstickende Wolke Zigarrenrauch aus. „Investieren. Abzüglich Steuern."

„Du könntest für dein Geld einen Kurs besuchen, wie man in ganzen Sätzen spricht." Carlson zog sich aus dem Rauch zurück und richtete seinen Krawattenknoten. „Ich bin der einzige Sohn des alten Herrn. Es ist meine Aufgabe, seine Unzurechnungsfähigkeit zu beweisen."

„Onkel Jolley besaß mehr Zurechnungsfähigkeit als ihr alle zusammen." Frustriert und angewidert trat Pandora vor. „Er hat jedem von euch genau das hinterlassen, was er euch zukommen lassen wollte."

Biff zog ein flaches goldenes Zigarettenetui hervor und warf seiner Cousine einen Blick zu. „Sieht so aus, als hätte unsere Pandora ihre Meinung geändert. Nun, du hast dafür gearbeitet, nicht wahr, Darling?"

Michael legte seine Hand auf Pandoras Schulter, bevor sie auf Biff losgehen konnte. „Du möchtest doch dein Profil behalten, Cousin?"

„Das Fernsehen hat dich wohl auf den Geschmack für Gewalt gebracht." Biff steckte sich lächelnd seine Zigarette an.

„Also, mir erscheint die ganze Sache fair." Hanks Frau schüttelte Pandora und Michael herzhaft die Hand. „Richtet euch hier im Haus einen Fitness-Raum ein. Trainiert ein bisschen. Komm jetzt, Hank."

Schweigend folgte Hank ihr nach draußen, wobei sich sein Jackett über seinen Schultern spannte.

„Nur Muskeln und kein Hirn", murmelte Carlson. „Komm, Mona." Er warf noch einen wütenden Blick auf Pandora und Michael. „In der Angelegenheit hört ihr noch von mir."

Pandora schenkte ihm ein reizendes Lächeln. „Gute Heimfahrt, Onkel Carlson."

„Anfechtung", brummte Monroe und watschte hinter ihnen her.

Patience winkte mit beiden Händen. „Key West, du gütiger Himmel! Ich war nie südlicher als Palm Beach. Oh lieber Himmel!"

„Ach, Michael." Ginger legte ihm die Hand auf den Arm. „Wann, meinst du, kann ich meinen Spiegel haben?"

Michael dankte dem Himmel, dass Jolley nicht verlangt hatte, er solle sechs Monate mit Cousine Ginger verbringen. „Mr. Fitzhugh schickt ihn dir bestimmt so bald wie möglich zu."

„Komm, Ginger, wir nehmen dich zum Flughafen mit." Biff warf Pandora noch einen abschätzenden Blick zu. „Würde ich dich nicht besser kennen, müsste ich mir Sorgen machen. Aber du hältst es mit Michael keine sechs Tage aus, geschweige denn sechs Monate."

„Gib noch nicht das Geld des alten Herrn aus", warnte Michael. „Wir schaffen die sechs Monate, und wenn es nur darum geht, euch eins auszuwischen."

„Abwarten." Biff ging kerzengerade hinaus. Seine Frau folgte ihm. Sie hatte die ganze Zeit kein Wort gesagt.

„Biff", fragte Ginger im Hinausgehen. „Was wirst du mit allen diesen Streichhölzern machen?"

„Hinter sich die Brücken verbrennen, hoffe ich", murmelte Pandora. „Sie sind weg. Und wir haben jetzt sechs Monate vor uns. Ich weiß noch nicht, warum du es machst, aber ich nehme es für Onkel Jolley auf mich. Ich kann meine Ausrüstung recht leicht hier unterbringen."

„Und ich kann hier recht leicht schreiben."

Pandora holte eine Rose aus einer Schale. „Sofern man bei diesen unglaubwürdigen Skripts von Schreiben sprechen kann."

„In dem gleichen Maß, in dem man deine aufgefädelten Klimperreifen Kunst nennen kann."

Ihre Wangen bekamen wieder Farbe. „Du könntest Kunst nicht einmal erkennen, würde sie vor dir stehen und dich in die Nase beißen. Mein Schmuck drückt Emotionen aus."

„Und wie viel kostet Lust im Moment?"

„Ich dachte, du wärst mit dem Preis gut vertraut." Pandora fischte ein Taschentuch hervor, nieste hinein und schloss ihre Tasche. „Die meisten Frauen, mit denen du dich triffst, tragen Preisschilder."

Das kleine Wortgefecht amüsierte Michael sichtlich. „Ich dachte, wir sprechen über Arbeit."

„In meinem Beruf wird die Zeit bezahlt, während deiner … deiner wird für Werbeeinschaltungen unterbrochen. Und dann …"

„Ich bitte um Entschuldigung."

Fitzhugh stand in der Tür der Bibliothek und wollte vor dem McVie-Clan beschützt werden und sich bei einem Drink beruhigen. „Darf ich annehmen, dass Sie beide mit den Bedingungen des Testaments einverstanden sind?"

Sechs Monate, dachte Pandora. Es wird ein sehr, sehr langer Winter werden.

Sechs Monate, dachte Michael. Die erste Narzisse, die ich im April finde, werde ich vergolden lassen.

„Sie können die Frist ab Ende der Woche laufen lassen", sagte Michael zu Fitzhugh. „Einverstanden, Cousine?"

Pandora hob ihr Kinn an. „Einverstanden."

2. Kapitel

Es war eine schöne Fahrt von Manhattan, am Hudson River entlang und in die Catskills hinein. Pandora hatte sie immer genossen, aber jetzt musste sie Manhattan gleich für sechs Monate verlassen. Sicher, sie konnte gelegentlich für ein paar Stunden in die Stadt kommen, aber das war kaum dasselbe wie ein Leben im Mittelpunkt des Geschehens.

Sie war damit aufgewachsen, alles zu genießen und stets das Beste aus ihrer Umgebung zu machen. Ihre Eltern waren Zigeuner im Herzen. Der Wohlstand hatte nur bewirkt, dass sie erster Klasse anstatt in Planwagen reisten. Und an Lagerfeuern hatten sie stets einen Diener, der Feuerholz sammelte, aber der Sinn war derselbe.

Vor ihrem fünfzehnten Lebensjahr hatte Pandora in mehr als dreißig Ländern gelebt. Sie hatte Sushi in Tokio gegessen, die Moore von Cornwall durchstreift und auf türkischen Märkten eingekauft. Privatlehrer hatten sie auf ihren Reisen begleitet. Die unruhige Kindheit hatte ihren Sinn für Stil geprägt und den Wunsch nach einem richtigen Heim erzeugt.

Während es ihren Eltern gefiel, durch die Länder zu ziehen und alles in Wort und Bild festzuhalten, hatte Pandora etwas Wichtiges versäumt. Wo war ihr Zuhause? Dieses Jahr in Mexiko, das nächste in Athen. Ihre Eltern hatten sich mit ihren Büchern und Artikeln über alles Ungewöhnliche einen Namen gemacht, aber Pandora wünschte sich Wurzeln, die sie sich jedoch selbst suchen musste.

Sie hatte sich für New York und in gewisser Weise für Onkel Jolley entschieden.

Jolley McVies allerletzter Scherz, dachte sie, als sie in die lange Zufahrt einbog. Hätte sie doch bloß mehr über Michael gewusst.

War es bei ihm das Geld oder Zuneigung zu dem alten Mann, was ihn in die Catskills zog? Seine Serie ‚Logan's Run' war im sehr erfolgreichen vierten Jahr, und er hatte andere lukrative Unternehmungen im Fernsehen laufen. Doch Geld stellte eine Verführung dar, Onkel Carlson hatte mehr davon, als er je ausgeben konnte, und focht dennoch bereits das Testament an.

Das bereitete ihr keine Sorgen. Onkel Jolley hatte stets nur die besten Leute angestellt. Wenn Fitzhugh das Testament erstellt hatte, war es wasserdicht. Sorgen bereitete ihr dagegen Michael Donahue.

Als sie ankam, war sie von der Fahrt und der Erkältung erschöpft. Ihre Ausrüstung war schon am Tag zuvor hergebracht worden, aber sie hatte immer noch drei Koffer im Wagen. Pandora wollte einen nach dem anderen nehmen, öffnete den Kofferraum und sah zu dem Herrenhaus hinüber.

Onkel Jolley hatte es gebaut, als er vierzig war. Also war das Haus älter als ein halbes Jahrhundert. Es erstreckte sich nach allen Richtungen gleichzeitig. Ohne die Seitenflügel wäre es ein ziemlich nüchternes Herrenhaus im Stil des späten neunzehnten Jahrhunderts gewesen. So aber war es eine verwirrende Vielfalt von Mauern und Ecken und hohen und breiten Gebäudeteilen. Einige Fenster waren lang gestreckt, andere breit, einige vergittert, andere frei.

Die Steine stammten aus seinen Steinbrüchen, das Holz aus seinen Sägewerken, und für den Hausbau hatte er eine Baufirma ins Leben gerufen. ‚McVie Construction Incorporated' war eine der fünf größten Gesellschaften des Landes. Und nun gehörte ihr davon die Hälfte, auch von Baby-Öl, Stahlwerken, Düsentriebwerken und Kuchenmischungen. Pandora biss die Zähne zusammen und hob einen Koffer aus dem Wagen. Worauf hatte sie sich bloß eingelassen!

Michael beobachtete Pandora von einem Fenster im ersten Stock aus. Sie trug eine lange weite Jacke in drei lebhaften Farben. Blau, Gelb und Rosa. Der Wind fing sich in ihrer gelben

Hose und ließ sie flattern. Sie wirkte nicht verweint, sondern grimmig entschlossen. Umso besser. Bei dem Begräbnis ihres Onkels hatte er sie trösten wollen, doch zu viel Mitgefühl für eine Frau wie Pandora war tödlich, und das Wissen darum hatte ihn abgehalten.

Er kannte sie von Kindheit an und hatte sie immer für ein verwöhntes Biest gehalten, musste ihr aber zugestehen, dass sie aufrichtiger und ehrlicher als der Rest der Verwandtschaft war.

Eine kurze Zeit hatte er für sie ein gewisses Verlangen verspürt, nur das seichte Verlangen eines Teenagers. Sie hatte schon immer ein faszinierendes Gesicht besessen, aber er zog sanftere Frauen vor, Frauen mit mehr Glanz und Weiblichkeit – und kürzeren Klauen.

Michael verschob das Einrichten seines Arbeitszimmers und ging nach unten.

„Charles, sind meine Sachen gekommen?" Pandora ließ ihre Autofahrerhandschuhe auf einen kleinen runden Tisch in der Halle fallen. Wegen Charles, dem alten Butler, der ihren Onkel schon vor ihrer Geburt versorgt hatte, freute sie sich über ihr Kommen.

„Alles ist heute Morgen eingetroffen, Miss." Der alte Mann wollte ihren Koffer nehmen, doch sie winkte ab.

„Nein, bemühen Sie sich nicht. Wohin haben Sie die Sachen gebracht?"

„In das Gartenhaus im östlichen Hof, wie Sie es wünschten."

Sie lächelte ihm zu und gab ihm einen Schmatz auf die Wange, und sein eckiges Bulldoggengesicht rötete sich leicht. „Ich wusste, dass ich mich auf Sie verlassen kann. Ich habe Ihnen noch gar nicht gesagt, wie glücklich ich darüber bin, dass Sie und Sweeney bleiben. Das Haus wäre nicht mehr dasselbe, würden Sie nicht Tee servieren und Sweeney Kuchen backen."

Charles drückte seinen Rücken noch gerader durch. „Wir denken gar nicht daran wegzugehen, Miss. Der Herr hätte gewollt, dass wir bleiben."

Er hatte es ihnen aber ermöglicht, indem er jedem von ihnen

dreitausend Dollar pro Dienstjahr hinterlassen hatte. Charles war seit dem Bau des Hauses hier, und Sweeney war ungefähr zehn Jahre später gekommen. Das Erbe hätte ausgereicht, dass sie sich zur Ruhe setzten. Pandora lächelte. Manche waren nicht für den Ruhestand geschaffen.

„Charles, ich hätte gern Tee." Sie wusste, dass sie ihn ablenken musste, sonst hätte er darauf bestanden, ihr Gepäck die lange Treppe hinaufzutragen.

„Im großen Salon, Miss?"

„Ausgezeichnet, und wenn Sweeney vielleicht diese kleinen Kuchen …"

„Sie backt schon den ganzen Vormittag." Seine Schuhe knarrten kaum hörbar, als er in die Küche ging.

Pandora malte sich dicken Zuckerguss aus. „Wie viel kann man in sechs Monaten zunehmen?", murmelte sie.

„Eine gleichmäßige Diät mit Sweeneys Kuchen könnte dir ganz bestimmt nicht schaden", sagte Michael von seinem erhöhten Standpunkt aus. „Männer werden für gewöhnlich mehr vom Körper als von Knochen angezogen."

Pandora wirbelte herum und musste den Kopf in den Nacken legen, um zu Michael aufzublicken. „Ich richte mein Leben nicht danach aus, wie ich Männer anziehe."

„Ich wäre der Letzte, der das behauptet."

Er wirkte sehr zufrieden, fand sie und fühlte den ersten Anflug von Ärger. Und er sah auf lässige und arrogante Art attraktiv aus. Mehrere Meter über ihrem Kopf lehnte er sich an einen Pfosten und blickte auf sie herunter, als wäre er der Herr. Dem wollte sie schnell ein Ende bereiten. Onkel Jolleys Letzter Wille war sehr klar gewesen: zu gleichen Teilen.

„Da du schon einmal hier bist und dich breitgemacht hast, kannst du mir mit meinem restlichen Gepäck helfen."

Er rührte sich nicht von der Stelle. „Ich dachte immer, wir wären uns wenigstens in puncto Feminismus völlig einig."

Pandora blieb an der Tür stehen und warf einen Blick zurück. „Lass gesellschaftspolitische Ansichten beiseite. Wenn du mir nicht hilfst, wird Charles darauf bestehen, sobald er zurückkommt, aber er ist zu alt dafür und zu stolz, als dass man ihm das sagen könnte." Sie ging hinaus und war nicht überrascht, hinter sich Michaels Schritte auf dem Kies zu hören.

Sie sog tief die frische Luft ein. Alles in allem war es ein schöner Tag. „Bist du schon zeitig hier heraufgefahren?"

„Genau genommen bin ich schon gestern Abend spät gekommen." Pandora drehte sich an dem offenen Kofferraum um. „So wild darauf, das Spiel zu beginnen, Michael?"

Hätte er sich nicht zu einem friedlichen Start entschlossen, hätte er an ihrem Tonfall und ihrem Blick Anstoß genommen. So aber ließ er beides durchgehen. „Ich wollte heute mein Arbeitszimmer einrichten. Ich war fast fertig, als du kamst."

„Arbeit, Arbeit, Arbeit", sagte sie mit einem langen Seufzer. „Du schuftest viele Stunden wie ein Sklave, um pro Woche eine Stunde Verfolgungsjagden und heiße Luft zu produzieren."

Friede war ihm plötzlich doch nicht so wichtig. Als Pandora die Hand nach einem Koffer ausstreckte, packte er sie am Gelenk. „Mein Arbeitsaufwand und meine Ergebnisse gehen dich absolut nichts an."

Sie fand es merkwürdig, wie sehr es ihr gefiel, ihn am Rand der Selbstbeherrschung zu erleben. Alle ihre anderen Verwandten waren so glatt und zivilisiert. Michael hatte sich immer abgehoben und war dadurch interessanter gewesen. Lächelnd hielt sie ihre Hand locker.

„Habe ich angedeutet, dass es mich etwas angeht? Nichts – das versichere ich dir – entspricht weniger den Tatsachen. Bringen wir die Sachen hinein, damit wir Tee trinken können? Es ist ein wenig kühl hier draußen."

Michael hatte stets grollend bewundert, wie leicht sie in die Rolle der Dame des Hauses schlüpfen konnte. Als Autor schätzte er ein Naturtalent.

Er wusste auch, wie eine Szene am besten anzulegen war. „Tee ist eine großartige Idee." Er hob einen Koffer heraus und überließ ihr den zweiten. „Wir führen einige Regeln ein."

„Tatsächlich?“ Pandora nahm den Koffer und ging ins Haus.

Pandoras Zimmer lag im ersten Stock des Ostflügels. Jolley hatte ihr das Einrichten überlassen, und sie hatte sich für Weiß in Weiß mit einigen anregenden Farbakzenten entschieden. Pandora stellte ihren Koffer neben das Bett, bemerkte zufrieden das Feuer in dem kleinen Marmorkamin und warf ihre Jacke über einen Stuhl. Darunter trug sie einen lebhaften blauen Pullover mit einer aufgestickten weißen Taube auf der linken Seite.

„Ich habe immer das Gefühl, als würde ich in das Musterzimmer einer Wohnzeitschrift kommen“, bemerkte Michael, als er ihre Koffer absetzte, und für einen Moment verspürte er wieder jenes Verlangen wie damals.

„Du fühlst dich vermutlich in deinem eigenen Zimmer wohler“, entgegnete Pandora. „Das ist mehr Wald-und-Wiesen-Stil. Der Tee ist wahrscheinlich schon fertig.“

Obwohl sie nebeneinander die Treppe hinuntergingen, sprachen sie nicht miteinander. In dem großen Salon deckte Charles soeben – inmitten nahöstlicher reichhaltiger Ausstattung nach Jolleys Wahl – den Teetisch.

„Sie haben das Feuer angemacht, wie schön.“ Pandora ging an den Kamin und wärmte ihre Hände. Sie musste sich einen Moment sammeln, denn in ihrem Zimmer hatte sie eine Sekunde lang gedacht, in Michaels Augen etwas zu erkennen, was sie verwirrte. Und sie meinte, das Gleiche empfunden zu haben. „Ich schenke schon ein, Charles. Michael und ich werden vor dem Dinner nichts mehr brauchen.“

Sie sah sich beiläufig in dem Zimmer mit den fließenden Drapierungen, den geschwungenen Brokatsofas, den schwellenden Kissen und den Messingurnen um.

„Weißt du, das war immer eines meiner Lieblingszimmer.“ Sie ging an den Teetisch und füllte die Tassen. „Ich war erst zwölf, als wir die Türkei besuchten, aber dieses Zimmer erinnert mich lebhaft daran, sogar an die Gerüche auf den Märkten. Zucker?“

„Nein.“ Michael nahm ihr die Tasse ab, legte eine dicke Scheibe Kuchen auf einen Teller und suchte sich eine Sitzgelegenheit. Er bevorzugte den kleinen Salon nebenan mit seinem übersichtlichen englischen Landhausstil.

Das ist also der Anfang, dachte er, mit dem alten Butler und der dicken Köchin als Zeugen. In sechs Monaten mussten alle ein Dokument unterzeichnen und eidesstattlich erklären, dass die Bedingungen des Testaments erfüllt waren, und das war es dann. Nur die Zeit dazwischen bereitete ihm Sorgen.

„Regel Nummer eins", begann Michael ohne Einleitung. „Wir wohnen beide im Ostflügel, weil das für Charles und Sweeney einfacher ist, aber jeder von uns wird jederzeit den Bereich des anderen respektieren."

„Unter allen Umständen." Pandora schlug die Beine übereinander und nippte an ihrem Tee.

„Wiederum wegen des Personals erscheint es geboten, dass wir zur selben Zeit essen. Und darum werden wir im Interesse des nackten Überlebens berufliche Belange aus unserer Unterhaltung ausklammern."

Pandora lächelte ihm zu und knabberte an ihrem Kuchen. „Da, bitte, bleiben wir streng persönlich."

„Du bist ein ekliges kleines Biest …"

„Siehst du, wir fangen großartig an. Regel Nummer zwei. Keiner von uns, ganz gleich, wie gelangweilt oder unruhig er oder sie ist, wird den anderen während seiner oder ihrer festgesetzten Arbeitszeiten stören. Ich arbeite für gewöhnlich von zehn bis eins und dann wieder von drei bis sechs."

„Regel Nummer drei. Hat einer von uns Besuch, macht sich der andere rar."

Pandoras Augen zogen sich nur für einen Moment zusammen. „Ach, und ich wollte unbedingt deine Tänzerin kennenlernen. Regel Nummer vier. Das Erdgeschoss ist neutraler Boden und von beiden gleichermaßen zu nutzen, es sei denn, besondere Vereinbarungen wären vorher getroffen worden." Sie tippte mit dem Finger gegen die Armlehne ihres Sessels. „Wenn wir beide fair spielen, sollten wir es schaffen."

„Ich habe keine Schwierigkeiten mit Fair Play. Soweit ich mich erinnere, bist du diejenige, die mogelt."

Ihre Stimme wurde sehr kühl. „Ich weiß nicht, wovon du sprichst."

„Canasta, Poker, Gin."

„Dafür hast du überhaupt keinen Beweis." Sie stand auf und schenkte sich noch eine Tasse Tee ein. „Außerdem sind Kartenspiele etwas ganz anderes. Ärgerst du dich noch wegen der fünfhundert Dollar, die ich von dir gewonnen habe?"

„Ich würde mich nicht ärgern, hättest du sie ehrlich gewonnen."

„Ich habe sie gewonnen", entgegnete Pandora. „Das zählt. Wenn ich betrogen habe und du mich nicht erwischt hast, bedeutet das, ich habe so gut betrogen, dass es wieder legal war."

„Du hattest schon immer eine sehr verdrehte Logik." Michael stand ebenfalls auf und kam auf sie zu. Sie musste seinen Gang bewundern, diesen federnden, leicht wiegenden Gang. „Ganz gleich, was immer wir von jetzt an spielen, du wirst mich nicht mehr betrügen."

Sie lächelte zuversichtlich. „Michael, wir kennen einander zu lang, als dass du mich einschüchtern könntest." Sie hob die Hand, um seine Wange zu tätscheln, und zum zweiten Mal hielt er ihre Hand fest. Zum zweiten Mal fühlte sie auch dieses gefährliche Etwas, das sie vorhin erlebt hatte.

Onkel Jolley war nicht mehr als Puffer zwischen ihnen da. Was immer zwischen ihnen bestand, es hatte einen ganzen langen kalten Winter Zeit, um an die Oberfläche zu kommen.

„Vielleicht lernen wir einander erst jetzt kennen", murmelte Michael.

Pandora glaubte das auch, und es gefiel ihr nicht. Michael wirkte nicht wie jemand, der einen Schlag abwehrte, sondern wie jemand, der ihn zurückgab.

Sie standen einander abschätzend einen Moment gegenüber. Waren sie klug, so würde jeder von ihnen einen Treffer anerkennen und zurückweichen.

Pandora hob stolz ihr Kinn. „Michael, wir steigen ein anderes Mal in den Ring. Im Moment bin ich von der Fahrt ein wenig müde. Wenn du mich entschuldigst?"

„Regel Nummer fünf", sagte er, ohne sie loszulassen. „Wenn einer von uns auf den anderen schießt, wird er verdammt dafür bezahlen müssen." Er ließ ihren Arm los und griff nach seiner Tasse. „Dann bis nachher zum Dinner, liebe Cousine."

Pandora erwachte kurz nach Sonnenaufgang, war sofort voll wach und ausgeruht und platzte vor Energie. Mochte es nun an der Luft in den Bergen oder an den sechs Stunden tiefen Schlafs liegen, sie war jedenfalls bereit und begierig auf Arbeit.

Das Frühstück konnte warten, entschied sie, während sie duschte und zu einer schwarzen Hose eine weit geschnittene sandfarbene Jacke mit aufgesetzten breiten Taschen und einem breiten Gürtel anzog. Sie wollte im Gartenhaus ihre Ausrüstung vorbereiten und sich in die Arbeit stürzen.

Im Haus war es noch still und dunkel. Die Luft im Freien ließ Pandoras Haut prickeln. Sie schlug ihren Jackenkragen hoch und überquerte den Rasen, der unter ihren Füßen durch den Morgenreif knirschte. Sie liebte diese absolute Einsamkeit, diese leichte Luft und den unbeschreiblichen Duft der Berge und des Flusses. Die beste Jahreszeit in den Bergen war ihrer Meinung nach der Winter.

Winter in den Bergen war eine Zeit für die grundlegenden Dinge. Wärme, Essen, Arbeit. Manchmal wünschte Pandora sich nur die grundlegenden Dinge. In New York liebte sie gelegentlich stundenlange Diskussionen, die Herausforderung und das Training für ihren Verstand. Aber ...

Es gab Zeiten, in denen sie sich nichts mehr wünschte als einen stillen Sonnenaufgang über der reifüberzogenen Erde und die Aussicht auf ein heißes Getränk an einem lodernden Feuer. Und es gab Zeiten, obwohl sie sich das selten selbst eingestand, in denen sie ihren Kopf an eine Schulter lehnen und eine Hand festhalten wollte.

Sie war so erzogen worden, Unabhängigkeit als Pflicht und nicht als selbst gewählt zu betrachten. Ihre Eltern führten eine absolut ausgeglichene Beziehung – sie waren gleichwertige Partner. Pandora hielt diese Art von Beziehung für eine Seltenheit in einer Welt, in der sich die Waage zu oft nach der einen oder anderen Seite neigte.

Mit achtzehn hatte Pandora beschlossen, sich nie mit weniger als einer vollen Partnerschaft zufriedenzugeben. Mit zwanzig hatte sie entschieden, dass Heirat für sie nichts war. Stattdessen hatte sie all ihre Leidenschaft, ihre Energie und ihren Einfallsreichtum in ihre Arbeit gelegt.

Es hatte sich ausgezahlt. Sie war erfolgreich und hatte mehr erreicht als die meisten anderen Menschen in ihrem ganzen Leben.

Nun öffnete sie die Tür des als Abstellraum dienenden Gartenhauses. Das viereckige Gebäude besaß die Größe eines durchschnittlichen Schuppens und hatte einen Holzboden und getäfelte Wände. Onkel Jolley hatte nichts von einfacher Ausstattung gehalten. Sie drückte den Schalter und ließ das Licht aufflammen.

Nach ihren Anweisungen waren die Kisten und Kartons, die sie vorausgeschickt hatte, an einer Wand aufgereiht worden. Die Wandborde, auf denen Onkel Jolley während seiner kurzen, heftigen Gärtnerphase das Gartenwerkzeug aufgehoben hatte, waren leergeräumt worden. Es gab eine große Doppelspüle aus Edelstahl und ein kleines, mehr als ausreichendes Bad mit Dusche im Hintergrund. Pandora zählte fünf Werkbänke. Licht und Lüftung waren hervorragend.

Es würde nicht lange dauern, das Gartenhaus in eine produktive Arbeitsstätte zu verwandeln. Sie brauchte drei Stunden.

Auf einem Bord standen Behälter mit Kugeln und Tropfen verschiedener Größe – Pechkohle, Amethyst, Gold, poliertes Holz, Koralle, Elfenbein. Sie hatte Tabletts mit Edelsteinen und Halbedelsteinen, mit Smaragdschliff, Brillantschliff, Tropfenform und Scheiben. In New York lagen sie in einem Safe. Hier kam Pandora gar nicht auf die Idee, die Kleinode wegzuschließen. Sie hatte Gold, Silber, Bronze und Kupfer. Es gab massive und hohle Bohrer, Hämmer, Flachzangen, Drahtzangen, Kneifzangen, Feilen und Klemmschrauben. Man hätte meinen können, sie betreibe eine Tischlerei. Außerdem hatte sie noch Kopier- und Zeichenbretter, Flaschen mit Chemikalien und kilometerweise Garne und Kunststofffasern.

Das in diesen Materialien steckende Geld hatte sie jeden Penny ihrer Erbschaft von ihrer Großmutter gekostet und einen Großteil ihrer Ersparnisse aus ihren Lehrjahren verschlungen, aber das war es wert. Pandora nahm eine Feile und klopfte damit auf ihre Handfläche. Das war es mehr als wert.

Sie stellte nie zwei identische Stücke her. Manchmal waren ihre Arbeiten elegant in ihrer Einfachheit, klassisch im Design. Diese Stücke verkauften sich gut und verschafften ihr etwas künstlerische Freiheit. Dann wieder waren ihre Arbeiten laut und bunt und überzeichnet. Stimmungen leiteten Pandora, nicht Trends. Sehr selten nur nahm sie einen Auftrag mit bestimmten Richtlinien an. Es sei denn, die Richtlinien oder der Klient interessierten sie.

Sie hatte einen Präsidenten abgewiesen, weil ihr seine Ideen zu prosaisch erschienen waren, hatte aber einen Ring auf die Bitte eines frischgebackenen Vaters hin gemacht, weil sein Einfall einzigartig war. Pandora hatte später erfahren, dass die frischgebackene Mutter nie die drei miteinander verflochtenen Goldglieder abnahm. Drei Glieder, eines für jeden der neugeborenen Drillinge.

Im Moment hatte Pandora gerade den Entwurf für eine dreireihige Halskette beendet, die von dem Ehemann einer populären Sängerin mit dem ungewöhnlichen Namen Emerald – Smaragd – in Auftrag gegeben wurde, und das war gleichzeitig Pandoras einzige Richtlinie: Der Mann wollte viele Smaragde, und er würde auch für das Dutzend bezahlen, das sie noch in New York vor ihrer Abreise ausgesucht hatte. Es waren rechteckige Steine, drei Karat pro Stück, von jenem tiefen leuchtenden Grün, das bei Smaragden so geschätzt wurde.

Das war beruflich und, noch wichtiger, künstlerisch ihre große Chance. Wurde die Halskette ein Erfolg, konnte sie sich nicht nur ein paar gute Kritiken in ihre Sammelmappe einkleben, sondern fand vor allem Anerkennung. Dann wäre sie frei gewesen, um noch mehr ohne Kompromisse und nach ihren Vorstellungen zu arbeiten.

Sie musste die Kette so arbeiten, dass sie wie Stahl hielt und wie ein Spinnennetz aussah. Die Steine sollten so an jeder Reihe hängen, als wären sie dorthin getropft.

Die Luft in der Werkstatt wurde von der Heizung und der Arbeitsflamme stickig. Schweiß trat auf Pandoras Haut, aber es störte sie nicht. Sie bemerkte nicht einmal so richtig, wann das Gold zu schmelzen begann. Immer wieder zog sie den feinen Golddraht, glättete ihn langsam und veränderte behutsam die Form, bis er dünn wie Engelshaar war und sie ihn mit den Fingern verdrehen und flechten konnte, um den Entwurf zu verwirklichen, der in ihrem Kopf und auf dem Papier existierte.

Die Zeit verstrich. Endlich war die erste dünne Goldkette unter Pandoras Fingern entstanden.

Sie streckte sich soeben, als sich die Tür öffnete und kühle Luft hereinstrich. Mit vor Hitze und Konzentration glühendem Gesicht starrte sie Michael wütend an.

„Was zum Teufel machst du hier?"

„Ich führe Befehle aus." Er hatte die Hände in die Jackentaschen geschoben. „Hier riecht es wie in einem Schmelzofen."

„Ich arbeite." Sie wischte sich mit dem Saum ihrer großen Schürze über die Stirn. „Erinnerst du dich an Regel Nummer drei?"

„Das musst du Sweeney sagen." Er ließ die Tür einen Spalt offen und kam ganz herein. „Sie sagt, es sei schlimm genug, dass du das Frühstück hast ausfallen lassen, aber ohne Mittagessen kommst du nicht davon." Neugierig fuhr er mit dem Finger auf einem Tablett mit glitzernden bunten Steinen herum. „Ich habe Befehl, dich zurückzubringen."

„Ich bin noch nicht fertig.“

Er hielt einen winzigen Saphir gegen das Licht. „Ich musste sie zurückhalten, sonst wäre sie höchstpersönlich hierher gestampft. Wenn ich ohne dich zurückkomme, wird sie dich holen, aber ihre Arthritis plagt sie wieder.“

Pandora murmelte eine Verwünschung. „Leg das weg“, befahl sie und band ihre Schürze ab.

„Einiges von diesem Zeug sieht echt aus“, bemerkte er, legte den Saphir zurück und nahm einen Diamanten hoch.

„Einiges von diesem Zeug ist echt.“ Pandora bückte sich und drehte eine der beiden Heizungen kleiner.

Michael blickte stirnrunzelnd auf sie hinunter. „Wieso hast du die Sachen herumliegen? Sie sollten weggeschlossen sein.“

Pandora regelte die zweite Heizung. „Warum?“

„Stell dich nicht dümmer als nötig. Jemand könnte einbrechen.“

„Jemand?“ Pandora richtete sich auf und lächelte ihm zu. „In der Gegend gibt es nicht viele Jemands. Charles und Sweeney machen bestimmt keinen Ärger, aber vielleicht sollte ich mir deinetwegen Sorgen machen.“

Er murmelte etwas und ließ den Diamanten auf das Tablett zurückfallen. „Hätte ich ein paar tausend Dollar herumliegen, wäre ich vorsichtiger.“

Normalerweise hätte Pandora zugestimmt, aber sie waren meilenweit von allem und jedem entfernt. „Das ist nur einer der Unterschiede zwischen uns, Michael. Ich glaube nicht, dass du viel Vertrauen in deine Umwelt hast. Das kommt bestimmt daher, dass du so viel über hässliche und unangenehme Dinge schreibst.“

„Ich schreibe auch über die menschliche Natur.“ Er griff nach ihrer Skizze der Smaragdhalskette. Durch ihre Ausgewogenheit hätte sie einen Architekten und durch ihre fließenden Formen einen Künstler begeistert. „Wenn du so gern dieses Klimperzeug machst, warum trägst du selbst nichts?“

„Schmuck stört mich bei der Arbeit. Wenn du über menschliche Natur schreibst, wieso wird dann jede Woche der Bösewicht gefangen?“

„Weil ich für Menschen schreibe, und Menschen brauchen Helden.“

Pandora öffnete schon den Mund, um ihm zu widersprechen, fand aber, dass sie seiner Meinung war, schaltete das Licht aus und ging vor ihm hinaus.

„Sperr wenigstens ab“, sagte Michael.

„Ich habe keinen Schlüssel.“

„Dann werden wir einen besorgen.“

„Wir brauchen keinen.“

Er knallte die Tür zu. „Du brauchst einen.“

Pandora ging achselzuckend weiter. „Michael, habe ich schon erwähnt, dass du irritierter als sonst bist?“

Er holte ein Bonbon aus seiner Tasche und schob es sich in den Mund. „Habe zu rauchen aufgehört.“

Zitronengeschmack. Sie fing den leichten Duft auf. „Ist mir aufgefallen. Wie lange schon?“

„Etwa zwei Wochen. Ich werde langsam verrückt.“

Sie lachte mitfühlend, ehe sie sich bei ihm einhakte. „Du wirst es überleben, Darling. Der erste Monat ist der schlimmste.“

Er betrachtete sie finster. „Woher willst du das wissen? Du hast nie geraucht.“

„Der erste Monat ist bei allem der schlimmste. Du musst nur deine Gedanken ablenken. Mach Gymnastik. Wir joggen nach dem Mittagessen.“

„Wir?“

„Und wir können nach dem Abendessen Canasta spielen.“

Er schnaufte verächtlich, strich aber die Haare von ihrer Wange zurück. „Du wirst wieder betrügen.“

„Siehst du, deine Gedanken sind schon abgelenkt.“ Lachend blickte sie zu ihm auf. Er wirkte etwas verdrossen, aber an ihm war das attraktiv. Friedliches, gutmütiges und gutes Aussehen hatte sie stets gelangweilt. „Es kann nicht schaden, wenn du eines deiner Laster aufgibst, Michael. Du hast so viele.“

„Ich liebe meine Laster", brummte er. So freundlich und entspannt lächelte Pandora ihn selten an. Dann vergaß er jedes Mal, wie viel Ärger sie ihm machte. Und er vergaß, dass er sich eigentlich nicht zu betont bohemienhaften Frauen mit wilden roten Haaren und spitzen Knochen hingezogen fühlte. „Eine Frau mit deinem Aussehen sollte auch ein paar eigene Laster haben."

Ihr Mund war ernst, aber ihre Augen funkelten mutwillig. „Dafür bin ich zu beschäftigt. Laster verschlingen eine Menge Zeit."

„Aus der geöffneten Büchse der Pandora strömten die Laster."

Sie blieb auf den Stufen des hinteren Eingangs stehen. „Nebst anderem Unheil. Wahrscheinlich bin ich deshalb sehr vorsichtig, bevor ich etwas öffne."

Michael strich mit dem Finger über ihre Wange. „Früher oder später musst du den Deckel lüften."

Sie wich nicht zurück, obwohl sie die leichte Spannung spürte. Pandora hielt nichts von Zurückweichen, sondern glaubte nur an Vorpreschen. „Manche Dinge sollten besser unter Verschluss bleiben."

Michael nickte. Er wollte genauso wenig von seiner Privatsphäre preisgeben wie sie von ihrer. „Manche Schlösser sind nicht so stark, wie sie sein sollten."

Sie standen dicht beisammen, und der Wind strich leicht zwischen ihnen. Pandora fühlte die Sonne im Rücken und die Kälte auf ihrem Gesicht. Ein Schritt näher, und sie würde auf Wärme treffen – auf Hitze. Daran hatte sie nie gezweifelt und hatte es deshalb immer vermieden. Michael machte sich stets alles zunutze, was sich ihm darbot. Und im Moment wäre das zufällig sie gewesen.

Sie atmete langsam und ruhig aus, ehe sie nach dem Türknopf griff.

„Es ist besser, wir gehen jetzt, wir sollten Sweeney nicht warten lassen."

3. Kapitel

Die Straßen sind fast verlassen. Ein Wagen fährt um die Ecke, verschwindet. Es nieselt. Neonlichter spiegeln sich in Pfützen. Dieser Teil der Stadt ist grau, mies. Hinterhöfe, billige Nachtclubs, verbeulte Autos. Die kleine, nett gekleidete Blondine geht schnell. Sie ist nervös, nicht in ihrem Element, aber auch nicht verloren. Großaufnahme, Briefumschlag in ihrer Hand. Feucht vom Regen. Ihre Finger öffnen und schließen sich. Die Reifen eines Autos außerhalb des Bildes quietschen. Sie zuckt zusammen, steht unschlüssig vor dem Club. Das blaue Licht der Reklame blinkt ihr Gesicht an. Sie zögert. Schiebt den Umschlag von einer Hand in die andere. Sie geht hinein. Kamera fährt langsam auf die Straße. Drei Schüsse, das Bild erstarrt.

Es klopfte drei Mal an der Tür von Michaels Arbeitszimmer. Bevor er antworten konnte, wirbelte Pandora herein. „Herzlichen Glückwunsch zum Jubiläum, Darling!“

Michael blickte von seiner Schreibmaschine auf. Fast die ganze Nacht hatte er an seiner Geschichte gearbeitet, die sich jetzt in seinen Gedanken wieder auflöste.

„Zum Teufel, wovon sprichst du?“ Er tastete nach der Schale mit Erdnüssen, hatte aber schon alle bis auf zwei gegessen.

„Zwei volle Wochen ohne gebrochene Knochen.“ Pandora kam auf ihn zu, schnalzte missbilligend mit der Zunge angesichts der Unordnung und entschied sich für die Armlehne eines Sessels, buchstäblich dem einzigen freien Platz. „Und alle haben gesagt, wir würden nicht durchhalten.“

Pandora sah frisch aus. Die rote Mähne hatte sie nach hinten gekämmt, die schwarze Trikothose mit dem schwarzen Oberteil, auf dessen neutralem Untergrund bizarre Zackenlinien in allen Farben leuchteten, saß bequem.

Michael dagegen fühlte sich, als wäre er soeben aus einer Höhle gekrochen. Sein T-Shirt war schon vor zwei Jahren an der Schulter eingerissen, aber er zog es immer noch am liebsten an. Vor ein paar Wochen hatte er einer Freundin beim Anstreichen geholfen, und die Farbflecke auf seiner Jeans verrieten ihre Vorliebe für Babyrosa. Seine Augen fühlten sich an, als hätte er mit dem Gesicht nach unten im Sand geschlafen.

Pandora strahlte ihn wie eine begeisterte Kindergarten-Tante an.

„Wir haben eine Regel, dass der Arbeitsbereich des anderen zu respektieren ist", erinnerte er sie.

„Ach, sei doch nicht so grantig. Außerdem hast du mir nie deinen Zeitplan genannt. Soviel ich in der letzten Zeit herausgefunden habe, ist es jetzt für dich noch sehr zeitig am Tag."

„Ich beginne gerade mit der Grundhandlung für eine neue Episode."

„Wirklich?" Pandora ging zu ihm und lehnte sich über seine Schulter. „Hmm", machte sie, obwohl sie sich fragte, wer wen erschossen hatte. „Nun, die Szene dauert wohl nicht gerade lang."

„Warum gehst du nicht mit deinen Murmeln spielen?"

„Das ist nicht nett von dir. Und dabei wollte ich dich einladen, mit mir in die Stadt zu fahren." Sie setzte sich auf die Schreibtischkante und fragte sich, warum sie unbedingt freundlich sein wollte. Vielleicht, weil die Smaragdhalskette fast fertig war und sogar ihren Standard übertraf. Vielleicht, weil sie in den beiden letzten Wochen Michaels Gesellschaft in gewisser Weise genossen hatte. Ein wenig genossen, mahnte sie sich selbst. Kein Grund zum Jubeln.

Misstrauisch zog Michael die Augen zusammen. „Wozu mitfahren?"

„Ich kaufe für Sweeney ein und dachte, du möchtest auch einmal hier heraus."

Er wollte schon. Seit zwei Wochen sah er nur das Haus und die Umgebung. „Für wie lange?“

„Ach, zwei oder drei Stunden.“ Sie zuckte die Schultern.

Er geriet in Versuchung. Freizeit und Szenenwechsel. Aber das Blatt in seiner Schreibmaschine war noch immer halb leer. „Geht nicht. Ich muss das noch ausarbeiten.“

„Na gut.“ Pandora stand auf und war überrascht, wie enttäuscht sie war. „Überanstrenge deine Finger nicht.“

Michael wollte gerade eine entsprechende Antwort von sich geben, aber er überlegte es sich wegen der leeren Schale mit Nüssen. „Pandora, könntest du mir ein paar Pfund Pistazien mitbringen?“

Sie blickte auf die leere Schale und hätte beinahe gelächelt. Wenn er weiter so viel knabberte, verlor er bald sein schlankes und rankes Aussehen. „Könnte ich.“

„Und eine New York Times.“

Sie runzelte die Stirn. „Möchtest du mir vielleicht eine Liste machen?“

„Sei so nett, ja? Wenn Sweeney das nächste Mal etwas braucht, fahre ich.“

Sie dachte einen Moment darüber nach. „Na gut, Nüsse und Neuigkeiten.“

„Und ein paar Kugelschreiber!“, rief er ihr nach.

Sie knallte die Tür hinter sich zu.

Erst nach zwei Stunden wollte Michael sich eine Tasse Kaffee gönnen. Die Geschichte voll Windungen und Drehungen ging gut voran. Er schrieb gern für das Fernsehen. Es gefiel ihm, dass seine Geschichten jede Woche Millionen von Menschen erreichten, die sich eine Stunde mit den Personen verbunden fühlten, die er geschaffen hatte.

Die Wahrheit war, dass Michael diesen Logan mochte – Logans vorsichtigen Heldenmut, seinen Humor und seine Fehler. Michael hatte Logan menschlich und fehlbar und zögernd angelegt, weil er davon überzeugt war, dass die besten Helden genau so waren.

Einschaltquoten und Fanpost bewiesen, dass er ins Schwarze getroffen hatte. Seine Arbeit für Logan hatte ihm Anerkennung bei den Kritikern und Preise eingetragen, genau wie der Einakter, den er für die Bühne geschrieben hatte. Aber das Bühnenstück hatte höchstens ein paar tausend Menschen erreicht, die meisten von ihnen New Yorker. ‚Logan's Run' erreichte dagegen die vierköpfige Familie in Des Moines, die Stahlarbeiter in Chicago und die College-Studenten in Boston. Woche für Woche.

Er schaltete die Schreibmaschine aus, und das Summen erstarb. Er hatte gewusst, dass er in Jolley's Folley arbeiten konnte, aber er hatte nie erwartet, dass es ihm so leicht fallen würde. Genau genommen hatte er nicht erwartet, dass er mit Pandora so gut auskommen würde.

Sicher, sie kämpften miteinander, aber sie zerrissen sich nicht gegenseitig. Ihm gefielen die Abende, an denen er mit Pandora Karten spielte, selbst wenn es ihm nur darum ging, sie beim Mogeln zu erwischen. Bisher hatte er sie noch nicht erwischt.

Und dann war da noch diese seltsame Anziehungskraft, die nicht im Skript gestanden hatte. Manchmal wollte er ihren allzu scharfzüngigen Mund auf angenehmere Weise als sonst verschließen. Nur interessehalber, um herauszufinden, wie das war, sagte er sich. Er wollte herausfinden, wie Pandora reagierte, wenn er sie an sich zog und küsste, bis sie in seinen Armen ganz schwach wurde.

Auflachend trat er an das Fenster. Schwach werden? Pandora? Frauen wie sie wurden nie schwach. Vielleicht konnte er seine Neugierde befriedigen, würde sich dafür aber einen Faustschlag einhandeln. Aber vielleicht war es das sogar wert.

Sie blieb nicht ganz unbeteiligt. Das hatte er deutlich gefühlt. Und sie umkreisten beide diesen Punkt seit zwei Wochen. Oder vielleicht seit zwanzig Jahren.

Noch nie hatte er bei einer anderen Frau exakt die Gefühle gehabt, die er bei Pandora McVie verspürte: Unbehagen, Herausforderung, Ärger. Im Gegenteil, in Gesellschaft von Frauen fühlte er sich fast immer wohl. Er mochte sie – ihre Weiblichkeit, ihre besonderen Stärken und Schwächen, ihren Stil. Vielleicht war er deshalb in Beziehungen stets so erfolgreich, obwohl er sie bewusst nur auf kurze Zeit anlegte.

Wenn er eine Frau umwarb, war er nicht nur am Endergebnis interessiert. Sicher, er interessierte sich für Pandora, aber er wäre nie auf die Idee gekommen, sie zu umwerben. Überraschenderweise hatte er ein oder zwei Mal an eine Verführung gedacht.

Verführen war natürlich etwas ganz anderes als umwerben. Allerdings wusste er nicht, ob der Versuch bei Pandora das Risiko lohnte.

Wenn er ihr ein Dinner bei Kerzenlicht oder einen Spaziergang im Mondschein bot – oder eine Nacht voll wilder Leidenschaft –, würde sie dies mit einer ihrer sarkastischen Bemerkungen versehen. Das wiederum würde ihm eine Bissigkeit entlocken, und das Karussell hätte sich erneut zu drehen begonnen.

Michaels Gedanken stockten, als er von seinem Fenster aus bemerkte, wie sich die Tür des Gartenhauses, in dem Pandora arbeitete, öffnete. Merkwürdig, er hatte nicht gedacht, dass sie schon zurück sein könnte.

Er wollte sich schon mit einem Schulterzucken abwenden, als er eine Gestalt herauskommen sah, vermummt mit Mantel und Hut. Aber er wusste sofort, dass das nicht Pandora war. Pandora bewegte sich anmutig und selbstvergessen. Diese Person dort ging rasch und ängstlich. Ohne lange zu überlegen, jagte Michael aus dem Zimmer und die Treppe hinunter.

Am Fuß der Treppe prallte er fast mit Charles zusammen. „Ist Pandora schon zurück?“, fragte er.

„Nein, Sir. Sie meinte …“

Doch Michael durchquerte die Halle. Im Freien traf ihn der kalte Wind voll und erinnerte ihn daran, dass er sich keinen Mantel angezogen hatte.

Während er auf das Gartenhaus zulief, wurde sein Gesicht von dem scharfen Wind kalt, nur seine Muskeln erwärmten sich. Niemand war auf dem Grundstück zu sehen. Nicht überraschend, denn die Wälder rückten dicht an die Grenze heran, und es gab etliche bequeme Wege.

Irgendein Jugendlicher, der sich hier herumtrieb? Pandora hatte Glück, wenn er nicht die Hälfte ihrer hübschen Steine mitgenommen hatte. Es würde ihr recht geschehen.

Michael änderte seine Meinung, sobald er ihre Werkstatt betrat und einen ersten Blick auf das sich ihm bietende Chaos geworfen hatte.

Behälter waren umgekippt, sodass Gemmen und Steine und Perlen überall verstreut herumlagen. Garne und Fäden waren entrollt und von Wand zu Wand gespannt und miteinander verknotet. Einige musste Michael zerreißen, um eintreten zu können. Gold- und Silberdraht war zerknüllt und zerschnitten. Werkzeuge lagen überall auf dem Boden.

Michael bückte sich und hob einen Smaragd auf. Falls das ein Dieb gewesen war, hatte er sich reichlich seltsam angestellt.

„Oh nein!“ Pandora stand in der Tür, ließ ihre Tasche fallen und konnte nur noch starren.

Michael drehte sich zu ihr um und sah ihr leichenblasses Gesicht. Er murmelte eine Verwünschung und wünschte sich, wenigstens einen Moment Zeit gehabt zu haben, um sie vorbereiten zu können. „Schon gut“, sagte er und streckte die Hand aus, um ihren Arm zu ergreifen.

Pandora stieß ihn beiseite und drängte sich in die Werkstatt. Perlen rollten und sprangen vor ihren Füßen her. Einen Augenblick überwogen Unglaube und Schock. Dann ergriff sie eine unbändige Wut. „Wie konntest du nur?“ Als sie sich zu Michael drehte, war sie nicht mehr blass, sondern Zornesröte war ihr in die Wangen gestiegen, und ihre Augen funkelten wie der Smaragd in seiner Hand.

Weil Michael nicht damit rechnete, hatte er beinahe die ganze Wucht des ersten Schlages abbekommen. Er spürte den Luftzug, als ihre Faust an seinem Gesicht vorbeitraf. Er fing ihren Arm ab, bevor sie es noch einmal versuchen konnte. „Einen Moment", setzte er an, aber Pandora warf sich buchstäblich auf ihn, dass sie beide gegen die Wand fielen. Was immer noch auf den Borden geblieben war, stürzte zu Boden. Es kostete ein paar Sekunden und etliche Beulen auf beiden Seiten, ehe Michael ihre Arme nach hinten biegen und sie festhalten konnte.

„Hör auf!" Er drückte sie gegen die Wand, bis sie außer sich vor Erbitterung zu ihm aufstarrte. „Du hast Grund, so aus der Fassung zu geraten, aber du erreichst nichts, wenn du mich umbringst."

„Ich wusste, dass du gemein sein kannst", stieß sie zwischen zusammengebissenen Zähnen hervor. „Aber ich hätte nie gedacht, dass du so dreckig sein kannst."

„Zum Teufel, glaub, was du willst", fuhr er sie an, aber er fühlte, wie sie unter der Anstrengung, sich zu beherrschen, zitterte. „Pandora", fügte er sanfter hinzu. „Das war ich nicht. Sieh mich an! Warum sollte ich?"

Weil sie weinen wollte, waren ihre Stimme und ihre Augen hart. „Sag du es mir doch!"

Geduld war keine seiner Stärken, aber er versuchte es noch einmal. „Pandora, hör doch! Ich bin kurz vor dir hier hereingekommen. Ich habe von meinem Fenster aus jemanden aus deiner Werkstatt herauskommen sehen."

Sie würde sich erniedrigen. Sie war den Tränen nahe und hasste das Gefühl. Es war besser, Michael zu hassen. „Lass mich los!"

Vielleicht wurde er mit ihrer Wut besser fertig als mit ihrer Verzweiflung. Vorsichtig ließ Michael ihre Arme los und trat zurück. „Ich habe diese Person vor höchstens zehn Minuten gesehen. Wahrscheinlich ist der Betreffende durch die Wälder auf und davon."

Pandora versuchte klar zu denken. „Du kannst gehen", sagte sie mit tödlicher Ruhe. „Ich muss aufräumen und eine Bestandsaufnahme machen."

Bitterkeit stieg in Michael hoch, als sie ihn so beiläufig wegschickte, aber dann erinnerte er sich an seine Reaktion beim Betreten der Werkstatt, und er schluckte die Bitterkeit hinunter. „Wenn du willst, rufe ich die Polizei, aber ich weiß nicht, ob etwas gestohlen wurde." Er öffnete seine Faust und zeigte Pandora den Smaragd. „Ich kann mir nicht vorstellen, dass ein Dieb so etwas Kostbares zurücklässt."

Pandora nahm ihm rasch den Stein aus der Hand und ging mit klopfendem Herzen an ihren Werktisch. Da lagen die Überreste der Halskette, an der sie zwei Wochen lang gearbeitet hatte. Die zarten Girlanden waren zerrissen, die Smaragde überall verstreut. Pandora sammelte die Teile ein und unterdrückte den Wunsch zu schreien.

„Du warst damit fast fertig, nicht wahr?", fragte Michael. Er stellte sich vor, wie er sich fühlen würde, falls jemand mit einer Schere sein Skript zerschnitten hätte.

Pandora ließ die Teile auf den Tisch zurückfallen. „Lass mich allein." Sie kauerte sich auf den Boden und begann, Steine und Perlen einzusammeln.

„Pandora." Als sie ihn ignorierte, packte Michael sie an den Schultern und schüttelte sie. „Verdammt, Pandora, ich will dir helfen."

Sie warf ihm einen langen, kalten Blick zu. „Du hast genug getan, Michael. Lass mich jetzt allein."

„Na gut, fein." Er ließ sie los und stürmte hinaus. Auf halbem Weg zum Haus blieb er stehen, fluchte und wünschte sich sehnlichst eine Zigarette.

Pandora hatte kein Recht, ihn zu beschuldigen. Schlimmer noch: Sie hatte kein Recht, ihn so zu behandeln, dass er sich verantwortlich fühlte.

Er wäre beinahe weiter auf das Haus zugegangen, als ihm einfiel, wie geschockt und elend sie in der Tür der Werkstatt ausgesehen hatte. Er nannte sich einen Narren und kehrte um.

Als Michael die Tür wieder öffnete, herrschte unverändert das

Chaos. Pandora saß mitten auf dem Fußboden neben ihrer Arbeitsbank und weinte leise.

Er geriet in die typisch männliche Panik bei der Sicht von Frauentränen, zur gleichen Zeit fand er es höchst verwunderlich, dass Pandora sie vergoss. Wortlos ging er zu ihr und legte seine Arme um sie.

Sie verkrampfte sich, aber damit hatte er gerechnet. „Ich habe dir gesagt, du sollst weggehen."

„Ja. Aber warum sollte ich auf dich hören?" Er strich ihr über das Haar.

Pandora wollte sich an ihn lehnen und stundenlang weinen. „Ich will dich nicht hier haben."

„Ich weiß. Tu einfach so, als wäre ich ein anderer." Er zog sie an seine Brust.

„Ich weine jetzt nur aus Wut." Schniefend presste sie ihr Gesicht an sein Hemd.

„Sicher." Er drückte einen Kuss auf ihren Kopf. „Nur zu, ärgere dich noch eine Weile. Ich bin daran gewöhnt."

Sie sagte sich, dass das nur vom Kummer kam, warum sie sich so geschwächt fühlte, aber sie entspannte sich in seinen Armen. Die Tränen strömten ihr über die Wangen. Wenn sie weinte, dann weinte sie aus ganzem Herzen. Als es vorüber war, war sie erledigt.

Nachdem ihre Tränen getrocknet waren, kuschelte sie sich an Michael. Er gab ihr Sicherheit, über die sie jetzt nicht nachdenken wollte. Sie fühlte sich beschämt. Sie war gemein zu ihm gewesen. Er war zurückgekommen und hatte sie in die Arme genommen. Wer hätte gedacht, dass er so geduldig sein könnte und so liebevoll? Pandora seufzte tief und hielt die Augen geschlossen.

„Es tut mir leid, Michael."

Sie war so weich. Er ließ seine Wange über ihr Haar streichen. „Ist schon okay."

„Nein, ich meine es ernst." Als sie den Kopf drehte, glitten ihre Lippen über seine Wange. Es überraschte sie beide. Solche

Berührungen waren Freunden vorbehalten … oder Liebenden. „Ich konnte vorhin nicht mehr denken. Ich …“ Sie unterbrach sich, war von seinen Augen fasziniert. War das nicht seltsam, wie klein die Welt werden konnte, wenn man jemandem in die Augen sah? „Ich muss das alles erst verarbeiten.“

„Ja, das müssen wir beide.“ Er ließ seinen Finger über ihre Wange gleiten. Sie war weich und sanft, mehr als er je angenommen hätte.

Es war so leicht für sie, sich an seine Schulter zu lehnen. „Ich kann nicht denken.“

„Nein?“ Ihre Lippen waren nur noch Zentimeter von den seinen entfernt – zu nahe, um sie zu ignorieren, zu weit, um sie zu kosten. „Dann denken wir eben beide einen Moment lang nicht nach.“

Als seine Lippen ihren Mund berührten, zog Pandora sich nicht zurück, sondern akzeptierte es mit der gleichen Neugierde, die ihn bewegte. Es war keine Explosion, auch kein Schock, sondern für sie beide ein Test, einer, von dem sie beide gewusst hatten, dass es früher oder später dazu kommen musste.

Pandora fühlte sich warm an, und bei aller Süße hatte sie Würze. Michael kannte sie nun schon so lange, dass er das eigentlich hätte wissen müssen. Weich. Ja, sie war weich, aber nicht nachgiebig. Vielleicht hätte er Nachgiebigkeit zu einfach gefunden. Als er seine Zunge in ihren Mund schob, kam ihm ihre Zunge aufreizend und spielerisch entgegen. Sie brachte ihn dazu, mehr zu wollen, viel mehr. Er vergrub die Finger in ihr Haar. Michael war so geheimnisvoll und verwegen, wie sie das immer erwartet hatte. Seine Hände waren fest, und sein Mund verstand zu geben. Manchmal hatte sie sich vorgestellt, wie das wäre, ihm so zu begegnen, aber sie hatte diese Gedanken stets verdrängt. Michael Donahue war gefährlich, ganz einfach weil er Michael Donahue war. Seit sie Kinder waren, hatte er sie abwechselnd angezogen und abgestoßen. Es war mehr, als es irgendeinem anderen Mann länger als eine Woche gelungen wäre.

Während sie jetzt seinen Mund erforschte, verstand sie den

Grund. Michael war für sie anders. Sie fühlte sich in seinen Armen nicht ganz sicher und auch nicht ganz beherrscht. Bisher hatte Pandora bei der Begegnung mit einem Mann stets darauf geachtet, dass sie beides war. Das Kratzen seiner unrasierten Wange störte sie nicht. Es wirkte erregend. Der harte Fußboden störte genauso wenig wie die kalte Luft, die durch die noch immer offene Tür hereinströmte.

Pandora fühlte sich ruhig und wohlig. Der leichte Druck seiner Zähne an ihrer Lippe gab ihr das Gefühl, als ob sie gerade Neuland betreten hätte. Sie war in immer neuen unbekannten Gebieten aufgewachsen, und dennoch hatte sie nie etwas erlebt, das so einmalig, exotisch oder so beruhigend war.

Sie wollte weitermachen und wusste, dass sie aufhören musste.

Zur gleichen Zeit zogen sie sich zurück.

„Nun ja." Pandora rang um Fassung, während sie die Hände im Schoss faltete. Sei lässig, befahl sie sich, sei locker. Sie durfte nichts sagen, weswegen er sie auslachen konnte. „Das war wohl bereits seit einer Weile fällig."

Michael fühlte sich, als ob er soeben ohne Wagen über eine Achterbahn gerast wäre. „Vermutlich." Er betrachtete sie einen Moment neugierig und ein bisschen entnervt. Als er sah, dass sie die Finger ineinander verschlang, fühlte er eine kleine Befriedigung. „Es war nicht ganz so, wie ich erwartet habe."

„Die Dinge sind meistens nicht so." Zu viele Überraschungen für einen Tag, fand Pandora und stand ein wenig schwankend auf. Sie beging den Fehler, um sich zu sehen und wäre beinahe wieder zu Boden gesunken.

„Pandora …"

„Nein, keine Sorge." Sie schüttelte den Kopf, als er aufstand. „Ich breche nicht wieder zusammen. Du hast wohl wegen des Schlüssels recht gehabt. Ich sollte dir dankbar sein, dass du nicht gesagt hast: Ich habe es dir ja gleich gesagt."

„Vielleicht hättest du es zu hören bekommen, wenn es gepasst hätte." Michael las die verstreuten Smaragde auf. „Ich bin kein Experte, Cousine, aber ich würde behaupten, die sind ein paar tausend Dollar wert."

„Ja, und?" Sie runzelte die Stirn, als sie allmählich begriff. „Kein Dieb hätte sie liegen gelassen."

„Schätze, du wirst feststellen, dass nichts fehlt. Wer immer das gemacht hat, wollte nur verwüsten."

Pandora stieß die Luft verächtlich aus und setzte sich auf den Tisch. „Du glaubst, dass es jemand von der Familie war."

„Sie dachten, dass wir es nicht schaffen. Nun haben wir die ersten beiden Wochen geschafft, und das könnte einen von ihnen nervös gemacht haben. Was war deine erste Reaktion, als du das alles hier gesehen hast?"

Sie fuhr sich mit den Fingern durch die Haare. „Dass du es getan hast. Genau so, wie unsere liebe Verwandtschaft es von mir erwartete. Verdammt, ich hasse es, dass ich so leicht auszumachen bin."

„Du hast sie überlistet, sobald du wieder klar denken konntest."

„Biff", entschied Pandora nachdrücklich. „So ein gemeiner Trick wäre genau sein Stil."

„Ich würde nur auf Biff tippen, wenn dir ein paar Steine fehlten. Er könnte niemals der Versuchung widerstehen, ein paar Glitzersteine einzustecken, die er zu Geld machen könnte."

„Das stimmt." Onkel Carlson ... Nein, das wäre nicht sein Stil gewesen. Viel zu ungehobelt. Ginger wäre von dem Glitzern so fasziniert gewesen, dass sie die Steine nur gestreichelt hätte. „Nun, es ist wahrscheinlich unwichtig, wer es war. Sie haben mich bei meiner Arbeit um zwei Wochen zurückgeworfen." Wieder hob sie Teile der Goldkette auf. „Sie wird nie so werden wie vorher. Nichts gelingt beim zweiten Mal genauso."

„Manchmal wird es besser."

Kopfschüttelnd ging Pandora zu der Heizung. Wenn Michael ihr jetzt noch mehr Mitgefühl schenkte, würde sie sich selbst nicht mehr trauen. „Wie auch immer, ich muss sofort anfangen. Sag Sweeney, dass ich es nicht zum Lunch schaffe."

„Ich helfe dir beim Aufräumen."

„Nein." Sie wandte sich ihm wieder zu, als er die Stirn runzelte. „Nein, wirklich, Michael, vielen Dank, aber ich muss mich beschäftigen. Allein."

Es gefiel ihm nicht, aber er verstand es. „Also gut. Wir sehen uns zum Dinner."

„Michael." Er blieb in der Tür stehen. „Vielleicht hatte Onkel Jolley recht."

„Inwiefern?"

„Du könntest zum Ausgleich ein oder zwei Vorzüge haben."

Er lächelte ihr strahlend zu. „Onkel Jolley hatte immer recht, Cousine. Deshalb hält er ja auch jetzt noch die Fäden in der Hand."

Pandora wartete, bis sich die Tür schloss. Onkel Jolley hielt tatsächlich noch immer die Fäden in der Hand. „Aber du wirst mich nicht verkuppeln", murmelte sie. „Ich bleibe frei und ungebunden. Hoffentlich geht das in deinen Dickschädel hinein."

Sie war nicht abergläubisch, doch Pandora meinte fast, das hohe, abgehackte Lachen ihres Onkels zu hören.

4. Kapitel

Da Pandora nach einer genauen Überprüfung feststellte, dass nichts fehlte, verzichtete sie darauf, die Polizei zu verständigen. Dass der Einbruch während ihrer Fahrt in die Stadt verübt worden war, brachte sie auf eine Idee. „Ich möchte gern wissen, ob die Saundersons im Winter in ihrem Haus sind."

„Die Nachbarn mit dem See." Michael hatte ebenfalls schon daran gedacht, dass man von ihrem Grundstück aus Jolley's Folley mit einem guten Fernglas beobachten konnte. „Sie sind oft in Europa, nicht wahr?"

„Ja." Pandora stocherte in ihrem Hühnerfrikassee herum. „Er hat mit Hotels zu tun, und sie wohnen mal hier und mal da für ein paar Wochen."

„Vermieten sie in der Zeit ihr Haus?"

„Nicht dass ich wüsste. Ich glaube, sie halten immer ein oder zwei Angestellte im Haus, selbst wenn sie verreist sind. Jetzt fällt mir ein, dass sie vor ein paar Monaten daheim waren." Pandora lächelte bei der Erinnerung. „Onkel Jolley und ich gingen angeln, und Saunderson hätte uns beinahe geschnappt. Wären wir nicht auf allen vieren zu der Hütte zurück …" Sie brach ab, als sich der Gedanke formte.

„Hütte." Michael nahm das Stichwort auf. „Ich hatte sie ganz vergessen. Jolley benutzte sie in seiner Ernähre-dich-von-dem-Land-Phase."

Pandora zuckte die Schultern. „Letztlich hat er mehr Bohnen aus der Dose als Wild gegessen. So viel zu der Ernährung von den Reichtümern des Landes. Jedenfalls haben wir eine Menge Forellen gefangen. Die, die wir nicht gebrauchen konnten, schickten wir an Saunderson. Er hat uns nie ein Dankschreiben zurückgeschickt."

„Schlechte Manieren."

„Nun, ich habe gehört, dass seine Großmutter ein Bar-Mädchen aus Chelsea war. Noch Wein?"

„Nein, danke." Michael wollte einen klaren Kopf für den Plan behalten, der allmählich Formen annahm. „Aber nimm dir ruhig."

Pandora stellte die Flasche weg und lächelte ihm süß zu. „Nein, ich bin ein wenig müde."

„Dazu hast du allen Grund." Es passte ihm großartig, wenn er sie zeitig zu Bett schicken konnte. „Du musst dich richtig ausschlafen."

„Du hast bestimmt recht." Beide waren zu sehr mit ihren eigenen Schachzügen beschäftigt, um zu bemerken, wie unglaublich höflich die Unterhaltung geworden war. „Ich nehme heute Abend keinen Kaffee und bade stattdessen ausgiebig." Pandora zwang sich zu einem kleinen Gähnen. „Wie steht es mit dir? Willst du noch so spät arbeiten?"

„Nein. Nein, ich fange lieber morgen früh zeitig an."

„Nun dann." Lächelnd stand Pandora auf. Sie wollte eine Stunde warten, bevor sie loszog. „Ich gehe nach oben. Gute Nacht, Michael."

„Gute Nacht." Er beschloss zu verschwinden, sobald sie das Licht in ihrem Zimmer löschte.

Pandora blieb in ihrem verdunkelten Zimmer genau fünfzehn Minuten sitzen und lauschte. Sie musste nur unbemerkt ins Freie gelangen. Alles andere war dann einfach. Sie öffnete ihre Tür einen Spalt und lauschte mit angehaltenem Atem. Kein Laut. Jetzt oder nie, dachte sie und schlüpfte in ihren Mantel. In die tiefen Taschen schob sie eine Taschenlampe, zwei Streichholzbriefchen und eine kleine Dose Haarspray als Ersatz für einen Schlagstock, falls sie auf Schwierigkeiten treffen sollte. Sie schob sich auf den Korridor hinaus und schlich die Treppe hinunter.

Ein Abenteuer, dachte sie und fühlte angespannte Erregung.

Seit Onkel Jolleys Tod hatte sie keines mehr erlebt. Sie schlüpfte durch einen der Nebeneingänge ins Freie und warf einen Blick zu Michaels Fenster, ehe sie zu den Wäldern eilte.

Unter den Bäumen reichte das Licht der Sterne nicht aus. Sie holte die Taschenlampe hervor und leuchtete den Pfad aus. Sie ließ sich Zeit, damit das Abenteuer länger dauerte, lauschte und ließ ihre Fantasie spielen.

Die Nacht war voll von Geräuschen. Von Zeit zu Zeit raschelte es in den Wäldern. Ein Fuchs? Ein Waschbär? Oder ein Bär, der sich noch nicht zum Winterschlaf zurückgezogen hatte? Pandora liebte es, nicht ganz sicher zu sein.

Der Weg gabelte sich, und Pandora wandte sich nach links. Es war nicht mehr weit bis zu der Hütte. Einmal blieb sie stehen, als sie vor sich etwas hörte, das für einen Fuchs entschieden zu laut war. Einen Moment kamen ihr unangenehme Gedanken an Bären und Wildkatzen. Fantasien waren eine Sache, die Wirklichkeit eine andere. Doch dann war da gar nichts. Kopfschüttelnd ging Pandora weiter.

Was sollte sie machen, wenn sie entdeckte, dass die Hütte nicht bloß staubig und verlassen war? Wenn sie tatsächlich einen ihrer lieben, ergebenen Verwandten vorfand, der dort seine Zelte aufgeschlagen hatte? Onkel Carlson, der das Wall Street Journal am Kamin las? Tante Patience, die mit einem Staubtuch über den naturbelassenen Holztisch fächelte? Der Gedanke war beinahe lachhaft. Nur beinahe, bis Pandora ihre Werkstatt wieder einfiel.

Wer immer auch da war, er würde ihr Rede und Antwort stehen müssen.

Und dann war Pandora auch schon an der Hütte, die so aussah, wie sie aussehen sollte – verlassen, einsam und unheimlich. Sie hielt den Strahl ihrer Taschenlampe tief, während sie ganz langsam die Veranda betrat, und sie hätte um ein Haar aufgeschrien, als unter ihrem Gewicht die schmale Holztreppe knarrte. Sie presste eine Hand gegen ihr Herz, bis es nicht mehr so gegen ihre Rippen hämmerte. Dann griff sie langsam und ruhig nach dem Türknopf und drehte ihn.

Ächzend schwang die Tür auf. Pandora zuckte bei dem Laut zusammen, zählte im Geist zehn Sekunden und tat den nächsten Schritt. Sie ließ den Lichtstrahl in schneller Folge hin und her wandern und trat gleichzeitig ein …

Als sich der Arm um ihren Hals schlang, ließ sie die Taschenlampe laut klappernd fallen. Noch während sie Luft zum Schreien holte, fasste sie in die Tasche nach dem Haarspray, wirbelte herum – und stand von Angesicht zu Angesicht vor Michael. Seine Faust fuhr dicht an ihrem und ihre Spraydose sprühte dicht an seinem Gesicht vorbei.

„Verdammt!“ Michael ließ seinen Arm sinken. „Was machst du hier?“

„Was machst du hier?“, entgegnete sie heftig. „Und wie kommst du dazu, mich so zu packen? Du hättest meine Taschenlampe zerbrechen können.“

„Ich habe fast deine Nase gebrochen.“

Pandora warf mit einer Kopfbewegung ihr Haar zurück und hob ihre Lampe vom Boden. Sie wollte nicht, dass er sah, wie sehr ihre Hände zitterten. „Also, ich meine, du solltest dich erst davon überzeugen, wen du in den Würgegriff nimmst.“

„Du bist mir gefolgt.“

Sie maß ihn mit einem kühlen und zugleich auch amüsierten Blick. Das tat ihr richtig gut, denn immerhin hatte sich ihr Magen noch nicht beruhigt. „Bilde dir bloß nichts ein. Ich wollte nur wissen, ob sich hier draußen etwas abspielt, und ich wollte nicht, dass du dich einmischst.“

„Einmischen?“ Er richtete den Strahl seiner eigenen Taschenlampe direkt auf ihr Gesicht, sodass sie abwehrend die Hand hob. „Und was hättest du getan, wenn sich hier etwas abgespielt hätte?“

Pandora dachte daran, wie leicht Michael sie überrumpelt hatte. Doch sie hob ihr Kinn nur noch eine Spur höher. „Ich kann auf mich selbst aufpassen.“

„Aber sicher.“ Er sah auf die Dose in ihrer Hand. „Was hast du denn da?“

Pandora wurde sich erst jetzt bewusst, was sie umfasst hielt, und musste ein Lachen unterdrücken. Oh, welchen Spaß Onkel Jolley an der absurden Situation gehabt hätte! „Haarspray“, erklärte sie. „Genau zwischen die Augen.“

Er fluchte, dann lachte er. Eine so unlogische Szene hätte er nicht einmal schreiben können. „Ich muss wohl noch froh sein, dass du nicht auf mich abgedrückt hast.“

„Ich gucke, bevor ich zuschlage.“ Pandora schob die Dose zurück in ihre Manteltasche. „Nun, wenn wir schon einmal hier sind, können wir uns auch umsehen.“

„Genau das habe ich getan, als ich dein katzenhaftes Anschleichen hörte.“ Er ignorierte ihr Naserümpfen. „Sieht so aus, als hätte sich hier jemand häuslich niedergelassen.“ Um seine Behauptung zu beweisen, richtete Michael das Licht auf den Kamin. Darin glosten noch halb verbrannte Scheite.

„Sieh mal an.“ Pandora durchstreifte mit ihrer eigenen Taschenlampe die Hütte. „Vielleicht ein Vagabund.“

Michael nickte. „Vielleicht.“

„Aber nicht wahrscheinlich. Glaubst du, dass der Betreffende wiederkommen wird?“

„Schwer zu sagen. Vielleicht meint er, schon genug Schaden angerichtet zu haben.“

Pandora ließ sich auf die Pritsche fallen und stützte das Kinn in die Hände. „Ich habe gehofft, jemanden zu fangen.“

„Und dann? Wolltest du ihn mit umweltfreundlichem Haarspray einnebeln?“

Sie starrte ihn böse an. „Ich nehme an, du hast einen besseren Plan gehabt.“

„Ich hätte es den Leuten vermutlich ein wenig ungemütlicher machen können.“

„Blaue Augen und gebrochene Nasen.“ Sie gab einen ungeduldigen Laut von sich. „Wirklich, Michael, du solltest nicht nur an deine Fäuste denken.“

„Vermutlich wolltest du mit dem betreffenden Mitglied unserer reizenden Familie über das nette Spielchen ‚Finden und Vernichten‘ in deiner Werkstatt vernünftig diskutieren.“

Sie wollte ihn gerade anfahren, aber dann hielt sie sich doch zurück und lächelte nur. Es war jenes träge, boshafte Lächeln, das Michael immer wieder bewundern musste. „Nein“, räumte sie ein. „Vernunft stand nicht auf meiner Liste. Sieht allerdings so aus, als hätten wir beide unsere Chance zu brutaler Gewalt verpasst. Nun, du schreibst die Kriminalgeschichten. Sollten wir nicht, wie es so üblich ist, nach Spuren suchen?“

Er lächelte dünn. „Ich habe nicht daran gedacht, mein Vergrößerungsglas mitzubringen.“

„Du kannst beinahe amüsant sein, wenn du dich anstrengst.“ Pandora stand auf und leuchtete mit ihrer Taschenlampe herum. „Vielleicht hat der Betreffende etwas fallen lassen.“

„Ein Namensschild?“

„Irgendetwas“, murmelte Pandora, ließ sich auf die Knie nieder und blickte unter die Pritsche. „Aha!“

„Was ist es?“ Michael war bei ihr, bevor sie sich wieder aufrichtete.

„Ein Schuh.“ Sie kam sich ein wenig albern und sentimental vor. „Es ist nichts. Er gehörte Onkel Jolley.“

Weil sie ein wenig verloren aussah und verletzbarer wirkte, als er erwartet hatte, bot Michael ihr den einzigen Trost an, den er zu bieten hatte. „Ich vermisse ihn auch.“

Sie kauerte einen Moment mit dem Schuh in ihrem Schoß auf dem Boden. „Weißt du, manchmal kann ich ihn fast fühlen, als wäre er nur im nächsten Raum, um plötzlich aufzutauchen und über den unglaublichen Streich zu lachen, den er uns gespielt hat.“

Mit einem kurzen Auflachen rieb Michael mit der Hand über ihren Rücken. „Ich weiß, was du meinst.“

Pandora betrachtete ihn abschätzend. „Vielleicht tust du es“, murmelte sie. Sie setzte den Schuh auf der Liege ab. „Ich schaue mal in den Schrank.“

„Lass es mich wissen, wenn du Kekse findest." Er begegnete ihrem Blick mit einem Schulterzucken. „Im Anfangsstadium des Nichtrauchens benötigt man eine Menge oraler Befriedigung."

„Du solltest es mit Kaugummi versuchen." Pandora öffnete einen Schrank und leuchtete über Dosen und Gläser hinweg. Sie fand Erdnussbutter und russischen Kaviar, zwei von Jolleys Lieblingshappen. Sie erblickte die Taco-Soße und den Frucht-Cocktail und erinnerte sich daran, dass ihr dreiundneunzigjähriger Onkel den Appetit eines Teenagers besessen hatte. Endlich fasste sie in den Schrank und holte eine Dose hervor.

„Aha!"

„Schon wieder?"

„Thunfisch", verkündete Pandora und wedelte mit der Dose vor seiner Nase.

„Stimmt. Ist auch Mayonnaise da?"

„Sei nicht begriffsstutzig, Michael. Onkel Jolley hasste Thunfisch."

Michael wollte eine spöttische Bemerkung machen, stockte aber. „Tatsächlich", sagte er langsam. „Und er hat nie etwas aufbewahrt, das er nicht mochte."

„Genau."

„Gratuliere, Sherlock. Also, welcher der Verdächtigen besitzt eine Vorliebe für Fisch in Dosen?"

„Du bist doch bloß eifersüchtig, weil ich einen Hinweis gefunden habe und du nicht."

„Es ist nur ein Hinweis." Michael ärgerte sich tatsächlich ein wenig, weil er von einem Amateur ausgestochen worden war. „Vielleicht kannst du etwas damit anfangen."

Er verweigert mir jede wirkliche Anerkennung, dachte sie. Aber auch jede, für meine Geschicklichkeit, meine Intelligenz und ganz und gar für meine Weiblichkeit. Ihre Stimme klang scharf, als sie ihm vorwarf: „Wenn du so pessimistisch bist, warum bist du dann überhaupt hierhergekommen?"

„Ich habe gehofft, jemanden zu finden." Michael leuchtete

ständig von einer Wand zur anderen. „Wir haben nur bewiesen, dass jemand hier gewesen ist."

Pandora ließ voll Widerwillen die Dose Thunfisch fallen. „Verlorene Zeit."

„Du hättest mir nicht folgen sollen."

„Ich bin dir nicht gefolgt." Sie richtete ihre Lampe zurück auf ihn. In der Dunkelheit wirkte er zu männlich, zu gefährlich. Sie wünschte sich – wenn auch flüchtig –, dass sie so blendend gewachsen und so überwältigend gekleidet wäre, dass es ihn auf die Knie zwingen würde. „So wie ich das einschätze, bist du mir gefolgt."

„Aha, verstehe. Darum war ich ja auch vor dir hier."

„Das gehört nicht zur Sache. Warum hast du mir nicht gesagt, dass du dich auf den Weg hierher machen wolltest?"

„Aus demselben Grund, aus dem du mir nichts gesagt hast. Ich vertraue dir nicht, Cousine. Und du vertraust mir nicht."

„Wenigstens stimmen wir in einem Punkt überein." Pandora wollte an ihm vorbei, aber er hielt sie am Arm fest. Eisig blickte sie zuerst auf seine Hand, dann in sein Gesicht. „Du solltest dir diese Unsitte abgewöhnen, Michael."

„Es ist einfacher, dich zu berühren, als ich gedacht habe, Pandora."

„Sei nicht zu sicher, Michael." Sie wich einen Schritt zurück. Es ist kein Rückzug, sagte sie sich. Es geschieht aus rein taktischen Gründen. Doch er bewegte sich mit ihr.

„Manche Frauen haben Schwierigkeiten mit körperlicher Anziehung."

Der in ihren Augen aufflammende Zorn gefiel ihm genauso wie die Leidenschaft, die er an diesem Nachmittag kurz hatte aufflackern sehen. „Dein Ego zeigt sich wieder, Michael. Dieses dominierende Gehabe mag vielleicht ganz gut bei deinen ‚Mädchen des Monats' wirken, aber …"

„Mein Sexualleben hat dich schon immer seltsam fasziniert." Michael lächelte zufrieden über ihren frustrierten Gesichtsausdruck.

„Es ist die gleiche Faszination, die das Sexualleben gewisser niedriger Säugetiere auf einen ausübt." Er machte sie wütend, dass ihr Herz raste. Und nicht vor Zorn. Sie war zu ehrlich mit sich selbst, um so zu tun, als wäre es Zorn. Sie war hierhergekommen, um ein Abenteuer zu suchen, und sie hatte eines gefunden. „Es wird spät", sagte sie im Tonfall einer Lehrerin zu einem ungezogenen Schüler. „Wenn du mich jetzt entschuldigst."

„Ich habe nie nach deinem Sexualleben gefragt." Als Pandora noch einen Schritt zurückwich, drängte er sie in eine Ecke. Sie ließ die Hand in ihre Tasche mit der Dose Haarspray gleiten. „Lass mich raten. Du ziehst Männer vor, die über Sex mehr philosophieren als ihn zu praktizieren."

„Du aufgeblasener, arroganter ..."

Michael verschloss ihren Mund, wie er sich das schon ausgemalt hatte, nämlich mit seinem Mund.

Diesmal war der Kuss kein Vorfühlen, sondern er war wild, heiß und geradezu verzweifelt. Was immer sie auch fühlte, wollte sie erst später überdenken. Jetzt akzeptierte sie einfach die Erfahrung. Sein Mund war warm und fest, und er küsste sie mit dem gleichen anmaßenden männlichen Selbstvertrauen, das sie bei jeder anderen Gelegenheit wütend gemacht hätte. Jetzt kam sie ihm auf gleiche Weise entgegen.

Michael war stark und hartnäckig. Zum ersten Mal fand Pandora sich Körper an Körper mit einem Mann, der sie nicht sanft behandelte. Er forderte, erwartete und gab uneingeschränkte physische Empfindungen. Pandora brauchte über den Kuss nicht nachzudenken. Sie brauchte überhaupt nicht zu denken.

Er hatte erwartet, dass sie zurückwich und nach ihm schlagen würde. Ihre sofortige und volle Reaktion ließ ihn schwindeln. Seit Jahren hatte ihn schon kein Kuss mehr schwindelig gemacht.

Wenn sie wüsste, wie rasch sie ihn geschafft hatte, würde sie sich darüber hämisch freuen. Er dachte nicht weiter darüber nach. Er dachte an gar nichts. Ohne einen Moment zu überlegen, gab er sich ganz seinen Sinnen hin.

In der Hütte war es kalt und dunkel, und der Wind heulte, aber keiner von beiden bemerkte es, nicht einmal, als sie sich endlich voneinander lösten.

Michael war sich seiner nicht sicher. Aber wenigstens hatte er die Befriedigung, dass Pandora sich offenbar auch ihrer nicht sicher war. Sie sah so aus, wie er sich fühlte – benommen, aus dem Gleichgewicht gebracht und unfähig, ihm den nächsten Schlag zu versetzen. Er brauchte sein Gleichgewicht und grinste sie an.

„Wolltest du nicht etwas sagen?"

Sie wollte ihn schlagen. Und sie wollte ihn wieder küssen, bis ihm das Grinsen verging. Er hatte erwartet, sie werde ihm möglicherweise wie jede andere Frau zu Füßen sinken. Er hatte erwartet, sie werde seufzen und lächeln und sich ihm überlassen, damit er wieder einen Sieg verbuchen konnte. Stattdessen fauchte sie ihn an: „Idiot!"

„Ich liebe es, wenn du dich kurz und bündig ausdrückst."

„Regel Nummer sechs", erklärte Pandora und warf ihm einen mörderischen Blick zu. „Keine körperlichen Kontakte."

„Keine körperlichen Kontakte", stimmte Michael zu, als sie zur Tür stürmte. „Es sei denn, beide Parteien haben ihren Spaß daran."

Sie knallte die Tür zu und ließ ihn grinsend zurück.

In der nächsten Zeit trafen Pandora und Michael kurz zu den Mahlzeiten zusammen und ließen einander ansonsten in Ruhe. Das hatte nichts mit Höflichkeit oder Absicht zu tun. Es kam einfach daher, dass jeder zu beschäftigt war, um dem anderen in die Quere zu kommen.

Unabhängig voneinander fühlte jedoch jeder eine tiefe Befriedigung, als der erste Monat vorbei war. Einer geschafft, fünf noch zu schaffen.

Als sie in ihren zweiten Monat gingen, musste Michael für einen Tag nach New York fahren, um sich persönlich um ein Problem mit einem Skript zu kümmern. Er machte sich fuchsteufelswild und über Dummköpfe fluchend auf den Weg. Pandora freute sich maßlos darauf, in seiner Abwesenheit nicht ständig auf der Hut sein und Folley mit niemandem teilen zu müssen. Sie konnte machen, was sie wollte, ohne dass ihr jemand über die Schulter sah oder eine bissige Bemerkung machte. Es war wunderbar.

Es endete damit, dass sie in ihrem Abendessen herumstocherte und durch die schweren Vorhänge nach Michaels Wagen Ausschau hielt. Es hat nichts damit zu tun, dass ich ihn vermisse, versicherte sie sich. Es liegt bloß daran, dass ich mich daran gewöhnt habe, mit jemandem das Haus zu teilen.

War das nicht einer der Gründe, aus denen sie nie zuvor mit jemandem zusammengelebt hatte? Sie wollte jede Art von Abhängigkeit vermeiden. Und Abhängigkeit stellte sich auf ganz natürliche Weise ein, wenn man im selben Haus lebte, sogar wenn es sich um eine zweibeinige Schlange handelte.

Und so wartete sie und hielt Ausschau. Lange nachdem Charles und Sweeney zu Bett gegangen waren, wartete sie noch immer und hielt Ausschau. Sie war nicht besorgt und schon gar nicht einsam. Nur ruhelos. Sie sagte sich selbst, dass sie nicht zu Bett gehe, weil sie nicht müde sei. Sie schlenderte im Erdgeschoss umher und betrat Onkel Jolleys Aufenthaltsraum. Spielzimmer wäre eine passendere Bezeichnung gewesen. Die Einrichtung war eine Kreuzung zwischen Video-Studio und Disco-Bar mit den entsprechenden Geräten allerhöchster Qualität und den niedrigen Sofas.

Sie schaltete den Fernseher mit dem riesigen 150-Zentimeter-Bildschirm ein und spielte daran herum, bis eine Show lief. Sie hatte nicht die Absicht, sich etwas anzusehen. Sie brauchte nur die Gesellschaft.

An den beiden Flipper-Tischen versuchte sie eine Stunde lang, die hohen Punktzahlen zu schlagen, die Jolley vorgegeben hatte. Auch eines seiner Vermächtnisse. Dann gab es ein nahezu raumfüllendes Video-Spiel, das einen Angriff auf den Planeten Zarbo simulierte. Angesichts ihrer ungeschickten

Verteidigungsstrategie flog der Planet drei Mal in die Luft, bevor sie sich der nächsten Attraktion zuwandte. Es gab ein Computerschachspiel, aber ihre Gedanken waren zu träge. Zuletzt streckte sie sich vor dem Fernseher aus. Nur, um sich auszuruhen, nicht, um zuzusehen.

Sekunden später verfolgte sie die Ausstrahlung einer Krimiserie. Reifen kreischten und Kugeln zischten. Den Kopf auf die Arme gestützt, ein Bein über die Rückenlehne gehängt, entspannte sie sich und ließ sich von dem Kriminalfilm unterhalten.

Als Michael in die Tür trat, bemerkte Pandora ihn nicht. Er hatte einen hässlichen Tag hinter sich und war auf der Rückfahrt in dichten Verkehr geraten. Er hatte mit dem Gedanken gespielt, über Nacht in der Stadt zu bleiben, das einzig Sinnvolle. Und ein Dutzend schwacher Entschuldigungen gefunden, warum er zurückfahren musste, anstatt die Einladung der Produktionsassistentin anzunehmen – einer hübsch gebauten Brünetten mit großen braunen Augen.

Er hatte geplant, sich in den ersten Stock zu schleppen, in sein Bett zu fallen und bis Mittag zu schlafen, aber er hatte die Lichter gesehen und das Spektakel gehört. Und da war sie nun, Pandora, die selbst ernannte Kritikerin des Bildschirms, auf das Sofa hingegossen und um ein Uhr nachts von einer Serienwiederholung hingerissen. Sie sah verdächtigerweise ganz so aus, als würde sie Vergnügen daran finden.

Keine schlechte Show, fand Michael, als er die Serie erkannte. In seiner Anfangszeit hatte er sogar ein paar Skripts dafür geschrieben. Die Hauptperson besaß hintersinnige Schlauheit und eine zerstreute Art, die den Schuldigen dazu verleitete, genügend Informationen preiszugeben, damit es am Ende der Show zu einer Verhaftung reichte.

Michael beobachtete, wie Pandora behaglich ihre Haltung auf der Couch veränderte. Er wartete bis zu der nächsten

Unterbrechung für die Werbung. „Nein, wie tief die Mächtigen doch gefallen sind."

Sie wäre tatsächlich beinahe gefallen, als sie sich herumrollte, um zur Tür zu sehen. Finster dreinblickend setzte sie sich auf und suchte hastig nach einer plausiblen Entschuldigung. „Ich konnte nicht schlafen", sagte sie, was absolut stimmte. Natürlich unterließ sie es hinzuzufügen, dass es daher kam, weil er nicht zu Hause gewesen war. „Vermutlich ist Fernsehen für die an Schlaflosigkeit Leidenden gemacht. Valium für den Verstand."

Michael war müde, todmüde, aber er war wirklich froh, dass sie sich treu geblieben war. Er ging zu ihr hinüber, ließ sich neben ihr auf das Sofa fallen und legte seine Füße auf einen aus einem Holzblock geschnittenen Tisch. „Wer ist der Täter?", fragte er und seufzte. Es war schön, zu Hause zu sein.

„Der gierige Geschäftspartner." Pandora war zu froh, Michael wieder bei sich zu haben, um verlegen zu werden. „Die Lösung zu finden ist wirklich nicht schwer."

„Diese Serie legt nicht das Hauptgewicht darauf, wer der Täter ist, sondern darauf, wie der Held den Täter dazu bringt, sich selbst zu verraten."

Sie tat so, als würde es sie nicht interessieren, setzte sich aber so, dass sie den Bildschirm bequem sehen konnte. „So, wie ist es denn in New York gelaufen?"

„Es ging." Michael schüttelte die Schuhe von den Füßen. „Nach stundenlangem Hickhack steht das Skript."

Er sah erschöpft aus. Wirklich erschöpft, fand sie. „Ich verstehe nicht, wieso sich so viele Leute für eine alberne Stunde die Woche verausgaben."

Er öffnete ein Auge, um sie anzustarren. „Das ist die amerikanische Lebensart."

„Worüber regt man sich denn so auf? Es gibt ein Verbrechen. Die Guten jagen die Bösen und fangen sie vor dem Nachspann. Ist doch wirklich einfach."

„Ich kann dir gar nicht genug dafür danken, dass du diesen Punkt geklärt hast. Bei der nächsten Produktionskonferenz werde ich ihn zur Sprache bringen."

„Wirklich, Michael, ich meine, alles sollte ziemlich glatt laufen, vor allem, da du schon jahrelang mit dieser Geschichte auf Sendung gehst."

„Schon mal was von Egoismus und Paranoia gehört?"

Sie lächelte schwach. „Gelegentlich."

„Gut, dann multipliziere das mit künstlerischer Sprunghaftigkeit, den Einschaltquoten und einem eskalierenden Budget. Vergiss nicht einen guten Schuss leitender Angestellter der Fernsehanstalt dazuzufügen. Nichts läuft seit vier Jahren glatt. Wenn ‚Logan' noch einmal vier Jahre durchhält, wird noch immer nichts glatt laufen. Das ist Showbusiness."

Pandora zuckte die Schultern. „Eine ziemlich idiotische Art, sich seinen Lebensunterhalt zu verdienen."

„Und ob", stimmte Michael zu und war im nächsten Moment tief und fest eingeschlafen.

Pandora ließ ihn zwanzig Minuten schlafen, während sie zusah, wie der listige, ungeschickte Polizist dem gierigen Geschäftspartner die Schlinge um den Hals legte. Zufrieden, dass die Gerechtigkeit gesiegt hatte, schaltete Pandora den Apparat aus und ließ die Lichter schwach erleuchtet.

Sie konnte den schlafenden Michael hier lassen. Im Moment wirkte er äußerst zufrieden. Sie dachte darüber nach, während sie zu ihm ging und ihm die Haare aus der Stirn strich. Aber er würde möglicherweise mit steifem Genick aufwachen. Besser wäre es, sie schaffte ihn ins Bett, entschied sie und rüttelte ihn an der Schulter.

„Michael."

„Mmm?"

„Lass uns zu Bett gehen."

„Dachte schon, du würdest nie darum bitten", murmelte er und tastete nach ihr.

Amüsiert starrte sie ihn eine Weile an, bevor sie ihn umso kräftiger rüttelte. „Nimm dir nicht zu viel vor, Cousin. Komm! Ich helfe dir die Treppe hinauf."

„Der Regisseur ist ein absoluter Idiot", murmelte er, als sie ihn auf die Beine zog.

„Aber sicher ist er das. Und jetzt setz einen Fuß vor den anderen. Ja, so geht es. Ab mit uns!" Einen Arm um seine Taille geschlungen, führte sie ihn aus dem Raum.

„Er hat ständig an meinem Skript herumgemeckert."

„Nein, so was! Jetzt kommen die Stufen."

„Er wollte unbedingt mehr durchschlagende Gefühle im zweiten Akt. Der Teufel soll ihn holen", murmelte Michael, während er sich die Treppe hinaufschleppte. „Was der schon von durchschlagenden Gefühlen versteht."

„Ganz offenbar ein geistiger Zwerg." Atemlos steuerte sie ihn zu seinem Zimmer. Er war schwerer, als er wirkte. „Und da sind wir nun, endlich daheim." Sie schob ihn erleichtert auf das Bett. „Siehst du, ist das nicht gemütlich?" Sie ließ ihn vollständig bekleidet und breitete eine Decke über ihn.

„Ziehst du mir nicht die Hose aus?"

Sie tätschelte seinen Kopf. „Bilde dir bloß keine Schwachheiten ein."

„Spaßverderberin."

„Wenn ich dir so spät nachts beim Ausziehen helfe, bekomme ich möglicherweise Albträume."

„Du weißt, dass du verrückt nach mir bist." Das Bett fühlte sich himmlisch an. Er hätte sich für eine ganze Woche darin vergraben können.

„Du bist schon im Delirium, Michael. Ich lasse dir von Charles am Morgen warmen Tee und Honig bringen."

„Nicht, wenn du am Leben bleiben willst." Er raffte sich dazu auf, die Augen zu öffnen und sie anzulächeln. „Warum kriechst du nicht neben mir unter die Decke? Mit ein wenig Ermunterung könnte ich dir das Erlebnis deines Daseins verschaffen."

Pandora beugte sich über ihn, tiefer und tiefer, bis ihr Mund dicht über dem seinen schwebte. Ihrer beider Atem mischte sich vertraulich. Ihr Haar fiel nach vorn und strich über seine Wangen. „Von wegen!“, flüsterte sie.

Michael zuckte die Schultern, gähnte und rollte sich auf die Seite. „Dann eben nicht.“

In der Dunkelheit blieb Pandora noch einen Moment stehen mit den Händen in die Hüften gestützt. Er hätte wenigstens so tun können, als wäre er beleidigt.

Das Kinn hochgereckt, ging sie hinaus und sorgte dafür, dass die Tür hinter ihr krachend zufiel.

5. Kapitel

Stück für Stück vollendete Pandora unter größten Anstrengungen die Smaragd-Halskette. Als sie fertig war, fand sie ihre Arbeit auch nach eingehender Betrachtung perfekt. Diese Beurteilung freute sie umso mehr, als sie selbst ihre schärfste Kritikerin war. Pandora fühlte sich nicht mit jedem ihrer Stücke verbunden oder auch nur vom kreativen Standpunkt her befriedigt. Dafür war sie sich selbst gegenüber bei Weitem zu anspruchsvoll. Bei der Halskette traf jedoch beides zu.

Sie untersuchte die Kette mit dem Vergrößerungsglas bei gnadenlos scharfem Licht, überprüfte die Filigranarbeit Millimeter für Millimeter und fand keine Fehler. Sie hatte die Kette aus ihrer Fantasie heraus geboren und mit ihren Fähigkeiten erschaffen. Mit einem gewissen Bedauern legte sie die Kette in eine mit Samt ausgeschlagene Schatulle. Sie gehörte ihr nicht mehr.

Nachdem nun die Kette abgeschlossen war, sah Pandora sich ohne Inspiration in ihrer Werkstatt um. Sie hatte so viel in dieses kleine Stück hineingelegt, ihre ganze Konzentration, ihre Emotionen und ihre Tüchtigkeit, dass sie keinen einzigen Plan für ein nächstes Projekt entworfen hatte. Von dem Wunsch zu arbeiten getrieben, griff sie nach ihrem Skizzenblock und begann zu zeichnen.

Vielleicht Ohrringe, überlegte sie. Etwas Auffälliges und Klotziges und reich Verziertes. Sie wollte eine Abwechslung nach der feinen, eleganten Arbeit, der sie so viel Zeit gewidmet hatte. Kreise und Dreiecke, überlegte sie. Geometrisch und supermodern, nicht romantisch wie die Halskette.

Keine Romantik, dachte sie und warf kräftige, klare Linien auf das Papier. Sie hatte an einem romantischen Stück gearbeitet.

Vielleicht hatte sie sich deshalb beinahe zum Narren bei Michael gemacht. Ihre Gefühle waren mit ihrer Arbeit verbunden, und ihre Arbeit war leicht und feminin und romantisch gewesen. Das ergibt Sinn, stellte sie befriedigt fest. Jetzt, da sie an etwas Starkem, Energischem und Arrogantem arbeitete, sollte sich das Problem von selbst lösen.

Eigentlich sollte es gar kein Problem geben. Mit zusammengebissenen Zähnen schlug sie das Blatt um und begann von vorne. Ihre Gefühle für Michael waren stets klar gewesen. Abneigung. Wenn man gegen jemanden Abneigung verspürte und von ihm angezogen wurde, ging einem das gegen den Strich.

Es handelte sich gar nicht um wirkliche Anziehung. Es war mehr eine Art von verdrehter … Neugierde. Ja, Neugierde. Das Wort stellte Pandora völlig zufrieden. Es war nur natürlich, dass sie neugierig auf die Sexualität eines Mannes gewesen war, den sie von Kindheit an kannte. Ebenfalls natürlich war es, neugierig darauf zu sein, was Michael Donahue an sich hatte, um diese ‚Spielgefährtinnen des Monats', wie eine bestimmte Männerillustrierte sie nannte, anzuziehen. Sie hatte es herausgefunden: Michael besaß die Fähigkeit, einer Frau das Gefühl zu geben, ganz Frau zu sein – ganz engagiert und nur allzu willig. Das war ihr zuvor noch nie passiert, und sie suchte so etwas auch nicht. So wie Pandora es sah, war das eine Kunstfertigkeit, die Michael wie jeder geschickte Handwerker einsetzte. Sie konnte ihm daraus zwar kaum einen Vorwurf machen, dachte aber gar nicht daran, sich der Herde anzuschließen. Hätte er gewusst oder auch nur geahnt, dass sie genauso reagieren würde wie vermutlich Dutzende andere Frauen, wäre er einen Monat lang vor Zufriedenheit strahlend herumgelaufen. Hätte er erraten, dass sie manchmal – aber nur für einen Augenblick – wünschte, er möge ihr die gleiche Aufmerksamkeit entgegenbringen wie jenem Dutzend Frauen, hätte er doppelt so lang gestrahlt. Dieses Vergnügen wollte sie ihm auf jeden Fall nicht verschaffen.

Individualität war ein Teil von ihr. Selbst wenn es möglich gewesen wäre, hätte sie nicht wie eine seiner Frauen sein wollen.

Nachdem nun ihre Neugierde befriedigt war, wollten sie die nächsten fünf Monate überstehen können ohne weitere … Komplikationen.

Dass sie Michael als menschliches Wesen einigermaßen akzeptabel und als Gefährten fast erträglich fand, sollte sich dabei nicht störend auswirken. Falls es überhaupt eine Rolle spielte, würde der Winter dadurch nur etwas schneller vorübergehen.

Entgeistert ertappte sie sich dabei, dass sie soeben die letzten Striche an einer Skizze von Michaels Gesicht machte. Wenn auch etwas flüchtig, hatte sie doch die Arroganz um seine Augen und die Sinnlichkeit um seinen Mund gut eingefangen. Merkwürdig fand sie, dass er – so wie sie ihn gezeichnet hatte – recht intelligent wirkte. Sie riss das Blatt aus dem Skizzenblock, zerknüllte es und warf es in den Papierkorb. Ihr waren die Gedanken davongelaufen, das war alles. Pandora griff wieder nach ihrem Bleistift, legte ihn weg und holte die Skizze aus dem Korb. Trotz allem blieb ein Kunstwerk stets ein Kunstwerk, sagte sie sich, während sie Michaels Gesicht glättete.

Michael hatte mit seiner Arbeit nicht viel Glück. Er saß an seinem Schreibtisch und tippte fünf Minuten lang wie irre. Dann starrte er fünfzehn Minuten lang ins Leere. Das sah ihm gar nicht ähnlich. Wenn er arbeitete, arbeitete er gleichmäßig, routiniert und durchgehend, bis eine Szene stand.

Er lehnte sich auf seinem Stuhl zurück, griff nach einem Kugelschreiber und ließ seine Finger von einem Ende zum anderen gleiten. Was Krankheitsstatistiken auch zu beweisen trachteten, er hätte das Rauchen niemals aufgeben sollen. Deshalb war er so gereizt. Rastlos stieß er sich vom Schreibtisch ab, ging hinüber ans Fenster und starrte auf Pandoras Werkstatt hinunter. Das Gebäude wirkte heiter unter einer leichten Schneeschicht.

Das war es, was ihn so gereizt machte.

Pandora war nicht so, wie er es erwartet hatte. Sie war weicher, süßer. Wärmer. Es machte Spaß, mit ihr zu sprechen, ganz gleich ob sie stritt und schnippisch war und ihn an den Rand eines

Wutausbruchs trieb oder ob sie entspannt und kameradschaftlich war. Mit Pandora gab es nur selten eine seichte Unterhaltung. Sie hielt Michaels Verstand beschäftigt, und wenn es nur darum ging, ihre nächste Bissigkeit abzuwehren.

Es fiel ihm nicht leicht, zuzugeben, dass er ihre Gesellschaft genoss, aber ihre gemeinsamen Wochen auf Folley waren wirklich schnell vergangen. Nein, es fiel ihm nicht leicht, das zuzugeben, aber er hatte die interessante Einladung seiner Produktionsassistentin ausgeschlagen, weil ... Michael gestand sich mit einem tiefen Seufzer ein, dass er die Einladung ausgeschlagen hatte, weil er nicht die Nacht mit einer Frau verbringen wollte, wenn seine Gedanken bei einer anderen Frau waren.

Aber wie sollte er mit dieser ungewollten und unerwarteten Zuneigung für eine Frau fertigwerden, die lieber Boxhandschuhe angezogen hätte, um mit ihm ein paar Runden zu kämpfen, als mit ihm im Mondschein spazieren zu gehen?

Romantische Frauen hatten ihn stets gereizt, weil er, ohne sich dessen zu schämen, selbst ein Romantiker war. Er liebte Kerzenschein, leise Musik und lange, einsame Spaziergänge. Michael machte Frauen ganz altmodisch den Hof, weil ihm das Altmodische zusagte. Das war kein Widerspruch zu der Tatsache, dass er schon seit seiner College-Zeit ein unerschütterlicher Feminist war. Romantik und sozialpolitische Ansichten lagen Welten auseinander. Es bereitete ihm keine Schwierigkeiten, einerseits für gleiche Bezahlung bei gleicher Arbeit einzutreten und andererseits einer Frau eine Droschkenfahrt durch den Park anzubieten.

Aber er wusste auch, dass Pandora, falls er ihr ein Dutzend weißer Rosen schickte, sich über die Dornen beschweren würde.

Er wollte sie. Michael war zu sehr ein Sinnenmensch, um sich in dieser Hinsicht etwas vorzumachen. Wenn er etwas wollte, arbeitete er auf zwei Arten darauf hin. Zuerst wählte er die beste Annäherungsmethode und tat dann in vorsichtigen Manövern einen Schritt nach dem anderen. Wenn das nicht klappte, ließ er die Vorsicht beiseite und packte mit beiden Händen zu. Auf die eine wie auf die andere Art hatte er bisher stets den gleichen Erfolg gehabt.

Wie er die Lage einschätzte, reagierte Pandora nicht auf Kosen unter Rosen, aber auch nicht, wenn er sie sich im Sturmangriff über die Schulter werfen würde. Bei Pandora musste er vielleicht von seinen beiden üblichen Annäherungsmethoden absehen und sich etwas Neues einfallen lassen.

Eine interessante Herausforderung, fand Michael und lächelte träge. Nichts liebte er mehr, als Handlungsfäden auszulegen und neu zu verknüpfen und überraschende Wendungen einzubauen. Hatte er nicht schon immer gemeint, Pandora gebe eine faszinierende Gestalt in einem Drehbuch ab? Also wollte er wie an ein Drehbuch herangehen.

Held und Heldin unter einem Dach, begann er. Zueinander hingezogen, aber noch zögernd. Held ist intelligent und charmant. Besitzt ungeheure Willenskraft. Hat er nicht das Rauchen aufgegeben – vor genau fünf Wochen, drei Tagen und vierzehn Stunden? Heldin ist dickköpfig und eigenwillig, verwechselt oft Arroganz mit Unabhängigkeit. Held durchbricht schrittweise ihre spröde Schale zu beider Zufriedenheit.

Michael lehnte sich grinsend auf seinem Stuhl zurück. Er konnte genauso gut ein Bühnenstück daraus machen. Einen großen Teil der Handlung musste er zwar erfinden, aber das Grundthema hatte er schon. Höchst zufrieden und begierig auf die Anfangsszene stürzte Michael sich wieder auf die Arbeit.

Zwei Stunden flotter Arbeit waren wie im Flug vergangen, als es an die Tür klopfte. Er antwortete mit einem unwilligen Knurren.

„Ich bitte um Pardon, Mr. Donahue.“ Charles stand in der Tür, ein wenig außer Atem vom Treppensteigen.

Michael knurrte noch einmal und tippte den Absatz zu Ende. „Ja, Charles?“

„Ein Telegramm für Sie, Sir."

„Telegramm?" Stirnrunzelnd schwang er auf seinem Stuhl herum. Wenn es in New York, so wie letzte Woche, ein Problem gab, wäre das Telefon der schnellste Weg gewesen, um es zu lösen. „Danke." Er nahm das Telegramm, klopfte damit aber nur gegen seine Handfläche. „Ist Pandora noch in ihrer Werkstatt?"

„Ja, Sir." Charles war dankbar für die Verschnaufpause. „Sweeney macht sich ein wenig Sorgen, weil Miss McVie das Mittagessen hat ausfallen lassen. Sweeney möchte das Abendessen in einer Stunde servieren. Ich hoffe, das ist Ihnen recht."

Michael hütete sich, Sweeney in die Quere zu kommen. „Ich werde unten sein."

„Danke, Sir, und wenn ich das sagen darf, ich genieße Ihre Fernsehserie ganz ungemein. Die letzte Folge war besonders aufregend."

„Das hör ich gern, Charles."

„Mr. McVie hatte es sich zur Gewohnheit gemacht, sich jede Woche Ihre Serie in meiner Gegenwart anzusehen. Er hat nie eine Folge ausgelassen."

„Ohne Onkel Jolley hätte es wahrscheinlich nie ‚Logan's Run' gegeben", überlegte Michael laut. „Er fehlt mir."

„Uns allen. Das Haus ist so ruhig. Aber ich ..." Charles errötete ein wenig bei der Vorstellung, er könne seine Grenzen überschreiten.

„Sprich es aus, Charles."

„Ich möchte gern, dass Sie wissen, dass wir beide, Sweeney und ich, sehr glücklich sind, bei Ihnen im Dienst zu bleiben, bei Ihnen und Miss McVie. Wir waren froh, dass Mr. McVie das Haus Ihnen hinterlassen hat. Die anderen ..." Er straffte sich und fuhr fort: „Sie wären nicht würdig gewesen, Sir. Sweeney und ich, wir hatten davon gesprochen, unseren Dienst aufzukündigen, falls Mr. McVie bestimmt hätte, dass Folley einem seiner anderen Erben zufallen sollte." Charles faltete seine knochigen Hände. „Haben Sie vor dem Dinner noch einen Wunsch, Sir?"

„Nein, Charles, danke."
Michael lehnte sich zurück und öffnete das Telegramm.

Mutter schwer erkrankt. Ärzte ohne Hoffnung. Komm sofort nach Palm Springs. L. J. Keyser.

Michael starrte eine volle Minute auf das Telegramm. Das war unmöglich! Seine Mutter war nie krank. Krankheit hielt sie für eine Art sozialen Fehlverhaltens. Er fühlte zuerst Unglauben, dann Schock und griff hastig nach dem Telefon.

Als Pandora fünfzehn Minuten später an seinem Zimmer vorbeiging, sah sie, wie er Kleidung in eine Tasche warf. Sie hob eine Augenbraue, lehnte sich gegen den Türrahmen und räusperte sich. „Du verreist?"

„Palm Springs." Er warf sein Rasierzeug zu den anderen Sachen.

„Wirklich?" Jetzt verschränkte sie die Arme. „Suchst du ein sonnigeres Klima?"

„Es geht um meine Mutter. Ihr Mann hat mir ein Telegramm geschickt."

Sofort gab Pandora ihre kühle, spöttische Pose auf und kam in das Zimmer. „Ist sie krank?"

„Das Telegramm hört sich nicht gut an."

„Oh, Michael, das tut mir leid. Kann ich etwas tun? Den Flughafen anrufen?"

„Das habe ich schon getan. Meine Maschine geht in zwei Stunden. Ich muss zwar ein halbes Dutzend Mal umsteigen, aber eine bessere Verbindung habe ich nicht gefunden."

Sie fühlte sich hilflos und sah ihm zu, wie er den Reißverschluss zuzog. „Ich fahre dich zum Flughafen, wenn du willst."

„Nein. Ich dank dir aber." Als er sich zu ihr umdrehte, erkannte er an ihrem Gesicht, dass sie sich sorgte. „Pandora, ich werde die halbe Nacht unterwegs sein, um überhaupt hinzukommen. Und dann weiß ich nicht …" Er brach ab, weil er sich nicht vorstellen konnte, dass seine Mutter ernsthaft krank sein könnte. „Ich schaffe es vielleicht nicht rechtzeitig wieder zurück – nicht innerhalb von achtundvierzig Stunden."

Sie schüttelte den Kopf. „Ich möchte nicht, dass du dir darüber den Kopf zerbrichst. Ich rufe Fitzhugh an und erkläre es ihm. Vielleicht kann er etwas unternehmen. Immerhin handelt es sich um einen Notfall. Und wenn nicht, dann eben nicht."

Womöglich entzog er ihr mit seinem Wegbleiben Millionen von Dollar und das Heim, das sie liebte. Michael ging zu ihr und legte ihr die Hände auf die Schultern. Sie war so schlank. Er hatte es vergessen, wie stark eine schwache Frau sein konnte. „Es tut mir leid, Pandora. Gäbe es eine andere Möglichkeit …"

„Michael, ich habe dir doch gesagt, dass ich das Geld nicht wollte. Und ich habe es so gemeint. Und jetzt geh, sonst versäumst du dein Flugzeug." Sie wartete, bis er seine Tasche aufgenommen hatte, und begleitete ihn auf den Korridor. „Ruf mich an, wenn du Gelegenheit hast, und lass mich wissen, wie es deiner Mutter geht."

Er nickte, stellte seine Tasche an der Treppe ab und zog Pandora heftig an sich. Sein Kuss war fest und lang und voll von kaum eingedämmtem Feuer. Dann schob er sie genauso abrupt von sich. „Bis später."

„Ja." Pandora schluckte. „Bis später."

Sie rührte sich nicht von der Stelle, bis die Haustür ins Schloss fiel.

Pandora hatte viel Zeit, um über den Kuss nachzudenken, während des einsamen Dinners, während der Stunden, in denen sie an dem munteren Feuer im Salon zu lesen versuchte. In diesem einen Kuss hatte sie mehr Leidenschaft gefunden als in allen ihren sorgfältig aufgebauten Beziehungen.

Sie fühlte sich einsam. Nach wenig mehr als einem Monat hatte sie sich so an Michaels Gesellschaft gewöhnt, dass sie darauf angewiesen war. Wann würde sie ihn wohl wiedersehen?

Falls die Bedingungen des Testaments gebrochen wurden, gab es für sie beide keinen Grund mehr, zusammenzubleiben.

Dann besaßen sie nicht einmal das Recht, auf Folley zu bleiben. Sie würden nach New York zurückkehren müssen, wo sie einander wegen der unterschiedlichen Lebensweise nie zu sehen bekämen. Erst jetzt erkannte Pandora, wie wenig sie das wollte.

Sie wollte Folley nicht verlieren, und sie wollte Michael nicht verlieren ... Seine Gesellschaft, korrigierte Pandora sich hastig.

Seufzend schloss Pandora das Buch und entschied, lieber zeitig schlafen zu gehen, als vergeblich zu spekulieren. Gerade als sie die Lampe ausschalten wollte, erlosch das Licht. Nur noch das Kaminfeuer leuchtete.

Sie tippte auf eine ausgebrannte Glühlampe, aber auch die Halle lag im Dunkeln. Vergeblich betätigte Pandora den Schalter.

Stromausfall, dachte sie, zögerte jedoch, weiter in die Dunkelheit zu treten. Es gab kein Unwetter. Auf Folley fiel der Strom regelmäßig bei Schneefall und Gewittern aus, aber die zusätzliche Lichtmaschine nahm dann innerhalb von Sekunden die Arbeit auf. Pandora wartete, doch das Haus blieb im Dunkeln.

Während sie dastand und darauf wartete, dass das Licht wieder anging, wurde ihr bewusst, wie dunkel Dunkelheit sein konnte. Sie wollte schon in den Salon zurückkehren, um eine Kerze zu holen, als ihr einfiel, dass auch die Heizung des Hauses vom Strom abhängig war. Wenn sie nichts unternahm, würde das Haus bald nicht nur sehr dunkel, sondern auch sehr kalt werden. Bei zwei Leuten über siebzig konnte sie das nicht zulassen.

Verärgert zündete Pandora drei Kerzen in einem silbernen Halter an. Es hatte keinen Sinn, Charles im Schlaf zu stören und ihn in den Keller zu zerren. Möglicherweise handelte es sich nur um eine kaputte Hauptsicherung. Die Kerzen vor sich haltend, schlug Pandora durch die verschlungenen Korridore den Weg zum Keller ein.

Es machte ihr gar nichts aus, in der Dunkelheit in den Keller hinunterzugehen. Das redete sie sich jedenfalls ein, als sie die

Hand an die Klinke der Tür legte. Schließlich war er nur ein weiterer Raum im Haus, in dem die Überreste einiger von Onkel Jolleys abgelegten Hobbys lagerten. Der Sicherungskasten befand sich da unten. Sie hatte ihn gesehen, als sie ihrem Onkel geholfen hatte, mehrere Kartons mit Fotoausrüstung hinunterzuschaffen, nachdem er die Idee aufgegeben hatte, Porträtfotograf zu werden.

Sie wollte die schadhafte Sicherung suchen und austauschen. Sobald es wieder Strom und Wärme gab, wollte sie ein heißes Bad nehmen und danach ins Bett gehen.

Pandora holte tief Luft, ehe sie die Tür öffnete.

Die Stufen knarrten, was zu erwarten war. Und sie waren so hoch und so schmal wie die Stufen in jedem Keller, der etwas auf sich hielt. Das Licht ihrer Kerzen ließ die Schatten über Kisten und Kartons, die ihr Onkel da unten verstaut hatte, tanzen. Sie musste Michael dazu bringen, alles durchzuforsten. An irgendeinem hellen Nachmittag. Sie summte nervös vor sich hin, als sie die unterste Stufe erreichte.

Pandora hielt die Kerzen hoch und inspizierte den Fußboden, soweit das Licht reichte. Mäuse hatten eine Vorliebe für dunkle, feuchte Keller, aber Pandora hatte keine Vorliebe für Mäuse. Als nichts über den Boden huschte, umrundete sie zwei große Kisten und ging auf den Sicherungskasten zu.

Da stand das Trainingsfahrrad mit Motorantrieb, das nach Onkel Jolleys Ansicht allen Spaß am Gesundbleiben nahm. Auf einem deckenhohen Regal waren alte Flaschen aufgereiht. Onkel Jolley war einmal von einem Glasbläser fasziniert gewesen, der Zehndollarflaschen hergestellt hatte. Und endlich entdeckte sie mit einem erleichterten Seufzer den Sicherungskasten. Sie stellte den Kerzenhalter auf eine Kiste, öffnete die Metalltür und starrte in den Kasten. Da drinnen gab es nicht eine einzige Sicherung.

„Was soll das denn, zum Teufel?“, murmelte Pandora. Als sie näher trat, stieß sie mit dem Fuß gegen etwas, das scheppernd über den Betonboden rollte. Sie zuckte zusammen und unterdrückte einen Schrei und den Wunsch davonzurennen. Mit angehaltenem Atem griff sie nach dem Kerzenhalter und kauerte sich hin. Zu ihren Füßen verstreut lagen ein Dutzend Sicherungen. Sie nahm eine in die Hand. Dieser Keller mochte über einen gewissen Bestand an Mäusen verfügen, aber keine von ihnen war geschickt genug, um die Sicherungen herauszudrehen.

Sie fühlte einen leichten Schauder, den sie jedoch ignorierte, während sie die Sicherungen einsammelte. Tricks, sagte sie sich. Nur alberne Tricks. Ärgerlich, aber nicht so vernichtend wie jener Trick in ihrer Werkstatt. Es war nicht einmal ein besonders kluger Trick, weil das Einschrauben von Sicherungen genauso einfach war wie das Herausdrehen.

Pandora arbeitete schnell und versuchte, nicht über ihre Schulter zu sehen. Wer immer in den Keller eingedrungen war, um seine Spielchen zu spielen, hatte nur ihre Zeit verschwendet, sonst nichts.

Als sie fertig war, ging sie zu der Treppe und rannte hinauf, obwohl sie sich dafür hasste. Aber ihr erleichterter Seufzer war verfrüht.

Die Tür war fest verschlossen.

Sekundenlang weigerte Pandora sich, es zu glauben. Sie drehte an dem Knopf und drückte, schob und drehte wieder. Danach spürte sie nur noch die Angst, die Angst, alleine in der Dunkelheit eingeschlossen zu sein. Pandora hämmerte gegen die Tür, schrie, flehte und brach schluchzend auf der obersten Stufe zusammen. Niemand konnte sie hören. Charles und Sweeney schliefen am anderen Ende des Hauses.

Fünf Minuten überließ sie sich Angst und Selbstmitleid. Sie war allein, ganz allein, eingeschlossen in einem dunklen Keller, in dem sie vor dem Morgen niemand hören würde. Es war schon kühl und wurde immer kälter. Bald würden ihre Kerzen ausgehen. Dann hatte sie überhaupt kein Licht. Das war das Schlimmste, das Allerschlimmste, kein Licht zu haben.

Licht, dachte sie und schimpfte sich selbst eine Närrin, während sie die Tränen wegwischte. Hatte sie nicht soeben die Sicherungen in Ordnung gebracht? Pandora raffte sich auf und schlug mit der Hand auf den Schalter. Nichts passierte. Sie drängte einen Aufschrei zurück und hob die Kerzen hoch. Die Fassung über der Treppe war leer.

Der Eindringling hatte daran gedacht, die Glühlampe herauszudrehen. Also war es doch ein schlauer Trick. Sie schluckte die neu aufgekommene Panik hinunter und versuchte nachzudenken. Die wollten, dass sie die Beherrschung verlor, und diesen Gefallen würde sie ihnen nicht tun. Wehe, wenn sie herausfand, wer von ihren lieben Familienangehörigen mit ihr diese hässlichen Spiele spielte …

Das kommt später, sagte sich Pandora. Jetzt musste sie einen Ausweg finden. Sie zwang sich, die Stufen wieder hinunterzusteigen.

Der Keller war doppelt so groß wie ihr Apartment in New York, ohne Zwischenwände und jene Verzierungen, die Onkel Jolley so gemocht hatte. Er war bloß dunkel und etwas feucht, mit Betonboden und widerhallenden Steinwänden. Pandora wollte jetzt nicht an Spinnen denken oder an alles andere, was in den Ecken sonst noch so herumhuschen mochte.

Es gab keine Türen. Immerhin befand sie sich unter der Erde. Wie in einem Grab. Diese Vorstellung besänftigte nicht gerade ihre Nerven, sodass sie sich auf andere Dinge konzentrierte. Sie musste nachdenken – und so tun, als wären ihre Handflächen nicht feucht.

Sie ging an einem Stapel Kisten vorbei und schrie auf, als sie sich in dichten Spinnweben verfing. Mehr angewidert als ängstlich fegte sie sie beiseite. Sie machte sich nicht gern lächerlich, auch dann nicht, wenn es niemand sah. Dafür musste jemand bezahlen! nahm sie sich wieder vor.

Dann sah sie das Fenster, eineinhalb Meter über ihrem Kopf und winzig. Obwohl es kaum mehr als ein Oberlicht war, brach Pandora vor Erleichterung beinahe zusammen. Sie stellte die Kerzen auf ein Wandbrett und begann, Kisten übereinanderzustapeln. Ihre Muskeln verkrampften sich, und ihr Rücken protestierte, aber sie stemmte die Kisten hoch und baute sie an der Wand auf. Bei dem ersten Splitter im Finger fluchte sie. Nach dem dritten hörte sie zu zählen auf.

Atemlos und schweißgebadet lehnte sie sich gegen ihre provisorische Leiter. Jetzt brauchte sie nur noch hinaufzuklettern. In einer Hand die Kerzen, zog sie sich mit der anderen Hand hoch. Die Lichter schwankten. Die Kisten knackten und wippten ein wenig. Wenn sie stürzte, würde sie mit gebrochenen Knochen bis zum Morgen liegen bleiben müssen. Sie zog sich höher hinauf und weigerte sich, überhaupt noch an etwas zu denken.

Sie erreichte das Fenster, aber der kleine Riegel war verrostet und saß fest. Fluchend und betend stellte sie die Kerzen auf die unter ihr schwankende Kiste und versuchte es mit beiden Händen. Der Riegel gab ein wenig nach und saß erneut fest. Hätte sie doch bloß daran gedacht, ein Werkzeug mit heraufzunehmen! Sie überlegte, ob sie hinunterklettern sollte, machte aber den Fehler, hinter sich zu blicken. Von hier oben wirkte der Kistenstapel noch wackeliger.

Pandora wandte sich wieder dem Fenster zu und zog mit aller Kraft am Riegel. Metall kreischte auf Metall, als der Riegel nachgab, und die Kisten schwankten unter der Bewegung. Pandora sah, wie der Kerzenleuchter zu kippen begann, und versuchte, ihn zu packen. Außer Reichweite, kippte der Leuchter und krachte auf den Betonboden, wo die winzigen Flammen erloschen. Pandora kippte beinahe hinterher, konnte dann aber doch das Gleichgewicht irgendwie halten. Sie fand sich in drei Metern Höhe über dem Fußboden in völliger Dunkelheit wieder.

Ich werde nicht abstürzen, versprach sie sich, als sie das kleine Fensterbrett mit beiden Händen packte. Sie tastete um sich, zog das Fenster auf und begann, sich hindurchzuschieben. Beim ersten kalten Luftstoß geriet sie fast in Verzückung.

Nachdem sie die Schultern durch die Öffnung gezwängt hatte, gönnte sie sich eine Atempause und erlaubte ihren Augen, sich dem Sternenlicht anzupassen. Irgendwo in den Wäldern schrie ein Nachtvogel zwei Mal. Pandora hatte noch nie etwas so Schönes gehört.

Sie packte den Strunk eines Rhododendron und zog sich bis zu den Hüften heraus. Als sie hinter sich das Krachen der Kisten hörte, presste sie ihre Wange gegen das kalte Gras. Zoll für Zoll wand sie sich ins Freie. Endlich lag sie flach auf dem Rücken und blickte zu den Sternen empor. Durchgefroren, zerschlagen und erschöpft lag sie da und beschränkte sich auf bloßes Atmen. Als sie wieder dazu imstande war, zog Pandora sich hoch und machte sich auf den Weg zu den östlichen Terrassentüren.

Sie wollte Rache, aber zuerst wollte sie ein Bad.

Nach drei Zwischenlandungen und zweimaligem Umsteigen traf Michael in Palm Springs ein. Soweit er das erkennen konnte, hatte sich an diesem Ort nichts verändert. Er hatte die exklusive kleine Gemeinde stets nur zögernd betreten. Nun, da seine Mutter krank war, wurde er von Schuldgefühlen geplagt.

Er sah sie selten. Sicher, sie war genauso wenig daran interessiert gewesen, ihn zu sehen, wie umgekehrt er Wert darauf gelegt hatte, sie zu besuchen. Dennoch war sie immer noch seine Mutter. Seit dem Tag seiner Geburt hatten sie auf verschiedener Wellenlänge gelegen, aber sie hatte für ihn gesorgt. Das heißt, sie hatte zumindest Leute angestellt, die für ihn gesorgt hatten.

Mit seiner Reisetasche brauchte er nicht am Gepäckband zu warten, nahm ein Taxi und nannte die Adresse seiner Mutter. Hätte er vernünftig überlegt, hätte er vorher angerufen und festgestellt, in welchem Krankenhaus sie lag.

Falls der Mann seiner Mutter nicht da war, konnte ihm jemand vom Personal Auskunft geben. Vielleicht war es gar nicht so schlimm, wie es durch das Telegramm wirkte. Seine Mutter war noch jung. Dann fiel ihm ein, dass er nicht die geringste

Ahnung hatte, wie alt seine Mutter war. Er bezweifelte, dass sein Vater das wusste und ganz sicher nicht ihr gegenwärtiger Ehemann. Bei anderer Gelegenheit hätte Michael das vielleicht komisch gefunden.

Ungeduldig sah er aus dem Seitenfenster des Taxis, das an den Toren und Säuleneingängen der Elite vorbeiglitt. Sein Beruf hatte ihn lange in Kalifornien festgehalten, aber er zog Los Angeles Palm Springs vor. Dort gab es wenigstens etwas Action, etwas Bewegung, etwas Schärfe. Dennoch mochte er New York am liebsten. Das Tempo dieser Stadt passte am besten zu ihm.

Das Taxi schwang sich die halbkreisförmige Einfahrt unter schwankenden Palmen zu dem hohen weißen Haus hinauf, das Michaels Mutter für sich ausgesucht hatte. Michael erinnerte sich an einen Lilienteich im Park mit Goldfischen von der Größe von Tümmlern. Seine Mutter hatte sich geweigert, sie Karpfen zu nennen.

„Warten Sie", sagte er zu dem Fahrer und lief zwei Treppen zu der Haustür hinauf. Ein neuer Butler öffnete. Seine Mutter pflegte das Personal zu wechseln, bevor es, wie sie sich ausdrückte, zu familiär wurde. „Ich bin Michael Donahue, Mrs. Keysers Sohn."

Der Butler sah zu dem wartenden Taxi, dann wieder auf Michaels Pullover und sein unrasiertes Gesicht. „Guten Abend, Sir. Werden Sie erwartet?"

„Wo ist meine Mutter? Ich möchte direkt zum Krankenhaus fahren."

„Ihre Mutter ist heute Abend nicht hier, Mr. Donahue. Wenn Sie warten wollen, sehe ich nach, ob Mr. Keyser zu sprechen ist."

Geziertes Benehmen hatte Michael noch nie leiden können. Er trat einfach ein. „Ich weiß, dass Mutter nicht hier ist, aber ich möchte sie noch heute besuchen. Wie heißt das Krankenhaus?"

Der Butler neigte höflich den Kopf. „Welches Krankenhaus, Mr. Donahue?"

„Jackson, woher kommt dieses Taxi?“ Lawrence Keyser kam in einem altrosa Smokingjackett die Treppe herunter. In der einen Hand hielt er eine dicke Zigarre, in der anderen einen Kognacschwenker.

„Also wirklich, Lawrence“, setzte Michael mit aufsteigendem Zorn an. „Du siehst ja recht gemütlich aus. Wo ist meine Mutter?“

„Nun, nun, das ist ja … Matthew.“

„Ich heiße Michael.“

„Michael, natürlich. Jackson, bezahlen Sie Mr. … ah, Mr. Donavans Taxi.“

„Nein, danke, Jackson.“ Bei anderer Gelegenheit hätte Michael sich über die Namensprobleme seines Stiefvaters amüsiert. „Ich fahre damit gleich zum Krankenhaus. Ich möchte euch ja nicht ausnutzen.“

„Aber, aber, ist doch selbstverständlich.“ Groß, rundlich und teilweise kahl schenkte Keyser ihm ein freundliches breites Lächeln. „Veronica wird sich freuen, dich zu sehen, obwohl wir nicht wussten, dass du kommst. Wie lange bleibst du in der Stadt?“

„So lange ich gebraucht werde. Ich bin sofort losgefahren, als ich das Telegramm erhielt. Du hast den Namen des Krankenhauses nicht erwähnt.“ Etwas schärfer fügte Michael hinzu: „Da du daheim bist und es dir gut gehen lässt, nehme ich an, dass sich der Zustand meiner Mutter gebessert hat.“

„Zustand?“ Keyser lachte jovial. „Also, ich weiß nicht, was sie zu diesem Ausdruck sagen würde, aber du kannst sie selbst fragen.“

„Das möchte ich auch. Wo ist sie?“

„Sie spielt bei den Bradleys Bridge. In ungefähr einer Stunde kommt sie nach Hause. Wie wäre es mit einem Brandy?“

„Sie spielt Bridge?“ Michael trat näher und packte seinen überraschten Stiefvater an den Aufschlägen. „Was zum Teufel soll das heißen?“

„Ich kann das Spiel auch nicht ausstehen“, meinte Keyser verwirrt. „Aber Veronica mag es.“

Michael ging plötzlich ein Licht auf. „Du hast mir gar kein Telegramm wegen meiner Mutter geschickt?“

„Ein Telegramm?“ Keyser tätschelte Michaels Arm und hoffte, dass Jackson in der Nähe blieb. „Ich brauche dir doch wegen einer Bridge-Partie kein Telegramm zu schicken, Junge.“

„Mutter ist nicht krank?“

„Gesund wie ein Pferd, obwohl ich das in ihrer Gegenwart nicht so ausdrücken darf.“

Michael wirbelte fluchend herum. „Dafür wird jemand bezahlen“, stieß er hervor.

„Wohin willst du?“

„Zurück nach New York!“, rief Michael über die Schulter zurück, als er die Stufen hinunterlief.

Erleichtert verzichtete Keyser darauf, gegen den raschen Aufbruch zu protestieren. „Soll ich deiner Mutter etwas ausrichten?“

„Ja.“ Michael blieb neben dem Taxi stehen. „Sag ihr, dass ich mich freue, dass es ihr gut geht. Und dass ich hoffe, sie gewinnt.“

6. Kapitel

Pandora schlief tief und fest, als sie morgens um sieben Uhr geweckt wurde, weil Michael sich auf das Bett fallen ließ. Die Matratze federte regelrecht. Er kuschelte seinen Kopf neben ihr in das Kissen, schloss die Augen.

„Dreckskerl“, murmelte sie grollend.

Pandora setzte sich auf, erinnerte sich daran, dass sie nackt war und griff nach der Bettdecke. „Michael! Du solltest in Kalifornien sein. Was machst du in meinem Bett?“

„Ich nehme zum ersten Mal seit vierundzwanzig Stunden die horizontale Lage ein.“

„Gut, aber mach das in deinem eigenen Bett“, ordnete sie an, ehe sie die Linien von Anspannung und Müdigkeit in seinem Gesicht sah. „Deine Mutter!“ Pandora ergriff seine Hand. „Oh, Michael, ist deine Mutter …“

„Sie spielt Bridge.“ Er rieb sich mit der anderen Hand über das Gesicht. Es fühlte sich rau an. „Ich bin quer über den Kontinent gehüpft, einmal in einer Konservenbüchse mit Propellern, nur um herauszufinden, dass Mutter Sherry schlürft und die Karten ihrer Partner sticht.“

„Dann geht es ihr also besser?“

„Es ist ihr immer besser gegangen. Das Telegramm war ein Schwindel.“ Er gähnte und streckte sich. „Himmel, was für eine Nacht!“

„Du meinst …“ Pandora zerrte mit finsterem Blick an der Bettdecke. „Also diese Ratten!“

„Oh ja! Ich habe mir ein paar Methoden für Rache ausgedacht, als ich in Cleveland auf Anschluss warten musste. Unser Freund, der durch deine Werkstatt getobt ist, hat wohl gemeint, jetzt sei ich an der Reihe. Jetzt ist ihm jeder von uns etwas schuldig.“

„Ich schulde ihm doppelt." Pandora lehnte sich gegen das Kopfteil, die Decke unter die Arme geschoben. Ihr Haar fiel über ihre nackten Schultern. „Als du letzte Nacht deiner Ente hinterhergejagt bist, wurde ich in den Keller gesperrt."

Michaels Aufmerksamkeit wurde von der dünnen Decke, die sie kaum verhüllte, abgelenkt. „Eingesperrt? Wie?"

Pandora schlug die Füße an den Fesseln übereinander und schilderte, was geschehen war.

„Über Kisten geklettert? Zu dem winzigen Fenster? Das liegt fast drei Meter hoch."

„Ja, das habe ich bemerkt."

Michael betrachtete sie finster. Sein Zorn über die schlaflose Nacht verdoppelte sich. „Du hättest dir den Hals brechen können."

„Ich habe ihn mir nicht gebrochen. Ich habe mir nur eine meiner Lieblingshosen zerrissen, beide Knie aufgekratzt und meine Schulter geprellt."

Michael unterdrückte seine Wut. Er wollte sie erst freisetzen, wenn die Zeit gekommen war. „Es hätte schlimmer sein können", sagte er leichthin und stellte sich vor, was er mit demjenigen machen würde, der Pandora eingesperrt hatte.

„Es war schlimmer", fuhr Pandora ihn an. Sie fühlte sich beleidigt. „Während du in zehntausend Metern Höhe Scotch geschlürft hast, war ich in einem kalten, feuchten Keller mit Mäusen und Spinnen eingesperrt."

„Wir sollten uns überlegen, ob wir nicht die Polizei rufen."

„Und dann? Wir können nichts beweisen. Wir wissen doch nicht einmal, wem wir nichts beweisen können."

„Neue Regel", verkündete Michael. „Von jetzt an bleiben wir zusammen. Keiner von uns verlässt über Nacht das Haus ohne den anderen, zumindest so lange, bis wir herausfinden, wer von unseren lieben Verwandten das Spiel spielt."

Pandora wollte protestieren, erinnerte sich jedoch daran, wie verängstigt sie gewesen war, und was noch schlimmer war, wie einsam sie sich gefühlt hatte. „Einverstanden. Also, diesmal tippe ich auf Onkel Carlson. Er kennt das Haus jedenfalls besser als irgendjemand von den anderen. Er hat hier gewohnt."

„Er kann es genauso gut gewesen sein wie jeder andere." Michael starrte zur Zimmerdecke hinauf. „Ich muss es wissen. Biff war einmal im Sommer sechs Wochen hier, als wir noch Kinder waren."

„Das stimmt." Pandora blickte ebenfalls finster zur Zimmerdecke. „Das hatte ich vergessen. Er hat das Haus gehasst."

„Er hat nie einen Funken Humor besessen."

„Wie wahr! Vor allem konnte er dich nicht ausstehen, Michael."

„Wahrscheinlich weil ich ihm ein blaues Auge geschlagen habe."

Pandora hob die Augenbrauen. „Das sieht dir ähnlich." Doch die Vorstellung von Biff mit einem Veilchen hatte etwas Anziehendes an sich. Deshalb fügte sie lächelnd hinzu: „Warum hast du es getan? Du hast mir nie davon erzählt."

„Erinnerst du dich an die Frösche in deinem Schrank?"

Pandora schniefte. „Aber sicher! Es war ziemlich unreif von dir."

„Nicht von mir, sondern von Biff."

„Biff?" Erstaunt wandte sie sich zu ihm. „Soll das heißen, dass dieses kleine Scheusal die Frösche in meine Unterwäsche gesteckt hat?" Der nächste Gedanke kam, ein überraschend erfreulicher. „Und dafür hast du ihm einen Faustschlag verpasst?"

„Keinen harten."

„Warum hast du dich nicht gewehrt, als ich dich beschuldigt habe?"

„Es war befriedigender, Biff eine zu verpassen. Jedenfalls kennt er das Haus gut genug. Und ich könnte mir denken, dass die meisten aus unserem glücklichen Clan wenigstens einmal für ein paar Tage hier gewohnt haben. Es ist nicht so schwer, einen Sicherungskasten im Keller zu finden. Denk es doch zu Ende, Pandora! Sie sind zu sechst, zu siebent, wenn man die wohltätige Stiftung mitzählt. Teile hundertfünfzig Millionen durch sieben, und das ergibt jede Menge Motive. Jeder von ihnen hat einen Grund, sich zu wünschen, dass wir die Bedingungen des Testaments brechen. Und meiner Meinung nach ist sich keiner von ihnen zu fein dafür, etwas Druck auf uns auszuüben."

„Noch ein Grund, warum mir das Geld nicht zugesagt hat", meinte sie. „Michael, sie haben nur Chaos angerichtet und Ärger bereitet, aber, verdammt noch mal, ich möchte es ihnen zurückzahlen."

„Die Rückzahlung erfolgt in weniger als fünf Monaten." Ohne nachzudenken, legte Michael den Arm um ihre Schultern. Ohne nachzudenken, drückte Pandora sich an ihn. Ein feiner Duft strömte von ihrer Haut aus. „Kannst du dir Carlsons Gesicht vorstellen, wenn das Testament in Kraft tritt und er nichts als einen Zauberstab und einen Zylinder bekommt?"

Michaels Schulter fühlte sich fester an, als Pandora erwartet hatte.

„Und Biff mit drei Kisten voller Streichholzschachteln." Sie lachte leise und zufrieden. „Onkel Jolley lacht tatsächlich immer noch zuletzt."

„Und in ein paar Monaten wir mit ihm."

„Das steht fest. Und du liegst mit den Schuhen auf meiner Decke."

„Tut mir leid." Mit zwei knappen Bewegungen streifte er sie ab.

„Das habe ich eigentlich nicht gemeint. Willst du dich jetzt nicht in dein eigenes Zimmer verziehen?"

„Eigentlich nicht. Dein Bett ist hübscher. Schläfst du immer nackt?"

„Nein."

„Dann lacht mir ja endlich das Glück." Er drückte seine Lippen auf eine Abschürfung an ihrer Schulter. „Tut es weh?"

„Ein wenig."

„Arme kleine Pandora. Und ich dachte immer, du wärst dickhäutig."

„Bin ich …"

„Weich", unterbrach er sie und ließ seine Finger über ihren Arm streichen. „Sehr weich. Hast du noch mehr Verletzungen?" Er ließ seine Lippen über ihren Hals gleiten und fühlte ihr kurzes Schaudern.

„Keine, die man sieht."

„Ich bin ein sehr aufmerksamer Beobachter." Michael rollte sich herum und presste seinen Körper enger an den ihren, während er auf sie hinunterblickte. Er war müde. Ja, er war müde und mehr als nur ein wenig erschlagen von der Reise, aber er hatte nicht vergessen, dass er Pandora wollte. Und selbst wenn er es vergessen hätte, so hätten ihr nachgiebiger Körper und ihr vom Schlaf rosiges und weiches Gesicht seine Erinnerung beflügelt. „Warum sehe ich nicht selbst nach deinen Verletzungen?" Seine Finger glitten an den Rand der Decke auf ihren Brüsten.

Pandora holte tief Luft, sie war von der kleinsten Berührung unglaublich erregt. Sie durfte es sich nicht anmerken lassen … Oder? Sie konnte nicht die Hände nach etwas ausstrecken, das nur eine Illusion war. Michael war nicht beständig. Er war nicht wirklich. Er war jetzt mit ihr zusammen, weil sie hier war und keine sonst. Warum wurde es so schwer, sich das ins Gedächtnis zurückzurufen?

Sein Gesicht war so nahe, dass es ihr Blickfeld ausfüllte. Sie sah die kleinen Dinge, die sie all die Jahre nicht hatte bemerken wollen, den dünnen grauen Ring, der seine Iris einfasste, die gerade, fast aristokratische Linie seiner Nase, die sanfte, ausdrucksvolle Form seines Mundes.

„Michael …"

Dass sie zögerte, ehe sie nach seiner Hand griff, gefiel ihm und entnervte ihn. Sie war nicht so kühl und beherrscht, wie sie immer geschienen hatte. Und weil das so war, könnte er die spröde Schale durchdringen und ihr unter die Haut gehen.

Doch womöglich wäre es dann nicht so leicht zurückzuweichen.

Sei praktisch, sagte sie sich. Sei realistisch. „Michael, wir müssen noch fast fünf Monate überstehen."

„Guter Standpunkt." Er brauchte ihre Wärme. Er brauchte sie als Frau. Vielleicht war es an der Zeit, die Folgen zu riskieren. Er senkte den Kopf und knabberte an ihrem Mund. „Warum Zeit verschwenden?"

Sie erlaubte es sich, ihn zu genießen. Nur für einen Moment, versprach sie sich. Bloß für einen kurzen Moment. Er fühlte sich warm an, und seine Hände waren angenehm. Die Nacht war lang und kalt und Angst einflößend gewesen. So sehr sie es auch hasste, das zuzugeben, aber sie brauchte ihn. Jetzt, da das Sonnenlicht durch die winzigen Quadrate der Fensterscheiben hell und grell auf ihr Bett fiel, war Michael ihr nahe, sicher und tröstend.

Ihre Lippen öffneten sich unter seinen Lippen.

Michael war ohne Plan in Pandoras Zimmer gekommen. Es hatte ihn einfach zu ihr gezogen. Er hatte neben ihr liegen und mit ihr sprechen wollen. Nicht Leidenschaft hatte ihn geleitet. Nicht Verlangen ihn getrieben. Es hatte nur den ursprünglichen Wunsch gegeben, daheim zu sein, daheim mit ihr. Und jetzt wollte er nichts mehr, als zu bleiben, wo er war, Pandora zu umarmen und sich langsam zu erhitzen.

Sie empfand keine entfesselte Leidenschaft. Es war eine Leidenschaft, die sich angenehm erhitzt – wie ein Gebräu, das schon den ganzen Tag siedete, während Gewürze zugefügt wurden. Kosten, noch einmal kosten, und der Geschmack veränderte sich, wurde reichhaltiger und intensiver.

Sie wollte dem Verlangen nachgeben, doch dann würde sich alles ändern, und es war eine Veränderung, die sie nicht voraussehen oder klar erkennen, sondern nur herbeisehnen konnte. Und darum widerstand sie ihm und sich selbst und dem, was sich zwischen ihnen abspielen konnte.

„Michael …“ Dennoch hielt sie ihre Finger in sein Haar vergraben – nur noch eine winzige Weile. „Das ist nicht besonders klug.“

Er küsste ihre sich schließenden Augen. Das hatte bisher noch niemand getan. „Das ist das Klügste, was jeder von uns seit Jahren getan hat.“

Pandora wollte zustimmen, aber nur fast. „Michael, die Dinge sind schon kompliziert genug. Wenn wir uns lieben und es unerfreulich ausläuft, wie könnten wir es hier dann noch zusammen aushalten? Wir sind Onkel Jolley gegenüber eine Verpflichtung eingegangen.“

„Das Testament hat verdammt wenig mit uns beiden hier in diesem Bett zu tun.“

Wie hatte sie vergessen können, wie intensiv sein Blick wurde, wenn er etwas wollte? Wieso hatte sie nie bemerkt, wie attraktiv ihn das machte? Sie musste jetzt ihren Standpunkt behaupten, sonst ging sie unter. „Das Testament hat sehr viel zu tun mit dir und mir in diesem Haus. Wenn wir miteinander ins Bett gehen und sich unsere Beziehung verändert, müssen wir mit allen Problemen und Komplikationen fertig werden, die damit verbunden sind.“

„Zähl einige auf.“

„Versuche nicht, amüsant zu sein, Michael.“

„Ich wollte dich nicht zum Lachen bringen.“ Es gefiel ihm, wie sie gegen das Kissen gelehnt saß – ihr Haar ausgebreitet wie ein Wildfeuer, die etwas erhitzten Wangen, ihr Mund zu einem leichten Schmollen zusammengezogen. Seltsam, dass er sie nie zuvor so gesehen hatte. Ohne Zweifel würde er sie von jetzt an oft so vor sich sehen. „Ich will dich, Pandora. Daran ist nichts amüsant.“

Nein, darüber konnte sie nicht mit einem Lachen oder einem Schulterzucken hinweggehen, nicht während sein Atem über ihre Haut strich und sie kraftlos machte. Er meinte es nicht so. Er konnte es gar nicht so meinen. Aber sie wollte es glauben. Wenn sie es nicht mit einem Lachen abtun konnte, musste sie eine Abwehr dagegen aufbauen. „Bevor man sich auf eine Liebesaffäre einlässt, muss man genau darüber nachdenken. Falls wir darüber diskutieren …“

„Ich will nicht darüber diskutieren.“ Er presste seine Lippen auf ihren Mund, bis ihr Körper nachgiebig wurde. „Wir machen keine Fusion zweier Kapitalgesellschaften, Pandora, wir machen Liebe.“

„Genau das ist der Punkt.“ Sie drängte eine Lawine von Verlangen zurück. Sei praktisch! Das war ihre Hauptregel. „Wir sind Geschäftspartner. Schlimmer noch, wir sind miteinander verwandte Geschäftspartner, zumindest noch während der nächsten Monate. Wenn wir das jetzt verändern, könnte …“

„Wenn“, unterbrach er sie. „Könnte! Brauchst du immer für alles Garantien?“

Sie zog die Augenbrauen zusammen, als Ärger ihr Verlangen zu verdrängen drohte. „Es ist eine Frage des gesunden Menschenverstandes, eine Angelegenheit von allen Seiten zu betrachten.“

„Vermutlich lässt du einen möglichen Liebhaber zuerst ein Antragsformular für einen Eignungstest ausfüllen.“

Ihre Stimme wurde eisig. In einer gewissen verdrehten Weise hatte er die Wahrheit getroffen. „Werde nicht grob, Michael.“

Bis an die äußerste Grenze getrieben, starrte er gereizt auf sie hinunter. „Ich bin lieber plump, als deine Art von gesundem Menschenverstand zu haben.“

„Ich finde, du hattest noch nie irgendeine Art von gesundem Menschenverstand“, gab sie zurück. „Wie sonst wäre es möglich, dass jede vollbusige kleine Blondine, der du zugeblinzelt hast, sofort in den Mittelpunkt öffentlichen Interesses gerückt ist? Du besitzt nicht einmal genug Anstand zur Diskretion.“

„Das reicht!“ Michael zog sie in sitzende Position hoch. Jetzt gab es keine Spur von sanfter Nachgiebigkeit. Sie begegnete seinem Blick mit Feuer in den Augen. „Vergiss nicht die Brünetten und die Rothaarigen.“

Pandora hatte sie nicht vergessen. Sie versprach sich selbst, sie nie zu vergessen. „Ich möchte nicht darüber diskutieren."

„Du hast das Thema angeschnitten, und wir bringen es jetzt zu Ende. Ich bin mit Frauen ins Bett gegangen. Leg mich dafür meinetwegen in Ketten. Und es hat mir sogar Spaß gemacht."

Sie warf mit einer heftigen Kopfbewegung ihr Haar über die Schultern zurück. „Dessen bin ich sicher."

„Und ich habe niemals mit einer Frau vorher darüber Erörterungen anstellen müssen. Es gibt nämlich Frauen, die Romantik und gegenseitigen Genuss dem vorziehen."

„Romantik?" Sie zog ihre Brauen hoch. „Ich hatte dafür stets ein anderes Wort."

„Du würdest Romantik nicht einmal erkennen, wenn sie dir auf den Kopf fallen würde. Hältst du es für diskret, wenn man eine Geliebte hat und so tut, als hätte man keine? Wenn man unsterbliche Treue für eine Person vortäuscht, während man nach einer anderen Ausschau hält? Was du Diskretion nennst, nenne ich Heuchelei. Ich schäme mich nicht für eine einzige Frau, die ich gekannt habe, im Bett oder außerhalb."

„Es interessiert mich nicht, wofür du dich schämst oder nicht schämst. Ich werde nicht dein nächster Genuss sein. Heb dir deine Leidenschaft für deine Tänzerinnen und Starlets und Ballett-Mädchen auf."

„Du bist ein ebenso großer Snob wie der Rest der Familie."

Das saß. Ihre Schultern strafften sich. „Das ist nicht wahr. Ich habe lediglich keine Lust, mich in eine lange Schlange einzureihen."

„Du schmeichelst mir, Cousine."

„Dafür gibt es auch eine andere Bezeichnung."

„Überlege dir das gut." Michael schüttelte sie härter, als er wollte. „Ich bin nie mit einer Frau ins Bett gegangen, die ich nicht gemocht und respektiert habe." Bevor er ausrastete und mehr tat, als Pandora zu schütteln, stand er auf und ging zur Tür, während sie mitten im Bett saß, die Decke an sich gepresst hielt und ihn wütend anblitzte.

„Es sieht aus, als würdest du jemanden leicht respektieren."

Er drehte sich um, um sie zu betrachten. „Nein", sagte er langsam. „Aber ich verlange nicht, dass die Leute dafür durch Reifen springen."

Kalter Krieg mochte nicht so anstrengend sein wie eine heiße Schlacht, aber mit den richtigen Teilnehmern konnte er genauso zerstörerisch wirken. Tagelang umkreisten Pandora und Michael einander. Machte einer eine sarkastische Bemerkung, griff der andere in sein Arsenal und antwortete mit gleichem Sarkasmus. Keiner von beiden gab das Zeichen zum Frontalangriff. Stattdessen stichelten und hackten sie aufeinander herum, während die Diener die Augen verdrehten und auf das erste Blutvergießen warteten.

„Dummheit", stellte Sweeney fest, während sie den Teig für zwei Apple Pies ausrollte. „Glatte Dummheit." Sie war eine untersetzte Frau mit einem roten Gesicht, so rundlich wie Charles dünn war. In ihrer pragmatischen, schnurgeraden Art hatte sie zwei Ehemänner geheiratet und begraben und sich danach durch das Leben geschlagen, indem sie für andere kochte. Ihre Küche war immer hübsch und ordentlich und duftete nach dem sündig reichhaltigen Essen, das sie vorbereitete. „Verwöhnte Kinder", sagte sie zu Charles. „Genau das sind sie. Verwöhnte Kinder, denen man eine um die Ohren geben müsste."

„Sie müssen noch mehr als vier Monate durchhalten." Charles saß am Küchentisch. „Sie werden es nie schaffen."

„Ha!" Sweeney knallte das Nudelholz auf einen frischen Teigballen. „Sie werden es schaffen. Sie sind zu dickköpfig, um es nicht zu schaffen. Aber das genügt nicht."

„Der Herr wollte, dass sie das Haus bekommen. Und solange sie es haben, werden wir es nicht verlieren."

„Was werden wir zwei denn in diesem riesigen leeren Haus machen, wenn die beiden zurück in die Stadt ziehen? Jetzt, da der Herr tot ist, wie oft wird denn einer von ihnen zu Besuch herkommen?" Sweeney legte den ausgerollten Boden in eine

Form und drückte geschickt den Rand fest. „Der Herr wollte, dass sie das Haus bekommen, wohl wahr. Und er wollte, dass sie einander bekommen. Das Haus verlangt nach einer Familie. Und wir müssen dafür sorgen, dass es eine Familie bekommt."

„Du hast die beiden nicht beim Frühstück gehört." Charles schlürfte seinen Tee und sah zu, wie Sweeney die feuchte Apfelmischung in die Teigschale füllte.

„Darauf kommt es gar nicht an. Ich habe gesehen, wie sie einander betrachten, wenn sie denken, dass der andere es nicht bemerkt. Sie brauchen bloß einen Anstoß." Mit raschen, sparsamen Bewegungen füllte sie die zweite Form. „Und wir werden ihnen diesen Anstoß geben."

Charles streckte seine Beine aus. „Wir sind schon zu alt, um jungen Leuten Anstoß zu geben."

Sweeney schnaubte, als sie sich umdrehte. Sie stemmte ihre dicken Hände in die Hüften. „Dass wir alt sind, reicht doch schon. Du hast dich in der letzten Zeit elend gefühlt."

„Nein. Um die Wahrheit zu sagen, ich habe mich diese Woche viel besser gefühlt."

„Du hast dich elend gefühlt", wiederholte Sweeney mit einem finsteren Blick. „Sieh mal an, da kommt unsere Pandora zum Mittagessen. Du befolgst jetzt meine Anweisungen. Mach ein gequältes Gesicht."

Der Schnee war über Nacht in großen, dicken Flocken gekommen. Im Gehen wirbelte Pandora ihn auf. Sie war mit sich selbst sehr zufrieden. Ihre Arbeit hätte nicht besser laufen können. Die Ohrringe, die sie endlich fertiggestellt hatte, waren einmalig, so einmalig, dass sie eine Halskette als Ergänzung entworfen hatte, auffällig und groß, in geometrischen Formen, aus Kupfer und Gold. Nicht jede Frau konnte so etwas tragen, aber wenn es eine konnte, würde sie Aufsehen erregen.

Als sie die Küchentür öffnete, war sie hungrig wie ein Wolf und in allerbester Stimmung.

„... wenn du dich in ein oder zwei Tagen besser fühlst", sagte Sweeney gerade energisch und drehte sich überrascht zu Pandora um. „Oh, ich habe gar nicht bemerkt, wie die Zeit vergeht. Schon Zeit zum Mittagessen und ich mache erst die Pies fertig."

„Apfel-Pies?" Strahlend trat Pandora näher, aber Sweeney stellte befriedigt fest, dass Pandora bereits Charles besorgt musterte. „Ist noch etwas von der Füllung übrig?", fragte sie und steckte ihre Finger in die Schüssel. Sweeney klopfte ihr kräftig auf die Hand.

„Sie haben mit diesen Fingern gearbeitet. Waschen Sie sich an der Spüle, und dann bekommen Sie Ihr Mittagessen, sobald ich es schaffe."

Gehorsam drehte Pandora das Wasser auf und fragte leise: „Fühlt Charles sich nicht wohl?"

„Die Bronchitis macht ihm zu schaffen. Das kalte Wetter ist schlimm. Dabei ist es schon schlimm genug, alt zu sein." Sweeney presste die Hand in ihr Kreuz, als hätte sie Schmerzen. „Wir werden beide schon ein wenig langsam. Hier ziept es, und da tut es weh." Sweeney seufzte und schielte zu Pandora. „Das gehört halt zum Altwerden."

„Unsinn." Nachdenklich schrubbte Pandora ihre Hände. Sie hätte Charles genauer beobachten sollen. „Sie wollen ganz einfach zu viel tun."

„Wo doch die Weihnachtsfeiertage vor der Tür stehen ..." Sweeneys Stimme erstarb, während sie sich mit der Oberflächenverzierung eines Pies beschäftigte. „Nun ja, das Haus zu schmücken macht ja eine Menge Arbeit, aber es ist schon eine Belohnung an sich. Heute Nachmittag werden Charles und ich die Kartons mit dem Schmuck vom Dachboden holen."

„Reden Sie keinen Unsinn." Pandora stellte das Wasser ab und griff nach dem Handtuch. „Ich hole den Schmuck herunter."

„Nein, nein, lieber Himmel, Miss! Es sind zu viele Kartons, und die meisten sind viel zu schwer für eine kleine Lady wie

Sie. Es ist unsere Aufgabe, uns darum zu kümmern. Stimmt es nicht, Charles?“

Bei der Vorstellung, die Treppen zum Dachboden ein halbes Dutzend Mal hinaufzuklettern, seufzte Charles. Ein Blick von Sweeney ließ ihn stocken. „Machen Sie sich keine Gedanken, Miss McVie. Sweeney und ich, wir werden uns darum kümmern.“

„Das werden Sie ganz bestimmt nicht.“ Pandora hängte das Handtuch zurück auf den Haken. „Michael und ich werden heute Nachmittag alles herunterholen, basta. Und jetzt sage ich ihm, dass er zum Essen kommen soll.“

Sweeney wartete, bis sich die Tür hinter Pandora geschlossen hatte, ehe sie grinste.

Oben im ersten Stock klopfte Pandora zweimal an die Tür von Michaels Arbeitszimmer, bevor sie eintrat. Er tippte weiter. Pandora unterdrückte ihren Stolz, ging zu seinem Schreibtisch und verschränkte die Arme. „Ich muss mit dir sprechen.“

„Komm später wieder. Ich bin beschäftigt.“

Zorn stieg in ihr hoch. Sie erinnerte sich jedoch an Sweeneys müde Stimme und schluckte ihn hinunter. „Es ist wichtig.“ Sie biss zwar die Zähne zusammen, sprach das Wort dann aber doch aus. „Bitte.“

Überrascht brach Michael mitten im Wort ab. „Was? Hat einer von der Familie wieder ein Spiel gespielt?“

„Nein, das ist es nicht. Michael, wir beide müssen diesmal das Haus für Weihnachten ausschmücken.“

Er starrte sie einen Moment an, murmelte eine Verwünschung und wandte sich wieder seiner Schreibmaschine zu. „Bei mir ist gerade ein zwölfjähriger Junge gekidnappt worden und soll für ein Lösegeld von einer Million freigelassen werden. Das ist wichtig.“

„Michael, würdest du für einen Moment das Reich deiner Fantasie verlassen und dich um die Wirklichkeit kümmern?“ Ehe sie sich zurückhalten konnte, hatte sie ihm schon das Blatt aus der Schreibmaschine gerissen. Er fuhr halb aus seinem Stuhl hoch. „Es geht um Sweeney und Charles."

Das hielt ihn davor zurück, rabiater zu werden, als ihr nur das Blatt wieder aus der Hand zu reißen. „Was ist mit ihnen?"

„Charles hat mit seiner Bronchitis zu tun, und Sweeney geht es auch nicht gut."

„Sollen wir einen Arzt holen?"

„Nein, das würde die beiden nur peinlich berühren. Aber wir sollten dafür sorgen, dass sie sich nicht überarbeiten. Und wenn wir nicht wollen, dass sie sich auf den Dachboden schleppen und nachher das Haus schmücken, müssen wir es machen."

„Bis Weihnachten sind es noch drei Wochen", wandte Michael ein.

„Ich weiß zufällig, wann Weihnachten ist, aber die beiden sind alt und haben das Haus immer einen Tag nach Thanksgiving geschmückt. Das ist Tradition."

„Schon gut, schon gut." Michael saß in der Falle und stand auf. „Dann fangen wir damit an."

„Gleich nach dem Mittagessen." Zufrieden, ihren Kopf durchgesetzt zu haben, verließ Pandora das Zimmer.

Eine Dreiviertelstunde später stießen sie und Michael die Tür zum Dachboden auf. Wie alles auf Folley, war der Speicher riesig. „Ich hatte ganz vergessen, wie herrlich es hier oben ist!" Pandora vergaß sich, packte Michael an der Hand und zog ihn hinein. „Sieh dir diesen Tisch an. Ist er nicht grässlich?"

Das war er. Alt und mit Girlanden und Cupido-Figuren verziert.

„Und da ist der Vogelkäfig aus Zahnstochern. Onkel Jolley hat sechs Monate daran gearbeitet, aber dann hatte er nicht das Herz, einen Vogel einzusperren."

„Glück für den Vogel", murmelte Michael. „Gamaschen", sagte er und zog ein Paar aus einem Karton. „Kannst du ihn dir darin vorstellen?"

„Und dieser Hut." Pandora fand einen riesigen kreisrunden Strohhut mit getrockneten Blumen auf der Krempe. „Er gehörte Tante Katie. Ich hätte sie gern kennengelernt. Mein Vater sagte, sie sei genauso wunderbar wie Onkel Jolley gewesen."

Michael sah Pandora zu, wie sie die Krempe über die Augen herunterdrückte. „Wenn das ihr Hut war, glaube ich es gern." Er fand eine schwarze Melone und setzte sie sich schief auf den Kopf.

„Perfekt." Pandora lachte zum ersten Mal seit Tagen völlig unverkrampft. „Jetzt brauchst du nur noch einen Vatermörder und einen Spazierstock. Sieh mal!" Sie zog ihn vor einen halb blinden Spiegel, in dem sie sich zusammen betrachteten.

„Ein elegantes Paar", fand Michael, obwohl sich sein Pullover an den Hüften ausbeulte und Pandora Staub auf der Nase hatte. „Der Hut steht dir gut, vor allem bei deinem langen Haar. Ich habe es immer lang an dir gemocht, obwohl du ganz zauberhaft verloren mit deinen viel zu großen Augen ausgesehen hast, als sie es dir ganz kurz abgeschnitten hatten."

„Ich war damals fünfzehn."

„Und du warst gerade von den Kanarischen Inseln mit den längsten und braunsten Beinen zurückgekommen, die ich je in meinem Leben gesehen habe. Ich hätte beinahe in meine Teetasse gebissen, als du in den Salon kamst."

„Du hast damals am College studiert, und du hattest ein Cheerleader-Mädchen an deinem Arm hängen."

Michael grinste. „Du hattest die schöneren Beine."

Pandora tat, als würde sie das wenig interessieren. „Überrascht mich, dass du es bemerkt hast und dich erinnern kannst."

„Ich habe dir schon gesagt, dass ich ein guter Beobachter bin."

Sie nickte bloß. Manchmal war es besser, behutsam über gefährliches Terrain hinwegzugehen. „Ach, du lieber Himmel!", rief sie aus, als sie die Kartons mit dem Schmuck entdeckte, zwanzig, vielleicht fünfundzwanzig.

Michael schob die Hände in die Hosentaschen. „Vielleicht sollten wir eine Umzugsfirma anrufen."

Pandora stieß den Atem aus. „Roll die Ärmel hoch."

Mal trug jeder zwei oder drei Kartons, dann wieder mussten

sie zusammen einen einzigen schleppen. Und irgendwann hörten sie zu streiten auf, weil es zu viel Mühe machte.

Schmutzig und verschwitzt setzten sie endlich die letzte Schachtel im Wohnzimmer ab. Ohne auf ihre staubige Hose zu achten, ließ Pandora sich in den nächsten Sessel fallen. „Wird das nicht ein Riesenspaß, wenn wir nach Neujahr alles wieder hinaufschleppen?"

„Hätten wir uns nicht mit einem Weihnachtsmann aus Plastik begnügen können?"

„Es wird sich lohnen." Sie sammelte ihre restliche Energie und kniete sich auf den Fußboden, um den ersten Karton zu öffnen. „Fangen wir an."

Sie stürzten sich mit Feuereifer auf die Arbeit, öffneten Schachteln, breiteten Girlanden aus und testeten Glühlampen. Sie zankten sich freundschaftlich, was wo am besten aussah und wie die Lichter an den Fenstern am besten angebracht wurden. Als sie mit dem Wohnzimmer, der Eingangshalle und dem Treppenhaus fertig waren, sah Pandora sich lange um.

Die weißen und silbernen Girlanden schlangen sich am Geländer herunter, geschmückt mit roten Glocken, üppigen grünen Bändern und winzigen Lichtern, die nur noch auf den Abend warteten.

„Sieht gut aus", fand sie. „Wirklich gut. Natürlich werden Sweeney und Charles den Dienstbotentrakt selbst schmücken wollen, und der ganze Karton hier ist für das Speisezimmer, aber das ist schon einmal ein wunderbarer Anfang."

„Ein Anfang?" Michael setzte sich auf die Treppe. „Cousine, wir nehmen an keinem Wettbewerb teil."

„Wenn schon, denn schon. Jetzt könnten wir uns nach einem Baum umsehen."

„Willst du jetzt in die Stadt fahren?"

„Natürlich nicht." Pandora holte bereits die Mantel aus dem Dielenschrank. „Wir gehen hinaus in den Wald und graben einen Baum aus."

„Wir?"

„Sicher. Ich hasse es, wenn die Leute Bäume abschneiden und sie nach Neujahr wegwerfen. In den Wäldern hier gibt es eine Menge hübscher kleiner Tannen. Wir graben eine aus und pflanzen sie nach den Feiertagen wieder ein."

Pandora und Michael holten zwei Schaufeln aus dem Werkzeugschuppen und stapften nebeneinander durch den knöcheltiefen Schnee.

„Es ist herrlich", sagte Pandora. „So abgeschieden. Weißt du, manchmal möchte ich lieber hier draußen leben und Besuche in der Stadt machen als umgekehrt."

Er hatte schon den gleichen Gedanken gehabt, war aber überrascht, ihn von ihr zu hören. „Ich dachte, du liebst die gleißenden Lichter und den Trubel."

„Tue ich, aber das hier gefällt mir auch. Wie wäre der Baum? Nein, zu schief." Sie ging weiter. „Wäre es nicht schön, hierher nach Hause kommen zu können? Hier ist einer."

„Zu groß. Du musst aber doch nicht den ganzen langen Weg in die Catskills fahren, um ‚Heim und Herd' zu spielen."

Pandora hob bloß eine Augenbraue. „Nein, allerdings nicht. Dieser hier sieht gut aus." Sie blieb stehen und betrachtete lange einen anderthalb Meter hohen Baum, während hinter ihr Michael sich bemühte, den Mund zu halten. „Der hat genau die richtige Größe für das Wohnzimmer."

„Fein." Michael rammte seine Schaufel in den Erdboden. „Dann pack mit an."

Als er sich vorbeugte, um zu graben, schleuderte Pandora ihm eine Schaufel Schnee ins Gesicht. „Oh, tut mir leid." Sie lächelte und tat ganz unschuldig. „Ich kann wohl nicht mehr richtig zielen."

Michael ließ es durchgehen, vielleicht weil er den Schachzug anerkannte und sich wünschte, selbst auf die Idee gekommen zu sein.

Fünfzehn Minuten später hatten sie ein Loch von ausreichender Größe ausgehoben.

„Jetzt müssen wir den Baum nur noch zum Haus zurücktragen und ...“ Michael unterbrach sich. „Verdammt, wir brauchen etwas, in das wir die erdigen Wurzeln einwickeln. Im Schuppen habe ich Jutesäcke gesehen.“

Sie starrten einander an, ohne mit der Wimper zu zucken.

„Also gut“, gab er schließlich nach. „Ich gehe noch einmal zurück, und dafür wischst du dann Nadeln und Erde auf, die wir auf dem Fußboden verstreuen.“

„Abgemacht.“

Zufrieden wandte Pandora sich ab, als ein Schneeball sie am Hinterkopf traf. „Oh, tut mir leid.“ Michael lächelte nett. „Ich kann wohl nicht mehr richtig zielen.“ Pfeifend schlenderte er zurück zu dem Schuppen.

Pandora wartete, bis er außer Sichtweite war, dann legte sie sich zufrieden lächelnd einen Vorrat an Schneebällen an. Bei seiner Rückkehr sollte Michael keine Chance haben.

Sie hatte bereits genug Schneebälle, als sie hinter sich ein Geräusch hörte. Mit einem Schneeball wirbelte sie herum. Doch da war niemand. Sie wartete. Hatte sie nicht zwischen den Bäumen eine Bewegung gesehen? Es hätte Michael ähnlich gesehen, um sie herumzugehen und sich anzuschleichen. Dann hörte sie Schnee von den Zweigen zu Boden fallen.

„Michael, sei nicht feige!“ Sie nahm einen zweiten Ball in ihre linke Hand.

„Deckst du deine Flanke?“, fragte Michael, und plötzlich saß sie im Schnee, und er lachte auf sie hinunter und ließ den Jutesack in ihren Schoß fallen.

„Aber, warst du nicht ...?“ Sie verstummte und sah hinter sich. „Hast du einen Bogen gemacht?“

„Nein, aber wenn ich mir diese Schneebälle ansehe, hätte ich es lieber tun sollen. Willst du Krieg spielen?“

„Das ist bloß ein Verteidigungssystem“, behauptete sie und sah wieder über ihre Schulter. „Ich dachte, ich hätte jemanden da drüben gehört.“

„Da drüben war ich sicher nicht. Ich bin direkt zu dem

Schuppen und wieder zurückgegangen.“ Er streckte die Hand aus und zog Pandora auf die Beine.

„Vielleicht bin ich nur ein wenig nervös“, meinte sie, als sie Hand in Hand tiefer in den Wald eindrangen. „Es kann ein Kaninchen gewesen sein.“

„Ein Kaninchen mit großen Füßen“, murmelte er und deutete auf die Spuren im Schnee. „Kaninchen tragen keine Stiefel.“

„Dann haben wir also noch immer Gesellschaft, und ich glaubte, sie hätten endlich aufgegeben.“ Sie schlug einen beiläufigen Ton an, fühlte sich jedoch nicht wohl in ihrer Haut.

Michaels Antwort wurde durch einen anspringenden Motor unterbrochen. Sie rannten los, aber als sie die Stelle erreichten, an welcher der Wagen geparkt hatte, fanden sie nur noch Reifenspuren.

„Ich lasse mich nicht gern ausspionieren.“ Frustriert starrte er auf den Pfad, der zu der Hauptstraße führte. „Ich spiele nicht die nächsten Monate Katz und Maus.“

„Was sollen wir machen?“

Michael lächelte, während er die Spuren betrachtete. „Wir lassen durch Fitzhugh verbreiten, dass wir Ärger hatten und deshalb Jolleys Gewehre hervorgeholt haben.“

„Michael! Diese Leute mögen uns stören, aber sie sind noch immer unsere Familie.“ Pandora musterte ihn unsicher. „Du würdest doch nicht ernsthaft auf jemanden schießen?“

„Ich würde eher auf Familienmitglieder als auf Fremde schießen“, entgegnete er und zuckte die Schultern. „Sie lieben vor allem ihre eigene Haut. Bestimmt zögert jeder von ihnen, bevor er weiter herumspielt, wenn er weiß, dass er sich dafür eine Ladung Schrot an sehr gewissen Körperteilen einfängt.“

„Ich mag das nicht. Waffen bedeuten Ärger, sogar die bloße Drohung mit ihnen.“

„Hast du eine bessere Idee?“

„Kaufen wir doch einen Hund, Michael, einen wirklich großen, gefährlichen Hund.“

„Großartig. Wir könnten ihn frei laufen lassen, damit er seine Zähne in einen unserer Lieblingsverwandten schlägt. Das wird ihnen viel besser gefallen als Schrot."

„Er muss ja nicht so gefährlich sein."

„Schließen wir einen Kompromiss und machen wir beides."

„Michael ..."

„Wir rufen Fitzhugh an."

„Und befolgen seinen Rat", ergänzte Pandora.

„Sicher, wenn er mir gefällt."

Pandora wollte widersprechen, musste aber lachen. Das Ganze war genauso albern wie die Handlung seiner Fernsehserie. „Hört sich sehr vernünftig an", fand sie und hakte sich bei ihm unter. „Aber bringen wir zuerst den Baum ins Haus."

7. Kapitel

„Ich weiß, dass es Weihnachtsabend ist, Darla." Michael griff nach seiner Kaffeetasse, fand sie leer und nahm die Kanne von der Warmhalteplatte. Bodensatz. Er unterdrückte einen Seufzer. Das Problem auf Folley war, dass man jedes Mal, wenn die Kanne leer war, eine halbe Meile weit in die Küche traben musste. „Ich weiß, dass es eine großartige Party wird, aber ich kann nicht weg."

Das stimmte nicht ganz, räumte Michael für sich ein, während er Darlas weitschweifigen Ausführungen über eine Feier in Manhattan lauschte. Er hätte sich einen Tag freinehmen können, aber er wollte nicht weg.

„Du musst allen an meiner Stelle frohe Weihnachten wünschen. Nein, ich lebe gern auf dem Land, Darla. Merkwürdig? Ja, vielleicht." Er musste lachen. Darla, eine Tänzerin der Spitzenklasse, konnte sich nicht vorstellen, dass es außerhalb der Insel Manhattan Leben gab. „Vielleicht zu Neujahr, wenn ich es schaffe. Okay, Baby, ja, ciao!"

Erleichtert legte Michael auf. Darla war amüsant, aber er war nicht daran gewöhnt, dass sich eine Frau an ihn klammerte, besonders nicht, wenn er sich mit ihr nur gelegentlich getroffen hatte. Darla wurde von seinem Einfluss auf bestimmte Besetzungsagenten genauso angezogen wie von ihm persönlich. Er hielt ihr das nicht vor. Nach den Feiertagen wollte er sogar ein paar Anrufe machen und sehen, was er für sie tun konnte.

Von der Tür her beobachtete Pandora, wie Michael sich den Nacken rieb. Darla, wiederholte sie in Gedanken. Frauen, die seinem Geschmack entsprachen, hießen wohl Darla oder Robin und Candy. Schick, elegant, gewandt und am besten auch noch hohlköpfig.

„Popularität kann ja so anstrengend sein, nicht wahr, Darling?“

Michael drehte sich um und warf ihr einen langen Blick zu. „Lauschen ist ja so ungezogen, nicht wahr, Darling?“

Sie zuckte die Schultern. „Du hättest die Tür zumachen können, wenn du ungestört sein wolltest.“

„Um hier ungestört zu sein, müsste man die Türen zunageln.“

Pandora betrachtete ihn hoheitsvoll wie eine Königin. „Deine Telefongespräche sind für mich absolut uninteressant. Ich bin nur heraufgekommen, um Charles einen Gefallen zu tun. Für dich ist ein Paket gekommen.“

„Danke.“ Er amüsierte sich über ihren Ton. Wie er Pandora kannte, hatte sie sich kein Wort vorhin entgehen lassen. „Ich dachte, jetzt wären deine geheiligten Arbeitsstunden.“

„Man kann sich seine Arbeit so gut einteilen, dass man während der Feiertage frei hat. Nein, lass uns nicht aufeinander losgehen“, bat sie rasch, ehe er antworten konnte. „Immerhin ist es fast schon Weihnachten, und wir hatten drei Wochen vor den Spaßvögeln unserer Familie Ruhe. Waffenstillstand“, bot sie mit einem Lächeln an, von dem Michael nicht wusste, ob er ihm vertrauen durfte. „Oder einen Aufschub, wenn du willst.“

„Warum?“

„Sagen wir mal, ich werde zu Weihnachten sentimental. Außerdem bin ich erleichtert, dass wir weder einen großen bösen Hund noch Schrot kaufen mussten.“

„Im Moment wenigstens.“ Michael war nicht ganz zufrieden. „Fitzhughs Absicht, die Polizei zu informieren, zeigt vielleicht die erhoffte Wirkung. Möglich ist auch, dass unsere lieben Verwandten ihrerseits Ferien machen. Wie auch immer, entspannen kann ich mich jedenfalls nicht.“

„Du möchtest lieber jemandem die Nase brechen, als eine friedliche Lösung zu finden“, begann Pandora und winkte ab. „Schon gut, ich werde jedenfalls die Feiertage genießen und keinen Gedanken an unsere liebe Familie verschwenden.“ Sie unterbrach sich einen Moment und spielte mit ihrer Halskette aus Gold und Amethyst. „Ich nehme an, Darla war enttäuscht."

„Sie wird es überstehen."

Pandora drehte nervös an der Kette. „Michael, du weißt, dass du nicht hierbleiben musst. Ich werde mir schon zu helfen wissen, wenn du nach New York einen Abstecher machen möchtest."

„Regel Nummer sechs", erinnerte er sie. „Wir bleiben zusammen. Außerdem hast du selbst ein halbes Dutzend Einladungen ausgeschlagen."

„Das war meine Entscheidung. Du sollst dich nicht verpflichtet fühlen ..."

„Das ist meine Entscheidung", unterbrach Michael sie. „Oder bist du plötzlich der Ansicht, ich sei selbstlos und ritterlich?"

„Sicher nicht", entgegnete sie, aber sie lächelte dabei. „Ich nehme eher an, dass du zu faul zum Fahren bist."

Er schüttelte den Kopf. „Sieht dir ähnlich."

Pandora blieb zögernd im Türrahmen stehen, bis er fragend die Augenbrauen hochzog. „Michael, wirst du vollends unausstehlich, wenn ich dir sage, dass ich froh bin, dass du bleibst?"

Er betrachtete sie in ihrem kniekurzen dunkelgrünen Kleid mit den kleinen weißen Punkten, das zu dem roten Haar einen tollen Kontrast bildete. „Könnte sein, dass ich unausstehlich werde."

„Dann sage ich es dir nicht." Ohne ein weiteres Wort verschwand sie auf dem Korridor.

Was für eine widersprüchliche Frau, dachte Michael. Er wurde allmählich verrückt nach ihr. Und ‚verrückt' war das richtige Wort. Er konnte sich kaum zwei Menschen vorstellen, die weniger zu friedlicher Koexistenz und Harmonie bereit waren, und doch ... Anstatt sich wieder seiner Arbeit zu widmen, stand er auf und folgte Pandora nach unten.

Er fand sie im Wohnzimmer, wo sie die Geschenke unter dem Baum ordnete. „Wie viele hast du geschüttelt, um herauszufinden, was darin ist?"

„Alle“, sagte sie leichthin, drehte sich aber nicht um, damit er nicht sah, wie sehr sie sich darüber freute, dass er ihr gefolgt war. „Übrigens habe ich noch kein Geschenk von dir für mich entdeckt.“

Michael strahlte sie an. „Wer sagt, dass du etwas von mir bekommst?“

„Das wäre aber schrecklich roh und gefühllos von dir.“

„Allerdings!“ Er kniete sich nieder, um die Geschenke zu betrachten. „Wer ist Boris?“ Er zog eine kleine Schachtel in Silberpapier mit weißen Bändern hervor.

„Ein russischer Cellist. Er bewundert meine ... Goldglieder.“

„Kann ich mir vorstellen. Und Roger?“

„Roger Madison.“

Für einen Moment blieb ihm der Mund offen stehen. „Der Roger Madison von den Yankees?“

„Stimmt. Vielleicht hast du die silberne Kette an seinem rechten Handgelenk bemerkt? Ich habe sie für ihn gemacht. Seither ist er der beste Baseballspieler.“ Sie hob eine Schachtel in Blau und Gold hoch und schüttelte sie leicht. „Er ist äußerst großzügig.“

„Verstehe.“ Michael betrachtete die Kartons sehr nachdenklich. „Für dich scheinen nur wenige Geschenke von Frauen zu stammen.“

„Wirklich?“ Pandora sah sich ihrerseits um. „Dafür scheinst du das auszugleichen. Chi-Chi?“, fragte sie und griff nach einer Schachtel mit einer rosa Schleife.

„Eine Meeresbiologin“, antwortete Michael vergnügt.

„Faszinierend. Und Madge ist vermutlich Bibliothekarin.“

„Wirtschaftsanwältin“, korrigierte er sanft.

„Hmm. Also, wer immer das geschickt hat, ist vermutlich sehr schüchtern.“ Sie griff nach einer Magnumflasche Champagner mit einem glitzernden roten Band. Auf der Karte stand: ‚Schöne Feiertage, Michael‘, sonst nichts.

Michael betrachtete anerkennend das Etikett. „Manche Leute möchten nicht mit ihrer Großzügigkeit protzen.“

„Wie ist das mit dir?" Sie legte den Kopf schief. „Immerhin ist es eine Magnumflasche. Teilst du sie?"

„Mit wem?"

„Ich dachte mir schon, dass du gierig bist." Sie griff nach einem Päckchen mit ihrem Namen. „Als Rache esse ich diese Schachtel mit importierten Pralinen ganz allein auf."

Michael betrachtete das Päckchen. „Woher weißt du, dass es Pralinen sind?"

Sie lächelte. „Henri schenkt mir immer Pralinen."

„Importierte?"

„Schweizer."

Michael streckte die Hand aus. „Zu gleichen Teilen."

Pandora war einverstanden. „Ich stelle den Champagner kalt."

Stunden später funkelten die Sterne über der verschneiten Landschaft, im Kamin prasselte ein Feuer, und Pandora entzündete die Kerzen. Genau wie Michael vermisste sie keine der hektischen, lauten Partys, die in New York stattfanden. Sie war, wo sie sein wollte. Innerhalb weniger Wochen hatte Pandora erkannt, dass sie gar nicht so sehr an dem Tempo der Stadt hing, wie sie immer angenommen hatte. Folley war ihr Zuhause. War das nicht immer schon so gewesen? Nein, sie dachte nicht mehr daran, im Frühling nach Manhattan zurückzukehren. Aber wie würde es sein, auf Folley allein zu leben?

Michael würde kaum bleiben. Sie ärgerte sich darüber, dass es ihr tatsächlich leidtat, trat an den Kamin und stocherte gedankenverloren in der Glut herum.

Als hinter ihr ein Tumult losbrach, drehte sie sich ungläubig um. Ein kleiner weißer Hund mit übergroßen Pfoten tappte in den Raum, rutschte und schlitterte über den kostbaren Aubusson-Teppich und knallte unsanft gegen den Tisch. Wie verrückt bellend, überkugelte er sich zweimal, kam auf die Beine, dann stürzte er sich auf Pandora, sprang an ihr mit heraushängender Zunge hoch. Begeistert ging Pandora in die Hocke. Der Welpe sprang auf ihren Schoß und leckte ihr Gesicht.

„Wo kommst du denn her?" Lachend wehrte sich Pandora, so gut sie konnte, und fand eine Karte an der roten Schleife um den Hals des Welpen.

Mein Name ist Bruno. Ich bin ein gemeingefährlicher, hässlicher Hund und suche ein Frauchen, das ich verteidigen kann.

„Bruno?" Noch immer lachend kraulte Pandora seine unbeschreiblich langen Ohren. „Wie gemeingefährlich bist du denn?", fragte sie, als er ihr Kinn leckte.

„Er greift mit Vorliebe unzufriedene Verwandte an", verkündete Michael, während er einen Servierwagen mit einem Sektkübel hereinrollte. „Und er ist auf alle dressiert, die Anzüge von Brooks Brothers tragen."

„Und echt italienische Luxusschuhe."

„Das kommt als Nächstes an die Reihe."

Tief bewegt wandte sie sich wieder dem Welpen zu. „Er ist eigentlich gar nicht hässlich", murmelte sie.

„Sie haben mir versprochen, dass er es noch wird."

„Sie?" Pandora drückte ihr Gesicht in das Fell des Hundes. „Wo hast du ihn her?"

„Tierheim." Michael entfernte die Goldfolie von der Champagnerflasche. „Als wir letzte Woche in die Stadt zum Einkaufen fuhren und ich dich im Supermarkt allein gelassen habe."

„Und ich dachte, du hättest dir irgendwo Pornomagazine gekauft."

„Mein Ruf eilt mir voraus", sagte er halb zu sich selbst. „Jedenfalls bin ich ins Tierheim gefahren und zwischen den Zwingern durchgegangen. Bruno hat einen anderen Hund in den ... also, in eine empfindliche Körpergegend gebissen, um als Erster ans Gitter zu kommen. Dann hat er mich absolut ohne jede Würde angegrinst. Da wusste ich, dass er derjenige ist, welcher."

Der Korken schoss mit einem Knall aus der Flasche, und

Champagner tropfte auf den Fußboden. Bruno krabbelte aus Pandoras Schoß und leckte gierig die Tropfen auf. „Seine Manieren lassen vielleicht etwas zu wünschen übrig“, stellte Pandora fest. „Aber sein Geschmack ist erstklassig.“ Sie stand auf und wartete, bis Michael zwei Gläser gefüllt hatte. „Das war wirklich eine hübsche Idee.“

Lächelnd reichte Michael ihr ein Glas. „Gern geschehen.“

„Es ist für mich leichter, wenn du grob und unerträglich bist.“

„Ich tue mein Bestes.“ Er stieß mit ihr an.

„Wenn du reizend bist, fällt es mir schwerer, mich vor Dummheiten zurückzuhalten.“

Er wollte schon trinken, stockte aber. „Welche Dummheiten?“

„Solche Dummheiten.“ Pandora stellte ihr Glas ab, nahm Michael sein Glas aus der Hand und stellte es ebenfalls auf den Tisch. Während sie ihn ansah, und nur ihn, schlang sie die Arme um seinen Nacken und presste ganz langsam ihren Mund auf seine Lippen.

Seine Lippen waren wie erwartet warm. Er legte seine Hände auf ihre Schultern und ließ sie dort ohne Druck liegen. Vielleicht hatten sie beide begriffen, dass Pandora sich durch Druck nicht festhalten ließ. Wenn sie sich hingab, dann aus eigenem Antrieb und nicht durch Verführung oder auf Verlangen. Es war also Pandora, die näherkam, Pandora, die ihren Körper an den seinen drückte und Intimität ohne Unterwerfung anbot.

Michael wollte und suchte keine Unterwerfung, obwohl er sie oft fand. Er suchte keine ebenbürtige Stärke, aber doch eine gewisse Kraft. Bei Pandora fand er sie, obwohl er nie daran gedacht hatte, diese Kraft bei ihr zu suchen.

Ihr Duft umwehte ihn und verstärkte die Emotionen, die der Geschmack ihres Kusses auslöste. Unter seinen Händen fühlte ihr Körper sich weich an. Es war jene Weichheit, die Frauen für sich auszunutzen verstehen, die aber auch ausgenutzt werden kann. Bei Pandora erwartete er keines von beidem, sondern nur, dass sie da war. Einfach dadurch, dass sie da war, nahm sie ihn gefangen.

Sie wehrte sich nicht gegen seine Berührung, als seine Hände zu ihren Hüften hinunterglitten und wieder höher wanderten. Er hatte das schon vorher getan, wenn auch nur in Träumen, gegen die sie sich gewehrt hatte. Wenn jetzt der Zeitpunkt gekommen war, um auf Abwehr zu verzichten, wollte sie verzichten. Wenn jetzt der Zeitpunkt für Genießen gekommen war, wollte sie genießen. Fragen wollte sie später stellen. Vielleicht war dies die Nacht ohne Fragen.

Sie zog sich ein Stück zurück, aber nur, um ihn anzulächeln. „Weißt du, wenn ich dich küsse, sehe ich in dir nicht den Cousin."

„Wirklich?" Er knabberte an ihren Lippen. Sie hatte einen unglaublich verlockenden Mund, voll und sanft geschwungen. „Was siehst du denn in mir?"

Sie zog eine Augenbraue hoch. „Das habe ich noch nicht herausgefunden."

„Dann sollten wir daran arbeiten." Er wollte sie wieder an sich ziehen, aber sie widerstand ihm.

„Nachdem du die Tradition gebrochen und mir mein Weihnachtsgeschenk ein paar Stunden zu früh gegeben hast, mache ich dasselbe." Pandora ging zu dem Baum, bückte sich und fand die flache, rechteckige Schachtel. „Fröhliche Weihnachten, Michael."

Er setzte sich auf die Armlehne eines Sessels, um das Geschenk zu öffnen. Pandora griff unterdessen nach ihrem Champagnerglas, nippte und wartete ein wenig nervös auf seine Reaktion. Es ist doch nur eine kleine Aufmerksamkeit, sagte sie sich, während sie mit dem Stiel ihres Glases spielte. Als er das Papier aufriss und dann nichts sagte, zuckte sie die Schultern. „Es ist nicht so einfallsreich wie ein Wachhund."

Michael starrte auf die Bleistiftzeichnung, die ihren Onkel darstellte, und hatte keine Ahnung, was er sagen sollte. Den Rahmen hatte Pandora selbst gemacht, das erkannte er. Er war aus Silber und so reich verziert, wie Onkel Jolley das geliebt hatte. Doch es war die Skizze, die ihm die Sprache verschlug.

Sie hatte Jolley so gezeichnet, wie Michael sich am besten an ihn erinnern konnte, im Stehen, leicht vorgeneigt. Sein spärlich dünnes Haar war zerzaust. Seine Wangen waren zu einem weiten, offenen Lächeln in die Breite gezogen. Das Bild war mit Liebe, Talent und Humor gezeichnet, drei Qualitäten, die Jolley besessen und bewundert hatte. Als Michael aufblickte, drehte Pandora noch immer den Stiel des Glases in ihren Händen.

Sie ist doch tatsächlich nervös, erkannte er. Nie hätte er erwartet, dass sie, was ihre Arbeit anging, anders als geradezu arrogant zuversichtlich und von sich selbst überzeugt war. Die Geheimnisse, die er aufdeckte, waren für ihn genauso beunruhigend wie für Pandora. Ein Mann wurde für gewöhnlich von einer Frau angezogen, bei der er unerwartete schwache Stellen fand. Wenn er aber von Pandora angezogen wurde, wie sollte er sich wieder zurückziehen?

„Pandora, niemand hat mir jemals etwas geschenkt, das mir mehr bedeutet hätte."

Die Falte über seiner Nasenwurzel verschwand, als ihr Lächeln aufblühte. Die alberne Freude, die sie empfand, war schwer zu verbergen. „Wirklich?"

Er streckte ihr die Hand entgegen. „Wirklich." Michael blickte wieder auf die Zeichnung und lächelte. „Das ist ganz er."

„So habe ich ihn in Erinnerung." Sie verschlang ihre Finger mit seinen. Pandora konnte sich einreden, dass Jolley und nur er sie beide verband. Und sie konnte es beinahe glauben. „Ich dachte, du könntest dich vielleicht auch, so wie ich ihn eingefangen habe, an ihn erinnern. Der Rahmen ist ein wenig protzig."

„Und passend." Michael betrachtete ihn etwas genauer, den matten Glanz und die tief eingeritzten Girlanden und Linien. Man hätte den Rahmen in ein Antiquitätengeschäft stellen und als Erbstück ausgeben können. „Ich wusste gar nicht, dass du so etwas machst."

„Ab und zu. Die Boutique, für die ich arbeite, hat ein paar Rahmen ausgestellt."

„Passt gar nicht in die Kategorie Armbänder und Halsketten“, sagte er nachdenklich.

„Ach nein?“ Sie hob das Kinn. „Ich hatte überlegt, ob ich dir ein breites goldenes Halsband mit Strasssteinen machen soll, nur um dich zu ärgern.“

„Ich hätte mich geärgert.“

„Dann vielleicht im nächsten Jahr. Ich werde eine ganze Kollektion für dich entwerfen. Oder vielleicht mache ich ein Halsband für Bruno.“ Sie sah sich um. „Wo steckt er denn?“

„Wahrscheinlich hinter dem Baum und kaut an den Geschenken. Während seines kurzen Aufenthalts in der Garage hat er ein Paar Golfschuhe aufgefressen.“

„Dem werden wir einen Riegel vorschieben“, erklärte Pandora und machte sich auf die Suche.

„Weißt du, Pandora, ich hatte keine Ahnung, dass du so zeichnen kannst.“ Michael betrachtete noch einmal das Bild. „Warum malst du nicht?“

„Warum schreibst du nicht den großen amerikanischen Roman?“

„Weil mir das, was ich tue, Freude macht.“

„Genau.“ Da sie hinter dem Baum keine Spur des Welpen fand, suchte Pandora unter den Möbeln. „Obwohl zahlreiche Maler … Michael!“

Er stellte sein unberührtes Champagnerglas wieder weg und lief zu dem Diwan, neben dem sie kniete. „Was ist?“, fragte er. Dann sah er es selbst. Mit geschlossenen Augen und flach und schwer atmend, lag der Welpe halb unter dem Diwan. Als Pandora ihn berührte, winselte Bruno und versuchte aufzustehen.

„Michael, er ist krank! Wir müssen ihn zu einem Tierarzt bringen.“

„Wir wären nicht vor Mitternacht in der Stadt. Am Weihnachtsabend finden wir um Mitternacht keinen Tierarzt.“ Michael legte sachte seine Hand an Brunos Bauch und hörte ihn stöhnen. „Vielleicht bekomme ich jemanden ans Telefon.“

„Meinst du, er hat etwas gefressen?“

„Sweeney hat sein Futter wie eine Mutter überwacht.“ Aufs Stichwort zuckte Bruno zusammen, krümmte und streckte sich und übergab sich. Von der Anstrengung erschöpft, legte er sich auf die Seite und döste auf der Stelle unruhig ein. „Etwas, das er getrunken hat“, murmelte Michael.

Pandora streichelte den Hund zärtlich und beruhigend. „Von diesen paar Tropfen Champagner kann ihm nicht schlecht geworden sein.“ Weil der Hund schon schlief und wieder normal atmete, entspannte sie sich ein wenig. „Charles wird sich nicht freuen, dass Bruno auf den Teppich gebrochen hat. Vielleicht sollte ich …“ Sie stockte, als Michael sie am Arm packte.

„Wie viel Champagner hast du getrunken?“

„Ich habe nur genippt. Warum bist …“ Sie stockte wieder und starrte ihn groß an. „Der Champagner! Meinst du, dass damit etwas nicht stimmt?“

„Ich bin ein Idiot, dass ich bei einem anonymen Geschenk nicht misstrauisch wurde!“ Er hielt ihr Kinn fest. „Nur genippt? Bist du sicher? Wie fühlst du dich?“

Pandora bekam eine Gänsehaut, blieb aber ganz ruhig. „Es geht mir gut. Sieh mal, mein Glas ist noch ganz voll. Glaubst du, der Champagner ist vergiftet?“

„Wir werden es herausfinden.“

Sie schüttelte den Kopf. „Aber, Michael, die Flasche war verschlossen. Wie hätte man etwas hineinmischen sollen?“

„In der ersten Saison von ‚Logan‘ habe ich einen solchen Trick ausgearbeitet.“ Er erinnerte sich daran, wie er seine Theorie getestet hatte, indem er Lebensmittelfarbe in eine Flasche Dom Perignon injizierte. „Der Killer vergiftete Champagner, indem er Zyankali mit einer Injektionsspritze durch den Korken schoss.“

„Fantasie“, behauptete Pandora und unterdrückte einen Schauder. „Bloße Fantasie.“

„Bis zum Beweis des Gegenteils gehen wir davon aus, dass es so ist. Ich bringe den Rest der Flasche nach New York in die Sanfield Laboratories.“

Zitternd holte Pandora Luft. „Nun gut, wir werden uns wahrscheinlich besser fühlen, wenn wir Bescheid wissen. Kennst du jemanden, der dort arbeitet?"

„Sanfield gehört uns." Er blickte auf den schlafenden Hund hinunter. „Das heißt, das Labor wird uns in ein paar Monaten gehören."

„Michael." Pandora konnte kaum an die Möglichkeit glauben, die er andeutete. „Wenn der Champagner vergiftet war, ist das kein Spiel mehr."

Er stellte sich die Folgen vor, wenn sie nicht vom Trinken abgelenkt worden wären. „Nein, das wäre kein Spiel mehr."

Pandora stand auf. „Das ergibt keinen Sinn. Etwas Derartiges traue ich keinem Familienmitglied zu. Wir reagieren übertrieben darauf. Bruno hat sich vielleicht zu doll aufgeregt oder sich etwas im Tierheim geholt."

„Ich habe ihn für die Impfungen zum Tierarzt bringen lassen, bevor er gestern hergebracht wurde." Michaels Stimme klang ruhig, aber in seinen Augen flackerte Zorn. „Es ging ihm gut, Pandora, bis er etwas von dem verschütteten Champagner aufgeleckt hat."

Pandora hob Bruno hoch, der sich winselnd gegen ihre Brust drückte. „Ich gebe ihm etwas Warmes zu trinken, und dann nehme ich ihn mit nach oben. Heute Nacht behalte ich ihn im Auge."

„In Ordnung." Michael stand neben dem Kamin und kämpfte gegen eine Mischung aus Enttäuschung und Wut an.

Lange nach Mitternacht sah Michael nach Pandora. Sie hatte in einer Ecke eine schwache Lampe brennen lassen. Draußen fiel der Schnee in großen Flocken. Pandora lag in dem breiten Bett, die Decke bis unter das Kinn gezogen. Das Feuer war fast erloschen. Auf dem Kaminvorleger schnarchte der Welpe. Pandora hatte ihn zugedeckt und in einer flachen Schale Tee neben ihn gestellt.

Michael kauerte sich neben dem Hund nieder. „Armer Kerl", murmelte er. Als er ihn streichelte, bewegte sich Bruno, winselte und entspannte sich wieder.

„Ich glaube, es geht ihm besser."

Michael drehte sich um und sah, wie sich das Licht in Pandoras Augen spiegelte. Ihr Haar war zerzaust, ihre Haut schimmerte blass. Sie sah schön und begehrenswert aus. „Er muss sich gesund schlafen. Das Feuer braucht einen Holzscheit." Und Michael brauchte Beschäftigung, um sich abzulenken. Er machte sich am Kamin zu schaffen.

„Danke. Kannst du nicht schlafen?"

„Nein."

„Ich auch nicht." Pandora saß eine Weile schweigend in ihrem Bett, Michael auf dem Vorleger. Das Feuer knisterte und knackte, fraß sich gierig über das frische Scheit und ließ Schatten tanzen. Endlich zog Pandora die Knie an die Brust. „Michael, ich habe Angst."

Er wusste, wie schwer ihr das Geständnis fiel. „Wir können weggehen", sagte er leichthin. „Wir können morgen nach New York fahren, alles hier vergessen und die Feiertage genießen."

„Willst du das?", fragte sie.

Er dachte an Jolley, dann an Pandora. Jeder Muskel in seinem Körper spannte sich an. „Sicher."

„Für jemanden, der vom Geschichtenerfinden lebt, bist du ein erbärmlicher Lügner." Sie wartete, bis er sich zu ihr drehte. „Du willst nicht weggehen, sondern alle unsere Verwandten zusammentreiben und verhauen."

„Kannst du dir vorstellen, wie ich Tante Patience verhaue?"

„Na ja, es gibt ein paar Ausnahmen", schränkte Pandora ein. „Aber du willst auf keinen Fall aufgeben."

Er stand auf. „Na gut, so viel zu mir. Aber du wolltest von Anfang an nicht mitmachen. Ich habe dich dazu überredet und fühle mich verantwortlich."

Zum ersten Mal seit Stunden fühlte sie ihren Humor zurückkehren. „Ich verletze nur ungern dein Selbstbewusstsein, Michael, aber du hast mich zu gar nichts überredet. Ich bin für mich ganz allein verantwortlich, und ich will nicht aufgeben. Komm, setz dich!", befahl sie ungeduldig.

Er kam zu ihr und setzte sich auf das Bett. „Besser so?"

Sie betrachtete ihn lange. „Ja, ich habe Angst, und ich möchte mich wehren, aber ich weiß nicht wie."

„Der beste Weg ist hierbleiben." Er griff nach ihrer Hand. Sie war kühl und weich. „Und vielleicht sollten wir etwas psychologische Kriegsführung anwenden."

„Was zum Beispiel?"

„Wie wäre es, wenn ich jedem unserer Verwandten eine hübsche Flasche Champagner schickte?"

Sie begann träge zu lächeln. „Eine Magnum."

„Natürlich. Ich würde gerne sehen, wie sie reagieren."

„Das wäre ganz schön hässlich von uns, wie?"

„Mmh."

„Vielleicht habe ich bisher deinen Einfallsreichtum nicht richtig eingeschätzt." Sie stockte, als er ihre Haare um seine Finger wickelte. „Wir sollten jetzt ein wenig schlafen."

„Sollten wir." Seine Finger strichen über ihre Schultern.

„Ich bin nicht sehr müde."

„Wir könnten Canasta spielen", schlug er vor.

„Könnten wir." Sie hielt ihn nicht auf, als er die dünnen Träger ihres Nachthemdes von ihren Schultern schob. „Wir könnten auch die Partie zu Ende führen, die wir unten begonnen haben."

Er drückte seine Lippen auf ihre Hand. „Man sollte immer beenden, was man begonnen hat. Soweit ich mich erinnere, waren wir … hier." Er senkte seinen Mund auf ihre Lippen.

Seufzend schlang sie die Arme um seinen Nacken. „Das könnte stimmen."

Gemeinsam sanken sie eng umschlungen auf das Bett. Vielleicht, weil sie einander so gut kannten, vielleicht, weil sie schon ein ganzes Leben darauf warteten, bewegten sie sich langsam. Das Verlangen war im Moment angenehm und leicht durch eine Berührung zu stillen.

Leidenschaft stieg in Michael hoch und befreite sich in einem Seufzer. Er musste Pandora Zentimeter für Zentimeter mit seinen Fingerspitzen und Lippen erkunden. Er hatte zu lange gewartet und sich zu lange gesehnt, um irgendetwas zu versäumen, das sie einander geben konnten.

Sie war großzügiger, als er gedacht hatte, weniger befangen und viel offener. Sie wollte nicht gedrängt werden, und sie tat auch nicht so, als hätte sie Überredung nötig. Pandora ließ ihre Hände mit gleicher Neugierde über ihn streichen. Sanft legte sie ihren Mund auf seinen. Als er seine Lippen von den ihren zurückzog, waren ihre Augen auf ihn gerichtet, von Verlangen verschleiert und dunkel vor Belustigung. Sie waren endlich zusammen. Michael barg sein Gesicht in ihrem Haar. Wir werden uns lieben, dachte er, und dieser Gedanke stimmte ihn genauso freudig.

Pandoras Hände waren ruhig, als sie Michael das Sweatshirt über den Kopf zog, auch ruhig, als sie seine Brust streichelte. Ihr Puls dagegen war nicht ruhig. Sie war dem hier aus dem Wege gegangen, hatte es vermieden. Jetzt akzeptierte sie es, obwohl sie wusste, dass sie die Folgen noch nicht überblicken konnte.

Das Feuer knisterte, das weiche Licht leuchtete.

Ihre Haut glitt bei jeder Bewegung über seine Haut. Jede Bewegung verlockte zu mehr. Michaels Herz begann zu hämmern, als er mit den Lippen sich tiefer wagte. Mit weit geöffnetem Mund küsste und erforschte er ihren Körper auf eine Weise, die er sich bisher nur hatte vorstellen können. Ihr wunderbar erregender Duft war überall, schwach in dem Bogen ihrer Taille, stärker an der weichen Unterseite ihrer Brüste. Michael sog ihn ein, bis sich alles in seinem Kopf drehte.

Er fühlte den Moment, in dem ihr träges Genießen machtvoller wurde. Als ihr Atem stockte und in ein Stöhnen überging, glitt er mit den Lippen noch tiefer. Sie erreichten einen Punkt, an dem Michael nicht mehr klar wusste, was sie miteinander machten, nur dass sich ihr Verlangen zur verzweifelten Sehnsucht steigerte.

Seine Haut war feucht. Pandora kostete die Feuchtigkeit und verlangte nach mehr. Das war also Leidenschaft. Das war der bebende, verzehrende Hunger, nach dem sich Männer und Frauen sehnten. Pandora hatte ihn nie gewollt. Das sagte sie sich selbst, während ihr Körper erschauerte. Genuss und Schmerz mischten sich, Begehren und Ängste gingen ineinander über. Ihre Gedanken wurden wie ihr Körper von Empfindungen überflutet, von Hitze und Helligkeit, Ekstase und Entsetzen. Die Verletzbarkeit überwältigte sie, obwohl sich ihr Körper hart anspannte und ihre Hände sich festklammerten. Niemand hatte jemals so mühelos ihre Abwehr beiseitegefegt und sie genommen. Genommen und wieder genommen.

Atemlos und verzweifelt presste Pandora ihren Mund wieder auf seinen Mund. Michael hatte diese Raserei für sich und für sie gewollt. Jetzt fühlte er die wilde Kraft, die von Pandora ausging. Es gab keine Gedanken mehr, keine Logik. Mit seinem ganzen Gewicht legte er sich auf sie und genoss ihr stoßweises Atmen.

Sie umschlang ihn mit Beinen und Armen. Als er in sie drang, betrachteten sie beide das Erstaunen in dem Gesicht des anderen.

Nicht so … so war es noch nie gewesen. Sie hatten beide heimgefunden. Aber ‚heim', das entdeckten sie, war nicht immer ein Ort des Friedens.

Es herrschte Stille, betäubte, seltsame Stille. Pandora und Michael lagen eng umschlungen auf den Decken, als das Holzscheit auseinanderbrach und ein Funkenregen sich gegen den Kaminschirm ergoss. Sie kannten einander gut, zu gut, um jetzt darüber zu sprechen, was geschehen war. Also lagen sie stumm da, während ihre Haut abkühlte und ihr Puls sich beruhigte. Michael drehte sich ein wenig, um die Decke über sie beide zu ziehen.

„Fröhliche Weihnachten", murmelte er.

Mit einem Laut, der gleichzeitig ein Seufzer und ein Lachen war, streckte Pandora sich neben ihm aus.

8. Kapitel

Pandora und Michael verließen Folley im frühen Morgenlicht nach dem Weihnachtsfeiertag. Die Sonne ließ den Schnee etwas schmelzen, und der beißende Wind formte Eiszapfen an Zweigen und Dachrinnen. Es war eine Postkartenidylle.

Bruno ging es auch schon wieder gut.

Nach einem kurzen Gefecht hatten sie entschieden, dass Pandora die Strecke in die Stadt hin- und Michael zurückfahren sollte. Er schob seinen Sitz ganz nach hinten und streckte die Beine aus, und sie steuerte den Wagen behutsam die vereiste Bergstraße hinunter. Beide schwiegen, bis sie den Highway erreichten.

„Michael, was haben wir eigentlich von einer Analyse?", fragte Pandora ihn leise. „Wir wissen dann noch immer nicht, wer von ihnen es getan hat."

„Das ist dann der nächste Schritt." Er warf ihr einen Blick zu. „Wir können sie alle zu Neujahr auf Folley einladen und sie abwechselnd unter Folter befragen."

„Du machst dich über mich lustig."

„Ehrlich, ich habe schon an etwas in dieser Art gedacht, wenn auch nicht ganz so hart. Die Zeit ist nur noch nicht reif." Er beobachtete, wie sie die Finger am Lenkrad abwechselnd streckte und verkrampfte. „Pandora, warum sagst du mir nicht, was dich wirklich bedrückt?"

„Es ist nichts." Alles bedrückte sie. Seit vierundzwanzig Stunden konnte sie nicht mehr klar denken.

„Nichts?"

„Nur die Vorstellung, dass mich jemand umbringen will. Ist das nicht genug?"

Er hörte die Schärfe unter dem Spott. „Hast du dich deshalb gestern den ganzen Tag in deinem Zimmer versteckt?“

„Ich habe mich nicht versteckt.“ Sie brachte genug Stolz auf, um spröde und abweisend zu klingen. „Ich habe mich um Bruno gekümmert. Und ich war müde.“

„Du hast kaum etwas von dieser riesigen Gans gegessen, mit der Sweeney sich so viel Mühe gemacht hat.“

„Ich mag Gans nicht besonders.“

„Ich habe dich schon einmal bei einem Weihnachtsessen erlebt“, verbesserte er sie. „Du hast wie ein Scheunendrescher reingehauen.“

„Wie galant von dir, das herauszuheben. Sagen wir, ich war nicht in Stimmung.“

„Wie ist es dir eigentlich gelungen, dir selbst so schnell einzureden, dass dir das Erlebnis zwischen uns nicht gefallen hat?“ Michael fühlte sich verletzt, aber das hieß nicht, dass er es zeigen musste. Seine Stimme klang, genau wie ihre, kühl und hart.

„Das habe ich nicht getan. Das ist absurd.“ Nicht gefallen? Sie hatte an nichts anderes denken können, nichts anderes fühlen können. Und es erschreckte sie zu Tode. „Wir haben bloß miteinander geschlafen.“ Sie tat es mit einem Achselzucken ab. „Damit haben wir wohl beide früher oder später gerechnet.“

Genau das hatte er sich so oft vorgesagt, dass er es nicht mehr zählen konnte. Er hatte allerdings aufgehört, daran zu glauben. „Und das war es?“

„Was sonst?“ Sie durfte nicht länger zulassen, dass ihr gesunder Menschenverstand von einer Anziehung ausgeschaltet wurde, die nirgendwo hinführen konnte. „Michael, es ist sinnlos, das Geschehene überzubewerten.“

„Wie sollen wir es denn bewerten?“

Im Wagen war es stickig. Pandora schaltete die Heizung aus und konzentrierte sich auf die Straße. „Wir sind zwei erwachsene Menschen ...“, begann sie, musste aber zweimal schlucken.

„Und?“

„Verdammt, Michael, ich muss es dir doch nicht erklären!“

„Doch, das musst du."

„Wir sind zwei erwachsene Menschen", wiederholte sie. „Wir haben das Verlangen von normalen Erwachsenen. Wir haben miteinander geschlafen und dieses Verlangen befriedigt."

„Wie praktisch."

„Ich bin praktisch." Ganz plötzlich wollte Pandora weinen. „Viel zu praktisch, als mir wegen eines Mannes Illusionen zu machen, der seine Frauen am liebsten in Sechserpacks hat. Zu praktisch, um mich gefühlsmäßig mit einem Mann einzulassen, mit dem ich eine Nacht verbracht habe. Und zu praktisch, um den Austausch von Lust romantisch zu betrachten."

„Halt an!"

„Nein!"

„Fahr an den Straßenrand, Pandora, oder ich mache es."

Zähneknirschend zog sie den Wagen an die Seite. Michael drehte den Zündschlüssel, packte Pandora an den Aufschlägen ihres Mantels und zog sie halb auf seinen Sitz. Ehe sie sich losreißen konnte, verschloss er ihren Mund mit seinen Lippen.

Hitze, Ärger, Leidenschaft schienen zu einer einzigen Emotion zu verschmelzen. Michael hielt sie gepackt, während Autos vorbeizischten und die Fenster erzittern ließen. Pandora machte ihn wütend, sie erregte ihn, sie verletzte ihn. In Michaels Augen war das für einen Mann zu viel, was er von dieser Frau einstecken musste. So abrupt, wie er sie gepackt hatte, ließ er sie auch wieder los.

Atemlos rutschte Pandora wieder auf ihren Sitz zurück, drehte wütend den Schlüssel herum und ließ den Motor aufheulen. „Idiot!"

„Ja." Er lehnte sich zurück, als Pandora auf den Highway hinausschwenkte. „Endlich stimmen wir in einem Punkt überein."

Pandora und Michael sprachen erst wieder miteinander, als sie die Halle eines Bürohauses in Manhattan betraten.

„Woher kennst du das Labor?", fragte Pandora knapp.

„Ich habe in Jolleys Unterlagen nachgesehen. Dieses Gebäude hat ihm gehört. Alle zweiundsiebzig Stockwerke."

Wieder wurde Pandora vor Augen geführt, wie kompliziert der Besitz war. „Was soll ich mit zweiundsiebzig Stockwerken mitten in Manhattan machen?"

Michael nannte ihre Namen dem Wächter an den Aufzügen, und sie konnten ohne Verzögerung in den vierzigsten Stock hinauffahren.

„Es gibt Leute, die sich um alles kümmern, und Anwälte und Manager kümmern sich wieder um diese Leute. Wenn du dir Sorgen machst, Pandora, denk an Jolley. Er hat seine Geschäfte als Hobby betrachtet und seinen Spaß gehabt."

Pandora beobachtete die Zahlen über der Tür. „Ein Hobby?"

„Jeder sollte ein Hobby haben."

„Tennis ist ein Hobby", murmelte sie.

„Der Trick dabei ist, dass der Ball in Bewegung bleibt. Jolley hat ihn in unseren Hof geworfen, Pandora."

Sie verschränkte die Arme. „Ich bin noch nicht bereit, dafür dankbar zu sein."

„Betrachte es auf folgende Weise." Michael legte seine Hand auf ihre Schulter und drückte sie leicht. „Du musst nicht wissen, wie ein Auto gebaut wird, um eines zu besitzen. Du musst nur gleichmäßig fahren und den Schildern folgen. Hätte Jolley nicht gedacht, dass wir den Schildern folgen können, hätte er uns nicht den Zündschlüssel gegeben."

Es half tatsächlich, die Dinge so zu betrachten, doch Pandora wurde ohnedies gleich darauf abgelenkt, als sie mit dem Leiter des Labors sprachen, einem gewissen Mr. Lockworth.

„Selbstverständlich führe ich die Analyse durch, und zwar persönlich", erklärte er bereitwillig. „Es gibt hier einen Coffeeshop für die Angestellten. Sie können dort auf mich warten."

Wenig später gaben sie ihre Bestellung auf und nippten am Kaffee, während sie auf das Essen warteten.

Anderthalb Stunden später kam Lockworth mit einem Computerausdruck an den Tisch. „Ich dachte, Sie wollten eine Kopie." Er setzte sich und bestellte per Handzeichen einen Kaffee.

Pandora betrachtete die endlosen chemischen Bezeichnungen auf dem Papier mit gerunzelter Stirn. Sie konnte damit nichts anfangen, aber sie bezweifelte, dass Trichlorethanol oder eines der anderen mehrsilbigen Wörter etwas mit französischem Champagner zu tun hatte. „Was bedeutet das?"

„Das habe ich mich auch gefragt." Lockworth holte ein Päckchen Zigaretten aus seiner Tasche. Michael betrachtete es einen Moment voll Verlangen. „Ich habe mich gefragt, warum jemand Schädlingsbekämpfungsmittel dem Jahrgangschampagner beifügt."

„Dann war er also vergiftet", stellte Michael fest.

„Ja, obwohl nicht genug Gift in dem Champagner war, um mehr als ein oder zwei Tage schwerste Übelkeit zu verursachen."

Sie bedankten und verabschiedeten sich.

„Nun", begann Pandora, als sie wieder allein waren. „Was kommt jetzt?"

„Ein kleiner Besuch in einer Weinhandlung. Wir müssen ein paar Geschenke kaufen."

Sie ließen gleich von dem Geschäft eine Flasche von exakt derselben Marke an jeden der möglichen Erben schicken. Michael schrieb auf die beiliegenden Karten lediglich: Eine nette Geste sollte mit einer ebenso netten belohnt werden.

„Eine teure Geste", stellte Pandora fest, als sie in die Kälte hinaustraten.

„Betrachte es als Investition", riet Michael.

Es ging ihr weniger um das Geld, als um das plötzliche Gefühl totaler Sinnlosigkeit. „Was wird es überhaupt nutzen?"

„Einige Flaschen werden erstaunt betrachtet und dann genossen werden – bis auf eine", erklärte Michael genussvoll. „Eine wird sich in eine Botschaft, sogar in eine Drohung verwandeln."

„Eine leere Drohung", erwiderte Pandora. „Wir werden die Reaktion nicht mitbekommen können."

„Du denkst wie ein Amateur."

Michael hatte die Straße schon halb überquert, als Pandora ihn am Arm packte. „Was soll das denn heißen?"

„Wenn ein Amateur einen Scherz macht, will er unbedingt bei den Auswirkungen dabei sein."

Pandora ignorierte die Leute, die an ihnen vorbeifluteten, und rührte sich nicht von der Stelle. „Seit wann ist das Vergiften mit Schädlingsbekämpfungsmitteln ein Scherz?"

„Die Rache richtet sich nach den gleichen Prinzipien."

„Oh, verstehe! Und du bist darin Experte."

Die Ampel wechselte. Autos fuhren auf die beiden los, Hupen gellten. Mit zusammengebissenen Zähnen packte Michael Pandora am Arm und zog sie auf den Bürgersteig. „Mir genügt es zu wissen, dass jemand die Flasche sehr nervös in Empfang nehmen wird. Jemand wird sie bekommen und wissen, dass wir mit gleicher Münze heimzahlen. Dein Problem ist, dass du deinen Gefühlen nicht lange genug freien Lauf lässt, um Rache zu genießen."

„Lass meine Gefühle in Ruhe."

„Genau das habe ich vor", sagte er gleichmütig und ging weiter.

Mit drei langen Schritten holte Pandora ihn ein. Ihr Gesicht war von dem Wind zart gerötet. „Du ärgerst dich nicht über den vergifteten Champagner oder über unterschiedliche Ansichten über Rache. Du ärgerst dich, weil ich unsere Beziehung mit praktischen Ausdrücken umrissen habe."

Michael starrte sie an, während er überlegte, ob er ihre Worte lustig finden sollte oder ob er ihr böse sein sollte. „Okay", sagte er schließlich nur. Seine Geduld wurde wahrhaftig auf eine harte Probe gestellt. Als ihn Pandora wieder am Arm packte, drehte er sich erneut um. „Willst du das jetzt hier ausfechten?"

„Ich lass es nicht zu, dass du mir das Gefühl gibst, der Situation nicht gewachsen zu sein, und nur, weil ich eher Schluss gemacht habe, ehe du die Gelegenheit dazu hattest."

„Ehe ich Gelegenheit dazu hatte?" Er packte sie am Mantel.

Wegen der hohen Stiefelabsätze konnte sie ihm direkt in die Augen sehen. Zu einem anderen Zeitpunkt und an einem anderen Ort hätte er sie wunderbar gefunden. „Ich hatte kaum die Gelegenheit, mich von der Abfuhr zu erholen, die ich von dir erhalten habe. Ich wollte dich. Verdammt, ich will dich noch immer. Nur der Himmel allein weiß, warum."

„Nun, ich will dich auch, und mir gefällt das auch nicht."

„Somit sitzen wir beide in derselben Klemme."

„Und was werden wir dagegen unternehmen?"

Michael sah sie an und entdeckte den Ärger in ihrem Gesicht, aber auch Verwirrung. Einer von ihnen musste den ersten Schritt machen. Er fand, dass die Reihe an ihm war. Er ergriff Pandora an der Hand und zog sie über die Straße.

„Wohin gehen wir?"

„Ins Plaza."

„Das Plaza Hotel? Warum?"

„Wir nehmen uns ein Zimmer, legen die Kette vor die Tür und lieben uns vierundzwanzig Stunden lang. Danach werden wir entscheiden, wie wir weitermachen."

Es gab Gelegenheiten, entschied Pandora, wo man sich am besten mitreißen ließ. „Wir haben kein Gepäck."

„Tja, mein Ruf geht dabei zum Teufel."

Mit einem leisen Lachen betrat Pandora an Michaels Seite die elegante Hotelhalle.

Ihre Haut prickelte warm, und ihre Nerven waren gespannt. Es ist nur ein Impuls, sagte sie sich. Sie wusste sehr gut, dass man keine wichtigen Entscheidungen impulsiv treffen durfte. Michael konnte alles verändern. Das hatte sie nie zugeben wollen, hatte es aber seit Jahren gewusst. Als sie sich zurückziehen wollte, hielt er ihren Arm im festen Griff.

„Feigling", murmelte er.

Michael hätte nichts sagen können, das besser dazu geeignet gewesen wäre, Pandora voranzutreiben.

„Guten Tag." Michael lächelte der Angestellten an der Rezeption zu. Pandora fragte sich vorübergehend, ob sein

Lächeln auch so charmant ausgefallen wäre, hätte es sich um einen männlichen Angestellten gehandelt. „Unsere Zimmer."

„Haben Sie eine Reservierung?"

„Donahue. Michael Donahue."

Die Angestellte tippte etwas und betrachtete ihren Computerbildschirm. „Tut mir leid, aber hier ist für den Sechsundzwanzigsten nichts unter Donahue eingetragen."

„Das war Katie", sagte Michael mit einem ungeduldigen Seufzer und warf Pandora einen langen leidenden Blick zu. „Ich hätte sie nie mit der Reservierung betrauen dürfen."

Pandora nahm seinen Gedankensprung auf und tätschelte seine Hand. „Du wirst sie entlassen müssen, Michael. Ich weiß, sie arbeitet seit vierzig Jahren für deine Familie, aber wenn jemand die siebzig überschreitet ..." Sie unterbrach sich und spielte Michael den Ball zu.

„Das werden wir entscheiden, wenn wir heimkommen." Er wandte sich wieder an die Angestellte. „Offenbar hat es zwischen meiner Sekretärin und dem Hotel Missverständnisse gegeben. Wir sind nur über Nacht in der Stadt. Ist etwas frei?"

Die Angestellte wandte sich wieder ihrem Computer zu. Wie sie wusste, brausten die meisten Leute auf, wenn es Missverständnisse bei der Reservierung gegeben hatte. Michaels ruhige Frage machte ihn ihr sympathisch. „Sie müssen verstehen, dass wir Probleme wegen der Festtage haben." Sie drückte noch mehr Knöpfe und Tasten, sie wollte wirklich helfen. „Wir haben tatsächlich eine Suite frei."

„Fein." Michael füllte das Anmeldeformular aus. Mit dem Schlüssel in der Hand lächelte er der Angestellten zu. „Ich weiß Ihre Mühe zu schätzen." Dem wartenden Pagen drückte er einen Geldschein in die Hand. „Wir kümmern uns selbst um alles, danke."

Der Angestellte blickte auf den Zwanziger in seiner Hand und bemerkte das Fehlen von Gepäck. „Ja, Sir!"

„Er denkt, dass wir eine unerlaubte Affäre miteinander haben", murmelte Pandora, als sie den Aufzug bestiegen.

„Haben wir auch." Noch bevor sich die Türen ganz geschlossen hatten, zog Michael Pandora in einem Kuss an sich, der zwölf Stockwerke über dauerte. „Wir kennen uns nicht", erklärte er, als sie auf den Korridor traten. „Wir haben uns eben erst kennengelernt. Wir besitzen keine gemeinsamen Kindheitserinnerungen oder gehören derselben Familie an." Er schob den Schlüssel in das Schloss. „Wir scheren uns den Teufel, womit der andere sein Geld verdient, und wir haben keine vorgefassten Meinungen voneinander."

„Soll das die Situation vereinfachen?"

Michael zog sie in den Raum. „Das werden wir herausfinden."

Er ließ Pandora keine Chance zum Nachdenken oder Diskutieren. Kaum war die Tür hinter ihnen geschlossen, da hatte er Pandora auch schon in die Arme geschlossen. Er löschte alle Fragen aus. Er ließ ihr keine Wahl. Ausnahmsweise ließ sie das zu. In wilder, verlangender Leidenschaft fanden sie zueinander. Jeder kämpfte darum, noch mehr von dem anderen zu bekommen, schneller zu berühren und eiliger zu besitzen. Sie vergaßen, was sie wussten, was sie dachten und schwelgten nur noch in Gefühlen.

Die Mäntel, noch kalt von dem Wind, wurden abgestreift und fielen auf den Boden, Pullover und Hemden folgten. Unmittelbar hinter der Tür glitten Pandora und Michael auf den Teppich.

„Verdammter Winter", murmelte Michael, während er mit ihren Stiefeln kämpfte.

Lachend kämpfte Pandora mit den seinen und stöhnte auf, als er seine Lippen auf ihre Brüste drückte.

Es war ein Wettrennen, halb Kampf, halb Liebe. Keiner gönnte dem anderen eine Atempause. Sobald sie aus ihrer Kleidung geschlüpft waren, trieben sie einander voran, ließen ihre Hände tasten und ihre Lippen erregen. Nichts war von der verträumten Vertrautheit da wie beim ersten Mal. Dies hier war neu. Die Finger, die über Pandoras Haut glitten, hatte sie noch nie zuvor gefühlt. Die Lippen, diese heißen Lippen, hatte sie nie zuvor geschmeckt.

Pandoras Herz hatte nie so schnell geschlagen. Sie war sich dessen sicher. In ihrem Körper hatte nie ein solch schmerzliches Verlangen pulsiert. Bisher hatte sie es nie gewollt. Jetzt wollte sie noch mehr, wollte sie alles. Sie wollte Michael. Sie rollte sich herum, um schnelle, hungrige Küsse auf seinem Gesicht, seinem Hals und seiner Brust verteilen zu können ... Überall.

Michaels Sinne waren ganz auf Pandora gerichtet, auf jeden Teil von ihr, den er berühren, schmecken oder riechen konnte. Sie war so wild, wie er sich das nie hatte vorstellen können. Sie war so fordernd, wie ein Mann sich das nur wünschen konnte. Sein Körper schien sie zu faszinieren, sie widmete sich ihm, bis er halb von Sinnen war. Dann packte Michael sie.

Pandora hatte nicht gewusst, dass ein Mann so viel geben konnte. Von Empfindungen erschüttert, wand sie sich unter ihm. Heiß und bereit bot sie sich ihm an. Aber er war noch lange nicht fertig. Mit den Lippen zog er auf ihren Schenkeln eine Spur bis zu der Hitze, bis sie sich ihm entgegenbog. Er hielt Pandora hilflos in Leidenschaft gefangen. Hilflos.

Sie schauderte. Sie hatte nie gewusst, was es bedeutete, für einen anderen wirklich verwundbar zu sein. Er hätte alles von ihr nehmen, alles verlangen können, und sie hätte nicht ablehnen können. Aber er verlangte nicht, er gab.

Sie wurde von einer Welle nach der anderen hochgetrieben, wurde zwischen Höhen und Tiefen herumgewirbelt und genoss den rasenden Wechsel. Während das Licht des Nachmittags durch die Fenster hereinströmte, war Pandora in Dunkelheit gefangen, ohne sich zu wünschen, sehen zu können. Lass mich fühlen. Mehr. Noch einmal. Unaufhörlich.

Und dann war er in ihr, mit ihr vereinigt, verschmolzen. Sie fand, dass da noch mehr war. Unglaublich viel mehr.

Pandora und Michael blieben auf ihren verstreuten Kleidern liegen. Ganz langsam kehrten ihre Gedanken vage in die Wirklichkeit zurück. Sie konnte die pastellfarbenen Wände sehen und das Sonnenlicht. Sie konnte die Hitze ihrer Körper spüren, Michaels Haar, das über ihre Wange strich, seinen noch jagenden Herzschlag an ihrer Brust.

Es geschieht so schnell, dachte sie. Oder hatte es Stunden gedauert? Sie war nur sicher, dass sie nie etwas Derartiges erlebt hatte. Sie hatte es sich nie zugestanden. Seltsame Dinge konnten mit einer Frau geschehen, die ihre Leidenschaften freisetzte. Andere Dinge konnten sich einschleichen, ehe sie sich wieder verschloss. Zuneigung. Verständnis. Sogar Liebe.

Sie ertappte sich dabei, dass sie Michaels Haar streichelte, und ließ ihre Hand auf den Teppich fallen. Sie durfte Liebe nicht in ihr Leben einlassen, nicht einmal für eine kurze Zeit. Liebe nahm und gab, und sie nahm und gab nicht immer im gleichen Maße. Michael war kein Mann, den eine Frau lieben konnte, die praktisch dachte, schon gar keine, die weise dachte. So viel erkannte sie. Michael würde sich niemals an die Spielregeln halten.

Sie würde seine Geliebte sein, ihn aber nicht lieben. Es hatte keinen Sinn, so zu tun, als könnten sie die nächsten drei Monate miteinander platonisch leben, aber Pandora wollte nicht ihr Herz riskieren. Einen Moment lang glaubte Pandora zu fühlen, wie es brach, nur ein klein wenig. Unsinn, sagte sie sich. Ihr Herz war stark und ungebrochen. Was sie und Michael gemeinsam hatten, war ein sehr grundlegendes, sehr unkompliziertes Arrangement.

‚Arrangement', fand sie, klang viel praktischer als ‚Romanze'. Dennoch seufzte sie leise und etwas wehmütig.

„Alles ausgeknobelt?" Michael veränderte ein wenig seine Haltung, gerade genug, um seine Lippen über ihren Hals streichen zu lassen.

„Wie meinst du das?"

„Hast du die Richtlinien für unsere Beziehung ausgeknobelt?" Er hob den Kopf und blickte auf sie hinunter. Obwohl er nicht lächelte, hatte Pandora das Gefühl, er amüsiere sich.

„Ich weiß nicht, wovon du sprichst."

„Ich höre doch fast, wie es hinter deiner Stirn arbeitet, Pandora. Ich kann beinahe sehen, was in deinem Kopf abläuft."

Es ärgerte sie, dass er es vielleicht tatsächlich konnte. „Ich denke, wir haben uns gerade erst kennengelernt?"

„Ich besitze übersinnliche Gaben. Du denkst ..." Er verstummte, um an ihren Lippen zu knabbern. „Du denkst, dass es einen Weg geben müsste, um unsere ... Beziehung auf einem praktischen Niveau zu halten. Du überlegst, wie du gefühlsmäßig Distanz halten kannst, wenn wir miteinander schlafen. Du hast beschlossen, dass ein Arrangement zwischen uns nicht von Romantik geprägt sein darf."

„Na gut!" Er sorgte dafür, dass sie sich albern vorkam. Dann streichelte er über ihre Hüfte und sorgte dafür, dass sie erbebte. „Wenn du schon so schlau bist, musst du einsehen, dass ich nur gesunden Menschenverstand angewandt habe."

„Ich mag es lieber, wenn deine Haut heiß wird und du überhaupt keinen Verstand mehr hast. Aber ...", er küsste sie, ehe sie antworten konnte, „... wir können nicht all die Zeit im Bett bleiben. Ich glaube nicht an praktische Affären, Pandora. Und ich glaube nicht an gefühlsmäßige Distanz zwischen Liebenden."

„Auf diesem Gebiet hast du eine Menge Erfahrung gesammelt."

„Das stimmt." Michael setzte sich auf und zog sie mit sich. „Und ich sage dir so viel: Du kannst deine Gefühle einmauern. Du kannst das, was zwischen uns besteht, mit jeder praktischen Bezeichnung benennen. Du kannst die Nase rümpfen über Dinner bei Kerzenlicht und leise Musik. Das wird überhaupt nichts ändern." Er packte sie am Haar und zog ihren Kopf zurück. „Ich werde an dich herankommen, Cousine. Ich werde so sehr an dich herankommen, dass du an nichts und niemand anderen mehr denken kannst als an mich. Wenn du mitten in der Nacht aufwachst, und ich bin nicht da, wirst du dir wünschen, ich wäre da. Und jedes Mal, wenn ich dich berühre, wirst du mich begehren."

Ein Schauder überfiel Pandora. Klarer als je zuvor wusste sie, dass Michael recht hatte. Und sie wusste, oder vielleicht wussten es auch sie beide, dass sie bis zuletzt dagegen ankämpfen musste. „Du bist arrogant, egozentrisch und einfältig."

„Wie wahr, wie wahr. Und du bist dickköpfig, eigensinnig und launisch. Im Moment können wir nur in einer Hinsicht sicher sein, nämlich dass einer von uns beiden gewinnen wird."

Sie saßen auf ihren verstreuten Kleidern und betrachteten einander. „Noch ein Spiel?", murmelte Pandora.

„Vielleicht. Vielleicht ist es nur ein Spiel." Er stand auf und hob sie auf seine Arme.

„Michael, ich muss nicht getragen werden."

„Doch, du musst."

Er ging durch die Suite zu dem Schlafzimmer. Pandora setzte zur Gegenwehr an, gab jedoch nach. Wenigstens dieses eine Mal, entschied sie und entspannte sich in seinen Armen.

9. Kapitel

Januar war der Monat der eisigen Winde, des wirbelnden Schnees und des grauen Himmels. Die Tage waren kurz und produktiv, die Nächte lang und entspannend. Seit dem Zwischenfall mit dem Champagner war es ein ruhiger, ereignisloser Winter.

Ereignislos, dachte Pandora, ist nicht der richtige Ausdruck. Mit raschen, sorgfältigen Bewegungen feilte sie die Kanten eines dicken Kupferarmbandes. Es war ganz sicher nicht so, als wäre nichts geschehen. Es hatte keine Schwierigkeiten von außerhalb gegeben, aber Schwierigkeiten gehörten, wie sie immer schon gewusst hatte, ganz entschieden zu Michael Donahues größten Talenten.

Was wollte er bloß damit erreichen, wenn er einen Veilchenstrauß auf ihr Kopfkissen legte? Man brauchte bestimmt einen Zauberstab, um im Januar diese kleinen blauen Blumen hervorzuzaubern. Als sie ihn fragte, lächelte er bloß und meinte, Veilchen hätten keine Dornen. Was für eine Antwort war das denn bloß?

Pandora untersuchte mit dem Vergrößerungsglas den Verschluss des Armbandes. Sie war zufrieden, wie gut er sich in das Muster einfügte.

Oder dann war sie einmal aus dem Bad gekommen und hatte ihr Schlafzimmer von einem Dutzend Kerzen erleuchtet vorgefunden. Auf ihre Frage nach einem Stromausfall hatte Michael bloß gelacht und sie ins Bett gezogen.

Er brachte es fertig und griff während des Dinners nach ihrer Hand oder flüsterte ihr kurz vor Morgengrauen zärtliche Worte ins Ohr. Einmal war er unaufgefordert zu ihr unter die Dusche gekommen und hatte ihren Protest dadurch erstickt, dass er jeden Zentimeter ihres Körpers eingeseift und gewaschen hatte.

Sie hatte recht gehabt. Michael Donahue hielt sich nicht an Spielregeln. Und er hatte recht gehabt. Er kam an sie heran.

Pandora löste das Armband aus dem Schraubstock und begann, es geistesabwesend zu polieren. In den beiden letzten Wochen hatte sie ein halbes Dutzend anderer Armbänder gemacht, breite Armbänder mit derben Gliedern, einige mit auffälligen Steinen, andere mit Gravur. Sie passten zu ihrer Stimmung – wagemutig, eigenwillig und ein wenig leichtfertig. Sie hatte gelernt, ihren Instinkten zu vertrauen, und ihre Instinkte sagten ihr, dass sich diese Armbänder schneller verkaufen ließen, als sie herzustellen waren, und genauso schnell kopiert werden konnten.

Die Imitationen störten sie nicht. Von jedem Typ gab es nur ein Stück, das echt Pandora McVie war. Kopien konnten leicht als solche erkannt werden, weil ihnen das Besondere fehlte, diese Individualität des Genies.

Zufrieden drehte sie das Armband in ihrer Hand. Niemand würde eine ihrer Arbeiten für eine Imitation halten. Ihre Kunst veränderte sich vielleicht von Stück zu Stück, aber sie log nie.

Pandora blickte auf das Armband hinunter und seufzte. Nein, ihre Kunst log nie, aber wie war das mit ihr? Waren ihre Empfindungen so echt wie ihre Schmuckstücke?

Ein Gefühl konnte imitiert werden. Eine Empfindung konnte trügerisch sein. Wie oft hatte sie in den letzten Wochen etwas vorgetäuscht? Nicht vorgetäuscht, etwas zu fühlen, sondern vorgetäuscht, nichts zu fühlen? Pandora war eine Frau, die sich stets etwas auf ihre Ehrlichkeit eingebildet hatte. Wahrheit und Unabhängigkeit gingen nach Pandoras Wertvorstellungen Hand in Hand. Aber sie hatte immer und immer wieder sich selbst belogen – die schlimmste Form von Betrug.

Der Zeitpunkt, damit aufzuhören, war gekommen. Der Zeitpunkt, sich ihren wahren Gefühlen zu stellen, wenn auch nur in der Abgeschiedenheit ihres eigenen Herzens und ihres Verstandes.

Wie lange liebte sie Michael schon? Während sich die Frage in ihren Gedanken formte, musste sie aufstehen und in ihrer Werkstatt herumgehen. Wochen? Monate? Jahre? Sie konnte es nicht beantworten, weil sie sich nicht sicher war. Aber sie war sicher, dass sie ihn liebte. Wenn sie liebte, dann grenzenlos. Vielleicht war das ihr größtes Problem. Kam es nicht einer Art von Selbstmord gleich, Michael grenzenlos zu lieben?

Besser, sie sah den Tatsachen ins Gesicht. Kein Problem wurde gelöst, wenn man nicht vorher die Tatsachen erkannte und sie danach untersuchte. Ganz gleich, wie sehr sie sich dadurch zum Narren machte, sie liebte Michael. Sie liebte ihn mehr als ihr recht war. Pandora wischte die beschlagene Fensterscheibe blank und blickte nachdenklich auf den Schnee hinaus. Seltsam, sie hatte wirklich geglaubt, sie würde sich besser fühlen, sobald sie die Tatsachen akzeptierte. Sie fühlte sich aber nicht besser.

Welche Möglichkeiten hatte sie? Sie konnte es Michael sagen. Und er wird selbstzufrieden strahlen, dachte Pandora mit einem finsteren Stirnrunzeln, ehe er sich an seine nächste Eroberung macht. Sie war ganz bestimmt nicht so dumm, zu glauben, er sei an einer lang dauernden Beziehung interessiert. Ich bin natürlich auch nicht daran interessiert, dachte sie und begann, ihr Werkzeug geräuschvoll aufzuräumen.

Eine andere Möglichkeit war, davonzulaufen. Was ihre Verwandten mit ihrer ganzen Bösartigkeit nicht erreicht hatten, konnte ihrem Herzen gelingen. Doch dann wäre sie nicht nur ein Feigling, sondern auch ein Verräter gewesen. Nein, sie konnte und wollte Onkel Jolley nicht im Stich lassen. Sie konnte nicht fliehen. Und somit blieb ihr nur eine Möglichkeit: Sie musste so weitermachen wie bisher. Sie musste bei Michael bleiben, mit Michael schlafen, alles mit Michael teilen – alles, ausgenommen ihr Herz. Sie musste die zwei Monate, die ihnen noch verblieben, hinnehmen und sich darauf vorbereiten, ohne Bedauern wegzugehen.

Michael war an sie herangekommen, das musste Pandora zugeben. Er war an Tiefen in ihr herangekommen, die kein Mann vor ihm berührt hatte. Sie liebte ihn dafür. Sie hasste ihn dafür.

Ihre Stimmung war so aufgewühlt wie ihre Gedanken, als sie die Werkstatt verschloss und quer über den Rasen stapfte.

„Da kommt sie." Mit einem neuen, fertig ausgearbeiteten Plan im Kopf wandte Sweeney sich von dem Küchenfenster ab und gab Charles ein Zeichen.

„Das kann niemals funktionieren."

„Natürlich wird es funktionieren. Wir werden diese beiden Kinder zu ihrem eigenen Vorteil zusammenbringen. Zwei Menschen, die sich so viel zanken wie die beiden, müssen heiraten."

„Wir mischen uns in Dinge ein, die uns nichts angehen."

„Was für ein Unsinn!" Sweeney nahm ihren Platz am Küchentisch ein. „Wer sollte sich denn sonst einmischen, wenn nicht wir? Wer wird sich denn mit diesem riesigen leeren Haus herumschlagen, sobald die beiden in die Stadt zurückkehren, wenn nicht wir? Nimm jetzt das Tuch und fächle mir Luft zu! Beug dich etwas über mich und mach ein aufgeregtes Gesicht."

„Ich bin zu aufgeregt", murmelte Charles und griff nach dem Tuch.

Als Pandora die Küche betrat, sah sie Sweeney nach hinten gekippt auf einem Stuhl hängen, die Augen geschlossen. Charles stand über sie gebeugt und fächelte ihr mit einem Trockentuch Luft zu.

„Um Himmels willen, was ist los? Charles, ist sie ohnmächtig geworden?" Bevor er antworten konnte, stürmte Pandora schon durch den Raum. „Rufen Sie Michael", befahl sie. „Rasch, rufen Sie Michael!" Sie schob Charles weg und kauerte sich nieder. „Sweeney, ich bin es, Pandora. Haben Sie Schmerzen?"

Sweeney konnte kaum einen zufriedenen Seufzer unterdrücken, als sie die Lider flatternd hob. Sie hoffte nur, blass auszusehen. „Ach, kleine Miss, machen Sie sich keine Sorgen. Nur einer von meinen Anfällen, sonst nichts. Manchmal fängt mein Herz zu hämmern an, dass ich es hier oben im Hals spüre."

„Ich rufe einen Arzt."

„Nicht nötig." Sweeneys Stimme klang dünn und matt. „Ich war vor ein paar Monaten beim Doktor, und er hat gesagt, dass ich gelegentlich mit so was rechnen muss."

„Das glaube ich nicht", sagte Pandora heftig. „Sie arbeiten einfach zu viel, und das hört auf."

Sweeney verspürte ein klein wenig Schuldgefühle, als sie die Sorge in Pandoras Gesicht bemerkte. „Na, na, nicht übertreiben."

„Was ist los?" Michael stürmte in die Küche. „Sweeney?" Er kniete neben ihr nieder und ergriff ihre andere Hand.

„Nun seht euch mal diese ganze Aufregung an." Im Geist machte Sweeney einen Luftsprung. „Es ist doch nur einer meiner kleinen Anfälle. Nur ein wenig ärgerlich, sonst nichts." Sie warf Charles einen scharfen Blick zu, als er hereinkam. Hoffentlich war ihr Blick scharf genug, damit er sich an sein Stichwort erinnerte.

„Und du weißt, was der Doktor gesagt hat", warf Charles ein.

„Also wirklich, Charles …!"

„Du sollst zwei oder drei Tage im Bett bleiben."

Sweeney freute sich, dass er seinen Text behalten hatte, und schnaufte verächtlich. „Alles Quatsch! In ein paar Minuten bin ich wieder wie neu. Ich muss das Dinner kochen."

„Sie werden überhaupt nichts kochen." Sweeney fand es einfach meisterlich, wie Michael sie auf seine Arme hob. „Und nun ab ins Bett mit Ihnen."

„Und wer wird sich um alles kümmern?", fragte Sweeney. „Ich lasse nicht zu, dass Charles seine Bakterien in meiner Küche verbreitet."

Michael war mit Sweeney fast schon aus dem Raum, als Charles sich an den nächsten Schritt erinnerte. Er hustete, sah sich um Verzeihung bittend um und hustete erneut.

„Nun höre man sich das mal an!“ Befriedigt lehnte Sweeney ihren Kopf an Michaels Schulter. „Ich gehe nicht ins Bett, während er meine Küche verseucht.“

„Wie lange haben Sie diesen Husten schon?“, fragte Pandora. Als Charles etwas Unverständliches murmelte, stand sie auf. „Das reicht! Sie beide legen sich ins Bett! Michael und ich werden uns um alles kümmern.“ Sie nahm Charles am Arm und führte ihn in den Dienstbotentrakt. „Ab ins Bett und keine Widerrede! Ich mache für Sie beide Tee. Michael, du hilfst Charles. Ich kümmere mich um Sweeney.“

Innerhalb einer halben Stunde hatte Sweeney die beiden, wo sie sie haben wollte. Zusammen.

„Also, die zwei sind versorgt, und Fieber haben sie auch keines.“ Pandora goss sich zufrieden eine Tasse Tee ein. „Wahrscheinlich brauchen sie nur ein paar Tage Ruhe und etwas Fürsorge. Tee?“

Michael verzog das Gesicht und schaltete die Kaffeemaschine ein. „Da die Ärzte keine Hausbesuche mehr machen, sind die zwei hier im Bett besser aufgehoben, als wenn wir sie in die Stadt zum Arzt bringen. Wir können abwechselnd nach ihnen schauen.“

„Mmh.“ Pandora öffnete den Kühlschrank und betrachtete den Inhalt. „Wie steht es mit den Mahlzeiten? Kannst du kochen?“

„Sicher.“ Michael klapperte mit Tassen im Schrank. „Schlecht, aber ich kann kochen. Hackbraten ist meine Spezialität.“ Als das auf keine Begeisterung stieß, wandte er den Kopf. „Und du?“

„Kochen?“ Pandora lüftete hoffnungsvoll den Deckel eines Plastikbehälters. „Ich kann ein Steak grillen und Rühreier machen. Alles andere ist riskant.“

„Was wäre das Leben ohne Risiko.“ Michael half ihr dabei, den Kühlschrank zu durchforsten. „Hier ist Apfelmus.“

„Das ist kaum eine Mahlzeit.“

„Für mich schon.“ Er nahm es heraus und holte einen Löffel.

Pandora beobachtete ihn, als er sich an den Tisch setzte und zu essen begann. „Willst du etwas?“

Sie wollte aus Prinzip ablehnen, entschied aber, sich selbst nicht zu schaden. Sie ging an den Schrank und fand eine Schale. „Was ist mit unseren Bettlägerigen?“, fragte sie, während sie sich etwas Mus einfüllte.

„Suppe“, sagte Michael zwischen zwei Löffeln. „Nichts ist besser als heiße Suppe, obwohl ich sie zuerst eine Weile ruhen lassen würde.“

Mit einem zustimmenden Nicken setzte Pandora sich ihm gegenüber. „Michael …“ Sie überlegte schon seit Tagen, wie sie dieses Thema anschneiden konnte. „Ich habe nachgedacht. In zwei Monaten tritt das Testament endgültig in Kraft. Fitzhugh hat uns letzte Woche geschrieben, dass die Anwälte Onkel Carlson geraten haben, die Anfechtung fallen zu lassen.“

„Ja, und?“

„Das Haus und alles andere wird zur Hälfte dir, zur Hälfte mir gehören.“

„Das stimmt.“

Sie nahm einen Löffel von dem Mus und stellte die Schale weg. „Worüber lächelst du?“

„Du bist hübsch anzusehen. Ich finde es nett, hier in der Küche ruhig mit dir zu sitzen und dich anzusehen.“

Genau das, ganz genau das war es, was ihr das Gefühl verlieh, unbeschwert und sorglos zu sein. Sie starrte Michael einen Moment an und senkte ihren Blick auf ihre Schale. „Ich wünschte, du würdest so etwas nicht sagen.“

„Nein, das wünschst du dir nicht. Du hast also nachgedacht“, gab er ihr das Stichwort.

„Ja.“ Sie gewann Zeit, indem sie noch einen Löffel Mus nahm. „Das Haus wird uns beiden gehören, aber wir werden dann nicht mehr hier zusammenwohnen. Sweeney und Charles werden hier allein sein. Darüber mache ich mir schon seit einer Weile Gedanken. Und jetzt nach diesem Zwischenfall sorge ich mich noch mehr. Sie können hier nicht allein bleiben.“

„Ich glaube, du hast recht. Vorschläge?"

„Ich habe schon früher überlegt, ob ich zeitweise hier wohnen sollte." Sie hatte keinen Appetit mehr und widmete sich wieder ihrem Tee. „Ich glaube, ich werde ganz hierher ziehen."

Er hörte eine Spur von Nervosität in ihrer Stimme. „Wegen Charles und Sweeney?"

„Nur teilweise." Sie nahm einen Schluck Tee, stellte die Tasse ab und spielte wieder mit ihrem Mus herum. Sie war nicht daran gewöhnt, ihre Entscheidungen mit jemandem zu diskutieren. Obwohl es ihr schwergefallen war, hatte Pandora sich schon zu der Einsicht durchgerungen, dass sie dazu verpflichtet war. Mehr noch, sie hatte erkannt, dass sie mit Michael sprechen musste, um wenigstens auf diesem Gebiet so ehrlich zu sein, wie sie auf anderen Gebieten nicht sein konnte. „Ich habe Folley immer als mein Heim empfunden, aber es war mir nicht klar, wie sehr es mein Heim ist. Ich brauche es für mich selbst. Weißt du, ich hatte nie ein Zuhause." Sie hob ihren Blick und traf auf seinen Blick. „Nur hier."

Zu sagen, ihre Worte überraschten ihn, wäre eine glatte Untertreibung gewesen. Sein ganzes Leben lang hatte er sie als verwöhntes Schoßkind gesehen, als goldenes Mädchen mit allen Vorteilen. „Aber deine Eltern …"

„Sind wunderbar", sagte Pandora hastig. „Ich liebe sie, und ich würde nichts an ihnen ändern wollen, aber … Wir hatten nie eine Küche wie diese, ein Heim, in das man Tag für Tag zurückkommen konnte und das sich nicht veränderte. Es hört sich albern an." Sie rutschte rastlos hin und her. „Du verstehst das nicht."

„Vielleicht doch." Er hielt ihre Hand fest, bevor sie aufstehen konnte. „Vielleicht will ich es verstehen."

„Ich möchte ein Heim", sagte sie schlicht. „Folley ist für mich ein Heim. Ich möchte hier bleiben, nachdem die Frist abgelaufen ist."

Er hielt ihre Hand fest. „Warum sagst du mir das, Pandora?"

Gründe. Zu viele Gründe. Sie wählte den einzigen aus, den sie nennen konnte, ohne sich zu gefährden. „In zwei Monaten wird dir das Haus genauso gehören wie mir. Den Bedingungen des Testaments entsprechend ..."

Er fluchte und ließ ihre Hand los, stand auf, schob seine Hände in die Gesäßtaschen seiner Jeans und ging an das Fenster. Einen Moment, nur einen Moment lang hatte er gedacht, sie sei bereit, ihm mehr zu geben. Himmel, er hatte lange genug gewartet. Es war etwas in ihrer Stimme gewesen, etwas Sanftes und Gebendes. Aber vielleicht hatte er es sich nur eingebildet, weil er es hören wollte. Bedingungen des Testaments! Es sah ihr ähnlich, an nichts anderes zu denken.

„Was willst du?", fragte er. „Meine Erlaubnis?"

Verstört blieb Pandora am Tisch sitzen. „Ich möchte, dass du es verstehst und zustimmst."

„Fein."

„Sei nicht so kurz angebunden. Du beabsichtigst schließlich nicht, das Haus ständig zu nutzen."

„Ich habe noch keine Pläne gemacht", murmelte er. „Vielleicht wird es allmählich Zeit, es zu tun."

„Ich wollte dich nicht verärgern."

Michael drehte sich langsam um und lächelte. „Nein, bestimmt nicht. Wenn du mich bewusst ärgerst, gibt es nie einen Zweifel."

Sie stand auf und strich gedankenlos über ihren rostroten, in mehreren Lagen fallenden Rock und die schimmernde Seidenjacke in derselben Farbe mit den kleinen weißen Punkten. Michael musste seine Bewunderung unterdrücken.

Irgendetwas stimmte hier nicht, das fühlte sie, aber sie kam nicht dahinter. Also tastete sie sich voran. „Würde es dir denn so viel ausmachen, wenn ich hier lebte?"

Es überraschte ihn, als sie zu ihm kam und ihm die Hand reichte. Solche Gesten machte Pandora nicht oft und schon gar nicht beiläufig. „Nein, warum auch?"

„Das Haus wird dir zur Hälfte gehören."

„Wir können eine Linie in der Mitte ziehen."

„Das wäre unhandlich", wehrte sie ab. „Ich könnte dich auszahlen."

„Nein."

Er sagte es so heftig, dass sie die Augenbrauen verwundert hochzog. „Es war nur ein Angebot."

„Vergiss es!" Er wandte sich ab, um etwas für eine Suppe zu suchen.

Pandora beobachtete einen Moment seinen Rücken, die Anspannung seiner Muskeln. „Michael." Seufzend schlang sie ihre Arme um seine Taille. Sie fühlte, wie er sich verkrampfte, begriff aber nicht, dass er es aus Überraschung tat. „Ich scheine immer das Falsche zu sagen. Vielleicht ist es für mich leichter, wenn wir uns anfahren, als wenn ich versuche, rücksichtsvoll zu sein."

„Vielleicht ergeht es uns beiden so." Er drehte sich um und nahm ihr Gesicht in beide Hände. Einen Moment lang wirkten sie wie Freunde, wie Liebende. „Pandora ..." Konnte er ihr sagen, wie unmöglich es ihm erschien, sie zu verlassen oder sich vorzustellen, sie könne ihn verlassen? Würde sie es verstehen, dass er mit ihr leben wollte, mit ihr zusammen sein wollte? Wie sollte sie es aufnehmen, dass er sie schon seit Jahren liebte, wenn er selbst erst jetzt diese Tatsache akzeptieren konnte? Er gab ihr bloß einen Kuss auf die Stirn. „Machen wir die Suppe."

Pandora und Michael konnten nicht ohne Reibereien zusammenarbeiten, aber innerhalb der nächsten Tage fanden sie heraus, dass sie zusammenarbeiten konnten. Sie kochten, spülten und wischten Staub, während die Angestellten im Bett blieben oder eingemummelt auf dem Sofa saßen und Tee tranken.

Sicher, es gab Momente, in denen es Sweeney in den Fingern juckte, wieder an ihre Arbeit zu gehen, oder in denen Charles unter Gewissensbissen litt, aber die beiden waren überzeugt, ihre Pflicht zu tun. Und sie fühlten sich bestätigt, wenn Lachen durch das Haus hallte.

Michael war noch nie in seinem Leben so zufrieden gewesen. Er spielte tatsächlich Familie, etwas wofür er bisher weder Zeit noch Interesse aufgebracht hatte. Er schrieb oft stundenlang, in seinem Arbeitszimmer eingeschlossen und in Handlungsabläufe und Charaktere und Fantasien verstrickt. Doch dann konnte er ausbrechen, und die Wirklichkeit stellte sich als Geruchsmischung aus Essenszubereitung und Möbelpolitur dar. Er hatte ein Heim und eine Frau, und er war entschlossen, beides zu behalten.

Am späten Nachmittag machte er stets Feuer im Kamin im großen Salon. Nach dem Dinner tranken sie dort noch Kaffee, manchmal ganz ruhig, manchmal während einer heiß umkämpften Partie Rommé. Das war ein sehr durchschnittlicher Tagesablauf, wie Michael sich eingestand – sofern man Pandora außer Acht ließ.

Er zündete gerade das Feuerholz an, als Bruno in den Raum jagte und einen Tisch umstieß. Nippes flog durch die Luft.

„Wir müssen dich in eine Benimmschule schicken", erklärte Michael, während er aufstand und sich um das Chaos kümmerte. Obwohl er erst seit einem Monat hier war, hatte sich Brunos Größe verdoppelt. Zweifellos wuchs er allmählich in seine Pfoten hinein. Nachdem Michael den Tisch wieder aufgerichtet hatte, sah er den Hund schwanzwedelnd unter das Sofa kriechen. „Was hast du da?"

Zusätzlich zu seiner Größe hatte Bruno sich bereits den Ruf eines geschickten Diebes erworben. Erst am Vortag hatten sie eine ganze Reihe Schweinekoteletts eingebüßt. „Na gut, du Teufel, wenn das jetzt das Huhn für heute Abend ist, kommst du in die Garage in Einzelhaft."

Michael ließ sich auf alle viere nieder und sah unter die Couch. Es war kein Huhn, an dem der Hund nagte, sondern Michaels Schuh.

„Verdammt!" Michael packte zu, doch der Hund wich außer Reichweite zurück und kaute munter drauflos. „Dieser Schuh ist fünf Mal so viel wert wie du, du zu groß geratenes Scheusal!

Gib her!“ Michael presste sich flach auf den Boden und kroch halb unter das Sofa. Bruno zog den Schuh lediglich ein Stück zurück und freute sich über das Spiel.

„Nein, wie reizend.“ Pandora betrat den Salon und betrachtete Michael von den Hüften abwärts. Er besaß in der Tat einige hervorstechende Qualitäten. „Spielst du mit dem Hund, Michael, oder wischst du unter dem Sofa Staub?“

„Ich mache einen Bettvorleger aus ihm!“

„Nein, so was, wir klingen heute Abend aber ein wenig gereizt. Bruno, komm her, Baby!“ Den Schuh wie eine Trophäe in der Schnauze, wand Bruno sich unter der Couch hervor und tappte zu Pandora. „Hast du das hier gesucht?“ Sie hielt den Schuh hoch und kraulte Bruno mit der anderen Hand. „Wie klug von dir, Bruno das Apportieren beizubringen.“

Michael zog sich hoch und riss ihr den nassen und von Bissspuren verunstalteten Schuh aus der Hand. „Das ist schon der zweite Schuh, den er ruiniert hat. Und er hatte nicht einmal die Höflichkeit, beide von demselben Paar zu nehmen.“

Sie betrachtete die Überreste von cremefarbenem italienischem Leder. „Du trägst ohnedies immer nur Tennisschuhe oder Stiefel.“

Michael klopfte mit dem Schuh gegen seine Handfläche. Mit heraushängender Zunge grinste Bruno zu ihm auf. „Hundeschule!“

„Michael, wir können unser Kind doch nicht wegschicken.“ Pandora tätschelte seine Wange. „Das ist nur eine Phase.“

„Diese Phase hat mich zwei Paar Schuhe gekostet und mein Dinner, und wir haben den Pullover nie wiedergefunden, den er weggeschleppt hat.“

„Du solltest deine Kleider nicht einfach auf den Boden fallen lassen“, meinte Pandora leichthin. „Dieser Pullover war ohnedies schon schäbig. Bruno hat ihn sicher für einen Putzlappen gehalten.“

„Er zerreißt nie etwas von dir.“

Pandora lächelte. „Nein, tut er nicht. Reizend, nicht wahr?“

Michael betrachtete sie eingehend. „Worüber bist du eigentlich so glücklich?“

„Ich habe heute Nachmittag einen Anruf bekommen.“

Michael sah die Erregung in ihren Augen und entschied, dass die Angelegenheit mit dem Schuh warten konnte. „Und?“

„Von Jacob Morrison.“

„Dem Produzenten?“

„Dem Produzenten.“ Sie hatte sich Selbstbeherrschung auferlegt, aber sie drohte dennoch vor Freude und Stolz zu platzen. „Er macht einen neuen Film mit Jessica Wainwright in der Hauptrolle.“

Jessica Wainwright, dachte Michael, Grande Dame des Films und Theaters. Exzentrisch und brillant. Ihre Karriere erstreckte sich über zwei Generationen. „Sie hat sich zurückgezogen. Die Wainwright hat seit fünf Jahren keinen Film mehr gemacht.“

„Aber diesen macht sie. Billy Mitchell führt Regie.“

Michael neigte den Kopf auf die Seite, während er Pandora musterte. Sie erinnerte ihn an die Geschichte von der Katze und dem Kanarienvogel. „Klingt, als würden sie alle großen alten Namen ausgraben.“

„Sie spielt eine halb verrückte, zurückgezogen lebende Gräfin, die durch einen Besuch ihrer Enkelin in die Wirklichkeit zurückgeholt wird. Cass Barkley soll die Enkelin spielen.“

„Klingt oscarverdächtig. Erzählst du mir jetzt, warum Morrison dich angerufen hat?“

„Die Wainwright bewundert meine Arbeit. Sie möchte, dass ich alle ihre Juwelen für den Film entwerfe. Alle!“ Nach einem vergeblichen Versuch, berufsmäßig zu klingen, lachte Pandora auf und wirbelte rasch um ihre eigene Achse. „Morrison sagte, er habe sie nur zum Mitmachen überreden können, indem er ihr das Beste versprach. Sie will mich!“

Michael bekam Pandora zu fassen und zog sie zu sich heran. Bruno jagte bellend durch den Raum und brachte die Tische zum Schwanken. „Wir feiern“, verkündete Michael. „Mit Champagner zum Hühnchen.“

Pandora klammerte sich an ihn. „Ich komme mir wie eine Närrin vor."

„Warum?"

„Also, ich habe immer gedacht, ich würde … also … über der Anbetung von Stars stehen, ich wäre ein Profi. Während ich mit Morrison gesprochen habe, sagte ich mir, dass es eine großartige Chance für meine Karriere sei und eine wunderbare Möglichkeit, mich auszudrücken. Dann habe ich aufgelegt, und ich konnte nur noch an Jessica Wainwright denken! Eine Morrison-Produktion! Ich habe mich genauso albern gefühlt wie jeder überschäumende Fan."

„Was beweist, dass du nicht halb so ein Snob bist, wie du es selbst von dir annimmst." Michael schnitt ihre Antwort mit einem Kuss ab. „Ich bin stolz auf dich", murmelte er.

Das warf sie aus dem Gleichgewicht. Ihre ganze Freude über den Auftrag schrumpfte im Vergleich zu diesem einen Satz. Niemand außer Jolley war je stolz auf sie gewesen. Ihre Eltern liebten sie, tätschelten ihr den Kopf und sagten, sie solle machen, was sie nur wolle. Stolz war eine wertvolle Ergänzung von Zuneigung. „Wirklich?"

Überrascht zog Michael sie wieder an sich und küsste sie. „Natürlich bin ich das."

„Aber du hast nie viel von meiner Arbeit gehalten."

„Das stimmt nicht. Ich habe nie verstanden, warum Leute sich mit Spangen und Armbändern schmücken, oder warum du zufrieden warst, nur auf einem so kleinen Sektor zu arbeiten. Aber was bloß deine Arbeit angeht, bin ich nicht blind, Pandora. Manche dieser Sachen sind schön, andere sind außergewöhnlich, wieder andere unglaublich. Aber alles ist einfallsreich und sehr gekonnt gemacht."

„Also wirklich!" Sie seufzte tief auf. „Diesen Tag streiche ich im Kalender rot an. Ich war überzeugt, dass du glaubst, ich spiele mit Murmeln, weil ich einer wirklichen Arbeit ausweichen möchte. Das hast du sogar einmal ausgesprochen."

Michael grinste. „Nur um dich wütend zu machen. Du siehst sagenhaft aus, wenn du wütend bist."

Pandora dachte einen Moment darüber nach, ehe sie aufseufzte. „Ich glaube, jetzt ist der beste Zeitpunkt, um es dir zu sagen."

Er spannte sich an, zwang sich jedoch zu einem ruhigen Ton. „Um mir was zu sagen?"

„Ich sehe mir die Verleihung der Emmy Awards jedes Mal an, wenn du nominiert bist."

Seine Spannung löste sich in einem Lachen. In jedem ihrer Worte schwangen Schuldgefühle mit. „Wie bitte?"

„Jedes Mal", wiederholte Pandora und wunderte sich, wie heiß sich ihre Wangen anfühlten. „Es hat mir gut getan, wenn du gewonnen hast. Und ..." Sie musste sich räuspern. „Ich habe mir auch ein paar Folgen von ‚Logan's Run' angesehen."

Michael fragte sich, ob sie wusste, dass sie wie bei der Beichte eines schrecklichen Vergehens klang. „Warum?"

„Onkel Jolley hat immer davon geschwärmt, und ich habe sogar auf Partys davon gehört. Also wollte ich es mir selbst ansehen. Das war natürlich nur intellektuelles Interesse."

„Natürlich. Und?"

Sie zuckte die Schultern. „In seiner Art ..."

Michael unterbrach sie, indem er an ihrem Ohr zog. „Manche Leute sagen nur unter der Folter die Wahrheit."

„Ja, schon gut!" Lachend versuchte sie, sich zu befreien. „Es ist gut!", rief Pandora, als er sie festhielt. „Es hat mir gefallen."

„Warum?"

„Michael, das tut weh!"

„Wir haben Methoden, um Sie zum Sprechen zu bringen, Lady."

„Es hat mir gefallen, weil die Charaktere echt sind, und die Handlung ist intelligent. Und ..." Jetzt musste sie hart schlucken: „Es hat Stil."

Als er ihr Ohr losließ, um sie herzhaft zu küssen, schob sie ihn hartherzig von sich.

„Michael, wenn du das jemandem erzählst, streite ich es ab."

„Es wird unser kleines Geheimnis bleiben." Er küsste sie noch einmal, diesmal nicht so spielerisch.

Pandora gewöhnte sich allmählich daran, gegen Michael zu sinken und mit ihm zu verschmelzen. Als sein Herz schneller zu schlagen begann, fühlte sie ihren eigenen Puls darauf reagieren. Sie fühlte Michaels unterdrücktes Stöhnen auf ihrer Zunge. Und sie sah das Verlangen in seinen Augen.

Sie presste ihren Mund auf seine Lippen und überließ sich ihrem eigenen Hunger. Es würde Folgen haben, aber hatte Pandora sie nicht schon akzeptiert? Es würde zu Schmerz führen, aber hatte sie sich nicht schon dagegen gewappnet? Sie konnte nicht aufhalten, was vielleicht in den vor ihr liegenden Wochen geschah, aber sie konnte lenken und steuern, was in dieser Nacht und vielleicht auch morgen geschah. Das musste genügen. Alles, was sie fühlte, wollte, fürchtete, floss in diesen Kuss ein.

Um Michael herum drehte sich alles. Pandora war oft leidenschaftlich, auch wild. Sie war oft fordernd, auch unglaublich erotisch. Aber er hatte nie solch pure Emotionen von ihr gefühlt. Sanftheit lag unter der Stärke, eine Bitte unter dem Drängen. Er zog sie sanfter als gewöhnlich an sich und ließ sie nehmen, was sie wollte.

Sie neigte den Kopf einladend und lockend nach hinten. Sein Griff verstärkte sich. Seine Finger schoben sich in ihr Haar und verloren sich in dessen reicher Fülle. Das Verlangen schoss durch seinen Körper, und er spannte sich an, als Pandora so unerwartet nachgiebig war. Sie hatte sich nie unterworfen, und bis zu diesem Moment hatte Michael nicht gewusst, wie erregend es sein konnte, wenn sie es tat. Ohne über den Zeitpunkt oder den Ort nachzudenken, sanken sie auf das Sofa.

Weil sie nachgiebig war, war er zart. Weil er zart war, war sie geduldig. Auf eine bisher nie erfahrene Art liebten sie einander ohne Eile, ohne Feuersturm, ohne Wirbelwind. Sie schenkten sich gegenseitig vollkommen. Eine Berührung, ein Geschmack, ein gemurmelter Wunsch, eine geflüsterte Antwort. Das Kaminfeuer prasselte sanft, während sich vor den Fenstern die Nacht hinabsenkte. Finger und Lippen lernten die Macht langsamer Erregung kennen. Obwohl sie schon seit Wochen ein Paar waren, brachten sie zum ersten Mal Liebe zur Leidenschaft.

Der Raum war still, das Licht schwach. Auch wenn Pandora nie Romantik gesucht hatte, fand sie diese Romantik nun in Michaels Armen. Sie kamen einander näher, und es war angenehm. Sie tauchten tiefer ineinander ein, und es geschah gelassen. Als sie miteinander verschmolzen, fühlte Pandora, wie ihre scharf gezogene Trennlinie der Unabhängigkeit brach, um Michael einzulassen. Aber die erwartete Schwäche folgte nicht, sondern nur Zufriedenheit.

Sie lagen noch immer eng umschlungen und halb dösend, als das Telefon klingelte. Ärgerlich murmelnd griff Michael nach dem Telefon auf dem Tisch hinter ihm und hob ab.

„Hallo."

„Michael Donahue, bitte."

„Ja, hier ist Michael."

„Michael, hier spricht Penny."

Er rieb sich die Augen und versuchte, ein Gesicht mit dem Namen zu verbinden. Penny, die kleine Blondine aus dem Apartment neben dem seinen. Wollte Model werden. Er erinnerte sich dunkel daran, dass er ihr die Nummer auf Folley gegeben hatte, falls eine wichtige Sendung in sein Apartment geliefert wurde. „Hi!" Er beobachtete, wie sich Pandoras Lider flatternd hoben.

„Michael, ich störe Sie nur ungern, aber ich muss anrufen. Ich habe schon die Polizei verständigt. Sie ist unterwegs."

„Polizei?" Er stemmte sich halb in eine sitzende Stellung hoch. „Was ist los?"

„Bei Ihnen ist eingebrochen worden."

„Was?" Er setzte sich kerzengerade auf und stieß Pandora um ein Haar auf den Fußboden. „Wann?"

„Ich weiß es nicht. Ich bin vor ein paar Minuten nach Hause gekommen und habe bemerkt, dass Ihre Tür nicht ganz geschlossen war. Ich dachte, Sie wären vielleicht zurückgekommen. Also habe ich geklopft. Wie auch immer, ich habe die Tür dabei ein Stück aufgedrückt. Die Wohnung ist durchwühlt worden. Ich bin sofort in mein Apartment gelaufen und habe die Polizei angerufen. Sie haben mich gebeten, Kontakt mit Ihnen aufzunehmen. Und ich sollte nicht mehr in Ihr Apartment gehen."

„Danke." Dutzende Fragen schossen ihm durch den Kopf, die niemand beantworten konnte. „Ich werde versuchen, ob ich es noch heute Abend bis New York schaffe."

„Okay. Hey, Michael, es tut mir wirklich leid."

„Ja, bis später."

„Michael?" Pandora packte seine Hand, sobald er aufgelegt hatte.

„In meine Wohnung ist eingebrochen worden."

„Oh nein!" Sie hatte gewusst, dass der Friede nicht von Dauer sein konnte. „Glaubst du, es war …"

„Ich weiß es nicht." Er fuhr sich durch die Haare. „Vielleicht. Oder vielleicht war es jemand, der bemerkt hat, dass seit einer Weile niemand mehr da ist."

Sie fühlte seinen Ärger, konnte ihn aber nicht besänftigen. „Du musst hinfahren."

Er nickte und ergriff ihre Hand. „Komm mit mir."

„Michael, einer von uns muss hier bei Sweeney und Charles bleiben."

„Ich lasse dich nicht allein."

„Du musst hinfahren", wiederholte sie. „Wenn es jemand von der Familie war, findest du vielleicht einen Beweis. Auf jeden Fall musst du dich darum kümmern. Ich komme schon zurecht."

„Genau wie letztes Mal, als ich nicht hier war."

Pandora zog eine Augenbraue hoch. „Ich bin nicht unfähig, Michael."

„Aber du wirst allein sein."

„Ich habe Bruno. Sieh mich nicht so an", verlangte sie. „Er ist vielleicht nicht gerade wild, aber er kann sehr gut bellen. Ich werde alle Fenster und Türen verschließen."

Er schüttelte den Kopf. „Reicht nicht."

„Also gut, wir rufen die örtliche Polizei an. Sie hat von Fitzhugh einen Bericht über die Zwischenfälle erhalten. Wir erklären, dass ich über Nacht allein sein werde, und bitten darum, dass sie ein Auge auf das Haus werfen."

„Schon besser." Dennoch stand Michael auf und ging unruhig auf und ab. „Wenn das eine Falle ist …"

„Dann sind wir diesmal darauf vorbereitet."

Er zögerte, dachte es noch einmal durch und nickte. „Ich rufe die Polizei an."

10. Kapitel

Pandora legte hinter Michael den schweren Riegel vor die Vordertür. Gemeinsam hatten sie alle Türen und Fenster überprüft. Pandora war sicher in dem Haus eingeschlossen.

Um sich zu beschäftigen, ging sie in die Küche. Das Huhn hatten sie gemeinsam zubereiten wollen. Nun musste sie es allein versuchen und holte dafür eines von Sweeneys Kochbüchern hervor, während Barbara Streisand im Radio einen Broadway-Song trällerte.

Pandora hatte schon zwei Arbeitsflächen vollgeräumt, und ihre Hände waren dick bemehlt, als das Telefon klingelte. Sie benutzte ein Trockentuch, um den Hörer von dem Apparat in der Küche zu nehmen.

„Hallo."

„Pandora McVie?"

„Ja."

„Hören Sie gut zu."

„Können Sie lauter sprechen?", rief sie. „Ich kann Sie nicht sehr gut hören."

„Ich muss Sie warnen, und es ist nur wenig Zeit. Sie sind in Gefahr. Sie sind nicht sicher in diesem Haus, nicht allein."

Das Kochbuch entglitt ihren Händen und fiel auf den Fußboden. „Was? Wer spricht da?"

„Hören Sie nur zu! Sie sind allein, weil das so arrangiert wurde. Heute Nacht wird jemand versuchen, bei Ihnen einzubrechen."

„Wer?" Sie entdeckte in der Stimme keine Bösartigkeit, nur Nervosität. Sie war fast sicher, dass ein Mann am Telefon war, was aber bei dem heiseren Flüstern schwer herauszuhören war. „Wenn Sie versuchen, mir Angst einzujagen …"

„Ich will Sie warnen. Als ich herausfand …" Die Stimme zögerte. „Sie hätten den Champagner nicht schicken sollen. Ich mag nicht, was vor sich geht, aber ich werde es nicht aufhalten. Niemandem sollte etwas passieren, verstehen Sie? Aber ich habe Angst davor, was als Nächstes passieren könnte."

Pandora fühlte Furcht in sich aufsteigen. Außerhalb der Küchenfenster war es pechschwarz. Sie war allein in dem Haus mit zwei alten, kranken Angestellten. „Sagen Sie mir, wer Sie sind! Helfen Sie mir, dieser Sache ein Ende zu machen!"

„Ich riskiere schon alles mit dieser Warnung. Sie verstehen mich nicht. Verschwinden Sie bloß aus diesem Haus!"

Das ist ein Trick, sagte Pandora sich, ein Trick, damit ich das Haus verlasse. Sie straffte ihre Schultern, aber ihr Blick glitt von einem Fenster zum anderen. „Ich verlasse das Haus nicht. Wenn Sie helfen wollen, sagen Sie mir, vor wem ich mich fürchten sollte."

„Verschwinden Sie bloß", wiederholte die Stimme, bevor die Leitung tot war.

Pandora hielt den stummen Hörer noch eine Weile in der Hand. Das Öl in der Pfanne hatte zu brutzeln begonnen, das Radio gab Broadway-Musik von sich. Pandora beobachtete die Fenster, lauschte und legte auf. Es ist ein Trick, sagte sie sich. Sie wollte sich nicht von einer bebenden Stimme verscheuchen lassen.

Außerdem hatte Michael schon die Polizei gerufen. Beim ersten Anzeichen von Ärger brauchte sie nur zum Telefon zu greifen.

Ihre Hände waren nicht ganz ruhig, als sie sich wieder mit Feuereifer auf das Kochen stürzte. Sie fand, dass ein kleines Glas Wein zur Arbeit eine ausgezeichnete Idee war. Sie schenkte sich gerade ein, als Bruno in die Küche raste und um ihre Beine tänzelte.

„Bruno." Pandora kauerte sich hin und drückte den Hund an sich. Er fühlte sich warm und fest an. „Bin ich froh, dass du hier bist", murmelte sie. Und einen Moment lang erlaubte sie sich, Michael verzweifelt herbeizusehnen.

Bruno leckte ihr Gesicht, machte ein paar tapsige Sprünge zu dem Küchenschrank und jagte dann zur Tür, sprang dagegen und bellte.

„Jetzt?", fragte Pandora. „Vermutlich kannst du nicht bis zum Morgen warten."

Bruno jagte zu Pandora zurück, umkreiste sie und jagte wieder zur Tür. Nach dem dritten Mal gab sie nach. Der Anruf war nur ein Trick, noch dazu ein plumper. Außerdem könnte es nicht schaden, sich draußen umzusehen.

Sobald sie die Tür öffnete, stürzte Bruno hinaus und purzelte in den Schnee. Er schnüffelte eifrig herum, während Pandora frierend in der offenen Tür stand und ihre Augen anstrengte, um in der Dunkelheit etwas zu erkennen. Musik und Kochgerüche drangen ins Freie.

Da war nichts. Sie schlang die Arme gegen die Kälte um sich und stellte fest, dass sie auch gar nichts erwartet hatte. Es schneite nicht mehr. Die Sterne schienen hell. In den Wäldern war es still. Es war eine ganz normale Nacht auf dem Land. Pandora sog tief die Winterluft ein und wollte den Hund zurückrufen, als sie beide gleichzeitig die Bewegung am Waldrand sahen.

Nur schattenhaft löste sich eine menschliche Gestalt von den Bäumen. Ehe Pandora reagieren konnte, begann Bruno zu bellen und durch den Schnee zu jagen.

„Nein, Bruno! Komm zurück!" Ohne nachzudenken, griff Pandora nach einem alten Mantel, der neben der Tür hing, und warf ihn sich über. Dann packte sie aber doch eine schwere gusseiserne Stielpfanne, bevor sie ihrem Hund nachlief. „Bruno!"

Er verfolgte bereits am Waldrand die Spur. Pandora hastete hinter ihm her. Wer immer das Haus beobachtet hatte, war bei dem Anblick des tapsigen, überdimensionalen Welpen davongelaufen. Vor einem Feigling hatte Pandora keine Angst. Mit genauso viel Begeisterung wie Bruno sprintete Pandora in den Wald. Sie war außer Atem, als sie stehen blieb, um sich umzusehen und zu lauschen. Einen Moment geschah gar nichts, dann hörte sie zu ihrer Rechten wildes Bellen und das Geräusch von Schlägen.

„Bruno, fass!", schrie sie und rannte in die Richtung, aus der das Chaos kam. Schnee fiel von den Zweigen und glitt kalt und nass über ihren Nacken. Das Bellen wurde wilder, und in ihrer Eile stürzte Pandora über einen gefällten Baum. Sie spuckte Schnee und richtete sich fluchend auf die Knie auf. Bruno jagte aus dem Wald, rannte sie um und blieb über ihr stehen.

„Doch nicht mich!" Auf dem Rücken liegend, stemmte sich Pandora gegen den Hund. „Verdammt, Bruno, wenn du nicht …" Sie brach ab, als der Hund sich knurrend duckte. Pandora blickte auf und sah den Schatten zwischen den Bäumen auftauchen. Sie vergaß, dass sie zu stolz war, um sich vor einem Feigling zu fürchten.

Trotz ihrer von der Kälte tauben Hände packte sie die Pfanne am Stiel, richtete sich auf und schob sich an den nächsten Baum heran. Sie bemühte sich, lautlos zu atmen, und bereitete sich auf den Angriff vor. Verwandter oder Fremder, sie würde sich verteidigen, auch wenn ihre Knie zitterten. Bruno spannte sich und schnellte vorwärts. Im selben Moment hob Pandora die Pfanne hoch.

„Was, zum Teufel, ist hier los?"

„Michael!" Die Pfanne landete mit einem Platsch im Schnee, als Pandora Brunos Beispiel folgte und vorwärts schnellte. Vor Erleichterung außer sich, bedeckte sie Michaels Gesicht mit Küssen. „Oh, Michael, ich bin ja so froh, dass du das bist!"

„Ja, und wie froh du ausgesehen hast, als du mit dieser Pfanne zum Schlag ausgeholt hast. Ist dir das Haarspray ausgegangen?"

„Ich hatte gerade die Pfanne zur Hand." Abrupt zog sie sich zurück und blitzte ihn an. „Verdammt, Michael, du hast mich zu Tode erschreckt. Du solltest schon auf halbem Weg nach New York sein und nicht hier durch die Wälder schleichen."

„Und du solltest im Haus eingeschlossen sein."

„Das wäre ich auch, hättest du dich nicht durch die Wälder geschlichen. Warum?"

Lässig wischte er ihr den Schnee vom Gesicht. „Ich war schon zehn Meilen gefahren, aber ich wurde dieses schlechte Gefühl nicht los. Es war mir alles irgendwie zu glatt. Also habe ich an einer Tankstelle angehalten und meine Nachbarin angerufen."

„Und was ist mit deinem Apartment?"

„Ich habe mit der Polizei gesprochen und eine Liste der wertvollen Sachen durchgegeben. In ein oder zwei Tagen fahren wir beide nach New York." Er durfte nicht daran denken, was hätte passieren können, sonst hätte er Pandora geschüttelt. „Ich konnte dich nicht allein lassen."

„Allmählich beginne ich, an deine Ritterlichkeit zu glauben." Sie küsste ihn. „Das erklärt, warum du nicht in New York bist. Aber was hast du im Wald gemacht?"

„Nur so eine Ahnung." Er bückte sich, hob die Pfanne auf. Ein Schlag damit, und er wäre bis neun zu Boden gegangen und ausgezählt worden.

„Wenn du das nächste Mal eine Ahnung hast, steh nicht am Waldrand herum und starre zum Haus."

„Das habe ich nicht getan." Michael ergriff ihren Arm und ging zum Haus zurück. Er wollte Pandora hinter verschlossenen Türen haben.

„Ich habe dich gesehen."

„Ich weiß nicht, wen du gesehen hast." Ärgerlich blickte Michael auf den Hund hinunter. „Aber wenn du den Hund nicht ins Freie gelassen hättest, wüssten wir es jetzt beide. Ich wollte mich erst einmal draußen umsehen, ehe ich ins Haus kam, und ich fand Fußspuren. Ich bin ihnen gefolgt." Noch immer angespannt warf er einen Blick über die Schulter zurück. „Ich habe mich an die Person, wer immer es auch war, herangeschlichen, als Bruno seinen Angriff startete. Ich fing an, hinterherzujagen." Er fluchte und klopfte mit der Hand gegen die

Bratpfanne. „Ich habe ihn fast eingeholt, als mir dieser Köter zwischen die Beine lief und ich mit dem Gesicht voran im Schnee landete. Im gleichen Augenblick hast du dem Hund etwas zugerufen. Nun, der Unbekannte hatte genug Zeit zu verschwinden."

Pandora murmelte eine Verwünschung und versetzte dem Schnee einen Tritt. „Hättest du mich verständigt, hätten wir zusammenarbeiten können."

„Ich wusste ja nicht, was hier vor sich ging, bevor es passiert war. Jedenfalls solltest du hinter verschlossenen Türen im Haus sein."

„Der Hund musste ins Freie", murmelte Pandora. „Und dann war da noch dieser Anruf. Jemand warnte mich."

„Wer?"

„Ich weiß es nicht. Könnte die Stimme eines Mannes gewesen sein – aber ich bin nicht sicher."

Michaels Griff an ihrem Arm verstärkte sich. „Hat dieser Mann dich bedroht?"

„Nein, nein, es war nicht wie eine Drohung. Wer immer das war, er wusste über alles Bescheid und war darüber nicht gerade glücklich. So viel war klar. Er ... oder sie sagte, jemand werde versuchen, auf Folley einzubrechen, und ich solle verschwinden."

„Und daraufhin bist du mit einer Bratpfanne in den Wald gelaufen. Pandora!" Diesmal schüttelte er sie. „Warum hast du nicht die Polizei angerufen?"

„Weil ich es wieder für einen Trick gehalten habe, und das machte mich wütend." Sie sah Michael trotzig an. „Ja, zuerst hatte ich Angst, aber dann hat es mich einfach geärgert. Ich mag Einschüchterung nicht. Als ich jemanden am Waldrand sah, wollte ich einfach zurückschlagen."

„Bewundernswert", sagte er und hielt sie an den Schultern fest. „Unbeschreiblich dumm."

„Du hast das Gleiche getan."

„Das war nicht das Gleiche. Du hast Verstand, du hast Stil,

und ich gestehe dir sogar Mut zu. Aber, Cousine, du bist kein Schwergewicht. Wenn du nun mit dieser Person im Wald zusammengestoßen wärst und der Betreffende grob geworden wäre?"

„Ich kann auch grob werden", murmelte Pandora.

„Sehr schön." Mit einer schnellen Bewegung hakte er einen Fuß hinter ihre Füße und schickte sie, Po voran, in den Schnee. Sie hatte nicht einmal die Chance, sich zu beschweren, als er schon über ihr stand und die Bratpfanne schwang. Bruno hielt das für ein wunderbares Spiel und sprang auf Pandora hinauf. „Ich wäre vielleicht morgen zurückgekommen und hätte dich halb im Schnee vergraben gefunden", rief Michael. Ehe sie etwas sagen konnte, zog er sie wieder auf die Füße. „Das riskiere ich nicht."

„Du hast mich lediglich überrascht", erklärte sie.

„Halt den Mund!" Er packte sie wieder an den Schultern, und diesmal war sein Griff nicht sanft. „Du bist für mich zu wichtig, Pandora. Ich gehe kein Risiko mehr ein. Wir rufen jetzt die Polizei. Und wir werden ihnen alles erzählen."

„Und was können sie schon machen?"

„Das werden wir erfahren."

Sie seufzte tief auf und lehnte sich gegen Michael. Die Jagd mochte aufregend gewesen sein, aber ihre Knie mussten doch irgendwann zu zittern aufhören. „Okay, vielleicht hast du recht. Wir sind über den Anfang noch nicht herausgekommen."

„Wenn wir die Polizei rufen, geben wir ja nicht auf. Wir ändern nur die Taktik. Wäre ich heute Nacht nicht zurückgekommen, Pandora, und hätte der Hund niemanden verscheucht, wärst du allein gewesen." Er ergriff ihre Hände, drückte sie an seine Lippen und wärmte sie. „Ich lasse nicht zu, dass dir etwas zustößt."

Von der Freude, die seine Worte in ihr auslösten, verwirrt, versuchte sie, ihm ihre Hände zu entziehen. „Ich kann auf mich selbst aufpassen, Michael."

Er lächelte, ließ sie jedoch nicht los. „Vielleicht, aber du wirst keine Gelegenheit mehr haben, das zu beweisen. Gehen wir zurück. Ich bin hungrig."

„Typisch", meinte sie, um die Stimmung zu entkrampfen. „Du denkst nur an deinen Magen und … Oh, Himmel! Das Huhn!" Pandora riss sich los und jagte in weiten Sätzen auf das Haus zu.

„So hungrig bin ich auch wieder nicht!", rief er, holte sie ein, hielt sie fest und hob sie auf seine Arme. „Es gibt sogar wichtigere und dringendere Bedürfnisse als Essen."

„Michael!" Sie wehrte sich lachend. „Wenn du mich nicht herunterlässt, gibt es bald keine Küche mehr, in der wir essen können."

„Dann essen wir woanders."

„Ich habe die Pfanne auf der Herdplatte vergessen. Vielleicht ist von dem Huhn nichts mehr übrig als verkohlte Knochen."

„Es gibt immer noch Suppe." Damit stieß er die Küchentür auf.

Anstelle verkohlter Überreste fanden Pandora und Michael einen Teller voll mit knusprig gebräunten Hühnchenteilen vor. Sweeney hatte schon alles aufgeräumt und die schmutzigen Pfannen in der Spüle eingeweicht.

„Sweeney." Von Michaels Armen aus überblickte Pandora die Küche. „Wieso sind Sie nicht im Bett? Was machen Sie hier?"

„Meine Arbeit", antwortete Sweeney knapp, warf ihnen aber einen langen Blick aus den Augenwinkeln zu. Soweit es sie anging, funktionierte ihr Plan ausgezeichnet. Sie glaubte, dass Pandora und Michael frische Luft hatten schnappen wollen, während das Essen auf dem Herd stand, und dass sie – typisch junge Leute – die Zeit vergessen hatten.

„Sie sollten im Bett sein", erinnerte Pandora sie.

„Quatsch! Ich war lange genug im Bett." Die Tage der Untätigkeit waren grässlich gewesen, sie hatte es im Bett kaum noch ausgehalten. Ihre Strategie hatte sich allerdings gelohnt, wenn sie Pandora in Michaels Armen sah. „Ich fühle mich frisch wie ein Fisch im Wasser. Waschen Sie sich die Hände für das Abendessen!“

Michael und Pandora betrachteten sie kritisch. Sweeneys Wangen waren rosig und rundlich, ihre Augen hell. Sie eilte genau wie früher geschäftig in der Küche umher.

„Wir wollen aber, dass Sie es noch ruhig angehen“, erklärte Michael. „Keine schweren Arbeiten.“

„Das stimmt. Michael und ich werden spülen.“ Pandora sah, wie er ein wenig die Stirn runzelte, und tätschelte ihm die Schulter. „Wir machen das gern.“

Michael und Pandora bestanden darauf, dass sie alle vier in der Küche aßen. Charles, der neben Sweeney saß, war nicht sicher, wie heftig und wie oft er husten sollte. Er entschied sich für einen Mittelweg und räusperte sich von Zeit zu Zeit.

Ohne sich abzusprechen, behielten Pandora und Michael die Geschichte von den Anschlägen für sich. Beide fanden, dass es für die alten Leute zu aufregend wäre und ihrer Erholung schaden könnte.

Es war schon fast neun Uhr, als Pandora die beiden endlich wieder zu Bett gebracht und aufgeräumt hatte und zu Michael in den Wohnraum kam.

„Erledigt?“

Sie nickte und schenkte sich einen Brandy ein. „Es war ein wenig wie Kinder ins Bett schicken, aber ich habe einen Film mit Cary Grant im Fernsehen gefunden, der sie interessiert. Am liebsten würde ich ihn mir selbst ansehen.“

„Ein anderes Mal.“ Michael nahm einen Schluck aus ihrem Schwenker. „Ich habe die Polizei angerufen. Sie werden bald hier sein.“

„Es stört mich noch immer, dass wir Außenstehende hineinziehen. Dein Logan erledigt auch immer alles selbst“, setzte sie lächelnd hinzu.

„Irgendjemand hat mir doch irgendwann einmal gesagt, dass das alles nur Fantasien sind.“ Er schenkte sich ebenfalls einen

Brandy ein und trank ihr zu. „Ich bin dahintergekommen, dass ich dich nicht gern mitten in einer Drehbuchhandlung wiederfinden würde. Der Ausgang könnte nämlich ziemlich gefährlich sein."

Pandora ging über seine Erklärung mit einem Achselzucken hinweg. „Du scheinst Beschützerinstinkte für weibliche Wesen zu entwickeln, Michael. Das sieht dir nicht ähnlich."

„Vielleicht nicht, aber es ist etwas anderes, wenn dieses weibliche Wesen mir gehört."

Pandora drehte sich mit hochgezogenen Augenbrauen zu ihm um. Es war lächerlich, bei einer so dummen und besitzergreifenden Bezeichnung Freude zu empfinden.

„Dir gehört?"

„Mir." Er legte die Hand in ihren Nacken. „Bereitet dir das Schwierigkeiten?"

Das Herz hämmerte ihr bis zum Hals herauf, bis sie endlich schlucken konnte. Vielleicht meinte er es ehrlich ... jetzt. In ein paar Monaten kehrte er in seine eigene Welt zu seinen eigenen Leuten zurück, und dann würde sie nur noch seine etwas ärgerliche Cousine sein. Aber jetzt – nur jetzt – meinte er es vielleicht so. „Ich bin mir nicht sicher."

„Denk darüber nach", riet er ihr, bevor er seine Lippen auf ihren Mund senkte. „Wir kommen noch darauf zurück."

Er ließ sie verwirrt zurück und ging an die Tür, als es klingelte.

Als Michael mit einem kleinen, rundlichen, kahlköpfigen Mann wiederkam, saß sie gelassen in einem Lehnstuhl neben dem Kamin. „Lieutenant Randall, Pandora McVie."

Sie bot dem Lieutenant Kaffee an, was er dankend annahm.

„Mr. Donahue hat mich informiert", erklärte der Lieutenant, als sie zurückkam. „Es gab wohl ein paar Belästigungen."

Pandora lächelte über den Ausdruck. „Einige."

„Ich möchte Sie nicht belehren." Er sah sie beide ernst an. „Aber Sie hätten die Polizei nach dem ersten Vorfall verständigen sollen."

„Wir hofften, durch Ignorieren eine Wiederholung zu verhindern." Pandora griff nach ihrer Kaffeetasse. „Wir haben uns getäuscht."

„Ich muss den Champagner mitnehmen." Wieder sah der Lieutenant sie beide missbilligend an. „Obwohl Sie ihn schon haben analysieren lassen, wollen wir ihn doch in unserem eigenen Labor untersuchen."

„Ich hole die Flasche." Michael stand auf und ließ sie beide allein.

„Miss McVie, stimmen Sie Mr. Donahue zu, dass diese Vorfälle zusammenhängen und dass einer Ihrer Verwandten dafür verantwortlich ist?"

„Absolut."

„Haben Sie Grund für einen bestimmten Verdacht?"

Pandora dachte noch einmal darüber nach. „Nein. Sehen Sie, wir halten als Familie nicht eng zusammen. Die Wahrheit ist, dass ich niemanden von der Familie genauer kenne."

„Ausgenommen Mr. Donahue."

„Das stimmt. Michael und ich haben oft unseren Onkel besucht und uns bei der Gelegenheit hier auf Folley getroffen. Keiner der anderen kam oft hierher."

„Der Champagner, Lieutenant." Michael brachte die Flasche herein. „Und der Bericht der Sanfield Laboratories."

Randall überflog den Auszug und schob das Blatt in den Karton, in dem die Flasche steckte. „Fitzhugh, der Anwalt Ihres Onkels, hat schon vor Wochen Zwischenfälle gemeldet. Danach haben wir die Gegend durch einen Streifenwagen überwachen lassen. Jetzt haben Sie bestimmt nichts dagegen, dass einer unserer Männer einmal am Tag das Gelände inspiziert."

„Das wäre mir sogar sehr recht", stimmte Michael zu.

Randall sah sich um. „Haben Sie nie an eine Alarmanlage gedacht?"

„Nein."

„Überlegen Sie sich das noch einmal", riet der Lieutenant, stand auf und verabschiedete sich.

„Wir sind soeben gescholten worden", murmelte Pandora.

Michael überlegte, ob er in ‚Logan's Run' noch einen grantigen Polizisten unterbringen könnte. „Sieht so aus."

„Weißt du, Michael, ich habe über die Einschaltung der Polizei in unsere Angelegenheit zwei Theorien."

„Welche?"

„Entweder wir beschwichtigen die Dinge damit oder wir wühlen sie auf."

„Darauf kannst du Wetten abschließen."

„Du rechnest mit dem Aufwühlen."

„Ich war heute Abend der Auflösung schon so nahe." Er ließ den Kaffee stehen und goss sich einen weiteren Brandy ein. „Ich hatte sie fast schon zwischen den Fingern." Er blickte plötzlich rücksichtslos drein. „Ich kämpfe lieber auf offenem Gelände von Angesicht zu Angesicht."

„Wir sollten die Sache wie ein Schachspiel und nicht wie ein Boxmatch betrachten."

Sie kam zu ihm, um ihm die Arme um die Schultern zu legen und ihre Wange an seinen Nacken zu pressen. Es war eine Geste, die ihn immer wieder von Neuem überraschte. Als er seinen Kopf gegen ihr Haar lehnte, fragte er sich, wann er aufgehört hatte, daran zu denken, dass Pandora nicht seinem schon lange bestehenden Bild der idealen Frau entsprach. Ihr Haar war zu rot, ihr Körper zu schlank, ihre Zunge zu scharf. Michael schmiegte sich an Pandora und fand, dass sie beide sehr gut zusammenpassten.

„Ich hatte nie genug Geduld für Schach."

„Dann überlassen wir die Sache einfach der Polizei." Sie hielt ihn fester. Der Wunsch, zu beschützen, wuchs genauso schnell wie der Wunsch, beschützt zu werden. „Ich habe darüber nachgedacht, was heute Abend da draußen hätte passieren können. Ich will nicht, dass dir etwas zustößt, Michael."

Er legte zwei Finger unter ihr Kinn und hob ihren Kopf an. „Warum nicht?"

„Weil …" Sie blickte in seine Augen und fühlte ihr Herz

schmelzen. Aber sie war kein Narr. Sie würde ihren Stolz nicht aufs Spiel setzen. „Weil ich dann das Geschirr allein spülen müsste."

Er lächelte. Nein, er hatte nicht besonders viel Geduld, aber er konnte welche aufbringen, wenn es die Umstände erforderten. Er hauchte einen Kuss auf ihre Lippen. Früher oder später würde er mehr aus ihr herausbekommen. Und dann musste er entscheiden, was er damit machen wollte. „Gibt es noch einen Grund?"

Pandora suchte nach einer weiteren harmlosen Antwort. „Wenn du verletzt wirst, kannst du nicht arbeiten, und ich muss mich mit deiner schlechten Laune herumschlagen."

„Ich dachte, das tust du schon."

„Ich habe bereits Schlimmeres erlebt."

Er küsste ihre Augenlider in seiner trägen, sinnlichen Art, bis sie sich schlossen. „Versuch es noch einmal."

„Gern." Sie öffnete die Augen und betrachtete ihn mit einem angespannten und abwehrenden Blick. „Schafft dir das Probleme?"

„Nein." Sein Kuss war diesmal nicht sanft und geduldig. Innerhalb weniger Momente hatte er Pandora so weit, dass sie nachgiebig wurde. „Das einzige Problem war, dir dieses Geständnis zu entlocken."

„Immerhin sind wir miteinander verwandt und ..."

Lachend knabberte er an ihrem Ohrläppchen. „Versuche nicht auszuweichen."

Entrüstet stemmte sie sich gegen ihn. „Ich weiche nie aus."

„Es sei denn, du kannst es mit Vernunft erklären. Denk immer daran." Michael brachte sie erneut dazu, sich an ihn zu schmiegen. „Die verwandtschaftliche Verbindung ist sehr entfernt." Ihre Lippen trafen sich in einem heftigen, drängenden Kuss, lösten sich dann wieder voneinander. „Diese Verbindung ist es nicht."

„Ich weiß nicht, was du von mir willst", wisperte sie.

„Du bist doch sonst so schnell."

„Mach keine Scherze, Michael."

„Das ist kein Scherz." Er schob sie von sich und hielt sie an den Schultern fest. „Nein, Pandora, ich werde es dir nicht auseinanderklauben. Ich werde es dir nicht leicht machen. Du musst bereit sein zuzugeben, dass wir beide dasselbe wollen. Und du wirst bereit sein."

„Wie arrogant", warnte sie.

„Zuversichtlich", verbesserte er sie. Das musste er schon sein, sonst würde er bettelnd vor ihr auf den Knien liegen. Irgendwann wird der Zeitpunkt kommen, schwor er sich, an dem sie den letzten Rest von Zurückhaltung aufgibt. „Ich will dich."

Ein Schauder lief über ihr Rückgrat. „Ich weiß."

„Ja." Er verschränkte seine Finger mit den ihren. „Das weißt du."

11. Kapitel

Der Winter tobte sich im Februar aus. Es kam so weit, dass Pandora sich den Weg vom Haus zu ihrer Werkstatt freischaufeln musste. Sie war dankbar für die körperliche Arbeit. Der Winter war eine lange und ruhige Zeit, in der man zu viel nachdenken konnte.

Indem sie diese Zeit ausnutzte, kam Pandora zu einigen unbequemen Einsichten. Ihr Leben, wie sie es bisher gekannt und geführt hatte, würde nie wieder dasselbe sein. Was ihre Kunst betraf, so fühlte sie, dass die Monate voll konzentrierter Anstrengung mit einzelnen aufregenden Momenten ihre Fähigkeiten sogar noch gesteigert hatten. In Wahrheit benutzte sie ihre Arbeit oft, um sich von den Dingen abzulenken, die mit ihr und um sie herum geschahen. Und wenn das nicht klappte, benutzte sie die Dinge, die mit ihr und um sie herum geschahen, in ihrer Arbeit.

Die plötzliche ungeschminkte Erkenntnis, dass ihre Gesundheit und sogar ihr Leben gefährdet gewesen waren, ließ sie einen Schritt von ihrem gewohnten praktischen Standpunkt abrücken. Sie lernte dadurch, Kleinigkeiten zu schätzen, die sie bisher als gegeben hingenommen hatte: das Erwachen in einem warmen Bett, den fallenden Schnee, das knisternde Kaminfeuer. Sie lernte, dass jeder Augenblick im Leben wichtig war.

Sie überlegte schon, ob sie für einen Tag nach New York fahren und einpacken sollte, was für sie wichtig war. Mit dem Packen würde sie gleichzeitig Entscheidungen treffen. Was sie behielt und was nicht, würde in gewisser Weise reflektieren, welche Veränderungen sie für sich selbst akzeptiert hatte.

Die Mietverträge für ihr Apartment und für ihre Werkstatt

über der Boutique standen zur Erneuerung an. Pandora wollte beide auslaufen lassen. Sie zog die Gesellschaft der alten Diener ihres Onkels und die Verantwortung für die beiden dem Alleinleben vor. Obwohl sie früher fest entschlossen gewesen war, nur für sich selbst und ihre Kunst verantwortlich zu sein, traf Pandora ihre Wahl ohne Zögern. Obwohl sie in der Stadt gelebt hatte, hatte sie sich inmitten des hektischen Lebens und der Menschenmengen isoliert. Damit sollte Schluss sein.

Mit all dem war Michael verwoben.

In wenigen Wochen würde ihre Gemeinsamkeit enden. Der lange, miteinander verbrachte Winter würde zu einer Erinnerung werden, an die man in späteren Wintern denken konnte. Während sie sich auf ein neues und verändertes Leben vorbereitete, schwor sich Pandora, nichts zu bereuen. Aber sie konnte nicht verhindern, dass sich Wünsche in ihr regten.

Die Polizei war gekommen, und mit ihrer Ankunft waren noch mehr Fragen aufgetaucht. Alles in Pandoras Werkstatt musste nach Einbruch der Dunkelheit gut unter Verschluss gehalten werden. Und es gab keine einsamen Waldspaziergänge mehr. Es war zu einem abendlichen Ritual geworden, durch Folley zu gehen und Türen und Fenster zu kontrollieren, um die sich früher niemand gekümmert hatte. Oft sah Pandora auf ihrem Weg von der Werkstatt zum Haus Michael an seinem Fenster stehen und sie beobachten. Es hätte bei ihr sanfte, angenehme Gefühle erzeugen sollen, aber sie wusste, dass er darauf wartete, dass etwas geschah. Sie wusste auch, dass er wollte, dass etwas geschah. Die Untätigkeit bedrückte ihn.

Sie begriffen beide, wie gut es war, dass das Grundstück überwacht wurde, aber sie empfanden es gleichzeitig als Einmischung in ihre Privatsphäre.

Die Ermittlungen der Polizei hatten kein befriedigendes Ergebnis gebracht. Jeder ihrer Verwandten hatte ein Alibi für einen oder mehrere Zwischenfälle. Die Untersuchung hatte zwiespältige Auswirkungen. Seit die Polizei eingeschaltet worden war, hatte sich nichts mehr ereignet. Es hatte keine anonymen Anrufe, Schatten im Wald oder fingierte Telegramme gegeben. Andererseits waren, wie Pandora ebenfalls vorausgesagt hatte, die Dinge aufgerührt worden. Sie hatte einen wütenden Anruf von Carlson erhalten, der behauptete, sie wollten durch die Ermittlungen seine Anfechtungsklage unterminieren.

Gleich darauf war ein ziemlich wirrer Brief von Ginger gekommen, in dem sie sich in die Idee verrannte, auf Folley spuke es. Michael hatte am Telefon ein zweiminütiges Gespräch mit Morgan, der etwas von Familienangelegenheiten, Überreaktion und Gewäsch von sich gab.

Biff hatte in seinem üblichen Stil ein kurzes Telegramm geschickt:

Räuber und Gendarm? Was spielt ihr zwei miteinander?

Von Frank hörten sie nichts.

Das Polizeilabor bestätigte die erste Untersuchung des Champagners. Lieutenant Randall führte die Ermittlung in seiner genauen, ruhigen Art weiter. Und Michael und Pandora waren genau dort, wo sie schon vor Wochen gewesen waren: Sie warteten.

Michael wusste nicht, wie Pandora das alles aushielt. Während er den schmalen Weg, den sie ausgeschaufelt hatte, entlangging, fragte er sich, wie sie so ruhig bleiben konnte, während ihn das Ganze rasend machte. Bereits nach wenigen Tagen untätigen Abwartens hatte er erkannt, dass es schlimmer war, wenn gar nichts geschah. Darauf zu warten, dass ein anderer den nächsten Schritt tat, war die nervenzermürbendste Art der Folter. Bevor er Pandora nicht in Sicherheit wusste, konnte er sich nicht entspannen. Bevor er seine Hände nicht jemandem um den Hals legen konnte, würde er nicht zufrieden sein. Er war in Untätigkeit wie in einer Falle gefangen. Vor Pandoras Werkstatt blieb er stehen und blickte sich um.

Das Haus wirkte groß und märchenhaft mit den tropfenden Eiszapfen, die von Dachrinnen, Abflussrohren und Fensterläden hingen. Es gehörte in ein stimmungsvolles, geheimnisvolles Gruselbuch. Ein Märchen von der grimmigen Art. Vielleicht würde er eines Tages selbst eine Geschichte um dieses Haus spinnen, aber im Moment war es einfach sein Heim.

Die Hände in die Taschen geschoben, beobachtete er den aus den Kaminen aufsteigenden Rauch. Das Haus mochte albern sein, aber er hatte es stets geliebt. Je länger er darin lebte, desto sicherer wurde er, dass es so vorbestimmt war. Er hatte nicht die geringste Ahnung, wie Pandora seine Entscheidung aufnehmen würde, nach Ablauf der Frist hierzubleiben.

Das letzte Skript für diese Saison war fertig. Nur noch diese Folge sollte gedreht werden, bevor die Show in die Sommerpause ging. Er könnte, wie er das schon öfter getan hatte, Anfang des Frühlings ein paar Wochen an einem heißen, lauten Strand verbringen. Er könnte angeln, sich entspannen und seine Freude daran haben, Frauen in winzigen Bikinis zu beobachten. Michael wusste, dass er in diesem Jahr nicht wegfahren würde.

In den letzten Tagen hatte er mit dem Gedanken gespielt, das Drehbuch für einen Spielfilm zu schreiben. Er hatte schon früher daran gedacht, aber es war immer etwas dazwischengekommen. Er wusste, dass er das Drehbuch hier schreiben könnte. Er könnte es perfekt ausarbeiten, während Pandora in seiner Nähe ihre Kunst ausübte und seine Arbeit kritisierte, sodass es ihn nur bestärken würde, es noch besser zu machen. Aber er wartete noch, wartete darauf, dass etwas geschah, wartete darauf, dass er herausfand, wer sie beide einschüchtern und vertreiben wollte. Und am meisten wartete er auf Pandora. Solange sie ihm nicht freiwillig ihr volles Vertrauen und ihr Herz schenkte, musste er warten.

Seine Hände ballten sich zu Fäusten und öffneten sich wieder. Er wollte und musste jetzt endlich handeln.

Michael versuchte, die Tür zu öffnen und war zufrieden, dass Pandora sie vereinbarungsgemäß verschlossen hielt.

„Pandora?" Sie öffnete, einen Bohrer in ihrer Hand. Nach einem Blick in ihr erhitztes Gesicht und auf ihr zerzaustes Haar hob Michael die Arme. „Ich bin unbewaffnet."

„Und ich bin beschäftigt." Aber ihre Lippen lächelten andeutungsweise, und in ihren Augen leuchtete Freude.

„Ich weiß, dass ich in deiner festgesetzten Arbeitszeit störe, aber ich habe eine gute Entschuldigung."

„Du lässt die Kälte herein", beschwerte sie sich. Früher hätte sie ihm, ohne zu zögern, die Tür vor der Nase zugeknallt. Jetzt schloss sie die Tür hinter ihm.

„Hier drinnen ist es auch nicht viel wärmer."

„Das ist angenehm, wenn ich arbeite, und genau das tue ich."

„Gib Sweeney die Schuld. Sie schickt mich zum Einkaufen und besteht darauf, dass ich dich mitnehme." Er imitierte Sweeneys Tonfall: „Das Mädchen vergräbt sich in dieser Werkstatt. Sie braucht mehr Sonne."

„Ich bekomme genug Sonne", entgegnete Pandora, aber eine Fahrt in die nächste Stadt sagte ihr zu. Es konnte nicht schaden, mit dem Juwelier in dem kleinen Einkaufs-Center zu sprechen. Ihre Arbeit sollte über die großen Städte hinaus bekannt werden. „Ich finde, wir sollten ihr den Gefallen tun, aber ich möchte das hier erst zu Ende machen."

„Ich habe es nicht eilig."

„Gut. Also in einer halben Stunde."

Sie tauschte den Bohrer gegen eine Lötlampe. Weil sie hinter sich die Tür nicht schließen hörte, drehte sie sich um und sah, wie Michael ihre Werkzeuge betrachtete.

„Michael", sagte sie mit deutlicher Ungeduld.

„Mach nur und lass dir Zeit."

„Hast du nichts zu tun?"

„Überhaupt nichts", antwortete er fröhlich.

„Keine kleine Szene mit Verfolgungsjagd?"

„Nein. Außerdem habe ich dir noch nie bei der Arbeit zugesehen."

„Zuschauer stören mich."

„Erweitere deinen Horizont, Liebes. Tu so, als wäre ich ein Lehrjunge."

„So sehr kann ich meinen Horizont gar nicht erweitern."

Er deutete unverdrossen auf ihre Werkbank. „Was ist das für ein Ding?"

„Dieses Ding", erwiderte sie angespannt, „ist ein Anhänger mit Wasserfalleffekt, aus Messingdraht und Silberstückchen, die ich von einem Armband übrig hatte."

„Du verschwendest nichts", murmelte er. „Praktisch wie immer. Was kommt als Nächstes?"

Mit einem tiefen Seufzer entschied Pandora, dass es einfacher war, mitzuspielen, als ihn hinauszuwerfen. „Ich habe gerade die gebogenen Drähte aufeinander abgestimmt. Ich habe verschiedene Dicken und Längen benutzt, um einen frei fließenden Effekt zu erzielen. Die Silberstückchen habe ich zu länglichen Tropfen geschnitten und gefeilt. Jetzt löte ich sie an die Enden der Drähte."

Sie regulierte die Flamme und rutschte ein Stück zur Seite, damit Michael zusehen konnte. Nachdem sie neben jeden Draht ein Stückchen Lötmetall gelegt hatte, erhitzte sie es mit der Lampe, bis das Metall schmolz. Geduldig und geschickt wiederholte sie den Vorgang, bis alle zwölf Tropfen befestigt waren.

„Sieht recht einfach aus", meinte er.

„Ein fünfjähriges Kind könnte das."

Er hörte den Spott in ihrer Stimme und lachte, während er ihre Hände ergriff. „Du willst ein Lob hören? Vor ein paar Minuten habe ich hier einen Haufen Metall gesehen. Jetzt sehe ich ein bezauberndes Muster, schön und exotisch."

„Es soll exotisch sein", erwiderte Pandora. „Jessica Wainwright wird es in ihrem Film tragen. Es soll das Geschenk eines ehemaligen Liebhabers sein. Die Gräfin behauptet, er sei ein türkischer Prinz gewesen."

Michael betrachtete erneut das Halsband. „Sehr passend."

„Es wird an miteinander verschlungenen Messing- und

Silberdrähten hängen. Der tiefste Tropfen soll fast ihre Taille erreichen." Zufrieden hielt Pandora ihre Skizze hoch. „Jessica Wainwright hat sich sehr klar ausgedrückt. Sie will nichts Durchschnittliches, nicht einmal etwas Klassisches. Alles, was sie trägt, soll das Geheimnisvolle der Rolle unterstreichen."

Pandora legte die Skizze weg und ordnete ihr Werkzeug. Nach der Rückkehr aus der Stadt wollte sie das Halsband beenden und dann, wenn noch Zeit blieb, mit dem nächsten Stück beginnen. Die vergoldete Pfauenbrosche mit dem fein ziselierten, zehn Zentimeter messenden Rad würde gut und gern zwei Wochen verschlingen.

„Dieses Ding eignet sich als Mordwaffe", meinte Michael und griff nach einem Polierstahl, um die geschwungene Stahlspitze zu betrachten. „In einer meiner Geschichten."

„Lass mein Werkzeug aus deinen Geschichten heraus." Pandora nahm ihm den Polierstahl aus der Hand und legte ihn weg. „Lädst du mich in der Stadt zum Lunch ein?" Sie band ihre Schürze ab und griff nach ihrem Mantel.

„Ich wollte dich dasselbe fragen."

„Ich habe zuerst gefragt." Sie verschloss die Werkstatt und genoss die Kälte. „Der Schnee fängt zu schmelzen an."

„In ein paar Wochen werden die fünf Dutzend Blumenzwiebeln anfangen zu blühen, die Jolley gepflanzt hat."

„Narzissen", murmelte Pandora. Es schien nicht möglich, wenn man die Luft fühlte und die Schneehaufen sah, aber der Frühling stand unmittelbar bevor. „Der Winter ist mir nicht so lang erschienen."

„Nein, mir auch nicht." Michael legte seinen Arm um ihre Schultern. „Ich hätte nie gedacht, dass sechs Monate so schnell vergehen würden. Ich habe darauf getippt, dass in der Zeit einer von uns einen Mordversuch unternehmen würde."

Lachend passte sich Pandora seinen Schritten an. „Wir haben noch einen Monat vor uns."

„Jetzt müssen wir uns gut benehmen", erinnerte er sie. „Lieutenant Randall behält uns im Auge."

„Wir haben unsere Chance verpasst.“ Sie drehte sich um und schlang ihre Arme um seinen Nacken. „Manchmal hätte ich dir gern eins mit einem stumpfen Gegenstand verpasst.“

„Danke, gleichfalls.“ Er beugte den Kopf zu ihr hinunter. Ihre Lippen waren kühl und weich.

„Nun sieh dir das an!“ Kichernd winkte Sweeney Charles zu sich heran. „Ich habe dir gesagt, dass es funktioniert. In ein paar Wochen backe ich eine Hochzeitstorte.“

Als Charles neben Sweeney an das Fenster trat, bückte sich Pandora gerade und warf Michael eine Handvoll Schnee ins Gesicht. „Du sollst das Fell des Bären nicht verteilen, bevor du ihn nicht erlegt hast“, murmelte er.

Um der Rache zu entgehen, rannte Pandora zu der Garage und duckte sich einen Sekundenbruchteil, bevor Schnee gegen das Tor knallte. „Du kannst noch immer nicht richtig zielen, Cousin!“ Sie stemmte das Tor hoch, jagte in die Garage und sprang in Michaels Wagen. Zufrieden lehnte sie sich auf dem Sitz zurück. Michael würde ganz sicher nicht das makellose Innere seines Autos mit einem Schneeball ruinieren.

Michael öffnete die Wagentür, glitt auf den Nebensitz und ließ eine Handvoll Schnee auf ihren Kopf fallen. Sie protestierte immer noch lautstark, als er den Motor anließ.

„Im Nahkampf bin ich besser“, stellte er fest.

Pandora wischte sich den Schnee aus dem Gesicht. Es fiel ihr schwer, empört über Michaels Aktion zu sein, weil sie ihr eigentlich doch gefiel.

„Man sollte doch wirklich meinen, dass ein Mann, der einen so protzigen Wagen fährt, nicht so leichtfertig damit umgeht.“

„Der Wagen ist nur protzig, wenn man ihn als Statussymbol kauft.“

„Und das hast du natürlich nicht getan.“

„Ich habe ihn gekauft, weil er so irrsinnig wenig Benzin verbraucht.“ Als sie verächtlich schnaufte, wandte er sich mit einem breiten Lachen zu ihr. „Und weil er toll aussieht, wenn eine Rothaarige drinnen sitzt."

„Oder eine Blondine oder eine Brünette."

„Rothaarige", verbesserte er Pandora und wickelte sich eine rote Haarsträhne um seine Finger. „Ich habe eine Vorliebe entdeckt."

Pandora hätte nicht lächeln sollen, aber sie tat es. Sie lächelte noch immer, als sie die lange, kurvenreiche Straße hinunterfuhren. „Wir können uns nicht über die Räumdienste beklagen", sagte sie leichthin. „Bis auf zwei Wochen im letzten Monat war die Straße meistens frei." Sie betrachtete die Schneehaufen, die von den Pflügen neben der Straße aufgeworfen worden waren. „Wirklich schade, dass sie nicht auch unsere Zufahrt räumen."

„Du weißt doch, Michael, wie viel Spaß du gehabt hast, mit diesem kleinen Traktor-Schneepflug zu fahren. Onkel Jolley hat immer gesagt, dass er sich dabei wie ein raubeiniger Macho vorkommt."

„Ja, und zwar so sehr, dass er damit wie ein Verrückter im Hof herumgerast ist."

An der ersten Kurve trat Michael auf die Bremse. Pandora beugte sich vor und spielte an der Stereoanlage herum. „Die meisten Leute stellen sich so einen Luxusapparat in ihren Salon."

„Ich habe keinen Salon", erwiderte er.

„Du hast auch keine Stereoanlage mehr, die du hineinstellen kannst", erinnerte sie ihn. „Oder einen Fernseher."

Er zuckte die Schultern, dachte nach, was aus seinem Apartment gestohlen worden war. „Die Versicherung wird dafür aufkommen."

„Die Polizei behandelt es wie einen normalen Einbruch." Sie stellte einen anderen Sender ein. „Könnte es auch gewesen sein."

„Oder es könnte ein Ablenkungsmanöver gewesen sein.

Ich wünschte, wir ..." Er stockte, als sie sich der nächsten Kurve näherten. Er hatte wieder auf die Bremse getreten, aber diesmal drückte er das Pedal wirkungslos bis zum Anschlag durch.

„Michael, wenn du mich mit deinen Fahrkünsten beeindrucken willst, so klappt das nicht." Instinktiv packte Pandora den Haltegriff, als der Wagen durch die Kurve jagte.

Während Michael mit einer Hand an dem Lenkrad kurbelte, zog er mit der anderen die Handbremse. Doch der Wagen raste unvermindert weiter die Straße hinunter. Er packte das Lenkrad mit beiden Händen und zwang den Wagen durch die nächste Kurve. „Keine Bremsen!", rief er und warf einen Blick auf den Tacho. Die Nadel hing über hundert Stundenkilometern.

Pandoras Knöchel wurden weiß an dem Haltegriff. „Das schaffen wir nie bis ganz nach unten!"

„Nein." Die Reifen kreischten in der nächsten Kurve. Kies spritzte auf. Metall kreischte, als die Stoßstange die Leitplanke streifte.

Pandora starrte auf die gewundene Straße vor ihnen. Das Bild verschwamm vor ihren Augen und klärte sich wieder. Ein Schild vor einer S-Kurve gebot eine Geschwindigkeit von fünfzig Stundenkilometern. Michael nahm die Kurve mit hundertzwanzig.

Pandora schloss die Augen. Als sie sie wieder aufriss und die Schneewehe direkt vor ihnen sah, schrie sie auf. Michael riss den Wagen in letzter Sekunde herum. Schnee spritzte himmelwärts, während der Wagen an der Wehe entlangschlitterte.

Michael starrte angespannt auf die Straße vor ihnen und versuchte, jede Kurve vorauszuahnen. Schweiß lief ihm über die Stirn. Er kannte die Straße, und gerade das jagte ihm Angst ein. Weniger als fünf Kilometer vor ihnen wurde sie noch abschüssiger. Bei hoher Geschwindigkeit musste der Wagen direkt durch die Leitplanke rammen und auf den Felsen unterhalb zerschellen. Das Spiel, das Jolley begonnen hatte, würde ein jähes, gewalttätiges Ende finden.

Michael drängte seine Angst zurück. „Wir haben nur eine Chance. Wir müssen in die Straße einbiegen, die zu dem alten Gasthaus führt. Sie kommt gleich hinter dieser Kurve." Er konnte nicht von der Straße weg zu Pandora sehen. Seine Finger umspannten das Lenkrad. „Halt dich fest!"

Sie würde sterben. Nur dieser Gedanke blieb, sonst fühlte sie sich wie betäubt. Sie hörte die Reifen kreischen, als Michael das Lenkrad herumriss. Der Wagen neigte sich, kippte fast auf die Seite. Bäume flogen vorbei, als der Wagen auf den glitschigen Rand der Autostraße glitt.

Für einen Moment schienen die Reifen auf dem Schotter unter dem Schnee zu greifen. Aber die Kurve war zu scharf, die Geschwindigkeit zu hoch. Außer Kontrolle wirbelte der Wagen auf die Bäume zu.

„Ich liebe dich", flüsterte Pandora und fasste nach Michael, bevor die Welt um sie herum schwarz wurde …

Michael kam langsam zu sich. Er hatte Schmerzen und wusste eine Weile nicht, weshalb. Da war ein Geräusch. Mühsam wandte er den Kopf. Als er die Augen öffnete, sah Michael einen Jungen mit weit aufgerissenen Augen und schwarzen Haaren durch die Seitenfenster starren.

„Mister, hey, Mister! Alles in Ordnung?"

Benommen stieß Michael die Tür auf. „Hol Hilfe", brachte er hervor und kämpfte gegen eine neuerliche Ohnmacht. Er holte in gierigen Atemzügen tief Luft, um seinen Kopf zu klären, während der Junge durch den Wald davonrannte. „Pandora!" Angst durchbrach den Nebel. Er beugte sich über sie.

Mit zitternden Fingern suchte er ihren Puls an ihrem Hals und fand ihn. Blut floss aus einer Wunde an ihrer Stirn über ihr Gesicht und auf seine Hände. Mit Hilfe des Verbandskastens im Handschuhfach stoppte er die Blutung. Er tastete Pandora ab, ob sie sich etwas gebrochen hatte, als sie stöhnte. Michael musste sich dazu zwingen, sie nicht an sich zu ziehen und sie festzuhalten.

„Ganz ruhig", murmelte er, als sie sich bewegte. „Bleib ruhig." Als sie die Augen öffnete, bemerkte er, dass sie glasig ins Leere starrten. „Alles in Ordnung." Sanft umfasste er ihr Gesicht mit beiden Händen und redete beruhigend auf sie ein. Allmählich belebten sich ihre Augen, und sie tastete nach seiner Hand.

„Die Bremsen …"

Er lehnte seine Wange kurz an die ihre. „Wir haben es geschafft."

Verwirrt sah sie sich um. Der tiefe Schnee hatte den Wagen abgebremst, ehe er gegen einen Baum geprallt war. Tränen traten ihr in die Augen, als sie die Hand an sein Gesicht legte, wie er es gerade getan hatte. „Geht es dir gut?"

„Einfach großartig." Sein Handgelenk pochte, und sein Kopf schmerzte unglaublich, aber er lebte. Als Pandora sich wieder bewegte, hielt er sie fest. „Nein, bleib still sitzen. Ich weiß nicht, wie schlimm du verletzt bist. Da war vorhin ein Junge. Er holt Hilfe."

„Es ist nur mein Kopf." Sie wollte seine Hand ergreifen und sah das Blut. „Mein Gott, du blutest! Wo?"

„Das ist nicht von mir, sondern von deinem Kopf. Du hast vielleicht eine Gehirnerschütterung."

Sie tastete nach dem Verband. Die Wunde schmerzte, aber wenn sie Schmerzen fühlte, war sie wenigstens am Leben. „Ich dachte, ich wäre tot." Sie schloss die Augen. Tränen lösten sich von ihren Wimpern und liefen die Wangen hinunter. „Ich dachte, wir beide wären tot."

„Wir kommen wieder in Ordnung." Sie hörten die Sirene auf der Bergstraße heulen. Michael schwieg, bis Pandora die Augen wieder öffnete. „Du weißt, was geschehen ist?"

Ihr Kopf schmerzte, aber sie konnte klar denken. „Mordversuch."

Michael nickte und wandte sich nicht um, als der Krankenwagen in die vereiste Nebenstraße einbog. „Ich habe lange genug gewartet, Pandora. Meine Geduld ist am Ende."

Lieutenant Randall fand Michael in der Notaufnahme des Krankenhauses. Er nahm seinen Schal ab, öffnete seinen Mantel und setzte sich auf die harte Holzbank. „Schlimm?“, fragte er mit einem Blick auf die Bandage an Michaels Handgelenk.

„Nur eine Verstauchung, ein paar Schnittwunden und Prellungen und verdammte Kopfschmerzen. Und mein Wagen sieht wie ein Akkordeon aus.“

„Wir werden ihn untersuchen. Sollen wir auf etwas achten?“

„Die Bremsen.“

„Wann haben Sie den Wagen zuletzt benutzt?“ Randall hielt sein Notizbuch in der Hand.

„Vor zehn bis vierzehn Tagen.“ Michael rieb sich matt die Schläfen.

„Wo haben Sie den Wagen gewöhnlich stehen?“

„In der Garage.“

„Verschlossen?“

„Die Garage?“ Michaels Blick war auf den Gang gerichtet, auf dem Pandora weggebracht worden war. „Nein. Mein Onkel hat vor Jahren eine Fernbedienung einbauen lassen. Hat nie funktioniert, wenn man nicht gleichzeitig den Fernseher eingeschaltet hat. Er hat sie wieder ausgebaut und das Schloss nicht ersetzt. Pandoras Wagen steht auch da“, fiel ihm plötzlich ein. „Wenn …“

„Wir überprüfen das“, erklärte Randall. „Miss McVie war bei Ihnen?“

„Ja, Miss McVie ist jetzt beim Arzt.“ Das erste Mal seit Wochen sehnte Michael sich nach einer Zigarette. „Lieutenant, glauben Sie mir, ich finde heraus, wer das war, und dann …“

„Sagen Sie nichts zu mir, das ich später gegen Sie verwenden könnte“, warnte Randall. „Lassen Sie mich meinen Job machen, Mr. Donahue.“

Michael sah ihm klar und entschlossen ins Gesicht. „Jemand spielt tödliche Spiele mit jemandem, der mir wichtig ist. Würden Sie an meiner Stelle Däumchen drehen und abwarten?“

Randall lächelte knapp. „Wissen Sie, Mr. Donahue, ich versäume nie Ihre Serie. Ganz toll! Manche dieser Ereignisse hier klingen, als wären sie aus Ihrer Serie."

„Als wären sie aus meiner Serie", wiederholte Michael langsam.

„Das Problem ist, dass die Dinge im wirklichen Leben nie so wie im Fernsehen laufen. Aber ich sehe es mir wirklich gern an. Hier kommt Ihre Lady."

Michael sprang auf und eilte ihr entgegen.

„Es geht mir gut", sagte Pandora, bevor er fragen konnte.

„Nicht so ganz." Hinter ihr stand ein junger Arzt in einem weißen Mantel. „Miss McVie hat eine Gehirnerschütterung."

„Er hat meinen Kopf mit ein paar Stichen zusammengeflickt und will mich als Gefangene behalten." Sie schenkte dem Arzt ein reizendes Lächeln und hakte sich bei Michael unter. „Fahren wir nach Hause."

„Einen Moment." Michael wandte sich an den Arzt. „Sie wollen sie im Krankenhaus behalten?"

„Michael …"

„Sei still!"

„Jeder mit einer Gehirnerschütterung sollte unter ärztlicher Aufsicht bleiben. Miss McVie sollte über Nacht hier bleiben."

„Ich bleibe nicht wegen einer Beule am Kopf im Krankenhaus. Guten Tag, Lieutenant."

„Miss McVie."

Sie hob ihr Kinn hoch und sah den Arzt wieder an. „Also, Doktor …"

„Barnhouse."

„Doktor Barnhouse. Ich werde Ihren Rat teilweise befolgen. Ruhe, kein Stress. Beim ersten Anzeichen von Übelkeit oder Schwindel stehe ich vor Ihrer Tür. Ich kann Ihnen versichern, dass ich mit Argusaugen überwacht werde, nachdem Sie Michael davon überzeugt haben, dass ich invalide bin."

Alles andere als zufrieden, wandte sich der Arzt direkt an

Michael. „Ich kann Miss McVie natürlich nicht zum Bleiben zwingen."

Michael zog die Augenbrauen hoch. „Wenn Sie denken, ich könnte das, müssen Sie noch eine Menge über Frauen lernen."

Resigniert wandte Barnhouse sich wieder an Pandora. „Ich will Sie in spätestens einer Woche wiedersehen. Sie müssen vierundzwanzig Stunden ruhen, das bedeutet: liegen."

„Ja, Doktor, danke."

„In einer Woche", wiederholte er, ehe er wegging.

„Wüsste ich es nicht besser", meinte Michael, „würde ich sagen, er wollte dich nur dabehalten, um dich anzusehen."

„Natürlich. Ich sehe ja auch fabelhaft aus, wenn Blut über mein Gesicht rinnt und ich ein Loch im Kopf habe."

„Das dachte ich mir." Michael gab ihr einen Kuss auf die Wange, betrachtete dabei aber vor allem die Wunde. Sechs Stiche direkt am Haaransatz festigten seine Entschlossenheit. „Wir fahren nach Hause, damit ich dich verwöhnen kann."

„Ich werde Sie fahren." Randall deutete zur Tür. „Und wenn ich schon da bin, kann ich mich gleich umsehen."

Sweeney gluckte wie eine Mutterhenne über Pandora, die sich fünf Minuten nach ihrer Rückkehr bereits im Bett unter einer Daunendecke wiederfand und mit Suppe und süßem Tee aufgepäppelt wurde.

Um sich die Zeit zu vertreiben, machte Pandora Skizzen jener Leute, die zu ihrer Familie gehörten und aus deren Mitte heraus einer nach ihrem Leben getrachtet hatte.

Als Michael das Zimmer betrat, lagen die Skizzen nebeneinander auf der Bettdecke. „Eine Galerie der Schurken."

Er kam direkt aus der Garage, in der er und Randall die noch feuchte Bremsflüssigkeit gefunden hatten. Nicht die ganze, dachte er. Wer immer sich an den Bremsen zu schaffen gemacht hatte, hatte genug Flüssigkeit zurückgelassen, damit sich der Wagen auf den ersten Kilometern normal verhielt. Unter Pandoras Wagen hatten sie eine ähnliche Pfütze gefunden, und ihre Bremsschläuche waren angesägt. Doch das wollte er vorerst für sich behalten.

„Was siehst du hier?", fragte sie.

„Dass du ein gewaltiges Talent besitzt und malen solltest."

„Ich meine die Gesichter. Ich finde nichts, das mich darauf hinweisen könnte, wer von ihnen zu einem Mord fähig wäre."

„Jedermann ist zu einem Mord fähig", versicherte Michael. „Nur das Motiv und die Umstände müssen zu der Persönlichkeit passen." Er deutete auf die Skizzen. „Einer von ihnen hat es versucht. Tante Patience mit ihrem runden kleinen Gesicht und den kurzsichtigen Augen?"

„Du kannst doch nicht ernsthaft glauben ..."

„Sie ist Morgan ergeben, geradezu auf eine besessene Weise ergeben. Sie hat nie geheiratet. Warum? Weil sie sich immer um ihn gekümmert hat."

Er griff nach der nächsten Skizze.

„Oder hier, Morgan selbst, derb, grob, dickköpfig. Er hat Jolley für verrückt und für einen Nichtsnutz gehalten."

„Das haben sie alle getan", warf Pandora ein.

„Genau. Carlson, nüchtern, humorlos und Jolleys einziger noch lebender Sohn."

„Er hat versucht, das Testament anzufechten."

„Ja", bestätigte Michael. „Aber er wusste besser als alle anderen, wie schlau sein Vater war. Warum sollte er nicht versuchen, auf einfachere Weise an Geld zu kommen? Biff ..." Michael lachte, als er die Zeichnung betrachtete. Pandora hatte Biff genau so getroffen, wie er war. In sich selbst vertieft.

„Ich kann mir nicht vorstellen, dass er sich die Hände schmutzig macht", sagte Pandora.

„Für einen Anteil von hundertfünfzig Millionen? Ich kann es mir vorstellen. Die hübsche kleine Ginger. Man fragt sich, ob sie wirklich so hübsch und harmlos sein kann, wie sie aussieht. Und Hank." Pandora hatte ihn mit angespannter Armmuskulatur gezeichnet. „Was meinst du, Pandora? Ich kenne Hank einfach nicht gut genug, um über ihn in dieser Sache eine Meinung zu haben. Würde er sich mit ein paar Tausendern zufriedengeben, wenn er Millionen haben könnte?"

„Ich weiß es nicht, das ist es ja gerade." Pandora schob die Zeichnungen hin und her. „Selbst wenn ich sie alle vor mir aufgereiht sehe, weiß ich es nicht."

„Alle aufgereiht", murmelte Michael. „Vielleicht ist das die Lösung. Ich glaube, wir sollten endlich ein nettes Familienfest veranstalten."

„Du willst sie doch nicht wirklich alle hierher einladen? Sie würden gar nicht kommen."

„Oh doch, sie werden kommen." Er plante schon voraus. „Nur eine kleine Andeutung, dass es hier mit uns nicht gut läuft, und sie werden sofort darauf anspringen, um uns den letzten Stoß zu geben. Du hast in einer Woche einen Termin beim Arzt. Wenn er dich für gesund erklärt, beginnen wir unser eigenes Spiel."

„Was für ein Spiel?"

„In einer Woche", wiederholte er und nahm ihr Gesicht in seine Hände. Es war schmal und wurde von der Haarmähne und den klaren Augen dominiert. Nicht klassisch schön, aber apart. Er hatte lange gebraucht, um sich das einzugestehen. „Du bist ein wenig blass."

„Ich bin immer blass, wenn ich eine Gehirnerschütterung habe. Wirst du mich verwöhnen?"

„Und ob!" Er zog sie an sich. „Mein Gott, ich dachte schon, ich hätte dich verloren."

Die Spur von Verzweiflung in seiner Stimme drängte Pandora dazu, ihn zu beruhigen. „Es wäre mit uns beiden aus gewesen, hättest du den Wagen nicht so gut beherrscht. Ich dachte nicht, dass wir lebend davonkommen würden."

„Aber wir sind davongekommen." Er zog sich ein wenig zurück, um sie genauer anzusehen. „Und jetzt sprechen wir darüber, was du zu mir unmittelbar vor dem Aufprall gesagt hast."

„Habe ich nicht geschrien?"

„Nein."

„Falls ich deinen Fahrstil kritisiert habe, möchte ich mich entschuldigen."

Er verstärkte den Griff an ihrem Kinn. „Du hast gesagt, dass du mich liebst." Er sah, wie sie in ehrlicher Überraschung die Luft anhielt. So mancher Mann wäre beleidigt gewesen. Michael konnte sich glücklich schätzen, dass er genug Humor besaß. „Rein technisch gesehen könnte es ein Geständnis auf dem Totenbett gewesen sein."

Hatte sie wirklich? „Ich war hysterisch", setzte sie an und wollte sich zurückziehen.

„Für mich hat es sich gar nicht hysterisch angehört."

„Michael, du hast Doktor Barnhouse gehört. Ich muss Stress vermeiden. Wenn du mir helfen willst, so bring mir Tee."

„Ich kenne ein besseres Mittel, um Muskeln und Nerven zu besänftigen." Er drückte Pandora in die Kissen und streckte sich neben ihr aus. Sanft ließ er seine Lippen über ihre Wangen gleiten. „Ich möchte es noch einmal von dir hören. Hier und jetzt."

„Michael."

„Nein, bleib liegen." Seine Hände brachten sie sanft und liebevoll zur Ruhe. „Ich muss dich berühren, nur einfach berühren. Zum Ausruhen hast du noch sehr viel Zeit."

Michael war so freundlich, so geduldig, hielt sie in seiner Armbeuge und streichelte sie, bis sie erleichtert seufzte.

„Ich werde mich um dich kümmern", murmelte er. „Und wenn du gesund bist, werden wir uns umeinander kümmern."

„Morgen bin ich wieder gesund." Ihre Stimme klang jedoch träge und schläfrig.

„Sicher." Er wollte sie noch einen Tag und eine Nacht im Bett festhalten, und wenn er sie notfalls anketten musste. „Du hast es noch nicht wieder gesagt. Liebst du mich, Pandora?"

Sie war so erschöpft, dass sie gegen nichts mehr ankämpfen konnte. „Und wenn?“ Sie schaffte es, den Kopf zurückzulegen, um ihn noch einmal anzusehen. Seine Finger massierten leicht ihre Schläfen und vertrieben sogar den dumpfen Schmerz. „Leute verlieben und entlieben sich ständig.“

„Leute.“ Er senkte seinen Kopf, bis seine Lippen gerade über ihre Lippen streichen konnten. „Aber nicht Pandora. Das ärgert dich, nicht wahr?“

Sie wollte ihn wütend anstarren, schloss jedoch stattdessen die Augen. „Ja. Ich tue mein Bestes, um die Situation rückgängig zu machen.“

Für den Moment war Michael zufrieden und zog sie dichter an sich. Pandora liebte ihn. Er hatte noch genug Zeit, um sie dazu zu bringen, diesen Zustand zu mögen. „Lass mich wissen, wie du vorankommst“, sagte er und lullte sie in den Schlaf.

12. Kapitel

Michael betrachtete grimmig die dunklen Flecken auf dem Garagenboden. Das Ansägen der Bremsschläuche war ein beliebter alter Trick in Filmen, den er selbst schon angewandt hatte, genau wie den anonym zugeschickten Champagner und das falsche Telegramm. Erst in der letzten Saison von ‚Logan's Run' war die Heldin einer der Folgen in einen Keller gesperrt worden. Auch ein klassischer Trick.

Alles konnte aus seinen Skripts stammen. Randall hatte scherzhaft darauf hingewiesen, aber es war längst kein Scherz mehr.

Michael war entschlossen, den nächsten Schritt selbst zu machen, und dafür wollte er auf die klassischen Detektivromane zurückgreifen. Er ging in das Haus, um per Telefon seine Inszenierung vorzubereiten.

Er war soeben mit dem letzten Anruf fertig, als Pandora ihm auf dem Korridor entgegenkam. „Michael, du musst etwas wegen Sweeney unternehmen."

Michael lehnte sich gegen das Geländer und betrachtete sie. Pandora sah wunderbar aus, ausgeruht, gesund und verärgert. „Ist es nicht Zeit für deinen Mittagsschlaf?"

„Genau davon spreche ich." Ihr Ärger verstärkte sich und gefiel ihm immer besser. „Ich brauche keinen Mittagsschlaf. Seit dem Unfall ist mehr als eine Woche vergangen." Sie löste ein Lederband aus ihren Haaren und fuhr sich mit den Fingern hindurch. „Der Arzt sagte, ich sei in Ordnung."

„Hat er nicht gesagt, du hättest einen Schädel aus Stein?"

Sie zog die Augen zu schmalen Schlitzen zusammen. „Er war irritiert, weil ich ohne ihn perfekt gesund wurde. Ich bin geheilt, aber wenn Sweeney weiter nörgelt und mich bemuttert, bekomme ich einen Rückfall."

„Und was soll ich tun?"

„Sie wird auf dich hören. Aus einem unerfindlichen Grund hält sie dich für unfehlbar. Mr. Donahue dies, Mr. Donahue das. In der letzten Woche habe ich ständig gehört, wie charmant, gut aussehend und stark du bist. Ein Wunder, dass ich mich überhaupt erholt habe."

Er lächelte, aber er erkannte auch, dass Sweeneys Schmeicheleien seine Fortschritte zerstören konnten. „Die Frau hat eine gute Beobachtungsgabe. Trotzdem werde ich etwas unternehmen, weil ich dir erstens nie etwas abschlagen könnte, und zweitens weil Sweeney mich wegen meines Handgelenks verrückt gemacht hat."

Pandora neigte den Kopf zur Seite. „Und was wirst du unternehmen?"

„Sweeney wird in den nächsten Tagen zu beschäftigt sein, um sich um uns zu kümmern. Die Dinnerparty wird sie ablenken."

„Welche Dinnerparty?"

„Die Dinnerparty, die wir nächste Woche für alle unsere Verwandten geben werden."

Pandora blickte auf das Telefon. „Was hast du unternommen?"

„Ich habe nur meine Inszenierung vorbereitet, Cousine. Sweeney soll das beste Porzellan hervorholen, obwohl ich glaube, dass wir keine Zeit haben werden, es zu benutzen."

„Michael, wir werden nicht einfach Verwandte einladen. Einer von ihnen hat versucht, uns umzubringen."

„Und er hat versagt." Er legte seine Hand unter ihr Kinn. „Meinst du nicht, Pandora, dass er es immer wieder versuchen wird? Die Polizei kann das Grundstück nicht unbegrenzt überwachen. Und ich bin nicht bereit, die Vergangenheit ruhen zu lassen." Sein Blick richtete sich auf die feine Narbe an ihrer Stirn. Der Arzt hatte versichert, sie werde verschwinden, aber Michaels Erinnerung würde das niemals tun. „Wir bringen es auf meine Weise in Ordnung."

„Mir gefällt das nicht."

„Pandora." Er lächelte sie strahlend an. „Vertrau mir!"

Die Tatsache, dass sie ihm vertraute, machte sie nur noch nervöser. Seufzend ergriff sie seine Hand. „Lass uns Sweeney darauf vorbereiten, dass sie die Raubtiere füttern muss."

Bis zu dem Moment, in dem der erste Wagen eintraf, war Pandora sicher, dass niemand kommen würde. Sie hatte mit Michael seinen Plan besprochen, ihn abgelehnt, ihn bewundert und zuletzt akzeptiert. Bloßes Theater, dachte sie, aber sie hatte genug von Jolley in sich, um sich auf dieses Theater zu freuen, vor allem, da sie eine der Hauptpersonen war.

Für ihre Rolle wählte sie ein schulterfreies, knöchellanges Kleid aus schwarzer Jerseyseide. Dazu trug sie einen breiten Halsreifen aus gehämmertem Silber und Ohrringe, die fast bis zu den Schultern reichten. Wenn Michael sich ein Drama wünschte, wollte sie sich nicht widersetzen.

Als Michael sie oben auf der Treppe entdeckte, war er sprachlos. Hatte er sich tatsächlich all die Jahre selbst eingeredet, sie sei nicht schön? Wie sie in diesem Moment da oben stand, selbstsicher, herausfordernd und amüsiert, ließ sie jede Frau, die er je gekannt hatte, verblassen. Und wenn er ihr das sagte, würde sie es ihm kein bisschen glauben. Also nickte er bloß anerkennend.

„Perfekt", murmelte er, während sie die Treppe herunterkam. In seinem dunklen Anzug sah Michael unbesiegbar und rücksichtslos aus. „Die weltgewandte Heldin." Er ergriff ihre Hand. „Kühl und erotisch. Hitchcock hätte dich zum Star gemacht."

„Lieber nicht. Denk daran, was mit Grace Kelly passiert ist."

Er lachte. „Nervös?"

„Nicht so sehr, wie ich es erwartet habe. Wenn es nicht funktioniert …"

„Dann sind wir nicht schlechter dran als jetzt. Du weißt, was du tun musst."

„Wir haben es oft genug geprobt, Michael. Ich habe jetzt noch die blauen Flecke.“

Er beugte sich vor und küsste ihre bloße Schulter. „Ich habe dich immer für ein Naturtalent gehalten. Wenn das vorüber ist, müssen wir beide eine ganz persönliche Inszenierung zu Ende bringen. Nein, zieh dich nicht zurück“, mahnte er, als sie es versuchte. „Es ist zu spät für einen Rückzug.“ Sie standen so dicht beisammen, dass sich ihre Lippen fast berührten. „Es ist schon lange zu spät dafür.“

Ihre bisher unterdrückte Nervosität kehrte zurück, hatte aber nichts mit den geplanten Tricks zu tun. „Du wirst dramatisch.“

Er nickte und spielte mit ihren Haaren. „Mein Sinn fürs Drama und deine praktische Ader, eine interessante Kombination.“

„Eine unbequeme Kombination.“

„Wenn das Leben zu einfach ist, verschläft man es“, erwiderte Michael. „Das hört sich so an, als wäre unser erster Gast eingetroffen“, murmelte er, als sie einen Wagen hörten. Er küsste sie flüchtig. „Hals- und Beinbruch.“

Sie zog die Nase kraus. „Genau das befürchte ich.“

Innerhalb der nächsten halben Stunde versammelten sich alle, die vor einigen Monaten bei der Verlesung des Testaments in der Bibliothek anwesend gewesen waren, Fitzhugh ausgenommen. Jolley strahlte von seinem Bild in der Bibliothek auf die Leute herunter. Pandora blickte von Zeit zu Zeit zu ihm hinauf und wartete darauf, dass er ihr zublinzelte.

Um den Leuten das Schauspiel zu bieten, um dessentwegen sie hergekommen waren, zankten sich Michael und Pandora über alles, was ihnen gerade einfiel. Der erste Akt hatte begonnen.

Carlson stand mit seiner Frau neben einem Buchregal, gereizt und ungeduldig, und sah Pandora finster entgegen.

„Onkel Carlson, ich bin so froh, dass du es geschafft hast. Wir sehen uns viel zu selten.“

„Versuch nicht, mich mit Worten weich zu machen." Er ließ den Scotch in seinem Glas kreisen, ohne zu trinken. „Wenn du mich von der Anfechtung des absurden Testaments abbringen willst, täuschst du dich."

„Ich denke gar nicht daran. Fitzhugh sagt, dass du keine Chance hast." Sie lächelte strahlend. „Aber das Testament ist absurd, da stimme ich dir zu, besonders nach all diesen Monaten mit Michael im selben Haus. Ich sage dir, Onkel Carlson, ich habe manchmal ernsthaft daran gedacht, das Handtuch zu werfen. Er hat alles getan, um die sechs Monate unerträglich zu machen. Einmal hat er vorgetäuscht, seine Mutter sei krank, und er müsse nach Kalifornien fliegen. Prompt wurde ich im Keller eingesperrt. Kindische Spiele." Sie warf einen Blick voll Abneigung zu Michael. Aus den Augenwinkeln sah sie Carlson hastig und nervös trinken. „Nun, es ist fast überstanden. Ich bin so froh, dass wir jetzt ein wenig feiern können. Michael wird endlich eine Flasche Champagner öffnen, die er seit Weihnachten aufbewahrt."

Carlsons Frau ließ ihr Glas auf den Teppich fallen.

„Ach, du lieber Himmel", sagte Pandora. „Willst du einen neuen Drink?"

„Nein, nicht nötig." Carlson nahm seine Frau am Arm. „Entschuldige."

Während sie sich entfernten, fühlte Pandora einen kurzen Schauder der Erregung. Also, es war Carlson gewesen.

„Ich habe vor sechs Monaten das Rauchen aufgegeben", sagte Michael zu Hank und seiner Frau.

„Du wirst es nie bereuen", stellte Hank gesundheitsbewusst fest. „Jeder ist für seinen eigenen Körper verantwortlich."

„Darüber habe ich in letzter Zeit oft nachgedacht", sagte Michael trocken. „Aber das Zusammenleben mit Pandora hat es mir nicht leicht gemacht. Sie ließ mir ein gefälschtes Telegramm schicken, damit ich denken sollte, meine Mutter sei krank." Er warf Pandora einen finsteren Blick zu.

„Dann hast du also sechs Monate nicht geraucht." Meg lenkte das Gespräch wieder auf Michaels Gesundheit.

„Ein Wunder bei dieser Frau, aber es ist fast vorbei." Er lächelte Hank zu. „Zum Dinner gibt es Champagner statt Karottensaft. Seit Weihnachten bewahre ich diese Flasche für eine passende Gelegenheit auf."

Hanks Finger an seinem Glas Mineralwasser wurden weiß, und aus Megs Gesicht wich die Farbe. „Wir …" Hank sah hilflos zu Meg. „Wir trinken nicht."

„Champagner hat nichts mit Trinken zu tun", sagte Michael freundschaftlich. „Das hat mit Feiern zu tun. Entschuldigt." Er ging an die Bar und wartete auf Pandora. „Es war Hank."

„Nein." Sie goss sich Wermut nach. „Es war Carlson." Ihrer Rolle entsprechend, sah sie ihn dabei wütend an. „Du bist unerträglich langweilig."

Er hob sein Glas. „Und du bist ein Snob. Ich zähle schon die Tage."

Mit einer wütenden Drehung, dass ihr der Rock um die Beine wehte, verließ sie Michael und ging zu Ginger. „Ich verstehe nicht, wie ich es fertigbringe, mich bei diesem Mann zu beherrschen."

Ginger betrachtete ihr Gesicht in einem hübschen silbernen Taschenspiegel. „Ich habe ihn immer irgendwie niedlich gefunden."

„Du musst nicht mit ihm leben. Er hat meine Werkstatt verwüstet und behauptet, ein Vagabund habe es getan."

Ginger puderte ihre Nase. „Mir hätte er so etwas nicht angetan. Darum sagte ich auch zu …" Sie stockte und setzte mit einem dünnen Lächeln hinzu: „Hübsche Ohrringe hast du da."

Michael hörte sich Morgans Meinung über die Börse an. Bei erster Gelegenheit fiel er ihm ins Wort. „Wenn alles vorbei ist, hole ich mir bei dir Rat. Ich möchte mich um Jolleys Chemiewerke kümmern. Man kann viel Geld machen mit Dünger und – Schädlingsbekämpfungsmitteln." Er sah, wie Patience nervös mit ihren Händen spielte und unter Morgans mahnendem Blick damit aufhörte.

„Software", sagte Morgan knapp.

Pandora versuchte ihr Glück bei Biff. „Du siehst gut aus."

„Und du siehst blass aus, Cousine."

„Die sechs Monate mit Michael! Ich weiß nicht, was Onkel Jolley an ihm fand. Michael mag seltsame Scherze. Er hat mich in den Keller gesperrt. Eines Abends hat er mich sogar mit verstellter Stimme angerufen und behauptet, jemand wolle mich töten."

Biff hörte zu grinsen auf und sah sie verwirrt an. „Seltsam."

„Na ja, es ist fast vorbei. Übrigens, hast du dich über den Champagner gefreut, den ich dir geschickt habe? Mir ist die Idee gekommen, weil jemand Michael eine Flasche zu Weihnachten gesandt hat. Er will sie heute Abend endlich aufmachen. Entschuldige, ich muss mich um das Dinner kümmern."

In der Küche fand sie Sweeney bei den letzten Vorbereitungen. „Sweeney, es wird Zeit, den Strom abzuschalten."

„Ich weiß, ich weiß, ich habe nur den Schinken fertig gemacht."

Sweeney hatte den Auftrag, auf Pandoras Zeichen in den Keller zu gehen und den Strom für genau eine Minute abzuschalten. Die Köchin wischte sich die Hände an der Schürze ab und ging zur Kellertür. Pandora holte tief Luft und kehrte in die Bibliothek zurück.

Michael stand neben dem Schreibtisch, als sie eintrat.

„Dinner in zehn Minuten", verkündete sie, überprüfte den Raum und nahm den vorgesehenen Platz ein.

Michael nahm das Stichwort auf. „Ihr alle fragt euch, warum ihr heute Abend hier seid." Er hob sein Glas und blickte jedem Einzelnen kurz ins Gesicht. „Einer von euch ist ein Mörder."

Prompt erlosch das Licht, und ein Tumult brach los. Gläser zersprangen, Frauen schrien, ein Tisch kippte um. Als die Lichter wieder angingen, erstarrten alle.

Pandora lag halb unter dem Schreibtisch, mit dem Gesicht nach unten. Neben ihr lag ein blutbefleckter Brieföffner. Sofort kniete Michael neben ihr und nahm sie auf die Arme, bevor jemand reagieren konnte. Schweigend trug er sie aus dem Raum. Minuten später kehrte er allein zurück. Sein Gesichtsausdruck war hart und erbarmungslos.

„Ein Mörder", wiederholte er. „Sie ist tot."

„Was heißt, sie ist tot?" Carlson drängte sich nach vorne. „Was ist das für ein Spiel? Wir wollen sie sehen."

Michael stellte sich ihm in den Weg. „Niemand verlässt den Raum, bis die Polizei hier ist."

„Polizei?" Blass und zitternd blickte Carlson sich um. „Wir wollen keine Polizei. Wir müssen das untereinander abmachen. Sie ist nur in Ohnmacht gefallen."

„Hier ist ihr Blut." Michael deutete auf den blutbefleckten Brieföffner.

„Nein!" Meg schob die anderen beiseite. „Niemand sollte verletzt werden. Nur erschreckt. So sollte es nicht enden! Hank!" Sie vergrub ihr Gesicht an der Brust ihres Mannes.

„Wir wollten nur ein paar Tricks abziehen", murmelte er.

„Mord ist kein Trick", warf Michael ihm vor.

„Wir wollten niemals ..." Er sah Michael schockiert an. „Nicht Mord", stieß er hervor und drückte Meg fest an sich.

„Du wolltest auch keinen Champagner trinken, nicht wahr, Hank?"

„Da wollte ich aufhören." Meg schluchzte. „Ich habe Pandora sogar angerufen und sie gewarnt. Ich habe es von Anfang an für falsch gehalten, aber wir brauchten das Geld. Unser Sportstudio hatte alles verschlungen. Wir wollten euch zwei gegeneinander aufhetzen, aber mehr nicht. Hank und ich warteten in der Hütte im Wald. Dann ging er in Pandoras Werkstatt und hat alles verwüstet. Sie sollte denken, du seist es gewesen ..."

Zwei Tränen liefen ihr über die Wangen. „Es war alles so dumm ... und so aufregend."

Michael sah seine hübsche Cousine an. „Du hast mitgemacht?“

„Ich habe eigentlich nichts gemacht, aber als Tante Patience es mir erklärt hat ...“

„Patience?“

„Morgan hat einen Anteil an dem Vermögen verdient.“ Die alte Frau rang die Hände. „Wir wollten einen von euch vertreiben.“

„Telegramm.“ Morgan paffte nervös an seiner Zigarre. „Nicht Mord.“ Er wandte sich an Carlson. „Deine Idee.“

„Lächerlich!“ Carlson trocknete seine Stirn mit einem weißen Taschentuch. „Die Anwälte konnten nichts machen. Ich habe nur meine Rechte geschützt.“

„Mit Mord“, warf Michael ein.

„Unsinn! Der Plan war, dich aus dem Haus zu locken. Ich habe sie in den Keller gesperrt. Bei dem Champagner hatte ich Bedenken, aber das war auch nicht tödlich.“

„Das war Biffs Idee“, sagte Meg.

Biff zuckte die Schultern. „Jeder hier im Raum hatte seine Finger in der Sache.“

Michael trat an ihn heran. „Da ist noch die Sache mit meinem Wagen.“

Biff zuckte noch einmal die Schultern, aber Michael sah die Schweißperlen oberhalb seiner Lippen. „Jeder war beteiligt. Du wirst jedenfalls nicht meine Fingerabdrücke auf dem Brieföffner finden.“

„Wenn jemand einen Mordversuch begangen hat“, sagte Michael ruhig, „kann man ihm den zweiten leichter nachweisen.“

„Du kannst nichts beweisen. Jeder von uns könnte die Bremsschläuche deines Wagens angesägt haben. Du kannst nicht beweisen, dass ich es war.“

„Nicht nötig.“ Blitzartig setzte Michael ihm die Faust auf die Kinnspitze. Doch bevor der Schwankende zu Boden stürzte, hatte er ihn beim Kragen gepackt. „Ich habe kein Wort von angesägten Bremsschläuchen gesagt.“

Biff fühlte, wie die Falle sich schloss, und schlug blindlings um sich. Noch ehe Michael einen nächsten Faustschlag landen konnte, stolperte Biff und zog ihn mit sich zu Boden. Eine Tiffanylampe barst in einem Farbenregen. Schockiert wichen die anderen zurück.

„Michael, das reicht." Mit zerzausten Haaren und zerdrücktem Kleid betrat Pandora den Raum. „Wir haben Besuch."

Schwer atmend zog er Biff auf die Beine. Sein Handgelenk schmerzte, aber er sah es als ein Vergnügen an.

Charles wirkte in seinem besten Anzug sehr würdevoll, als er die Türen der Bibliothek öffnete. Hinter ihm stand Lieutenant Randall.

„Dinner ist serviert", verkündete Charles.

Zwei Stunden später feierten Pandora und Michael zu zweit mit Bruno in der Bibliothek. „Ich dachte nie, dass es klappen würde", sagte sie zwischen zwei Bissen Schinken. „Lieutenant Randall war auch nicht erfreut über unsere Komödie."

„Du warst großartig." Michael beugte sich zu ihr und gab ihr einen Kuss. „Ein Star."

„Der Brieföffner mit dem Theaterblut war gut, aber wenn sie alle zusammengehalten hätten …"

„Wir wussten schon, dass einer weich geworden war. Meg hat also angerufen und dich gewarnt."

„Ich habe eigentlich vor, in ihr Sportstudio zu investieren."

„Wäre nicht schlecht", stimmte Michael zu.

„Was wird jetzt geschehen?"

„Ach, Carlson wird genau wie die anderen gut davonkommen, Biff ausgenommen. Der wird wohl eine Weile keine Anzüge von Brooks Brothers, sondern Gefängniskluft tragen."

„Du hast ihm noch ein blaues Auge geschlagen", meinte Pandora.

„Und zwar mit Begeisterung." Michael trank grinsend einen Schluck Wein.

„Noch zwei Wochen, dann ist es vorüber."

„Nein.“ Er ergriff ihre Hand. „Dann fängt es an. Wie lang?“

Pandora kämpfte um Selbstbeherrschung. „Wie lang was?“

„Wie lang liebst du mich schon?“

Sie zuckte zusammen. „Ich schmeichle doch nicht deinem Ego!“

„Na gut, dann fange ich an. Ich habe mich in dich verliebt, als du von den Kanarischen Inseln zurückkamst und in den Salon tratst. Du hattest Beine, die bis zur Taille reichten, und hast auf mich herabgesehen. Ich war nie wieder derselbe.“

„Ich habe genug von Spielen, Michael“, sagte sie steif.

„Ich auch.“ Er fuhr mit einem Finger über ihre Wange. „Du hast gesagt, dass du mich liebst, Pandora.“

„Unter Druck.“

„Dann muss ich dich unter Druck halten, weil ich dich nicht aufgeben werde. Warum heiraten wir nicht genau hier?“

Sie erstarrte. „Was?“

„Genau hier in der Bibliothek.“ Er blickte um sich, ignorierte aber die umgestürzten Tische und das zerbrochene Porzellan. „Wäre doch hübsch.“

„Ich weiß nicht, wovon du sprichst. Wenn du erst einmal zu deinen vollbusigen Starlets und blonden Tänzerinnen …“

„Welche blonden Tänzerinnen? Ich kann blonde Tänzerinnen nicht ausstehen.“

„Michael, darüber kann ich keine Scherze machen.“

„Du kaufst ein hübsches weißes Kleid, vielleicht einen Schleier. Ein Schleier wird dir gut stehen. Dann besorgen wir uns einen Standesbeamten und viele Blumen und feiern eine sehr traditionelle Hochzeit. Danach lassen wir uns auf Folley häuslich nieder, und jeder geht seiner Karriere nach. In einem, spätestens zwei Jahren sorgen wir dafür, dass Charles und Sweeney ein Baby bemuttern können. Siehst du?“ Er drückte einen Kuss auf ihr Ohr.

„Das Leben ist aber kein Skript“, widersprach sie.

„Ich bin verrückt nach dir, Pandora. Sieh mich an! Als Künstlerin müsstest du unter die Oberfläche sehen können, und das müsste dir leicht fallen, weil du immer gesagt hast, ich sei seicht."

„Ich habe mich getäuscht." Sie wollte ihm glauben. Ihr Herz tat es bereits. „Michael, wenn das ein Spiel ist, bringe ich dich eigenhändig um."

„Keine Spiele mehr. Ich liebe dich, so einfach ist das."

„Einfach", murmelte sie und wunderte sich, dass sie überhaupt reden konnte. „Du willst heiraten?"

„Zusammenzuleben wäre zu einfach."

Er zog sie mit sich auf das Sofa, drängte sie zurück in die Kissen, und als sich ihre Lippen berührten, drückten sich alle seine Gedanken und Gefühle in diesem Kuss aus. Pandora wurde sanft und nachgiebig, was sie selten tat und was er selten verlangte. Sie schlang ihre Arme um ihn.

Vielleicht war wirklich alles so einfach.

„Ich liebe dich, Michael."

„Wir werden heiraten."

„Es sieht ganz so aus."

Seine Augen blickten eindringlich, als er sie ansah. „Ich werde dir das Leben schwer machen, Pandora. Und zwar zahle ich dir damit die Tatsache heim, dass du die aufreizendste ... ich meine, die ärgerlichste Frau sein wirst, die man sich überhaupt vorstellen kann. Verstehen wir einander auch in dieser Hinsicht?"

Ihr Lächeln blühte förmlich auf. „Ich glaube, das haben wir schon immer getan."

Michael drückte einen Kuss auf ihre Stirn, dann auf ihre Nasenspitze und auf ihre Lippen. „Er hat uns beide immer verstanden."

Sie folgte seinem Blick zu Jolleys Porträt. „Der verrückte alte Kerl hat uns doch tatsächlich da, wo er uns haben wollte. Ich glaube, er hat jetzt gut lachen." Sie rieb ihre Wange an Michaels Wange. „Ich wünschte mir nur, er wäre hier und könnte uns sehen, wenn wir heiraten."

Michael zog eine Augenbraue hoch. „Wer sagt, dass er nicht hier sein wird?"

Er stand auf, zog sie auf die Beine und griff nach den beiden Gläsern.

„Auf Maximilian Jolley McVie."

„Auf Onkel Jolley." Pandora ließ ihr Glas gegen Michaels Glas klingen. „Auf uns." Sie nahm einen kräftigen Schluck und seufzte. „Himmel, es stehen uns verdammt turbulente Ehejahre bevor!"

– ENDE –

Deutsche Erstveröffentlichung

Nora Roberts

Der Zauber dieser Sommernacht

Nora Roberts – Megans Hoffnung

Sommerflirt oder wahre Gefühle? Megan weiß nur eins ganz genau: Nate ist ein echter Traummann. Kann sie mit seiner Hilfe endlich ihre Vergangenheit hinter sich lassen und der Liebe eine Chance geben?

ISBN: 978-3-95649-577-9
9,99 € (D)

Barbara Delinsky – Ein nie gekanntes Gefühl

Sonne, Strand, Meer – Corinne könnte sich keinen schöneren Arbeitsplatz vorstellen. Wäre da nicht ihr Boss Corey, der zärtliche Gefühle in ihr weckt, die sie eigentlich niemals zulassen dürfte.

Carla Cassidy – Ich weiß nur eins, ich liebe dich

Gern hilft Dr. Frank der betörenden Fremden, die in der Hitze ohnmächtig geworden ist. Doch ein Kennenlernen scheint unmöglich: Sie hat Gedächtnisverlust – und weiß nicht einmal ihren Namen!

Margaret Way – Abschied von der Liebe

Jahre ist es her, dass Alex Scott das Herz gebrochen und sich für ihre Tanzkarriere entschieden hat. Doch jetzt ist sie zurück. Und plötzlich sind all die Gefühle jenes feurigen Sommers wieder da ...

Deutsche Erstveröffentlichung

Molly McAdams

Letting Go – Wenn ich falle

Schon mit 13 Jahren wusste Grey, dass Ben der Eine ist. Sie war so sicher, dass sie für immer mit ihm zusammen sein würde. Aber drei Tage vor der Hochzeit stirbt er an einem unerkannten Herzfehler. Ihr gemeinsamer bester Freund Jagger ist der Einzige, der Grey durch die schreckliche Trauer und vielleicht zurück ins Leben helfen kann. Sie vertraut ihm bedingungslos und könnte vielleicht mehr für ihn empfinden. Doch würde sie damit nicht ihre Liebe zu Ben verraten?

ISBN: 978-3-95649-629-5
9,99 € (D)

Deutsche Erstveröffentlichung

Susan Mallery

Der Für-immer-Mann

Quinn glaubt nicht, dass es die richtige Frau für ihn gibt.

Doch bei einem Wettkampf begegnet er der Selbstverteidigungsexpertin D.J., die ihn buchstäblich aus den Socken haut. Zwischen ihnen sprühen vom ersten Augenblick an die Funken. Da passt es sehr gut, dass D.J. ihn als Ausbilder haben möchte. So kann er ihr körperlich umso näher kommen. Nachteil: Emotional beißt er bei D.J. auf Granit. Doch so leicht lässt sich ein Special-Forces-Mann nicht von seinem Ziel abbringen ...

ISBN: 978-3-95649-624-0

9,99 € (D)

Linda Lael Miller

Der Traum in Weiß

ISBN: 978-3-95649-275-4
9,99 € (D)

In Bliss County ist das Heiratsfieber ausgebrochen! Nur Becca Stuart ist von dem märchenhaften Tag in Weiß noch weit entfernt. Fast zerbrochen ist sie an dem Schmerz, als ihre große Liebe starb und damit die Hoffnung auf das ewige Glück. Doch dann begegnet sie Tate Calder. Sein Lächeln lässt Beccas einsames Herz schneller schlagen - und zum ersten Mal seit langer Zeit spürt sie, dass es auch für sie ein Happy End geben könnte. Allerdings hat sich der verwitwete Single-Dad Tate geschworen, nie wieder den Bund fürs Leben zu schließen. Nicht gerade die optimalen Voraussetzungen für die Erfüllung des Hochzeitspakts ...